Selma Lagerlöf

Große Erzählungen

Nymphenburger Verlagshandlung

Aus dem Schwedischen übersetzt von Marie Franzos, »Der Fuhrmann des Todes« von Pauline Klaiber-Gottschau. Die in dieser Ausgabe zum erstenmal in deutscher Sprache erscheinende Erzählung »Eine alte Kirche« übersetzte Carola von Crailsheim.

5. Auflage 1980

Satz: IBV Lichtsatz KG, Berlin
Druck und Bindung: Wiener Verlag
ISBN 3-485-00157-0 · Printed in Austria

Inhalt

Herrn Arnes Schatz

Im Pfarrhofe von Solberga

I

Zur Zeit, als König Friedrich II. von Dänemark über Bohuslän regierte, wohnte in Marstrand ein armer Fischkrämer, der Torarin hieß. Er war ein schwacher und geringer Mann, sein einer Arm war lahm, so daß er weder zur Fischerei noch zum Rudern taugte. Er konnte seinen Unterhalt nicht auf der See verdienen wie die anderen Inselbewohner, sondern er zog umher und verkaufte eingesalzene und getrocknete Fische an die Leute auf dem Festlande. Er war nicht viele Tage des Jahres daheim, er zog immer von Dorf zu Dorf mit seinem Fischwagen.

An einem Februartage, als die Dämmerung hereinbrach, kam Torarin den Weg gefahren, der von Kunghäll nach dem Kirchspiel Solberga führte. Es war ganz einsam und menschenleer auf dem Wege, aber Torarin brauchte darum nicht zu schweigen. Er hatte neben sich auf der Fuhre einen verläßlichen Freund, mit dem er Zwiesprache pflegen konnte. Das war ein kleiner schwarzer Hund mit buschigem Fell, den Torarin Grim nannte. Er lag meistens still da, den Kopf zwischen die Beine geklemmt, und blinzelte nur zu allem, was sein Herr sagte. Aber wenn er etwas zu hören bekam, was ihm nicht behagte, dann stellte er sich auf, streckte die Schnauze in die Luft und heulte ärger als ein Wolf.

»Nun will ich dir erzählen, Grim, mein Hund«, sagte Torarin, »daß ich heute große Neuigkeiten gehört habe. Sowohl in Kunghäll als in Kareby sagten sie mir, daß das Meer zugefroren sei. Es ist nun eine Zeitlang ruhiges, schönes Wetter gewesen, das weißt du ja am besten, der du alle Tage draußen gewesen bist, und das Meer soll nicht nur in den Buchten und Sunden zugefroren sein, sondern weit hinaus ins Kattegatt. Es gibt jetzt zwischen den Schären keinen Weg für Boote und Schiffe, da ist überall nur starkes hartes Eis, und man kann nun mit Schlitten und Pferd bis hinaus nach Marstrand und zur Paternosterschäre fahren.«

Alles dies hörte der Hund, und es schien ihm nicht zu mißfallen. Er lag still da und blinzelte Torarin an. »Wir haben nicht mehr sonderlich viel Fische hier auf der Fuhre übrig«, sagte Torarin gleichsam überredend. »Was würdest du nun dazu sagen, wenn wir bei der nächsten Wegscheide einbögen und nach Westen zum Meere führen? Wir fahren an der Solberger Kirche vorbei und hinunter nach Ödmalsskil, und dann glaube ich nicht, daß es viel mehr als fünfviertel Meilen Wegs nach Marstrand sind. Es wäre doch eine schöne Sache, einmal heimkommen zu können, ohne Boot oder Fähre zu benutzen.«

Sie fuhren über die lange Karebyer Heide, und obgleich den ganzen Tag ruhiges Wetter gewesen war, strich jetzt ein kalter Lufthauch über die Heide und machte die Fahrt unbehaglich.

»Es mag weichlich aussehen, daß wir so mitten in der besten Arbeitszeit heimfahren«, sagte Torarin und schlug der Kälte wegen mit den Armen um sich. »Aber wir sind nun doch viele Wochen unterwegs gewesen, du und ich, und können es gut brauchen, ein paar Tage daheim zu sitzen und die Kälte aus dem Körper zu vertreiben.«

Da der Hund noch immer still dalag, schien Torarin seiner Sache sicherer zu werden, und er fuhr in zuversichtlicherem Tone fort:

»Nun hat Mutter viele, viele Tage einsam daheim in der Hütte gesessen. Sie sehnt sich wohl danach, uns wiederzusehen. Und in Marstrand geht es nun im Winter hoch her. Straßen und Gäßchen, Grim, sind voll von fremden Fischern und Kaufleuten. In den Seeschuppen gibt es jeden Abend Tanz. Und das viele Bier, das in den Schenken fließt! Das kannst du dir gar nicht denken.«

Als Torarin dies sagte, beugte er sich zu dem Hunde hinab, um zu sehen, ob er auf das hörte, was er zu ihm sprach.

Aber da der Hund ganz wach dalag und kein Zeichen des Mißvergnügens gab, bog Torarin in den ersten Weg ein, der nach Westen zum Meere führte. Er knallte mit der Peitsche und ließ das Pferd rasch traben.

»Da wir am Solberger Pfarrhof vorbeikommen«, sagte Torarin, »werde ich wohl dort vorsprechen und fragen, ob es sicher ist, daß das Eis bis nach Marstrand trägt. Dort müssen sie wohl darüber Bescheid wissen.«

Torarin hatte dies mit leiser Stimme gesagt, ohne daran zu denken, ob der Hund ihn hörte oder nicht. Aber kaum waren die Worte gesprochen, als der Hund sich auf der Fuhre aufstellte und ein entsetzliches Geheul ausstieß.

Das Pferd machte einen Sprung zur Seite, und auch Torarin erschrak und drehte sich um, um zu sehen, ob ihm Wölfe nachjagten. Aber als er merkte, daß es Grim war, der so heulte, versuchte er ihn zu beruhigen.

»Lieber«, sagte er zu ihm, »wie viele Male sind wir, du und ich, im Pfarrhof von Solberga eingekehrt. Ich kann ja nicht sagen, ob Herr Arne weiß, wie es mit dem Eise steht, aber das weiß ich sicher, daß er uns ein gutes Abendbrot vorsetzt, ehe wir unsere Seereise antreten.«

Doch seine Worte vermochten den Hund nicht zu beschwichtigen. Er richtete die Schnauze empor und heulte immer furchtbarer.

Da fehlte nicht viel, und es wäre Torarin unheimlich zumute geworden. Es war nun beinahe dunkel, aber Torarin konnte doch die Kirche von Solberga sehen und die weite Ebene ringsherum, die nach der Landseite von breiten bewaldeten Höhen, nach dem Meere zu von runden nackten Felsenklippen geschützt dalag. Wie er da ganz mutterseelenallein über die weite weiße Fläche fuhr, kam er sich wie ein ganz geringes und kleines Gewürm vor, aber von den dunklen Wäldern und den öden Felsenklippen zogen große Ungeheuer und Trolle aller Art heran, die sich nach Anbruch der Dunkelheit hinaus ins Land wagten. Und auf der ganzen Ebene gab es sonst niemand, auf den sie sich stürzen konnten, als den armen Torarin. Aber zu gleicher Zeit versuchte er den Hund zu beruhigen.

»Lieber, was hast du gegen Herrn Arne? Er ist der reichste Mann im Lande. Er ist aus hohem Geschlecht, und wäre er nicht Geistlicher, so würde er ein mächtiger Herrscher geworden sein.«

Aber damit konnte er den Hund nicht zum Schweigen bringen. Da riß Torarin die Geduld, so daß er den Hund beim Nackenfell packte und ihn vom Wagen hinunterwarf.

Der Hund lief ihm nicht nach, als er weiterfuhr, sondern blieb auf dem Wege stehen und heulte, bis Torarin durch ein dunkles Tor einfuhr und in den Hof des Pfarrhauses kam, der von vier langen niedrigen Holzbauten eingeschlossen wurde.

II

Im Pfarrhof von Solberga saß der Pfarrer, Herr Arne, und aß sein Abendbrot im Kreise aller seiner Hausgenossen. Es war kein Fremder zugegen außer Torarin.

Der Pfarrer war ein alter, weißhaariger Mann, aber er war doch noch groß und kräftig. Er hatte seine Gattin neben sich sitzen. Ihr hatten die Jahre übel mitgespielt. Ihr Kopf und ihre Hände zitterten, und sie war beinahe taub. An Herrn Arnes anderer Seite saß der Hilfspfarrer. Er war jung und bleich und hatte ein bekümmertes Aussehen, als könnte er alle die Gelehrsamkeit nicht tragen, die er während seines Studienjahres in Wittenberg eingesammelt hatte.

Diese drei saßen zu oberst am Tische, gleichsam ein wenig für sich. Nach ihnen kam Torarin, und dann die Diener. Diese waren auch alte Leute. Da waren drei Knechte, sie hatten Kahlköpfe, ihre Rücken waren gebeugt, und die Augen zwinkerten und tränten. Mägde gab es nur zwei. Sie waren etwas jünger und rüstiger als die Knechte, aber sie schienen doch hinfällig und voller Altersleiden.

Am untersten Ende des Tisches saßen zwei Kinder. Das eine war Herrn Arnes Sohnestochter, sie zählte nicht mehr als vierzehn Jahre. Sie war blondhaarig und zartgliedrig, das Gesicht war noch nicht recht fertig, aber sie sah aus, als würde sie lieblich werden. Sie hatte ein anderes kleines Jüngferchen neben sich. Das war eine arme vater- und mutterlose Waise, die immer im Pfarrhof lebte. Die beiden saßen dicht aneinandergeschmiegt auf der Bank, und es hatte den Anschein, als herrschte große Freundschaft zwischen ihnen.

Alle diese Leute saßen da und aßen im tiefsten Schweigen. Torarin sah vom einen zum andern, aber keiner hatte Lust, während der Mahlzeit zu sprechen. Alle die Alten dachten bei sich: Es ist eine große Sache, sein Essen zu haben und nicht Not leiden oder hungern zu müssen wie so oft in unserem Leben. Während wir essen, dürfen wir an nichts anderes denken als daran, Gott für seine Güte zu danken.

Da Torarin niemand hatte, mit dem er reden konnte, wanderten seine Blicke das Zimmer hinauf und hinab. Er ließ die Augen von dem großen Ofen, der in vielen Geschossen nahe der Eingangstüre hinaufgemauert war, zu dem großen Himmelbette schweifen, das in der entferntesten Ecke des Zimmers stand. Er blickte von den wandfesten Bänken, die rings um die Stube liefen, hinauf zum Windfang an der Decke, durch den der Rauch hinauszog und die Winterkälte hereinströmte.

Als Torarin, der Fischkrämer, der in der kleinsten und ärmlichsten Hütte der Schären hauste, dies alles sah, dachte er: »Wenn ich ein großer Herr wäre wie Herr Arne, dann würde ich mich nicht damit begnügen, in einer uralten Hütte mit einer einzigen Stube zu wohnen. Ich würde mir ein Haus bauen mit Giebeln und vielen Gemächern, so wie der Bürgermeister und die Ratsmänner in Marstrand es tun.«

Aber am häufigsten heftete Torarin seine Blicke auf eine große Eichentruhe, die zu Füßen des Himmelbettes stand. Er sah sie so oft an, weil er wußte, daß Herr Arne darin all sein Silbergeld verwahrte, und er hatte gehört, es wäre so viel, daß es die Truhe bis hinauf zum Rande füllte.

Und Torarin, der so arm war, daß er fast nie einen Silberling in der Tasche hatte, sagte zu sich selber: Ich möchte dieses Geld dennoch nicht haben. Man sagt, Herr Arne hätte es aus den großen Klöstern genommen, die früher einmal hier im Lande waren, und die alten Mönche hätten prophezeit, daß dieses Geld ihn ins Unglück stürzen würde.

Als Torarin eben in diese Gedanken versunken dasaß, sah er, wie die alte Hausmutter die Hand an das Ohr hielt, um besser zu hören. Hierauf wandte sie sich an Herrn Arne und fragte ihn: »Warum schleifen sie Messer auf Branehög?«

Es war eine so tiefe Stille im Zimmer, daß alle zusammenzuckten und erschrocken aufblickten, als die alte Frau dies fragte. Als sie sahen, daß sie dasaß und auf etwas horchte, hielten sie ihre Milchlöffel still und lauschten angestrengt.

Eine Weile war es ganz totenstill in der Stube, aber dabei wurde die alte Frau immer unruhiger und unruhiger. Sie legte die Hand auf Herrn Arnes Arm und fragte ihn: »Ich weiß nicht, warum sie heute abend auf Branehög so lange Messer schleifen?«

Torarin sah, daß Herr Arne ihr über die Hand strich, um sie zu beruhigen. Aber er dachte nicht daran zu antworten, sondern aß ruhig wie zuvor weiter.

Die alte Frau saß noch immer da und horchte. Vor Angst traten ihr Tränen in die Augen, und ihre Hände und ihr Kopf zitterten immer heftiger.

Da begannen die beiden kleinen Jüngferchen, die am Tischende saßen, vor Angst zu weinen.

»Könnt ihr nicht hören, wie es scharrt und kratzt?« fragte die Alte. »Könnt ihr nicht hören, wie es zischt und knirscht?«

Herr Arne saß still und streichelte seiner Frau die Hand. Solange er schwieg, wagte niemand sonst ein Wort zu äußern.

Aber alle glaubten, daß die alte Hausmutter etwas höre, was entsetzlich und unheilbringend sei. Alle fühlten, wie das Blut in ihren Adern erstarrte. Es saß niemand am Tische, der noch einen Bissen zum Munde führte, außer dem alten Herrn Arne selbst.

Sie dachten daran, daß die alte Hausmutter viele Jahre hindurch Sorge für das Haus getragen hatte. Sie war immer daheim auf dem Hofe geblieben und hatte mit Klugheit und Fürsorglichkeit über Kinder und Gesinde, über

Hab und Gut und Viehstand gewacht, so daß alles gedieh. Nun war sie abgearbeitet und steinalt, aber es war doch gewiß, daß sie es vor allen anderen merken würde, wenn dem Hofe Gefahr drohte.

Die alte Frau wurde immer ängstlicher und ängstlicher. Sie faltete die Hände, und in ihrer Hilflosigkeit begann sie so bitterlich zu weinen, daß große Tränen über die runzligen Wangen rollten.

»Fragst du gar nicht danach, Arne Arneson, warum ich so Angst habe?« klagte sie.

Herr Arne beugte sich nun zu ihr hinab und sagte: »Ich weiß nicht, wovor du dich fürchtest.«

»Ich fürchte mich vor den langen Messern, die sie auf Branehög schleifen«, sagte sie.

»Wie kannst du hören, daß sie auf Branehög Messer schleifen?« sagte Herr Arne und lachte. »Der Hof liegt ja eine Viertelmeile Wegs von hier. Nimm nur wieder den Löffel zur Hand und laß uns unser Abendbrot beenden.«

Die Alte versuchte, ihr Entsetzen zu unterdrücken. Sie nahm den Löffel und steckte ihn in die Milchschale, aber dabei zitterte ihre Hand so, daß alle hörten, wie der Löffel an den Rand schlug. Sie legte ihn gleich zurück. »Wie kann ich essen?« sagte sie. »Höre ich denn nicht, wie es knirscht? Höre ich denn nicht, wie es feilt?«

Im selben Augenblick schob Herr Arne den Milchnapf von sich und faltete die Hände. Alle anderen taten ein Gleiches, und der Hilfsgeistliche begann das Tischgebet zu sprechen.

Als dieses beendet war, sah Herr Arne zu denen hinunter, die unten am Tische saßen, und als er merkte, daß sie bleich und erschrocken aussahen, wurde er zornig.

Er fing mit ihnen von den Zeiten zu sprechen an, als er eben nach Bohuslän gekommen war, um die lutherische Lehre zu predigen. Da hatten er und seine Diener vor den Päpstlichen fliehen müssen wie gehetzte wilde Tiere. »Haben wir nicht unsere Feinde im Hinterhalt auf uns lauern sehen, wenn wir in das Haus Gottes zogen? Waren wir nicht aus dem Pfarrhof vertrieben, und haben wir nicht gleich Friedlosen in den Wald ziehen müssen? Steht es uns an, eines bösen Omens wegen den Mut zu verlieren und zu verzweifeln?«

Wie Herr Arne so sprach, sah er aus wie ein Recke, und die anderen faßten frischen Mut, als sie ihn hörten.

Das ist ja wahr, dachten sie. Gott hat Herrn Arne in den größten Gefahren beschützt. Er hält seine Hand über ihm. Er läßt seinen Diener nicht untergehen.

III

Als Torarin auf die Straße hinausfuhr, kam ihm sein Hund Grim entgegen und sprang auf die Fuhre hinauf. Als Torarin sah, daß der Hund vor dem Pfarrhof gewartet hatte, wurde er aufs neue unruhig. »Lieber, warum stehst du den ganzen Abend hier unterm Tor? Warum gehst du nicht in die Hütte und läßt dir einen Abendimbiß geben?« sagte er zum Hunde. »Kann Herrn Arne etwas Böses bevorstehen? Vielleicht habe ich ihn zum letztenmal gesehen. Aber auch ein solcher Recke wie er muß wohl einmal sterben. Er ist nun wohl an die neunzig Jahre alt.«

Er lenkte das Pferd auf einen Weg, der an dem Hofe Branehög vorbei hinab nach Ödmalsskil führte.

Als er nach Branehög kam, sah er, daß Schlitten auf dem Hofe standen und ein Lichtschein durch die verschlossenen Fensterläden drang.

Da sagte Torarin zu Grim: »Hier sind die Leute noch auf. Ich will hineinfahren und fragen, ob sie heute abend hier im Hause Messer geschliffen haben.«

Er fuhr in den Hof, aber als er die Tür zur Stube öffnete, sah er, daß drinnen ein Gastmahl abgehalten wurde. Auf den Bänken, den Wänden entlang, saßen alte Männer und tranken Bier, und auf der Diele gingen die Jungen umher und spielten und tanzten.

Torarin sah sogleich, daß hier niemand daran dachte, seine Waffen zu blutiger Tat zu bereiten. Er schlug die Türe wieder zu und wollte seiner Wege gehen, aber der Herr des Hauses kam ihm nach. Er bat Torarin zu bleiben, da er nun einmal gekommen wäre, und zog ihn in die Stube.

Torarin saß eine gute Weile in großem Behagen da und plauderte mit den Bauern. Sie waren sehr aufgeräumt, und Torarin war froh, sich alle düsteren Gedanken aus dem Sinne schlagen zu können.

Aber Torarin war nicht der einzige, der an diesem Abend spät zum Gastmahl kam. Lange nachher traten ein Mann und eine Frau zur Türe herein. Sie waren dürftig gekleidet, und sie blieben verzagt in der Ecke zwischen der Tür und dem Herde stehen.

Der Wirt ging sogleich zu den beiden Gästen hin. Er nahm sie beide bei der Hand und führte sie hinauf in die Stube. Dann sagte er zu den übrigen: »Ist es nicht wahr, was man sagt: die, die den kürzesten Weg haben, kommen am spätesten ans Ziel? Dies sind meine nächsten Nachbarn. Es gibt keine anderen Ansiedler hier in Branehög, als sie und mich.«

»Sage lieber gleich, daß es keine gibt außer dir«, sagte der Mann. »Du kannst mich nicht einen Ansiedler nennen. Ich bin nur ein armer Köhler, den du auf deinem Boden bauen ließest.«

Der Mann setzte sich neben Torarin, und sie begannen miteinander zu sprechen. Der neue Ankömmling erzählte Torarin, warum er so spät zum Gastmahl käme. Das wäre, weil sie daheim in ihrer Hütte einen Besuch gehabt hätten, den sie nicht allein zu lassen wagten. Es wären drei Gerbergesellen, die den ganzen Tag bei ihnen verbracht hätten. Am Morgen, als sie gekommen, wären sie ermattet und krank gewesen. Sie hätten gesagt, sie seien eine ganze Woche im Walde umhergeirrt. Aber nachdem sie gegessen und geschlafen hätten, wären sie bald zu Kräften gekommen, und am Abend hätten sie gefragt, welches Gehöft das reichste und größte in der Gegend sei. Dorthin wollten sie gehen, um Arbeit zu suchen. Die Frau hätte ihnen geantwortet, daß der Pfarrhof, wo Herr Arne wohnte, das ansehnlichste Anwesen wäre. Da hätten sie allsogleich aus ihren Ränzeln lange Messer gezogen und angefangen, sie zu schleifen. Dies hätten sie eine gute Weile fortgesetzt, und dabei hätten sie so wild ausgesehen, daß der Köhler und sein Weib nicht gewagt hätten, das Haus zu verlassen. »Ich sehe sie noch vor mir, wie sie dasaßen und mit ihren Messern knirschten«, sagte der Mann. »Sie sahen furchtbar aus, sie hatten große Bärte, die sie so manchen Tag nicht gestutzt oder gepflegt hatten, und sie waren in zottige Fellröcke gekleidet, die zerfetzt und schmutzig waren. Ich glaubte, es seien drei Werwölfe in die Stube gekommen. Ich war froh, als sie sich endlich trollten.« Als Torarin dies hörte, erzählte er dem Köhler, was er selbst im Pfarrhof mitgemacht hatte.

»Also war es doch wahr, daß sie heute abend in Branehög Messer schliffen«, sagte Torarin und lachte. Er hatte viel getrunken, weil er so traurig und bedrückt auf den Hof gekommen war. Und so hatte er denn versuchen müssen, sich zu trösten, so gut er konnte. »Nun bin ich wieder froh«, sagte er, »da ich jetzt weiß, daß die Pfarrersfrau kein anderes Vorzeichen gehört hat, als ein paar Gerber, die ihre Werkzeuge in Ordnung brachten.«

IV

Lange nach Mitternacht traten ein paar Männer aus der Stube auf Branehög, um ihre Pferde anzuschirren und heimzufahren.

Als sie auf den Hof kamen, sahen sie im Norden eine Feuersbrunst zum Himmel flackern. Sie eilten sogleich in die Stube zurück und riefen: »Stehet auf! Stehet auf! Der Pfarrhof von Solberga steht in Flammen!«

Es waren viele Leute bei dem Gastmahl, und wer ein Pferd hatte, schwang sich darauf und eilte zum Pfarrhof, aber beinahe ebenso rasch kamen die ans Ziel, die auf ihren eigenen flinken Füßen hinlaufen mußten. Als die Leute zum Pfarrhof kamen, schien da kein Mensch auf zu sein, sondern alle schienen zu schlafen, obgleich das Feuer hoch zum Himmel loderte. Aber es war keines der Häuser, das brannte, sondern ein großer Haufen Reisig und Stroh und Holz, der an der Wand des alten Pfarrhauses aufgeschichtet war. Er konnte noch nicht lange gebrannt haben. Die Flammen hatten gerade nur das gute Zimmerholz der Wand geschwärzt und den Schnee auf dem Strohdache zum Schmelzen gebracht. Jetzt begann jedoch das Stroh des Daches anzubrennen. Alle begriffen sogleich, daß dies ein Mordbrand war. Sie zweifelten, ob Herr Arne und seine Hausgenossen wirklich schliefen, oder ob ein Unglück sie getroffen hätte.

Aber bevor die Retter in das Haus drangen, wälzten sie mit langen Stangen den brennenden Scheiterhaufen von der Hauswand fort und kletterten auf das Dach und rissen das Stroh ab, das zu rauchen begonnen hatte und nahe daran war, Feuer zu fangen.

Dann gingen ein paar Männer auf die Haustüre zu, um einzutreten und Herrn Arne zu wecken, aber als der Vorangehende zur Schwelle kam, wich er zur Seite und ließ einem anderen den Vortritt.

Dieser machte einen Schritt vorwärts, aber als er die Hand nach dem Türgriff ausstrecken wollte, ging er zurück und machte jenen Platz, die hinter ihm standen.

Es deuchte sie eine grausige Tür, die da zu öffnen war; denn es kam ein breiter Blutstrom unter der Schwelle hervorgerieselt, und der Türgriff war mit Blut besudelt.

Da ging die Tür vor ihnen auf, und Herrn Arnes Hilfsgeistlicher kam heraus. Er taumelte auf die Männer zu, er hatte eine tiefe Wunde im Kopfe und war blutüberströmt. Er stand einen Augenblick aufrecht und reckte seine Hand empor, um Schweigen zu gebieten. Dann sagte er mit röchelnder Stimme:

»In dieser Nacht ist Herr Arne und sein ganzes Haus von drei Männern ermordet worden, die durch den Windfang des Daches hereingeklettert kamen und in zottige Felle gehüllt waren. Sie stürzten sich über uns her wie wilde Tiere und töteten uns.«

Mehr vermochte er nicht zu sagen. Er fiel vor den Füßen der Männer hin und war tot.

Nun traten die Leute in das Haus und fanden alles so, wie der Hilfspfarrer gesagt hatte.

Die große Eichentruhe, in der Herr Arne sein Geld verwahrte, war verschwunden, und Herrn Arnes Pferd war aus dem Stalle genommen und sein Schlitten aus dem Schuppen.

Es führten Schlittenspuren vom Hofe über die Pfarrhofwiesen hinab zum Meere, und ein Dutzend Männer eilte davon, um die Mörder zu greifen. Aber die Frauen mühten sich um die Toten und trugen sie aus der bluttriefenden Stube hinaus in den reinen Schnee. Da fand man nicht alle von Herrn Arnes Hausgenossen, sondern einer fehlte. Es war die arme Jungfrau, die Herr Arne in sein Haus aufgenommen hatte. Da herrschte große Verwunderung, ob es ihr vielleicht geglückt wäre, zu entfliehen, oder ob die Räuber sie mitgenommen hätten.

Aber als sie das ganze Haus genau durchsuchten, fanden sie sie zwischen dem großen Ofen und der Wand versteckt. Sie hatte sich während des Kampfes dort verborgen gehalten und es war ihr nichts geschehen. Aber sie war vom Schrecken so mitgenommen, daß sie nicht Rede und Antwort stehen konnte.

Auf den Brücken

Torarin hatte das arme Mädchen, das von dem Blutbade verschont geblieben war, mit nach Marstrand genommen. Er hatte ein so großes Mitleid für sie gefaßt, daß er ihr angeboten hatte, in seiner engen Hütte zu wohnen und Speise und Trank mit ihm und seiner Mutter zu teilen.

Dies ist das einzige, was ich für Herrn Arne tun kann, dachte Torarin, zum Lohn für alle die vielen Male, wo er mir meine Fische abkaufte und mich an seinem Tisch essen ließ.

So arm und gering ich auch bin, dachte Torarin, ist es doch besser für das

Mädchen, mit mir in die Stadt zu kommen als hier bei den Bauern zu bleiben. In Marstrand gibt es viele reiche Bürger, und das Mädchen wird vielleicht bei einem von ihnen einen Dienst finden und so ihr gutes Auskommen haben.

In den ersten Tagen, nachdem das Mädchen zur Stadt gekommen war, saß sie da und weinte vom Morgen bis zum Abend. Sie jammerte über Herrn Arne und sein Haus, und sie klagte, weil sie alle verloren hatte, die ihr nahe standen. Am meisten jedoch beklagte sie ihre Pflegeschwester und sagte, sie wünschte, sie hätte sich nicht an der Mauer versteckt und ihr in den Tod folgen können.

Torarins Mutter sagte nichts dazu, solange der Sohn daheim war. Aber als er wieder seine Fahrt angetreten hatte, sagte sie eines Morgens zu dem Mädchen: »Ich bin nicht so reich, Elsalill, um dir so viel Nahrung und Kleidung geben zu können, daß du hier mit den Händen im Schoße sitzen und deinen Kummer hüten kannst. Komm du mit mir hinunter auf die Brücken und lerne Fische reinigen!«

Da ging Elsalill mit ihr hinunter auf die Brücken und stand den ganzen Tag unter den anderen Fischerinnen und arbeitete.

Aber die meisten Frauen auf den Brücken waren jung und guter Dinge. Sie begannen mit Elsalill zu sprechen und fragten sie, warum sie so traurig und stumm wäre.

Da begann Elsalill ihnen zu erzählen, was für ein Abenteuer ihr vor nicht mehr als drei Nächten widerfahren war. Sie erzählte von den drei Räubern, die durch den Windfang des Daches in die Stube gedrungen waren und alle ermordet hatten, die ihr im Leben nahestanden.

Als Elsalill dies erzählte, fiel ein schwarzer Schatten auf den Tisch, an dem sie stand und arbeitete. Und als sie aufsah, standen vor ihr drei vornehme Herren, die breite Hüte mit großen Federn trugen und Samtkleider mit großen Puffen, die mit Seide und Gold bestickt waren.

Einer von ihnen schien der Vornehmste zu sein. Er war sehr bleich, sein Bart war geschoren, und die Augen lagen tief in ihren Höhlen. Es hatte den Anschein, als wäre er jüngst krank gewesen. Aber sonst sah er aus wie ein fröhlicher und kühner Kavalier, der auf den besonnten Brücken umherging, um den Leuten seine schönen Kleider und sein schönes Gesicht zu zeigen.

Elsalill hielt mit der Arbeit und mit der Erzählung inne. Sie stand mit offenem Munde und aufgerissenen Augen da und betrachtete ihn. Und er lächelte ihr zu. »Wir sind nicht hergekommen, um dich zu erschrecken, Mädchen«, sagte er, »und wir bitten dich, daß du auch uns gestattest, deiner Erzählung zuzuhören.« Die arme Elsalill, niemals in ihrem ganzen Leben hatte sie einen solchen Mann gesehen. Sie glaubte, vor ihm nicht sprechen zu können. Sie schwieg nur und sah hinunter auf ihre Arbeit.

Da begann der Fremde noch einmal: »Sei doch nicht bange, Mädchen. Wir sind Schotten, die wohl an die zehn Jahre in den Diensten des Königs Johann von Schweden gestanden haben, aber jetzt haben wir Urlaub und wollen heimreisen. Wir sind nach Marstrand gekommen, um eine Fahrgelegenheit nach Schottland hinüber zu finden, aber als wir herkamen, waren alle Sunde und Fjorde gefroren, und hier müssen wir nun bleiben und warten. Wir haben keinerlei Beschäftigung, und darum schlendern wir über die Brücken, um Leute zu treffen. Wir wären froh, wenn du uns deine Geschichte hören ließest.«

Elsalill begriff, daß er so lange sprach, um ihr Zeit zu geben, ihre Fassung wiederzuerlangen. Endlich dachte sie bei sich selber: Du mußt doch wohl zeigen, daß du nicht zu gering bist, um mit einem hohen Herrn zu sprechen, Elsalill! Du bist doch von guter Geburt und keine Fischerdirne!

»Ich sprach nur von dem großen Blutbade im Pfarrhofe von Solberga«, sagte Elsalill. »Es erzählen ja jetzt so viele davon.«

»Ja«, sagte der Fremde, »aber ich wußte bis jetzt nicht, daß jemand von Herrn Arnes Leuten mit dem Leben davongekommen ist.«

Da erzählte Elsalill noch einmal von dem Eindringen der wilden Räuber. Sie erzählte, wie die alten Knechte sich um Herrn Arne geschart hatten, um ihn zu schützen, und wie Herr Arne selbst sein Schwert von der Wand gerissen hatte und auf die Räuber eingedrungen war; die aber hatten sie alle besiegt. Und die alte Pfarrersfrau hatte das Schwert ihres Mannes aufgehoben und war auf die Räuber losgegangen, aber sie hatten sie nur ausgelacht und sie mit einem Holzscheit zu Boden geschlagen. Und alle die anderen Frauen hatten sich auf die Ofenmauer verkrochen, aber als die Männer tot waren, kamen die Mörder und rissen sie herunter und mordeten sie. »Die letzte, die sie töteten«, sagte Elsalill, »war meine liebe Pflegeschwester. Sie bat so flehentlich um ihr Leben, und zwei von ihnen wollten es ihr schenken, aber der dritte sagte, alle müßten sterben, und stach ihr sein Messer ins Herz.«

Solange Elsalill von Mord und Blut sprach, standen die drei Männer vor ihr still. Sie tauschten keinen Blick miteinander, aber ihre Ohren wurden gleichsam lang vom Horchen, und ihre Augen funkelten, und zuweilen öffneten sich ihre Lippen, so daß die Zahnreihen weiß hervorleuchteten.

Elsalill stand da, die Augen voll Tränen, nicht ein einziges Mal sah sie auf, während sie sprach. Sie sah nicht, daß der Mann vor ihr Augen und Zähne hatte wie ein Wolf. Erst als sie zu Ende gesprochen hatte, trocknete sie ihre Tränen und sah zu ihm auf.

Doch als er Elsalills Augen begegnete, veränderte sich sein Gesicht sofort.

»Da du die Mörder so gut gesehen hast, Jungfrau«, sagte er, »hättest du sie wohl sogleich wiedererkannt, wenn du ihnen begegnet wärest?«

»Hab' ich sie doch nicht anders gesehn als beim Schein der Kienspäne, die sie aus dem Herde rissen, um sich beim Morden zu leuchten«, sagte Elsalill, »aber dennoch würde ich sie mit Gottes Hilfe wohl wiedererkennen. Und ich bete alle Tage zu Gott, daß ich ihnen begegnen möchte.«

»Was meinst du damit, Jungfrau?« fragte der Fremde. »Ist es nicht wahr, daß die mörderischen Wanderer tot sind?«

»Ja, das weiß ich wohl«, sagte Elsalill. »Die Bauern, die ihnen nachjagten, verfolgten ihre Spuren vom Pfarrhofe bis zu einer Wake im Eise. Bis dorthin sahen sie auf dem blanken Eisspiegel Spuren von Schlittenkufen, Spuren von Pferdehufen, Fußstapfen von Menschen, die harte, eisenbeschlagene Schuhe getragen hatten. Aber von der Wake führten keine Spuren weiter über das Eis, darum glaubten die Bauern, daß alle tot wären.«

»Glaubst du, Elsalill, denn nicht, daß sie tot sind?« fragte der Fremde.

»Doch, ich glaube wohl, daß sie ertrunken sind«, sagte Elsalill, »und dennoch bete ich jeden Tag zu Gott, daß sie entronnen sein möchten. Ich spreche so zu Gott: Laß es so sein, daß sie nur mit Pferd und Schlitten in die Wake gefahren, daß sie selbst aber davongekommen sein möchten.«

»Warum willst du das, Elsalill?« fragte der Fremde.

Das zarte Mädchen Elsalill warf den Kopf zurück, und ihre Augen leuchteten: »Ich wollte wohl, daß sie lebten, damit ich sie ausfindig machen und greifen könnte. Ich wollte, daß sie lebten, damit ich ihnen das Herz aus der Brust reißen könnte. Ich wollte, daß sie lebten, damit ich ihren Leib in vier Teile zerstückelt auf das Rad geflochten sähe.«

»Wie wolltest du dies alles bewerkstelligen?« sagte der Fremde. »Du bist ja nur so ein schwaches, kleines Jungfräulein.«

»Wenn sie lebten«, sagte Elsalill, »dann würde ich sie schon der Strafe zuführen. Lieber wollte ich selbst in den Tod gehen, als sie entrinnen lassen. Sie mögen wohl stark und gewaltig sein, das weiß ich, aber mir würden sie nicht entrinnen können.«

Da lächelte der Fremde, aber Elsalill stampfte mit dem Fuße.

»Wenn sie lebten, dann würde ich immer daran denken, daß sie mir mein Heim genommen haben, so daß ich jetzt eine arme Dirne bin, die auf der kalten Brücke stehen und Fische schuppen muß. Ich würde mich daran erinnern, daß sie alle getötet haben, die mir nahe standen. Und besonders würde ich mich an den erinnern, der meine Pflegeschwester von der Mauer herunterzerrte und sie mordete, die mir so gut gesinnt war.«

Aber als das kleine zarte Mädchen so großen Zorn zeigte, da begannen die drei schottischen Kriegsleute zu lachen. Sie waren so lachlustig, daß sie ihrer Wege gingen, damit Elsalill keinen Anstoß daran nähme. Sie gingen über den Hafen ein enges Gäßchen hinauf, das zum Marktplatz führte. Aber noch lange, nachdem sie verschwunden waren, hörte Elsalill, wie sie aus vollem Halse lachten, höhnisch und gellend.

Die Ausgesandte

Acht Tage nach seinem Tode wurde Herr Arne in der Kirche von Solberga beigesetzt und an demselben Tage wurde auf dem Thingplatze von Branehög Untersuchung über den Mord gehalten.

Aber Herr Arne war ein wohlbekannter Mann in Bohuslän gewesen, und an seinem Begräbnistage kamen so viele Menschen, vom Festlande wie von den Schären, zusammen, daß es war, als versammle sich ein Kriegsheer um seinen Anführer. Und über die Felder zwischen der Kirche von Solberga und Branehög wanderten so viele Leute, daß es am Abend keinen Zollbreit Schnee gab, der nicht von Menschen niedergetreten war.

Doch spät nachts, als alle diese Leute ihrer Wege gezogen waren, kam Torarin, der Fischkrämer, den Weg von Branehög herauf nach Solberga gefahren.

Torarin hatte im Laufe des Tages mit vielen Menschen gesprochen. Wieder und wieder hatte er von Herrn Arnes Tod erzählt. Er war auch auf dem Thingplatze gut verpflegt worden und hatte so manchen Bierkrug leeren müssen, mit Wanderern, die von weither gekommen waren.

Torarin fühlte sich schwer und träge, er hatte sich auf seiner Fuhre niedergelegt. Er war betrübt, daß Herr Arne dahingegangen war, und als er in die Nähe des Pfarrhofs kam, begannen ihn noch schwerere Gedanken zu quälen. »Grim, mein Hund«, sagte er, »wenn ich an dieses Vorzeichen mit den Messern geglaubt hätte, hätte ich das ganze Unheil abwehren können. Ich denke oft daran, Grim, mein Hund. Mir ist so ängstlich zumute, ganz, als hätte ich selbst mit dazu geholfen, Herrn Arne aus der Welt zu schaffen. Merke nun wohl, was ich sage: wenn ich das nächste Mal so etwas höre, werde ich es glauben und mich danach richten.«

Aber während Torarin auf dem Wagen lag und mit halbgeschlossenen Augen vor sich hindämmerte, ging sein Pferd, wie es ihm gefiel; und als es zum Pfarrhof von Solberga kam, da trabte es aus alter Gewohnheit in den Hof und ging bis zur Stalltüre. Torarin wußte von nichts. Erst als das Pferd stehen blieb, richtete er sich auf und sah sich um. Er schauderte zusammen, als er sah, daß er sich auf dem Hofe vor einem Hause befand, wo erst vor einer Woche so viele Menschen ermordet worden waren.

Er griff sogleich nach den Zügeln. Er wollte das Pferd umdrehen und wieder auf den Weg hinausfahren, aber in demselben Augenblick klopfte ihm jemand auf die Schulter, und er sah sich um. Da stand neben ihm der alte Olof, der Pferdeknecht, der im Pfarrhofe gedient hatte, solange Torarin überhaupt zurückdenken konnte.

»Hast du es so eilig, heute nacht vom Hofe wegzufahren, Torarin?« sagte der Alte. »Komm doch lieber ins Haus hinein! Herr Arne sitzt da und wartet auf dich.«

Torarin gingen tausend Gedanken durch den Kopf. Er wußte nicht, ob er träumte oder wachte. Olof, den Pferdeknecht, den er frisch und lebend vor sich stehen sah, hatte er vor einer Woche tot neben den anderen liegen sehen, mit einer großen Wunde im Halse.

Torarin faßte die Zügel fester. Es schien ihm das beste, rasch fortzukommen. Aber die Hand Olofs, des Pferdeknechts, lag noch auf seiner Schulter, und der Alte fuhr fort, ihn zu bedrängen.

Torarin grübelte hin und her, um eine Ausflucht zu finden. »Es lag mir nicht im Sinn, Herrn Arne zu so später Stunde zu stören«, sagte er. »Das Pferd ist hergetrabt, ohne daß ich davon wußte. Ich will jetzt weiterfahren und mir eine Herberge für die Nacht suchen. Wenn Herr Arne mich sprechen will, kann ich wohl morgen wiederkommen.«

Damit beugte Torarin sich vor und schlug mit der Peitsche nach dem Pferde, damit es sich in Bewegung setze.

Allein im selben Augenblick stand der Pfarrhofknecht vorne beim Kopfe des Pferdes, faßte es am Zaumzeug und zwang es, still zu stehen. »Sei nicht halsstarrig, Torarin«, sagte der Knecht. »Herr Arne ist noch nicht zu Bett gegangen, er sitzt da und wartet auf dich. Und du mußt doch wissen, daß du hier ein ebenso gutes Nachtquartier finden kannst wie auf irgendeinem anderen Hofe im Kirchspiel.«

Da wollte Torarin antworten, daß er sich nicht damit begnügen könnte, in einem Hause ohne Dach zu wohnen. Aber bevor er etwas sagte, warf er einen Blick auf das Wohngebäude. Da sah er das alte Dach ebenso wohlbehalten und ansehnlich wie vor dem Brande dastehen.

Und doch hatte Torarin noch an demselben Morgen den nackten Dachstuhl in die Luft ragen sehen.

Er schaute und schaute und rieb sich die Augen, aber das Pfarrhaus stand ganz gewiß unversehrt da, mit Stroh und Schnee auf dem Dache. Durch den Windfang sah er Rauch und Funken aufflattern. Und durch die wohlverschlossenen Fensterläden sah er den Lichtschein auf den Schnee fallen.

Wer weit auf der kalten Landstraße umherzieht, kennt keinen traulicheren Anblick als den Lichtschein, der aus einer warmen Stube dringt. Aber Torarin wurde nur noch erschrockener, als er vorher gewesen war. Er peitschte das Pferd, so daß es sich bäumte und ausschlug. Aber nicht um einen Schritt brachte er es von der Stalltüre fort.

»Komm du nur mit herein, Torarin«, sagte der Stallknecht. »Ich dachte, du wolltest doch in dieser Sache nichts mehr zu bereuen haben.«

Nun kam es Torarin wieder in den Sinn, was er sich auf dem Wege gelobt hatte. Und während er eben noch mit hocherhobener Peitsche auf dem Wagen gestanden hatte, wurde er mit einem Male so zahm wie ein Lamm.

»Sieh her, Olof, hier bin ich also!« sagte er und sprang von der Fuhre hinunter. »Es ist wahr, daß ich in dieser Sache nichts zu bereuen haben will. Führe mich jetzt hinein zu Herrn Arne!«

Aber die schwersten Schritte, die Torarin je gegangen war, waren die über den Hof zum Hause hin.

Als die Tür aufging, schloß Torarin die Augen, um nicht in die Stube sehen zu müssen. Aber er suchte sich Mut zu machen, indem er an Herrn Arne dachte. »Er hat dir so manche gute Mahlzeit gegeben. Er hat deine Fische gekauft, wenn auch seine eigene Vorratskammer voll war. Er ist dir immer im Leben wohlgesinnt gewesen, und sicherlich will er dir auch nach seinem Tod nicht schaden. Vielleicht will er einen Dienst von dir verlangen. Du darfst nicht vergessen, Torarin, daß man Dankbarkeit zeigen muß, auch gegen die Toten.«

Torarin schlug die Augen auf und sah in die Stube. Da sah er den großen Raum, ganz wie er ihn immer gesehen hatte. Er erkannte den hohen gemauerten Ofen wieder und die gewebten Tücher an den Wänden. Aber er schaute viele Male von Wand zu Wand und vom Boden zur Decke, bevor er sich ein Herz faßte und zu dem Tische und der Bank hinsah, wo Herr Arne immer gesessen hatte.

Aber endlich blickte er auch dorthin, und da sah er Herrn Arne selbst leibhaftig am Tische sitzen mit seiner Gattin und dem Hilfspastor zur Rechten und zur Linken, so wie er ihn vor acht Tagen gesehen hatte. Er schien eben seine Mahlzeit beendigt zu haben, er hatte den Teller zurückgeschoben, und der Löffel lag vor ihm auf dem Tische. Alle die alten Diener und Dienerinnen saßen am Tische, aber nur eines von den jungen Mädchen.

Torarin stand lange unten an der Tür und betrachtete die, die am Tische saßen. Sie sahen alle ängstlich und betrübt aus, und auch Herr Arne saß schwermütig da wie die anderen und stützte das Haupt in die Hand.

Endlich sah Torarin, daß Herr Arne den Kopf erhob. »Bringst du jemand Fremdes mit in die Stube, Pferdeknecht Olof?«

»Ja«, antwortete der Knecht, »es ist Torarin, der Fischkrämer, der heute auf dem Thing in Branehög gewesen ist.«

Da schien Herr Arne fröhlicher auszusehen, und Torarin hörte ihn sagen: »Tritt näher, Torarin, und laß uns die Neuigkeiten vom Thing hören! Hier habe ich jetzt die halbe Nacht gesessen und auf dich gewartet!« Das alles klang so wirklich und natürlich, daß Torarin anfing, sich immer beherzter zu fühlen. Er ging ganz mutig durch die Stube, auf Herrn Arne zu. Er fragte sich, ob es nicht ein böser Traum gewesen wäre, daß Herr Arne ermordet sei, und ob er nicht in Wahrheit lebte.

Aber während Torarin durch die Stube ging, warf er aus alter Gewohnheit einen Blick auf das Himmelbett, neben dem die große Geldtruhe zu stehen pflegte. Aber die eisenbeschlagene Truhe stand nicht mehr auf ihrem Platze, und als Torarin dies sah, durchlief ihn wieder ein Gruseln.

»Nun, Torarin, sage uns, wie es heute auf dem Thing abgelaufen ist«, hub Herr Arne an.

Torarin suchte so zu tun, wie ihm geheißen war, und erzählte vom Thing und von der Untersuchung, aber er konnte weder seiner Lippen noch seiner Zunge Herr werden, sondern sprach schlecht und stammelnd. Herr Arne unterbrach ihn auch sogleich: »Sag mir nur das Wichtigste, Torarin. Sind unsre Mörder gefunden und bestraft worden?«

»Nein, Herr Arne«, wagte da Torarin zu antworten. »Eure Mörder liegen auf dem Grunde des Hakefjords. Wie wollt Ihr, daß jemand Rache an ihnen nehme?«

Als Torarin diese Antwort gab, schien in Herrn Arne wieder seine alte Laune zu fahren, und er schlug mit der Hand hart auf den Tisch. »Was sagst du da, Torarin? Der Amtmann auf Bohus wäre mit seinen Beiständen und Schreibern hier gewesen und hätte Thing gehalten, und da hätte ihm niemand sagen können, wo er meine Mörder finden soll?«

»Nein, Herr Arne«, antwortete Torarin, »das kann ihm niemand unter den Lebenden sagen.«

Herr Arne saß eine Weile mit gerunzelter Stirn und blickte düster vor sich hin. Dann wandte er sich noch einmal an Torarin.

»Ich weiß, daß du mir ergeben bist, Torarin. Kannst du mir sagen, wie ich Rache nehmen soll an meinen Mördern?«

»Ich kann es wohl verstehen, Herr Arne«, sagte Torarin, »daß Ihr wünscht, Euch an jenen zu rächen, die Euch so roh ums Leben gebracht haben. Aber es gibt niemand unter uns, die wir auf Gottes grüner Erde wandeln, der Euch da behilflich sein könnte.«

Als Herr Arne diese Antwort erhalten hatte, versank er in tiefes Grübeln. Und es entstand ein langes Stillschweigen. Nach einer Weile wagte Torarin sich mit einer Bitte hervor. »Ich habe nun Euren Wunsch erfüllt, Herr Arne, und Euch gesagt, wie es auf dem Thing abgelaufen ist. Habt ihr mich noch etwas zu fragen, oder wollt Ihr mich jetzt ziehen lassen?«

»Du sollst nicht gehen, Torarin«, sagte Herr Arne, »ehe du mir nicht noch einmal geantwortet hast, ob keiner von den Lebenden uns rächen kann.«

»Selbst, wenn alle Männer aus Bohuslän und Norwegen zusammenkämen, um Rache an Euern Mördern zu nehmen, würde es ihnen nicht gelingen, sie zu finden«, sagte Torarin.

Da sprach Herr Arne:

»Wenn die Lebenden uns nicht helfen können, müssen wir uns selber helfen.«

Damit begann Herr Arne mit lauter Stimme ein Vaterunser zu beten, aber nicht auf norwegisch, sondern auf lateinisch, wie es vor seiner Zeit im Lande der Brauch gewesen war. Und bei jedem Worte des Gebetes, das er aussprach, wies er mit dem Finger auf einen von denen, die mit ihm am Tische saßen. Er ging sie auf diese Weise mehrere Male durch, bis er zum Amen kam. Aber als er dieses Wort sagte, streckte er den Finger gegen das junge Mädchen aus, das seine Sohnestochter war.

Sie erhob sich allsogleich von der Bank, und Herr Arne sagte zu ihr: »Du weißt, was du zu tun hast.«

Da klagte das Mädchen sehr und sagte: »Sende mich nicht mit diesem Auftrag aus. Das ist ein zu schweres Beginnen für ein so schwaches Wesen wie ich.«

»Ganz gewiß sollst du gehen«, sagte Herr Arne. »Es ist nur billig, daß du gehst, denn du hast am meisten zu rächen. Niemandem von uns sind so viele Jahre des Lebens geraubt worden wie dir, der Jüngsten unter uns.«

»Ich will keine Rache an irgendeinem Menschen«, sagte das Mädchen.

»Du sollst sogleich gehen«, sagte Herr Arne, »und du wirst nicht allein stehen. Du weißt, daß es unter den Lebenden zwei gibt, die vor acht Tagen hier mit uns an diesem Tische saßen.«

Aber als Torarin Herrn Arne dieses sagen hörte, glaubte er zu verstehen, daß Herr Arne ihn ausersähe, gegen Missetäter und Mörder zu kämpfen, und er rief:

»Um Gottes Barmherzigkeit willen beschwöre ich Euch, Herr Arne.«

Im selben Augenblick schien es Torarin, daß Herr Arne und der Pfarrhof in einem Nebel verschwänden, und er selbst sank tief hinab, als fiele er von einer schwindelnden Höhe, und damit verlor er das Bewußtsein.

Als er wieder zum Leben erwachte, begann der Morgen zu dämmern. Da sah er, daß er im Hofe des Solberger Pfarrhauses auf dem Boden lag. Das Pferd mit dem beladenen Wagen stand neben ihm, und Grim bellte und heulte über ihm.

»Es war alles nur ein Traum«, sagte Torarin, »nun sehe ich es ein. Der Hof ist öde und zerstört. Ich habe weder Herrn Arne gesehen noch irgendeinen andern. Aber ich habe mich im Traume so erschreckt, daß ich vom Wagen heruntergestürzt bin.«

Im Mondenschein

Als vierzehn Tage seit Herrn Arnes Tod verstrichen waren, kamen ein paar Nächte mit starkem, klarem Mondschein. Und eines Abends war Torarin unterwegs und fuhr durch den Mondschein. Einmal ums andre hielt er das

Pferd an, als fiele es ihm schwer, den Weg zu finden. Und er fuhr doch durch keinen unwegsamen Wald; vielmehr glaubte er, offene Erde um sich zu sehen, auf der sich viele steinige Hügel erhoben.

Die ganze Gegend war von weißem, schimmerndem Schnee bedeckt. Er war bei gutem Wetter still und gleichmäßig gefallen, er lag nicht in Haufen oder Wirbeln. So weit das Auge reichte, gab es nichts anderes als die gleiche glatte Ebene und die gleichen steinigen Hügel.

»Grim, mein Hund«, sagte Torarin, »wenn wir dies heute abend zum ersten Male sähen, dann würden wir wohl glauben, daß wir über eine große Heide zögen. Aber wir würden uns wohl darüber verwundern, daß der Boden so eben ist und der Weg ohne Steine oder Gruben. Was ist dies für eine Gegend, würden wir sagen, wo es weder Gräben noch Zäune gibt, und wie kommt es, daß kein Strauch und kein Hälmchen aus dem Schnee hervorguckt? Und warum sehen wir keine Flüsse oder Bächlein, die doch sonst selbst in der strengsten Kälte ihre schwarzen Furchen durch die weißen Felder ziehen?«

Torarin ergötzte sich sehr an diesen Gedanken, und auch Grim fand Gefallen an ihnen. Er regte sich nicht von seinem Platz auf der Wagenladung, sondern lag still und blinzelte.

Aber gerade, als Torarin seine Rede geschlossen hatte, fuhr er an einer hohen Stange vorbei, an der ein Büschel festgebunden war.

»Wenn wir hier fremd wären, Grim, mein Hund«, sagte Torarin, »dann würden wir uns wohl fragen, was dies für eine Heide sei, wo sie dieselben Zeichen aufstellen, wie man sie auf dem Meere benutzt. Dies kann doch wohl nicht das Meer selber sein, würden wir schließlich sagen. Aber das würde uns wohl ganz unmöglich vorkommen. Das so stetig und sicher daliegt, sollte das bloßes Wasser sein? Und alle diese Felsenhügel, die da so fest vereint ruhen, sollten es nur Inseln sein? Nein, wir könnten es nicht glauben, Grim, mein Hund.«

Torarin lachte, und Grim lag noch immser still und regunglos. Torarin fuhr weiter, bis er um einen hohen Felsenhügel bog. Da stieß er einen Ruf aus, als hätte er etwas Merkwürdiges gesehen. Er tat sehr erstaunt, zog die Zügel an und schlug die Hände zusammen.

»Grim, mein Hund, und du wolltest nicht glauben, daß dies das Meer sei! Jetzt siehst du doch, was es ist. Richte dich auf, dann wirst du sehen, daß hier vor uns ein großes Fahrzeug liegt. Du wolltest das Seezeichen nicht kennen, aber hierin kannst du dich nicht täuschen. Jetzt mußt du es einsehen und kannst es gar nicht mehr leugnen, daß es das Meer selbst ist, worüber wir ziehen.«

Torarin blieb noch eine Weile stehen und betrachtete ein großes Fahrzeug, das im Eise eingefroren dalag. Es sah ganz verlassen aus, wie es da mitten in der glatten weißen Schneedecke lag.

Aber als Torarin sah, daß ein schwacher Rauch aus dem hinteren Teil des Fahrzeugs aufstieg, fuhr er hin und rief den Schiffer an, um zu hören, ob er ihm Fische abkaufen wolle. Er hatte nur noch ein paar Dorsche auf dem Grunde seines Wagens, da er im Laufe des Tages zu allen den eingefrorenen Schuten gefahren war und ihnen Fische verkauft hatte.

An Bord saß der Schiffer mit seinen Leuten in trübseligster Laune. Sie kauften dem Handelsmanne Fische ab, nicht weil sie sie gebraucht hätten, sondern um jemanden zu haben, mit dem sie sprechen konnten.

Als sie zu Torarin hinunter aufs Eis kamen, machte dieser ein unschuldiges Gesicht und begann mit ihnen vom Wetter zu sprechen. »Seit Menschengedenken hat es kein so schönes Wetter gegeben wie heuer«, sagte Torarin. »Seit beinahe drei Wochen haben wir jetzt ruhige Luft und strenge Kälte. Das ist anders, als wir es sonst bei den Inseln gewohnt sind.«

Aber der Schiffer, der mit seiner großen Galeasse voll Heringstonnen dalag und in einer Bucht nahe bei Marstrand eingefroren war, gerade als er sich anschicken wollte, ins Meer hinauszusteuern, sah Torarin grimmig an und antwortete:

»Ja so, das nennst du schönes Wetter?«

»Wie sollte ich es sonst nennen?« sagte Torarin. Er sah unschuldig aus wie ein Kind. »Der Himmel ist klar und ruhig und blau, und die Nacht ist ebenso schön wie der Tag. Nie zuvor habe ich es erlebt, daß ich so Woche für Woche auf dem Eise umherfahren konnte. Das Meer friert hier draußen nicht so häufig zu, und wenn es einmal einen Winter vereist war, so kam immer gleich ein Sturm und riß die Eisdecke in wenigen Stunden wieder auf.«

Der Schiffer stand finster und verdüstert da; er antwortete gar nicht auf Torarins Geschwätz. Da begann Torarin zu fragen, warum er sich nicht nach Marstrand hinein begebe. »Es ist ja eine Wanderung von nicht mehr als einer Stunde über das Eis«, sagte Torarin.

Darauf erhielt er auch keine Antwort. Torarin begriff, daß der Mann die Galeasse keinen Augenblick verlassen wollte, aus Furcht, nicht zur Stelle zu sein, wenn das Eis bräche. Selten habe ich jemanden mit so sehnsuchtskranken Augen gesehen, dachte Torarin. Aber der Schiffer, der nun Tag für Tag zwischen den Inseln eingeschlossen dagesessen hatte, ohne sein Segel hissen und ins Meer hinaussteuern zu können, hatte inzwischen mancherlei gedacht, und er sagte zu Torarin:

»Du, der da überall herumzieht und von allem reden hört, was sich zuträgt, weißt du, warum Gott dieses Jahr die Wege ins Meer hinaus so lange verschließt und uns alle in Gefangenschaft hält?«

Als er dies sagte, hörte Torarin zu lächeln auf, aber er stellte sich unwissend und sagte: »Jetzt weiß ich nicht, wie du dies meinst.«

»Je nun«, sagte der Schiffer, »ich lag einmal einen ganzen Monat im Hafen von Bergen, und es blies alle Tage Gegenwind, so daß kein Schiff in See stechen konnte. Aber an Bord von einem der Schiffe, die im Hafen eingeschlossen waren, war ein Mann, der in Kirchen gestohlen hatte, und er wäre entkommen, wenn der Sturm nicht gewütet hätte. Nun gelang es ihnen, auszukundschaften, wo er sich befand, und sobald er ans Land gebracht war, kam sogleich schönes Wetter und guter Wind. Verstehst du nun, was ich meine, wenn ich frage, ob du weißt, warum Gott die Pforten des Meeres verschlossen hält?«

Torarin stand nun eine Weile schweigend da. Er sah aus, als hätte er nicht übel Lust, mit ernsten Worten zu entgegnen. Aber er schlug es sich aus dem Sinn und sagte: »Du wirst ganz kopfhängerisch davon, daß du hier zwischen den Inseln eingeschlossen dasitzst. Warum begibst du dich nicht nach Marstrand? Ich will dir sagen, daß dort ein fröhliches Leben geführt wird. Da gehen Hunderte von Fremden herum, die nichts anderes tun, als tanzen und trinken.«

»Warum geht es denn dort so fröhlich zu?« fragte der Schiffer.

»Ach«, sagte Torarin, »dort sind Seeleute, deren Schiffe eingefroren sind wie das deine. Da sind auch eine Menge Fischer, die eben ihren Heringsfang beendet hatten, als sie durch das Eis verhindert wurden, heimzufahren. Und da gehen vielleicht hundert schottische Söldlinge herum, die von ihrem Kriegsdienst beurlaubt sind und hier auf die Gelegenheit warten, heimzufahren nach Schottland. Glaubst du, daß sie alle die Köpfe hängen lassen und die Gelegenheit versäumen, sich frohe Tage zu machen?«

»Ja, es mag wohl sein, daß die Leute sich vergnügen können, aber mir ist es nun einmal am liebsten, hier zu warten«, sagte der Schiffer.

Torarin warf einen raschen Blick auf ihn. Der Schiffer war ein großer magerer Mann. Seine Augen waren hell und wasserklar, mit schwermütigem

Blick. Diesen Mann kann ich nicht froh machen, und ein andrer auch nicht, dachte Torarin.

Noch einmal begann der Schiffer aus freien Stücken mit ihm zu sprechen. »Diese schottischen Krieger«, sagte er, »sind das ordentliche Leute?«

»Solltest du sie am Ende nach Schottland hinüberführen?« sagte Torarin.

»Ja«, sagte der Schiffer, »ich habe eine Ladung nach Edinburgh, und einer von ihnen ist eben hier bei mir gewesen und hat mich gebeten, sie mitzunehmen. Aber ich liebe es nicht, mit solchen wilden Gesellen an Bord zu segeln, und ich habe ihn um Bedenkzeit gebeten. Hast du etwas über sie gehört? Glaubst du, daß ich es wagen kann, sie aufzunehmen?«

»Ich habe nichts anderes von ihnen gehört, als daß sie tapfere Leute sein sollen. Sicherlich kannst du sie mitnehmen.«

Aber in demselben Augenblick, als Torarin dies sagte, richtete sich sein Hund auf dem Wagen auf, streckte die Schnauze in die Luft und begann zu heulen.

Da brach Torarin sogleich das Lob der Schotten ab. »Was hast du nur, Grim, mein Hund?« sagte er. »Findest du, daß ich gar zu lange auf dem Eise bleibe und die Zeit verschwatze?«

Er machte sich bereit, weiterzufahren. »Ja, lebt wohl, hier draußen«, sagte er.

Torarin fuhr durch den schmalen Sund zwischen der Kleeinsel und der Kuhinsel nach Marstrand zu. Als er so weit gekommen war, daß er Marstrand sehen konnte, merkte er, daß er sich nicht allein auf dem Eise befand.

Im klaren Mondenschein sah er einen hohen Mann in stolzer Haltung über den Schnee wandern. Er sah, daß er einen federgeschmückten Hut und reich ausstaffierte Kleider mit weiten Puffen trug.

»Sieh da«, sagte Torarin zu sich selbst, »da geht Sir Archie, der Anführer der Schotten, der heute abend auf der Galeasse gewesen ist, um sich die Überfahrt nach Schottland zu sichern.«

Torarin war dem Manne so nahe, daß er schon seinen langen Schatten eingeholt hatte, der hinter ihm herglitt. Sein Pferd setzte gerade die Hufe auf die Hutfedern des Schattenbildes.

»Grim«, sagte Torarin, »sollen wir ihn fragen, ob er mit uns in die Stadt fahren will?«

Der Hund begann sich sogleich aufzurichten, aber Torarin legte ihm beschwichtigend die Hand auf den Rücken. »Sei nur ruhig, Grim, mein Hund! Ich sehe, daß du die Schottischen nicht liebst!«

Sir Archie hatte nicht bemerkt, daß ihm jemand so nahe war. Er ging weiter, ohne sich umzusehen. Torarin bog ganz sachte zur Seite, um an ihm vorbeizukommen.

Aber im selben Augenblick gewahrte Torarin hinter dem schottischen Herrn etwas, das einem zweiten Schatten glich. Er sah etwas, das lang und dünn und grau war und über den Boden hinschwebte, ohne Fußspuren auf dem Wege zu hinterlassen und ohne den weißen Schnee zum Knirschen zu bringen.

Der Schotte ging mit großen Schritten vorwärts. Er sah sich weder nach rechts noch nach links um. Aber der graue Schatten glitt von rückwärts an ihn heran, so nahe, daß es aussah, als wollte er ihm etwas ins Ohr flüstern.

Torarin fuhr behutsam vorwärts, bis er auf gleiche Höhe mit den beiden kam. Da sah er das Gesicht des Schotten im klaren Mondschein. Er ging mit zusammengezogenen Augenbrauen und sah unmutig aus, als würde er von einem Gedanken beschäftigt, der ihm Mißbehagen verursachte.

Gerade als Torarin an ihm vorbeifuhr, dreht er sich um und blickte hinter sich, als hätte er dort jemand bemerkt.

Torarin sah deutlich, daß hinter Sir Archie ein junges Mädchen in schleppendem, grauem Gewande einherschlich, aber Sir Archie sah sie nicht. Als er den Kopf wandte, stand sie regungslos still, und Sir Archies eigener Schatten legte sich dunkel und breit über sie und verdeckte sie.

Sir Archie wandte sich sogleich um und setzte seine Wanderung fort, und wieder eilte das Mädchen herbei und ging so, als ob sie ihm etwas ins Ohr flüstere. Aber als Torarin dies sah, packte ihn ein Grauen, das er nicht bemeistern konnte. Er schrie laut auf, und er hieb auf sein Pferd ein, so daß er in vollem Galopp mit der schweißtriefenden Mähre vor der Türe seiner Hütte ankam.

Verfolgung

I

Auf jener Seite der Marstrandsinsel, die dem Schärenarchipel zugekehrt und von einem Kranz von Inselchen geschützt war, lag die Stadt mit allen ihren Häusern und Bauwerken. Da bewegten sich die Menschen in Straßen und Gäßchen, da lag der Hafen, der voll von Booten und Schiffen war, da wurden Heringe eingesalzen und Fische gereinigt, da lag die Kirche und der Kirchhof, da waren das Rathaus und der Marktplatz, und da stand mancher hohe Baum, der im Sommer grünes Laub trug.

Aber auf jener Hälfte der Marstrandsinsel, die vom offenen Meere umgeben und nicht von Inseln geschützt wurde, gab es nichts anderes als einsame nackte Klippen und zerklüftete Bergvorsprünge, die ins Meer hineinragten. Da war Heidekraut mit braunen Köpfchen und stechendes Gestrüpp von Dornenbüschen, da waren Höhlen für Ottern und Füchse, Nester für Eidergänse und Möwen, doch keine Wege, keine Häuser und keine Menschen.

Torarins Hütte aber lag hoch oben auf dem Kamme der Insel; die eine Seite war der Stadt zugekehrt und die andere der Wildnis. Und wenn Elsalill die Tür öffnete, lagen vor ihr breite nackte Felsenplatten, von denen sie weit nach Westen blicken konnte, bis zu dem dunklen Rande, wo das offene Meer lag.

Aber alle die Seeleute und Fischer, die in Marstrand eingefroren waren, pflegten an Torarins Hütte vorbeizugehen, um die Klippen zu besteigen und zu sehen, ob Buchten und Sunde noch nicht angefangen hätten, ihre Eisdecke abzuwerfen.

Oft stand Elsalill in der Haustür und sah ihnen nach, wie sie dort hinaufgingen. Nach dem großen Kummer, der sie getroffen hatte, lebte sie ohne jede Freude, und sie dachte: Mir scheint, daß alle glücklich sind, die etwas haben, wonach sie sich sehnen können. Aber ich habe auf der weiten Welt nichts zu wünschen.

Eines Abends sah Elsalill, wie ein hochgewachsener Mann, der einen breitrandigen Hut mit einer großen Feder trug, oben auf den Felsenplatten stand und nach Westen übers Meer hinausblickte wie alle die andern. Und Elsalill sah sogleich, daß der Mann Sir Archie war, der Anführer der Schotten, der unten auf der Brücke mit ihr gesprochen hatte.

Als er auf dem Heimwege zur Stadt an der Hütte vorbeikam, stand Elsalill noch immer in der Tür, und sie weinte.

»Warum weinst du?« fragte er und blieb vor ihr stehen.

»Ich weine, weil ich nichts habe, wonach ich mich sehnen kann«, sagte Elsalill. »Als ich Euch auf der Klippe stehen und über das Meer hinausblikken sah, da dachte ich: Sicherlich hat er dort oben auf der anderen Seite des Meeres ein Heim, wohin er nun fahren will.«

Da wurde es Sir Archie weich ums Herz und er sagte: »Seit langen Jahren hat niemand mit mir von meinem Heim gesprochen. Weiß Gott, wie es auf meines Vaters Hof steht. Als ich siebzehn Jahre alt war, zog ich von dort fort, um in fremden Heeren zu dienen.« Damit trat Sir Archie in die Hütte zu Elsalill, und er begann mit ihr von seinem Elternhause zu reden.

Und Elsalill saß stumm da und hörte Sir Archie lange und wie gebannt zu. Sie fühlte sich glücklich über jedes Wort, das sie Sir Archie sagen hörte.

Aber als die Zeit herankam, wo Sir Archie gehen wollte, bat er Elsalill, sie küssen zu dürfen.

Da sagte Elsalill nein und sprang zur Türe, aber Sir Archie stellte sich ihr in den Weg und wollte sie zwingen.

In demselben Augenblick ging die Tür der Hütte auf, und die Hausmutter kam sehr hastig herein.

Da wich Sir Archie von Elsalill zurück. Er bot ihr nur die Hand zum Abschied und eilte davon.

Aber Torarins Mutter sagte zu Elsalill: »Es war recht von dir, daß du mir Botschaft sandtest. Es gehört sich nicht für ein Mädchen, mit einem solchen Manne wie Sir Archie allein in der Hütte zu sein. Das weißt du wohl: ein Söldling hat weder Ehre noch Gewissen.«

»Ich hätte Euch Botschaft gesandt?« sagte Elsalill erstaunt.

»Ja«, antwortete die Alte, »als ich auf der Brücke bei der Arbeit stand, kam ein kleines Mädchen, das ich nie zuvor gesehen habe, und sagte, du schicktest mir Grüße und bätest, ich solle heimkommen.«

»Wie sah das Mädchen aus?« fragte Elsalill.

»Ich sah sie nicht so genau an, daß ich dir das sagen könnte«, antwortete die Alte. »Aber eins merkte ich, sie ging so leicht über den Schnee, daß kein Laut vernehmbar war.«

Als Elsalill dies hörte, wurde sie ganz bleich, und sie sagte: »Dann war es wohl einer von Gottes Engeln, der Euch Kunde brachte und Euch nach Hause führte.«

II

Ein anderes Mal saß Sir Archie in Torarins Hütte und plauderte mit Elsalill.

Die beiden waren allein. Sie sprachen fröhlich miteinander und waren ganz vergnügt.

Sir Archie saß da und sprach mit Elsalill davon, daß sie ihn nach Schottland begleiten solle. Dort wolle er ihr ein Schloß bauen und sie zu einer vornehmen Burgfrau machen. Er sagte ihr, sie würde hundert Zofen unter sich haben und am Hofe des Königs tanzen.

Elsalill saß stumm da und lauschte jedem Worte, das Sir Archie zu ihr sagte, und sie glaubte sie alle. Und Sir Archie fand, daß er niemals ein Mädchen getroffen hatte, das so leicht zu betören gewesen wäre wie Elsalill.

Plötzlich ward Sir Archie ganz stumm und sah hinab auf seine linke Hand.

»Was habt Ihr, Sir Archie, warum sprecht ihr nicht weiter?« fragte Elsalill.

Sir Archie öffnete und schloß die Hand krampfhaft. Er wand sie hin und her.

»Was ist Euch, Sir Archie?« fragte Elsalill. »Ihr habt doch nicht am Ende Schmerzen in Eurer Hand?«

Da wendete sich Sir Archie mit verstörtem Gesicht Elsalill zu und sagte: »Siehst du das Haar, Elsalill, das sich um meine Hand schlingt? Siehst du die lichte Haarlocke?«

Als er zu sprechen begann, sah das junge Mädchen nichts, aber noch ehe er geendet, sah sie, wie eine Schlinge aus hellem, feinem Haar sich ein paarmal um Sir Archies Hand ringelte.

Das Mädchen sprang entsetzt auf und rief: »Sir Archie, von wem ist dieses Haar, das Ihr um Eure Hand geschlungen habt?«

Sir Archie blickte bestürzt und ratlos zu ihr hin. »Ich fühle, Elsalill, daß es wirklich Haar ist. Es legt sich kühl und weich um die Hand. Aber wo ist es hergekommen?«

Die Jungfrau saß da und starrte die Hand mit Augen an, die ihr aus dem Kopfe zu treten schienen.

»So hatte sich das Haar meiner Pflegeschwester um die Hand dessen geschlungen, der sie tötete«, sagte sie.

Aber dann begann Sir Archie zu lachen. Rasch zog er seine Hand zurück.

»Sieh«, sagte er, »du und ich, Elsalill, wir lassen uns erschrecken wie kleine Kinder. Es war nichts anderes als ein paar starke Sonnenstrahlen, die durch das Fenster hereinfielen.«

Aber die Jungfrau brach in Tränen aus und sagte: »Mir ist, als läge ich wieder auf der Ofenmauer und sähe die Mörder am Werk. Ach, ich hoffte doch bis zuletzt, daß sie meine geliebte Pflegeschwester nicht finden würden, aber endlich kam doch einer von ihnen und zog sie von der Mauer herunter, und als sie entfliehen wollte, da wickelte er ihr Haar um seine Hand und hielt sie fest. Aber sie lag auf den Knien vor ihm und sagte: ›Sieh, wie jung ich bin. Verschone mich! Laß mich wenigstens solange leben, daß ich begreifen lerne, warum ich zur Welt gekommen bin! Ich habe dir doch nichts zuleide getan, warum willst du mich töten? Warum willst du mir nicht das Leben gönnen?‹ Und er hörte nicht auf sie, sondern tötete sie.«

Als Elsalill dies sagte, stand Sir Archie mit gerunzelter Stirne da und blickte zur Seite.

»Ach, wenn ich dem Manne einmal begegnete!« sagte Elsalill. Sie stand mit geballten Fäusten vor Sir Archie.

»Du kannst dem Manne nicht begegnen«, sagte Sir Archie. »Er ist tot.«

Aber die Jungfrau warf sich auf die Bank und schluchzte. »Sir Archie, Sir Archie, warum habt Ihr mich dazu gebracht, an die Toten zu denken? Den ganzen Abend und die Nacht muß ich nun weinen. Geht, Sir Archie, denn jetzt habe ich nur noch Sinn für die Toten, nun muß ich an meine Pflegeschwester denken, daran, wie freundlich sie zu mir war.«

Und es gelang Sir Archie nicht, sie zu trösten, und er wurde von ihren Tränen und Klagen vertrieben und ging zu seinen Zechgenossen.

III

Sir Archie konnte nicht begreifen, warum sein Sinn stets von so trüben Gedanken erfüllt war. Er vergaß sie nicht, wenn er bei Elsalill saß und mit ihr plauderte, und nicht, wenn er bei seinen Kameraden war und mit ihnen trank. Wenn er auch die Nächte in den Seeschuppen durchtanzte, konnte er sie doch nicht vertreiben, und er entging ihnen nicht, wenn er auch meilenlange Strecken über das gefrorene Meer wanderte.

»Warum muß ich stets an etwas denken, woran ich mich nicht erinnern will?« sagte Sir Archie zu sich selbst. »Es ist mir, als schliche jemand mir immer nach und flüstere mir ins Ohr.«

»Es ist mir, als würde ein Netz um mich gesponnen«, sagte Sir Archie, »um alle meine Gedanken einzufangen und mir diesen einzigen übrig zu lassen. Ich kann den Jäger nicht sehen, der das Netz auswirft, aber ich höre seine Schritte, wenn er mir nachschleicht.«

»Es ist mir, als ginge ein Maler vor mir her und bemale alles, was ich betrachte, mit demselben Bilde«, sagte Sir Archie. »Ob ich die Blicke zum Himmel oder zur Erde wende, so sehe ich doch nichts anderes als eine einzige Sache.«

»Es ist mir, als säße ein Steinklopfer auf meinem Herzen und hämmerte einen einzigen Kummer hinein«, sagte Sir Archie. »Ich kann den Steinklopfer nicht sehen, aber Tag und Nacht höre ich, wie sein Hammer klopft und schlägt. Du steinernes Herz, du steinernes Herz, sagt er, jetzt mußt du nachgeben. Jetzt will ich einen Kummer in dich hineinhämmern.« Sir Archie hatte zwei Freunde, Sir Philip und Sir Reginald, die ihm überallhin folgten. Es bekümmerte sie, daß er immer unfroh war und nichts ihm Glück bringen konnte.

»Was fehlt dir?« pflegten sie zu sagen. »Warum sind deine Augen so brennend, und warum sind deine Wangen so bleich?«

Sir Archie wollte ihnen nicht sagen, was ihn quälte. Er dachte: was würden meine Genossen von mir denken, wenn sie erführen, daß ich mich von etwas so Unmännlichem gefangennehmen lasse? Sie würden mir nicht mehr gehorchen, wenn sie wüßten, daß ich von Reue über eine Tat gemartert werde, die notwendig war.

Doch als sie immer mehr in ihn drangen, sagte er zu ihnen, um sie auf falsche Fährte zu leiten:

»Es geht mir in diesen Tagen so wunderlich. Da ist ein Mädchen, das ich erobern will, aber ich kann es nicht erringen. Immer stellt sich mir etwas in den Weg.«

»Vielleicht liebt dich das Mädchen nicht?« fragte Sir Reginald.

»Ich glaube sicher, daß sie mich gern hat«, sagte Sir Archie, »aber es gibt etwas, was über ihr wacht, so daß ich sie nicht gewinnen kann.«

Da fingen Sir Reginald und Sir Philip zu lachen an, und sie sagten: »Das Mädchen wollen wir dir schon verschaffen.« –

Am Abend kam Elsalill einsam durch das Gäßchen gegangen. Sie kam müde von der Arbeit, und sie dachte bei sich selbst: »Dies Leben ist hart, und es macht mir keine Freude. Es graut mir davor, den ganzen Tag dazustehen und den Fischgeruch um mich zu haben. Es graut mir, wenn ich die anderen Frauen mit so harten Stimmen lachen und scherzen höre. Es graut mir vor den hungrigen Möwen, die über die Tische fliegen und mir die Fischstücke aus den Händen reißen wollen. Wenn doch jemand kommen und mich von hier fortnehmen wollte! Ich würde ihm bis ans Ende der Welt folgen.«

Als Elsalill an der Stelle ging, wo das Gäßchen am finstersten war, traten Sir Reginald und Sir Philip aus dem Schatten und grüßten sie.

»Jungfrau Elsalill!« sagten sie. »Wir bringen dir Kunde von Sir Archie.

Er liegt krank daheim in der Herberge. Er sehnt sich danach, mit dir zu sprechen, und bittet dich, uns zu ihm nach Hause zu folgen.«

Elsalill begann sich zu ängstigen, daß Sir Archie sehr krank sein könnte, und sie kehrte sogleich mit den beiden schottischen Herren um, die sie zu ihm führen wollten.

Sir Philip und Sir Reginald nahmen sie in die Mitte. Sie lächelten einander zu und dachten, daß nichts leichter sein könnte, als Elsalill zu betören.

Elsalill war in großer Hast und Eile. Sie lief beinahe das Gäßchen hinab. Sir Philip und Sir Reginald mußten gewaltig ausschreiten, um ihr folgen zu können. Aber als Elsalill so rasch vorwärtseilte, begann vor ihrem Fuße etwas zu rollen. Sie wäre fast darüber gestolpert.

Was ist das, was vor meinen Füßen rollt? dachte Elsalill. Es muß ein Stein sein, den ich aus der Erde gelöst habe und der nun den Abhang hinunterrollt. Sie hatte es so eilig, zu Sir Archie zu kommen, daß sie sich nicht von dem, was dicht vor ihren Füßen rollte, hindern lassen wollte. Sie stieß es beiseite, aber es kam sofort zurück und rollte vor ihr das Gäßchen hinunter.

Elsalill hörte, daß es wie Silber klang, als sie es fortstieß, und sie sah, daß es blinkte und schimmerte.

Das ist kein gewöhnlicher Stein, dachte Elsalill. Mir scheint, es ist eine Silbermünze. Aber sie hatte es so eilig, zu Sir Archie zu kommen, daß sie sich nicht die Zeit nahm, sie von der Straße aufzulesen.

Aber wieder und wieder rollte das Ding vor ihre Füße, und sie dachte: Du kommst rascher vorwärts, wenn du dich bückst und es aufhebst. Du kannst es weit weg werfen, wenn es etwas Wertloses ist.

Sie beugte sich hinunter und hob es auf. Es war eine große Silbermünze, die weiß in ihrer Hand leuchtete. »Was hast du da auf der Straße gefunden?« sagte Sir Reginald. »Es leuchtet so weiß im Mondenschein.« Sie gingen da gerade an einem der großen Seeschuppen vorbei, wo fremde Fischer wohnten, solange sie in Marstrand arbeiteten. Vor dem Eingang hing eine Hornlaterne, die einen schwachen Schein auf die Straße warf.

»Laß uns sehen, was du gefunden hast«, sagte Sir Philip und blieb unter der Laterne stehen.

Elsalill hielt die Münze in den Schein der Laterne, und kaum hatte sie einen Blick darauf geworfen, als sie ausrief: »Dies ist eines von Herrn Arnes Geldstücken! Ich kenne es wieder!«

»Was sagst du da?« fragte Sir Reginald. »Warum sagst du, daß dies eines von Herrn Arnes Geldstücken sei?«

»Ich kenne es«, sagte Elsalill. »Ich habe oft gesehen, wie Herr Arne es in der Hand hielt. Ja, sicherlich ist dies eines von Herrn Arnes Geldstükken.«

»Rufe nicht so laut!« sagte Sir Philip. »Hier kommen schon Leute, die herbeieilen, um zu hören, warum du so schreist.«

Aber Elsalill achtete nicht auf Sir Philip. Sie sah, daß die Türe zu dem Seeschuppen offen stand. Mitten im Raume brannte ein Feuer, und rings um die Flamme saßen eine Menge Männer in ruhigem, bedächtigem Gespräche.

Elsalill eilte zu ihnen hinein. Sie hielt die Münze hoch erhoben.

»Ihr Männer, hört alle her«, rief sie. »Jetzt weiß ich, daß Herrn Arnes Mörder am Leben sind. Seht her, ich habe eines von Herrn Arnes Geldstükken gefunden!«

Alle Männer wandten sich ihr zu. Da sah sie, daß Torarin, der Fischmakler, auch im Kreise saß.

»Womit kommst du da, Mädchen, und was rufst du?« fragte nun Torarin. »Wie kannst du Herrn Arnes Geldstücke von anderen Münzen unterscheiden?«

»Ich muß wohl diese Münze von allen anderen unterscheiden können«, sagte Elsalill. »Sie ist alt und groß, und sie hat einen Ausschnitt am Rande. Herr Arne sagte, sie sei aus der Zeit der alten norwegischen Könige, und niemals trennte er sich von ihr, um einen Einkauf zu bezahlen.«

»Nun erzähle, wo du sie gefunden hast, Mädchen«, sagte ein anderer Fischer.

»Ich habe sie auf der Straße gefunden, wo sie vor meinen Füßen rollte«, sagte Elsalill. »Da hat sie wohl einer der Mörder fallen lassen.«

»Es mag wahr oder unwahr sein, was du sagst«, versetzte Torarin. »Aber was können wir dabei tun? Wir können die Mörder doch nicht finden, nur weil du weißt, daß sie durch eine unserer Gassen gegangen sind.«

Die Fischer fanden, daß Torarin klug gesprochen hatte. Und sie setzten sich wieder um das Feuer.

»Komm du mit mir heim, Elsalill«, sagte Torarin. »Dies ist keine Stunde, in der ein Mädchen auf Gassen und Märkten herumlaufen soll.«

Als Torarin dies sagte, sah Elsalill sich nach ihren Begleitern um. Aber Sir Reginald und Sir Philip hatten sich fortgeschlichen, ohne daß sie es gemerkt hatte.

Im Rathauskeller

I

Die Wirtin des Rathauskellers zu Marstrand machte eines Morgens die Türen auf, um Treppe und Flur zu kehren. Da sah sie ein junges Mädchen auf einer Treppenstufe sitzen und warten. Sie war in ein langes, graues Gewand gekleidet, das mit einem Gürtel um den Leib zusammengenommen war. Das Haar war licht, und es war weder aufgesteckt noch geflochten, sondern hing an beiden Seiten des Gesichtes glatt hinunter.

Als die Tür geöffnet wurde, stand sie auf und ging die Treppe in den Flur hinunter, aber der Wirtin war es, als ginge sie wie eine, die im Schlafe wandelt. Die ganze Zeit hielt sie die Augenlider gesenkt und die Arme hart an den Körper gepreßt. Je näher sie kam, desto mehr verwunderte sich die Wirtin darüber, wie zart und feingliedrig sie war. Auch ihr Gesicht war lieblich, aber es war dünn und durchsichtig, als wäre es aus sprödem Glas geformt.

Als sie zur Wirtin herankam, fragte sie, ob es hier einen Platz gäbe, den sie versehen könnte, und bat, sie in Dienst zu nehmen.

Da dachte die Wirtin an alle die wilden Gesellen, die des Abends im Gastzimmer zu sitzen und Bier und Wein zu trinken pflegten, und konnte sich ein Lächeln nicht verbeißen. »Nein, hier bei uns gibt es keinen Platz für solch ein kleines Jungfräulein wie dich«, sagte sie.

Das Mädchen schlug weder die Augen auf, noch machte sie sonst die geringste Bewegung, aber sie bat abermals, sie in Dienst zu nehmen. Sie verlange weder Kost noch Lohn, sagte sie, nur eine Arbeit.

»Nein«, sagte die Wirtin, »wenn meine eigene Tochter wäre wie du, ich würde es ihr abschlagen. Ich gönne dir etwas Besseres, als bei mir zu dienen.«

Das Mädchen ging sachte die Treppe hinauf, und die Wirtin blieb stehen und blickte ihr nach. Da sah sie so klein und hilflos aus, daß die Wirtin sich ihrer erbarmte.

Sie rief sie zurück und sagte ihr: »Vielleicht läufst du größere Gefahr, wenn du allein in Straßen und Gäßchen umhergehst, als wenn du zu mir kommst. Du darfst einen Tag bei mir bleiben und Tassen und Teller waschen, dann kann ich sehen, wozu du taugst.«

Die Wirtin führte sie in ein kleines Kämmerchen, das sie hinter dem Kellersaal eingerichtet hatte. Es war nicht größer als ein Schrank, und da war weder ein Fenster noch ein Guckloch, sondern es bekam nur Licht durch eine Luke in der Wand zum Schankzimmer.

»Steh heute hier«, sagte die Wirtin zu ihr, »und spüle alle die Tassen und Teller, die ich dir durch diese Luke reiche, dann will ich sehen, ob ich dich in meinem Dienst behalten kann.«

Das Mädchen ging in das Kämmerchen und bewegte sich so leise, daß es der Wirtin schien, als wäre eine Tote in ihr Grab geglitten.

Sie stand den ganzen Tag dort drinnen, mit niemandem sprach sie, und niemals steckte sie den Kopf durch die Luke, um die Leute anzusehen, die in dem Kellersaal aus und ein gingen. Das Essen, das man ihr gab, berührte sie nicht.

Niemand hörte sie beim Tellerwaschen klappern, aber wann immer die Wirtin die Hand durch die Luke streckte, reichte sie ihr die frischgewaschenen Tassen und Teller, auf denen kein Fleckchen war.

Aber wenn die Wirtin sie nahm, um sie auf die Tische zu stellen, da waren sie so kalt, daß sie glaubte, sie würden ihr die Haut von den Fingern brennen. Und ihr schauderte, und sie sagte: »Es ist, als nähme ich sie dem kalten Tode aus den Händen.«

II

Eines Tages hatte es auf den Brücken keine Fische zu reinigen gegeben, so daß Elsalill daheim bleiben durfte. Sie saß allein in der Hütte und spann. Es war ein tüchtiges Feuer im Herde und ziemlich hell in der Hütte.

Mitten in der Arbeit fühlte sie einen leichten Hauch, als striche ein kalter Wind über ihre Stirn. Sie blickte auf, und da sah sie, daß ihre tote Pflegeschwester vor ihr stand.

Elsalill legte die Hand auf das Spinnrad, so daß es stehen blieb, und saß still da und betrachtete ihre Pflegeschwester. Zuerst erschrak sie, aber sie dachte bei sich: Warum sollte ich mich vor meiner Pflegeschwester fürchten. Ob sie nun tot oder lebendig ist, bin ich doch froh, sie zu sehen.

»Mein Liebchen«, sagte sie zu der Toten, »wünschst du etwas von mir?«

Da sprach die andre mit einer Stimme, die ohne Stärke und Ton war: »Schwesterchen Elsalill, ich habe mich im Gasthause verdingt, und die Wirtin hat mich den ganzen Tag stehen und Tassen und Teller waschen lassen. Nun, am Abend, bin ich so müde, daß ich es nicht mehr ertrage. Ich bin nun hergekommen, um zu fragen, ob du nicht kommen und mir helfen willst?«

Als Elsalill dies vernahm, war es ihr, als legte sich ein Schleier über ihren Verstand. Sie konnte nicht mehr denken oder wollen oder Furcht empfinden. Sie konnte nur Freude darüber fühlen, daß sie ihre Pflegeschwester wiedersah, und sie antwortete: »Ja, mein Liebchen, ich will sogleich kommen und dir helfen.«

Da schritt die Tote auf die Tür zu, und Elsalill folgte ihr. Aber als sie auf der Schwelle standen, blieb ihre Pflegeschwester stehen und sagte zu Elsalill: »Du mußt deinen Mantel umnehmen. Draußen weht ein heftiger Sturm.« Und als sie dies sagte, klang ihre Stimme ein bißchen deutlicher als früher und weniger tonlos.

Da nahm Elsalill ihren Mantel von der Wand und hüllte sich hinein. Sie dachte bei sich: Meine Pflegeschwester liebt mich noch. Sie will mir nichts zuleide tun. Ich bin glücklich, ihr zu folgen, wohin sie mich auch führen mag.

Und sie folgte der Toten durch viele Gassen, von Torarins Hütte, die auf einer steinigen Anhöhe lag, bis zu den ebeneren Straßen am Platze und am Hafen.

Die Tote ging die ganze Zeit zwei Schritte vor Elsalill. Es war ein starker Sturm, der an diesem Abend durch die Gassen heulte, und Elsalill merkte, wenn der Wind sehr heftig kam und sie an die Wand pressen wollte, daß die Tote sich zwischen sie und den Wind stellte und sie, so gut sie konnte, mit ihrem zarten Leibe schützte.

Als sie endlich zum Rathause kamen, ging die Tote die Kellertreppe hinunter und winkte Elsalill, ihr zu folgen. Aber als sie die Treppe hinuntergingen, blies der Wind das Licht der Laterne aus, die im Flure hing, und sie standen im Dunkeln. Da wußte Elsalill nicht, wohin sie ihre Schritte wenden sollte, und die Tote mußte ihre Hand auf die Elsalills legen, um sie zu führen. Aber die Hand der Toten war so kalt, daß Elsalill zusammenzuckte und vor Schrecken zu zittern begann. Da entfernte die Tote ihre Hand und wickelte sie in einen Zipfel von Elsalills Mantel, bevor sie wieder versuchte, sie zu führen. Aber Elsalill fühlte die Eiseskälte durch Futter und Pelzwerk.

Nun führte die Tote Elsalill durch einen langen Gang und öffnete dann eine Tür. Sie kamen in ein kleines, dunkles Kämmerchen, in das durch eine Luke in der Wand ein schwacher Lichtschein fiel. Elsalill sah, daß sie sich in einem Raum befanden, wohin die Wirtin ihr Schankmädchen zu stellen pflegte, um die Tassen und Teller zu waschen, die sie für die Gäste brauchte. Elsalill konnte erkennen, daß ein Wasserschaff auf einem Schemel stand, und in der Luke standen Becher und Gefäße, die gespült werden sollten.

»Willst du mir heut abend bei dieser Arbeit helfen, Elsalill?« sagte die Tote.

»Ja, mein Liebchen«, sagte Elsalill, »du weißt, daß ich dir bei allem helfe, was du willst.«

Damit legte Elsalill den Mantel ab. Sie streifte ihre Ärmel auf und machte sich an die Arbeit.

»Willst du nun sehr ruhig und still hier sein, Elsalill, daß die Wirtin es nicht merkt, daß ich mir eine Hilfe angeschafft habe?«

»Ja, mein Liebchen«, sagte Elsalill.

»Ja, dann lebe wohl, Elsalill«, sagte die Tote. »Nun will ich dich nur um eines bitten. Und das ist, daß du mir hiernach nicht allzusehr zürnen mögest.«

»Soll dies bedeuten, daß du mir Lebewohl sagst?« sagte Elsalill. »Ich will gerne jeden Abend kommen und dir helfen.«

»Nein, öfter als heute abend brauchst du wohl nicht zu kommen«, sagte die Tote. »Ich denke, du wirst mir heute nacht so helfen, daß dieses Werk vollbracht ist.«

Während sie so sprachen, hatte Elsalill sich schon über die Arbeit gebeugt. Ein Weilchen war alles still, aber dann spürte sie einen leisen Hauch auf der Stirne, gerade wie damals, als die Tote in Torarins Hütte zu ihr gekommen war. Da sah sie auf und merkte, daß sie allein war. Sie begriff, was es war, das sie wie einen leichten Hauch auf der Stirne gespürt hatte, und sagte zu sich selbst: »Meine tote Pflegeschwester hat mich auf die Stirne geküßt, ehe sie von mir schied.«

Elsalill machte nun zuerst ihre Arbeit fertig. Sie spülte alle Schalen und Kannen ab und trocknete sie. Dann ging sie zur Luke, um zu sehen, ob neue hingestellt worden waren. Sie fand keine dort, und so blieb sie vor der Luke stehen und sah hinaus in den Kellersaal.

Es war zu einer Stunde des Tages, wo keine Gäste in den Keller zu kommen pflegten. Die Wirtin saß nicht hinter ihrem Schanktisch, und keiner ihrer Dienstleute befand sich in der Stube. Die einzigen, die man sah, waren drei Männer, die am Ende eines großen Tisches saßen. Sie waren Gäste, schienen aber hier ganz heimisch zu sein, denn einer von ihnen, der seinen Becher geleert hatte, ging zum Schanktisch, füllte ihn aus einem der großen

Fässer, die dort aufgestapelt lagen, und setzte sich wieder hin, um weiterzutrinken.

Elsalill stand da, als wäre sie aus einer fremden Welt gekommen. Ihre Gedanken weilten bei der toten Pflegeschwester, und sie konnte nicht recht unterscheiden, was sie sah. Es dauerte lange, bis sie merkte, daß die drei Männer am Tische ihr wohlvertraut und lieb waren. Denn die dort saßen, waren keine anderen als Sir Archie und seine beiden Freunde, Sir Reginald und Sir Philip.

In den letzten Tagen war Sir Archie nicht zu Elsalill gekommen, und sie war froh, ihn zu sehen. Sie wollte ihm sogleich zurufen, daß sie da, ganz in der Nähe wäre, aber da dachte sie, wie wunderlich es war, daß er gar nicht mehr zu ihr kam, und sie verhielt sich still. Vielleicht hat er eine andere lieb gewonnen, dachte Elsalill. Vielleicht denkt er jetzt an sie.

Denn Sir Archie saß ein kleines Stück von den anderen entfernt. Er saß stumm und starrte gerade vor sich hin, ohne zu trinken. Er nahm am Gespräch nicht teil, und wenn seine Freunde etwas zu ihm sagten, fand er es meist nicht der Mühe wert, darauf zu antworten.

Elsalill hörte, daß die anderen versuchten, ihn aufzumuntern. Sie fragten ihn, warum er nicht trinke. Sie rieten ihm sogar, zu Elsalill zu gehen und mit ihr zu plaudern, um wieder froh zu werden.

»Ihr sollt euch nicht um mich kümmern«, sagte Sir Archie. »Eine andere liegt mir im Sinn. Stets sehe ich sie vor mir, und stets höre ich ihre Stimme mir im Ohr erklingen.«

Und Elsalill sah, daß Sir Archie dasaß und auf eine der breiten Säulen starrte, die die Kellerdecke trugen. Nun sah sie auch, was sie früher nicht bemerkt hatte, daß ihre Pflegeschwester an dieser Säule stand und Sir Archie ansah. Sie stand ganz regungslos in ihrem grauen Gewande, und es war nicht leicht, sie zu unterscheiden, wie sie sich da eng an die Säule drückte. Elsalill stand mäuschenstill und blickte in das Gemach. Sie merkte, daß ihre Pflegeschwester die Augen aufgeschlagen hatte, als sie Sir Archie ansah. Die ganze Zeit, die sie mit Elsalill verbracht hatte, war sie mit gesenkten Augen einhergegangen.

Aber ihre Augen waren das einzige, was an ihr furchtbar war. Elsalill sah, daß sie gebrochen und trübe waren. Sie waren ohne Blick, und das Licht spiegelte sich nicht mehr in ihnen wider.

Nach einer Weile begann Sir Archie wieder zu wehklagen. »Ich sehe sie immer. Sie folgt mir auf Schritt und Tritt«, sagte er.

Er saß der Säule zugekehrt, wo die Tote stand, und starrte sie an. Aber Elsalill begriff, daß er die Tote nicht sah. Er sprach nicht von ihr, sondern von jemandem, der stets in seinen Gedanken war.

Elsalill blieb an der Luke stehen und verfolgte alles, was geschah. Sie hätte gar zu gern gewußt, an wen Sir Archie beständig dachte.

Plötzlich merkte sie, daß die Tote sich auf die Bank neben Sir Archie gesetzt hatte und ihm etwas ins Ohr flüsterte.

Aber Sir Archie wußte noch immer nichts davon, daß sie ihm so nahe war, und daß sie dasaß und ihm ins Ohr flüsterte. Er merkte ihre Gegenwart nur durch die furchtbare Angst, die über ihn kam.

Elsalill sah, daß Sir Archie, nachdem die Tote ein paar Augenblicke neben ihm gesessen und ihm ins Ohr geflüstert hatte, seinen Kopf in die Hände sinken ließ und weinte: »Ach, hätt' ich doch niemals dieses junge Mädchen gefunden!« sagte er. »Ich bereue nichts anderes, als daß ich sie nicht verschonte, als sie mich anflehte.«

Die beiden anderen Schotten hörten zu trinken auf und sahen Sir Archie erschrocken an, der solchermaßen alle Männlichkeit ablegte und sich der Reue hingab. Ein Weilchen saßen sie ratlos da, aber dann ging einer von ihnen zum Schanktisch hin, nahm die größte Trinkkanne, die dort stand, und füllte sie mit rotem Wein. Dann ging er auf Sir Archie zu, schlug ihm auf die Schulter und sagte: »Trinke, Bruderherz: Noch währt Herrn Arnes Schatz! Solange wir die Mittel haben, uns solchen Wein zu schaffen wie diesen, braucht der Kummer nicht Macht über uns zu gewinnen.«

Aber in demselben Augenblick, in dem dies gesprochen war: »Trinke Bruderherz! Noch währt Herrn Arnes Schatz«, sah Elsalill, wie die Tote sich von der Bank erhob und verschwand.

Und zugleich sah Elsalill drei Männer vor sich, die große Bärte und zottige Fellgewänder hatten und mit Herrn Arnes Leuten kämpften. Und nun erkannte sie, daß dies die drei Männer waren, die im Keller saßen: Sir Archie, Sir Philip und Sir Reginald.

III

Elsalill verließ das Kämmerlein, wo sie gestanden und die Becher der Wirtin gespült hatte, und schloß sacht die Türe hinter sich zu. In dem schmalen Gange davor blieb sie stehen. Sie lehnte sich an die Wand und stand da wohl eine Stunde regungslos.

Während sie so stand, dachte sie bei sich selbst: Ich kann ihn nicht verraten. Was er auch Böses getan haben mag, ich bin ihm doch von ganzem Herzen gut. Ich kann ihn nicht auf das Rad und an den Galgen bringen. Ich kann nicht sehen, wie sie ihm Hand und Fuß abbrennen.

Der Sturm, der den ganzen Tag gerast hatte, nahm zu und wurde immer gewaltiger, je mehr der Abend vorschritt, und Elsalill hörte sein starkes Brausen, wie sie da in der Dunkelheit stand.

Nun ist der erste Frühlingssturm gekommen, dachte sie. Nun ist er gekommen in aller seiner Gewalt, um das Meer frei zu machen und das Eis zu brechen. In ein paar Tagen werden wir offenes Wasser haben, und dann wird Sir Archie von dannen ziehen, und niemals kehrt er wieder. Er wird keine ferneren Missetaten in diesem Lande begehen. Wozu soll es dann nützen, daß er gefangen und bestraft wird? Weder die Toten noch die Lebenden haben Freude daran.

Elsalill zog den Mantel um sich. Sie dachte, daß sie heimgehen und sich still an ihre Arbeit setzen wolle, ohne irgendeinem das Geheimnis zu verraten.

Aber bevor sie noch den Fuß erhoben hatte, um zu gehen, hatte sie auch ihr Vorhaben aufgegeben und blieb stehen.

Sie stand still und hörte den Sturm brausen. Sie dachte wieder daran, daß es nun bald Frühling werden würde. Der Schnee würde schmelzen und die Erde sich in Grün kleiden.

Daß Gott sich erbarme, was wird das für ein Frühling für mich, dachte Elsalill. Nicht Freude noch Glück kann mir nach der Kälte dieses Winters mehr grünen.

Es ist nur ein Jahr her, dachte sie, da war ich so glücklich, daß der Winter zu Ende war und der Frühling kam.

Ich erinnere mich an einen Abend, der war so schön, daß es mich nicht daheim auf dem Hofe litt. Da nahm ich mein Schwesterlein an der Hand, und wir gingen hinaus auf die Flur, grünes Laub zu holen, um die Ofenmauer zu schmücken.

Sie stand da und rief sich ins Gedächtnis, wie sie und ihre Pflegeschwester über einen grünen Pfad gewandert waren. Und da, neben dem Wege, hatten sie eine kleine junge Birke gesehen, die abgehauen worden war. Man sah es am Holze, daß sie vor einigen Tagen gefällt war. Aber nun merkten sie, daß der arme abgehauene Baum zu grünen begonnen hatte und daß sich seine Blätter entfalteten.

Da war ihre Pflegeschwester stehen geblieben und hatte sich über den Baum gebeugt. »Ach, du armes Bäumchen«, sagte sie, »was hast du wohl Böses begangen, daß du nicht sterben kannst, wenn du gleich abgehauen bist? Warum mußt du deine Blätter entfalten, als lebtest du noch?«

Da hatte Elsalill gelacht und ihr geantwortet: »Er grünt wohl so lieblich, damit der, der ihn abgehauen hat, sieht, welchen Schaden er getan hat, und Reue darüber fühlt.«

Aber ihre Pflegeschwester hatte nicht gelacht. Ihr waren die Tränen in die Augen gekommen.

»Dies ist eine große Sünde, einen Baum in der Zeit des Knospenspringens zu fällen, wo er so voll Kraft ist, daß er nicht sterben kann. Es ist furchtbar für einen Toten, wenn er nicht Ruhe findet in seinem Grabe. Die tot sind, haben nicht mehr viel Gutes zu erwarten, nicht Liebe noch Glück kann sie erreichen. Das einzige Gute, was sie noch begehren, ist in stiller Ruhe zu schlummern. Wohl muß ich weinen, wenn du sagst, daß die Birke nicht sterben kann, weil sie an ihren Mörder denkt. Es ist wohl das härteste Schicksal für einen, dem das Leben genommen wurde, nicht in Ruhe schlummern zu können, weil er seinen Mörder verfolgen muß. Die Toten haben nichts anderes zu wollen als einen ruhigen Schlaf.«

Als Elsalill sich daran erinnerte, begann sie zu weinen und die Hände zu ringen.

»Meine Pflegeschwester findet keine Ruhe in ihrem Grabe«, sagte sie, »wenn ich nicht meinen Geliebten verrate. Wenn ich ihr hierin nicht beistehe, muß sie über die Erde irren, ohne Ruhe und Rast. Meine arme Pflegeschwester, sie hat keinen anderen Wunsch mehr, als Ruhe in ihrem Grabe zu finden, und die kann ich ihr nicht geben, ohne daß ich den, den ich lieb habe, auf das Rad und an den Galgen bringe.«

IV

Sir Archie trat aus dem Kellersaal und ging durch den schmalen Gang. Jetzt war die Laterne, die an der Decke hing, wieder angezündet, und bei ihrem Scheine sah er, daß ein junges Mädchen dastand und sich an die Wand lehnte.

Sie war bleich, und sie stand so still, daß Sir Archie erschrak und dachte: Jetzt endlich steht die Tote, die mich alle Tage verfolgt, vor meinen Augen.

Als Sir Archie an Elsalill vorbeikam, legte er seine Hand auf ihre, um zu erfahren, ob es wirklich eine Tote wäre, die dastand. Und die Hand war so kalt, daß er nicht sagen konnte, ob sie einer Toten oder einer Lebenden angehörte.

Aber als Sir Archie Elsalills Hand berührte, zog sie sie zurück, und da erkannte Sir Archie Elsalill.

Er glaubte, daß sie um seinetwillen hergekommen wäre, und er wurde sehr froh, als er sie sah. In demselben Augenblick durchfuhr ihn ein Gedanke. Jetzt weiß ich, was ich tun will, damit ich die Tote versöhne, und damit sie davon ablasse, mich zu verfolgen.

Er nahm Elsalills Hände zwischen seine und führte sie an seine Lippen. »Gott segne dich dafür, daß du heute abend zu mir gekommen bist, Elsalill«, sagte er. Aber Elsalills Herz war zu Tode betrübt. Sie konnte vor Tränen Herrn Archie nicht einmal sagen, daß sie nicht hergekommen war, um ihn zu treffen.

Sir Archie stand lange schweigend da, aber die ganze Zeit über hielt er Elsalills Hände in seinen beiden. Und je länger er so stand, desto klarer und schöner wurde sein Gesicht.

»Elsalill«, sagte Sir Archie, und er sprach mit großer Feierlichkeit. »Seit mehreren Tagen bin ich nicht zu dir gekommen, weil ich von schweren Gedanken gequält war. Sie haben mir niemals Ruhe gelassen, und ich glaubte, daß ich auf dem Wege sei, den Verstand zu verlieren. Aber heute abend steht es besser mit mir, und ich sehe vor meinen Augen das Bild nicht mehr, das mich quälte. Und als ich dich hier draußen fand, da sagte mir mein Herz, was ich tun sollte, um meiner Qual für alle Zeit los und ledig zu werden.«

Er beugte sich hinunter, um Elsalill in die Augen sehen zu können, aber als sie mit gesenkten Lidern dastand, fuhr er fort:

»Du zürnst mir, Elsalill, weil ich mehrere Tage nicht zu dir gekommen bin. Aber ich konnte nicht kommen, denn wenn ich dich sah, wurde ich noch mehr an das erinnert, was mich quälte. Wenn ich dich sah, mußte ich noch mehr an ein Mädchen denken, gegen das ich übel gehandelt habe. Ich habe auch sonst gegen viele Menschen übel gehandelt, Elsalill, aber mein Gewissen verfolgt mich einzig und allein um dessentwillen, was ich an diesem jungen Mädchen begangen habe.«

Als Elsalill noch immer schwieg, ergriff er wieder ihre Hände und führte sie an seine Lippen und küßte sie. »Höre nun, Elsalill, was mein Herz mir sagte, als ich sah, daß du dort draußen standst und auf mich wartetest: Du hast an einer Jungfrau unrecht gehandelt, darum sollst du an einer anderen sühnen, was du ihr zuleide getan hast. Du sollst sie zu deinem Weibe nehmen, und du sollst so gut gegen sie sein, daß sie niemals Kummer fühlt. Du sollst ihr solche Treue bewahren, daß du sie an deinem letzten Lebenstage mehr liebst als an deinem Hochzeitstage.«

Elsalill stand noch immer unbeweglich mit niedergeschlagenen Augen da. Da legte Sir Archie die Hand auf ihren Kopf und richtete ihn empor. »Ich muß wissen, Elsalill, ob du hörst, was ich sage«, sagte er. Da sah er, daß Elsalill so heftig weinte, daß große Tränen über ihre Wangen rollten.

»Warum weinst du, Elsalill?« fragte Sir Archie.

»Ich weine, Sir Archie«, sagte Elsalill, »weil ich eine allzu große Liebe zu Euch in meinem Herzen trage.«

Da trat Sir Archie noch näher an Elsalill heran und legte seinen Arm um sie. »Hörst du, wie der Sturm draußen heult?« sagte er. »Das bedeutet, daß das Meer bald frei ist, und daß Schiffe und Fahrzeuge wieder in mein Heimatland ziehen können. Sage mir nun, Elsalill, ob du mir dort hinüber folgen willst, so daß ich an dir gut machen kann, was ich an einer anderen verbrochen habe?«

Sir Archie begann Elsalill flüsternd von dem herrlichen Leben zu erzählen, das ihrer harrte, und Elsalill fing an, bei sich selbst zu denken: Ach, daß ich doch nicht wüßte, was er Böses getan hat. Dann würde ich ihm folgen und glücklich mit ihm leben. Sir Archie kam ihr immer näher, und als Elsalill aufblickte, sah sie, daß sein Gesicht über sie gebeugt war, und daß er sie eben auf die Stirne küssen wollte. Da erinnert sie sich an die Tote, die jüngst bei ihr gewesen war und sie geküßt hatte. Sie riß sich von Sir Archie los und sagte: »Nein, Sir Archie, ich werde Euch niemals folgen.«

»Doch«, sagte Sir Archie, »du mußt mir folgen, Elsalill, sonst stürze ich ins Verderben.«

Er begann der Jungfrau immer zärtlichere Worte zuzuflüstern, und wieder dachte sie bei sich selbst: Wäre es nicht Gott und den Menschen wohlgefälliger, wenn er sein böses Leben sühnen und ein rechtschaffener Mann werden könnte? Wem nützt es wohl, wenn er gestraft und getötet wird?

Als Elsalill so zu denken begann, kamen ein paar Männer vorbei, die in den Kellersaal gingen. Wie Sir Archie merkte, daß sie auf ihn und das Mädchen neugierige Blicke warfen, sagte er zu ihr: »Komm, Elsalill, ich will dich heimgeleiten. Ich will nicht, daß jemand sieht, daß du zu mir in den Kellersaal gekommen bist.«

Da blickte Elsalill auf, als käme es ihr plötzlich in den Sinn, daß sie einen anderen Auftrag zu erfüllen hatte, als Sir Archie zu lauschen. Aber ihr Herz tat ihr so weh, als sie daran dachte, sein Verbrechen zu verraten. Wenn du ihn dem Büttel auslieferst, dann muß ich brechen, sagte ihr Herz zu ihr. Aber Sir Archie hüllte die Jungfrau enger in ihren Mantel und führte sie hinaus auf die Straße. Dann ging er mit ihr bis zu Torarins Hütte. Und sie merkte, wie er sich jedesmal, wenn der Sturm sehr ungestüm an sie heranbrauste, vor sie stellte und sie schützte.

Elsalill dachte die ganze Zeit, während sie so gingen: Meine tote Pflegeschwester wußte nichts davon, daß er sein Vergehen sühnen und ein guter Mensch werden will.

Sir Archie flüsterte noch immer Elsalill die zärtlichsten Worte ins Ohr. Und je länger Elsalill ihm lauschte, desto größer wurde ihre Zuversicht.

Nur damit ich Sir Archie solche Worte in mein Ohr flüstern höre, hat mich meine Pflegeschwester herbeschieden, dachte sie. Sie liebt mich so innig. Sie will nicht mein Unglück, sondern mein Glück.

Und als sie vor der Hütte stehen blieben, fragte Sir Archie Elsalill noch einmal, ob sie ihm übers Meer folgen wolle? Und Elsalill antwortete, mit Gottes Hilfe wolle sie ihn geleiten.

Die Friedlose

Am nächsten Tage hatte der Sturm aufgehört. Es war nun mildes Wetter, aber das konnte dem Schnee nicht viel anhaben, sondern das Meer war ebenso verschlossen wie zuvor.

Als Elsalill am Morgen erwachte, dachte sie: Sicherlich ist es besser, wenn ein Missetäter sich bekehrt und nach Gottes Geboten lebt, als wenn er gestraft und getötet wird.

Im Laufe des Tages sandte Sir Archie einen Boten zu Elsalill, der ihr einen breiten Armreif aus Gold brachte.

Und es beglückte Elsalill, daß Sir Archie dran gedacht hatte, ihr eine Freude zu bereiten, und sie dankte dem Boten und empfing die Gabe.

Aber als er gegangen war, mußte sie daran denken, daß Sir Archie diesen Reif mit Münzen aus Herrn Arnes Schatz gekauft hatte. Sie konnte es nicht ertragen, ihn vor Augen zu sehen, als sie daran dachte. Sie riß ihn vom Arm und warf ihn weit von sich.

Was für ein Leben wird das für mich werden, wenn ich stets denken muß, daß ich von Herrn Arnes Schatz lebe, dachte sie.

Wenn ich einen Bissen zu den Lippen führe, muß ich da nicht an die geraubten Goldstücke denken? Und wenn ich ein neues Kleid bekomme, dann muß es mir in den Ohren klingen, daß dies von unrechtmäßigem Gut gekauft ist. Jetzt sehe ich doch, daß es mir nicht möglich ist, Sir Archie zu folgen und mit ihm zu leben. Ich werde es ihm sagen, wenn er zu mir kommt.

Als der Abend anbrach, kam Sir Archie zu ihr. Er war voll Freude, denn keinerlei böse Gedanken hatten ihn gequält, und er glaubte, dies komme daher, weil er versprochen hatte, an einem jungen Mädchen gutzumachen, was er an dem anderen verbrochen hatte.

Als Elsalill ihn sah und ihn reden hörte, brachte sie es nicht über sich, ihm zu sagen, daß sie betrübt war und sich von ihm trennen wollte.

Alle die Sorgen, die an ihr nagten, vergaß sie, wenn sie so saß und Sir Archie zuhörte.

Der nächste Tag war ein Sonntag, und da ging Elsalill zur Kirche. Sie ging zur hohen Messe und zum Abendgesang.

Als sie bei der hohen Messe saß und dem Geistlichen lauschte, hörte sie ganz in der Nähe jemanden schluchzen und weinen.

Sie glaubte, es sei einer von jenen, die neben ihr in der Bank saßen, aber sie konnte nach rechts und nach links blicken, sie sah doch nichts anderes als ruhige und feierliche Menschen.

Gleichwohl hörte sie deutlich, daß jemand weinte, und der Weinende schien ihr so nahe, daß sie ihn erreichen mußte, wenn sie nur die Hand ausstreckte.

Elsalill saß da und hörte, wie es seufzte und schluchzte, und sie dachte bei sich selbst, daß sie nie etwas gehört hatte, was so todtraurig geklungen hätte.

Wer ist es, der so tief bekümmert ist, daß er so bittere Tränen vergießen muß? dachte Elsalill.

Sie schaute sich um, und sie beugte sich über die nächste Bank vor, um es zu sehen. Aber alle saßen stumm da, und kein Gesicht war von Tränen überströmt.

Da dachte Elsalill, daß sie wohl nicht zu fragen und zu grübeln brauchte. Hatte sie doch vom ersten Augenblick an gewußt, wer es war, der neben ihr weinte.

»Mein Liebchen«, flüsterte sie, »warum zeigst du dich mir nicht, wie du es gestern tatest. Du weißt ja doch, daß ich gerne alles tun will, was in meinen Kräften steht, um deine Tränen zu trocknen.«

Sie horchte nach einer Antwort, aber sie erhielt keine. Sie hörte nur, wie die Tote neben ihr schluchzte.

Elsalill versuchte, darauf zu hören, was der Priester auf seiner Kanzel sagte, aber sie konnte dem nicht recht folgen, was er sprach. Und sie ward ungeduldig und flüsterte: »Ich weiß eine, die mehr Grund hat zu weinen als sonst irgend jemand, und das bin ich selbst. Hätte meine Pflegeschwester mich nicht wissen lassen, wer ihre Mörder sind, so könnte ich hier jetzt in Lust und Freude sitzen.«

Während sie dem Weinen lauschte, wurde sie immer erzürnter, so daß sie dachte: Wie kann meine tote Pflegeschwester von mir verlangen, daß ich den verrate, den ich lieb habe? Niemals hätte sie selbst so etwas begehen wollen, wenn sie noch am Leben gewesen wäre.

Sie saß in die Kirchenbank eingeschlossen, aber sie konnte sich kaum still halten. Sie wiegte den Körper hin und her, und sie rang die Hände. Nun wird mich dies wohl den ganzen Tag verfolgen, dachte sie. Wer weiß, fuhr sie fort und wurde immer ängstlicher, wer weiß, ob es mich nicht immer verfolgen wird?

Aber immer tiefer und schwerer wurde das Schluchzen, das sie neben sich hörte, und schließlich rührte es doch ihr Herz, so daß sie selber zu weinen anfing.

Wer so weint, muß wohl einen furchtbar schweren Kummer tragen, dachte sie. Dem muß wohl ein Leid auferlegt sein, das schwerer ist, als ein Lebender fassen könnte.

Als der Gottesdienst zu Ende war und Elsalill die Kirche verlassen hatte, hörte sie das Schluchzen nicht mehr. Aber auf dem ganzen Heimwege ging sie selbst daher und weinte, weil ihre Pflegeschwester keine Ruhe finden konnte in ihrem Grabe.

Aber als abends wieder Gottesdienst gehalten wurde, ging Elsalill abermals zur Kirche, denn sie mußte wissen, ob ihre Pflegeschwester noch dort säße und weinte.

Elsalill hörte sie, sobald sie in die Kirche trat, und war im Innersten getroffen, als sie das Schluchzen vernahm. Sie fühlte, daß ihre Stärke verging, und sie hatte keinen anderen Willen mehr, als der Toten zu helfen, die friedlos unter den Menschen umherwanderte.

Als Elsalill aus der Kirche kam, war es noch so hell, daß sie sehen konnte, wie einer von denen, die vor ihr gingen, blutige Fußstapfen auf dem Schnee hinterließ.

Wer kann das sein, der so arm ist, daß er mit nackten Füßen geht und blutige Fußspuren im Schnee hinterläßt? dachte sie.

Alle, die vor ihr gingen, sahen aus wie wohlgestellte Leute. Sie waren alle fein säuberlich gekleidet und hatten Schuhe an den Füßen.

Aber die roten Fußstapfen waren nicht alt. Elsalill sah, wie sie sich in der Schneerinde abdrückten.

Das ist jemand, der sich auf weiten Wegen wundgegangen hat, dachte sie. Gott lasse ihn nicht mehr lange wandern, bis er unter ein schützendes Dach kommt und Ruhe findet.

Sie wollte gerne wissen, wer es war, der eine so schwere Wanderung gemacht hatte, und sie folgte den Fußstapfen, obgleich sie so von ihrem eigenen Wege abweichen mußte.

Aber plötzlich merkte sie, daß alle Kirchenbesucher eine andre Richtung eingeschlagen hatten, und daß sie sich allein auf dem Wege befand. Aber dennoch zeichneten sich noch immer die blutroten Fußstapfen vor ihr ab.

Es ist meine arme Pflegeschwester, die da geht, dachte sie, und sie erkannte mit einem Male, daß sie die ganze Zeit geahnt hatte, daß es jene war.

»Ach, mein armes Schwesterlein, ich glaubte, du wandeltest so leicht über die Erde, daß du deinen Fuß nicht an dem Boden stießest. Aber keiner der Lebenden kann verstehen, wie qualvoll deine Wanderung sein mag.«

Die Tränen traten ihr in die Augen, und sie seufzte: »Daß sie doch keine Ruhe finden kann in ihrem Grabe. Weh mir, daß sie hier so lange umherirren mußte, bis ihre Füße blutig geworden sind.«

»Bleib stehen, mein liebes Schwesterlein«, rief sie, »bleib stehen, damit ich mit dir sprechen kann.«

Aber als sie so rief, sah sie, wie die Fußstapfen sich noch rascher vom Schnee abhoben, als beschleunigte die Tote ihre Schritte. »Jetzt flieht sie vor mir. Sie erwartet von mir keine Hilfe mehr«, sagte Elsalill.

Die blutigen Fußstapfen brachten sie ganz außer sich, und sie rief: »Mein herzallerliebstes Schwesterlein, ich will alles tun, was du willst, daß du Ruhe findest in deinem Grabe.«

Kurz nachdem Elsalill diese Worte gesprochen hatte, kam eine hochgewachsene Frau, die hinter ihr gegangen war, auf sie zu und legte die Hand auf ihren Arm.

»Wer bist du, die du hier über die Landstraße gehst und weinst und die Hände ringst?« sagte die Frau. »Du gleichest einem kleinen Jüngferchen, das am Freitag zu mir kam und in meine Dienste treten wollte und dann fortblieb. Oder bist du's vielleicht gar selber?«

»Nein, ich bin's nicht selber«, sagte Elsalill, »aber wenn es so ist, wie ich meine, daß Ihr die Wirtin vom Ratskeller seid, so weiß ich, von welcher Jungfrau Ihr sprecht.«

»Dann mußt du mir sagen, warum sie von mir fortging und nicht wiederkam«, sagte die Wirtin.

»Sie ging von Euch fort«, sagte Elsalill, »weil sie die Reden der Missetäter nicht hören wollte, die in Eurem Saale saßen.«

»Wohl sitzen manche wilde Gesellen in meinem Saal, aber keine Missetäter«, sprach die Wirtin.

»Und doch hörte sie, wie drei Männer, die dort saßen, miteinander sprachen«, erwiderte Elsalill, »und einer von ihnen sagte: ›Trink, Bruderherz! Noch währt Herrn Arnes Schatz.‹«

Als Elsalill dies gesagt hatte, dachte sie: Nun habe ich meiner Pflegeschwester geholfen und erzählt, was ich gehört habe. Möge nun Gott mir helfen, daß die Wirtin es sich nicht einfallen läßt, meinen Worten Glauben zu schenken, dann trage ich keine Schuld.

Aber als sie an dem Gesicht der Wirtin sah, daß sie ihr glaubte, da erschrak sie sehr und wollte fliehen.

Doch bevor sie noch einen Schritt machen konnte, hatte die schwere Hand der Wirtin mit sicherem Griff die ihre gefaßt, so daß sie nicht entrinnen konnte.

»Hast du erzählen hören, daß solche Worte in meinem Kellersaal gefallen sind«, sagte die Wirtin, »dann geht es nicht an, daß du dich aus dem Staube machst. Du mußt mir zu jenen folgen, die den Willen und die Macht haben, die Mörder zu greifen und sie der Strafe zu überantworten.«

Sir Archies Flucht

Elsalill kam in den Kellersaal, in ihren langen Mantel gehüllt, und ging zu einem Tische, an dem Sir Archie saß und mit seinen Freunden zechte. Es waren eine Menge Gäste um die Tische geschart, aber Elsalill kümmerte sich nicht um alle die staunenden Blicke, die ihr folgten, als sie hinging und sich an die Seite dessen setzte, dem sie gut war. Sie dachte nur, daß sie die letzten Augenblicke, in denen Sir Archie noch seine Freiheit hatte, mit ihm beisammen sein wollte. Als Sir Archie Elsalill kommen und sich neben ihm niederlassen sah, da stand er auf und setzte sich mit ihr an einen Tisch, der weit unten im Saale hinter einer Säule verborgen stand. Sie konnte sehen, daß es ihm nicht gefiel, daß sie zu ihm in den Keller gekommen war, da es nicht Brauch war, daß junge Mädchen sich dort sehen ließen.

»Ich habe Euch keine lange Botschaft zu sagen, Sir Archie«, sagte Elsalill, »aber Ihr müßt doch wissen, daß es nicht bei mir steht, Euch in Euer Land zu folgen.«

Als Sir Archie Elsalill dies sagen hörte, da erschrak er sehr, denn er fürchtete, wenn er Elsalill verlöre, würden die bösen Gedanken wieder Gewalt über ihn gewinnen. »Warum willst du mir nicht folgen, Elsalill?« sagte Sir Archie.

Elsalill saß bleich wie der Tod, ihre Gedanken waren so verwirrt, daß sie kaum wußte, was sie ihm antwortete.

»Es tut nicht gut, einem Landsknecht zu folgen«, sagte sie. »Niemand weiß, ob so einer Treu und Gelöbnis hält.«

Bevor Sir Archie noch antworten konnte, trat ein Seemann in den Kellersaal.

Er ging auf Sir Archie zu und sagte ihm, daß er von dem Schiffer der Galeasse ausgesandt sei, die hinter der Kleeinsel eingefroren lag. Nun ließ der Schiffer sagen, daß Sir Archie und alle seine Mannen an diesem Abend ihre Habseligkeiten in Ordnung bringen und an Bord kommen sollten. Der Sturm hätte sich aufs neue erhoben. Das Meer war bis weit nach Westen frei geworden. Es könnte wohl sein, daß noch vor Tagesanbruch der Weg nach Schottland offen wäre. »Du hörst, was er sagt«, sagte Sir Archie zu Elsalill. »Willst du mich geleiten?«

»Nein«, sagte Elsalill, »ich will Euch nicht geleiten.« Aber im tiefsten Herzen war sie sehr froh, denn sie dachte: Nun kann es sich doch so fügen, daß er fortzieht, ehe noch die Wache kommt und ihn greift.

Sir Archie stand auf und ging zu Sir Philip und Sir Reginald und sprach von der Botschaft. »Geht ihr vor mir heim nach der Herberge«, sagte er, »und macht alles bereit! Ich muß noch ein paar Worte mit Elsalill sprechen.«

Als Elsalill sah, daß Sir Archie zu ihr zurückkam, streckte sie die Hände gegen ihn aus. »Warum kommt Ihr zurück, Sir Archie?« sagte sie. »Warum eilt Ihr nicht hinunter zum Meere, so rasch Eure Füße Euch tragen?«

Denn ihre Liebe zu Sir Archie war so groß. Sie hatte ihn wohl um ihrer lieben Pflegeschwester willen verraten, aber sie wünschte nichts sehnlicher, als daß er entrinnen möchte.

»Nein, ich will dich zuerst noch einmal bitten, daß du mit mir kommst«, sagte Sir Archie.

»Ihr wißt doch, Sir Archie, daß ich Euch nicht folgen kann«, sagte Elsalill.

»Warum kannst du nicht?« sagte Sir Archie.

»Du bist ein so einsames und armes Mädchen, daß keine Menschenseele danach fragt, was aus dir wird. Aber wenn du mit mir kommst, will ich dich zu einer mächtigen Frau machen. Ich bin ein vornehmer Mann in meinem Heimatlande. Du wirst in Seide und Gold gekleidet gehen, und du wirst an des Königs Hof den Reigen führen.«

Elsalill zitterte, daß er bei ihr blieb, während noch die Flucht möglich war. Sie hatte kaum die Ruhe, ihm zu antworten: »Zieht nun fort, Sir Archie! Ihr sollt nicht länger bleiben, um mich zu bitten.«

»Ich will dir etwas sagen, Elsalill!« sagte Sir Archie und sprach mit immer weicherer Stimme zu ihr. »Als ich dich zuerst sah, da dachte ich nur daran, dich zu locken und zu betören. Ich habe dir so manches Mal zuvor goldene Berge versprochen, aber seit gestern abend meine ich es ehrlich mit dir. Und nun ist es mein Wille und mein Wunsch, dich zu meinem Ehegemahl zu machen. Du kannst mir vertrauen, so wahr ich ein Edelmann und ein Krieger bin.«

Im selben Augenblick hörte Elsalill, daß bewaffnete Männer über den Marktplatz vor den Keller zogen. Wenn ich ihm nun folge, dachte sie, so kann er noch entrinnen. Ich ziehe ihn ins Verderben. Um meinetwillen bleibt er hier so lange, daß die Wache ihn ergreifen kann. Aber ich kann doch dem Manne nicht folgen, der alle die Meinen gemordet hat, dachte sie. »Sir Archie«, sagte Elsalill, und sie hoffte, daß sie ihm Furcht einjagen würde. »Hört Ihr nicht, daß bewaffnete Männer über den Markt gezogen kommen?«

»Freilich höre ich es«, sagte Sir Archie. »Es hat wohl irgendwo in einer Schenke eine Schlägerei gegeben. Sei unbesorgt, Elsalill, es sind nur ein paar Fischer, die über Wetter und Wind in Zank geraten sind.«

»Sir Archie«, sagte Elsalill, »hört Ihr nicht, daß sie vor dem Rathaus haltmachen?«

Elsalill zitterte vom Scheitel bis zur Sohle, aber Sir Archie merkte es nicht, sondern war ganz ruhig.

»Wo sollen sie wohl sonst haltmachen?« sagte Sir Archie. »Sie müssen doch die Unruhestifter herführen, um sie im Rathause ins Gefängnis zu werfen. Höre nicht auf sie, Elsalill, höre auf mich, der dich bittet, ihm übers Meer zu folgen!«

Aber Elsalill versuchte noch einmal, Sir Archie zu erschrecken.

»Sir Archie«, sagte sie, »hört Ihr nicht, wie die Gewappneten die Treppe zum Rathauskeller hinuntersteigen?«

»Freilich höre ich es«, sagte Sir Archie, »sie kommen wohl her, um eine Kanne Bier zu leeren, nachdem sie ihre Gefangenen in sicheren Gewahrsam gebracht haben. Denke nicht an sie, Elsalill, sondern denke daran, daß morgen du und ich über das freie Meer in meine Heimat ziehen.«

Aber Elsalill war leichenblaß, und sie zitterte so, daß sie kaum sprechen konnte.

»Sir Archie«, sagte sie, »seht Ihr nicht, wie sie dort oben beim Schanktisch mit der Wirtin sprechen? Sie fragen sie wohl, ob einer von denen, die sie suchen, hier zu finden sei.«

»Sie machen wohl mit ihr aus, daß sie ihnen in dieser stürmischen Nacht einen starken heißen Trunk brauen soll«, sagte Sir Archie. »Du sollst nicht so sehr zittern und ängstlich sein, Elsalill. Du kannst mir ohne Furcht folgen. Ich sage dir, wenn mein Vater mich jetzt mit dem edelsten Fräulein in meinem Lande vermählen wollte, ich würde ihr nein sagen. Komm du getrost mit mir übers Meer, Elsalill! Du wirst dem größten Glück entgegenziehen.«

Unten an der Tür versammelten sich immer mehr Landsknechte, und Elsalill wußte vor Angst nicht mehr aus noch ein. Ich kann es nicht mit ansehen, daß sie kommen und ihn greifen, dachte sie. Sie beugte sich zu Sir Archie und flüsterte ihm zu: »Höret Ihr nicht, Sir Archie, daß jene Männer dort die Wirtin fragen, ob Herrn Arnes Mörder vielleicht hier im Saale sind?«

Da warf Sir Archie einen Blick durch das Gemach und sah die Landsknechte, die mit der Wirtin sprachen. Aber er sprang nicht auf, um zu fliehen, wie Elsalill erwartet hatte, sondern er beugte sich hinab und sah Elsalill in die Augen. »Hast du, Elsalill, mich erkannt und verraten?« fragte er.

»Ich habe es um meiner lieben Pflegeschwester willen getan, damit sie Ruhe finde in ihrem Grabe«, sagte Elsalill. »Gott weiß, was es mich gekostet hat. Aber flieht nun, Sir Archie! Noch ist es Zeit. Noch haben sie nicht Türen und Vorsaal verrammelt.«

»Du Wolfsjunges!« sagte Sir Archie. »Als ich dich zum ersten Male auf den Brücken sah, da dachte ich, daß ich dich töten sollte.«

Aber Elsalill legte ihre Hand auf seinen Arm. »Flieht, Sir Archie, ich kann nicht stillsitzen und sehen, wie sie kommen und Euch greifen. Wollt Ihr nicht ohne mich fliehen, so werde ich Euch in Gottes Namen folgen. Aber bleibt nicht länger um meinetwillen hier, Sir Archie. Alles, was Ihr begehrt, will ich für Euch tun, wenn Ihr nur Euer Leben rettet.«

Aber Sir Archie war jetzt sehr zornig, und er sprach hohnvoll zu Elsalill.

»Nun wirst du niemals, o Jungfrau, in goldgestickten Schuhen durch weite Schloßgemächer wandeln. Nun kannst du dein Leben lang hier in Marstrand bleiben und Heringe putzen. Niemals bekommst du einen Gatten, der Schloß und Lehen hat, Elsalill. Dein Mann wird ein armer Fischer sein, und deine Wohnstatt eine Hütte auf der kahlen Schäre.«

»Hört Ihr nicht, wie sie alle Türen besetzen und mit gestreckten Lanzen alle Eingänge bewachen?« fragte Elsalill. »Warum eilt Ihr nicht weg von hier? Warum flieht Ihr nicht hinunter aufs Eis und verbergt Euch auf einem Schiffe?«

»Ich fliehe nicht, weil es mich ergötzt, mit dir Zwiesprache zu halten, Elsalill«, sagte Sir Archie. »Denkst du auch daran, daß es jetzt mit aller Freude für dich vorbei ist, Elsalill? Denkst du auch daran, daß es jetzt aus ist mit meiner Hoffnung, meine Schuld zu sühnen?«

»Sir Archie«, flüsterte Elsalill und erhob sich in ihrer großen Angst, »jetzt sind sie bereit. Jetzt kommen sie, um Euch zu greifen. Flieht, ach flieht! Ich will zu Euch auf das Schiff kommen, wenn Ihr nur flieht.«

»Du brauchst dich nicht so zu ängstigen, Elsalill«, sagte Sir Archie. »Wir haben noch Zeit, ein wenig miteinander zu plaudern. Die Landsknechte haben nicht im Sinn, sich hier auf mich zu stürzen, wo ich mich verteidigen kann. Sie wollen mich wohl auf der engen Kellertreppe fangen. Da wollen sie mich auf ihre langen Lanzen spießen. Das ist es ja, was du mir immer gewünscht hast, Elsalill.«

Aber je erschrockener Elsalill sich zeigte, desto ruhiger wurde Sir Archie. Sie flehte ihn an, zu fliehen, aber er lachte nur.

»Du sollst nicht so sicher sein, daß die Landsknechte mich fangen können. Ich habe schon schlimmere Gefahren bestanden als diese und bin mit heiler Haut davongekommen. Da sah es vor ein paar Monaten in Schweden ärger für mich aus. Da hatten ein paar Verleumder König Johann gesagt, seine schottische Garde wäre ihm nicht treu. Und der König glaubte ihnen.

Er ließ die drei Anführer in den Turm werfen, und ihre Mannen wies er aus seinem Reich und ließ sie bewachen, bis sie über die Grenze waren.«

»Flieht, Sir Archie, flieht!« bat Elsalill.

»Du sollst keine Angst um mich haben, Elsalill«, sagte Sir Archie und lachte hart auf. »Heute abend bin ich wieder der alte, jetzt bin ich wieder in meiner Laune von einst. Jetzt sehe ich das junge Mädchen nicht mehr vor meinen Augen, da weiß ich mir schon zu helfen. Ich will dir von den dreien erzählen, die in König Johanns Gefängnis saßen. Die schlichen sich eines Nachts, als die Wächter berauscht waren, aus dem Turm und machten sich davon. Dann flüchteten sie zur Grenze. Aber solange sie im Land des Schwedenkönigs wanderten, wagten sie nicht zu verraten, wer sie waren. Sie wußten sich keinen andern Rat, Elsalill, sie verschafften sich Kleider aus zottigen Fellen und sagten, sie wären Gerbergesellen, die über Land gingen, um Arbeit zu suchen.«

Aber jetzt begann Elsalill zu merken, wie verändert Sir Archie gegen sie war. Sie begriff, daß er sie haßte, seit er wußte, daß sie ihn verraten hatte.

»Sprecht nicht so, Sir Archie!« sagte Elsalill.

»Warum mußtest du mich betrügen, als ich dir am meisten glaubte?« sagte Sir Archie. »Jetzt bin ich wieder so, wie ich früher war. Jetzt lasse ich es mir nicht einfallen, jemanden zu schonen. Und jetzt wirst du sehen, daß mir alles wieder glücken wird wie einst im Leben. Waren wir nicht übel daran, ich und meine Genossen, als wir endlich Schweden durchwandert hatten und hierher an die Küste kamen? Wir hatten kein Geld, um uns ehrliche Kleider zu kaufen. Wir hatten kein Geld, um die Überfahrt nach Schottland zu bezahlen. Wir wußten uns keinen andern Rat, als in den Pfarrhof von Solberga einzudringen.«

»Sprecht nicht mehr davon!« sagte Elsalill.

»Doch, jetzt sollst du alles hören, Elsalill«, sagte Sir Archie. »Es gibt eins, was du nicht weißt, und das ist, daß wir zuerst, als wir in den Pfarrhof gekommen waren, zu Herrn Arne gingen, ihn weckten und ihm sagten, daß er uns Geld geben solle. Wenn er es gutwillig täte, wollten wir ihm nichts zuleide tun. Aber Herr Arne fing Händel mit uns an, und da mußten wir ihn niederwerfen. Und nachdem wir ihn getötet hatten, mußten wir auch seine Leute alle umbringen.« Elsalill unterbrach Sir Archie nicht mehr, aber es wurde kalt und leer in ihrem Herzen. Sie schauderte, als sie Sir Archie sah und hörte, denn während er sprach, bekam er ein grausames, blutdürstiges Aussehen. Was wollte ich tun? dachte sie. Bin ich toll gewesen, und habe ich den geliebt, der alle die Meinen gemordet hat? Möge Gott mir meine Sünde vergeben. »Als wir glaubten, daß alle tot seien«, sagte Sir Archie, »schleppten wir die schwere Geldtruhe aus dem Hause. Dann legten wir ringsherum Feuer an, damit die Menschen glaubten, Herr Arne sei verbrannt.«

»Ich habe einen Wolf im Walde geliebt«, sagte Elsalill zu sich selbst. »Und ihn habe ich vor der Strafe retten wollen!«

»Aber wir fuhren aufs Eis hinunter und flohen übers Meer«, fuhr Sir Archie fort. »Wir hatten keine Furcht, solange wir das Feuer zum Himmel lodern sahen; aber als wir es abnehmen sahen, erschraken wir. Wir wußten nun, daß Leute dorthin gekommen waren, die die Feuersbrunst gelöscht hatten, und daß man uns nachsetzen könnte. Da fuhren wir ans Land zurück, wo wir eine Flußmündung mit schwachem Eise gesehen hatten. Wir hoben die Geldtruhe vom Schlitten und fuhren weiter, bis das Eis unter dem Pferde brach. Da ließen wir dieses ertrinken und sprangen selbst zur Seite. Wenn du kein Mädchen wärst, Elsalill, würdest zu begreifen, daß dies kühn gehandelt war. Wir haben uns wie Männer benommen.«

Jetzt war Elsalill ganz still. Sie saß da und fühlte einen brennenden Schmerz im Herzen. Aber Sir Archie haßte sie und war es froh, sie zu quälen. »Darauf nahmen wir unsere Gürtel und befestigten sie an der Truhe und begannen sie zu ziehen. Aber da die Truhe Spuren auf dem Eise hinterließ, gingen wir ans Land, rissen einer Tanne die Äste ab und legten Tannenreisig unter die Truhe. Dann streiften wir unsere Schuhe ab und wanderten über das Eis, ohne Spuren zu hinterlassen.«

Sir Archie hielt inne, um einen hohnvollen Blick auf Elsalill zu werfen.

»Obwohl dies alles uns trefflich geglückt war, waren wir doch übel dran. Wohin wir auch mit unsern blutigen Kleidern gekommen wären, überall hätte man uns erkannt und ergriffen. Aber höre nun dies, Elsalill, und sage es allen, die uns etwa nachsetzen wollen, damit sie verstehen, daß wir nicht zu denen gehören, die sich leicht fangen lassen! Höre dies: als wir über das Eis in der Richtung nach Marstrand gingen, da trafen wir auf dem Meere unsre Landsleute und Kameraden, dieselben, die König Johann aus seinem Lande verwiesen hatte. Sie hatten Marstrand des Eises wegen nicht verlassen können, und sie halfen uns in unsrer Not, so daß wir zu Kleidern kamen. Seither sind wir ohne Gefahr hier in Marstrand umhergegangen. Und es hätte uns auch weiterhin keine Gefahr gedroht, wenn du nicht treulos gewesen wärest und mich verraten hättest.«

Elsalill saß still da, der Schmerz war zu groß für sie. Sie konnte kaum fühlen, daß ihr Herz schlug.

Aber Sir Archie sprang auf und rief:

»Und auch heute abend wird uns nichts Böses widerfahren. Davon sollst du Zeuge sein, Elsalill.«

Und damit ergriff er Elsalill mit seinen beiden Händen und hob sie empor. Und mit Elsalill vor sich, wie mit einem Schild, eilte Sir Archie durch den Kellersaal dem Ausgange zu. Und die Landsknechte, die als Wachen vor der Türe standen, streckten ihre langen Hellebarden gegen ihn aus, aber sie konnten sie nicht gebrauchen, aus Furcht, Elsalill zu verwunden.

Als Sir Archie auf die enge Treppe kam, streckte er Elsalill wieder vor sich aus. Und sie schützte ihn besser als der prächtigste Harnisch, denn die Krieger, die dort aufgestellt waren, konnten keinen Gebrauch von ihren Waffen machen. So kam er ein gutes Stück die Treppe hinauf, und Elsalill fühlte, wie ihr die freie Luft des Himmels entgegenwehte.

Aber Elsalill empfand keine Liebe mehr zu Sir Archie, sondern den tödlichsten Haß, und sie dachte nur daran, daß er ein böser Mörder war. Und als sie nun sah, daß sie ihn mit ihrem Leibe schützte, so daß er nahe daran war, zu entrinnen, da streckte sie ihre Hand aus und zog eine der Lanzen, die die Krieger hielten, an sich heran und richtete sie auf ihr Herz. Nun will ich meiner Pflegeschwester so dienen, daß dies Werk endlich vollbracht sei, dachte Elsalill. Und beim nächsten Schritte, den Sir Archie über die Treppe machte, drang die Lanze in Elsalills Herz.

Aber da stand Sir Archie schon auf der obersten Stufe. Und die Kriegsleute fuhren zurück, als sie sahen, daß einer von ihnen die Jungfrau verwundet hatte. Und er eilte an ihnen vorbei.

Als Sir Archie auf den Marktplatz kam, hörte er aus einem Gäßchen Feldgeschrei und schottische Rufe: »Zu Hilfe! Zu Hilfe! Für Schottland, für Schottland!«

Das waren Sir Philip und Sir Reginald, die die Schotten gesammelt hatten und nun kamen, um ihn zu retten.

Und Sir Archie eilte ihnen entgegen und rief mit lauter Stimme: »Hierher! Hierher! Für Schottland! Für Schottland!«

Über das Eis

Als Sir Archie über das Eis wanderte, hielt er noch immer Elsalill im Arm.

Sir Philip und Sir Reginald schritten an seiner Seite. Sie wollten ihm erzählen, wie sie den Anschlag entdeckt hatten, und wie es ihnen geglückt war, die schwere Geldtruhe auf die Galeasse zu schaffen und ihre Landsleute zu versammeln, aber Sir Archie achtete nicht auf sie. Er schien einherzugehen und mit der zu sprechen, die er in seinen Armen trug.

»Wer ist es, den du mit dir führst?« fragte Sir Reginald.

»Das ist Elsalill«, antwortete Sir Archie. »Ich will sie mit hinüber nach Schottland nehmen. Ich will sie nicht hier zurücklassen. Hier würde sie nie etwas andres sein als ein armes Fischermädchen.«

»Nein, das kann doch wohl nicht dein Ernst sein«, sagte Sir Reginald.

»Hier würde ihr niemand etwas anderes geben als Kleider aus grober Wolle«, sagte Sir Archie, »und in einem engen Bett aus harten Planken müßte sie schlafen. Ich will sie in die weichsten Kissen betten, und aus Marmor will ich ihre Ruhestatt aufführen lassen. Ich will sie in die kostbarsten Pelze hüllen, und ihre Füße sollen Schuhe mit Juwelenspangen umschließen.«

»Fürwahr, du denkst ihr große Ehren zu«, sagte Sir Reginald.

»Ich kann sie nicht hier daheim zurücklassen«, sagte Sir Archie. »Denn wer würde hier wohl Zeit finden, an solch ein armes kleines Ding zu denken? In wenigen Monaten schon würde sie von allen vergessen sein. Niemand würde sich nach ihr umsehen, niemand sie in ihrer Einsamkeit aufsuchen. Aber wenn ich einmal meine Heimat erreiche, dann will ich ihr dort eine schöne Wohnstatt erbauen lassen. Da soll ihr Name in den harten Stein eingegraben sein, so daß niemand ihn vergißt. Da werde ich selbst jeden Tag zu ihr kommen, und da wird alles so herrlich geschmückt sein, daß die Leute von weit und breit herbeiströmen werden, um sie zu besuchen. Da werden Tag und Nacht Kerzen und Lampen brennen, und da wird Musik und Gesang erklingen, als wäre da ein ewiges Fest.«

»Fürwahr, du denkst ihr große Ehren zu«, sagte Sir Reginald noch einmal.

»Ich muß es so einrichten, daß sie es gut hat«, sagte Sir Archie. »Sie ist es, die die bösen Gedanken von mir ferne hält. Wenn ich sie verlasse, weicht das Glück von mir.«

Der Sturm brauste ihnen heftig entgegen, wie sie über das Eis wanderten. Er riß Elsalills Mantel los und ließ ihn flattern wie eine Fahne.

»Willst du mir einen Augenblick helfen, Elsalill zu tragen«, sagte Sir Archie, »damit ich den Mantel um sie legen kann?«

Sir Reginald empfing Elsalill in seinen Armen, aber in demselben Augenblick erschrak er so heftig, daß er sie zwischen seinen Händen auf das Eis hinuntergleiten ließ.

»Ich wußte nicht, daß Elsalill tot ist«, sagte er.

Wellenrauschen

Die ganze Nacht schritt der Schiffer der großen Galeasse auf dem hohen Verdeck auf und nieder. Es war dunkel, und der Sturm pfiff um ihn her. Er kam bald mit Schnee und bald mit Regen herangetrieben. Noch immer lag das Eis fest und sicher rings um die Galeasse, so daß der Schiffer eigentlich ruhig in seiner Koje hätte schlummern können.

Aber er blieb die ganze Nacht wach. Einmal ums andre führte er die Hand ans Ohr und horchte.

Es war nicht leicht, zu erraten, worauf er horchte. Alle seine Leute hatte er an Bord und auch alle die Reisenden, die er nach Schottland bringen wollte. Die lagen jetzt alle in den Schiffsräumen und schliefen. Keiner von ihnen führte ein Gespräch, dem der Schiffer hätte lauschen können.

Als der Sturm heranbrauste und die festgefrorene Galeasse erreicht hatte, stürzte er sich über das Fahrzeug, gleichsam wie aus alter Gewohnheit, um es vor sich her übers Meer zu treiben. Und als die Galeasse noch immer still lag, packte sie der Sturm immer wieder. Es rasselte in allen den kleinen Eiszapfen, die im Takelwerk und an den Tauen hingen. Es knackte und knisterte im Schiffsbug. Es knatterte in den Masten, daß sie nahe daran waren, zu zersplittern. Das war keine stille Nacht. Man vernahm es wie ein leichtes Knirschen in der Luft, wenn der Schnee herangesaust kam. Man hörte Klatschen und Plätschern, wenn der Regen niederpeitschte.

Aber im Eise tat sich eine Spalte nach der andern auf, und dabei hörte man ein Donnern, als lägen Kriegsschiffe im Meere, die sich heftig beschossen.

Aber auf dies alles horchte der Schiffer nicht.

Er ging die ganze Nacht auf und nieder, bis ein grauer Schein sich über den Himmel verbreitete, aber er hörte dennoch nicht, was er hören wollte.

Endlich erklang durch die Nacht ein singendes, eintöniges Brausen, ein wiegender, kosender Laut, wie von fernem Gesang.

Da eilte der Schiffer quer über die Ruderbänke in der Mitte der Galeasse zu dem hohen Aufbau im Kiel, wo seine Leute schliefen. »Steht jetzt auf«, rief er ihnen zu, »und fasset Bootshaken und Ruder. Nun wird bald die Stunde der Befreiung angebrochen sein. Ich höre das Brausen des offenen Wassers. Ich höre den Gesang der freien Wellen.«

Die Männer erhoben sich sogleich aus ihrem Schlummer. Sie standen auf dem Posten längs der Schiffsseiten, während der Morgen langsam anbrach.

Als es endlich so hell wurde, daß sie sehen konnten, was sich in der Nacht zugetragen hatte, fanden sie, daß Buchten und Sunde, weit hinaus ins Meer, offen wogten. Aber in der Bucht, in der sie eingefroren lagen, klaffte nicht eine Spalte im Eise; fest und ungebrochen lag es da.

Und in dem Sunde, der aus der Bucht führte, hatte sich eine hohe Eismauer aufgetürmt. Die Wellen, die frei davor spielten, schleuderten eine Eisscholle nach der andern hinauf.

Draußen im Sunde wimmelte es von Segeln. Das waren alle die Fischer, die in Marstrand eingefroren gewesen waren und jetzt davoneilten. Die See ging hoch, und Eisstücke tanzten noch über die Wogen, aber die Fischer gönnten sich wohl nicht die Zeit, auf ein ruhiges, gefahrloses Meer zu warten, sondern traten ihre Fahrt an. Sie standen im Bug ihrer Boote und hielten scharfen Ausguck. Die kleinen Eisstücke drängten sie mit dem Ruder weg, aber wenn die großen kamen, rissen sie das Steuer herum und wichen aus. Auf der Galeasse stand der Schiffer in dem hochaufgebauten Achterteil und sah ihnen nach. Er merkte wohl, daß sie eine beschwerliche Fahrt hatten, aber er sah auch, wie einer nach dem andern sich durchschlug und das offene Meer erreichte.

Und als der Schiffer die Segel über die blaue Flut gleiten sah, da packte ihn die Sehnsucht so stark, daß ihm die Tränen in die Augen traten.

Aber sein Schiff lag still, und vor ihm türmte sich das Eis zu einer immer gewaltigeren Mauer auf.

Draußen auf dem Meere schwammen nicht nur Fahrzeuge und Boote, sondern zuweilen kamen auch kleine weiße Eisberge herangezogen. Das waren gewaltige Schollen, die aufeinander geschleudert worden waren und jetzt südwärts trieben. Sie blinkten in der Morgensonne weiß wie Silber, und manchmal leuchteten sie so rot, als wären sie mit Rosen bestreut.

Aber mitten durch den zischenden Sturm ertönten laute Rufe. Bald klang es wie singende Stimmen, und bald wie schmetternde Fanfaren. Ein starker Jubel jauchzte aus diesen Lauten. Es war so, daß einem das Herz aufging. Sie kamen von einem langen Zuge von Schwänen, die vom Süden heranflogen.

Aber als der Schiffer die Eisberge gen Süden ziehen und die Schwäne gen Norden fliegen sah, da kam eine solche Sehnsucht über ihn, daß er die Hände rang.

»Weh mir, daß ich hier bleiben muß!« rief er. »Wann kommt der Eisbruch hier in diese Bucht? Vielleicht muß ich noch viele Tage hier liegen und warten.«

Als er gerade so dachte, sah er einen Mann über das Eis heranfahren. Er kam aus einem engen Sunde in der Richtung von Marstrand, und er fuhr so ruhig über das Eis, als wüßte er nicht, daß die Wellen wieder anfingen, Boote und Schiffe zu tragen.

Als er an die Galeasse heranfuhr, rief er zum Schiffer hinauf:

»Guter Freund, hast du etwas zu essen, wenn du da im Eise festgefroren liegst? Willst du mir nicht gepökelte Heringe abkaufen oder getrockneten Kabeljau oder geräucherten Aal?«

Der Schiffer ließ sich nicht einfallen, ihm zu antworten. Er erhob die geballte Fraust gegen ihn und fluchte.

Da stieg der Fischkrämer von seiner Fuhre herunter. Er nahm ein Bund Heu aus dem Schlitten und legte es dem Pferde vor. Dann erkletterte er das Verdeck der Galeasse.

Als er vor dem Schiffer stand, sagte er sehr ernst zu ihm:

»Ich bin heute nicht hier, um Fische zu verkaufen. Aber ich weiß, daß du ein frommer Mann bist. Darum bin ich hergekommen, um dich zu bitten, daß du mir ein Mädchen herbeischaffst, das die schottischen Krieger gestern mit auf das Schiff geführt haben.«

»Ich weiß nichts davon, daß sie ein Mädchen hierher geführt hätten«, sagte der Schiffer. »Keine Frauenstimme habe ich in dieser Nacht an Bord des Schiffes vernommen.«

»Ich bin Torarin, der Fischkrämer«, sagte der andre, »du hast wohl schon von mir gehört? Ich habe im Pfarrhof von Solberga mit Herrn Arne in derselben Nacht zu Abend gegessen, in der er getötet wurde. Seither habe ich Herrn Arnes Pflegetochter in meinem Hause gehabt, aber gestern nacht wurde sie von seinen Mördern geraubt, und sie haben sie wohl mit hierher auf das Fahrzeug gebracht.«

»Sind Herrn Arnes Mörder an Bord meines Fahrzeugs?« rief der Schiffer entsetzt.

»Du siehst, daß ich ein so geringer und schwacher Mann bin«, sagte Torarin. »Mein einer Arm ist lahm, darum habe ich Angst, mich auf irgendein gewagtes Vorhaben einzulassen. Ich weiß schon seit ein paar Wochen, wer Herrn Arnes Mörder sind, aber ich wagte nicht, zu versuchen, Rache an ihnen zu nehmen. Aber weil ich geschwiegen habe, sind sie jetzt entkommen, und es ist ihnen geglückt, das Mädchen fortzuführen. Doch jetzt habe ich mir gesagt, daß ich in dieser Sache nichts mehr zu bereuen haben will. Ich will es wenigstens versuchen, das junge Mädchen zu retten.«

»Wenn Herrn Arnes Mörder hier auf dem Schiffe sind, warum kommt dann nicht die Stadtwache heraus und greift sie?«

»Ich habe die ganze Nacht und den ganzen Morgen gebeten und gesprochen«, sagte Torarin. »Aber die Wache wagt sich nicht hier heraus, sie sagt, hier wären hundert Söldlinge an Bord, und sie wage es nicht, den Kampf mit ihnen aufzunehmen. Da dachte ich, daß ich in Gottes Namen wohl allein herausfahren und dich bitten müßte, mir das Mädchen zur Stelle zu schaffen, denn ich weiß, daß du ein frommer Mann bist.«

Aber der Schiffer sagte ihm nichts über das Mädchen. Er dachte nur an das andre. »Wie kannst du wissen, daß die Mörder hier an Bord sind?« sagte er.

Torarin wies auf eine große Eichentruhe, die zwischen den Ruderbänken stand.

»Ich habe diese Truhe zu oft in Herrn Arnes Haus gesehen, als daß ich sie nicht kennen sollte«, sagte er. »Darin liegt Herrn Arnes Schatz, und wo sein Schatz ist, da sind wohl auch seine Mörder«

»Diese Truhe gehört Sir Archie und seinen beiden Freunden, Sir Reginald und Sir Philip«, sagte der Schiffer.

»Ja«, sagte Torarin und sah den Schiffer fest an, »so ist es. Sie gehört Sir Archie und Sir Philip und Sir Reginald.«

Der Schiffer stand eine Weile schweigend und sah sich nach allen Seiten um. »Wann glaubst du, daß hier in der Bucht der Eisbruch kommt?« sagte er zu Torarin.

»Es ist heuer wunderlich«, sagte Torarin. »In dieser Bucht pflegt das Eis früh zu schmelzen, denn hier ist starke Strömung. Aber wie es jetzt steht, mußt du dich in acht nehmen, daß du nicht ans Land gedrängt wirst, wenn das Eis in Bewegung kommt.«

»Ich denke an nichts andres«, sagte der Schiffer.

Wieder stand er ein Weilchen stumm da. Er wandte das Gesicht dem Meere zu. Die Morgensonne leuchtete hoch am Himmel, und die Wellen warfen ihren Glanz zurück. Hin und wieder zogen die befreiten Schiffe, und die Meervögel kamen mit Freudenschreien vom Süden geflogen. Die Fische hielten sich am Wassersaum, sie machten hohe Sprünge und schnellten glitzernd aus dem Wasser, übermütig nach der Gefangenschaft unter dem Eise. Die Möwen, die draußen an der Eiskante Jagd gehalten hatten, kamen jetzt zu Scharen ans Land, um in den bekannten Revieren zu jagen.

Der Schiffer konnte diesen Anblick nicht ertragen.

»Bin ich ein Freund von Mördern und Missetätern?« sagte er. »Soll ich mir die Augen verschließen und nicht sehen, warum Gott meinem Fahrzeug die Pforten des Meeres nicht auftut? Soll ich leiden für die Unrechten, die ihre Zuflucht hierher genommen haben?«

Und der Schiffer ging zu seinen Leuten und sagte ihnen: »Ich weiß jetzt, warum wir hier eingeschlossen liegen müssen, während alle andern Fahrzeuge ins Meer hinausziehen. Das ist, weil wir Mörder und Missetäter an Bord haben.«

Darauf begab sich der Schiffer zu den schottischen Söldlingen, die noch im Schiffsraum lagen und schliefen. »Liebe Leute«, sagte er zu ihnen, »verhaltet euch noch ein Weilchen still, was ihr auch für Rufen und Lärmen an Bord hören möget! Wir müssen Gottes Geboten folgen und keine Missetäter unter uns dulden. Wenn ihr mir gehorcht, verspreche ich euch, daß ich euch die Truhe ausliefern will, in der Herrn Arnes Schatz ist, und ihr sollt ihn untereinander teilen dürfen.«

Aber zu Torarin sagte der Schiffer: »Gehe hinunter zu deinem Schlitten und wirf deine Fische aufs Eis. Du wirst jetzt eine andere Ladung zu führen haben.« Darauf brach der Schiffer mit seiner Mannschaft in die Kajüte ein, wo Sir Archie und seine Freunde schliefen. Und sie stürzten sich über sie, während sie noch im Schlummer lagen, um sie zu binden.

Und als die drei Schotten sich zu verteidigen suchten, da schlugen sie mit ihren Äxten und Spaken hart auf sie ein und sagten zu ihnen: »Ihr seid Mörder und Missetäter. Habt ihr geglaubt, ihr würdet eurer Strafe entgehen? Wißt ihr nicht, daß Gott um euretwillen die Pforten des Meeres verschlossen hält?«

Da riefen die drei Männer laut nach ihren Kameraden, daß sie kommen sollten und ihnen helfen.

»Ihr sollt nicht nach ihnen rufen«, sagte der Schiffer. »Sie kommen nicht. Sie haben Herrn Arnes Schatz zum Teilen bekommen, und sie sind dabei, die Silbermünzen in ihren Hüten zu messen. Um dieses Geldes willen ist der böse Handel geschehen, und um dieses Geldes willen kommt die Strafe über euch.«

Und ehe noch Torarin die Fische aus dem Schlitten geladen hatte, kamen der Schiffer und seine Mannschaft zu ihm aufs Eis hinab. Sie führten in ihrer Mitte drei Männer, die gefesselt waren. Sie waren jämmerlich geschlagen und ohnmächtig von ihren Wunden.

»Gott hat nicht vergeblich nach mir gerufen«, sagte der Schiffer. »Sowie ich seinen Willen verstanden habe, habe ich ihn befolgt.«

Sie legten die Gefangenen auf Torarins Schlitten, und Torarin fuhr mit ihnen durch enge Buchten und Sunde, wo das Eis noch fest lag, nach Marstrand.

Aber am Nachmittage stand der Schiffer noch auf der hohen Warte seines Fahrzeugs und blickte auf das Meer. Ringsumher war alles noch unverändert, und die Eismauer vor dem Fahrzeug türmte sich höher und immer höher auf.

Als es zu dämmern begann, sah der Schiffer ein kleines Häuflein Menschen von der Landseite her über das Eis ziehen und sich seinem Schiffe nähern.

Es dauerte lange, bis er die Kommenden so deutlich zu unterscheiden vermochte, daß er sehen konnte, was es für Leute waren. Doch dachte er gleich, daß sie alt und gebrechlich sein müßten, denn sie kamen nur langsam vorwärts.

Endlich, als sie ganz nahe waren, sah er, daß an der Spitze des Zuges zwei Priester in Mantel und Kragen schritten. Der eine war jung und der andre sehr alt. Hinter ihnen gingen ein paar Männer, die eine Bahre trugen, und zu allerletzt kam eine alte, alte Frau, die von zwei Dienerinnen gestützt wurde.

Sie blieben auf dem Eise unter dem Schiffe stehen, und der alte Geistliche sagte zum Schiffer:

»Wir sind hergekommen, um eine Jungfrau zu holen, die tot ist. Die Mörder haben gestanden, daß sie ihr Leben hingab, um sie an der Flucht zu hindern, und jetzt kommen wir und wollen sie holen, damit sie mit allen den Ehren begraben werde, die ihr gebühren, und Ruhe unter den Ihren finde.«

Da wurde Elsalill gefunden und hinunter aufs Eis gebracht. Sie wurde auf die Bahre gelegt, die die alten Männer trugen, und der alte Priester dankte dem Schiffer und wanderte wieder an der Spitze seiner Leute dem Lande zu.

Aber wie sie sich wendeten, um zu gehen, sah der Schiffer, daß eine andere Jungfrau, die er früher nicht gesehen hatte, neben der Bahre einherging, und sie beugte sich einmal ums andre zu der Toten hinunter und küßte sie zärtlich.

Aber wie die Trauernden dahinschritten, brachen Sturm und Wogen hinter ihnen herein und schleuderten das Eis empor, über das sie eben gewandert waren. Und kaum waren sie mit Elsalill hinter einer Landzunge verschwunden, als das Eis auch schon zersplittert war und die große Galeasse den Weg frei hatte, hinaus ins offene Meer.

Der Luftballon

Vater und die Knaben sitzen an einem regnerischen Oktoberabend in einem Kupee dritter Klasse, auf der Fahrt nach Stockholm. Vater ist auf seiner Bank allein. Die Knaben sitzen ihm gegenüber, eng aneinander geschmiegt, und lesen einen Roman von Jules Verne, der den Titel führt: Sechs Wochen im Luftballon. Das Buch ist sehr abgegriffen. Die Knaben können es fast auswendig und haben endlose Diskussionen darüber geführt, aber sie lesen es immer wieder mit demselben Vergnügen. Um den kühnen Luftschiffern quer über Afrika zu folgen, haben sie alles andere vergessen, und sie erheben nur selten den Blick vom Buche, um die schwedischen Landschaften zu betrachten, die sie durchfahren.

Die Knaben sehen einander sehr ähnlich. Sie sind von gleicher Größe, gleich gekleidet – in graue Überröcke und blaue Schulmützen –, sie haben alle beide große träumerische Augen und kleine Stupsnasen. Sie sind immer gut Freund, gehen immer miteinander, kümmern sich nicht um andre Kinder und sprechen immer von Erfindungen und Entdeckungsfahrten. Der Begabung nach sind sie recht verschieden geartet. Lennart, der ältere, der dreizehn Jahre zählt, kommt in der Schule schwer vorwärts, und er kann kaum in irgendeinem Gegenstande mit seiner Klasse Schritt halten. Dafür ist er aber sehr geschickt und unternehmungslustig. Er will Erfinder werden und beschäftigt sich beständig damit, eine Flugmaschine zu konstruieren. Hugo ist ein Jahr jünger als Lennart, aber er begreift leichter und ist schon in derselben Klasse wie der Bruder. Auch er interessiert sich nicht besonders für das Lernen, hingegen ist er ein großer Sportsmann: Skiläufer, Radfahrer und Eisläufer. Wenn er erwachsen ist, will er auf Entdeckungsreisen gehen. Sobald Lennarts Flugmaschine fertig ist, wird Hugo damit ausfliegen, um zu entdecken, was von der Welt noch zu entdecken übrig ist.

Vater ist ein großgewachsener Mann mit eingesunkner Brust, fahlem Gesicht und schmalen, schönen Händen. Er ist nachlässig gekleidet. Seine Hemdbrust ist zerknittert, der Rockaufhänger guckt am Halse hervor, die Weste ist schief geknöpft, und die Strümpfe sind herabgerutscht. Er trägt das Haar so lang, daß es auf den Rockkragen hängt, dies jedoch nicht aus

Nachlässigkeit, sondern aus Geschmack und Gewohnheit. Vater stammt aus einem alten Spielmannsgeschlecht, weit her aus dem Bauernland, und er hat als sein besondres Erbteil zwei starke Anlagen mitbekommen. Die eine Anlage ist eine große musikalische Begabung, und sie trat früh zutage. Er besuchte die Akademie in Stockholm, studierte dann ein paar Jahre im Ausland und machte in diesen Studienjahren so glänzende Fortschritte, daß er selbst und seine Lehrer erwarteten, es würde ein großer, weltberühmter Violinspieler aus ihm werden. Er hätte sicherlich Talent genug gehabt, dieses Ziel zu erreichen, aber es fehlte ihm an Kraft und Ausdauer. Er konnte sich draußen in der Welt keine Stellung erkämpfen, sondern kam bald wieder heim und nahm einen Organistenposten in einer Provinzstadt an. Anfangs schämte er sich wohl, daß er den in ihn gesetzten Erwartungen nicht entsprochen hatte; aber er empfand es auch angenehm, einen sichern Lebensunterhalt zu haben und nicht mehr die Barmherzigkeit fremder Leute in Anspruch nehmen zu müssen.

Kurz nachdem er die Stelle bekommen hatte, heiratete er; und einige Jahre lang war er mit seinem Lose ganz zufrieden. Er hatte ein schönes kleines Heim, eine frohe und glückliche Frau und zwei kleine Jungen, und er war der Liebling der ganzen Stadt, überall gesucht und gefeiert. Aber dann war eine Zeit gekommen, wo dies alles ihn nicht mehr zu befriedigen schien. Er sehnte sich danach, noch einmal in die Welt hinauszuziehen und sein Glück zu versuchen, doch fühlte er sich verpflichtet, daheim zu bleiben, weil er nun Weib und Kind hatte.

Vor allem war es die Frau, die ihn überredet hatte, von dieser Reise abzustehen. Sie glaubte, daß es ihm nicht besser glücken werde als das erstemal. Sie meinte, sie seien so glücklich, daß er nichts andres zu erstreben brauche. Damit beging sie sicher einen Fehler, aber sie mußte ihn auch schwer genug büßen; denn von der Zeit an kam das zweite Familienerbteil bei dem Manne zum Vorschein. Da er seine Sehnsucht nach Ruhm und Erfolg nicht stillen konnte, suchte er sich mit dem Trinken zu trösten.

Und es ging ihm nun so, wie es den Menschen aus seiner Familie zu gehen pflegte: er trank ohne Besinnung und ohne Maß und kam binnen kurzem ganz herunter. Er wurde allmählich ein ganz andrer Mensch als zuvor. Er war nicht mehr liebenswürdig und einnehmend, sondern böse und hart. Und das größte Unglück war, daß er einen furchtbaren Haß gegen seine Frau faßte und sie in jeder möglichen Weise quälte, wenn er betrunken war – und auch sonst.

Die Knaben hatten also kein gutes Heim gehabt, und ihre Kindheit wäre sehr unglücklich gewesen, hätten sie sich nicht eine kleine Welt für sich selbst geschaffen, voll von Maschinenmodellen, Entdeckungsplänen und Abenteuerbüchern. Die einzige, die zuweilen einen Blick in diese Welt werfen durfte, war Mutter. Vater hatte nicht einmal eine Ahnung, daß sie existierte; und auch jetzt kann er mit den Knaben über nichts sprechen, was sie interessiert. Er stört sie einmal ums andre, wenn er fragt, ob es nicht schön sei, Stockholm kennenzulernen, und ob sie sich nicht freuten, mit Vater zu reisen, und dergleichen mehr. Sie antworten sehr kurz, um sich augenblicklich wieder in das Buch zu vertiefen. Vater jedoch fragt weiter. Er glaubt, daß die Knaben von seiner Liebenswürdigkeit sehr entzückt sein müßten und nur zu schüchtern wären, es zu zeigen.

»Die haben zu lange an Mutters Schürzenband gehangen«, denkt er. »Sie sind ängstlich und zimperlich geworden. Das wird jetzt anders werden, wenn sie in meine Hand kommen«.

Aber Vater täuscht sich. Daß die Knaben ihm so kurze Antworten geben, ist nicht Schüchternheit, sondern bedeutet nur, daß sie wohlerzogen sind und ihn nicht verletzen wollen. Wenn es nicht so wäre, würden sie ganz anderes antworten. »Warum sollten wir es schön finden, mit Vater zu reisen?« würden sie dann sagen.

»Vater glaubt freilich, etwas ganz Besondres zu sein, aber wir sehen ja, daß er nur ein verkommener Schwächling ist. Und warum sollten wir uns darauf freuen, Stockholm kennenzulernen? Wir wissen sehr gut, daß Vater uns nicht mitgenommen hat, um uns eine Freude zu machen, sondern nur, um Mutter zu kränken.«

Es wäre klüger, wenn Vater die Knaben lesen ließe, ohne sie zu stören. Sie sind niedergeschlagen und ängstlich, und es reizt sie, daß er so guter Laune ist. »Nur weil er weiß, daß Mutter daheim sitzt und weint, ist er heute so vergnügt«, flüstern sie einander zu.

Vaters Fragen bringen es schließlich dahin, daß die Knaben nicht mehr lesen, obgleich sie noch immer über das Buch gebeugt dasitzen. Stattdessen beginnen ihre Gedanken mit großer Bitterkeit um alles zu kreisen, was sie um Vaters willen haben leiden müssen.

Sie erinnern sich, wie sich Vater einmal am hellichten Tag betrunken hatte und über die Straße getorkelt kam, von einer Menge Schuljungen verfolgt, die ihn ausspotteten. Sie rufen sich zurück, wie die andern Jungen sie gehänselt und ihnen Spitznamen gegeben haben, weil sie einen Vater hatten, der trank. Sie haben sich für Vater schämen müssen, sie mußten seinetwegen in beständiger Angst leben; und sowie sie irgendeinen Spaß hatten, ist er dazwischen gekommen und hat ihnen das Vergnügen verdorben. Es ist kein kleines Sündenregister, das sie aufstellen. Die Knaben sind sehr sanftmütig und geduldig, aber sie fühlen einen Groll in sich aufsteigen, der stärker und stärker wird. Er hätte doch begreifen müssen, daß sie ihm die große Enttäuschung nicht verzeihen konnten, die er ihnen gestern bereitet hatte. Das war doch das Ärgste, was er ihnen je angetan hatte.

Die Sache war nämlich die, daß die Mutter der Knaben sich im vorigen Frühling entschlossen hatte, sich vom Vater zu trennen. Mehrere Jahre lang hatte der Mann sie auf jede erdenkliche Art verfolgt und gepeinigt, doch sie hatte sich nicht von ihm trennen wollen, sondern war bei ihm geblieben, damit er nicht völlig verkomme. Aber jetzt endlich wollte sie es der Knaben wegen tun. Sie hatte beobachtet, daß der Vater sie unglücklich machte; und sie meinte, sie müsse sie diesem Elend entziehen und ihnen ein gutes, friedliches Heim schaffen.

Als die Sommerferien begannen, hatte sie die Knaben aufs Land zu ihren Eltern geschickt und war selbst ins Ausland gereist, um so aufs einfachste die Scheidung zu erlangen. Es war ihr freilich nicht recht gewesen, daß es dadurch den Anschein gewann, als würde die Ehe durch ihr Verschulden gelöst; aber damit hatte sie sich abfinden müssen. Noch weniger zufrieden war sie damit, daß die Knaben vom Gerichte dem Vater zugesprochen wurden, weil sie eine entlaufene Ehefrau wäre. Sie tröstete sich freilich damit, daß er unmöglich die Absicht haben könnte, die Kinder zu behalten; aber sie hatte doch keine rechte Ruhe mehr.

Nach der Scheidung war sie zurückgekommen und hatte eine Wohnung gemietet, in der sie mit den Knaben leben wollte. Erst vor zwei Tagen hatte sie alles fertig gehabt, so daß die Knaben zu ihr übersiedeln konnten. Es war der glücklichste Tag, den die Kinder je erlebt hatten. Die ganze Wohnung bestand aus einem großen Zimmer und einer großen Küche, aber alles war neu und fein, und Mutter hatte es so außerordentlich behaglich eingerichtet. Das Zimmer sollte Mutter und ihnen tagsüber als Arbeitsraum dienen, und nachts sollten die Knaben da schlafen. Die Küche war sehr niedlich und hell. Da würden sie essen. Und in einem kleinen Verschlag hinter der Küche hatte Mutter ihr Bett.

Mutter hatte ihnen gesagt, daß sie sehr arm sein würden. Sie hatte eine Stelle als Musiklehrerin an der Mädchenschule bekommen; aber dies war auch alles: davon mußten sie leben. Sie waren nicht in der Lage, sich ein Dienstmädchen zu halten, sondern mußten sich allein behelfen. Die Knaben waren über das Ganze in hellstem Entzücken; vor allem darüber, daß sie mit anfassen durften. Sie erboten sich, Holz und Wasser zu tragen. Sie wollten die Schuhe putzen und die Betten machen. Es war ein rechter Spaß, sich das alles auszudenken.

Eine Kammer war da, wo Lennart alle seine Maschinen aufheben konnte. Er selbst sollte den Schlüssel dazu haben, und kein andrer als Hugo und er sollten sie je betreten dürfen.

Aber nur einen einzigen Tag durften die Knaben bei Mutter glücklich sein. Dann hatte der Vater die Freude verdorben, wie er es stets getan hatte, solange sie sich zurückerinnern konnten. Mutter hatte ihnen erzählt, sie habe gehört, daß Vater eine Erbschaft von einigen tausend Kronen gemacht hätte; er habe seine Stellung gekündigt und wolle nun nach Stockholm ziehen. Mutter und sie hatten sich sehr darüber gefreut, daß er die Stadt verließ, so daß sie ihm nicht mehr auf der Straße zu begegnen brauchten. Aber dann war einer von Vaters Freunden mit der Botschaft zur Mutter gekommen, daß Vater die Knaben nach Stockholm mitnehmen wolle.

Mutter hatte geweint und gefleht, ihre Knaben behalten zu dürfen, aber Vaters Abgesandter hatte geantwortet, daß Vater fest entschlossen sei, die Knaben in seine Obhut zu nehmen. Wenn sie nicht gutwillig kämen, würde er sie durch die Polizei holen lassen. Er sagte, Mutter solle doch das Scheidungsurteil durchlesen, da stünde es ja deutlich, daß die Knaben dem Vater gehörten. Und das wußte Mutter ja auch. Das ließ sich nicht leugnen.

Vaters Freund hatte viele schöne Dinge gesagt: Vater liebe seine Jungen und wolle sie deshalb für sich haben. Aber die Knaben wußten, daß Vater sie einzig und allein fortschleppte, um Mutter zu quälen. Er hatte sich das ausgedacht, damit Mutter an der Trennung von ihm keine Freude hätte. Das Ganze war nur Rache und Bosheit.

Aber Vater hatte seinen Willen durchgesetzt, und hier waren sie nun auf dem Weg nach Stockholm. Und ihnen gegenüber saß Vater und freute sich, daß er Mutter unglücklich gemacht hatte. Mit jedem Augenblick, der verging, wurde ihnen der Gedanke, daß sie bei Vater bleiben und mit ihm leben müßten, immer widerwärtiger. Waren sie denn völlig in seiner Gewalt? Gab es keine Rettung?

Vater hatte sich in seine Ecke zurückgelehnt, und nach einem Weilchen schlummerte er ein. Sogleich beginnen die Knaben sehr lebhaft miteinander zu flüstern. Es wird ihnen nicht schwer, einen Entschluß zu fassen. Den ganzen Tag haben sie, jeder für sich, nur daran gedacht, durchzubrennen.

Sie verabreden, auf die Plattform zu schleichen und aus dem Zuge zu springen, wenn er gerade durch einen großen Wald führe. Dann würden sie an einen versteckten Plätzchen im Wald eine Hütte bauen und dort allein leben.

Während die Knaben diese Pläne schmieden, bleibt der Zug an einer Station stehen, und eine Bäuerin, die ein kleines Kind an der Hand führt, steigt in das Kupee. Sie ist schwarz gekleidet, trägt ein Kopftuch und sieht gut und freundlich aus. Sie zieht dem Kleinen das Überröckchen aus, das vom Regen naß geworden ist, und wickelt ihn in einen Schal. Dann zieht sie ihm die Schuhe ab, trocknet die kalten Füßchen, sucht aus einem Bündel Strümpfe und Schuhe hervor und zieht sie ihm an. Schließlich steckt sie ihm ein Bonbon zu und legt ihn auf die Bank, den Kopf auf ihrem Schoße, damit er einschlafe.

Bald wirft der eine, bald der andre Knabe einen Blick auf die Bäuerin, die sich mit ihrem Kinde beschäftigt. Diese Blicke werden immer häufiger, und plötzlich haben die Knaben, beide zugleich, Tränen in den Augen. Nun sehen sie nicht mehr auf, sondern halten die Augen hartnäckig niedergeschlagen.

Es ist, als wäre zugleich mit der Bäuerin noch jemand anders, der für alle, außer für die Knaben, unsichtbar und unmerkbar ist, in den Wagen gekommen. Und dieser andre ist – Mutter. Die Knaben haben das Gefühl, daß sie gekommen sei und sich zwischen sie gesetzt und ihre Hände ergriffen habe, wie sie es noch gestern abend getan hatte, als es sich entschied, daß sie reisen müßten; und sie spricht ebenso zu ihnen wie damals: »Ihr müßt mir versprechen, daß ihr Vater meinetwegen nicht gram sein werdet. Vater hat es mir nie verzeihen können, daß ich ihn gehindert habe, fortzureisen. Er meint, daß es meine Schuld sei, wenn nichts aus ihm geworden ist, und wenn er trinkt. Er kann mich nie genug strafen. Aber ihr dürft ihm deshalb nicht böse sein. Da ihr jetzt mit Vater leben sollt, müßt ihr mir versprechen, gut gegen ihn zu sein. Ihr dürft ihn nicht reizen, ihr müßt auf ihn achten, so gut ihr könnt. Das müßt ihr mir versprechen; sonst weiß ich gar nicht, wie ich euch ziehen lassen soll.«

Und die Knaben hatten es versprochen.

»Ihr dürft euch nicht von Vater fortschleichen! Versprecht mir das!« hatte Mutter gesagt.

Das hatten sie auch versprochen.

Die Knaben sind zuverlässig, und in demselben Augenblick, wo sie daran denken, daß sie Mutter dieses Versprechen gegeben haben, lassen sie alle Fluchtgedanken fahren. Vater schläft noch immer, aber sie bleiben geduldig auf ihren Plätzen sitzen. Mit verdoppeltem Eifer fangen sie wieder zu lesen an, und ihr Freund, der gute Jules Verne, führt sie bald aus ihren Sorgen in die Wunderwelt Afrikas.

Weit draußen in der Södervorstadt hatte Vater zwei Zimmer zu ebner Erde gemietet, mit der Aussicht auf einen engen Hof. Die Wohnung ist schon lange in Gebrauch, sie ist von einer Familie auf die andre übergegangen, ohne je instand gesetzt zu werden. Die Tapeten haben eine Unmenge Risse und Flecken, die Decken sind verrußt, ein paar Fensterscheiben sind zerbrochen, und der Küchenboden ist so ausgetreten, daß er ganz holprig geworden ist. Ein paar Dienstmänner haben die Möbel vom Bahnhof geholt, sie in die Zimmer getragen und sie da kunterbunt stehen lassen. Vater und Knaben sind jetzt dabei, auszupacken. Vater steht mit hocherhobener Axt da, um eine Kiste zu öffnen. Die Knaben packen aus einer andern Kiste Glas und Porzellan und stellen es in den Wandschrank. Sie sind geschickt und arbeiten eifrig, aber Vater hört nicht auf, sie zur Vorsicht zu mahnen, und verbietet ihnen, mehr als ein Glas oder einen Teller auf einmal zu tragen. Inzwischen geht es mit Vaters eigner Arbeit nicht recht vorwärts. Seine Hände sind zittrig und kraftlos, und er ist schon ganz schweißbedeckt, ohne den Deckel von der Kiste losbekommen zu können. Er legt die Axt nieder, geht um die Kiste herum und fragt sich, ob sie vielleicht verkehrt stehe. Da nimmt einer der Knaben die Axt und fängt an, sie anzustemmen, doch Vater stößt ihn fort. Lennart werde doch nicht glauben, daß *er* den Deckel aufbringen könne, wenn Vater selbst es nicht zustande bringe? »Nur ein geübter Arbeiter kann diese Kiste öffnen«, sagt Vater und nimmt Hut und Rock, um den Hausknecht zu holen.

Kaum ist Vater zur Türe hinaus, als ihm etwas einfällt. Er begreift plötzlich, warum er keine Kraft in den Händen hat. Es ist noch früh am Vormittag, und er hat noch nichts zu sich genommen, was das Blut in Umlauf bringt. Wenn er in ein Café ginge und einen Kognak tränke, dann würde er seine Kraft wiederfinden und könnte sich ohne fremde Unterstützung behelfen. Das ist viel besser, als den Hausknecht zu holen.

Vater geht also auf die Straße, um ein Café zu suchen. Als er in die kleine Hofwohnung zurückkehrt, ist es acht Uhr abends.

In Vaters Jugend, als er noch auf die Akademie ging, hatte er in der Södervorstadt gewohnt. Er war damals Mitglied eines Doppelquartetts gewesen, das hauptsächlich aus Kontoristen und kleinen Kaufleuten bestand und in einem Keller in der Nähe von Mosebacke seine Zusammenkünfte abzuhalten pflegte. Vater hatte nun Lust bekommen, nachzusehen, ob dieser kleine Keller noch existiere. Er war wirklich noch da, und Vater hatte das Glück gehabt, ein paar von den alten Freunden zu treffen, die da saßen und frühstückten. Sie hatten ihn mit größter Freude begrüßt, ihn zum Frühstück eingeladen und seine Ankunft in Stockholm auf die herzlichste Weise gefeiert. Als die Mahlzeit schließlich beendet war, hatte Vater heimgehen wollen, um seine Möbel auszupacken; doch die Freunde hatten ihn überredet, zu bleiben und mit ihnen Mittag zu essen. Und dies hatte sich so lange hinausgezogen, daß Vater nicht vor acht Uhr nach Hause gekommen war. Und es hatte ihn keine geringe Überwindung gekostet, sich zu so früher Stunde von der lustigen Gesellschaft loszureißen. Als Vater heimkommt, sitzen die Knaben in der Dunkelheit, denn sie haben kein Zündholz. Vater hat ein Zündholzschächtelchen in der Tasche, und als er ein kleines Kerzenstümpfchen angezündet hat, das glücklicherweise mitgekommen ist, sieht er, daß die Knaben erhitzt und verstaubt sind, aber munter und vergnügt und augenscheinlich sehr zufrieden mit ihrem Tag.

In dem Stübchen stehen die Möbel geordnet, die Kisten sind fortgeräumt, Stroh und Papierschnitzel fortgekehrt. Hugo macht gerade im ersten Zimmer die Betten für die Knaben. Das zweite Zimmer soll Vaters Schlafstube sein, und da steht sein Bett, mit so viel Sorgfalt gemacht, wie er sich's nur wünschen kann.

Jetzt geht in Vater ein eigentümlicher Umschwung vor. Als er heimkam, war er mit sich selbst unzufrieden gewesen, weil er sich von der Arbeit davongemacht und die Knaben ohne Speise und Trank zurückgelassen hatte. Aber jetzt, wo er sieht, daß sie guter Laune sind, und daß ihnen nichts abzugehen scheint, bereut er es, daß er ihretwegen seine Freunde verlassen hat; er wird reizbar und streitsüchtig.

Er sieht wohl, daß die Knaben stolz auf die Arbeit sind, die sie geleistet haben, und daß sie erwarten, von ihm gelobt zu werden; aber dazu ist er gar nicht geneigt. Er fragt vielmehr, wer dagewesen sei und ihnen geholfen habe, und bittet sie, sich gefälligst zu merken, daß man in Stockholm nichts geschenkt bekomme und der Hausknecht für alles, was er täte, bezahlt werden müsse. Die Knaben antworten, daß sie keine Hilfe in Anspruch genommen, sondern alles allein gemacht hätten, aber er hört nicht auf zu zanken. Es sei unrecht von ihnen gewesen, die große Kiste zu öffnen. Sie hätten sich dabei etwas zuleide tun können. Er hätte ihnen doch verboten, sie zu öffnen. Sie hätten jetzt ihm zu gehorchen. Er sei für sie verantwortlich.

Er nimmt die Kerze, geht in die Küche und leuchtet in die Schränke. Der kleine Vorrat an Glas und Porzellan ist in guter Ordnung auf den Brettern aufgestellt. Er prüft alles haargenau, um Anlaß zu weiterem Tadel zu finden.

Plötzlich erblickt Vater ein paar Überreste des Abendbrots der Knaben und beginnt sogleich zu zanken, weil sie Huhn gegessen haben. Woher sie sich das verschafft hätten? Ob sie wie die Prinzen zu leben gedächten? Ob sie sein Geld hinauswürfen, um Hühner zu essen? Dann fällt ihm ein, daß er ihnen ja kein Geld zurückgelassen hat. Er fragt, ob sie das Huhn gestohlen hätten, und gerät ganz außer sich.

Er spricht und ermahnt, zankt und tobt, aber jetzt bekommt er von den Knaben keine Antwort. Sie wollen nicht sagen, woher sie das Huhn haben, sondern lassen ihn austoben. Und er hält ganze Reden, ganze Predigten, er erschöpft seine letzten Kräfte. Schließlich bittet und bettelt er.

»Ich beschwöre euch, sagt mir die Wahrheit! Ich will euch alles verzeihen, was ihr begangen haben mögt, wenn ihr mir nur die Wahrheit sagt.«

Jetzt können es die Knaben nicht länger aushalten. Vater hört einen prustenden Laut. Sie werfen die Decken ab und setzen sich auf, und er merkt, daß sie vor unterdrücktem Lachen ganz rot im Gesicht sind. Und während sie jetzt ungezügelt herauslachen, sagt Lennart, von beständigem Kichern unterbrochen: »Mutter hat uns doch ein Hühnchen in den Eßkorb gelegt, den sie uns auf die Reise mitgegeben hat.«

Vater richtet sich auf, sieht die Knaben an, will sprechen, findet aber keine passenden Worte. Er richtet sich noch majestätischer empor, sieht sie mit tiefster Verachtung an und geht schweigend auf sein Zimmer.

Vater hat jetzt herausgebracht, wie geschickt die Knaben sind, und er benützt dies, um ein Dienstmädchen zu ersparen. Morgens schickt er Lennart in die Küche und läßt ihn Kaffee kochen, während Hugo den Frühstückstisch deckt und Brot vom Bäcker holt. Nach dem Frühstück setzt Vater sich auf einen Stuhl und sieht zu, wie die Knaben die Betten machen, die Zimmer kehren und die Öfen heizen. Er gibt unaufhörlich Befehle und kommandiert sie von einer Arbeit zur andern, nur um seine Macht zu zeigen. Wenn das Morgenaufräumen vorüber ist, geht er aus und bleibt den ganzen Vormittag weg. Das Mittagessen läßt er aus einer benachbarten Kochschule holen. Dann läßt Vater die Knaben für den Abend allein und verlangt von ihnen nichts andres, als daß sein Bett gemacht sei, wenn er heimkommt.

Die Knaben sind so fast den ganzen Tag allein und können sich beschäftigen, womit sie wollen. Eine ihrer wichtigsten Arbeiten besteht darin, an Mutter zu schreiben. Sie bekommen von ihr jeden Tag einen Brief, und sie schickt ihnen Papier und Marken, damit sie ihr antworten können.

Mutters Briefe enthalten hauptsächlich Ermahnungen, artig gegen Vater zu sein. Sie schreibt immer, wie liebenswert Vater gewesen sei, als sie ihn kennenlernte, und sie erzählt ihnen, wie strebsam und tüchtig er am Anfang seiner Laufbahn gewesen sei. Sie sollten zärtlich und liebevoll gegen ihn sein. Sie dürften nie vergessen, wie unglücklich er wäre.

»Wenn Ihr so recht gut gegen Vater sei, dann hat er vielleicht Mitleid mit Euch und läßt Euch wieder nach Hause zu mir kommen«, schreibt Mutter.

Mutter erzählt, daß sie beim Pfarrer und beim Bürgermeister gewesen sei, um zu fragen, ob es nicht möglich wäre, die Knaben wiederzubekommen. Aber alle beide hätten ihr gesagt, daß es keinen Ausweg gebe. Die Knaben müßten bei ihrem Vater bleiben. Mutter wolle gern nach Stockholm übersiedeln, um ihre Jungen wenigstens ab und zu sehen zu können, aber alle Menschen rieten ihr, sich zu gedulden und noch zu warten. Sie glaubten, daß Vater die Knaben bald satt bekommen und sie wieder heimschicken werde. Mutter wisse nicht recht, was sie tun solle. Einerseits finde sie es schrecklich, daß ihre Knaben in Stockholm ohne irgend jemand lebten, der sich ihrer annehme; und andrerseits wisse sie: wenn sie ihr Heim verließe und ihre Anstellung aufgäbe, könnte sie sie nicht bei sich aufnehmen und versorgen, falls sie frei würden. Aber zu Weihnachten werde Mutter auf jeden Fall nach Stockholm kommen und nach ihnen sehen.

Die Knaben schreiben und erzählen, was sie den ganzen Tag tun, Stunde für Stunde. Sie lassen Mutter wissen, daß sie Vater das Essen holen und ihm das Bett machen. Sie begreift, daß sie sich bemühen, ihr zuliebe gut gegen ihn zu sein, aber sie merkt, daß sie ihn nicht besser leiden können als früher.

Ihre kleinen Jungen scheinen immer einsam zu sein. Sie wohnen in einer großen Stadt, wo es von Menschen wimmelt, aber niemand fragt nach ihnen, niemand beachtet sie. Und vielleicht ist es noch am besten so. Wer weiß, in was sie hineingeraten könnten, wenn sie irgendwelche Bekanntschaften machten!

Sie bitten sie immer, sich ihretwegen keine Sorgen zu machen. Sie würden sich schon durchschlagen. Sie erzählen, daß sie sich die Strümpfe stopfen und die Knöpfe annähen. Sie deuten auch an, daß Lennart mit seiner Erfindung sehr weit gekommen sei, und sagen, daß alles gut sein werde, sowie die fertig wäre. Aber Mutter lebt in beständiger Angst. Tag und Nacht sind ihre Gedanken bei den Knaben. Tag und Nacht betet sie zu Gott, er möge über ihre kleinen Söhne wachen, die einsam in einer großen Stadt leben, ohne irgend jemand, der ihre Augen vor den Lockungen der Verderbnis schützt und ihre jungen Herzen vor der Lust zum Bösen bewahrt.

Vater und die Knaben sitzen eines Vormittags in der Oper. Einer von Vaters früheren Kollegen, der der Hofkapelle angehört, hat ihn eingeladen, der Probe zu einem Symphoniekonzert beizuwohnen, und Vater hat die Knaben mitgenommen. Als das Orchester einsetzt und das Haus von den Tonwellen erfüllt wird, gerät Vater in so heftige Bewegung, daß er sich nicht beherrschen kann, sondern zu weinen anfängt. Er schluchzt, schneuzt sich geräuschvoll und stöhnt einmal um das andre auf. Er legt sich gar keinen Zwang mehr an, sondern wird so laut, daß die Spielenden gestört werden. Ein Diener kommt und winkt ihm ab, darauf nimmt Vater die Knaben bei der Hand und schleicht sich ohne ein Wort des Widerspruchs hinaus, und den ganzen Heimweg hörten seine Tränen nicht auf zu fließen.

Vater hat die Hände der Knaben in den seinen behalten und geht mit einem Jungen an jeder Seite einher. Plötzlich fangen auch die Knaben zu weinen an. Sie verstehen nun zum ersten Male, wie Vater seine Kunst geliebt hat. Es war entsetzlich für ihn gewesen, versoffen und verkommen dazusitzen und andre spielen zu hören. Es war ein Jammer, daß er nicht das geworden war, was er hätte werden sollen. Es war für Vater so, wie es für Lennart wäre, wenn er seine Flugmaschine nie fertigbrächte, oder für Hugo, wenn er keine Entdeckungsreise machen dürfte. Zu denken, daß sie einmal als untaugliche Greise dasitzen und über sie prächtige Luftschiffe dahinbrausen sehen sollten, die sie weder erfunden hätten noch lenken dürften!

Die Jungen sitzen eines Vormittags daheim und haben ihre Bücher vor sich. Vater hat eine Notenrolle unter den Arm genommen und ist ausgegangen. Er hat etwas davon gemurmelt, daß er eine Musiklektion zu geben hätte, aber die Knaben haben sich keinen Augenblick einreden lassen, daß dies die Wahrheit sei.

Vater ist schlechter Laune, wie er so über die Straße geht. Er hat den Blick bemerkt, den die Knaben wechselten, als er sagte, daß er zu einer Musiklektion ginge. »Sie werfen sich zum Richter auf über ihren Vater«, denkt er. »Ich bin zu nachsichtig gegen sie. Ich hätte jedem eine Ohrfeige geben sollen. Sicherlich hetzt ihre Mutter sie gegen mich auf.«

»Wie wäre es, wenn ich mich ein wenig nach den Herrchen umsähe?« fährt er fort. »Es könnte gewiß nichts schaden, sich zu überzeugen, wie sie ihren Studien nachgehen.«

Er kehrt um, geht rasch durch den Hof, öffnet ganz leise die Türe und steht in dem Zimmer der Knaben, ohne daß einer von ihnen ihn hätte kommen hören. Und richtig: die Knaben fahren mit ganz roten Köpfen auf, und Lennart reißt ängstlich ein Bündel Papiere an sich, das er in die Schreibtischlade wirft.

Als die Knaben ein paar Tage in Stockholm waren, da hatten sie gefragt, in welche Schule sie gehen würden, und Vater hatte geantwortet, mit ihrem Schulbesuch sei es jetzt aus. Er würde versuchen, einen Meister zu finden, der sie in die Lehre nehmen wollte. Dies hatte er jedoch nie ins Werk gesetzt, und die Knaben hatten auch nicht weiter von ihrem Schulbesuch gesprochen. Doch nach kaum einer Woche hing in dem Zimmer der Knaben ein Stundenplan an der Wand. Schulbücher wurden hervorgesucht, und jeden Vormittag saßen die Knaben an einem alten Schreibtisch und machten Aufgaben. Es war offenbar: sie hatten einen Brief von Mutter bekommen, der sie ermahnte, auf eigne Faust zu arbeiten, um nicht alles zu vergessen, was sie gelernt hätten.

Als Vater jetzt so unerwartet zu ihnen hereinkommt, geht er zuerst hin und studiert den Stundenplan. Er zieht seine Uhr heraus und vergleicht. Mittwoch von zehn bis elf: Geographie. Dann kommt er an den Tisch heran. »Hättet ihr in dieser Stunde nicht eigentlich Geographie?« fragt er. – »Ja«, antworten die Knaben, flammend rot im Gesicht. – »Aber wo habt ihr das Geographiebuch und den Atlas?« – Die Knaben werfen einen Blick auf das Bücherbrett und sehen tödlich verlegen aus. »Wir haben noch nicht angefangen«, sagt Lennart. – »So, so«, sagt Vater. »Ihr habt wohl etwas andres vor.« Und er richtet sich ganz vergnügt auf. Er hat jetzt die Oberhand, und die will er behalten, bis er die Knaben gründlich an die Wand gedrückt hat.

Die beiden Knaben schweigen. Seit dem Tage, da sie mit Vater in die Oper gegangen waren, haben sie Mitleid mit ihm, und es hat sie nicht soviel Überwindung gekostet wie früher, artig gegen ihn zu sein. Aber natürlich haben sie keinen Augenblick daran gedacht, Vater ins Vertrauen zu ziehen. Er ist in ihrem Ansehen nicht gestiegen, wenn er ihnen auch leid tut.

»Habt ihr einen Brief geschrieben?« fragt Vater mit seiner strengsten Stimme. – »Nein«, rufen die beiden Knaben wie aus einem Munde. – »Was habt ihr denn getan?« – »Wir haben nur geplaudert.« – »Das ist nicht wahr! Ich habe gesehen, wie Lennart etwas in die Schreibtischlade gesteckt hat.« – Jetzt schweigen die beiden Knaben wieder. – »Nehmt es heraus!« ruft Vater, rot vor Zorn. Er glaubt, daß die Söhne an seine Frau geschrieben hätten; und da sie ihm den Brief nicht zeigen wollten, stünde natürlich etwas Häßliches über ihn darin. Die Knaben rührten sich nicht, und Vater hebt die Hand, um nach Lennart zu schlagen, der vor der Schublade sitzt. – »Rühr ihn nicht an!« ruft Hugo. »Wir haben nur über etwas gesprochen, was Lennart sich ausgedacht hat.«

Hugo schiebt Lennart weg, reißt die Lade auf und zieht einen Bogen Papier hervor, der mit Luftschiffen in den wunderlichsten Formen vollgekritzelt ist. »Lennart hat sich heute nacht ein neues Segel für sein Luftschiff ausgedacht. Und darüber haben wir gesprochen.« Vater will ihm nicht glauben. Er beugt sich hinunter, durchsucht die Lade, findet aber nichts andres als Bogen Papier, bedeckt mit Zeichnungen, die Luftballons, Fallschirme, Flugmaschinen und alles andre vorstellen, was zur Luftschiffahrt gehört.

Zum größten Staunen der Knaben schleudert Vater dies alles nicht gleich fort, er lacht auch nicht über ihre Versuche, sondern er betrachtet Blatt für Blatt genau. Vater hat nämlich auch ein wenig Anlage zur Mechanik; und er hat sich einstmals, als sein Hirn noch zu etwas taugte, für solche Dinge interessiert. Bald beginnt er Fragen nach dem Zweck von diesem und jenem zu stellen; und da seine Worte verraten, daß er großen Anteil nimmt und das, was er sieht, versteht, bekämpft Lennart seine Verlegenheit und antwortet ihm zuerst zögernd, doch allmählich mit immer größerer Bereitwilligkeit.

Bald sind Vater und die Knaben in eine tiefsinnige Diskussion über Luftschiffe und Flugmaschinen vertieft.

Nachdem sie so recht in Fahrt gekommen sind, plaudern die Knaben unbefangen und teilen Vater alle ihre Pläne und Träume mit. Und wenn Vater auch begreift, daß die Knaben mit den Luftschiffen, die sie jetzt konstruieren, nicht weit fliegen können, imponiert ihm die ganze Sache doch. Seine kleinen Söhne sprechen von Aluminiummotoren, Aeroplanen und Gleichgewichtslagen wie von den selbstverständlichsten Dingen. Er hat sie für rechte Dummköpfe gehalten, weil sie in der Schule nicht gut vorwärts kamen. Jetzt scheint es ihm mit einem Male, daß sie ein paar kleine Gelehrte seien.

Und hochfliegende Gedanken und Hoffnungen, – das versteht Vater besser als irgend jemand. Er erkennt es wieder, er hat selbst so geträumt und hat durchaus keine Lust, über solche Träume zu lachen.

An diesem Vormittag geht Vater nicht mehr aus, sondern bleibt sitzen und plaudert mit seinen Knaben, bis es Zeit ist, das Mittagessen zu holen und den Tisch zu decken. Und da sind Vater und die Knaben zu ihrer großen Überraschung richtig gute Freunde.

Es ist elf Uhr abends, und Vater taumelt durch die Straßen. Die kleinen Jungen gehen neben ihm. Sie haben ihn im Wirtshaus gesucht und haben sich dicht an die Tür gestellt, ohne ein Wort zu sagen. Vater saß allein an einem Tisch, einen großen dunklen Toddy vor sich, und hörte einer Damenkapelle zu, die am andern Ende des Zimmers spielte. Nach einem Weilchen war er unwillig aufgestanden und zu den Knaben hingegangen. »Was soll das heißen?« hatte er gefragt. »Warum kommt ihr hierher?« – »Du solltest doch nach Hause kommen, Vater«, sagten die Knaben. »Es ist doch der fünfte Dezember. Du hast ja versprochen – – –«

Da hat sich Vater erinnert, daß Lennart ihm anvertraut hatte, heute sei Hugos Geburtstag, und daß er versprochen hatte, beizeiten nach Hause zu kommen. Aber das hatte er ganz vergessen. Hugo erwartete sich wohl ein Geburtstagsgeschenk von ihm, aber er hatte nicht daran gedacht, eins zu besorgen.

Auf jeden Fall ist er mit den Knaben gegangen, und nun wandert er, unzufrieden mit ihnen und mit sich selbst, die Straße entlang. Als er heimkommt, steht der Geburtstagstisch gedeckt. Die Knaben haben es festlich machen wollen. Lennart hat Kuchen gebacken, die jetzt ein paar Stunden alt sind und wie Lappen aussehen. Sie haben von Mutter ein bißchen Geld bekommen, und dafür haben sie Nüsse, Mandeln und eine Flasche Himbeersaft gekauft.

Alle diese Herrlichkeiten haben sie nicht allein genießen wollen, sondern haben gewartet, daß Vater heimkomme. Nachdem sie sich nun mit Vater angefreundet haben, können sie ein großes Fest nicht ohne ihn feiern. Vater versteht das schon. Es schmeichelt ihm, daß sie sich nach ihm gesehnt haben, und in leidlich guter Laune läßt er sich an dem Tisch nieder. Aber halb betrunken, wie er ist, strauchelt er, als er Platz nehmen will, er hält sich an der Tischdecke fest, fällt zu Boden und zieht alle Herrlichkeiten mit. Als er wieder aufsteht, sieht er, wie der Himbeersaft über den Boden strömt und Backwerk und Konfekt zwischen Scherben und Porzellan und Glas verstreut liegen. Vater wirft einen Blick auf die langen Gesichter der Knaben, läuft zur Türe hinaus und kommt nicht vor dem Morgengrauen heim.

An einem Vormittag im Februar gehen die Knaben mit Schlittschuhen über der Schulter durch die Straße. Sie sind nicht mehr dieselben. Sie sind mager und blaß geworden und sehen ungepflegt und nachlässig aus. Ihr Haar ist nicht geschnitten, sie sind nicht ordentlich gewaschen, und Strümpfe und Schuhe zeigen Löcher. Wenn sie miteinander sprechen, brauchen sie eine Menge Gassenjungenausdrücke, und es geschieht auch, daß ein Fluch über ihre Lippen kommt. Es ist ein Umschwung bei den Knaben eingetreten, und dies seit dem Abend, an dem Vater vergaß, heimzukommen und Hugos Geburtstag zu feiern. Es war, als hätte sie bis dahin doch die Hoffnung aufrecht erhalten, daß ihre Lage sich bald ändern würde. In der ersten Zeit hatten sie damit gerechnet, daß Vater ihrer bald müde werden und sie wieder heimschicken würde. Dann hatten sie sich eingebildet, Vater würde sie liebgewinnen und ihretwegen zu trinken aufhören. Ja, sie hatten sich gedacht, daß Mutter und er sich versöhnen könnten, und daß sie alle glücklich sein würden. Aber an jenem Abend wurde es ihnen klar, daß dies alles unmöglich war. Vater konnte nichts andres lieben als das Saufen. Wenn er auch ab und zu einmal gut gegen sie war, so machte er sich doch eigentlich nichts aus ihnen.

Und eine schwere Hoffnungslosigkeit bemächtigte sich der Knaben. Nichts könnte je anders werden. Sie würden nie von Vater loskommen. Sie hatten das Gefühl, als wären sie verurteilt, ihr ganzes Leben lang in einem dunklen Gefängnis eingeschlossen zu sitzen.

Nicht einmal ihre großen Pläne konnten sie trösten. Festgekettet, wie sie hier saßen, könnten sie die ja nie zur Ausführung bringen. Da sie doch nicht einmal etwas lernen durften ...! Sie kannten die Geschichte der großen Männer gut, um zu wissen, daß jeder, der Bedeutendes leisten will, viele Kenntnisse braucht.

Der härteste Schlag aber war gewesen, daß Mutter zu Weihnachten nicht zu ihnen gekommen war. Zu Anfang des Dezember war sie auf der Treppe gefallen und hatte sich ein Bein gebrochen, so daß sie während der Weihnachtsferien im Krankenhaus liegen mußte und nicht nach Stockholm reisen konnte. Jetzt war Mutter wohl auf, aber jetzt hatte auch ihre Schule wieder begonnen. Überdies hatte sie kein Geld zur Reise. Alles, was sie zusammengespart hatte, war während ihrer Krankheit aufgebraucht worden.

Die Knaben fühlten sich von der ganzen Welt verlassen. Es war ganz klar, daß es ihnen nie besser gehen würde, wie sehr sie sich auch anstrengten; und darum hatten sie allmählich aufgehört, sich mit dem zu plagen, was ihnen langweilig schien. Sie konnten ja ebensogut etwas tun, was ihnen Spaß machte.

Manchmal machten sie ihre Betten tagelang nicht, und sie hörten ganz auf, die Zimmer zu kehren. Es kam ja auf eins heraus. Es besuchte sie ja doch niemand, um nachzusehen, wie es ihnen ginge.

Vater kam immer tiefer herunter. Er versuchte manchmal, sich aufzurütteln und die Knaben zur Ordnung anzuhalten, aber es waren nur ohnmächtige Anläufe. Er vergaß seine Befehle ebenso rasch, wie er sie gegeben hatte.

Die Knaben hatten auch angefangen, die Vormittagsarbeit zu vernachlässigen. Niemand fragte sie die Aufgaben ab; und da hatte es ja keinen Zweck, daß sie lernten. Es war jetzt seit ein paar Tagen gutes Eis; so machten sie lieber Ferien und liefen Schlittschuh, solang es Tag war. Auf dem Eise gab es auch immer eine Menge andre Jungen, und sie hatten mit mehreren Bekanntschaft gemacht, die auch lieber Schlittschuh liefen als daheim saßen und lernten.

Heute nun ist ein so wunderschöner Tag, daß sie unmöglich im Zimmer bleiben können. Es sind nur ein paar Grad Kälte, – stille, hohe Luft und klarer Sonnenschein. Es ist so herrliches Wetter, daß die Schulen Eislaufferien gegeben haben. Die ganze Straße ist voll von Kindern, die daheim waren, um ihre Schlittschuhe zu holen, und jetzt dem Eise zueilen.

Wie die Knaben so unter den andern Kindern einhergehen, sehen sie sehr ernst und schwermütig aus. Kein Lächeln huscht über ihr Gesicht. Ihr Unglück ist so groß, daß sie es keinen Augenblick vergessen können. Als sie aufs Eis kommen, herrscht dort Leben und Bewegung. Das Ufer ist von einer dichten Menschenmenge umsäumt, weiter draußen schwirren die Schlittschuhläufer durcheinander wie Ameisen, deren Haufen gestört worden ist; noch weiter weg sieht man einzelne schwarze Punkte, die in blitzschneller Fahrt dahingleiten.

Die Knaben schnallen die Schlittschuhe an und mischen sich unter die übrigen Läufer. Sie laufen sehr gut; und wie sie so in voller Fahrt über das Eis schießen, bekommen ihre Wangen Farbe und die Augen Glanz, doch nicht eine Minute sehen sie froh und sorglos aus wie andre Kinder.

Auf einmal, als sie gerade eine Wendung zum Ufer machen, erblicken sie etwas sehr Schönes. Ein großer Luftballon kommt aus der Richtung von Stockholm und treibt zur Ostsee hin. Er ist rot und gelb gestreift; und als die Sonne darauf fällt, leuchtet er wie eine Feuerkugel. Die Gondel ist mit einer Menge bunter Fähnchen geschmückt, und da der Ballon nicht sehr hoch fliegt, ist das lebhafte Farbenspiel sehr gut zu sehen.

Als die Knaben den Ballon erblicken, stoßen sie einen Freudenschrei aus. Es ist das erstemal in ihrem Leben, daß sie einen großen Ballon durch die Luft segeln sehen. Er ist viel schöner, als sie ihn sich vorgestellt haben. Alle die Träume und Pläne, die in so vielen schweren Tagen ihr Trost und ihre Freude waren, tauchen wieder auf, als sie ihn erblicken. Sie bleiben stehen, um zu sehen, wie die Stricke und Leinen befestigt sind, sie bemerken den Anker und die Sandsäcke an der Gondelkante.

Der Ballon streicht mit scharfer Geschwindigkeit über die vereiste Bucht. Alle Schlittschuhläufer, groß und klein durcheinander, stürzen ihm lachend und rufend entgegen, als er sich zeigt, und eilen ihm dann nach. Sie folgen ihm in einer langen, geschwungenen Linie wie ein ungeheures Schlepptau. Und die Luftschiffer vergnügen sich damit, eine Menge Papierchen in verschiedenen Farben auszuwerfen, die langsam durch die blaue Luft herunterflattern.

Die Knaben sind die vordersten in der langen Reihe, die dem Ballon nachjagt. Sie eilen voran, den Kopf zurückgeworfen, den Blick nach oben gerichtet. Zum ersten Male, seit sie von ihrer Mutter getrennt sind, strahlen ihre Augen voll Glück. Sie sind ganz außer sich vor Entzücken über das Luftschiff und denken an nichts andres, als ihm so lange zu folgen wie nur möglich.

Doch der Ballon treibt rasch dahin, und man muß schon ein guter Läufer sein, um nicht zurückzubleiben. Die Schar, die ihm nachjagt, lichtet sich, aber an der Spitze derer, die die Verfolgung fortsetzen, sind die kleinen Knaben. Sie sind so eifrig, daß man auf sie aufmerksam wird. Später sagten die Leute, es sei etwas Eigenes um sie gewesen. Sie lachten nicht, sie riefen nicht, aber es ruhte ein Glanz der Hingerissenheit auf ihren emporgewandten Gesichtern, als sähen sie eine Vision.

Der Ballon wirkt auf die Kleinen auch fast so wie ein himmlischer Wegweiser, der käme, sie auf den rechten Pfad zurückzuführen und sie zu lehren, ihn mit frischem Mut zu gehen. Wie die Knaben ihn erblicken, wächst in ihren Herzen die Sehnsucht, wieder an der großen Erfindung zu arbeiten. Sie sind wieder gewiß, daß es ihnen gelingen wird. Wenn sie nur ausharren, werden sie sich schon zum Siege durchringen. Und der Tag wird kommen, da sie ihr eignes Luftschiff besteigen und in den Raum hinaufschweben werden. Ja, eines Tages werden sie dort oben hoch über den Menschen fliegen. Und ihr Luftschiff wird weit vollkommener sein als dieses, das sie jetzt sehen. Es wird sich lenken und drehen, senken und heben lassen, wird gegen den Wind und ohne Wind fliegen. Es wird sie durch Tage und Nächte tragen, wohin sie nur wollen. Sie werden sich auf den höchsten Berggipfeln niederlassen, die ödesten Wüsten durchfahren, die am schwersten zugänglichen Gegenden erforschen. Sie werden alle Herrlichkeit der Welt sehen.

»Wir dürfen es nicht aufgeben, Hugo«, sagt Lennart. »Es wird prächtig sein, wenn wir nur fertig werden.« Vater und sein Unglück, – das ist etwas, was sie gar nichts mehr angeht. Wer ein so großes Ziel hat wie sie, kann sich wohl nicht mehr hindern lassen.

Je weiter der Ballon kommt, desto größer wird seine Geschwindigkeit. Die Schlittschuhläufer haben nun aufgehört, ihn zu verfolgen. Die einzigen, die die Jagd fortsetzen, sind die kleinen Knaben. Sie eilen so rasch und leicht dahin, als hätten sie Flügel.

Plötzlich entringt sich den Menschen, die auf dem Lande stehen und weit über die Bucht schauen können, ein Schrei des Entsetzens und der Angst. Sie sehen, wie der Ballon, noch immer von den zwei Kindern verfolgt, dem offnen Fahrwasser zugleitet.

»Draußen ist offnes Wasser! Offnes Wasser!« So rufen die Menschen.

Die Schlittschuhläufer unten auf dem Eise hören die Rufe und wenden ihre Blicke der Mündung der Bucht zu. Sie sehen, daß weit draußen ein Streifen Wasser in der Sonne glitzert. Sie sehen auch, daß zwei kleine Knaben gerade auf diesen Streifen zulaufen, den sie nicht bemerken, weil sie die Augen auf den Ballon geheftet haben.

Man ruft mit aller Macht, man stampft auf das Eis, Schnelläufer eilen dahin, sie aufzuhalten. Aber die Kleinen merken nichts von alledem, wie sie so dem Luftschiff nachjagen. Sie wissen nicht, daß sie die einzigen sind, die es verfolgen: sie hören keine Rufe hinter sich, sie vernehmen nicht das Wogen und Brausen des offnen Wassers vor sich. Sie sehen nur den Ballon, der sie gleichsam mitzieht. Schon fühlt Lennart, wie sein eignes Luftschiff sich unter ihm erhebt, und Hugo schwebt über den geheimnisvollen Gegenden des Nordpols dahin.

Die Leute auf dem Eise und am Strande sehen, wie rasch sich die Knaben dem offnen Wasser nähern. Ein paar Augenblicke herrscht eine so atemlose Spannung, daß sie weder rufen noch ein Glied rühren können. Es liegt wie eine Verzauberung über den beiden Kindern, die in ihrem wilden Dahinstürmen nichts merken, die dem Tode zueilen, einer strahlenden Himmelserscheinung nach.

Die Luftschiffer oben im Ballon haben nun auch die kleinen Knaben bemerkt. Sie sehen, daß sie in Gefahr sind, sie schreien ihnen zu und machen warnende Gebärden, aber die Knaben verstehen sie nicht. Als sie sehen, daß die Luftschiffer ihnen Zeichen machen, glauben sie, jene wollten sie in die Gondel hinaufnehmen. Sie strecken die Arme zu ihnen empor, überglücklich in der Hoffnung, ihnen durch den strahlenden Raum folgen zu dürfen.

In diesem Augenblick haben die Knaben den Wasserrand erreicht, mit emporgewendeten, freudestrahlenden Gesichtern und aufgehobenen Armen gleiten sie ins Meer und verschwinden ohne einen Hilferuf. Die Schlittschuhläufer, die versucht haben, sie einzuholen, stehen ein paar Sekunden später an der Eiskante, aber die Strömung hat die Körper unter das Eis gezogen, und keine helfende Hand kann sie erreichen.

Das Schatzkästlein der Kaiserin

Der Bischof hatte Pater Verneau zu sich bescheiden lassen. Es handelte sich um eine höchst peinliche Angelegenheit. Pater Verneau war ausgesandt worden, um in einem Fabrikdistrikt in der Gegend von Charleroi zu predigen, er war aber gerade mitten in eine große Arbeitseinstellung geraten, bei der die Arbeiter ziemlich wild und zügellos gewesen waren. Er berichtete dem Bischof, daß er gleich bei seiner Ankunft auf der »schwarzen Erde« einen Brief von einem Arbeiterführer erhalten hatte, des Inhalts, daß es ihm frei stünde, zu reden; wenn er sich aber erlaube, in seiner Predigt Gott zu nennen – gerade heraus oder auf Schleichwegen – dann sollte ein Spektakel in der Kirche losgehen. »Und als ich auf die Kanzel trat und die Versammlung sah«, sagte der Pater, »zweifelte ich nicht daran, daß sie ihre Drohung ausführen würden.« Pater Verneau war ein kleiner, vertrockneter Mönch. Der Bischof sah auf ihn hinunter, wie auf ein Wesen niedrigerer Art. Solch ein unrasierter, ein bißchen schmutziger Mönch mit dem allerunbedeutendsten Gesicht müßte ja wohl feig sein. Er hätte ja sogar Angst vor ihm, dem Bischof.

»Es ist mir auch vermeldet worden«, sagte der Bischof, »daß Sie den Wunsch der Arbeiter erfüllt haben. Aber ich brauche wohl nicht erst hervorzuheben ...«

»Monseigneur«, unterbrach ihn Pater Verneau in aller Demut. »Ich glaubte, daß die Kirche, wenn möglich, störenden Auftritten aus dem Wege gehen solle.«

»Aber eine Kirche, die es nicht wagt, Gottes Namen zu nennen ...«

»Haben Monseigneur meine Predigt gehört?«

Der Bischof ging im Zimmer auf und ab, um sich zu beruhigen.

»Sie wissen sie natürlich auswendig?« sagte er.

»Natürlich, Monseigneur.«

»Lassen Sie sie mich also hören, wie sie gehalten wurde, Pater Verneau, Wort für Wort, ganz wie sie gehalten wurde.«

Der Bischof setzte sich in seinen Lehnstuhl. Pater Verneau blieb stehen.

»Mitbürger und Mitbürgerinnen«, begann er, augenblicklich in seinen Vortragston verfallend.

Der Bischof zuckte zusammen.

»Sie lieben es, so angeredet zu werden, Monseigneur.«

»Tut nichts, Pater Verneau«, sagte der Bischof. »Fahren Sie fort!«

Den Bischof durchfuhr ein leiser Schauer; diese beiden Worte hatten ihn auf eine wundersame Art in die Situation versetzt. Er sah diese Versammlung von Kindern der »schwarzen Erde« vor sich, zu der Pater Verneau gesprochen hatte. Er sah viel rohe Gesichter, viele Lumpen, viel wilde Lustigkeit. Er sah das Volk, für das nichts geschehen war.

»Mitbürger und Mitbürgerinnen«, begann Pater Verneau aufs neue, »es gibt hier im Lande eine Kaiserin namens Maria Theresia. Sie ist eine ausgezeichnete Regentin. Sie ist die weiseste und vortrefflichste Herrscherin, die es in Belgien jemals gegeben hat.

»Andre Regenten, Mitbürger, andre Regenten bekommen nach ihrem Tode Nachfolger und verlieren alle Macht über ihr Volk. Nicht so die große Kaiserin Maria Theresia. Vielleicht hat sie den Thron in Österreich und Ungarn verloren; vielleicht sind Brabant und Limburg an andre Herren übergegangen, mitnichten aber ihre gute Grafschaft Westflandern. In Westflandern, wo ich diese letzten Jahre gelebt habe, kennt man heute noch keinen andern Herrscher als Maria Theresia. Wir wissen, daß König Leopold in Brüssel wohnt, aber er kümmert uns nicht. Maria Theresia ist es, die noch immer am Meere regiert.

»Und vor allem in den Fischerdörfern. Je weiter man zum Meer hinauskommt, desto allmächtiger regiert sie.

»Nicht die große Revolution und nicht das Kaiserreich und nicht die Holländer haben Macht genug gehabt, sie zu stürzen. Wie sollten sie auch? Sie haben für die Kinder des Meeres nichts getan, was sich mit ihrer Wirksamkeit vergleichen ließe. Was hat sie dem Volke auf den Dünen nicht alles geschenkt! Es ist unschätzbar, Mitbürger!

»Vor ungefähr hundertfünfzig Jahren, im Anfange ihrer Regierungszeit, machte sie eine Reise durch Belgien. Da kam sie nach Brüssel und Brügge, sie kam nach Lüttich und Löwen, aber als sie endlich genug große Städte und bildergeschmückte Rathäuser geschaut hatte, zog sie an die Küste hinaus, um das Meer und die Dünen zu sehen.

»Es war kein froher Anblick für sie. Sie sah das Meer größer und allmächtiger, als daß ein Mensch dagegen streiten könnte. Sie sah die Küste hilflos und unbeschützt. Da waren die Dünen, aber das Meer war einst über sie hinweggegangen und konnte es immer wieder tun. Da lagen auch einige Dämme, aber sie waren verfallen und eingesunken. Da sah sie versandete Häfen, da sah sie Marschland, so versumpft, daß nur Schilf und Binsen darin wachsen wollten, da sah sie vom Sturm zerrissene Fischerhütten, unter den Dünen erbaut, gleichsam ins Meer hinausgeschleudert, und da sah sie armselige, alte Kirchen, die vom Meere weit hinaus in Flugsand und Strandhafer, in unzugängliche Wildnis getrieben waren.

»Einen ganzen Tag weilte die große Kaiserin draußen am Meere; sie ließ sich von Überschwemmungen erzählen und von fortgespülten Dörfern. Sie ließ sich den Ort zeigen, wo ein ganzes Stück Land ins Meer versunken war. Sie ließ sich dorthin rudern, wo auf dem Meeresgrunde eine alte Kirche stehen sollte. Und sie ließ sich die Menschen aufzählen, die ertrunken waren, und das Vieh, das zugrunde gegangen war, als das Meer zum letzten Male die Dünen überschritten hatte.

»Den ganzen Tag lang dachte die Kaiserin in ihrem stillen Sinn: Wie soll ich diesem armen Volke auf den Dünen helfen? Ich kann dem Meere doch nicht verbieten, zu steigen und zu sinken, ich kann ihm nicht untersagen, den Strand zu untergraben. Auch kann ich den Wind nicht binden, noch ihm verwehren, die Boote der Fischer umzustürzen. Und ebensowenig vermag ich Fische in ihre Netze zu führen oder den Strandhafer in nahrhaften Weizen zu verwandeln. Kein Monarch der Welt ist so stark, daß er dieses arme Volk aus seinem Unglück zu erlösen vermöchte.

»Der nächste Tag war ein Sonntag, und die Kaiserin hörte in Blankenberghe die Messe. Da war alles Küstenvolk von Dunkerque bis Sluis herbeigeströmt, um sie zu sehen. Aber vor der Messe ging die Kaiserin umher und sprach mit dem Volke.

»Der erste, der ihr begegnete, war der Hafenvogt von Nieuport. ›Was gibt es Neues in deiner Stadt?‹ fragte die Kaiserin. ›Nichts Neues‹, sagte der Hafenvogt, ›außer daß Cornelius Ärtsens Boot gestern nacht vom Wind umgestürzt wurde und man ihn heute morgen an unserer Küste fand, auf dem Bootskiel reitend.‹ ›Noch ein Glück, daß er mit dem Leben davongekommen ist‹, sagte die Kaiserin. ›Das kann niemand wissen‹, sagte der Hafenvogt, ›denn er war wahnsinnig, als man ihn ans Land brachte.‹ ›Wohl vor Schrecken?‹, sagte die Kaiserin. ›Ja‹, sagte der Hafenvogt, ›es kam daher, weil wir in Nieuport nichts haben, worauf wir in der Stunde der Not vertrauen können. Cornelius wußte, daß seine Frau und die kleinen Kinder

Hungers sterben müßten, wenn er umkäme, und dieser Gedanke brachte ihn wohl von Sinnen.‹ ›Das ist es also, was euch hier draußen auf den Dünen nottut‹, sagte die Kaiserin, ›etwas, worauf ihr vertrauen könnt.‹ ›Das ist es‹, sagte der Hafenvogt, ›das Meer ist unsicher, der Boden ist unsicher, Fischfang und Verdienst sind unsicher. Etwas, worauf wir vertrauen können, das brauchen wir.‹ Die Kaiserin ging weiter, bis sie zum Pfarrer von Heyst kam. ›Was gibt es Neues in Heyst?‹ sagte sie zu ihm. ›Nichts Neues‹, antwortete er, ›es sei denn, daß Jakob van Ravesteyn aufgehört hat, das Marschland einzudeichen, am Hafen zu graben, einen Leuchtturm zu errichten, und daß er überhaupt alle nützliche Arbeit aufgegeben hat, die er unter den Händen hatte.‹ ›Aber, wie kommt das nur?‹ sagte die Kaiserin. ›Er hat eine Erbschaft gemacht‹, sagte der Pfarrer, ›und jetzt erscheint sie ihm geringer, als er erwartet hatte.‹ ›Aber da hat er doch etwas Sicheres‹, sagte die Kaiserin. ›Ja, gewiß‹, erwiderte der Pfarrer. ›Aber nun, da er das Geld in der Hand hat, wagt er sich an kein großes Werk mehr, aus Furcht, daß es nicht hinreiche.‹ ›Also wäre etwas grenzenlos Großes vonnöten, um euch in Heyst zu helfen‹, sagte die Kaiserin. ›So ist es‹, pflichtete ihr der Pfarrer bei, ›es ist unendlich viel zu tun, und es kann eigentlich gar nichts geschehen, bevor man nicht weiß, daß unendlich viel da ist, um daraus zu schöpfen.‹

»Die Kaiserin schritt weiter, bis sie zu dem Lotsenältesten von Middelkerke kam und ihn nach Neuigkeiten aus seiner Stadt fragen konnte. ›Nicht Neues weiß ich zu berichten‹, sagte der Lotsenälteste, ›nichts, als daß Jan van der Meer in Streit mit Luca Neerwinden geraten ist.‹ ›Wirklich?‹ sagte die Kaiserin. ›Ja, sie haben diesen Dorschgrund gefunden, nach dem sie beide ihr Leben lang gesucht haben. Seit altersher hörten sie davon erzählen und streiften auf dem Meere umher, um ihn zu finden, und waren allezeit die besten Freunde; aber jetzt, seit sie ihn gefunden haben, sind sie Feinde geworden.‹ ›So wäre es also besser gewesen, sie hätten ihn nie entdeckt‹, sagte die Kaiserin. ›Ja‹, sagte der Lotsenälteste, ›gewiß wäre es besser gewesen.‹ ›So müßte wohl das, was euch in Middelkerke helfen könnte‹, sagte die Kaiserin, ›so gut verborgen sein, daß niemand es fände.‹ ›Freilich‹, stimmte der Lotsenälteste ihr bei, ›gut verborgen müßte es sein, denn, wenn jemand es fände, gäbe es nur Zwist und Zank darüber, oder es würde auch gleich verbraucht, und da täte es keinen Nutzen mehr.‹

»Die Kaiserin seufzte und fühlte, daß sie nichts vermochte. Sie ging dann in die Messe, und die ganze Zeit über lag sie auf den Knien und betete, daß sie dem Volke dennoch möge helfen können. Und, mit eurer Erlaubnis, Mitbürger, gegen Ende der Messe war es ihr klar geworden, daß es besser sei, wenig zu tun, als nichts zu tun. Als die Leute aus der Messe kamen, stellte sie sich auf die Kirchentreppe, um zu ihnen zu reden.

»Keiner aus Westflandern wird je vergessen, wie sie damals aussah. Schön war sie wie eine Kaiserin und auch so angetan. Sie hatte sich Krone und Mantel reichen lassen und hielt das Zepter in der Hand. Sie hatte hochgekämmtes, weißgepudertes Haar, und eine Schnur großer echter Perlen ringelte sich durch die Haarwellen. Sie war in rote, leuchtende Seide gekleidet, aber das ganze Gewand war mit flämischen Spitzen überzogen. Rote, hochhackige Schuhe trug sie, mit großen Juwelenspangen über dem Rist. So sieht sie noch heute aus, wenn sie Westflandern regiert.

»Sie sprach zu den Küstenbewohnern und tat ihnen ihren Willen kund. Sie sagte ihnen, wie sie auf Hilfe gesonnen hätte. Sie sagte, sie wüßte wohl, daß sie das Meer nicht zur Stille zwingen, die Winde nicht festbinden könnte, daß es nicht in ihrer Macht stünde, den Fischstrom an die Küste zu leiten oder den Strandhafer in Weizen zu verwandeln. Aber was sie armes Menschenkind für sie tun könne, das solle doch geschehen.

»Sie lagen alle auf den Knien, indes sie sprach. Nie zuvor hatten sie ein so mildes und so mütterliches Herz für sich schlagen fühlen. Die Kaiserin sprach so mit ihnen von ihrem harten Leben, daß sie über ihr Mitleid zu weinen begannen.

»Jetzt aber, sagte die Kaiserin, hätte sie beschlossen, ihnen ihr Schatzkästlein zurückzulassen mit allem, was es bergen könne. Das solle ihre Gabe für alle jene sein, die draußen auf den Dünen wohnten. Es sei die einzige Hilfe, die sie leisten könne; sie bat sie, zu verzeihen, daß sie so gering sei. Und sie hatte Tränen in den Augen, auch sie, als sie dieses sagte.

»Sie fragte sie nun, ob sie versprechen und es beschwören wollten, daß sie den Schatz nicht gebrauchen wollten, bevor die Not unter ihnen so groß wäre, daß sie nicht mehr größer werden könnte. Und weiter, ob sie schwören wollten, daß sie ihn auf ihre Nachkommen vererben würden, wenn sie selbst seiner nicht bedürften. Und schließlich bat sie jeden einzelnen Mann, zu geloben, daß er nicht trachten würde, sich des Schatzes zu seinen eignen Gunsten zu bemächtigen, sondern daß jeder zuerst die ganze Fischerbevölkerung hören wollte.

»Ob sie das beschwören wollten? Das wollten alle. Und sie segneten die Kaiserin und weinten Tränen der Dankbarkeit. Und auch sie weinte und sagte ihnen, sie wüßte wohl, daß sie eine nie versagende Stütze brauchten, um darauf zu vertrauen, und unendliche Schätze und unsägliches Glück, aber das könne sie ihnen nicht geben. Sie sei nie so ohnmächtig gewesen wie hier draußen auf den Dünen.

»Mitbürger, ohne daß sie es wußte, kraft jener Regentenweisheit, die diesem großen Weibe angeboren war, ist es ihr gelungen, mehr zu erreichen, als sie im Auge hatte, und darum kann man sagen, daß sie noch heutigen Tages Westflandern regiere.

»Es muß euch eine Freude sein, von allen den Segnungen zu hören, die sich durch die Gabe der Kaiserin über Westflandern verbreitet haben. Die Leute dort draußen haben etwas, worauf sie vertrauen können, und das tut ihnen sehr not, wie uns allen. Wie groß das Elend auch sein mag, es ergreift sie keine Verzweiflung.

»Sie haben mir dort draußen gesagt, wie das Schatzkästlein der Kaiserin aussieht. Wie der Schrein der heiligen Ursula in Brügge, nur noch viel schöner. Das ist eine Nachbildung der Domkirche in Wien und ist aus reinem Golde verfertigt, aber auf den Seitenfeldern sieht man die Schicksale der Kaiserin im klarsten Alabaster gebildet. Auf den vier Seitentürmchen leuchten die vier Diamanten, die die Kaiserin aus der Krone des türkischen Sultans genommen hat, und auf den Giebeln ist ihr Namenszug in Rubinen eingelegt. Aber wenn ich sie frage, ob sie den Schrein gesehen hätten, dann sagen sie, daß schiffbrüchige Seeleute, die in Lebensgefahr sind, den Schrein stets vor sich auf den Wellen schwimmen sehen, zum Zeichen, daß sie nicht um Weib und Kind verzweifeln mögen, wenn es sich so fügte, daß sie sie lassen müßten.

»Aber diese Leute sind die einzigen, die den Schatz gesehen haben, sonst ist ihm niemand nahe genug gekommen, um ihn zu zählen. Und ihr wißt, Mitbürger, daß die Kaiserin zu niemand gesagt hat, wieviel er enthielt. Aber, wenn ihr etwa daran zweifelt, wie segensreich er gewesen ist und noch heute ist, dann bitte ich euch: gehet hinaus ans Meer und sehet es selbst. Da hat es seither ein Graben und Bauen gegeben, und das Meer liegt jetzt hinter Dämmen und Wellenbrechern gezähmt und gebändigt und tut keinen Schaden, und es gibt grüne Wiesen innerhalb der Dünen und Badeorte und wachsende Städte an der Meeresseite. Bei jedem Leuchtturm aber, der errichtet wurde, bei jedem Hafen, bei jedem Schiffe, die man zu bauen begann, bei jedem Damm, den man aufwarf, – immer dachte man: Wenn die eignen Mittel nicht reichen, so hilft uns unsre gnädige Kaiserin Maria Theresia. Aber das ist stets nur ein Sporn gewesen, das eigne Geld hat immer gereicht.

»Ihr wißt auch, daß die Kaiserin nicht gesagt hat, wo der Schatz sich befand. War das nicht wohlbedacht, Mitbürger? Einer hat ihn in Verwahrung, aber erst, wenn alle sich entschlossen haben, ihn zu teilen, wird der Mann, der den Schatz jetzt verwahrt, hervortreten und erzählen, wo er sich befindet. Darum weiß man, daß er weder jetzt, noch in Zukunft ungerecht verteilt werden wird. Er ist für alle gleich. Ein jeder weiß, daß die Kaiserin ebensogut an ihn denkt wie an seinen Nachbarn. Es kann nicht, wie anderwärts, Zwist und Neid unter dem Volke draußen entstehen, denn sie haben das Beste gemeinsam.«

Der Bischof fiel Pater Verneau in die Rede.

»Genug«, sagte er, »wie haben Sie den Schluß gestaltet?«

»Ich sagte ihnen«, erwiderte der Mönch, »es sei ein großes Unglück, daß die gute Kaiserin nicht auch nach Charleroi gekommen sei. Ich beklagte sie, weil sie das Schatzkästlein nicht besäßen. Bei den großen Dingen, die sie vollbringen wollten, könnte ihnen gewiß nichts nötiger sein, sagte ich.«

»Nun?« fragte der Bischof.

»Ein paar Kohlrüben, Euer Hochwürden, und ein paar Pfiffe, aber da war ich schon von der Kanzel herunter. Weiter nichts.«

»Sie hatten verstanden«, sagte der Bischof, »daß Sie zu ihnen von Gottes Vorsehung sprachen.«

Der Mönch verneigte sich.

»Sie hatten verstanden, daß Sie ihnen zeigen wollten, daß diese Macht, die sie verhöhnen, weil sie sie nicht sehen, sich fernhalten muß. Daß sie in demselben Augenblick mißbraucht werden würde, in dem sie sich in vernehmbarer Form offenbarte. Ich beglückwünsche Sie.«

Der Mönch verneigte sich und schritt auf die Tür zu. Der Bischof kam ihm nach; er strahlte vor Wohlwollen.

»Aber das Schatzkästlein ...? Sie glauben daran, die Leute dort ...?«

»Ob sie daran glauben! Gewiß, Monseigneur!«

»Aber der Schatz, – war denn jemals ein Schatz da?«

»Mit Ihrer Erlaubnis, Monseigneur, ich habe geschworen ...«

»Nun, nun, mir ...« sagte der Bischof.

»Der Pfarrer von Blankenberghe hat ihn in Verwahrung. Er ließ ihn mich sehen. Es ist eine kleine Holzkiste mit Eisenbeschlägen.«

»Nun?«

»Und auf ihrem Boden liegen zwanzig blanke Mariatheresientaler.«

Der Bischof lächelte, er wurde aber sogleich wieder ernsthaft. »Kann man solch eine Holzkiste mit der Vorsehung vergleichen?«

»Alle Vergleiche hinken, Monseigneur. Alle Menschengedanken sind eitel.«

Pater Verneau verneigte sich noch einmal und glitt aus dem Empfangszimmer.

Warum der Papst so alt geworden ist

Es war in Rom zu Anfang der neunziger Jahre. Leo der Dreizehnte stand da gerade auf der Höhe seines Ansehens und Ruhms. Alle rechtgläubigen Katholiken jubelten über seine Erfolge und Siege, die in Wahrheit großartig waren.

Auch für jene, die die großen politischen Ereignisse nicht fassen konnten, war es offenbar, daß die Sache der Kirche wieder im Fortschreiten begriffen war. Jeder konnte sehen, daß überall neue Klöster errichtet wurden, und daß Pilgerscharen nach Italien zu strömen begannen, ganz wie in alten Zeiten. An vielen Orten sah man die alten verfallenen Kirchen restaurieren, zerstörte Mosaiken instandsetzen, und die Schatzkammern der Kirchen füllten sich mit goldenen Reliquienschreinen und diamanteneingelegten Monstranzen.

Mitten in dieser Zeit des Erfolges wurde das römische Volk durch die Nachricht erschreckt, daß der Papst erkrankt sei. Er sollte sehr schlimm daran sein. Ein Gerücht behauptete sogar, er läge im Sterben.

Der Zustand war auch in hohem Grade ernst. Die Ärzte des Papstes gaben Bulletins aus, die kaum irgendwelche Hoffnung ließen. Es wurde hervorgehoben, daß das hohe Alter des Papstes – er war damals schon achtzig Jahre – es beinahe unmöglich mache, daß er die Krankheit überstehe.

Diese Krankheit des Papstes verursachte natürlich großes Aufsehen. In allen Kirchen Roms begann man für seine Genesung zu beten. Die Zeitungen waren voll Mitteilungen über den Krankheitsverlauf. Die Kardinäle begannen ihre Maßregeln zu treffen, um die neue Papstwahl vorzubereiten.

Überall beklagte man den bevorstehenden Hingang des glänzenden Fürsten. Man fürchtete, daß das Glück, das sich unter Leo dem Dreizehnten an die Sache der Kirche geheftet hatte, ihr unter seinem Nachfolger nicht treu bleiben würde. So mancher hatte gehofft, daß es diesem Papst gelingen würde, Rom und den Kirchenstaat wieder zu gewinnen. Andre hatten wohl geträumt, er würde eines der großen protestantischen Länder in den Schoß der alleinseligmachenden Kirche zurückführen.

Mit jedem Augenblick, der verstrich, nahm die Unruhe und die Betrübnis zu. Als die Nacht kam, dachten viele gar nicht daran, zu Bett zu gehen. Die Kirchen wurden bis lange nach Mitternacht offen gehalten, damit die Betrübten die Möglichkeit hatten, einzutreten und zu beten.

Unter diesen betenden Scharen gab es sicherlich mehr als eine arme Seele, die ausrief: »Herr Gott, nimm mein Leben an Stelle des seinen. Laß ihn leben, der so viel für deine Ehre wirken kann, und lösche anstatt dessen mein Lebensflämmchen, das niemand zum Frommen brennt.«

Aber wenn der Todesengel einen dieser Betenden beim Wort genommen hätte und plötzlich mit gezücktem Schwerte vor ihn hingetreten wäre, die Erfüllung seines Gelöbnisses zu fordern, da kann man wohl denken, wie er sich betragen hätte. Sicherlich hätte er ein so übereiltes Anerbieten alsogleich zurückgenommen und um die Gnade gefleht, alle Jahre des Lebens, die ihm ursprünglich zugedacht wären, leben zu dürfen.

Um diese Zeit wohnte in einer der dunklen Baracken am Tiberufer eine alte Frau. Sie gehörte zu jenen, die so geschaffen sind, daß sie Gott täglich für das Leben danken. Am Vormittag pflegte sie auf dem Markt zu sitzen und Gemüse zu verkaufen, und dies war eine Beschäftigung, die ihr in hohem Grade zusagte. Sie fand, daß nichts fröhlicher sein könnte als ein Markt am Morgen. Alle Zungen waren im Gang, um Waren auszubieten, und die Käufer drängten sich vor den Ständen, wählten und feilschten, während so manches gute Scherzwort zwischen ihnen und den Verkaufenden hin und her flog. Zuweilen machte sie gute Geschäfte und verkaufte ihr ganzes Lager aus, aber auch wenn sie nicht so viel wie einen Rettich anbrachte, machte es ihr Freude, in der frischen Morgenluft unter Blumen und Grün zu stehen.

Am Abend hinwiederum hatte sie eine andre und noch größere Freude. Da kam ihr Sohn auf Besuch zu ihr nach Hause. Er war Geistlicher, aber er war an einer unbedeutenden Kirche in einem der Armenviertel angestellt. Die armen Geistlichen, die dort wirkten, hatten nicht viel zum Leben, und die Mutter fürchtete, daß ihr Sohn Hunger leide. Aber daraus erwuchs ihr auch ihre große Freude, denn es gab ihr Anlaß, ihn mit Leckerbissen vollzupfropfen, wenn er zu ihr auf Besuch kam. Er sträubte sich, er hatte Anlagen zu einem strengen, entsagenden Leben, aber die Mutter war so verzweifelt, wenn er nein sagte, daß er immer nachgeben mußte. Während er aß, ging sie in der Stube umher und schwätzte von allem, was sich am Morgen auf dem Markte zugetragen hatte. Es waren lauter sehr weltliche Dinge, und zuweilen fiel es ihr ein, daß ihr Sohn daran Anstoß nehmen könnte. Dann unterbrach sie sich mitten in einem Satze und fing an, von geistlichen und ernsten Dingen zu reden, aber da konnte der Kaplan nicht umhin, zu lachen. »Nein, nein, Mutter Concenza,« sagte er. »Rede nur weiter, wie du es gewohnt bist. Die Heiligen kennen dich schon. Sie wissen, was du im Kopfe hast.«

Dann lachte sie ebenfalls und sagte: »Du hast wirklich recht, es lohnt sich nicht, dem lieben Gott etwas vorzumachen.«

Aber als die Krankheit des Papstes begann, kam auch auf Signora Concenza ihr Teil an der allgemeinen Betrübnis. Von selbst wäre sie sicherlich nicht auf den Gedanken verfallen, sich über seinen Hingang Sorgen zu machen, aber als der Sohn zu ihr kam, war er nicht zu bewegen, einen Bissen zu kosten oder ihr ein Lächeln zu schenken, obgleich sie ganz vollgepfropft mit Einfällen und Geschichten war. Da erschrak sie natürlich und fragte, was es denn gäbe. »Der Heilige Vater ist krank geworden«, antwortete der Sohn.

Zuerst konnte sie kaum glauben, daß dies der einzige Grund seiner Verstimmung sei. Natürlich war es traurig, aber sie wußte ja, wenn ein Papst starb, kam sogleich ein andrer. Sie erinnerte ihren Sohn daran, daß sie auch den guten Pio Nono betrauert hätten. Und sieh da, dieser, der nach ihm kam, sei noch ein größerer Papst gewesen. Sicherlich würde es den Kardinälen gelingen, ihnen einen ebenso heiligen und weisen Herrscher zu wählen.

Da begann der Sohn mit ihr vom Papste zu sprechen. Er ließ es sich nicht einfallen, sie in seine Regententätigkeit einzuweihen, aber er erzählte ihr kleine Geschichtchen aus seinen Kindheits- und Jugendjahren. Auch aus seiner Prälatenzeit gab es Dinge zu berichten, die sie verstehen und würdigen konnte, wie er seinerzeit in Süditalien Räuber verfolgte und wie er in den Jahren, als er Bischof in Perugia war, allen teuer wurde.

Ihre Augen standen voll Tränen, und sie rief: »Ach, daß er doch nicht so alt wäre, daß er doch noch viele Jahre leben könnte, da er ein so großer und heiliger Mann ist!«

»Ja, wenn er nur nicht so alt wäre«, sagte der Sohn und seufzte.

Aber Signora Concenza hatte sich schon die Tränen aus den Augen gewischt. »Du mußt dies wirklich mit Ruhe tragen«, sagte sie. »Bedenke doch, daß seine Lebenszeit ganz sicher abgelaufen ist. Es ist unmöglich, den Tod zu hindern, ihn zu ergreifen.«

Aber der Kaplan war ein Schwärmer. Er liebte die Kirche, und er hatte geträumt, daß der große Papst sie zu wichtigen, entscheidenden Siegen führen würde.

»Ich wollte gerne mein Leben hingeben, wenn ich ihm dadurch neues Leben erkaufen könnte«, sagte er.

»Was sagst du da!« rief die Mutter. »Liebst du ihn wirklich so sehr? Aber du darfst keinesfalls so gefährliche Wünsche aussprechen. Du mußt im Gegenteil darauf bedacht sein, recht lange zu leben. Wer weiß, was noch geschehen kann? Warum solltest du nicht auch einmal Papst werden können?«

Eine Nacht und ein Tag verstrich, ohne daß der Zustand des Papstes sich besserte. Als Signora Concenza am nächsten Tage den Sohn traf, sah er ganz verstört aus. Sie begriff, daß er den ganzen Tag bei Fasten und Gebet verbracht hatte, und sie begann ärgerlich zu werden.

»Ich glaube wirklich, du willst dich wegen dieses alten kranken Mannes umbringen«, sagte sie.

Den Sohn quälte es, sie nun wieder ohne Mitgefühl zu sehen, und er versuchte sie zu bewegen, ein wenig an seinem Schmerze teilzunehmen.

»Du solltest wirklich mehr als ein andrer wünschen, daß der Papst am Leben bleibe«, sagte er. »Wenn er zu regieren fortfährt, wird er, ehe ein Jahr vergeht, meinen Pfarrer zum Bischof ernennen, und in diesem Falle ist mein Glück gemacht. Er wird mir dann eine gute Anstellung an einer Domkirche geben. Du wirst mich dann nicht mehr in fadenscheiniger Soutane herumgehen sehen. Ich werde reichlich Geld haben und dir und allen deinen armen Nachbarn helfen können.«

»Aber wenn nun der Papst stirbt?« fragte Signora Concenza atemlos.

»Wenn der Papst stirbt, dann kann niemand etwas wissen. Wenn mein Pfarrer dann nicht gerade bei seinem Nachfolger in Gunst steht, müssen wir beide noch viele Jahre da bleiben, wo wir sind.«

Signora Concenza stellte sich vor den Sohn und betrachtete ihn bekümmert. Sie sah seine Stirn an, die voll Runzeln war, und sein Haar, das zu ergrauen begonnen hatte. Er sah müde und abgezehrt aus. Es war wirklich notwendig, daß er sobald als möglich diese Stelle an der Domkirche bekam.

Heute nacht werde ich in die Kirche gehen und für den Papst beten, dachte sie. Er darf nicht sterben.

Nach dem Abendbrot überwand sie tapfer ihre Müdigkeit und begab sich auf die Straße. Große Menschenscharen strömten da vorbei. Viele waren nur Neugierige, die ausgingen, um mit dabei zu sein, die erste Nachricht des Todesfalles aufzufangen, aber viele waren Betrübte, die von Kirche zu Kirche wanderten, um zu beten.

Kaum war jedoch Signora Concenza auf die Straße gekommen, als sie eine ihrer Töchter traf, die mit einem Lithographen verheiratet war.

»Ach Mutter, wie recht tust du daran, daß du ausgehst und für ihn betest«, sagte die Tochter. »Du kannst dir nicht vorstellen, was für ein Unglück es wäre, wenn er stürbe. Mein Fabiano war nahe daran, sich das Leben zu nehmen, als er erfuhr, daß der Papst erkrankt sei.«

Sie erzählte, daß ihr Mann, der Lithograph, gerade jetzt hunderttausend Papstbilder habe drucken lassen. Wenn nun der Papst stürbe, würde er nicht die Hälfte davon verkaufen, ja nicht einmal den vierten Teil. Er würde ruiniert sein. Ihr ganzes Vermögen stünde auf dem Spiel.

Sie eilte weiter, um Neuigkeiten zu hören, mit denen sie ihren armen Mann trösten konnte, der nicht auszugehen wagte, sondern daheim saß und über sein Unglück brütete. Aber ihre Mutter blieb auf der Straße stehen und murmelte in sich hinein: »Es geht nicht, daß er stirbt. Es geht wirklich nicht, daß er stirbt.«

Sie trat in die erste Kirche ein, die sie sah. Sie kniete nieder und betete für das Leben des Papstes.

Als sie sich wieder erhob, um fortzugehen, fiel ihr Blick auf ein kleines Votivbild, das gerade über ihrem Kopfe an der Wand hing. Es stellte den Tod vor, der ein furchtbares zweischneidiges Schwert ausstreckte, um ein junges Mädchen niederzumetzeln, während ihre alte Mutter sich ihm in den Weg stellte und vergebens den Streich an Stelle des Kindes aufzufangen suchte.

Sie stand lange nachdenklich vor dem Bilde. »Meister Tod ist ein gar genauer Rechenmeister«, sagte sie, »man hat nie gehört, daß er darauf eingegangen wäre, ein junges Leben für ein altes freizugeben. Vielleicht wäre er doch weniger unerbittlich, wenn man ihm vorschlüge, ein altes für ein junges herzugeben.«

Sie entsann sich der Worte des Sohnes, daß er an Stelle des Papstes sterben wollte, und ein Schauer durchfuhr sie. Man denke, wenn der Tod ihm beim Worte nahm.

»Nein, nein, Meister Tod«, flüsterte sie. »Du darfst ihm nicht glauben. Du begreifst wohl, daß er nicht meinte, was er sagte. Er will leben. Er will nicht von seiner alten Mutter fortgehen, die ihn liebt.«

Zum ersten Male durchzuckte sie nun der Gedanke, daß, wenn sich jemand für den Papst opfern sollte, es doch besser wäre, sie täte es, sie, die schon alt war und das Leben gelebt hatte.

Als sie die Kirche verließ, traf sie mit einigen Nonnen von sehr ehrwürdigem Aussehen zusammen, die im nördlichen Teile des Landes daheim waren. »Wir haben wirklich Hilfe sehr nötig«, sagten sie zu der alten Concenza. »Unser Kloster war so alt und baufällig, daß der böse Sturm im vorigen Winter es umwehte. Was ist das doch für ein Unglück, daß der Papst krank ist. Wir können ihm ja unsere Kümmernisse nicht vorbringen. Wenn er sterben sollte, müssen wir unverrichteter Dinge heimfahren. Sein Nachfolger wird ja lange Jahre hindurch an andre Dinge zu denken haben, als armen Nonnen beizustehen.«

Alle, die auf der Straße waren, waren von denselben Gedanken erfüllt. Es war sehr leicht, mit wem man wollte, ins Gespräch zu kommen. Ein jeder war froh, seinen Sorgen Worte leihen zu können. Und alle, denen Mutter Concenza sich näherte, ließen sie hören, daß der Tod des Papstes für sie ein furchtbares Unglück wäre.

Und die alte Frau wiederholte einmal ums andre für sich selbst: »Es ist wahr, mein Sohn hat recht. Es geht wirklich nicht an, daß der Papst stirbt.«

Eine Krankenpflegerin stand mitten in einer Schar von Menschen und sprach sehr laut. Sie war so erregt, daß die Tränen über ihre Wangen liefen. Sie erzählte, daß sie vor fünf Jahren den Befehl erhalten hätte, fortzureisen und an einem Aussätzigenspital zu dienen, das auf einer fernen Insel, weit weg auf der andern Seite des Erdballs lag. Sie hätte natürlich gehorchen müssen, aber es wäre widerstrebend geschehen. Sie hätte furchtbare Angst vor dem Auftrage gehabt. Aber bevor sie fortfuhr, wäre sie vom Papste empfangen worden, er hätte ihr einen besonderen Segen erteilt, und hätte bestimmt versprochen, sie wieder vorzulassen, wenn sie zurückkäme. Und davon hätte sie die fünf Jahre, die sie fortgewesen sei, gelebt, nur von der Hoffnung, ihn noch einmal zu sehen. Das hätte ihr geholfen, all das Entsetzliche zu überstehen. Und jetzt, wo sie endlich heimkommen durfte, würde sie mit der Nachricht begrüßt, daß er auf dem Totenbette liege. Sie dürfte ihn also nicht einmal erblicken.

Sie war ganz verzweifelt, und die alte Concenza war sehr gerührt. Es würde wirklich ein allzu großer Schmerz für alle Menschen sein, wenn der Papst stürbe, dachte sie bei sich, während sie weiter durch die Straße wanderte.

Als sie sah, daß viele Menschen ganz verweint aussahen, dachte sie mit großem Wohlgefühl, welches Glück es sein müßte, aller Freude zu sehen, wenn der Papst wieder hergestellt wäre. Und da sie, wie viele Menschen von fröhlicher Gemütsart, eigentlich nicht mehr Angst vor dem Sterben als vor dem Leben hatte, sagte sie zu sich selbst:

»Wenn ich nur wüßte, wie es zugehen sollte, wollte ich gerne dem Heiligen Vater die Jahre schenken, die ich noch zu leben habe, da es wahrscheinlich ist, daß seine eigenen abgelaufen sind.«

Sie sagte dies halb im Scherz, aber es lag auch Ernst hinter den Worten. Sie wünschte wirklich, so etwas vollbringen zu können. Eine alte Frau kann sich keinen schöneren Tod wünschen, dachte sie. Ich würde sowohl meinem Sohn wie meiner Tochter helfen und überdies eine große Menge Menschen glücklich machen.

Während gerade solche Gedanken sich in ihr regten, hob sie die gefütterte Decke, die vor dem Eingang einer kleinen dunklen Kirche hing. Es war eine von den uralten Kirchen, eine von jenen, die allmählich in die Erde zu sinken scheinen, weil der Stadtgrund um sie herum sich im Laufe der Jahre gehoben hat. Diese Kirche hatte in ihrem Inneren etwas von altertümlicher Unheimlichkeit bewahrt, die von den düsteren Zeiten herstammen mußte, in denen sie entstanden war. Man wurde unwillkürlich von einem Schauer geschüttelt, wenn man unter diese niedrigen Wölbungen trat, die auf unermeßlich dicken Säulen ruhten, und die barbarisch bemalten Heiligenbilder sah, die von Wänden und Altären herniederblickten.

Als Signora Concenza in diese alte Kirche trat, die ganz von Betenden erfüllt war, wurde sie von mystischem Schrecken und Ehrfurcht ergriffen. Sie fühlte, daß in diesem Raume eine Gottheit wohnte. Unter den schweren Wölbungen schwebte etwas unendlich Mächtiges und Geheimnisvolles, etwas, daß ein so vernichtendes Gefühl der Übermacht einflößte, daß sie sich fürchtete, dort zu verweilen. »Ach, dieses ist keine Kirche, in die man geht, um eine Messe zu hören oder zu beichten«, sagte Signora Concenza zu sich selbst. »Hierher geht man, wenn man in großer Not ist, wenn einem nicht anders zu helfen ist als durch ein Wunder.«

Sie blieb zögernd an der Tür stehen und atmete diese seltsame Luft voll Geheimnis und Grauen ein.

»Ich weiß nicht einmal, wem diese alte Kirche geweiht ist«, murmelte sie, »aber ich fühle, daß hier wirklich jemand ist, der unsere Gebete hört.«

Sie sank neben den Knienden nieder, die so zahlreich waren, daß sie den Boden vom Altare bis hinauf zum Eingang bedeckten. Während sie selbst betete, hörte sie ihre Nachbarn seufzen und schluchzen. All dieser Kummer drang ihr ins Herz und erfüllte es mit immer größerem Mitleid. »Ach, mein

Gott, laß mich etwas tun, um den alten Mann zu retten«, betete sie. »Ich würde ja fürs erste meinen Kindern und dann allen andern Menschen helfen.«

Zuweilen huschte ein kleiner magerer Mönch zu den Betenden und flüsterte ihnen etwas ins Ohr. Und der, zu dem er gesprochen hatte, erhob sich sogleich und folgte ihm in die Sakristei.

Signora Concenza begriff sofort, um was es sich handelte. Das sind jene, welche Gelöbnisse für die Genesung des Papstes ablegen, dachte sie.

Als der kleine Mönch das nächstemal kam und seine Runde machte, erhob sie sich und folgte ihm.

Das war eine ganz unwillkürliche Handlung. Es deuchte sie, daß sie von der Macht, die in der alten Kirche herrschte, dazu getrieben würde.

Als sie in die Sakristei kam, die noch altertümlicher und geheimnisvoller zu sein schien als die Kirche selbst, wurde sie sogleich von Reue erfaßt. »Mein Gott, was habe ich hier zu tun?« fragte sie sich. »Was habe ich hinzugeben? Ich besitze ja nichts andres als ein paar Fuhren Gemüse. Ich kann dem Heiligen doch nicht ein paar Körbe Artischocken schenken.«

Der einen Seite des Raumes entlang lief ein langer Tisch, und an diesem stand ein Geistlicher und trug alles, was den Heiligen versprochen wurde, in ein Register ein. Concenza hörte, wie einige versprachen, der alten Kirche eine Geldsumme zu schenken, während ein andrer seine Golduhr und eine dritte ihre Perlohrgehänge hingeben wollte.

Concenza stand noch immer still an der Tür. Ihre letzten armen Groschen hatte sie ausgegeben, um dem Sohne ein paar Leckerbissen zu beschaffen. Sie hörte, wie einige, die nicht reicher zu sein schienen als sie, Wachskerzen und Silberherzen kauften. Sie stand da und drehte ihre Rocktasche aus und ein. Sie konnte nicht einmal so viel aufbringen.

So stand sie lange da und wartete, bis sie schließlich die einzige Fremde in der Sakristei war. Die Geistlichen, die dort umhergingen, sahen sie ein wenig erstaunt an. Da machte sie ein paar Schritte vorwärts, sie schien zuerst unsicher und befangen, aber nach den ersten Schritten wanderte sie leicht und rasch zu dem Tische hin.

»Hochwürden«, sagte sie zu dem Geistlichen. »Schreiben Sie, daß Concenza Zamponi, die voriges Jahr am Tage Johannes des Täufers sechzig Jahre alt wurde, alle ihre übrigen Jahre dem Papste gibt, damit sein Lebensfaden verlängert werde.«

Der Geistliche hatte schon zu schreiben begonnen. Er war sicherlich sehr müde davon, daß er die ganze Nacht dies Register geführt hatte, und dachte nicht weiter daran, was es für Dinge waren, die er aufzeichnete. Aber nun brach er mitten im Satze ab und sah fragend zu Signora Concenza auf. Sie begegnete seinem Blicke sehr ruhig.

»Ich bin stark und gesund, Hochwürden«, sagte sie. »Ich könnte schon meine siebzig erleben. Es sind mindestens zehn Jahre, die ich dem Heiligen Vater schenke.«

Der Geistliche sah ihren Eifer und ihre Andacht, und er erhob keine Einwendungen. »Es ist eine Arme«, dachte er. »Sie hat nichts andres zu geben.«

»Es ist geschrieben, meine Tochter«, sagte er.

Als die alte Concenza wieder ins Freie kam, war es so spät, daß alles Straßenleben aufgehört hatte und die Gasse ganz öde dalag. Sie befand sich in einem entlegenen Stadtteil, wo die Gaslaternen so spärlich standen, daß es fast ganz dunkel war. Sie schritt doch rüstig aus. Sie fühlte eine große Weihe in sich und war gewiß, daß sie nun etwas getan hatte, was viele Menschen glücklich machen würde.

Wie sie so über die Straße ging, hatte sie mit einem Male die Empfindung, daß ein lebendes Wesen über ihrem Kopfe schwebte.

Sie blieb stehen und sah auf. Im Dunkel zwischen den großen Häusern vermeinte sie ein paar große Flügel zu unterscheiden, und sie glaubte auch das Rauschen der Fittiche zu hören.

»Was ist das?« sagte sie. »Es kann doch kein Vogel sein, es ist gar zu groß.«

Gleich darauf glaubte sie ein Antlitz zu gewahren, das so weiß war, daß es die Dunkelheit durchleuchtete. Da packte sie unsägliches Grauen. »Das ist der Todesengel, der über mir schwebt«, dachte sie. »Ach, was habe ich getan! Ich habe mich in die Gewalt des Entsetzlichen gegeben.«

Sie begann zu laufen, aber sie hörte noch immer das Rauschen der mächtigen Flügel, und sie war überzeugt, daß der Tod ihr nacheilte.

So ging es durch ein paar Straßen. Es deuchte sie, daß der Tod ihr immer näher käme. Schon fühlte sie seine Flügel an ihre Schultern schlagen.

Plötzlich spürte sie, wie etwas Schweres und Scharfes ihren Kopf traf. Das zweischneidige Schwert des Todes hatte sie endlich erreicht. Sie sank in die Knie. Sie fühlte, daß sie ihr Leben lassen mußte.

Einige Stunden später wurde die alte Concenza von ein paar Arbeitern auf der Straße gefunden. Sie lag ohnmächtig da, von einem Schlaganfall getroffen. Die arme Frau wurde sogleich in ein Krankenhaus gebracht, und es gelang, sie zum Bewußtsein zu bringen, aber es war offenbar, daß sie nicht mehr lange Zeit zu leben hatte.

Man konnte doch ihre Kinder holen lassen. Als sie voll Betrübnis an ihr Krankenlager traten, fanden sie sie sehr ruhig und glücklich. Sie konnte nicht viele Worte sprechen, aber sie lag da und streichelte ihnen die Hände.

»Ihr sollt froh sein«, sagte sie, »froh, froh.«

Es war ihr sichtlich nicht recht, daß sie weinten. Sie bat auch die Krankenpflegerinnen, sie möchten doch lächeln und Freude zeigen.

»Froh und glücklich«, sagte sie, »nun müßt ihr alle froh und glücklich sein.«

Sie lag mit hungernden Augen da und wartete darauf, ein bißchen Freude zu sehen.

Nach einer Weile wurde sie ungeduldig über die Tränen ihrer Kinder und über die ernsten Mienen der Krankenpflegerinnen. Sie begann Dinge zu sagen, die niemand verstehen konnte. Sie sagte, wenn sie nicht froh wären, dann hätte sie ebensogut noch weiter leben können. Die, welche sie hörten, glaubten, sie phantasiere.

Plötzlich öffnete sich die Tür, und ein junger Doktor trat in den Krankensaal. Er schwenkte eine Zeitung in der Hand und rief mit lauter Stimme: »Dem Papst geht es besser. Er wird am Leben bleiben. Heute nacht ist eine Wendung eingetreten.«

Die Krankenpflegerinnen bedeuteten ihm, zu schweigen, damit er die Sterbende nicht störe, allein diese hatte ihn schon gehört.

Sie hatte auch gesehen, wie ein Aufzucken der Freude, ein Schimmer von Glück, der sich nicht verbergen ließ, die durchfuhr, die um ihr Bett standen.

Da verschwand die Ungeduld von ihrem Antlitz. Sie lächelte zufrieden. Sie gab ein Zeichen, daß man sie im Bette aufsetzen möge; da saß sie nun und sah sich mit etwas Fernschauendem im Blick um. Es war, als blickte sie hinaus über Rom, wo nun die Menschen über die Straßen strömten und einander mit der frohen Kunde grüßten.

Sie hob den Kopf, so hoch sie konnte. »Das war ich«, sagte sie. »Ich bin sehr glücklich. Gott hat mich sterben lassen, damit er leben kann. Es liegt mir nichts daran, zu sterben, da ich alle Menschen glücklich gemacht habe.«

Sie legte sich wieder zurück, und in einigen Augenblicken war sie tot.

In Rom erzählte man, daß der Heilige Vater sich nach seiner Genesung eines Tages daran ergötzte, die Aufzeichnungen der Kirchen über die frommen

Gelöbnisse durchzusehen, die für seine Genesung gemacht worden waren.

Er las lächelnd die langen Reihen kleiner Gaben, bis er zu der Aufzeichnung kam, daß Concenza Zamponi ihm ihre übrigen Lebensjahre geschenkt hatte. Da wurde er mit einem Male sehr ernst und gedankenvoll.

Er ließ sich nach Concenza Zamponi erkundigen, und er erfuhr, daß sie in derselben Nacht, in der er genesen war, gestorben war. Er ließ auch ihren Sohn Domenico zu sich rufen und fragte ihn nach ihren letzten Augenblikken.

»Mein Sohn«, sagte der Papst zu ihm, als er alles erfahren hatte, »deine Mutter hat mir nicht das Leben gerettet, wie sie in ihrer letzten Stunde glaubte, aber ich bin sehr gerührt über ihre Liebe und Opferwilligkeit.«

Er ließ Domenico seine Hand küssen, worauf er ihn verabschiedete.

Aber die Römer versichern, wenn auch der Papst nicht zugestehen wolle, daß seine Lebenstage durch die Gabe der armen Frau verlängert worden seien, so sei er doch davon überzeugt. »Warum hätte wohl sonst Vater Zamponi so rasch Karriere gemacht?« fragten die Römer.

»Er sei ja schon Bischof, und man flüsterte, daß er bald Kardinal werden würde.«

Und in Rom konnte man auch später nur schwer glauben, daß der Papst sterben würde, auch als er sehr krank war. Niemand konnte berechnen, wann sein Lebenslauf sich erfüllt hatte. Es hing ja alles davon ab, wie viele Jahre die arme Concenza ihm geschenkt hatte.

Der erste im ersten Jahr des zwanzigsten Jahrhunderts

Es war am Neujahrsmorgen des Jahres 1900. Die Uhr zeigte fast die neunte Stunde, aber im Kirchspiel Svartsjö in Värmland war es noch beinah ganz dunkel. Die Sonne war noch nicht über die langgestreckten niedrigen Waldfirste emporgestiegen.

Gerade als die Glocke schlug, öffnete sich die Tür zum Pfarrhof, und der Pfarrer trat heraus, um in die Kirche zu gehen. Doch als er die Treppe hinuntergegangen war, blieb er stehen, um auf jemand zu warten. Er war ein junger und eifriger Mann; er stand da und stampfte den Schnee wie ein ungeduldiges Pferd.

Endlich zeigte sich seine Frau in der Tür. Sie war erstaunt, daß er sich die Zeit genommen hatte, auf sie zu warten. »Das ist schön, daß du gewartet hast«, sagte sie. – »Nein«, antworte der Mann und lächelte, »das ist nicht schön. Ich möchte mit dir über etwas sprechen.«

Die Glocken der Svartsjöer Kirche begannen zu läuten, als er dies sagte. Er trat näher an die Frau heran und fragte sie, ob sie höre, daß gerade jetzt die Glocken in Löfwik am andern Ufer des Sees und dort oben in Bro läuteten?

»Es ist etwas Schönes um allen diesen Glockenklang«, sagte der Pfarrer. – »Ja«, sagte sie, »ja, so ist es.« – »Hast du daran gedacht, daß sie heute nacht in jeder Kirche in ganz Värmland das neue Jahr eingeläutet haben? Die großen Erzschlünde haben es in die dunkle Winternacht hinausgerufen, von den kleinen Kapellchen in Finmarken gerade so wie vom Domkirchenturm in Karlstadt.« – »Ja«, sagte sie, »daran hab ich auch gedacht.«

»Aber nicht nur in Värmland ...« sagte der Pfarrer. »In ganz Schweden sind heute nacht die Kirchenglocken erklungen, ja, auf einem großen Teil der Erde.« – »Ja, das wird schon so sein«, sagte die Pastorin und wußte nicht recht, worauf der Mann hinauswolle.

»Das neue Jahr, das heute nacht geboren wurde, hat noch kaum etwas andres erlebt als dies Glockengeläute«, fuhr der Pfarrer fort. »Zuerst lag es ein wenig schlaftrunken und verschüchtert oben in den Wolken und wiegte sich und konnte in der tiefen Finsternis gar nicht sehen, woher es gekommen wäre. Da begegnete ihm der Glockenklang, der zu ihm hinaufdrang: stark und volltönig aus den großen Städten, wo die Kirchen einander nahestehen, schwächer und gleichsam rührend eintönig aus den kleinen verstreuten Dorfkirchlein. Ich lag heute morgen da und dachte daran, seit wir von dem Mitternachtsgottesdienste heimkamen. Als wir nach der Kirche heimgingen, da hast du etwas gesagt, was mich nicht schlafen ließ.«

Die Frau wußte sofort, was er meinte. Auf dem Heimwege hatten sie von der alten versperrten und versiegelten Truhe gesprochen, die Magister Eberhard Berggren vor achtzig Jahren in die Svartsjöer Kirche gestellt hatte, mit der Vorschrift, daß sie nicht vor dem Neujahrstag des Jahres neunzehnhundert eröffnet werden dürfe. Die Frau hatte gesagt, sie finde es unrecht, daß sie jetzt hervorgenommen und geöffnet werden solle. Jedermann wußte ja, daß die Truhe nichts andres enthielt als Schriften des Unglaubens und der Gottesleugnung.

Doch der Pfarrer hatte gemeint, wenn das Kirchspiel einmal die Truhe in seine Obhut genommen und versprochen hätte, Magister Eberhards Willen zu erfüllen, so könnte man nicht umhin, sie zu eröffnen. Niemand wüßte ja auch so recht, was eigentlich darin wäre.

»Ich habe gehört, daß der alte Eberhard ein Gottesleugner war«, hatte die Frau geantwortet. – Ja, das hatte der Pastor auch gehört. – »Wär' ich du«, beharrte die Pastorin auf ihrer Meinung, »ich würde erwirken, daß die Gemeinde beschlösse, die Truhe stehen zu lassen, wie sie steht.« – »Nein, aber Frau«, fiel da der Pfarrer ein, »willst du mich vielleicht glauben machen, daß dieser alte Ekebykavalier imstande sein könnte, auch nur einen einzigen Menschen in seinem Gottesglauben zu erschüttern?«

Das hatte die Pastorin zugegeben. Sie glaubte nicht, daß die Schriften gefährlich seien, aber sie meinte, es sei häßlich, daß sie durch einen christlichen Geistlichen und seine Gemeinde ans Licht gezogen werden sollten. Es läge etwas Anstößiges darin. Er könnte seinen Pfarrkindern doch wenigstens vorschlagen, die Truhe uneröffnet zu lassen.

»Aber es ist eines toten Mannes Wille«, hatte der Pfarrer geantwortet; und als die Frau sah, daß sie sich nicht einigen konnten, hatte sie geschwiegen.

Als ihr nun der Mann sagte, daß ihre Worte ihn so früh am Morgen geweckt hätten, da wurde sie sehr froh und fragte sogleich, ob er zu ihrer Meinung übergegangen sei.

»Das wird davon abhängen, was ich dich jetzt fragen will.« – »Ja, ich werde dir gewiß nicht meine Zustimmung geben, diese Truhe zu öffnen.« – Der Pfarrer lachte. – »Dessen sollst du nicht so gewiß sein«, sagte er.

»Ich erwachte sehr früh«, fuhr der Pfarrer fort, »und rieb sogleich ein Zündhölzchen an. Die Glocke schlug drei, und das erste, was ich dachte, war, daß heute nacht das neunzehnte Jahrhundert zu Ende gegangen ist, und daß wir jetzt neunzehnhundert schreiben. Und dabei mußte ich an den Glockenschlag denken, der die Nacht erfüllte, und an das neugeborne Jahr, das da lag und lauschte. Wie ich so im Halbschlummer lag, sah ich deutlich vor mir, daß das alte Jahr irgendwo im fernen Osten auf einem Scheiterhaufen verbrannt worden war, und das neue Jahr war aus der Asche hervorgekrochen und hatte die Flügel ausgebreitet und war ausgezogen, die Welt in Besitz zu nehmen. Jetzt wiegt es sich wohl in dem Glockenklange der Klöster und Kirchen Palästinas, dachte ich. Es braucht die Flügel gar nicht zu bewegen, dachte ich weiter. Es hält sie nur ausgespannt, und dann kommen die Tonwellen und ergreifen es und wiegen es von einem Land zum andern. Ja, es liegt nur da und wiegt und schaukelt sich. In der Dunkelheit weiß es gar nicht, wohin es kommt. Alles, was es vernimmt, ist Glockenklang, Orgelton und die Schritte derer, die zur Christmette wandern.

»Das neue Jahr wird fühlen, daß es über heiliger Erde schwebt«, dachte ich. Und ich fühlte mich ganz gerührt, wie ich da lag. Jetzt ist es über die Sankt Peterskirche in Rom gewiegt worden, und dann ist es über die Alpen nach Deutschland hinaufgeflattert. Später am Tage wird es wieder zu uns heraufschweben.

»Aber während ich so sann, wurde mir ganz weich zumute, und da kamen deine Worte mir wieder in den Sinn. Wenn also das neue Jahr über Värmland und Svartsjö geschwebt käme, dann sollte es hier einen Priester und seine Gemeinde sehen, die eine Truhe mit Schriften des Unglaubens öffneten. Und es schien mir sehr traurig, daß es so etwas schauen sollte, nach allem dem Schönen, das es bisher erlebt hat. In Rom bei den Katholiken hatte es den Papst die heilige Pforte öffnen und das Jubeltor einweihen sehen, und hier oben im Norden sollte es uns den Riegel eröffnen sehen, der Zweifel und Gottesleugnung einschloß. Das neue Jahr wird eine zu schlechte Meinung von uns bekommen«, sagte ich. »Es geht einfach nicht an, diese Truhe zu öffnen.«

»Siehst du wohl! Ich wußte, daß du zu meiner Partei übergehen würdest«, sagte die Pastorin.

»Es hat nicht viel daran gefehlt«, sagte der Pfarrer; »aber gleich darauf stand es mir wieder vor Augen, wie unmöglich es sei, gegen eines toten Mannes Willen zu handeln. Ja, es war unmöglich, – das eine wie das andre: die Truhe zu öffnen wie sie geschlossen zu lassen. Und ich begann mich zu fragen, ob es denn keinen Ausweg gäbe. Wenn man eine Sache nur lange genug überdenkt, pflegt man schließlich doch herauszufinden, was das Rechte ist. Ich lag da und grübelte stundenlang. Ich dachte alles durch, was ich vom Magister Eberhard Berggren wußte, um Klarheit darüber zu gewinnen, was er in diese Truhe gelegt haben mochte.«

»Hast du es also herausgebracht?«

»Ich glaube wohl, daß ich es herausgebracht habe, aber ich will auch deine Meinung hören.«

»Die kennst du schon«, sagte die Frau eigensinnig.

»Das sollst du nicht so bestimmt sagen«, meinte der Pfarrer. »Du solltest zuerst versuchen, dich in die Sache hineinzudenken. Du solltest versuchen, dich in Magister Eberhards Gedanken zu versetzen. Das hab' ich heute morgen getan. Wenn du nun ein alter Mann wärst, sagte ich zu mir selbst, wenn du Magister Eberhard Berggren wärst, ein alter gelehrter Mann, der nicht an Gott glaubte! Ich versuchte mir einzubilden, daß ich mein ganzes Leben am Schreibtisch verbracht hätte, ohne Unterlaß denkend und schreibend. Ich dachte mir, ich hätte Jahr für Jahr in einer Ecke des Kavalierflügels auf Ekeby gesessen, mit Büchern und Papieren rings um mich, – und Leben und Scherz, Sang und Spiel wären durch die Räume erbraust, aber ich hätte ganz still und stumm hinter einer Mauer von Büchern gesessen und gearbeitet.

»Und dann dachte ich mir weiter, daß ich nach vielen, unendlich vielen und langen Jahren endlich mit meiner Arbeit fertig geworden wäre. Und ich hätte ihr alle meine Lebenskräfte geopfert. Ich wäre alt und müde geworden, und in letzter Zeit hätte ich auch angefangen zu kränkeln. Ich hätte zuweilen brennende Schmerzen in der rechten Seite gespürt, in der Gegend der Leber, obgleich ich mir gar nicht die Zeit genommen hätte, mich darum zu bekümmern. Ja, ich hätte wohl gar nicht daran gedacht, was das Werk mich gekostet hätte: ich wäre nur glücklich gewesen, es vollendet zu haben.

»Ich wäre auch natürlich ganz überzeugt gewesen, daß alles ganz vollkommen sei, daß nichts fehle. Allen andern Philosophen hätte man irgendeine Lücke im Gedankengang nachgewiesen, aber so etwas könnte mir nicht passieren. Ich hätte meine eigne Philosophie gefunden, und die sei ganz ohne Makel. Sie sei sicher und fest vom Grunde bis zur Turmspitze.

»Ja, ich versuchte mich noch weiter in die Sache hineinzudenken«, fuhr der Pfarrer fort. »Wenn ich nun mein Buch fertig hätte, was würde ich damit anfangen? Es wäre ja das allereinfachste, es gleich in die Druckerei zu schikken. Aber wenn ich solch ein alter Mann wäre, würde ich mir die Sache sicherlich überlegen. Ich würde sie mir deshalb überlegen, weil ich sehr wohl wüßte: sobald meine Philosophie bekannt würde, könnte niemand ihr widerstehen. Alle Menschen würden dann auf einmal aufhören, an Gott zu glauben; und die Hoffnung auf ein ewiges Leben würden sie gleichfalls verlieren. Und ich müßte mir doch sagen, daß eine ganze Menge von jenen, die ich gekannt und geliebt, dies als ein großes Unglück empfinden würde. Die Menschen sind schwach, würde ich mir selbst sagen, sie können die Wahrheit nicht ertragen. Und so allmählich würde ich dahin kommen, daß ich den Entschluß faßte, mein Buch zu verwahren und es erst einige Zeit nach meinem Tode an den Tag kommen zu lassen. Wenn ich es bis zum Jahre neunzehnhundert verwahrte, dann müßte wohl ein neues Geschlecht herangewachsen sein, das das Licht der Wahrheit besser ertragen könnte. Ich glaube, es wäre gar nicht unmöglich, daß ich einen solchen Entschluß fassen würde, wenn ich solch ein alter Mann wäre«, sagte der Pfarrer und sah seine Frau an, ihrer Zustimmung gewiß.

»Ach nein«, antwortete sie, »so ganz unmöglich wäre das wohl nicht.«

»Wie ich so in der Dunkelheit dalag, glaubte ich sein Leben ganz zu durchleben«, fuhr der Pfarrer fort. »Wo sollte ich nun fürs erste das Manuskript hinterlegen? In einem der Herrenhöfe könnte ich es nicht aufbewahren. Die sind alle aus Holz; früher oder später könnten sie verbrennen, und dann wäre meine Arbeit verloren. Und wenn ich es in einen Keller legte, dann würde die Feuchtigkeit es ebenso sicher zerstören, wie es nur je das Feuer vermöchte.

»Nein, der einzige sichere Aufbewahrungsort, den ich mir denken könnte, wäre wohl eine der Kirchen in Bro oder Svartsjö, die aus Stein erbaut sind. Nun muß ich sagen: wenn ich ein solcher alter Heide wäre, dann würde ich wohl eine gewisse Abneigung dagegen empfinden, meine Arbeit in einer Kirche aufzubewahren. Aber ich würde mich schon bald mit dem Gedanken trösten: wenn ich so sicher weiß, daß es keinen Gott gibt, kann ich meine Arbeit schließlich ebensogut in eine Kirche legen, wie in irgendein andres Gebäude.

»Ja, den Tag, an dem ich alles fertig hätte, so daß ich meine große Dokumententruhe in den Schlitten legen und mit ihr nach Svartsjö fahren könnte, würde ich sicherlich als einen großen Festtag ansehen. Denn ich glaube, wenn ich ein so alter umsichtiger Mann wäre, würde ich meine Truhe lieber in Svartsjö verwahren als in Bro, weil der Vikar in Svartsjö ein viel nachgiebigerer Mann war als der Propst in Bro: Ja, wahrhaftig, – wäre ich nicht vergnügt an diesem Wintertag, wenn ich bei guter Schlittenbahn mit einem flinken Pferde von Ekeby fortführe? Wenn ich auch in den letzten Tagen jene innerlichen Schmerzen gespürt hätte, so wüßte ich doch ganz genau, daß sie an einem Tage wie diesem ganz wie fortgeblasen wären. Ich würde nur dasitzen und denken, welche Wirkung es haben müßte, wenn mein Buch einmal in die Welt hinauszöge, und wie berühmt mein Name da auf einmal sein würde. Das ganze Jahr neunzehnhundert würden die Menschen von niemand anders sprechen als von Eberhard Berggren.

»Aber obgleich ich so stolze Gedanken hätte, während ich so über die Straße kutschierte, würde ich doch einen Wandrer bemerken, der mit dem Ränzel auf dem Rücken und einem großen Bügeleisen in der Hand am Wegesrand ginge. Und ich würde zu mir selbst sagen: Sieh da! Da geht der alte lustige Schneider Lilje! Der arme Teufel muß das Ränzel und das Bügeleisen schleppen. Ich will ihn doch fragen, ob er nicht ein Stück in meinem Schlitten fahren will.

»Und nun stelle ich mir dies vor: wenn Schneider Lilje das Bügeleisen und das Ränzel in den Schlitten gelegt und sich selbst auf die Kufen gestellt hätte, würden er und ich bald ins Gespräch kommen.

»Schneider Lilje würde fragen, wohin ich denn mit der schönen Truhe wolle, und ich würde es nicht lassen können, ihm zu erzählen, was darin sei. ›Sieht er, Lilje‹, würde ich wohl sagen, ›diese Truhe enthält das große Buch, das ich geschrieben habe, und jetzt fahre ich damit zur Svartsjöer Kirche und verwahre es dort. Wir wollen die Truhe versperren und versiegeln, der Pfarrer und ich; und niemand darf sie vor dem Jahre neunzehnhundert öffnen.‹

»Aber nun würde es mir auffallen, daß Lilje die ganze Zeit still bliebe, und er pflegte doch sonst keine Minute lang schweigen zu können, und dies würde mich so verwundern, daß ich schließlich fragen müßte: ›Was ist denn in ihn gefahren, Lilje, woran denkt er denn?‹ Und siehst du, Frau, wenn Lilje dann antwortete, daß er sich überlege, ob er mich um etwas bitten dürfte, dann würde ich ihm gleich die Erlaubnis geben, frei von der Leber weg zu sprechen.

»Wahrscheinlich hätte ich in diesem Augenblick nicht sehr auf Liljes Geschichte aufgepaßt, aber später würde ich mich doch an jedes Wort davon erinnern können. Ich würde mich erinnern, daß Lilje sagte, er habe vor ein paar Tagen einen Landstreicher getroffen, der sterbend am Wegesrande lag. Dieser Mann habe Lilje gebeten, ein kleines Päckchen, das er ihm reichte, in Verwahrung zu nehmen. Er habe ihm aufgetragen, es irgendwo aufzuheben, wo niemand es finden könnte. Er dürfte es nicht vernichten. Und wenn er so alt würde, daß alle, die jetzt lebten, tot wären, dann dürfte er es öffnen, sonst sollte er es einem andern zur Aufbewahrung anvertrauen. Und Lilje habe es nicht übers Herz gebracht, einem Sterbenden seine letzte Bitte abzuschlagen, und habe das Päckchen entgegengenommen.

»Nun, wenn mir Lilje all dies erzählt hätte, dann würde ich natürlich gesagt haben: ›Es ist schon gut, Lilje, ich versteh', wo er hinaus will. Er darf das Päckchen hier in meine Truhe legen.

»Und ich hätte das Pferd angehalten und die Truhe geöffnet, und wir hätten Liljes Päckchen hineingetan. Ich hätte der Sache so wenig Gewicht beigelegt, daß ich es kaum angeschaut hätte. Aber nachher würde ich es wohl oft vor Augen gesehn haben. Es war ein blaues Kuvert ohne Adresse, ohne ein geschriebnes Wort. Es sah aus, als enthielte es Papiere, aber sonst konnte man in keiner Weise erraten, was für Geheimnisse es bergen mochte.«

»Ja«, sagte der Pfarrer, »heute morgen versetzte ich mich in die ganze Sache hinein und fand es ganz natürlich, daß alles so zugegangen wäre, und stellte mir auch vor, daß ich, nachdem Lilje bei einem Kreuzweg aus dem Schlitten gestiegen wäre, wohl gar nicht weiter an ihn gedacht, sondern nur in Gedanken mein Buch noch ein letztes Mal durchgegangen und gefunden hätte, daß alles darin makellos und vollendet sei, und daß kein Wort geändert zu werden brauche.

»Ja, wenn ich in Eberhard Berggrens Haut gesteckt hätte, wäre ich auch nach der Ankunft in Svartsjö und während die Truhe versperrt und versiegelt wurde, in derselben fröhlichen Laune gewesen. Aber wenn mir dann der Pfarrer in Svartsjö gesagt hätte, dies könne ja jederzeit wieder rückgängig gemacht werden, falls es mich reuen sollte, dann hätte ich vielleicht etwas heftig geantwortet, weil es mich geärgert hätte, daß er glaubte, ich hätte mir nicht genau überlegt, was ich tat. ›Nein, Bruder, hier kann keine Reue in Frage kommen‹, hätte ich wohl geantwortet. ›Aber eines verspreche ich dir, Bruder: wenn dein Gott mich zwingen will, diese Truhe zu öffnen, dann will ich alles vernichten, was ich gegen ihn geschrieben habe.‹

»Und wenn dann der Pfarrer in Svartsjö mich ermahnt hätte, Ihn nicht herauszufordern, der stärker sei als ich, dann hätte ich erwidert, daß ich nur jemand herausforderte, der bloß in der Einbildung der Menschen existierte.

»Glaubst du nicht, daß ich ganz so geantwortet hätte, wenn ich der Magister Eberhard gewesen wäre?« fragte der Pfarrer und sah die Frau noch einmal Zustimmung heischend an.

»Ach ja«, antwortete die Frau und nickte, »das glaube ich schon. Du bist ja schon völlig so wie der alte Eberhard.«

»Ja, darum handelt es sich eben«, sagte der Pfarrer. »Man muß ganz eins mit dem Manne sein, den man beurteilen soll. Sonst kann man nicht zur Klarheit kommen.

»Und glaubst du nun nicht«, fuhr er fort, »glaubst du, die du mich kennst, nicht, daß ich mich, wenn ich Eberhard Berggren gewesen wäre, in demselben Augenblick, wo ich mich in den Schlitten setzte, um nach Ekeby zurückzufahren, – daß ich mich da nicht tief unglücklich gefühlt hätte? Glaubst du nicht, daß ich eine ganz furchtbare Sehnsucht nach meiner Arbeit empfunden hätte? Obgleich ich mir ja sagen müßte, daß es ein Glück sei, fertig zu sein, wäre ich doch furchtbar niedergeschlagen gewesen. Und glaubst du nicht, daß plötzlich das Alter über mich gekommen wäre, und daß die Krankheit, die ich bis dahin durch meinen Willen hatte unterjochen können, mir jetzt so arg zugesetzt hätte, daß ich mich kaum aufrechtzuerhalten vermochte, bis ich zu Hause anlangte. Nicht wahr, glaubst du nicht auch, daß es so gekommen wäre?«

»Ich kann nicht recht wissen, was ich glauben soll«, sagte die Frau, »aber ich denke schon, daß deine Arbeit dir gefehlt hätte.«

»Ja«, sagte der Pfarrer, »dies alles stellte ich mir heute morgen so vor. Ich wußte, daß ich nicht nur mein Buch vermissen, sondern daß ich auch furchtbar krank werden würde. Das Übel würde mit so furchtbarer Kraft über mich hereinbrechen, weil solch ein alter Mann, wie ich es wäre, jetzt gar nichts mehr hätte, womit er es zurückdrängen könnte, nichts, wofür er leben müßte, und so bliebe mir nichts anderes übrig, als mich hinzulegen und auf den Tod zu warten.«

»Du wirst wissen, daß es damals hier im Ort keinen Arzt gab; aber irgendeine weise Frau wäre wohl gerufen worden, und sie hätte die Krankheit erkannt und gesagt, es sei Krebs. Und merkwürdigerweise wäre dies fast als ein Glück angesehen worden; denn damals glaubte man gar nicht, daß diese Krankheit unbedingt zum Tode führen müsse. Es gab nämlich eine alte Familie – Amnérus hieß sie wohl –, und die besaß ein Rezept, das den Krebs heilen konnte. Es wurde als ein großer Schatz betrachtet, streng geheimgehalten und vererbte sich wie ein Majorat in der Familie.

»Und nun kannst du dir wohl denken, Frau, wenn ich ein alter kranker Mann wäre, würde ich den ersten Tag benützen, an dem mir so wohl wäre, daß ich in einem Schlitten sitzen könnte, um zu diesen Leuten mit Namen Amnérus zu fahren, die das Rezept besäßen und Heilung für die furchtbaren Qualen hätten.

»Nun denke ich mir also, siehst du, Frau, daß ich bei der Familie Amnérus angefahren käme. Sie wohnten tief drinnen im Walde. Es gab keine Felder, keinen Garten, sondern der Wald stand bis dicht ans Haus heran. Und die Menschen dort waren klein und lichtscheu und trugen altväterische Kleider und hatten dünne, piepsende Stimmen.

»Ich denke, es würde mir sogleich auffallen, wie erschrocken sie aussähen, da sie mich erblickten. Ich würde zuerst gar nicht begreifen, warum sie davonlaufen zu wollen schienen, wenn ich mein Anliegen vorbrächte. Aber bald würde die Reihe, Angst zu haben, an mir sein. Denn ich würde erfahren, daß der Grund ihres Schreckens der sei, daß sie das Rezept nicht mehr hätten. Ja, was glaubst du, Frau, würde wohl ein armer Kranker fühlen, wenn er hörte, daß dieses Rezept ihnen von einem Knecht gestohlen sei, der in ihrem Dienst gestanden hätte und sich aus irgendeinem Grunde an ihnen rächen wollte? Was würde ein Todkranker, der Linderung und Besserung erwartet hätte, denken, wenn sie die Geheimlade des Sekretärs herauszögen, wo sie das Rezept zu verwahren pflegten, und ihm zeigten, daß sie leer sei. Ja, sie sei leer; sie hätten keine Macht mehr über die Krankheit.

»Natürlich würde der Kranke sie fragen, ob sie denn die Mischung nicht so gut kennten, daß sie sie ohne Rezept zu bereiten vermöchten. Aber das wäre nicht der Fall. Niemand von ihnen kennte das Heilmittel; denn die Sache wäre so strenge geheimgehalten worden, daß immer nur eine Person sich hätte damit befassen dürfen. Und die unter den Schwestern, die die Bereitung des Heilmittels gekannt hätte, wäre an dem Tage, bevor es gestohlen worden, gestorben. Der Dieb hätte sich gerade diesen Zeitpunkt ausgewählt, sonst hätte er ja keinen Schaden gestiftet. Aber wo der Dieb sich jetzt befände, das wüßten sie nicht. Es wäre ein versoffener wilder Geselle gewesen, vielleicht wäre er schon bei irgendeiner Schlägerei ums Leben gekommen. Nur eines wüßten sie sicher, daß er das Rezept genommen hätte. Denn ehe er fortgegangen wäre, hätte er den Mägden ein blaues Kuvert gezeigt und sich gerühmt, daß die Herrschaft ihn noch vermissen würde.

»Und nun weiß ich ganz gewiß: wenn ich solch ein kranker Mann gewesen wäre, ich würde, wenn ich dies von dem blauen Kuvert gehört hätte, kein Wort weiter gefragt haben, sondern wäre aus dem Zimmer gegangen, hätte mich in den Wagen gesetzt und wäre davongefahren.

»Ja, nur davongefahren, Frau, um allein zu sein und die Sache mit mir selbst durchzudenken. Dieses blaue Kuvert, dieses blaue Kuvert, ich würde natürlich sogleich wissen, wo es wäre. Und ich hätte doch erst einige wenige Tage zuvor gesagt: ›Wenn dein Gott mich zwingen kann, diese Truhe zu öffnen, dann – –‹ Nein, nein, es wäre nicht zugänglich, dieses Rezept, ohne daß meine ganze Lebensarbeit vernichtet würde. Aber in dieser Arbeit lebte Eberhard Berggren in Jugend und Klarheit; was sonst auf Erden von ihm übrig wäre, das sei nur ein abgelebter Greis. In früheren Tagen hätte Eberhard Berggren seine Arbeit höher geschätzt als Freude und Lust und Liebe. Und dann würde ich wohl die Fäuste ballen und denken – –«

Der Pfarrer trat dicht an seine Frau heran. »Du, die du mich kennst, – was, glaubst du, hätte ich beschlossen, wenn ich solch ein alter Mann wäre? Bedenke, daß ich felsenfest glauben würde, daß mein Buch das beste und weiseste Buch sei, das je geschrieben wurde, und bedenke, daß ich glauben würde, daß das Rezept mich unfehlbar gesund machen könne. Sage, wie glaubst du, daß ich gehandelt hätte?«

»Ich glaube wohl, du hättest dich dafür entschieden, für dein Buch zu sterben«, sagte die Frau.

»Ja«, sagte der Pfarrer, »ich hätte die Fäuste geballt und gedacht, daß ich dieses Rezept ja gar nicht so notwendig brauchte, – ich könnte ja sterben. Und glaubst du auch, daß ich an meinem Vorsatze festgehalten hätte?«

»Ich weiß nicht«, sagte die Pastorin, »ich kenne dich nicht gut genug. Wenn es sich nur um den Tod gehandelt hätte. Aber nun waren da ja auch die Schmerzen.«

»Ich hätte innerlich gekämpft«, sagte der Pfarrer, »und in den ersten Tagen wäre die Krankheit sogar ein wenig zurückgewichen, weil ich den festen Entschluß gefaßt hätte, sie ihr Schlimmstes tun zu lassen. Aber nach ein paar Wochen hätte sie mich mit erneuter Kraft überfallen, und man hätte mir oben im Kavaliersflügel wieder ein Lager gebettet, und da hätte ich einsam gelegen, den ganzen Tag lang, und hätte mit den Schmerzen gekämpft.

»Und ich glaube wohl, wenn ich solch ein alter, unerschütterlicher Mann gewesen wäre, dann hätte ich zuweilen ganz gegen meinen Willen die Vorstellung gehabt, daß ich gegen Gott kämpfte. Ich hätte den Gedanken von mir gewiesen. Ich hätte gedacht, daß ich nicht mit jemandem kämpfen könne, der gar nicht da wäre. Es sei doch ein bloßer Zufall, würde ich sagen, daß ich Lilje mit dem Rezepte begegnet sei. Es sei durchaus keine lenkende Vorsehung, die ihn mir geschickt hätte. Es gäbe keine Vorsehung, und so könne sie auch nichts schicken.

»Aber einmal ums andre würde mir die Vorstellung kommen, daß ich daläge und mit unserm Herrgotte ränge. Vielleicht würde es mancher als Milde und Gnade betrachten, daß du mich wissen ließest, wo das gestohlene Rezept zu finden sei. Der Dieb hätte es ja ebensogut vernichten können. Du willst wohl, daß ich es als eine sonderliche Gnade ansehe, daß es in Liljes Hände kam. Aber ich wünsche, es wäre vernichtet worden. Ich sehe es nicht als eine Gnade an, daß ich weiß, wo es zu finden ist. Ich betrachte es --. Ja, und dann würde ich mich wieder erinnern, daß ich in meinem Buch doch ganz unwiderleglich bewiesen hätte, daß es keinen Gott gebe, und würde den Zwist abbrechen.

»Ich denke, es muß eine große Versuchung, eine furchtbare Versuchung für den alten kranken Magister Eberhard gewesen sein: nur ein Wort an den Pfarrer in Svartsjö, und er hätte das Heilmittel in seiner Hand! Glaubst du nicht, daß er um dieser Versuchung willen die Qualen noch tausendmal verschärft empfand? Es handelte sich um einen furchtbaren Preis; aber wer wirklich krank ist, fragt wohl nach nichts anderm als nach der Gesundheit.

»Doch immerhin – wenn ich an seiner Stelle gewesen wäre, ich hätte versucht, auszuharren; hätte versucht, Gott und den Menschen zu zeigen, was Manneskraft vermag.

»Aber am schlimmsten wäre es an dem Tage gewesen, an dem Schneider Lilje auf den Hof gekommen wäre. Da wären die Qualen so furchtbar gewesen, daß ich in jeder Stunde meinen Tod erwartete. Und da wäre mir wohl der Gedanke gekommen, daß ich jemand sagen müßte, was in diesem blauen Kuvert sei. Denn plötzlich hätte mich der Gedanke beängstigt, daß ich ein großes Unrecht gegen meine Mitmenschen beginge, wenn ich nicht sagte, wo dieses unschätzbare Heilmittel zu finden sei. Ich könnte es ja so einrichten, daß es erst nach meinem Tode hervorgenommen würde. Dann hätte nicht ich die Truhe geöffnet, dann könnte ja meine Arbeit unberührt liegenbleiben.

»Ich würde mir wohl denken, daß es am sichersten wäre, das Geheimnis niederzuschreiben, und niemanden vor meinem Tode von dieser Schrift Kenntnis erlangen zu lassen. Aber siehst du, Frau, es wäre wohl für einen Todkranken, dem die geringste Bewegung Qualen verursacht, nicht so leicht, die Feder zu führen.

»Und schließlich hätte ich wohl Lilje hereingerufen und ihm das Geheimnis anvertraut und ihm befohlen, das gestohlne Kuvert den Eigentümern zurückzugeben. Aber zu gleicher Zeit hätte ich ihm streng verboten, es vor meinem Tode aus der Truhe zu nehmen. Erst wenn ich in den Kirchhof gebettet wäre, dürfte er zu dem Pfarrer in Svartsjö gehen und mit ihm sprechen.

»Du kannst sicher sein, sobald ich mit Lilje gesprochen hätte, würde es mich wieder gereut haben. Man könnte sich doch auf einen solchen Kerl nicht verlassen. Es wäre klar, ich hätte jemandem sagen müssen, wo das Rezept zu finden sei. Aber ich hätte es niederschreiben sollen. Ich hätte niemanden vor meinem Tode darum wissen lassen dürfen.

»Und bei alledem hätte ich mit der stummen geheimen Hoffnung dagelegen, daß Lilje mir ungehorsam sein könnte.

»Ein paar Tage später würde ich etwas Eignes, Geheimnisvolles an der Frau bemerken können, die mich pflegte. Ich würde sehen, daß sie eine ganz besonders frohe und feierliche Miene machte, wenn sie mit einem warmen Trunke zu mir hereinkäme. Ich würde erschrecken, und ich würde mir selbst zuflüstern: Hüte dich, trinke nicht! Es kostet dich die Arbeit deines ganzen Lebens!

»Aber trotzdem, siehst du, Frau, würde ich wohl den Kopf vorstrecken und trinken; und mit jedem Tropfen, der über meine Lippen käme, würde ich Linderung fühlen. Ich würde das Glas von mir schieben wollen, wenn es halb geleert wäre, aber ich würde es nicht können. Und wenn ich es geleert hätte, würde ich mich auf einmal ganz gesund fühlen und vor Freude weinen.

»Nun will ich dir sagen, wie es mir weiter ergangen wäre, wenn ich der alte Eberhard gewesen wäre. Am nächsten Tage wären die Schmerzen wiedergekommen, und da hätte ich wieder von diesem Trank getrunken. Da hätten die Schmerzen aufgehört und wären in kleinen Zwischenräumen wieder zum Leben erwacht, aber am dritten Tage wären sie ganz verschwunden gewesen. Und ich würde sehr wohl wissen, was für einen Trank man mir gegeben hätte, ich würde begreifen, daß ich eine Niederlage erlitten hätte, aber ich wäre allzu glücklich, um weiter danach zu fragen.

»Dann würde ich wieder umhergehen und mich ganz gesund fühlen. Aber ich würde mich wohl hüten, jemand zu fragen, woher der Trank gekommen wäre, der mich geheilt hätte. Und ich glaube ganz gewiß nicht, daß mir jemand sagen würde, daß man die Truhe eröffnet und das Rezept herausgenommen hätte. Niemand würde es sagen, aber ich würde es doch wissen. Ich würde nach Svartsjö fahren und mir die Truhe ansehen, und sie würde versperrt und versiegelt in der Kirche stehen, aber ich würde doch wissen, daß sie eröffnet worden wäre. Und dann --«

»Würdest du dich dann für verpflichtet halten, dein Buch zu vernichten?« fragte die Pastorsfrau.

»Ich glaube wohl, daß ich versuchen würde, Schlupfwinkel und Ausflüchte zu finden, aber ich würde nicht leugnen können, daß ich, wenn ich ein Ehrenmann sein wollte, mein Buch vernichten müßte.«

»Und würdest du es auch tun?«

»Ja, was glaubst du? Bedenke jetzt auch recht, was dieses Buch für mich bedeuten würde! Wäre es vernichtet, so wäre auch mein Name und mein Ruhm vernichtet.«

Die Pastorin sah mit einem warmen Blick zu ihrem Mann auf.

»Ja, du hast es vernichtet«, sagte sie, »du hast es vernichtet!«

»Ich danke dir«, sagte der Pastor.

Eine Weile ging er schweigend weiter.

»Nun aber: was denkst du jetzt von der Truhe?« fragte die Frau.

»Ich denke, daß es nicht gefährlich sein kann, sie zu öffnen. Du hast meine Frage jetzt so beantwortet, wie ich es wünschte.«

»Du und Magister Eberhard, ihr seid nicht eine und dieselbe Person«, sagte die Frau.

»Liebes Kind«, sagte der Pfarrer. »Wir wissen ja, daß der alte Eberhard alles, was ich jetzt erzählt habe, durchgemacht hat, und daß man die Truhe öffnen mußte, um das Rezept herauszunehmen, das ihn heilte. Aber wir dürfen nicht glauben, daß Magister Eberhard ein schlechterer Mann gewesen sei als irgendeiner von uns. Es ist, seit ich nun die Sache durchdacht habe, mein fester Glaube, daß er in aller Heimlichkeit die Schrift aus der Truhe genommen hat, und daß das große Buch des Unglaubens längst, längst vernichtet ist.«

»Aber die Truhe steht doch noch mit allen ihren Siegeln da.«

»Ja, siehst du«, sagte der Pastor lächelnd, »allzuviel darfst du von einem alten Philosophen nicht verlangen. Du kannst nicht von ihm verlangen, daß er alle Menschen wissen lasse, daß er gezwungen war, nachzugeben. Ich glaube wohl, es war das Natürlichste, daß er die Truhe auf alle Fälle stehen ließ, wie sie stand. Er konnte es wohl nicht ertragen, daß alle Bekannten zu ihm kämen und sagten, jetzt müsse er wohl bekehrt sein und an Gott glauben.«

Die Frau grübelte ein wenig nach, und dann sagte sie: »Ja, das werden wir jetzt bald sehen, denn nun willst du sicherlich die Truhe öffnen.«

»Ja, jetzt öffne ich sie mit frohem Mut«, sagte der Pastor.

Und wenn das junge Jahr so um die Mittagszeit des Neujahrstags neunzehnhundert in den Wolken über der Svartsjöer Kirche geschwebt hätte, da hätte es den Pfarrer und die angesehensten Männer des Kirchspiels um eine schöne alte Mosaiktruhe versammelt gesehen. Und als sie feierlich eröffnet wurde, da enthielt sie ein paar Pakete: alte Gerichtsverhandlungen und Zeitungen.

Aber von gottesleugnerischer, himmelstürmender Philosophie – nicht eine Zeile.

Wie der Adjunkt die Pfarrerstochter freite

Denkt nur, als der Adjunkt zum ersten Male um die Pfarrerstochter freite, wollte sie ihn nicht nehmen.

Die Pfarrerstochter war jung, dazumal. Nachts rollte sie das Haar in Papilloten, und am Tage trug sie es in großen schweren Locken. Sie hatte lange weiße Perlen als Ohrgehänge, und sie war sehr schön.

Die Pfarrerstochter war sehr umworben, ja geradezu von Freiern umringt. Sie ging eben einher und überlegte bei sich selbst, ob sie einen jungen Baron heiraten sollte, der nun sein väterliches Erbe angetreten hatte, oder ob es klüger sei, mit einem Vetter vorlieb zu nehmen, der gerade in Malmö zum Ratsherrn gewählt werden sollte.

Beide waren schöne Männer, aber der Adjunkt war häßlich. Namentlich seine Hände konnte die Pfarrerstochter nicht ansehen. In seiner Kindheit war er als Bettler auf der Landstraße umhergestrichen, und da waren sie so erfroren, daß sie immer rot und verschwollen aussahen.

Der Adjunkt sah auf seine alten Tage besser aus; da hatte er graues Haar. Als er jung war, schaute er gar zu wild und sonderbar drein, mit diesem Wald von schwarzen Haaren. Er hätte es wohl auch nie zum Propst und Dompropst gebracht, wenn er nicht recht früh graue Haare und Augenbrauen bekommen hätte. Vorher sah er wie ein Räuber aus, und das konnte ja nicht für einen Geistlichen passen.

Die Pfarrerstochter pflegte zu erzählen, daß, als der Adjunkt in den Pfarrhof kam, um ihrem Vater bei seinen Predigten und bei der Führung der Kirchenbücher behilflich zu sein, und da einzog, die Schuhe an einem Stock über die Schulter gehängt, nicht viel gefehlt habe, und ihre Mutter hätte ihn für einen Zigeuner gehalten und ihn fortgewiesen. Die alte Pfarrerin konnte es nie lassen, um ihr Silber zu zittern, wenn der Adjunkt in das Eßzimmer kam, und der alte Pfarrer predigte Sonntag für Sonntag selbst, weil er sich nicht überwinden konnte, diesen wilden Räuber auf die Kanzel hinaufzulassen.

Als der Adjunkt im Pfarrhof aufgenommen wurde, verliebte er sich in die Pfarrerstochter. Das geschah schon beim ersten Mittagessen. Und dies war sicherlich nicht zu verwundern, denn die Pfarrerstochter hatte weiches, glänzendes, braunes Haar, sanfte graue Augen und eine klare rosige Haut. Außerdem war die Form des Gesichts ungemein schön, die Wangen rundeten sich weich und fein zum Halse hinab. Und in jeder Wange war ein kleines Grübchen, das sich noch heute zeigt, wenn sie lächelt.

Es erregte einen förmlichen Schrecken bei der Pfarrerstochter, als sie merkte, daß der Adjunkt ihr gut war. Sie wagte kaum allein in den Garten oder über die Landstraße zu gehen. Wer solche Augen hatte wie der Adjunkt, der konnte wohl auch auf die Idee kommen, ihr aufzulauern und sie zu entführen.

Der alte Pfarrer schrieb in aller Heimlichkeit an den Bischof und das Konsistorium und bat um einen andern Adjunkten. Der, den er jetzt hätte, wäre ein wahrer Wilder, und er könnte ihn nicht brauchen. Er würde wie ein Bauer bei Tische sitzen und die Ellenbogen auf das Tuch stützen. Er würde auf den Fußboden spucken und trüge grobe Schmierlederstiefel, die Spuren auf den Teppichen hinterließen.

Ganze vier Wochen ging der Adjunkt im Pfarrhof herum, ohne etwas zu tun zu haben. Der Pfarrer wollte ihn weder an die Kirchenbücher noch auf die Kanzel lassen. Der Adjunkt ging stumm umher und wartete, aber äußerte weder Erstaunen noch eine Klage. Er war vollauf damit beschäftigt, der Pfarrerstochter auf allen ihren Wegen und Stegen zu folgen. Sie pflegte in einem kleinen Giebelzimmerchen zu sitzen und zu weben. Der Adjunkt fand heraus, daß, wenn er über einen Heuboden kletterte und dann über einen Schuppen kroch, dessen Dach aus losen Klötzen bestand, er zu einer Luke kam, die einen Blick auf das Fenster der Webkammer ermöglichte. Und in dieser Luke saß der Adjunkt Stunde um Stunde zusammengekauert und sah die Pfarrerstochter bloßarmig und rotwangig am Webstuhl arbeiten.

Es dauerte auch nicht lange, so entdeckte er, wo sie ihr Lieblingsplätzchen im Garten hatte. Der ganze Garten war natürlich von hohen Hecken umgeben, wie es in Schonen der Brauch ist, und man war da ebenso eingeschlossen wie in einer Stube. Aber es gab ein kleines Gatter, das auf die Felder hinausführte, und da pflegte die Pfarrerstochter stundenlang zu stehen und über die wogenden Felder zu blicken. Und während sie da stand, lag der Adjunkt ganz in der Nähe, in dem dichten Roggen verborgen, und verschlang sie mit den Augen.

Als jedoch einige Wochen vergangen waren, bekam der alte Pfarrer vom Bischof den Bescheid, daß er es so haben könnte, wie er es sich wünschte.

Der Pfarrer war darüber so erfreut, daß er keinen Augenblick zögern wollte, den Adjunkten zu verabschieden. Er steckte den Brief des Bischofs in die Tasche und begab sich hinunter in das Zimmer des Adjunkten.

Als der Pfarrer hereinkam, saß der junge Geistliche da und schrieb.

Er verfaßte eine Predigt, aber er geriet in solche Verlegenheit, als hätte er einen Liebesbrief geschrieben. Als der Pfarrer ihn fragte, was er denn da in die Schublade schiebe, konnte er kaum sagen, womit er sich beschäftigt hatte.

Der Alte wußte, daß er den Adjunkten jetzt los wurde, und darum war er milder gegen ihn gestimmt als früher. Und zum ersten Male begann er sich zu fragen, woher es wohl komme, daß der Adjunkt so war und warum ein solcher wie er Priester geworden sei. Er begann ihn auszufragen.

Da erzählte der Adjunkt alles. Er hatte immer solche Lust gehabt zu predigen. Er hatte den Bäumen am Straßenrand gepredigt, als er mit seiner Mutter herumzog und bettelte. Er wußte nicht, wann er angefangen hatte, aber er hatte immer Geistlicher werden wollen, nur um predigen zu können.

Der Alte wunderte sich, daß er trotz seiner Armut in die Schule gehen konnte, und der Adjunkt fuhr fort zu erzählen. Er schien die ganze Schulzeit hindurch gefroren und gehungert zu haben. Aber in allen Bedrängnissen hatte er sich damit getröstet, an den Augenblick zu denken, in dem er seine Stimme erheben und in Gottes Haus reden durfte.

Einmal ums andere steckte der Propst die Hand in die Tasche, um den Brief des Bischofs herauszuziehen, aber er hatte jetzt nicht den Mut, nicht das Herz, es zu tun. Vielmehr bat er den Adjunkten, ihn die Predigt lesen zu lassen, an der er eben arbeitete. Er las sie und schüttelte den Kopf und ging seiner Wege, ohne ein Wort zu sagen. Aber am nächsten Sonntag predigte der Adjunkt, und er machte seine Sache gar nicht so übel.

Der alte Propst ging nun daran, den Adjunkten zu erziehen. Er lehrte ihn predigen und die Kirchenbücher führen, aber er versicherte oft und oft, er habe nie eine größere Selbstverleugnung geübt als an dem Tage, an dem er darauf verzichtete, ihn zu verabschieden.

Es ist einleuchtend: wenn es einem klugen alten Manne so schwer fiel, sich mit dem jungen Geistlichen zu befreunden, mußte es doch noch viel schwerer für das Pfarrerstöchterlein sein, das so gefeiert und verwöhnt war und nicht mehr als zwanzig Jahre zählte. Es war ein schöner Sonntagnachmittag mitten im Sommer. Der Pfarrhof war voller Gäste, und sie befanden sich alle auf einer Spazierfahrt durch den großen Schloßwald. Die einzige, die daheim geblieben war, war die Pfarrerstochter. Sie sollte wohl auf das Haus achtgeben, denn auch die Dienstleute hatten Erlaubnis bekommen, auszugehen, so daß kein Knecht und keine Magd daheim weilte.

Der einzige, der nicht fort war, war der Adjunkt, aber die Pfarrerstochter wußte, daß er sich in die Annexgemeinde begeben sollte, um zu predigen. Sie hätte es vermutlich nicht gewagt, allein daheim zu bleiben, wenn sie nicht gewußt hätte, daß er fortgehen mußte.

Aber bevor der Adjunkt in die Kirche ging, wollte er sich mit einem Schluck Dünnbier aus dem Silberbecher erquicken, der immer auf dem Anrichtetisch im Speisesaal stand. Und als er in das Zimmer kam und die Pfarrerstochter da allein fand, da hielt er um sie an.

Sie antwortete ohne Bedenken nein, und er ging seiner Wege, ohne sie zu bitten oder zu drängen. Und die Pfarrerstochter war froh, daß dies Furchtbare jetzt überstanden war.

Sie ging in den Salon und drehte sich dort vor dem Spiegel. Als sie sah, wie fein und leicht und hell sie war, lachte sie über den schwarzen Adjunkten, der geglaubt hatte, er könnte sie bekommen.

Im selben Augenblick zuckte sie ganz erschrocken zusammen. Was hörte sie denn da? Sie lauschte atemlos und angestrengt. Ja, da war bestimmt jemand, der im Nebenzimmer stand und weinte.

Sie vermutete, daß einer von den Gästen nach Hause gekommen war, und ging in den Eßsaal, um nachzusehen, wer es sein mochte. Dort drinnen hörte sie das Weinen sehr deutlich, aber sie sah keine lebende Seele im Zimmer. Der Eßsaal war groß, aber es gab da keine Stelle, wo jemand sich verbergen konnte. Nichtsdestoweniger guckte die Pfarrerstochter unter den Tisch und hinter die Rohrstühle. Sie sah in der Kaminecke nach, im Schrank und hinter den Türen. Es war kein Mensch im Zimmer.

Aber während sie so suchte, hörte sie deutlich, wie jemand weinte. Und das Weinen kam von einer Stelle in der Nähe des Fensters, ungefähr da, wo der Adjunkt gestanden war, als er um sie gefreit hatte.

Die Pfarrerstochter versuchte sich selbst zu sagen, daß dies nur Einbildung sein konnte. Sie biß die Zähne zusammen und näherte sich mutig der Stelle, von der das Weinen ausging, und dachte, jetzt würde es wohl aufhören, aber es war keine Einbildung: das Seufzen und Schluchzen war auch weiter zu hören. Jemand weinte hoffnungslos und verzweifelt, nur zwei

Schritte von ihr entfernt. Es war ein solches Schluchzen, wie wenn ein Mensch sich niederwirft und die Hände vors Gesicht schlägt und sich zu Tode weinen will.

Schließlich hatte sie solche Angst, daß sie sich auf einen Stuhl setzen mußte, um nicht ohnmächtig umzusinken. Und da saß sie eine volle Viertelstunde ganz still und lauschte, wie der Unsichtbare weinte. Sie konnte kein Glied rühren, sie konnte nicht fliehen, sie konnte nicht rufen. Sie saß leichenblaß da, mit verschlungenen Händen, und bei jedem neuen Schluchzen zuckte sie vor Schrecken zusammen.

Ein einzigesmal während dieser ganzen Zeit regte sie sich. Es fiel ihr ein, daß das Weinen von jemandem vor dem Fenster kommen könnte. Sie zwang sich, aufzustehen, das Fenster zu öffnen und hinauszuschauen, aber der ganze Hof lag verödet da, und sie setzte sich wieder.

Es schien ihr, daß der Weinende von härterem Leid gequält sein müsse, als sie sich je hatte vorstellen können. Das war eine Seele, die sich in solcher Angst befand, daß Tod und Vernichtung Balsam für sie gewesen wären. Nichts auf der Welt konnte jemanden trösten, der so weinte.

Zum erstenmal in ihrem Leben begriff sie, was Leiden heißt. Sie hätte mitweinen können, wäre sie nicht vor Schrecken gelähmt gewesen.

Es klang so jammervoll und gequält, als käme es von einer Seele, die aus dem Himmel verwiesen wurde. Dies dauerte, wie gesagt, eine Viertelstunde, bis die Glocke der Annexgemeinde zu läuten begann. Nun hatte der Küster den Adjunkten über den Feldweg herankommen sehen, und da hatte er zu läuten angefangen. Und es fiel ihr ein, daß sie sich gefreut hätte, wenn er gerade jetzt daheim gewesen wäre. Sie wäre glücklich gewesen, wenn sie jemand gehabt hätte, den sie zu sich rufen konnte.

Aber ungefähr zur gleichen Zeit, zu der das Läuten begann, hörte das Weinen auf. Doch – nun begann die Pfarrerstochter zu weinen. Sie war so aufgewühlt, daß sie weinte, bis die Hausgenossen von dem Ausflug zurückkehrten.

»Möchte niemand je um meinetwillen so weinen müssen!« dachte sie. »Möchte ich nie solchen Schmerz verursachen!«

Als sie Wagenräder rollen hörte, lief sie den Heimkehrenden entgegen und wollte natürlich gleich erzählen, was geschehen war. Aber da schlossen sich ihre Lippen, und sie konnte nichts sagen. »Das war für dich«, sagte etwas in ihr, »du und kein anderer solltest es hören.«

Den ganzen Nachmittag hatte sie das Gefühl, daß sie sich in einer anderen

Welt befand. Alles, was man tat, alles, wovon man sprach, schien ihr so seltsam fremd.

Aber plötzlich zuckte sie zusammen und war ganz hellwach. Sie stand gerade in der Küche und hörte die Mägde davon sprechen, daß der Adjunkt an diesem Nachmittag so seltsam gepredigt hatte. Jeder Mensch in der Kirche hätte weinen müssen.

Worüber hatte er gesprochen?

Er hatte von dem Jammer der sündigen Seelen gesprochen, die vom Paradiese ausgeschlossen sind.

Da erschrak die Pfarrerstochter. Sie glaubte, daß eine große Sünde auf ihr lastete, die sie sühnen mußte.

Nach dem Abendbrot, als der Adjunkt gute Nacht gesagt hatte, folgte ihm die Pfarrerstochter in den Vorraum.

»Herr Pastor, um Gotteswillen, sagen Sie mir die Wahrheit!« sagte sie. »Haben Sie heute nachmittag geweint, als Sie zur Kirche gingen?«

»Das habe ich«, sagte er, »ich konnte es nicht lassen.«

Da wußte die Pfarrerstochter, daß er es war, den sie gehört hatte. Es war ein wunderliches Gefühl in ihrem Herzen, als sie begriff, daß seine Liebe zu ihr so groß war, und daß er ein so tiefes Leid über ihre Weigerung empfunden hatte.

Sie fand es unbeschreiblich schön, so sehr geliebt zu werden, und sie dachte nicht mehr an ihre anderen Freier, und es kam ihr auch gar nicht mehr in den Sinn, wie häßlich und arm der Adjunkt war.

»Ich will nicht, Herr Pastor, daß Sie so unglücklich sind«, sagte sie. »Ich will versuchen, Ihnen gut zu sein.«

Das Flaumvögelchen

I

Ich glaube, ich sehe sie vor mir, wie sie wegfuhren. Ganz deutlich sehe ich seinen steifen Zylinder mit der großen geschwungenen Krempe, so wie man sie in den vierziger Jahren trug, seine helle Weste und seine Halsbinde. Ich sehe auch sein schönes, glattrasiertes Gesicht, seinen hohen steifen Kragen und die anmutige Würde in jeder seiner Bewegungen. Er sitzt rechts in der Kutsche und faßt gerade die Zügel zusammen, und neben ihm sitzt das kleine Frauenzimmerchen. Gott segne sie! Sie sehe ich noch deutlicher. Wie auf einem Bilde habe ich das schmale kleine Gesichtchen vor mir und den Hut, der es umschließt und der unter dem Kinn geknüpft ist, das dunkelbraune glattgekämmte Haar und den großen Schal mit den gestickten Seidenblumen. Aber die Kutsche, in der sie fahren, hat natürlich einen Sitz mit grünen gedrechselten Stäbchen, und natürlich ist es das Pferd des Gastwirts, das sie die erste Meile ziehen soll, eins von den kleinen, fetten Braunen.

In sie bin ich vom ersten Augenblicke an verliebt gewesen. Es ist keine Vernunft darin, denn sie ist das unbedeutendste kleine flatternde Dingelchen, aber alle die Blicke zu sehen, die ihr folgen, als sie fortfährt, das hat mich gefangen. Fürs erste sehe ich, wie Vater und Mutter ihr nachschauen, wie sie da in der Tür des Bäckerladens stehen, Vater hat sogar Tränen in den Augen, aber Mutter hat jetzt keine Zeit zum Weinen. Mutter muß ihre Augen benützen, um ihrem Töchterchen nachzusehen, solange sie ihr noch winken kann. Und dann gibt es natürlich fröhliche Grüße von den Kindern des Hintergäßchens und schelmische Blicke von allen den niedlichen Handwerkertöchtern hinter Fenstern und Türspalten, und träumerische Blicke von ein paar jungen Gesellen und Lehrlingen. Aber alle nicken ihr Glückauf und Auf Wiedersehen zu. Und dann kommen unruhige Blicke von armen alten Mütterchen, die herauskommen und knicksen und die Brillen abnehmen, um zu sehen, wie sie in ihrem Staat vorbeifährt. Aber ich kann nicht sehen, daß ihr ein einziger unfreundlicher Blick folgt, nein, nicht so lang die Straße ist.

Als sie nicht mehr zu sehen ist, wischt sich Vater rasch mit dem Ärmel die Tränen aus den Augen.

»Sei nur nicht traurig, Mutter!« sagt er. »Du wirst sehen, daß sie sich zu helfen weiß. Das Flaumvögelchen, Mutter, weiß sich zu helfen, so klein es ist.«

»Vater«, sagt Mutter mit starker Betonung, »du sprichst so seltsam. Warum sollte Anne-Marie sich nicht zu helfen wissen? Sie ist so gut wie irgendeine.«

»Das ist sie freilich, Mutter, aber dennoch, Mutter, dennoch. Nein, wahrhaftig, ich wollte nicht an ihrer Stelle sein und dorthin fahren, wohin sie jetzt fährt! Nein, wahrhaftig nicht!«

»Ei was, wohin solltest du wohl fahren, du häßlicher alter Bäckermeister«, sagt Mutter, die sieht, daß Vater so besorgt um sein Mädchen ist, daß man ihn mit einem kleinen Scherz aufmuntern muß. Und Vater lacht, denn das kommt ihm ebenso leicht an wie das Weinen. Und dann gehen die Alten wieder in den Laden.

Indessen ist das Flaumvögelchen, das kleine Flöckchen, das Seidenblütchen recht guten Muts, wie es da über den Weg fährt. Ein bißchen bange vor dem Bräutigam ist sie freilich noch; aber eigentlich ist das Flaumvögelchen vor allen Menschen ein bißchen bange, und das kommt ihr zugute, denn darum sind alle Menschen nur bestrebt, ihr zu zeigen, daß sie nicht so gefährlich sind.

Nie hat sie solchen Respekt vor Moritz gehabt wie heute. Als sie das Hintergäßchen und alle ihre Freunde hinter sich gelassen haben, findet sie, daß Moritz förmlich zu etwas Großem anschwillt. Der Hut, der Kragen und die Polissons werden ganz steif, und die Krawatte bläht sich. Die Stimme wird ihm gleichsam dick im Halse und kommt nur schwer hervor. Sie fühlt sich dabei ein klein wenig beklommen, aber es ist doch eine Pracht, Moritz so großartig zu sehen.

Moritz ist so klug, er hat so viel zu ermahnen – es ist kaum zu glauben – aber Moritz spricht ihr den ganzen Weg nur Vernunft zu. Aber seht ihr, so ist Moritz. Er fragt das Flaumvögelchen, ob sie auch recht versteht, was diese Reise für ihn bedeutet, ob sie glaubt, daß es sich nur um eine Lustfahrt über die Landstraße handle? Eine sechs Meilen lange Reise in der guten Kutsche, mit dem Bräutigam daneben, das konnte freilich wie eine richtige Lustpartie aussehen. Und man fuhr ja auf einen prächtigen Landsitz, sollte bei einem reichen Onkel zu Gaste sein. Sie glaubte wohl, daß das alles nur ein Spaß war, wie?

Ach wenn er wüßte, daß sie sich gestern auf diese Fahrt in langen Gesprächen mit Mutter vorbereitet hatte, bevor sie sich niederlegten, und mit einer langen Reihe ängstlicher Träume bei Nacht und mit Gebeten und Tränen. Aber sie stellt sich ganz dumm, nur um es desto mehr zu genießen, wie weise Moritz ist. Er liebt es, dies zu zeigen, und sie gönnt es ihm gern, ach wie gern.

»Es ist eigentlich ganz schrecklich, daß du so reizend bist«, sagt Moritz. Denn darum hatte er sie ja lieb gewonnen, und das war doch bei Licht besehen, sehr dumm von ihm. Sein Vater war durchaus nicht damit einverstanden. Und seine Mutter, er durfte gar nicht daran denken, was für Lärm sie geschlagen hatte, als er ihr mitteilte, daß er sich mit einem armen Mädchen aus dem Hintergäßchen verlobt hatte, einem Mädchen, das keine Erziehung und keine Talente hatte und das nicht einmal schön war, nur reizend.

In Moritz' Augen war natürlich die Tochter eines Bäckermeisters ebensogut wie der Sohn des Bürgermeisters, aber nicht alle hatten so freie Anschauungen wie er. Und wenn Moritz nicht seinen reichen Onkel gehabt hätte, dann hätte wohl gar nichts aus der ganzen Sache werden können, denn er, der nur Student war, hatte ja nichts, auf Grund dessen er heiraten konnte. Aber wenn sie nun den Onkel für sich gewinnen konnten, dann war alles gut.

Ich sehe sie so deutlich, wie sie über die Landstraße fahren. Sie macht eine unglückliche kleine Miene, während sie seiner Weisheit lauscht. Aber wie vergnügt sie ist in ihren Gedanken. Wie verständig Moritz ist! Und wenn er davon spricht, welche Opfer er für sie bringt, dann ist das nur seine Art zu sagen, wie lieb er sie hat.

Und wenn sie vielleicht auch erwartet hatte, daß er an einem solchen Tage zu zweien vielleicht ein bißchen anders sein würde, als wenn sie daheim bei Mutter saßen – aber das wäre nicht recht von Moritz gewesen – sie ist doch stolz auf ihn.

Er erzählte ihr gerade, was Onkel für ein Mensch ist. Ein so mächtiger Mann ist er, daß, wenn er sie nur beschützen will, sie allsogleich im Hafen des Glücks landen. Onkel Theodor ist so unglaublich reich. Elf Hochöfen hat er und außerdem Güter und Höfe und Grubenanteile. Und von all dem ist Moritz der direkte Erbe. Aber ein bißchen schwer ist Onkel zu behandeln, wenn es jemand ist, der ihm nicht gefällt. Wenn er mit Moritz' Frau nicht einverstanden ist, kann er alles einem andern hinterlassen.

Das kleine Gesichtchen wird immer farbloser und schmäler, Moritz aber wird immer steifer und schwillt förmlich an. Es ist ja nicht viel Aussicht, daß Anne-Marie Onkel den Kopf so verdrehen kann wie Moritz. Onkel ist ein ganz andrer Mann. Sein Geschmack, ja Moritz hat keine besondre Meinung von seinem Geschmack, aber er glaubt, so irgend etwas recht Lebhaftes, etwas blitzend Rotbäckiges, das müßte Onkel gefallen. Außerdem ist er solch ein eingefleischter Junggeselle – findet, daß Frauenzimmer nur lästig sind. Aber das einzige, was nötig ist, ist ja nur, daß sie Onkel nicht zu sehr mißfällt. Für das übrige will Moritz schon sorgen. Aber sie darf kein Gänschen sein. Weint sie –! Ach, wenn sie nicht mutiger aussieht, wenn sie ankommen, dann wird Onkel ihnen beiden schnurstracks den Laufpaß geben. Sie ist in ihrem eignen Interesse froh, daß Onkel nicht so klug ist wie Moritz. Es kann doch wohl kein Unrecht gegen Moritz sein, zu denken, daß es gut ist, daß Onkel ein ganz andrer Mensch ist wie er. Denn man denke, wenn Moritz Onkel wäre, und zwei arme junge Leutchen kämen zu ihm gefahren, um ihren Lebensunterhalt zu erbitten, dann würde ihnen Moritz, der so verständig ist, sicherlich raten, jeder zu sich nach Hause zu fahren und mit dem Heiraten so lange zu warten, bis sie etwas hätten, wovon sie leben könnten. Obgleich Onkel gewiß in seiner Weise schrecklich war. Er trank so viel und gab so große Feste, bei denen es ganz wild herging. Und er verstand es gar nicht, Haus zu halten. Er konnte glauben, daß alle Menschen ihn betrogen, und ließ sich darüber kein graues Haar wachsen. Und leichtsinnig –! Der Bürgermeister hatte ihm durch Moritz ein paar Aktien einer Unternehmung geschickt, die nicht recht gehen wollten, aber Onkel kaufte sie ihm sicherlich ab, hatte Moritz gesagt. Onkel fragte nicht danach, wofür er sein Geld verschleuderte. Er hatte schon auf dem Markte in der Stadt gestanden und den Gassenjungen Silbermünzen hingestreut. Und in einer Nacht ein paar tausend Reichstaler zu verspielen und seine Pfeife mit Zehnreichstalerbanknoten anzuzünden, das gehörte zu dem Alltäglichsten, was Onkel tat.

So fuhren sie, und so plauderten sie, während sie fuhren.

Gegen Abend kamen sie an. Onkels »Residenz«, wie er zu sagen pflegte, war keine Fabrik. Sie lag fern von allem Kohlenrauch und allen Hammerschlägen auf dem Abhang einer großen Anhöhe, mit einer weiten Aussicht über Seen und langgestreckte Berge. Sie war stattlich angelegt, mit Waldwiesen und Birkenhainen ringsherum, aber es gab so gut wie gar keine Felder, denn die Besitzung war eben kein Landgut, sondern ein Lustschloß.

Das junge Paar fuhr eine Allee aus Birken und Ulmen hinauf. Sie fuhren zuletzt durch ein paar niedrige dichte Tannenhecken, und dann sollten sie in den Hof einschwenken.

Aber gerade da, wo der Weg eine Biegung macht, war eine Triumphpforte errichtet, und da stand Onkel mit seinen Untergebenen und grüßte. Seht, das hätte das Flaumvögelchen niemals von Moritz geglaubt, daß er ihr einen solchen Empfang bereiten würde. Es wurde ihr gleich ganz leicht ums Herz. Und sie faßte seine Hand und drückte sie zum Dank. Mehr konnte sie im Augenblick nicht tun, denn sie waren mitten unter der Triumphpforte.

Und da stand er, der allbekannte Mann, der Gutsherr Theodor Fristedt, groß und schwarzbärtig und strahlend von Wohlwollen. Er schwenkte den Hut und rief hurra, und die ganze Volksschar rief hurra, und Anne-Marie traten die Tränen in die Augen, und zugleich lächelte sie. Und natürlich mußten ihr alle vom ersten Augenblick an gut sein, allein schon wegen der Art, wie sie Moritz ansah. Denn sie dachte ja, daß sie alle seinetwegen da seien, und sie mußte ihre Blicke von dem ganzen Staat abwenden, nur um ihn anzusehen, wie er mit einer großen Geste den Hut abnahm und so schön und königlich grüßte. Ach, was für einen Blick sie ihm da zuwarf! Onkel Theodor blieb fast im Hurra stecken und geriet in einen Fluch, als er ihn sah. Nein, das Flaumvögelchen wünschte gewiß keinem Menschen auf Erden etwas Böses, aber wenn es wirklich so gewesen wäre, daß das Ganze Moritz gehört hätte, so würde es wirklich gut gepaßt haben. Es war weihevoll zu sehen, wie er da auf der Schwelle stand und sich zu den Leuten wendete, um zu danken. Onkel Theodor war ja auch stattlich, aber was hatte er für ein Auftreten gegen Moritz. Er half ihr nur aus dem Wagen und nahm ihren Schal und ihren Hut wie ein Bedienter, während Moritz den Hut von seiner weißen Stirn lüftete und sagte: »Habt Dank, meine Kinder!« Nein, Onkel Theodor hatte wirklich gar kein Benehmen, denn als er jetzt von seinen Onkelrechten Gebrauch machte und sie in die Arme nahm und küßte und merkte, daß sie mitten im Kusse Moritz ansah, da fluchte er wirklich, fluchte sehr häßlich. Das Flaumvögelchen war es nicht gewohnt, jemanden abstoßend zu finden, aber es würde sicherlich kein leichtes Stück Arbeit sein, Onkel Theodor zu gefallen. »Morgen«, sagte Onkel, »gibt es hier große Abendgesellschaft und Ball, aber heute sollen sich die jungen Herrschaften von der Reise ausruhen. Jetzt essen wir nur zu Abend, und dann gehen wir zu Bett.«

Sie werden in einen Salon geführt und dann allein gelassen. Onkel Theodor schießt hinaus wie ein Pfeil. Fünf Minuten später fährt er in seinem großen Wagen die Allee hinab, und der Kutscher fährt so schnell, daß die Pferde wie gespannte Riemen dem Boden entlang liegen. Es vergehen noch fünf Minuten, aber dann ist Onkel wieder da, und jetzt sitzt eine alte Frau neben ihm im Wagen.

Und herein kommt er, am Arme eine freundliche, gesprächige Dame führend, die er »Frau Bergrätin« nennt. Und diese schließt Anne-Marie gleich in die Arme, aber Moritz begrüßt sie etwas steifer. Und das muß sie ja. Niemand kann sich mit Moritz Freiheiten erlauben.

Auf jeden Fall ist Anne-Marie sehr froh, daß diese gesprächige alte Dame gekommen ist. Sie und Onkel haben eine so lustige Art, miteinander zu scherzen. Sie fühlt sich bald ganz wie daheim in dem fremden Hause. Aber dann, als sie sich gegenseitig gute Nacht gesagt haben, und Anne-Marie in ihr kleines Stübchen gekommen ist, geschieht etwas so Peinliches und Ärgerliches.

Onkel und Moritz gehen unten im Garten auf und ab, und das Flaumvögelchen merkt, daß Moritz seine Zukunftspläne auseinandersetzt. Onkel scheint gar nichts zu sagen, er geht nur und köpft mit seinem Stock Grashalme. Aber Moritz wird ihn schon bald zu überzeugen wissen, daß er nichts Besseres tun kann, als Moritz eine Verwalterstelle auf einem seiner Hammerwerke zu geben, wenn er ihm nicht gleich ein ganzes Hammerwerk geben will. Moritz hat so viel Sinn fürs Praktische, seit er sich verliebt hat. Er pflegt oft zu sagen: »Ist es nicht am besten, wenn ich, da ich doch einmal ein großer Gutsbesitzer werden soll, gleich damit anfange, mich in die Dinge einzuarbeiten? Welchen Zweck hat es für mich, das Hofgerichtsexamen zu machen?«

Sie gehen gerade unter ihrem Fenster, und nichts hindert sie, zu sehen, daß sie dort sitzt, aber da sie sich nicht darum kümmern, kann niemand verlangen, daß sie nicht hören soll, was sie sagen. Es ist wirklich ebensosehr ihre Angelegenheit wie die Moritz'.

Da bleibt Onkel Theodor plötzlich stehen, und er sieht böse aus. Er sieht ganz wütend aus, findet sie, und sie ist nahe daran, Moritz zuzurufen, er möge sich in acht nehmen. Aber es ist zu spät, denn schon hat Onkel Theodor Moritz an der Brust gepackt, sein Jabot zerknittert und schüttelt ihn so, daß er sich windet wie ein Aal. Dann schleudert er ihn mit solcher Kraft von sich, daß Moritz nach rückwärts stolpert und gefallen wäre, wenn er sich nicht an einen Baum gestützt hätte. Und da bleibt nun Moritz stehen und sagt: »Wie?« Ja, was sollte er wohl sonst sagen?

Ah, nie hat sie Moritz' Selbstbeherrschung so bewundert. Er stürzt sich nicht auf Onkel Theodor, um mit ihm zu kämpfen. Er sieht nur ruhig überlegen aus, nur unschuldig erstaunt. Sie versteht, daß er sich beherrscht, damit die ganze Reise nicht fruchtlos ist. Er denkt an sie und beherrscht sich.

Armer Moritz, es stellt sich heraus, daß Onkel um ihretwillen auf ihn böse ist. Er fragt, ob Moritz nicht weiß, daß sein Onkel Junggeselle ist und sein Haus ein Junggesellenhaus, daß er seine Braut hergebracht hat, ohne ihre Mutter mitzunehmen. Ihre Mutter – das Flaumvögelchen ist für Moritz beleidigt. Mutter hat es sich doch selbst verbeten und gesagt, daß sie die Bäckerei nicht verlassen könne. Das antwortet auch Moritz, aber sein Onkel läßt keine Entschuldigungen gelten. – Na, und die Bürgermeisterin, die hätte ihrem Sohn wohl den Gefallen tun können. Ja, wenn sie zu hochmütig war, dann hätten sie lieber da bleiben können, wo sie waren. Was würden sie denn jetzt angefangen haben, wenn die Bergrätin nicht hätte kommen können? Und wie konnten denn überhaupt Bräutigam und Braut so zu zweien durchs Land ziehen! – So, so, Moritz sei nicht gefährlich. Nein, das hatte er auch nie geglaubt, aber die Zungen der Leute sind gefährlich. – Na, und dann schließlich noch die Kutsche, dieser alte Rumpelkasten. Hatte Moritz nicht das lächerlichste Vehikel in der ganzen Stadt aufgestöbert? Das Kind sechs Meilen in einer alten Kutsche zu rütteln, und ihn, Onkel Theodor, eine Triumphpforte für solch einen Leiterwagen errichten zu lassen! – Wahrhaftig, er hatte nicht übel Lust, ihn ordentlich bei den Ohren zu nehmen! Onkel Theodor für solch einen alten Karren hurra rufen zu lassen! Er dort unten treibt es gar zu bunt, sie bewundert Moritz, der allem so ruhig standhält. Sie hätte eigentlich nicht übel Lust, sich einzumischen und Moritz zu verteidigen, aber sie glaubt nicht, daß es ihm recht wäre.

Und bevor sie einschläft, liegt sie da und rechnet sich vor, was sie alles hätte sagen wollen, um Moritz zu verteidigen. Dann schläft sie ein und fährt wieder auf, und im Ohr klingt ihr ein altes Rätsel:

Es steht ein Hund auf einem Stein
Und bellt wohl in das Land hinein.
Er hieß wie du, wie er, wie sie.
Wie hieß er doch, so sag doch wie!
Wie hieß der Hund?
Der Hund hieß Wie.

Das Rätsel hatte sie als Kind oft geärgert, solch dummer Hund. Aber jetzt im Halbschlummer vermengt sie den Hund »Wie« mit Moritz, und es kommt ihr vor, als habe der Hund seine weiße Stirn. Dann lacht sie. Das Lachen kommt ihr ebenso leicht an, wie das Weinen. Das hat sie von Vater geerbt.

II

Wie ist »das« gekommen? Das, was sie nicht beim Namen zu nennen wagt.

»Das« ist wohl gekommen wie der Tau ins Gras, wie die Farbe in die Rose, wie die Süßigkeit in die Beere, unmerklich und zart, ohne sich vorher anzukündigen. Es ist ja auch gleichgültig, wie »das« gekommen ist und was »das« ist. Gut oder böse, schön oder häßlich, »das« ist das Verbotene, das es gar nicht geben sollte. »Das« macht sie ängstlich, sündhaft, unglücklich.

An »das« will sie nie mehr denken. »Das« muß ausgerissen und fortgeschleudert werden, und doch ist es nichts, was sich greifen und fangen läßt. Sie verschließt sich davor, und »das« kommt doch herein. »Das« treibt das Blut aus ihren Adern und fließt selbst darin, es treibt die Gedanken aus dem Hirn und regiert dort, es tanzt durch die Nerven und zittert bis in die Fingerspitzen. Es ist überall in ihr. Wenn sie alles fortnehmen könnte, woraus ihr Körper sonst besteht und nur »das« übrig ließe, würde es einen vollen Abdruck von ihr geben. Und dennoch war »das« nichts. Nie will sie an »das« denken, und stets muß sie an »das« denken. Wie ist sie so schlecht geworden. Und dann forscht sie und grübelt, wie »das« gekommen ist. Ach, Flaumvögelchen! Wie weich ist unser Sinn und wie leicht geweckt unser Herz!

Sie war sicher, daß »das« nicht beim Frühstück gekommen war, nein, ganz gewiß nicht beim Frühstück. Da war sie nur ängstlich und scheu gewesen. Es hatte sie so sehr erschüttert, als sie zum Frühstück hinabkam und Moritz nicht vorfand, nur Onkel Theodor und die Bergrätin.

Es war ja nur klug von Moritz gewesen, daß er auf die Jagd gegangen war, obgleich unmöglich herauszufinden war, was er jetzt zur Mitsommerzeit jagte, wie auch die Bergrätin bemerkte. Aber er wußte natürlich, daß er am besten tat, wenn er sich ein paar Stunden von Onkel fern hielt, bis der wieder gut wurde. Er konnte sich ja gewiß gar nicht denken, daß sie so schüchtern war, daß sie beinahe ohnmächtig wurde, als sie ihn nicht vorfand und sich mit Onkel und der Bergrätin allein sah. Moritz war nie schüchtern gewesen. Er wußte nicht, was für eine Qual das war.

Dieses Frühstück, dieses Frühstück! Onkel hatte gleich damit angefangen, die Bergrätin zu fragen, ob sie die Geschichte von Sigrid der Schönen gehört habe. Er fragte nicht das Flaumvögelchen, und sie wäre auch nicht imstande gewesen zu antworten. Die Bergrätin kannte die Geschichte gut, aber er erzählte sie dennoch. Da erinnerte sich Anne-Marie, daß Moritz Onkel ausgelacht hatte, weil er in seinem ganzen Hause nur zwei Bücher habe, und das waren die Sagen von Afzelius und Nösselts »Allgemeine Weltgeschichte für Frauenzimmer«. »Aber die kennt er auch«, hatte Moritz gesagt.

Anne-Marie hatte die Geschichte schön gefunden. Es gefiel ihr, daß Bengt Magnusson Perlen auf den Friesrock nähen ließ. Sie sah Moritz vor sich, wie königlich stolz er ausgesehen haben würde, wenn er befohlen hätte, die Perlen anzunähen. Das war gerade etwas, was Moritz gut zu Gesicht gestanden hätte.

Aber als Onkel in der Geschichte dahin kam, wo erzählt wird, wie Bengt Magnusson in den Wald ritt, um der Begegnung mit seinem erzürnten Bruder auszuweichen und statt dessen seine junge Frau dem Sturm überließ, da wurde es ganz deutlich, daß Onkel verstand, daß Moritz nur auf die Jagd gegangen war, um seinem Zorn auszuweichen, und daß er wußte, wie sie dasaß und daran dachte, ihn zu gewinnen. – – Ja, gestern, da hatten sie freilich Pläne schmieden können, Moritz und sie, wie sie mit Onkel kokettieren sollte, aber heute war kein Gedanke daran, sie auszuführen. Ah, nie hatte sie sich so dumm benommen! Das ganze Blut schoß ihr ins Gesicht, und Messer und Gabel fielen mit gewaltigem Geklapper aus ihren Händen auf den Teller.

Doch Onkel Theodor hatte kein Erbarmen gezeigt, sondern die Geschichte fortgesetzt, bis er zu dem guten Jarlworte kam: »Hätte mein Bruder dies nicht getan, wahrlich, ich tät es selber.« Das hatte er mit so lustigem Tonfall gesagt, daß sie aufsehen und dem Blick seiner lachenden braunen Augen begegnen mußte.

Und als er da die Angst in ihren Augen sah, da hatte er zu lachen angefangen wie ein richtiger Junge. »Was glauben Sie, Frau Bergrätin«, hatte er gerufen, »was Bengt Magnusson sich dachte, als er heimkam und das hörte ›Hätte mein Bruder ...‹, ich denke, das nächste Mal ist er daheim geblieben.«

Dem Flaumvögelchen traten die Tränen in die Augen, und als Onkel dies sah, begann er immer heftiger zu lachen. »Ja, das ist eine schöne Mittlerin, die mein Brudersohn sich da ausgesucht hat«, schien er sagen zu wollen. »Du bist ganz aus der Rolle gefallen, mein kleines Mädchen.« Und jedesmal, wenn sie ihn ansah, hatten die braunen Augen wiederholt: »Hätte mein Bruder dies nicht getan, wahrlich, ich tät es selber.« Eigentlich war das Flaumvögelchen nicht ganz sicher, ob die Augen Brudersohn sagten. Und nun denke man, wie sie sich betragen hatte. Sie hatte laut zu weinen angefangen und war aus dem Zimmer gestürzt. Aber nicht damals war »das« gekommen, auch nicht auf dem Vormittagsspaziergang.

Da handelte es sich um etwas ganz andres. Da war sie ganz hingerissen vor Freude über die schöne Besitzung und darüber, der Natur so nahe zu sein. Es war, als hätte sie etwas wiedergefunden, was sie vor langer, langer Zeit verloren hatte.

Bäckermamsell, Stadtmädchen, ja dafür hielt man sie. Aber als sie den Fuß auf den Kiesweg gesetzt hatte, war sie auf einmal ein Landkind geworden. Sie hatte sogleich erkannt, daß sie aufs Land gehörte.

Als sie sich nur ein wenig beruhigt hatte, hatte sie sich auf eigne Faust herausgewagt, um das Gut zu besichtigen. Sie hatte sich unten auf dem Kiesplatz vor dem Eingang umgesehen. Und ganz von selbst war der Hut auf den Arm gewandert, den Schal warf sie ab und begann sich hin und her zu wiegen. Dann stemmte sie die Hand in die Hüfte und zog Luft in die Lungen ein, daß sich die Nasenflügel zusammenzogen.

Ach, wie beherzt hatte sie sich doch gefühlt!

Sie hatte ein paar Versuche gemacht, ruhig und sittig unten im Garten herumzugehen, aber das hatte sie nicht gelockt. Mit einer raschen Wendung hatte sie sich zu den großen angebauten Wirtschaftsgebäuden begeben. Sie war einer Stallmagd begegnet und hatte ein paar Worte mit ihr gesprochen. Sie war erstaunt zu hören, wie frisch ihre eigne Stimme klang. Und sie fühlte, wie flott es sich ausnahm, wie sie, den Kopf stolz erhoben und zur Seite gewandt, mit raschen nachlässigen Bewegungen, eine kleine sausende Gerte in der Hand, in den Stall trat.

Der war jedoch nicht so, wie sie ihn sich gedacht hatte. Keine langen Reihen gehörnter Wesen gab es da, denen sie imponieren konnte, denn die waren alle draußen auf der Weide. Ein einsames Kälbchen stand da und sah ihr erwartungsvoll entgegen. Sie ging auf das Tierchen zu, stellte sich auf die Zehenspitzen, hielt das Kleid mit der einen Hand gerafft und berührte mit der äußersten Spitze der andern die Stirn des Kalbes.

Da das Kalb aber nicht der Ansicht zu sein schien, daß es damit genug sei, sondern seine lange Zunge herausstreckte, überließ sie ihm gnädigst ihren kleinen Finger zum Ablecken. Aber dabei hatte sie denn doch nicht umhin können, sich umzusehen, gleichsam einen Bewunderer dieser Heldentat suchend, und da hatte sie Onkel Theodor lachend in der Stalltüre stehen sehen.

Dann hatte er sie auf ihrem Spaziergang begleitet. Aber da war »das« gewiß nicht gekommen. Da war nur das höchst Merkwürdige und Seltsame eingetroffen, daß sie vor Onkel Theodor keine Angst mehr hatte. Es war mit ihm wie mit Mutter, er schien alle ihre Fehler und Schwächen zu kennen, und das war ein so beruhigendes Gefühl. Da brauchte man sich nicht besser zu zeigen, als man war.

Onkel Theodor hatte sie in den Garten führen wollen und zu den Terrassen am Teich, aber das war nicht nach ihrem Geschmack. Sie wollte wissen, was in allen diesen großen Gebäuden war.

Da ging er geduldig mit ihr in die Milchkammer und in den Eiskeller, in den Weinkeller und in den Kartoffelkeller. Er nahm alles der Reihe nach durch und zeigte ihr die Speisekammer und die Holzkammer und den Wagenschuppen und die Rollkammer. Dann führte er sie durch den Stall der Arbeitspferde und durch den der Wagenpferde, er ließ sie die Sattelkammer und das Bedientenzimmer sehen und die Knechtestube und die Werkstatt. Sie war ein wenig verwirrt von allen diesen Räumen, die Onkel Theodor nötig gefunden hatte, in seinem Hause einzurichten, aber ihr Herz glühte vor Entzücken bei dem Gedanken, wie herrlich es sein mußte, über dies alles zu walten und zu schalten, so daß sie gar nicht müde wurde, obgleich sie auch die Schafställe und die Schweineställe durchwanderten und zu den Hühnern und den Kaninchen hineinguckten. Sie untersuchte gewissenhaft die Webekammer und die Molkerei, die Räucherkammer und die Schmiede, alles in wachsender Begeisterung. Dann gingen sie über große Dachböden, Trockenböden für Wäsche und Trockenböden für Holz, Heuböden und Böden für trocknes Laub, das die Schafe zu fressen bekommen. Die schlummernde Hausmutter in ihr erwachte beim Anblick dieser Vollkommenheit zu Leben und Bewußtsein. Aber den tiefsten Eindruck machten ihr das große Bräuhaus und die zwei niedlichen Backstuben mit dem weiten Ofen und den großen Tischen.

»Das sollte Mutter sehen«, sagte sie.

Dort in der Backstube hatten sie gesessen und sich ausgeruht, und sie hatte von daheim erzählt. Das konnte sie Onkel gegenüber so leicht. Er war schon wie ein Freund, obwohl seine braunen Augen über alles lachten, was sie sagte.

Daheim war es so still, kein Leben, keine Abwechslung. Sie war als Kind kränklich gewesen, und darum behüteten die Eltern sie so und ließen sie gar nichts tun. Nur zum Spaß durfte sie mit in der Backstube oder im Laden sein ... Und wie sie so erzählte, war es ihr auch herausgerutscht, daß Vater sie sein Flaumvögelchen nannte. In diesem Zusammenhange hatte sie auch gesagt: »Zu Hause verwöhnen sie mich alle, außer Moritz, darum habe ich ihn so lieb. Er geht so klug mit mir um, er nennt mich auch nie Flaumvögelchen, nur Anne-Marie. Moritz ist so vortrefflich.«

Ach, wie es in Onkels Augen tanzt und lacht. Sie hätte ihn mit der Gerte schlagen können. Und sie wiederholte noch einmal mit tränenerstickter Stimme: »Moritz ist so vortrefflich.«

»Ja, ich weiß, ich weiß«, hatte Onkel da geantwortet. »Er soll ja mein Erbe sein.« Worauf sie ausgerufen hatte: »Ach, Onkel Theodor, warum heiraten Sie nicht? Denken Sie doch, wie glücklich das Mädchen sein müßte, das Frau in einem solchen Schlosse wird?«

»Wie stände es dann mit Moritz' Erbe?« hatte Onkel ganz gleichmütig gefragt.

Da war sie für lange Zeit verstummt, denn sie konnte Onkel nicht sagen, daß sie und Moritz nicht nach dem Erbe fragten, denn das taten sie doch gerade. Sie grübelte, ob es sehr häßlich war, daß sie es taten. Sie hatte plötzlich das Gefühl, als müßte sie Onkel um Verzeihung bitten für irgendein großes Unrecht, das sie ihm angetan habe. Aber das konnte sie auch nicht.

Als sie wieder ins Haus kamen, lief ihnen Onkels Hund entgegen. Das war ein kleines, kleines Dingelchen auf den allerschmalsten Beinen, mit wedelnden Ohrläppchen und Gazellenaugen, ein Nichts mit einem kleinen gellenden Stimmchen.

»Du wunderst dich wohl, daß ich einen so kleinen Hund habe«, hatte Onkel Theodor gesagt.

»Ja, wirklich«, hatte sie da geantwortet.

»Aber siehst du, nicht ich habe mir Jenny zum Hund gewählt, sondern Jenny hat mich zum Herrn genommen. Willst du die Geschichte hören, Flaumvögelchen?« Von dem Wort hatte er gleich Besitz ergriffen. Ja, das hatte sie gewollt, obgleich sie sich denken konnte, daß wieder irgendeine Neckerei dahinter steckte.

»Ja, siehst du, als Jenny zum ersten Male herkam, lag sie einer feinen Frau aus der Stadt auf dem Schoße und hatte ein Deckchen auf dem Rücken und ein Tüchlein um den Kopf. Pst, Jenny, es ist wahr, das hattest du! Und ich dachte mir, das ist doch ein wahres Jammertierchen. Aber siehst du, als das Hundeviehchen hier auf den Landboden kam, da müssen irgendwelche Kindheitserinnerungen in ihm erwacht sein. Es kratzte und schlug um sich und wollte durchaus die Decke herunterzerren. Und dann betrug sich Jenny ganz wie die großen Hunde hier, so daß wir sagten, sie müsse ganz gewiß auf dem Lande aufgewachsen sein.

Sie legte sich draußen auf die Schwelle und warf nicht einmal einen Blick auf das Salonsofa, und sie jagte die Hühner und stahl der Katze die Milch und kläffte die Bettler an und fuhr den Pferden an die Beine, als Besuch kam. Wir hatten unsre Lust und Freude daran zu sehen, wie sie sich benahm. Denke dir doch, solch ein kleines Ding, das nur in einem Korb gelegen hat und auf dem Arm getragen wurde. Es war ja wunderlich. – Und dann, weißt du, als sie fortfahren sollten, wollte Jenny nicht mit. Sie stand auf der Treppe und winselte so jämmerlich und sprang an mir hinauf und bettelte förmlich, denke dir nur, bleiben zu dürfen. So wußten wir uns keinen andern Rat, als sie da zu lassen. Wir waren ganz gerührt über dies Hündchen, das so klein war und doch ein richtiger Landhund sein wollte. Aber das hätte ich doch nie geglaubt, daß ich mir noch einmal einen Schoßhund halten würde, vielleicht bekomme ich auch noch bald eine Frau.«

Oh, wie schrecklich ist es doch, wenn man so schüchtern, so unerzogen ist. Sie hätte wohl gerne wissen mögen, ob Onkel sehr erstaunt gewesen war, als sie so ungestüm fortstürzte. Aber es war ganz, als hätte er sie gemeint, als er von Jenny sprach. Und das hatte er vielleicht gar nicht. Aber immerhin – ja, ja, sie war so verlegen gewesen. Sie hatte nicht bleiben können. Aber nicht damals war »das« gekommen, nicht damals.

So war es wohl am Abend, bei dem Ball. Noch nie hatte sie sich so gut auf einem Ball unterhalten! Aber wenn jemand gefragt hätte, ob sie viel getanzt habe, dann hätte sie sich wohl besinnen und sagen müssen, das habe sie nicht. Aber das war eben das beste Zeichen, wie gut sie sich unterhalten hatte, daß sie es gar nicht merkte, daß sie vernachlässigt worden war.

Es war für sie schon eine solche Unterhaltung gewesen, Moritz anzusehen. Gerade weil sie beim Frühstück ein kleines, kleines bißchen streng gegen ihn gewesen war und gestern abend über ihn gelacht hatte, war es ihr eine solche Freude gewesen, ihn auf dem Ball zu sehen. Nie war er ihr so schön und so überlegen vorgekommen.

Er hatte gewiß das Gefühl gehabt, daß sie sich zurückgesetzt fühlte, weil er nicht nur mit ihr gesprochen und getanzt hatte. Aber es hatte ihr genug Vergnügen gemacht, zu sehen, wie beliebt Moritz bei allen war. Als ob sie ihre Liebe zur allgemeinen Betrachtung hätte ausstellen wollen! Ah, so dumm war das Flaumvögelchen nicht!

Moritz tanzte viele Tänze mit der schönen Elisabeth Westling. Aber das hatte sie gar nicht beunruhigt, denn Moritz war immer wieder auf sie zugekommen und hatte geflüstert: »Du siehst, ich kann da nicht nein sagen, wir sind Kindheitsfreunde. Und sie sind es hier auf dem Lande so gar nicht gewöhnt, einen Kavalier zu haben, der in der großen Welt gewesen ist und tanzen und konversieren kann. Du mußt mich heute abend schon den Gutsbesitzerstöchtern leihen, Anne-Marie.«

Aber Onkel ging Moritz gewissermaßen aus dem Wege. »Sei du heut abend Hausherr«, sagte er zu ihm, und das war Moritz. Er kam zu allem, er führte den Tanz an, führte das Trinken an und hielt Reden auf die schöne Gegend und auf die Damen. Er war großartig. Onkel sowohl wie sie hatten die Blicke auf Moritz geheftet, und so hatten sich ihre Blicke getroffen. Da hatte Onkel gelächelt und ihr zugenickt. Onkel war sicherlich stolz auf Moritz. Es hatte sie vorher ein wenig bedrückt, daß Onkel seinen Neffen nicht recht zu schätzen wußte. Gegen Morgen war Onkel recht laut und lärmend geworden. Da hatte er sich am Tanze beteiligen wollen, aber die Mädchen wichen ihm aus, wenn er zu ihnen kam, und taten, als wären sie schon engagiert.

»Tanze mit Anne-Marie«, hatte Moritz zu Onkel Theodor gesagt, und das hatte natürlich ein wenig protegierend geklungen. Sie erschrak so sehr, daß sie förmlich zusammenfuhr.

Onkel war auch verletzt, drehte sich um und ging ins Rauchzimmer.

Aber da war Moritz auf sie zugetreten und hatte mit harter, harter Stimme gesagt:

»Du verdirbst mir aber auch alles, Anne-Marie. Mußt du so ein Gesicht machen, wenn Onkel mit dir tanzen will. Wenn du nur wüßtest, was er mir gestern über dich sagte. Du mußt auch etwas tun, Anne-Marie. Glaubst du, daß es recht ist, alles mir zu überlassen?«

»Was willst du denn, daß ich tun soll, Moritz?«

»Ach, jetzt nichts, jetzt ist der Karren schon verfahren. Denke, was ich heute abend alles gewonnen habe! Aber jetzt ist es verloren.«

»Ich bitte Onkel gern um Entschuldigung, wenn du es willst, Moritz.«

Und sie meinte es auch. Es tat ihr wirklich leid, Onkel verstimmt zu haben.

»Es wäre natürlich das einzig Richtige, aber von jemandem, der so lächerlich schüchtern ist wie du, kann man ja nichts verlangen.«

Da hatte sie nichts geantwortet, sondern war geradeswegs in das Rauchzimmer gegangen, das jetzt beinahe leer war. Onkel hatte sich in einen Lehnstuhl geworfen.

»Warum wollen Sie nicht mit mir tanzen, Onkel?« hatte sie gefragt.

Onkel Theodors Augen waren zugefallen. Er schlug sie auf und sah sie lange an. Es war der schmerzvollste Blick, den sie je gesehen hatte. Sie ahnte nun, wie einem Gefangenen zumute sein mag, wenn er an seine Fesseln denkt. Es sah aus, als sei Onkel sehr, sehr traurig. Als brauchte er sie viel nötiger als Moritz, denn Moritz brauchte niemanden. Er war so prächtig, wie er war. Da legte sie ihre Hand ganz leicht und liebkosend auf Onkel Theodors Arm.

Mit einem Male hatte er frisches Leben in den Augen. Er begann mit seiner großen Hand ihr Haar zu streicheln. »Mütterchen«, sagte er.

Da kam »das« über sie, während er ihr Haar streichelte. Es kam geschlichen, es kam gekrochen, es kam gehuscht und geraschelt, so wie die Heinzelmännchen durch den dunklen Wald ziehen.

III

Eines Abends liegen feine, weiche Wölkchen am Himmel, eines Abends ist es still und lau, eines Abends schweben kleine weiße Fläumchen von Espen und Pappeln durch die Luft.

Es ist schon spät, und niemand ist mehr auf, nur Onkel Theodor, der draußen im Garten umhergeht und überlegt, wie er den jungen Mann und das junge Mädchen voneinander trennen könnte.

Denn nie, nie, in alle Ewigkeit soll es geschehen, daß Moritz an ihrer Seite vom Hofe wegfährt, während Onkel Theodor auf der Schwelle steht und ihnen glückliche Reise wünscht.

Ist es denn überhaupt möglich, sie ziehen zu lassen, nachdem sie drei Tage hindurch das Haus mit zwitschernder Fröhlichkeit erfüllt, nachdem sie ihn in ihrer stillen Weise daran gewöhnt hat, daß sie für alle denkt und sorgt, nachdem er sich daran gewöhnt hat, dies weiche geschmeidige kleine Wesen überall umherstreifen zu sehen. Onkel Theodor sagt zu sich selbst, daß das nicht möglich ist. Er kann sie nicht mehr entbehren.

In demselben Augenblick stößt er an einen abgeblühten Löwenzahn, und wie die Entschlüsse der Menschen und die Versprechungen der Menschen zerstreut sich das weiße Flaumbällchen, und die weißen Federchen fliegen eilig davon und verschwinden.

Die Nacht ist nicht kalt, wie die Nächte in dieser Gegend zu sein pflegen. Die Wärme wird unter der grauen Wolkendecke zurückgehalten. Die Winde zeigen ein seltenes Mal Erbarmen und verhalten sich still. Onkel Theodor sieht sie, das Flaumvögelchen. Sie weint, weil Moritz sie verlassen hat. Aber er zieht sie an sich und küßt die Tränen fort.

Weich und fein fliegen die weißen Fläumchen von den großen reifen Kätzchen der Bäume. So leicht, daß die Luft sie kaum fallen lassen will, so klein und zart, daß sie kaum auf dem Boden sichtbar werden.

Onkel Theodor lacht sich ins Fäustchen, als er an Moritz denkt. In Gedanken tritt er am nächsten Morgen in sein Zimmer, als dieser noch im Bette liegt. »Höre, Moritz«, will er ihm sagen. »Ich möchte dir keine falschen Hoffnungen machen. Wenn du dieses Mädchen heiratest, so hast du keinen Pfennig von mir zu erwarten.

Ich will nicht mit dazu helfen, deine Zukunft zu vernichten.«

»Mißfällt sie Ihnen so sehr, Onkel?« wird Moritz dann fragen.

»Nein, du, im Gegenteil, es ist ein nettes Mädchen, aber doch nichts für dich. Du mußt ein Prachtweib haben wie Elisabeth Westling. Sei nun verständig, Moritz, was wird aus dir, wenn du um dieses Kindes willen deine Studien abbrichst und auf ein Gut gehst. Dazu taugst du nicht, mein Junge. Dazu ist etwas andres nötig, als den Hut schön zu schwingen und zu sagen: ›Habt Dank, meine Kinder!‹ Du bist ja zum Beamten wie geschaffen. Du kannst Minister werden.«

»Wenn Sie eine so gute Meinung von mir haben, Onkel«, antwortet dann Moritz, »so helfen Sie mir doch, mein Examen zu machen, und lassen Sie uns dann heiraten!«

»Nein, das nicht, du, das ganz gewiß nicht. Was, glaubst du, würde aus deiner Karriere werden, wenn du einen solchen Ballast mitschleppen müßtest, wie es eine Frau ist. Das Pferd, das den Brotwagen ziehen muß, galoppiert nicht. Denke dir nun die Bäckermamsell als Ministerfrau! Nein, du darfst dich nicht vor zehn Jahren verloben, nicht bevor du avanciert bist. Was wäre die Folge, wenn ich es euch ermögliche, zu heiraten. Jedes Jahr würdet ihr zu mir kommen und um Geld betteln. Und das würden wir alle bald satt kriegen.«

»Aber Onkel, ich bin doch ein Ehrenmann. Schließlich habe ich mich doch verlobt.«

»Höre mich nun an, Moritz! Was ist besser? Daß sie zehn Jahre herumgeht und auf dich wartet und du sie dann doch nicht heiratest oder daß du gleich ein Ende machst. Nein, sei nun entschlossen, stehe auf, steige in deine alte Kutsche und fahre heim, bevor sie aufwacht. Es schickt sich ja ohnehin nicht, daß Bräutigam und Braut so zu zweien über Land ziehen. Ich werde schon für das Mädchen sorgen, wenn du nur von diesem Wahnwitz abstehst. Die Bergrätin wird sie nach Hause bringen, ich werde den schönsten Wagen anspannen lassen. Du sollst von mir ein Jahresgehalt bekommen, so daß du dir wegen der Zukunft keine Sorgen zu machen brauchst. Sieh mal, sei verständig, du machst deinen Eltern Freude, wenn du mir gehorchst. Reise jetzt ab, ohne sie zu sehen! Ich werde ihr schon Vernunft zusprechen. Sie will gewiß deinem Glück nicht im Wege stehen. Versuche nur nicht, sie zu treffen, ehe du fährst, sonst könntest du wieder schwankend werden, denn sie ist reizend.«

Und nach diesen Worten faßt Moritz einen heldenmütigen Entschluß und reist ab.

Und wenn er fort ist, was wird dann geschehen? Ah, er wird sie darauf vorbereiten, daß Moritz fort ist, ihr zeigen, daß Moritz ihrer nicht würdig war, sie dahin bringen, ihn zu verachten. Und wenn sie sich dann an seiner Brust ausgeweint hat, wird er sie ganz behutsam, ganz vorsichtig verstehen lassen, was er fühlt, sie locken, sie gewinnen.

Die Fläumchen fahren fort zu fallen. Onkel Theodor streckt seine große Hand aus und fängt ein Flöckchen auf.

Wie fein, wie leicht, wie zart! Er bleibt stehen und sieht es an.

Sie fahren fort, rings um ihn zu fallen, Flocke um Flocke. Was wird dann mit ihnen geschehen? Sie werden vom Winde gejagt, von der Erde beschmutzt, von schweren Füßen zertreten werden.

Onkel Theodor ist es, als fielen diese leichten Fläumchen mit der größten Schwere auf ihn nieder. Wer will der Wind, wer will die Erde, wer will die Schuhsohle sein, wenn es diesen Kleinen, diesen Wehrlosen gilt? Und infolge seiner staunenerregenden Kenntnisse in Nösselts Weltgeschichte fällt ihm sofort eine Episode daraus ein, die sich mit seinen Gedanken vergleichen läßt.

Es war anbrechender Morgen, nicht sinkende Nacht wie jetzt. Es war ein Felsenstrand, und unten am Meere saß ein schöner Jüngling mit einem Pantherfell über der Schulter, mit Weinlaub in den Locken, den Thyrsos in der Hand. Wer er war? Ah, Gott Bacchus selbst.

Und der Felsenstrand war Naxos. Was der Gott sah, war Griechenlands Meer. Das Schiff mit den schwarzen Segeln, das rasch zum Horizont entfloh, ward von Theseus gelenkt, und in der Grotte, deren Eingang sich hoch in einem Absatz der steilen Strandberge öffnete, schlummerte Ariadne.

Und in der Nacht hatte der junge Gott gedacht: »Ist wohl der sterbliche Jüngling würdig der himmlischen Maid?« Und um Theseus zu prüfen, hatte er ihn in einem Traume mit dem Verluste des Lebens bedroht, wenn er nicht sogleich Ariadne verließ. Da hatte sich dieser ungesäumt erhoben, war zum Schiffe geeilt und über die Wellen geflohen, ohne auch nur die Jungfrau zu wecken, um ihr Lebewohl zu sagen.

Nun saß Gott Bacchus lächelnd da, von den süßesten Hoffnungen gewiegt und harrte Ariadnes. Die Sonne ging auf, der Morgenwind erhob sich. Er überließ sich lächelnden Träumen. Er würde die Verlassene schon zu trösten wissen, er, Gott Bacchus selbst.

Da kam sie. Mit strahlendem Lächeln trat sie aus der Grotte. Ihre Augen suchten Theseus, sie irrten immer weiter fort, zum Ankerplatz des Schiffes, über die Wellen – zu den schwarzen Segeln –

Und dann mit einem schneidenden Schrei, ohne Besinnung, ohne Zaudern, hinab ins Meer, hinab in Tod und Vergessenheit.

Und da saß nun Gott Bacchus, der Tröster.

So ging es zu. So war es geschehen. Onkel Theodor erinnert sich freilich, daß Nösselt ein paar Worte hinzufügt, daß mitleidige Dichter behaupten, Ariadne hätte sich von Bacchus trösten lassen. Aber die Mitleidigen hatten sicherlich unrecht. Ariadne ließ sich nicht trösten.

Lieber Gott, weil sie so gut und süß ist, daß er sie lieben muß, darum soll sie unglücklich gemacht werden! Zum Lohn für das schöne, sanfte Lächeln, das sie ihm geschenkt hat, weil ihre kleine weiche Hand sich vertrauensvoll in die seine gelegt, weil sie nicht gezürnt hat, wenn er sie neckte, darum soll sie ihren Bräutigam verlieren und unglücklich gemacht werden.

Für welches Verbrechen soll sie verurteilt werden? Weil sie ihn dazu gebracht hat, im Allerinnersten seiner Seele einen Raum zu entdecken, der bis dahin ganz rein und unbesetzt gewesen ist und nur auf solch ein kleines, zartes und mütterliches Frauenwesen gewartet zu haben scheint, oder weil sie schon jetzt über ihn Macht hat, so daß er kaum wagt, einmal zu fluchen, wenn sie es hört. Warum soll sie gestraft werden?

Ach, armer Bacchus, armer Onkel Theodor! Es ist nicht gut, es mit diesen Feinen, Lichten, Daunenweichen zu tun zu haben. – Sie springen ins Meer, wenn sie die schwarzen Segel sehen.

Onkel Theodor flucht in aller Stille darüber, daß das Flaumvögelchen nicht schwarzhaarig, rotwangig, grobgliedrig ist.

Da fällt wieder ein Flöckchen, und es fängt an zu sprechen: »Ich hätte dir all dein Lebtag folgen sollen. Ich hätte dir am Spieltisch eine Warnung ins Ohr geflüstert. Ich hätte das Weinglas fortgerückt. Von mir würdest du es geduldet haben.« – »Das hätte ich«, flüstert er, »das hätte ich.«

Ein andres kommt und spricht ebenfalls: »Ich hätte dein großes Haus regieren und es traulich und warm machen sollen. Ich hätte dich durch die öden Gefilde des Alters geleitet. Ich hätte dein Herdfeuer entzündet, wäre dir Auge und Stab gewesen. Würde ich nicht dazu getaugt haben?« – »Liebes, kleines Fläumchen«, antwortet er, »freilich hättest du das.«

Noch ein Flöckchen kommt geflogen, und es spricht: »Wie bin ich doch zu beklagen. Morgen fährt mein Bräutigam von mir fort, ohne mir auch nur Lebewohl zu sagen. Morgen werde ich weinen, den ganzen Tag weinen, denn ich werde es als solch eine Schmach empfinden, daß ich für Moritz nicht gut genug bin. Und wenn ich heimkomme, wie werde ich da über meines Vaters Schwelle treten können. Das ganze Hintergäßchen entlang wird man flüstern und zischeln, wenn ich mich zeige. Alle werden sich fragen, was ich wohl Böses verbrochen habe, weil ich so schlecht behandelt worden bin. Kann ich dafür, daß du mich liebst?« Er antwortet mit erstickter Stimme: »Sprich nicht so, kleines Fläumchen! Es ist noch zu früh, um so zu sprechen.«

Die ganze Nacht geht er draußen umher, und endlich gegen Mitternacht kommt ein wenig Dunkelheit. Da gerät er in große Angst; diese dumpfe schwüle Luft scheint stille zu stehen, aus Angst vor irgendeiner Missetat, die am Morgen begangen werden soll. Da sucht er die Nacht zu beschwichtigen, indem er ganz laut sagt: »Ich werde es nicht tun.«

Aber da begibt sich das Seltsamste. Die Nacht gerät in solch eine zitternde Angst. Jetzt sind es nicht mehr die kleinen Fläumchen, die fallen, nein, rings um ihn rauschen große und kleine Flügel. Er hört, daß etwas entflieht, aber er weiß nicht, wohin.

Das Fliehende streicht an ihm vorbei, es berührt seine Wange, es streift seine Kleider und seine Hände, und er begreift, was es ist. Es sind die Blätter, die von den Bäumen fallen, die Blumen, die auf ihren Stengeln welken, die Flügel, die von den Schmetterlingen fortfliegen, der Gesang, der die Vögel verläßt.

Und er weiß, wenn die Sonne aufgeht, wird sein Lustgarten ganz verwüstet sein. Leerer, kahler, stummer Winter wird da herrschen, kein Schmetterlingsspiel, kein Vogelgezwitscher.

Er bleibt im Freien, bis das Licht wiederkehrt, und er ist beinahe erstaunt, als er die dunklen Laubmassen der Ahornbäume sieht. »Ja so«, sagt er, »was war es dann, was verwüstet wurde, wenn nicht der Garten? Hier fehlt ja nicht einmal ein Grashälmchen. Potztausend, ich selber bin es, der fortab durch Kälte und Winter wandern muß, nicht der Garten. Es ist, als wäre der ganze Lebensmut entflohen. Ah, du alter Narr, das geht wohl auch vorüber, wie alles andre. Das ist doch wahrlich zu viel Aufhebens um so ein kleines Frauenzimmerchen.«

IV

Wie schrecklich unbescheiden »das« sich an dem Morgen beträgt, an dem sie fortfahren sollen. An den zwei Tagen, die sie nach dem Balle hier gewesen sind, ist »das« eher etwas Anfeuerndes, etwas Belebendes gewesen, aber jetzt, wo das Flaumvögelchen fort soll, wo »das« einsieht, daß es im Ernst aus ist, daß es keine Rolle in ihrem Leben spielen darf, da verwandelt es sich in eine Todesschwere, in eine Todeskälte. Es ist, als müßte sie einen versteinerten Körper über die Treppen hinab ins Frühstückszimmer schleppen. Sie reicht eine schwere kalte Hand aus Stein, als sie grüßt, sie spricht mit einer trägen Steinzunge, sie lächelt mit harten Steinlippen. Das ist eine Arbeit. Aber wer wird sich nicht freuen, wenn er daran denkt, daß alles an diesem Morgen so abgemacht wird, wie es die gute alte Treue und Ehre erfordert.

Onkel Theodor wendet sich beim Frühstück an das Flaumvögelchen und erklärt mit wunderlich ungefüger Stimme, daß er sich entschlossen hat, Moritz die Verwalterstelle in der Laxåhütte zu geben; aber da der genannte junge Mann, fährt Onkel mit einem angestrengten Versuch, seinen gewöhnlichen Gesprächston beizubehalten, fort, in praktischen Beschäftigungen nicht allzu bewandert ist, so kann er den Platz nicht früher antreten, ehe er nicht eine Gattin an seiner Seite hat. Hat sie, Mamsell Flaumvögelchen, ihre Myrte so gut gepflegt, daß sie im September Kranz und Krone tragen kann?

Sie fühlt, wie er dasitzt und ihr ins Gesicht sieht. Sie weiß, daß er einen Blick zum Dank haben will, aber sie sieht nicht auf.

Moritz hingegen springt in die Höhe. Er umarmt Onkel und treibt es ganz schrecklich. »Aber, Anne-Marie, warum dankst du Onkel nicht? Du mußt Onkel Theodor streicheln, Anne-Marie. Die Laxåhütte ist das herrlichste auf der Welt. Nun, Anne-Marie!«

Jetzt schlägt sie die Augen auf. Es stehen Tränen darin, und durch diese fällt auf Moritz ein Blick, voll Angst und Vorwurf. Daß er nicht versteht, daß er durchaus mit bloßem Licht in den Pulverkeller gehen muß.

Dann wendet sie sich an Onkel Theodor, aber nicht in der schüchternen, kindlichen Art wie zuvor, sondern mit einer Grandezza im Benehmen, wie eine gefangene Königin.

»Sie tun zu viel für uns, Onkel«, sagt sie nur.

Damit ist alles nach den Forderungen der Ehre und des Anstandes abgemacht. Es ist kein Wort mehr über die Sache zu verlieren. Er hat ihr nicht den Glauben an den Mann, den sie liebt, geraubt. Sie hat sich nicht verraten. Sie ist dem Manne treu, der sie zu seiner Braut gemacht hat, obgleich sie nur ein armes Mädchen aus einem Bäckerladen im Hintergäßchen ist.

Und jetzt kann der Wagen vorfahren, der Mantelsack geschnürt, der Eßkorb gefüllt werden.

Onkel Theodor steht vom Tisch auf. Er stellt sich an das Fenster. Von dem Moment an, da sie sich mit tränenvollem Blick ihm zugewendet hat, ist er ganz von Sinnen. Er ist ganz toll, imstande, sich auf sie zu stürzen, sie an seine Brust zu ziehen und Moritz zuzurufen, er möge nur kommen und sie von dort losreißen, wenn er es kann.

Er hält die Hände in den Taschen. Die geballten Fäuste zucken krampfhaft.

Kann er es zulassen, daß sie den Hut aufsetzt, daß sie der Bergrätin Lebewohl sagt?

Da steht er wieder auf dem Felsen von Naxos und will die Geliebte stehlen. Nein, nicht stehlen! Warum nicht ehrlich und männlich vortreten und sagen: »Ich bin dein Nebenuhler, Moritz. Deine Braut mag zwischen uns wählen. Ihr seid noch nicht verheiratet, es ist keine Sünde, wenn ich versuche, sie dir abwendig zu machen. Hüte sie wohl, ich will alle Mittel anwenden.«

Dann wäre Moritz gewarnt, und sie wüßte, wonach sie sich zu richten hätte.

Es knackt in den Knöcheln, als er wieder die Fäuste ballt. Wie würde Moritz über den alten Onkel lachen, wenn er vorträte und dies erklärte! Und wozu sollte es dienen? Sollte er sie erschrecken, damit es ihm dann nicht einmal mehr gestattet war, ihnen in Zukunft zu helfen?

Aber wie wird es jetzt gehen, wenn sie herankommt, um ihm Lebewohl zu sagen? Er ist nahe daran, ihr zuzuschreien, sich vor ihm zu hüten und sich drei Schritt entfernt zu halten.

Er bleibt am Fenster stehen und wendet ihnen den Rücken, während sie mit dem Ankleiden und dem Füllen des Eßkorbes beschäftigt sind. Werden sie denn nie fertig? Jetzt hat er es schon tausendmal durchlebt. Er hat ihr die Hand gegeben, sie geküßt, ihr in den Wagen geholfen. Er hat es so oft getan, daß er sie schon fort glaubt.

Er hat ihr auch Glück gewünscht. Glück... Kann sie mit Moritz glücklich werden? Sie hat diesen Morgen nicht glücklich ausgesehen. Oh, doch gewiß. Sie weinte ja vor Freude.

Während er so dasteht, sagt Moritz plötzlich zu Anne-Marie: »Was für ein Dummkopf ich bin. Ich habe ja ganz vergessen, mit Onkel von Papas Aktien zu sprechen.«

»Ich denke, es wäre am besten, du ließest es«, antwortet das Flaumvögelchen. »Es ist vielleicht nicht recht.«

»Ach Unsinn, Anne-Marie. Die Aktien tragen gerade augenblicklich nichts. Aber wer weiß, ob sie nicht eines Tages besser werden? Und übrigens, was macht das Onkel? Solch eine Kleinigkeit...«

Sie unterbricht mit ungewöhnlicher Heftigkeit, beinahe mit Angst. »Ich bitte dich, Moritz, tue es nicht! Laß mich dieses einzige Mal recht behalten.«

Er sieht sie an, ein bißchen verletzt. »Dieses einzige Mal. Als wenn ich dir gegenüber ein Tyrann wäre. Nein, weißt du, das kann ich nicht, schon wegen dieses Wortes finde ich, daß ich nicht nachgeben darf.«

»Hänge dich nicht an ein Wort, Moritz. Hier handelt es sich um mehr als um Höflichkeit und Phrasen. Ich finde es nicht schön von dir, Onkel übervorteilen zu wollen, wo er so gut gegen uns war.«

»Aber ich bitte dich, Anne-Marie! Was verstehst du von Geschäften?« – Sein ganzes Wesen ist noch aufreizend ruhig und überlegen. Er sieht sie an, wie ein Schulmeister einen guten Schüler, der sich gerade am Prüfungstage dumm anstellt.

»Daß du gar nicht verstehst, um was es sich handelt«, ruft sie aus. Und sie ringt verzweifelt die Hände.

»Ich muß wirklich jetzt mit Onkel sprechen«, sagt Moritz, »wenn schon aus keinem andern Grunde, so um ihm zu zeigen, daß es sich hier um keinen Betrug handelt. So wie du dich benimmst, könnte Onkel wirklich glauben, daß wir, mein Vater und ich, ein paar Schurken sind.«

Und er kommt auf Onkel Theodor zu und erklärt ihm, welche Bewandtnis es mit diesen Aktien hat, die sein Vater ihm verkaufen will. Onkel Theodor hört so gut zu, wie er kann. Er versteht sogleich, daß sein Bruder, der Bürgermeister, eine schlechte Spekulation gemacht hat und sich vor Verlusten schützen will. Aber was weiter, was weiter? Solche Gefälligkeiten pflegt er ja der ganzen Familie zu erweisen. Aber eigentlich denkt er nicht daran, sondern an das Flaumvögelchen. Er wüßte zu gern, was in dem empörten Blick liegt, den sie Moritz zuwirft. Liebe ist es gerade nicht.

Und nun, mitten in seiner Verzweiflung über das Opfer, das er bringen mußte, beginnt ein schwacher Hoffnungsstrahl vor ihm aufzudämmern. Er steht da und starrt wie ein Mann, der in einem Zimmer, in dem ein Geist umgeht, liegt und sieht, wie ein heller Nebel aus dem Boden emporsteigt, sich verdichtet und wächst und zu greifbarer Wirklichkeit wird.

»Komm mit mir in mein Zimmer, Moritz«, sagt er, »dann kannst du das Geld gleich haben.«

Aber während er spricht, ruht sein Blick auf dem Flaumvögelchen, um zu sehen, ob »das Geistchen« zum Sprechen bewogen werden kann. Aber noch sieht er sie nur in stummer Verzweiflung.

Doch kaum sitzt er am Pult in seinem Zimmer, als die Türe sich öffnet und Anne-Marie hereinkommt.

»Onkel Theodor«, sagt sie sehr fest und entschlossen, »kaufen Sie doch diese Papiere nicht.«

Ach, welcher Mut, Flaumvögelchen! Wer hätte dir so etwas zugetraut, der dich vor drei Tagen an Moritz' Seite im Wagen sah, wo du bei jedem Wort, das er sagte, zusammenzuschrumpfen und immer kleiner zu werden schienst.

Jetzt braucht sie auch ihren ganzen Mut, denn jetzt wird Moritz ernstlich böse.

»Schweig«, zischt er sie an und brüllt darauf, um von Onkel Theodor, der am Pult sitzt und Banknoten zählt, richtig gehört zu werden. »Was fällt dir denn ein? Die Aktien tragen jetzt keine Zinsen, das habe ich Onkel gesagt, aber Onkel weiß ebenso gut wie ich, daß sie welche tragen werden. Glaubst du, daß Onkel sich so von einem, wie ich, übers Ohr hauen läßt?

Onkel wird von diesen Dingen wohl mehr verstehen als irgend jemand von uns. Ist es je meine Absicht gewesen, diese Aktien für gut auszugeben? Habe ich je etwas anderes gesagt als daß dies für jemanden, der in der Lage ist, zu warten, ein gutes Geschäft werden kann?«

Onkel Theodor sagt nichts, er reicht Moritz nur ein paar Banknoten. Er möchte wissen, ob dies den Geist zum Sprechen bringen wird.

»Onkel«, sagt die kleine, unerbittliche Wahrheitsverkünderin – denn es ist ja eine bekannte Sache, daß niemand unerbittlicher sein kann, als diese Daunenweichen, diese Zartbeseiteten, wenn sie einmal so weit sind – »diese Aktien sind keinen Pfifferling wert und werden nie etwas wert sein. Das wissen wir zu Hause alle.«

»Anne-Marie, du stempelst mich zu einem Schurken –«

Sie fährt mit den Augen über ihn hin, so, als wären ihre Blicke die Schneiden einer Schere, und sie schneidet ihm Lappen um Lappen alles ab, womit sie ihn herausstaffiert hat, und als sie ihn zuletzt in der ganzen Nacktheit seiner Eigenliebe und seines Eigennutzes sieht, fällt ihr schreckliches kleines Zünglein das Urteil über ihn:

»Was bist du denn anderes?«

»Anne-Marie!«

»Ja, was sind wir alle beide anderes«, fährt das unbarmherzige Zünglein fort, das, nun es in Gang ist, es am besten findet, die Dinge klarzulegen, die ihr Gewissen zermartern, seit sie angefangen hat, daran zu denken, daß auch der reiche Mann, dem dieses große Schloß gehört, ein Herz hat, das leiden und sich sehnen kann. Und nun, wo die Zunge so vortrefflich in Gang ist und alle Scheu gewichen zu sein scheint, sagt sie:

»Als wir uns daheim in die Kutsche setzten, was dachten wir da? Wovon sprachen wir auf dem Wege? Wie wir ihn dort für uns gewinnen wollten. ›Du mußt flott sein, Anne-Marie‹, sagtest du. ›Und du mußt schlau sein, Moritz‹, sagte ich. Wir dachten nur daran, uns einzuschmeicheln. Viel wollten wir haben, und nichts wollten wir geben, nichts anderes als Verstellung. Wir wollten nicht sagen: Hilf uns, weil wir arm sind und uns lieb haben, sondern wir wollten schmeicheln und heucheln, bis Onkel in dich oder in mich vernarrt war, das war unsere Absicht. Aber wir wollten nichts zurückgeben, weder Liebe noch Achtung, nicht einmal Dankbarkeit. Und warum bist du nicht allein gefahren, warum mußte ich mit? Du wolltest mich ihm zeigen, du wolltest, daß ich, daß ich ...« Onkel Theodor springt auf, als er sieht, wie Moritz die Hand gegen sie erhebt. Denn jetzt hat er fertig gerechnet und verfolgt das, was geschieht, mit einem Herzen, in dem die Hoffnung wächst. Und es ist, als flöge sein Herz nun weit auf, um sie zu empfangen, als sie jetzt aufschreit und in seine Arme flieht, in seine Arme flieht ohne Zaudern und Bedenken, ganz, als gäbe es keinen anderen Platz auf Erden, zu dem sie fliehen könnte.

»Onkel, er will mich schlagen!«

Und sie schmiegt sich fest, fest an ihn.

Aber Moritz ist jetzt wieder ganz ruhig. »Verzeih meine Heftigkeit, Anne-Marie«, sagt er. »Es regte mich auf, dich in Onkels Gegenwart so kindisch sprechen zu hören. Aber Onkel wird auch verstehen, daß du eben nur ein Kind bist. Dennoch gebe ich zu, daß keine, wenn auch noch so gerechte Empörung einem Manne das Recht gibt, eine Frau zu schlagen. Komm jetzt her und küsse mich. Du brauchst bei niemandem Schutz gegen mich zu suchen.«

Sie rührt sich nicht, sie wendet sich nicht um, sie klammert sich nur fest.

»Flaumvögelchen, soll ich ihn dich nehmen lassen?« flüstert Onkel Theodor.

Und sie antwortet nur mit einem Zittern, das auch seinen ganzen Körper durcheilt.

Aber Onkel Theodor fühlt sich so frisch, so gehoben. Er ist jetzt ganz außerstande, den vollkommenen Neffen wie früher im richtigen Licht seiner Vollkommenheit zu sehen. Er wagt es, mit ihm zu scherzen. »Moritz«, sagt er, »du überraschst mich. Die Liebe macht dich schwach. Kannst du so mir nichts dir nichts verzeihen, daß sie dich einen Schurken nennt? Du mußt sogleich mit ihr brechen. Deine Ehre, Moritz, denke an deine Ehre! Nichts in der Welt kann einer Frau gestatten, einen Mann zu beleidigen. Setze dich in deine Kutsche, mein Junge, und fahre ohne dieses verlorne Wesen von hier fort. Das ist nur Recht und Gerechtigkeit nach einer solchen Beschimpfung.«

Und während er seine Rede beschließt, legt er seine großen Hände um ihr Köpfchen und richtet es empor, so daß er ihre Stirn küssen kann.

»Verlasse dieses verlorene Wesen«, wiederholt er.

Aber jetzt fängt auch Moritz zu verstehen an. Er sieht, wie es in Onkel Theodors Augen funkelt, und wie ein fortwährendes Lächeln um seine Lippen spielt. »Komm, Anne-Marie.«

Sie zuckt zusammen. Jetzt ruft er sie als der, dem sie sich anverlobt hat. Es ist, als müßte sie gehen. Und sie läßt Onkel Theodor so hastig los, daß er es nicht verhindern kann, aber sie kann auch nicht zu Moritz gehen, darum gleitet sie zu Boden, und da bleibt sie sitzen und schluchzt.

»Fahre allein in deinem Leiterwagen nach Hause, Moritz«, sagt Onkel Theodor scharf. »Diese junge Dame ist bis auf weiteres in meinem Hause zu Gast, und ich gedenke sie vor deinen Übergriffen in Schutz zu nehmen.«

Und er denkt nicht mehr an Moritz, sondern ist nur darauf bedacht, sie emporzuziehen, ihre Tränen zu trocknen und ihr zuzuflüstern, daß er sie liebt.

Und Moritz, der sie so sieht, die eine weinend, den andern tröstend, ruft aus: »Ach, das ist alles abgekartet. Ich bin betrogen. Das ist eine Komödie. Man stiehlt mir meine Braut, und man verhöhnt mich obendrein. Man läßt mich nach einer rufen, die gar nicht kommen will. Ich beglückwünsche dich zu diesem Handel, Anne-Marie.«

Und während er hinausstürzt und die Türe zuwirft, ruft er aus: »Glückssucherin!«

Onkel Theodor macht eine Bewegung, wie um ihm nachzueilen und ihn zu züchtigen, aber das Flaumvögelchen hält ihn zurück.

»Ach, Onkel Theodor, laß doch immerhin Moritz das letzte Wort behalten. Moritz hat immer recht. Eine Glückssucherin, das bin ich ja gerade, Onkel Theodor.«

Und sie schmiegt sich wieder an ihn, ohne zu zögern, ohne zu fragen. Und Onkel Theodor ist ganz verwirrt, eben weinte sie noch und jetzt lacht sie, eben sollte sie den einen heiraten und jetzt küßte sie einen andern. Da hebt sie das Köpfchen und lächelt: »Jetzt bin ich dein kleines Hündchen. Du kannst mich nicht loswerden.«

»Flaumvögelchen«, sagt der Gutsherr mit seiner barschesten Stimme. »Das hast du schon die ganze Zeit gewußt.«

Sie begann zu flüstern: »Hätte mein Bruder ...«

»Und du wolltest doch, Flaumvögelchen ... Moritz kann froh sein, daß er dich los wird. Solch ein dummes, lügnerisches, heuchelndes Flaumvögelchen, solch ein ungerechtes, kleines, wetterwendisches Fläumchen, solch ein, solch ein ...«

Ach Flaumvögelchen, ach Seidenblümchen! Du warst wohl nicht nur eine Glückssucherin, du warst wohl auch eine Glücksbringerin, sonst würde wohl nicht so viel von deinem lieblichen Frieden den Platz umschweben, wo du gewohnt hast. Noch heute wird das Haus von großen Ahornbäumen beschattet, und die Birkenstämme stehen weiß und fleckenlos von der Wurzel bis zum Wipfel da. Noch heute sonnt sich die Natter friedlich auf ihrem Hügel, und im Parkteich schwimmt ein Kühling, der so alt ist, daß kein Junge es über das Herz bringt, ihn zu angeln. Und wenn ich hinkomme, da fühle ich, daß Feierfriede in der Luft liegt, und es ist, als sängen Vögel und Blumen noch ihre schönen Lieder dir zum Preise.

Der Hochzeitsmarsch

Nun will ich eine schöne Geschichte erzählen.

Vor vielen Jahren sollte im Kirchspiel Svartsjö in Värmland eine sehr große Hochzeit gefeiert werden. Zuerst die kirchliche Trauung, nachher drei Tage lang eine große Schmauserei. Und an jedem der drei Tage sollte vom frühen Abend bis tief in die Nacht hinein getanzt werden.

Da es soviel Tanz geben sollte, war es natürlich sehr wichtig, einen guten Spielmann herbeizuschaffen. Darüber machte sich der Großbauer Nils Olofson, der die Hochzeit ausrichtete, fast mehr Sorge als über irgend etwas anderes. Den Spielmann, den sie in Svartsjö hatten, wollte er nämlich nicht laden. Der hieß Jan Oester, und der Großbauer wußte wohl, daß Jan in großem Ruf stand; doch der Musikant war so arm, daß er manchmal in zerrissenem Wams und barfuß zum Hochzeitsfest kam. Und einen solchen zerlumpten Kerl wollte der Großbauer nicht an der Spitze des Brautzuges sehen.

Endlich entschloß er sich, einen Boten zu einem Burschen im Jössesprengel zu schicken, der allgemein Spiel-Martin genannt wurde, und ihn zu fragen, ob er kommen und bei der Hochzeit aufspielen wolle.

Spiel-Martin bedachte sich keinen Augenblick, sondern antwortete sogleich, daß er nicht nach Svartsjö fahren und dort spielen wolle, weil in diesem Kirchspiel ein Spielmann wohne, der tüchtiger sei als alle anderen in ganz Värmland. Solange sie den hätten, brauchten sie keinen andern zu laden.

Als Nils Olofson diesen Bescheid erhalten hatte, ließ er sich ein paar Tage Bedenkzeit. Dann schickte er einen Boten zu einem Spielmann, der im Storakilskirchspiel wohnte und Olle aus Säby hieß, und fragte, ob er kommen und zur Hochzeit seiner Tochter aufspielen wolle. Aber Olle aus Säby antwortete wie Spiel-Martin. Er bat, Nils Olofson zu sagen, solange es in Svartsjö einen so vortrefflichen Spielmann gebe wie Jan Oester, werde er dort nicht spielen.

Nils Olofson paßte es nun gar nicht, daß ihm die Spielleute den aufzwingen wollten, den er nicht haben mochte. Er fand, gerade jetzt sei es eine

Ehrensache für ihn, einen anderen Spielmann zu bekommen als Jan Oester.

Ein paar Tage, nachdem er die Antwort von Olle aus Säby erhalten hatte, sandte er seinen Knecht zu dem Spielmann Lars Larson, der auf der Peterswiese im Kirchspiel Ullerud wohnte.

Das war ein wohlbestallter Mann, der einen schönen Hof sein Eigen nannte. Er war klug und bedächtig, kein Brausekopf wie die andern Spielleute. Aber ihm kam, wie den andern, gleich Jan Oester in den Sinn, und er fragte, warum denn der nicht auf der Hochzeit spielen solle. Nils Olofsons Knecht hielt es für das Klügste, zu erwidern, daß Jan Oester in Svartsjö daheim sei, daß man ihn also alle Tage hören könne. Wenn Nils Olofson eine so große Hochzeit ausrichte, wolle er den Leuten etwas Besseres und Selteneres bieten.

»Ich bezweifle, daß er etwas Besseres bekommen kann«, sagte Lars Larson.

»Ach, ihr wollt wohl dasselbe antworten, wie Spiel-Martin und Olle aus Säby«, sagte der Knecht und erzählte, wie es ihm da ergangen war.

Lars Larson hörte die Erzählung des Knechtes aufmerksam an; dann saß er lange schweigend und grübelte. Endlich gab er doch seine Einwilligung. »Bestelle deinem Herrn, daß ich für die Einladung danke und kommen werde«, sagte er zu dem Knecht.

Am nächsten Sonntag fuhr Lars Larson nach der Svartsjöer Kirche. Er fuhr gerade über den Kirchenhügel, als die Hochzeitsschar sich aufzustellen begann, um nach der Kirche zu ziehen. Er kam in seinem eigenen Wagen mit einem guten Pferde gefahren, war in einen schwarzen Tuchanzug gekleidet und nahm die Violine aus einem polierten Futteral. Nils Olofson begrüßte ihn freundlich und dachte bei sich, das sei doch ein Spielmann, mit dem er Ehre einlegen werde.

Gleich nach Lars Larson kam auch Jan Oester, mit der Geige unterm Arm, zur Kirche herauf. Er ging geraden Weges auf die Schar zu, die die Braut umstand, ganz, als sei er geladen, bei der Hochzeit aufzuspielen.

Jan Oester kam in der alten grauen Friesjacke, die man schon seit vielen Jahren an ihm kannte; weil es aber eine so große Hochzeit war, hatte sein Weib versucht, die Löcher an den Ellbogen auszubessern, und große grüne Flicken darauf gesetzt. Jan Oester war ein großer, schöner Kerl und hätte sich stattlich an der Spitze des Hochzeitszuges ausgenommen, wenn er nicht so schlecht gekleidet und sein Gesicht nicht von Sorgen und hartem Kampf mit dem Unglück so zerfurcht gewesen wäre.

Als Lars Larson Jan Oester kommen sah, schien er ein wenig mißmutig. »Ja so, Ihr habt Jan Oester auch herbestellt«, sagte er halblaut zu Nils Olofson. »Na, es kann ja nicht schaden, wenn wir zwei Spielleute sind. Bei einer so großen Hochzeit!«

»Ich habe ihn nicht hergerufen!« beteuerte Nils Olofson. »Ich begreife nicht, warum er gekommen ist. Warte nur: ich will ihn gleich wissen lassen, daß er hier nichts zu suchen hat.«

»Dann hat ihn irgendein Störenfried herbestellt«, sagte Lars Larson. »Aber wenn Ihr meinem Rat folgen wollt, dann tut nichts dergleichen, sondern geht hin und heißt ihn willkommen. Ich habe gehört, er sei ein jähzorniger Bursche, und niemand kann wissen, ob er nicht Zank und Händel anstiften würde, wenn Ihr ihm sagtet, daß er nicht geladen ist.«

Das sah auch der Großbauer ein. Jetzt, da der Hochzeitszug sich gerade auf dem Kirchenhügel ordnete, durfte es keinen Zank geben. Nils ging deshalb auf Jan Oester zu und hieß ihn willkommen. Darauf stellten sich die beiden Spielleute an die Spitze des Zuges. Das Brautpaar ging unter dem Baldachin, die Ehrenjungfrauen und Führer der Braut folgten, Paar hinter Paar, dann kamen die Eltern und die Verwandten. Ein langer, ansehnlicher Zug. Als alles bereit war, ging ein Brautführer zu den Musikanten und bat sie, den Hochzeitsmarsch anzustimmen. Beide Spielleute setzten die Geigen ans Kinn, aber weiter kamen sie nicht: so blieben sie stehen. Es war nämlich ein alter Brauch in Svartsjö, daß der vornehmste der Spielleute den Hochzeitsmarsch anstimmte.

Der Brautführer sah Lars Larson an, als erwarte er, daß er anfange. Doch Lars Larson sah Jan Oester an und sagte: »Jan Oester muß anfangen.« Jan Oester konnte aber nicht begreifen, daß der andre, der so fein gekleidet war wie nur irgendein vornehmer Herr, nicht mehr sein solle, als er, der in seinem zerrissenen Frieskittel aus der elenden Hütte kam, aus Armut und Not.

»Nein! Um Gottes willen!« sagte er nur. »Nein! Um Gottes willen!« Er sah, wie der Bräutigam den Arm ausstreckte, Lars Larson anstieß und rief: »Lars Larson soll anfangen!«

Als Jan Oester den Bräutigam das sagen hörte, nahm er sogleich die Geige vom Kinn und trat einen Schritt zurück. Lars Larson rührte sich aber nicht vom Fleck, sondern blieb ruhig und selbstzufrieden auf seinem Platz stehen. Aber auch er hob den Bogen nicht.

»Jan Oester soll anfangen«, wiederholte er. Er sagte die Worte eigensinnig und beharrlich wie einer, der gewohnt ist, seinen Willen durchzusetzen.

Im Hochzeitszug entstand Unruhe über die Verzögerung. Der Brautvater kam heran und bat Lars Larson, anzufangen. Der Küster wäre schon in die Kirchentür getreten und winke ihnen, sich zu sputen. Der Geistliche stünde schon am Altar und warte.

»Dann mußt du Jan Oester bitten, daß er zu spielen anfängt«, sagte Lars Larson. »Wir Spielleute halten ihn nun einmal für den Tüchtigsten unter uns.«

»Das mag wohl sein«, sagte der Bauer, »aber wir Bauern halten wieder dich, Lars Larson, für den trefflichsten.«

Auch die andern Bauern versammelten sich um sie. »Fangt nun an!« sagten sie; »der Pfarrer wartet schon. Die Gemeinde lacht uns ja aus.«

Lars Larson stand ebenso hartnäckig und unerschütterlich da wie zuvor. »Ich verstehe nicht, warum die Leute dieses Kirchspiels durchaus nicht wollen, daß ihr eigener Spielmann über alle andern gestellt wird«, sagte er.

Nils Olofson raste vor Wut darüber, daß alle sich verschworen hatten, ihm Jan Oester aufzuzwingen. Er trat dicht an Lars Larson heran und flüsterte: »Jetzt merke ich, daß du es bist, der Jan Oester gerufen hat, und daß du das Ganze angezettelt hast, um ihn zu ehren. Aber nun spute dich und fange zu spielen an, sonst jage ich den Lumpenkerl mit Schimpf und Schande vom Kirchenhügel fort.«

Lars Larson sah ihm gerade ins Gesicht und nickte ihm zu, ohne den geringsten Groll zu zeigen. »Ja, ihr habt recht«, antwortete er. »Das muß ein Ende nehmen.« Er winkte Jan Oester, an seinen früheren Platz zurückzukehren. Hierauf ging er selbst ein paar Schritte vor und drehte sich um, so daß alle ihn sehen konnten. Dann schleuderte er den Bogen weit von sich, zog sein Messer aus der Tasche und schnitt alle vier Geigensaiten durch; sie sprangen mit scharfem Klang.

»Man soll nicht von mir sagen, daß ich mich mehr dünke als Jan Oester«, rief er.

Mit Jan Oester aber verhielt es sich so: Seit drei Jahren ging er einher und grübelte über eine Weise, von der er fühlte, daß sie in ihm lebe, die er aber nicht über die Seiten brachte, weil er daheim immer von grauen Sorgen bedrückt war und ihm nie etwas widerfuhr, das ihn über die tägliche Plage hinausheben konnte. Als er jetzt Lars Larsons Saiten springen hörte, warf er den Kopf zurück und sog die Luft in tiefen Zügen ein. Seine Gesichtszüge waren gespannt, als lausche er Tönen, die aus weiter, weiter Ferne zu ihm klängen. Dann begann er zu spielen. Die Weise, über die er drei Jahre gegrübelt hatte, stand auf einmal klar vor ihm; und während sie ertönte, ging er mit stolzen Schritten zur Kirche hinab. Nie zuvor hatte die Hochzeitsschar solche Weise vernommen. Sie zog sie so unwiderstehlich mit sich fort, daß niemand stehenbleiben konnte.

Und alle waren so froh über Jan Oester und Lars Larson, daß der ganze Hochzeitszug mit feuchten Augen in die Kirche kam.

Der Sonnenfinsternistag

Da waren Stina vom oberen Eck und Lina vom Vogelhäusel und Kajsa vom Moorhof und Maja von der Hochalp und Beda vom Finnenwinkel und Elin, die neue Hausmutter im alten Soldatenquartier, und zwei oder drei andere alte Weiber.

Die wohnten alle miteinander am äußersten Ende des Kirchspieles, unter der Hochalp, in einer Gegend, die so steinig und unfruchtbar war, daß keiner der Großbauern daran gedacht hatte, die Hand darauf zu legen. Eine der Frauen hatte ihre Hütte auf einer kahlen Berghalde liegen, eine andere am äußersten Rande eines Moors, eine dritte hatte sie auf einem Hügel stehen, der so steil war, daß es schon eine rechte Arbeit war, hinaufzuklettern. Und wenn schon eine von den anderen ihre Hütte auf besserem Grunde errichtet hatte, so konnte man sicher sein, daß sie dafür so dicht unter der Hochalp lag, daß sie ihnen ganz die Sonne verdeckte, vom Herbstmarkt bis zu Mariä Verkündigung.

Und alle, wie sie da waren, hatten sie sich dicht neben der Hütte ein kleines Kartoffelfeld angelegt. Es war mit großer Mühe und Beschwerde geschehen, denn wenn es wahr ist, daß es dort unter dem Berge viele verschiedene Arten von Erde gibt, so ist es auch wahr, daß sie alle schwer dazu zu bringen waren, Frucht zu tragen. Manche der Frauen hatten erst so viel Steine aus dem Acker jäten müssen, daß es für einen herrschaftlichen Stall gelangt hätte, andere hatten die Deiche so tief graben müssen wie Gräber, andere mußten die Erde Sack um Sack herbeischleppen und sie auf dem nackten Fels ausbreiten. Die es am besten hatten, mußten früh und spät gegen Unkraut und Disteln ankämpfen, die mit einer Kraft und Üppigkeit an die Höhe schossen, als glaubten sie, daß das ganze Kartoffelfeld eigens für sie angelegt sei.

Alle diese Frauen saßen allein in ihren Stuben, so lange der Tag war. Denn wenn sie auch einen Mann hatten, so ging er doch jeden Morgen in die Arbeit, und die Kinder gingen zur Schule. Einige von ihnen waren alt und hatten erwachsene Kinder, aber die waren nach Amerika gezogen. Einige hatten kleine Kinder, und die blieben wohl den ganzen Tag daheim, aber die konnte man ja nicht als Gesellschaft rechnen. So einsam, wie sie in ihren Stuben saßen, war es beinahe notwendig für sie, sich ab und zu einmal bei ein paar Tassen Kaffee zu treffen. Nicht, daß sie gerade immer so eines Sinnes gewesen wären oder gar so große Liebe füreinander gehegt hätten. Aber manche von ihnen wollten doch gern wissen, was die anderen trieben, und manche, die ganz unter dem Berge hausten, wurden schwermütig, wenn sie nicht ab und zu mit anderen Menschen sprechen konnten. Manche mußten ihr Herz ausschütten und von dem letzten Brief aus Amerika erzählen, und andere wiederum waren von Natur aus lustig und gesprächig, und sehnten sich nach einer Gelegenheit, so große und gute Gottesgaben zu betätigen.

Es bot ja auch keine Schwierigkeit, ein Kaffeekränzchen zu veranstalten. Kaffeemaschinen und Tassen hatten sie alle, und Sahne konnte man im Herrenhof kaufen, wenn man keine eigene Kuh zum Melken hatte. Backwerk konnte man mit dem Meiereiwägelchen aus der Stadt vom Bäcker holen lassen, und Landkrämer, die Kaffee und Zucker verkauften, gab es überall. Nein, ein Kaffeefest auszurichten, das war die leichteste Sache der Welt. Schwer war es nur, einen Anlaß zu finden.

Denn alle, Stina vom oberen Eck und Kajsa vom Moorhof und Maja von der Hochalp und Lina vom Vogelhäusel und Beda vom Finnenwinkel und Elin, die neue Hausfrau im alten Soldatenquartier und die zwei oder drei anderen Alten waren einig darüber: mitten am blanken Werktag geht es nicht an, ein Kaffeefest zu geben. Wenn man die Zeit, die das Kostbare ist, das nicht wiederkehrt, so übel anwendet, kann man ja rein in schlechten Ruf kommen.

Und ebenso waren sie ganz einig, daß es nicht angehe, am Sonntag oder an einem hohen Feiertag eine Kaffeegesellschaft abzuhalten. Denn da hatten die Verheirateten Mann und Kinder daheim, so daß sie ohnehin Gesellschaft genug hatten. Und andere wollten in die Kirche oder ins Bethaus gehen, einige wollten gern Besuch bei Verwandten machen, und einige wieder wollten es den ganzen Tag mäuschenstill in der Stube haben, damit sie so recht das Gefühl hatten, daß es Feiertag war.

Desto mehr mußte man bestrebt sein, alle anderen Gelegenheiten wahrzunehmen. Die meisten pflegten an ihren Namenstagen einzuladen. Andere feierten das große Ereignis, daß das Kleinste den ersten Zahn bekam oder die ersten Schritte gehen lernte. Für die, die Geldbriefe aus Amerika zu bekommen pflegten, war dies ja ein passender Anlaß, und ebenso ging es ja sehr wohl, die Nachbarinnen zusammen zu laden, um sich beim Stricken einer Decke oder beim Aufziehen eines Gewebes etwas helfen zu lassen.

Aber dessen ungeachtet gab es lange nicht so viele Anlässe, als nötig gewesen wären. Und in einem Jahre begab es sich, daß eine der Alten ganz und gar ratlos war und sich nicht zu helfen wußte. Sie wußte, daß nun an ihr die Reihe war, ihre Nachbarinnen zu sich zu bitten, sie wollte auch nur zu gern ihre Pflicht erfüllen, aber sie konnte sich rein gar nichts ausdenken, das sie hätte feiern können.

Ihren eigenen Namenstag konnte sie nicht feiern, denn sie hieß Beda, und das war aus dem Kalender gestrichen, und einen anderen konnte sie auch nicht feiern, denn sie hatte all die Ihren auf dem Kirchhof. Sie war sehr alt, und die Decke, unter der sie lag, reichte sicherlich ihr Leben lang, und Briefe bekam sie keine. Sie hatte eine Katze bei sich in der Stube, und die hatte sie freilich sehr lieb, auch ist es wahr, daß sie ebensogut Kaffee trinken konnte wie sie selbst, aber sie konnte sich doch nicht entschließen, ein Fest für die Katze zu veranstalten.

Während sie so grübelnd umherging, las sie einmal ums andere in ihrem Kalender, denn sie meinte, daß sie daraus in so schwieriger Lage vielleicht einen guten Rat holen könnte. Sie fing beim Anfang an, mit dem Königshaus und der Erklärung der Zeichen, und las bis zu den Märkten des Jahres 1912 und den Postsendungen. Einmal ums andere las sie das Buch durch, ohne etwas zu finden, aber dann begann sie wieder von vorn, so als wüßte sie, daß die Hilfe doch von dort kommen würde.

Als sie zum sechstenmal das Buch durchlas, blieben ihre Blicke an Sonnen- und Mondfinsternissen haften. Da las sie, daß in dem Jahre des Heiles, das das neunzehnhundertundzwölfte nach Christi Geburt war, am 17. April eine Sonnenfinsternis eintreten würde. Sie würde um ein Uhr zwanzig Minuten nachmittags beginnen und um zwei Uhr neunundvierzig Minuten nachmittags enden und neun Zehntel des Sonnendurchmessers umfassen.

Dies hatte sie schon mehrmals gelesen, ohne darauf zu achten. Aber jetzt wurde es mit einemmal schimmernd klar in ihr. »Nun weiß ich, wie ich es machen muß«, dachte sie.

Aber nur einen Augenblick war sie ihrer Sache sicher. Gleich darauf wies sie den Gedanken wieder von sich. Sie hatte Angst, daß alle die anderen sie auslachen könnten.

Aber in den folgenden Tagen erinnerte sie sich immer wieder daran, was ihr beim Lesen des Kalenders eingefallen war, und schließlich begann sie zu erwägen, ob sie sich nicht doch an die Sache wagen sollte.

Denn wenn sie es so recht bedachte: was für einen Freund hatte sie auf der Welt, den sie lieber mochte als die Sonne? Die Hütte lag so, daß im Winter kein Sonnenstrahl hineinfiel, da ging sie herum und zählte nur immer die Tage bis zum Frühling, wo die Sonne wieder zu ihr zurückkehrte. Die Sonne war doch die einzige, nach der sie sich sehnte, die einzige, die immer sanft und hold gegen sie war, und von der sie nicht genug haben konnte. Sie fühlte sich alt, und sie war alt. Die Hände zitterten ihr, als ginge sie in beständigen Fieberschauern herum. Wenn sie in den Spiegel sah, da fand sie sich so weiß und farblos, als hätte sie auf der Bleiche gelegen. Nur wenn sie in starkem, warmem, reich strömendem Sonnenschein stand, hatte sie das Gefühl, daß sie eine Lebende war und nicht ein wandelnder Leichnam.

Je mehr sie an die Sache dachte, desto sicherer wurde sie, daß es keinen Tag im ganzen Jahre gab, den sie lieber feiern wollte, als diesen, wo ihre Freundin, die Sonne, mit dem Dunkel kämpfen und nach herrlichem Sieg in neuer, strahlender Pracht aufgehen sollte.

Es war nicht mehr weit bis zum 17. April, aber sie hatte doch noch Zeit, zu einem Kaffeefest zu rüsten. Und als der Sonnenfinsternistag kam, da saßen alle, Stina und Lina und Kajsa und Maja und all die anderen, bei Beda im Finnenwinkel und tranken Kaffee. Sie tranken zweiten Nachguß und dritten Nachguß, und sie sprachen über alles mögliche, unter anderem auch darüber, daß sie gar nicht wüßten, warum Beda dieses Fest gab. Und unterdessen ging die Sonnenfinsternis ihren regelrechten Gang, aber sie dachten weiter nicht viel daran. Nur einen Augenblick, als sie auf ihrem Höhepunkt war, als der Himmel schwarzgrau wurde und alles in der Natur einen bleifarbenen Überzug zu haben schien und ein heulender Wind herangesaust kam, der den Klang der Posaunen des Jüngsten Gerichtes und des Weltuntergangs hatte, da wurde ihnen doch recht gruselig zumute, aber dann schenkten sie sich eine frische Tasse Kaffee ein, und es ging vorüber.

Als das Ganze vorbei war und die Sonne im Kampf gesiegt hatte und so blinkend froh am Himmel strahlte, da sahen sie, wie die alte Beda ans Fenster trat und mit gefalteten Händen stehen blieb. Sie blickte über den sonnenbeschienenen Berghang hin, und dann begann sie zu singen:

»Die goldne Sonne zeiget sich
Am blauen Himmelszelt.
Aus frohem Herzen preise ich
Dich, Gott und Herr der Welt.«

Dünn und durchsichtig stand sie am Fenster, aber während sie so sang, umspielten sie die Sonnenstrahlen so, als wollten sie ihr von ihrem Leben, ihrer Farbe und ihrer Kraft geben.

Als sie den Psalmvers beendigt hatte, sah sie die anderen an und sagte gleichsam entschuldigend:

»Seht ihr, ich habe doch keine bessere Freundin als die Sonne, und darum wollte ich das Fest am Sonnenfinsternistag geben. Ich wollte, daß wir alle zusammenkommen, um sie willkommen zu heißen, wenn sie aus dem Dunkel tritt.«

Nun begriffen alle die Absicht der Alten. Sie waren gerührt und fingen an, gut von der Sonne zu reden. Sie sagten von ihr, daß sie gleich gut gegen arm und reich sei. Wenn sie an einem Wintertag in eine Hütte komme, dann sei das ebenso schön wie ein Herdfeuer, und wenn sie nur scheine, sei es eine Lust zu leben, was für Sorgen man auch zu tragen habe.

Als sie von dem Fest heimgingen, da waren sie alle miteinander fröhlich und vergnügt. Sie fühlten sich reicher und geborgener, weil sie auf den Gedanken gekommen waren, welch gute und treue Freundin sie doch an der Sonne hatten.

Aber weil dies eine große Sonnenfinsternis war, bei der ganze neun Zehntel der Sonnenscheibe verdeckt waren, erregte sie überall, wo sie sichtbar wurde, großes Aufsehen. Gelehrte Forscher zogen mit ihren Instrumenten aus, um zu messen und zu rechnen. Gewöhnliche Leute schwärzten Gläser und Operngucker und standen lange da und guckten die Sonne an. Die Schulkinder durften die Klassenzimmer verlassen, damit sie sich an der Sonnenfinsternis satt sehen konnten. Die Zeitungen brachten lange Berichte, wie der Himmel seine Farbe verändert hatte, wie der Vogelgesang verstummt war und wie dunkel es gewesen war, als sie ihren Höhepunkt erreichte.

Aber wieviel Aufsehen es auch der Sonnenfinsternis wegen gab, so habe ich doch nicht gehört, daß irgend jemand ein Fest veranstaltet hätte, um die Sonne zu feiern, als sie siegreich aus der Verdunkelung trat – außer der alten Beda im Finnenwinkel.

Waldemar Attertag brandschatzt Visby

In jenem Frühling, als Hellquists großes Bild »Waldemar Attertag brandschatzt Visby« im Kunstverein ausgestellt war, kam ich an einem stillen Vormittag hinauf, ohne zu ahnen, daß dieses Kunstwerk sich da befand. Die große, farbenreiche Leinwand mit den vielen Gestalten machte schon beim ersten Anblick einen außerordentlichen Eindruck. Ich konnte kein andres Bild ansehen, sondern ging geradewegs auf dieses zu, setzte mich nieder und versank in stille Betrachtung. Eine halbe Stunde lang lebte ich das Leben des Mittelalters.

Bald war ich mitten in der Szene, die sich auf dem Marktplatz von Visby abspielte. Ich sah die Bierbottiche, die sich mit dem goldnen Trank zu füllen begannen, den König Waldemar begehrt, und die Gruppen, die sich rings um sie ansammelten. Ich sah den reichen Kaufherrn mit dem Pagen, der unter seinen Gold- und Silberschüsseln fast zusammenbricht, den jungen Bürger, der die Faust gegen den König ballt, den Mönch mit dem scharfen Antlitz, das forschend die Majestät betrachtet, den zerlumpten Bettler, der sein Scherflein opfert, die Frau, die neben der einen Kufe hingesunken ist, den König auf seinem Thron, das Kriegsheer, das sich aus dem schmalen Gäßchen heranwälzt, die hohen Hausgiebel und die zerstreuten Gruppen trotziger Soldaten und halsstarriger Bürger.

Aber plötzlich merkte ich, daß die Hauptgestalt des Bildes nicht der König ist, nicht einer der Bürger, sondern der eine der eisengepanzerten Schildträger des Königs, der mit dem gesenkten Visier.

In diese Gestalt hat der Künstler eine seltsame Kraft gelegt. Man sieht nicht das geringste von ihm selbst, der ganze Mann ist Eisen und Stahl, und doch macht er den Eindruck, der wahre Herr der Lage zu sein.

»Ich bin die Gewalt, ich bin die Raublust«, sagt er. »Ich bin es, der Visby brandschatzt. Ich bin kein Mensch, ich bin nur Eisen und Stahl. Ich habe meine Lust an Qualen und Grausamkeit. Mögen sie einander nur peinigen. Heute bin ich der Herr auf dem Marktplatz zu Visby.«

»Sieh«, spricht er zu dem Betrachter, »kannst du nicht sehen, daß ich hier Herr bin? Soweit dein Auge reicht, gibt es nichts andres als Menschen, die einander quälen. Seufzend kommen die Besiegten und liefern ihr Gold aus. Sie hassen und drohen, aber sie gehorchen. Und die Begierde der Siegesherren wird immer wilder, je mehr Gold sie hervorpressen können. Was sind Dänemarks König und seine Soldaten andres als meine Diener, wenigstens für diesen Tag? Morgen werden sie zur Kirche gehen oder in friedlicher Zwiesprache in den Schenken sitzen oder vielleicht auch gute Väter sein im eignen Heim, doch heute dienen sie mir, heute sind sie Bösewichte und Gewalttäter.«

Und je länger man ihm zuhört, desto besser versteht man, was das Bild ist: nichts andres als eine Illustration der alten Mär, wie Menschen einander quälen können. Kein versöhnender Zug ist da, nur grausame Gewalt. Und trotziger Haß und hoffnungsloses Leiden.

Es ist doch so, daß diese drei Bräukufen gefüllt werden müssen, damit Visby nicht geplündert und eingeäschert werde. Warum kommen sie nicht, diese Hanseaten, in flammender Begeisterung? Warum kommen die Frauen nicht herangeeilt mit ihren Geschmeiden, der Trinker mit seinem Becher, der Priester mit dem Reliquienschrein, eifrig, glühend von Opfermut? »Für dich, für dich, unsre geliebte Stadt! Wozu uns Krieger schicken, wenn es sich um dich handelt! Oh, Visby, unsre Mutter, unser Ruhm! Nimm zurück, was du uns gegeben hast!«

Aber so wollte der Maler es nicht sehen, und so war es auch nicht. Keine Begeisterung, nur Zwang, nur gebändigter Trotz, nur Jammer. Das Gold ist ihnen alles, Frauen und Männer seufzen über dies Gold, von dem sie sich trennen müssen.

»Sieh sie an!« spricht die Gewalt, die auf den Stufen des Thrones steht. »Es geht ihnen tief zu Herzen, Opfer zu bringen. Mag, wer da will, mit ihnen Mitleid haben! Geizig, gewinnsüchtig, übermütig sind sie! Sie sind um nichts besser als der gierige Räuber, den ich gegen sie ausgesandt habe.«

Eine Frau ist vor der Tonne zusammengebrochen. Macht es ihr so großes Leid, ihr Gold herzugeben? Oder ist sie vielleicht die Schuldige? Ist sie die Urheberin des Jammers? Ist sie die, welche die Stadt verraten hat? Ja, sie ist es, die König Waldemars Liebste gewesen. Es ist Jung-Hansens Tochter.

Sie weiß wohl, daß sie ihr Gold nicht auszuliefern braucht. Ihres Vaters Haus wird dennoch nicht geplündert, aber sie hat zusammengerafft, was sie besitzt und bringt es herbei. Auf dem Marktplatz angelangt, ist sie von all dem Elend, das sie gesehen, überwältigt worden und in grenzenloser Verzweiflung zu Boden gesunken.

Frisch und fröhlich war er gewesen, der junge Goldschmiedegeselle, der voriges Jahr in ihres Vaters Haus diente. Herrlich war es, an seiner Seite über diesen Marktplatz zu wandern, wenn der Mond hinter den Giebeln hinaufstieg und den Glanz von Visby beleuchtete. Stolz war sie auf ihn gewesen, stolz auf ihren Vater, stolz auf ihre Stadt. Und nun liegt sie da, von Jammer gebrochen. Unschuldig und doch schuldig! Er, der kalt und grausam auf dem Throne sitzt und alle diese Verheerung über die Stadt gebracht hat, ist er derselbe, der ihr zärtliche Worte zugeflüstert hat? Schlich sie sich zum Stelldichein mit ihm, als sie in der vorigen Nacht ihres Vaters Schlüssel stahl und das Stadttor öffnete? Und als sie ihren Goldschmiedegesellen als einen gewappneten Ritter traf mit einem stahlgepanzerten Heere hinter sich, was dachte sie da? Wurde sie nicht wahnsinnig, als sie die stählerne Flut sich durch das Tor wälzen sah, das sie geöffnet hatte? Zu spät deine Klagen, o Jungfrau! Warum liebtest du den Feind deiner Stadt? Gefallen ist Visby, vergehen wird sein Glanz. Warum stürztest du dich nicht mitten im Tore nieder und ließest dich von den eisernen Hufen zu Tode treten? Wolltest du leben, um den Verbrecher von des Himmels Blitzen getroffen zu sehen?

O Jungfrau, an seiner Seite steht die Gewalt und schützt ihn. An heiligeren Dingen als einer leichtgläubigen Jungfrau vergreift er sich. Nicht einmal Gottes heiligen Tempel schont er. Die leuchtenden Karfunkelsteine bricht er aus der Kirchenwand, um die letzte Kufe zu füllen.

Da ändern alle Gestalten des Bildes ihre Haltung. Blindes Entsetzen packt alles Lebende. Der wildeste Kriegsknecht erbleicht, die Bürger wenden ihren Blick zum Himmel, alle erwarten Gottes Strafgericht, alle erbeben, außer der Gewalt auf den Stufen des Thrones und dem König, der ihr Diener ist.

Ich wünschte, der Künstler lebte noch, so daß er mich hinab zum Hafen von Visby führen und mir dieselben Bürger zeigen könnte, als sie mit den Blicken der fortsegelnden Flotte folgten. Sie rufen Verwünschungen über die Wogen hin. »Vernichtet sie«, rufen sie, »vernichtet sie! O Meer, du unser Freund, nimm unsre Schätze wieder! Tu deine erstickende Tiefe auf unter den Gottlosen, unter den Treulosen!«

Und das Meer donnert dumpf Beifall, und die Gewalt, die auf dem königlichen Schiffe steht, nickt zustimmend. »So ist es gut«, sagt sie, »verfolgen und verfolgt werden, so lautet mein Gesetz. Möge der Sturm und das Meer die räuberische Flotte zerstören und die Schätze meines königlichen Dieners an sich raffen! Desto früher ist es uns beschieden, auf neue Verheerungszüge auszuziehen!«

Aber die Bürger auf dem Strande wenden sich um und sehen zu ihrer Stadt empor. Feuerflammen sind dort aufgelodert, Plünderung ist über sie hingezogen, hinter gesprungenen Scheiben gähnen verwüstete Wohnstätten. Geschwärzte Giebel sehen sie, geschändete Kirchen; blutige Leichen liegen in den engen Gäßchen, und vor Schreck wahnsinnige Frauen durcheilen die Stadt. Sollen sie alledem ohnmächtig gegenüberstehen? Gibt es niemanden, den ihre Rache erreichen kann, niemanden, den sie ihrerseits quälen und vernichten können?

Gott im Himmel, seht doch! Des Goldschmieds Haus ist nicht geplündert, nicht verbrannt. Was ist das? War er im Bunde mit dem Feinde? Hat er nicht den Schlüssel zu einem der Tore der Stadt in seinem Gewahrsam? O du, Jung-Hansens Tochter, antworte, was soll das bedeuten?

Dort auf dem Königsschiffe steht die Gewalt und betrachtet ihren königlichen Diener, unter dem Visier lächelnd. »Höre den Sturm, Herr, höre den Sturm! Das Gold, das du geraubt, bald wird es, dir unerreichbar, auf dem Meeresgrunde ruhen. Und sieh zurück auf Visby, mein hoher Herr! Das Weib, das du betrogst, wird zwischen Priestern und Kriegsknechten zur Stadtmauer geführt. Hörst du den Volkshaufen, der ihr folgt, fluchend und wehklagend? Sieh, sieh, die Maurer kommen mit Kalk und Maurerkellen! Sieh, die Frauen kommen mit Steinen! Alle tragen sie Steine, alle, alle!

O König, wenn du nicht sehen kannst, was in Visby vorgeht, mußt du doch hören und wissen, was dort geschieht. Du bist ja nicht von Stahl und Eisen wie die Gewalt an deiner Seite. Wenn des Alters düstre Tage kommen und du unter dem Schatten des Todes lebst, dann wird das Bild von Jung-Hansens Tochter vor deine Erinnerung treten.

Bleich wirst du sie unter ihres Volkes Hohn und Verachtung zusammensinken sehen. Du wirst sie dahinziehen sehen zwischen Priestern und Kriegsknechten unter Glockengeläute und Hymnengesang. Sie ist schon tot in den Augen des Volkes. Tot fühlt sie sich in ihrem Innersten, getötet von allem, was sie geliebt. Du wirst sie in den Turm steigen sehen, und sehen, wie man die Steine einfügt, vernehmen, wie die Maurerkellen scharren, und das Volk hören, wie es mit seinen Steinen herbeieilt. ›O Maurer, nimm meinen, nimm meinen! Bediene dich meines Steines zum Rachewerk! Laß meinen Stein mit dabei sein, Jung-Hansens Tochter von Licht und Luft abzuschließen! Gefallen ist Visby, das herrliche Visby! Gott segne eure Hände, Maurer! Laß mich mit dabei sein und die Rache vollziehen!‹

Und Hymnengesang erklingt, und die Glocken läuten wie über einer Toten.

O Waldemar, König von Dänemark, auch dein Los wird es sein, dem Tode zu begegnen, dann wirst du auf deinem Bette liegen und vieles hören und sehen und dich in Qualen dabei winden. Und auch dieses Scharren mit der Maurerkelle, diese Rufe der Rache wirst du hören. Wo sind sie dann, die heiligen Glocken, die die Marter der Seele übertönen? Wo sind sie, die weiten Metallrachen, deren Zungen zu Gott um Gnade für dich flehen? Wo ist die von Wohllaut erzitternde Luft, die die Seele hin zu Gottes Gefilden führt?

O hilf, Esrom, hilf, Sorö, und du, große Glocke in Lund!«

Welch düstre Geschichte erzählt nicht dieses Bild! Es war ein wunderliches, fremdes Gefühl, wieder in den Königsgarten zu treten, in den strahlenden Sonnenschein unter lebende Menschen.

Eine alte Almgeschichte

Es war einmal eine Sennerin, die stand in ihrer Sennhütte und machte gerade Käse. Sie hatte beide Hände in dem Käseschaff und drückte zu, so fest sie konnte, um die Molke aus dem Käse zu pressen.

Neben ihr auf dem Herde stand ein großer Kessel, der voll Molke war. Der quirlte und brodelte, so daß das Mädchen das Gefühl hatte, er leistete ihr gleichsam Gesellschaft in der tiefen Einsamkeit. Der Hirtenjunge war mit den Kühen im Wald, und die Magd, die sie während des Sommers zur Hilfe gehabt hatte, war vor ein paar Tagen mit einem Teil der Herde heimgewandert. Eigentlich hätte sie auch schon im Tal sein sollen. Der Herbst hatte schon begonnen, und alle anderen Sennhütten waren verlassen; aber sie hatte bleiben müssen, denn bei der besten Kuh hatte sich das Kalben verzögert.

Während sie so dastand und dem Kessel zuhörte, kam es ihr vor, als änderte er plötzlich seinen Ton. Während er früher ganz freundlich und ruhig gebrodelt hatte, klang es nun unruhig und klagend. Es machte ganz den Eindruck, als wäre er über irgend etwas ungehalten.

»Was ist denn mit dir?« fragte sie, während sie ihren Käse bearbeitete. »Stehst du nicht fest auf deinen Beinen, oder hast du nicht genug Feuer unter dir?« Sie bückte sich und sah nach, aber der Kessel schien ganz vortrefflich auf dem Herde zu stehen. Ja, ein Herd war es nun eigentlich nicht, sondern nur eine große Steinplatte, die auf ein paar kleineren Steinen ruhte, aber sie nannte ihn auf jeden Fall so.

Es ist eine recht langwierige Arbeit, einen Käse zu machen. Und da das Mädchen gerade nichts anderes zu denken hatte, horchte sie wieder auf den Kessel. Noch immer klang es, als hätte er es schwer; er stand da und jammerte förmlich.

»Du liebe Zeit, so etwas habe ich doch den ganzen Sommer nicht von dir gehört«, sagte das Mädchen und lachte. »Es ist dir gewiß nicht recht, daß du hier im Walde bleiben mußt, wo alle die Alm schon verlassen haben und Leute und Gerätschaften unten im Tale sind.«

Der Kessel ließ gar nicht mit sich reden. Er brummte und brodelte, zornig und böse, und plötzlich kam der Sennerin der Gedanke, daß er doch ganz wie die alte Ahnl unten im Bauernhofe war. Die ging auch immer herum und warnte und eiferte und ärgerte sich, weil keiner sich darum kümmerte, was sie sagte. Wieder fing sie zu lachen an.

»Du mußt doch selbst einsehen, daß mir nichts anderes übrig blieb, wenn die Schellenkuh nicht gekalbt hatte und man es jeden Augenblick erwarten konnte«, sagte sie. »Aber jetzt ist ja alles glücklich überstanden, und wenn das Kalb erst so weit ist, daß es auf seinen Beinen stehen kann, dann packen wir zusammen.«

Aber der Kessel kam nicht in bessere Laune. Er brodelte und brummte weiter, von den langen, dunklen Abenden, von dem ewigen Regnen, von den durchweichten Wegen und von den Kühen, die sich im Nebel verirrten und im Moor versanken.

»Ich weiß wirklich nicht, warum Ihr so unwirsch seid«, sagte das Mädchen schließlich, und sie war jetzt so ganz in der Vorstellung befangen, daß sie zu ihrer alten Herrin sprach, daß sie den Kessel nicht mehr duzte. »Ihr wißt doch, mir war es wahrhaftig nicht darum zu tun, allein im Walde droben zu bleiben, und Ihr wißt auch, wem zuliebe ich versuche, Euch zu zeigen, daß Ihr Euch auf mich besser verlassen könnt als auf die anderen Dienstleute.«

Aber aus dem Kessel kam nur Lärmen und Tosen zurück.

»Jetzt ist sie mit allem anderen fertig«, sagte die Sennerin, »jetzt fängt sie von den Kobolden an. Das kann ich am Ton hören.«

Das Mädchen hatte wie andere auch oft davon gehört, daß die Kobolde darauf lauerten, in die Sennhütten einzuziehen, sobald die Menschen sie im Herbst geräumt hatten. Das war ja auch nicht zu verwundern. Sie hatten es da in jeder Hinsicht besser als auf den Steinhalden und Reisighaufen, wo sie sich sonst aufzuhalten pflegten. Aber sie hatte keine rechte Angst vor den Kobolden. Soviel Verstand mußten die doch wohl haben, daß sie sich ferne hielten, solange noch Menschen und Herden auf den Almen waren.

Aber der Kessel beruhigte sich nicht. Es war wirklich die Stimme des Ahnls, die ihr einprägen wollte, was für gefährliche Kobolde es hier im Walde gab. Denn die Ahnl war einmal in ihrer Jugend länger als die andern auf der Alm zurückgeblieben, um auf eine Kuh zu warten, ganz wie jetzt sie selbst. Aber eines Abends, als sie draußen auf der Wiese gewesen war, um zu melken, hatte sie von einem Berg, der etwas weiter nördlich von der Weide lag, ein lautes Gebrüll gehört. Es kam wieder und wieder und wieder, und schließlich hatte sie die folgende Frage verstanden:

Du, du Bullidaus,
Wann kommst aus dem Ameisenhaufen raus?

Die Ahnl merkte gleich, daß es der Kobold vom Nordfelsen war, der einen anderen Kobold, der in einem Ameisenhaufen wohnte, fragte, wann er in eine der Sennhütten einziehen würde. Und sie horchte genau nach der Antwort, um herauszubekommen, von welcher der Sennhütten die Rede war. Und richtig! Sie hörte, wie Bullidaus wie aus einer tiefen Grube heraus antwortete. Es war nicht leicht, ihn zu verstehen, denn die Kobolde haben so brüllende, heisere Stimmen, daß man nur schwer die Worte von all den anderen Lauten unterscheiden kann. Aber sie brachte doch heraus, daß er ungefähr so sagte:

Kein Kalbel hat noch die Kuh
Und die Sigrid sperrt nicht zu.

Sigrid, das war eben sie, die Ahnl. Jetzt lauschte sie noch gespannter nach dem nächsten Ruf. Und sie hörte, wie der erste Kobold den zweiten unterwies:

Mit den Klauen zerreißen,
Auf den Ofen den heißen,
Dann gibt's was zu beißen.
Junges Mädel fett und frisch
Schmeckt besser als ein trockner Fisch.

Nun wußte die Ahnl, daß es die Absicht der Kobolde war, sie zu braten und zu essen, und wer nicht länger allein in der Sennhütte blieb, das war sie. Noch in derselben Nacht war sie mit der Herde daheim.

Zu Hause im Bauernhof hatten die Knechte und Mägde alle Mühe, das Lachen zu verbeißen, wenn die Ahnl von den Kobolden erzählte, die sie hatten braten wollen. Aber jetzt, wo die Sennerin mutterseelenallein dastand und an das Abenteuer dachte, bekam sie eine Gänsehaut.

»Gott tröste uns«, sagte sie zum Kessel. »Ich glaube, Ihr wollt mir Angst machen.«

Im selben Augenblick schnellte sie in die Höhe wie ein Fisch im See, denn sie hörte draußen Schritte.

Im ganzen Walde war kein Mensch außer ihr und dem Hirtenjungen, und der war weit weg. So war es wohl doch ein Kobold, der da herankam.

Nein, ein Kobold war es nicht, der die Türe aufriß und über die Schwelle trat. Es war schon ein Mensch, aber ob das nun besser sein sollte? Ein großer, langer Geselle, mit zottigem Haar und wirrem Bart. Nicht ein gewebtes Stück Zeug hatte er auf dem Leibe, alles stammte aus dem Wald. Der Bär hatte ihm die Jacke geliefert, der Elch die Hosen, das Eichhörnchen die Mütze und die Birke die Rindenschuhe.

Er hatte einen langen Spieß in der Hand, und den schleppte er mit in die Stube herein. Nicht weniger als drei Messer staken in dem Bärenpelz.

Das Mädchen sah sofort, daß das einer der Bösewichte war, die vogelfrei im Walde lebten. An einen Gefährlicheren hätte sie kaum geraten können. Das war etwas anderes als dieser Bullidaus, der die Ahnl hatte auffressen wollen.

Da stand sie in der Stube, die nur ein einziges kleines Fensterchen und nicht mehr als eine Türe hatte, und konnte nicht entrinnen. Ihre Gedanken flogen hin und her, und es kam ihr in den Sinn, daß der Räuber vielleicht gerade so wie die Kobolde nur darauf aus sei, im Winter unter ein Dach zu kommen, und daß er gekommen sei, um nachzusehen, ob die Sennhütte schon verlassen wäre. Aber er konnte auch einen gefährlicheren Wunsch haben. Das einzige, was dem Mädchen klar wurde, war, daß sie nicht rufen oder um Erbarmen bitten oder ihre Angst zeigen dürfe, denn dann war bei solchen Gesellen alles verloren.

Sie beugte sich daher über den Käse und arbeitete ohne aufzusehen aus Leibeskräften weiter darauf los. Aber sie hörte, wie er zu ihr hergeschlichen kam, und plötzlich streckte er eine große, häßliche, haarige Hand aus, die den Griff eines langen Messers umklammert hielt.

»Hast du schon einmal ein schärferes Messer gesehen?« fragte er mit jener Neckerei, wie sie die Katze gegenüber der Maus zu zeigen pflegt, wenn sie weiß, daß sie schon ganz in ihrer Gewalt ist.

War die Sennerin bisher nur ängstlich gewesen, so wurde sie jetzt auch zornig. Und daher kam es wohl, daß sie plötzlich ein Mittel fand, sich zu verteidigen. Sie griff nach dem Käseschöpfer, den sie verwendet hatte, um den Käse aus dem Topf zu schöpfen.

»Hast du schon einmal heißere Molke verspürt?« rief sie zurück und schleuderte dem Waldräuber einen Schöpflöffel kochender Molke ins Gesicht.

Messer und Spieß fielen ihm aus den Händen, und er taumelte zurück, bis er an der Wand eine Stütze fand. Da blieb er stehen, beide Handrücken auf die Augen gepreßt, und stieß ein wildes Geheul aus.

Sie hob rasch das Messer auf und steckte es in ihr Kleid. Dann blieb sie neben dem Kessel stehen, da sie sah, daß dies ihr bester Schutz und Schirm war. Schweigend hörte sie eine Zeitlang sein Geheul an, aber als es gar kein Ende zu nehmen schien, sagte sie ganz leise:

»Wenn du jetzt nicht gleich schweigst und dich trollst, kannst du noch einen Schöpfer voll haben.«

»Zu Hilfe, zu Hilfe!« schrie da der Mann in höchstem Entsetzen. »Zu Hilfe, Toste! Hilf, Bärenheiner! Helft mir, Luder und Broms! Zu Hilfe, zu Hilfe!« Im selben Augenblick glaubte sie zu spüren, wie das Getrappel schwerer Füße den Boden erschütterte, und jetzt litt es sie nicht länger hinten beim Kessel, sondern sie eilte zur Fensterluke.

Da sah sie, daß fünf, sechs Kerle derselben Art wie der, den sie in der Stube hatte, über den Wiesenhang zum Walde hinuntereilten. Sie begriff nun, daß es eine ganze Räuberbande war, und daß einer von ihnen in die Hütte vorausgegangen war um nachzusehen, ob sie leer sei. Als dieser nun schrie und um Hilfe rief, glaubten die anderen, daß er einem gefährlichen Feind begegnet sei. Anstatt ihm zu Hilfe zu kommen, liefen sie in den Wald.

»Die du rufst, laufen nur um so geschwinder, je mehr du schreist«, sagte das Mädchen zu dem Räuber. Er verstummte plötzlich und stürzte mit ausgestreckten Armen auf sie zu, um sie einzufangen und zu zermalmen.

Der Angriff kam so plötzlich, daß sie ihn nicht mit einem neuen Schöpflöffel Molke empfangen konnte. Das einzige, was sie tun konnte, war, sich niederzuducken, und zu versuchen, unter seinem Arm durchzuschlüpfen, ungefähr so, wie man sich beim Blindekuhspiel flüchtet.

Er stürzte bis zur Wand vor und blieb da stehen und tastete, anstatt ihr nachzulaufen. Aber sie zerbrach sich nicht lange den Kopf, warum er sich so wunderlich anstellte. Sie dachte einzig und allein daran, daß der Weg zur Türe nun frei war, und lief ohne viel Federlesens ins Freie. Glücklich draußen, warf sie flink die Türe zu, schob den Riegel vor, so gut sie konnte, und floh dann in rasender Eile talwärts.

Sie glaubte nicht anders, als daß sie ihn auf den Fersen habe, denn der Riegel, den sie vor die Türe geschoben hatte, konnte einen großen starken

Mann wohl nicht länger gefangen halten, als er selbst wollte. Und sie konnte sich ja denken, daß er versuchen würde, sie einzuholen. Er würde sie nicht ins Tal hinab kommen lassen, damit sie dort erzählte, daß eine ganze Räuberbande sich im Walde aufhielt.

Sie nahm sich nicht die Zeit, stehenzubleiben und sich umzusehen, ob er ihr nachkam, sondern lief nur immer weiter und weiter. Und die ganze Zeit war es ihr, als hörte sie ihn auf weichen Rindenschuhen hinter ihr herschleichen. Jeden Augenblick erwartete sie, daß er ihr Haar, das hinter ihr herflatterte, packen, sie zurückreißen und ihr das Messer an die Kehle setzen würde. Wenn sie die Herde zu treiben hatte, dann brauchte sie mehr als einen halben Tag, um ins Tal hinunterzukommen. Aber jetzt, wo sie allein war, ging es natürlich viel rascher. Jetzt ringelte sie sich durch das Gestrüpp wie eine Schlange und machte Sätze über die Moore wie ein Frosch und schoß über den Weg wie ein Hase. Jetzt glaubte sie, daß sie um die Mittagszeit unten sein würde.

Aber wie sie so an die Heimkehr dachte, machte sie plötzlich halt. Denn sie wußte, zu allererst würden sie sie fragen, was mit dem Hirtenbuben und den Kühen geschehen sei.

Sie biß die Zähne aufeinander und zog die Augenbrauen zusammen. Ein Weilchen stand sie da und überlegte, aber dann machte sie kehrt. Die Ahnl war nicht ohne die Herde heimgekommen, dazumal, als sie vor den Kobolden geflüchtet war.

Nie mehr würde man ihr wichtigere Aufgaben als dem andern Gesinde anvertrauen, wenn sie nicht zuerst an die Kühe dachte.

Wieder stieg sie den Berg hinauf, den sie eben in so großer Eile hinuntergestürzt war. Sie wagte es nicht, über den gebahnten Pfad zu gehen, sondern sie schlich sich durch die Waldwildnis, und dies machte den Weg nicht leichter. Wer konnte auch wissen, an welcher Stelle im Walde der Hirtenjunge sich mit der Herde aufhielt.

Schließlich fand sie ihn.

Die Kühe weideten ruhig und friedlich, und kein Räuber hatte sich in der Nähe gezeigt. Nun hieß es, noch einmal ins Tal zu wandern. Es war unendlich mühselig, die Herde durch offenes Wiesenland zu treiben, wenn man schnell vorwärts kommen wollte. Eine Kuh nach der anderen irrte ab, so daß sie ihr nachlaufen, sie rufen und locken mußte. Das kleine Kälbchen konnte nicht den ganzen langen Weg laufen, sie und der Hirtenbub mußten es abwechselnd tragen.

Sie war ganz bleich und erschöpft, als sie schließlich daheim in der Hütte stand. Es war schon dunkel geworden, und die Leute saßen in Ruhe beim Abendbrot. Sie wäre am liebsten jemandem um den Hals gefallen und hätte geweint, als sie zu den Menschen kam, die sie beschützen konnten. Aber jetzt war keine Zeit, an derlei zu denken, jetzt mußte sie erst rasch erzählen, was sich begeben hatte, damit sie ihr dann helfen könnten, die Kühe im Stall anzubinden.

Alle Leute in der Stube sprangen vom Tisch auf, als sie hereinstürzte. Sie brauchten ja nur einen Blick auf sie zu werfen, wie sie da in die Stube hereingeschossen kam, mit gelöstem Haar, ein blankes Messer in der Hand, um zu wissen, daß sich etwas Schlimmes im Walde ereignet haben mußte. Anfangs wagte niemand sie zu fragen, was ihr widerfahren war, sondern sie warteten darauf, daß sie von selber zu reden anfinge, aber sie war so außer Atem, daß sie nur dastand und keuchte, ohne ein Wort hervorbringen zu können.

»Hat sich eine Kuh unten im Schwarzsumpf verlaufen?« fragte die Ahnl. Sie war die einzige, die sich entschloß, eine Frage zu stellen.

Das Mädchen konnte noch immer nicht antworten. Sie schüttelte nur den Kopf und wehrte mit der Hand ab. »Du siehst aus wie meine Tochter, als sie unser bestes Pferd über die Almwiese rennen sah, mit einem Bären auf dem Rücken«, sagte die Ahnl.

Nein, nein, das Mädchen zeigte durch deutliche Zeichen, daß es auch nichts der Art war.

Da mußte die Ahnl das Schlimmste vermuten.

»Sind die Kobolde über dich gekommen?«

Aber das sagte sie mit einem solchen Gesicht, daß das Mädchen beinahe in Lachen ausgebrochen wäre, und so kam sie wieder zu sich, konnte erzählen, was sie so erschreckt hatte.

»Es war schon was Ärgeres als die Kobolde«, sagte sie. »Droben auf der Alm ist eine ganze Räuberbande.«

Und sie erzählte, wie der Räuber in die Sennhütte gekommen war, und wie wunderbar es sich gefügt hatte, daß sie entkommen konnte.

Sie waren alle ganz erstaunt und voll Besorgnis um sie. Sie vergaßen ganz, nach der Herde zu fragen. Sie waren nur froh, daß sie einer so großen Gefahr entronnen war, ohne Schaden zu leiden.

Aber plötzlich sah sie, wie der Sohn der Ahnl, der Bauer, seine Axt von der Wand nahm. »Jetzt müssen wir aber alle in den Wald hinauf, wir anderen, die Herde und den Hirtenjungen heimholen«, sagte er. »Die Herde«, sagte die Sennerin, und jetzt war sie so froh, daß sie hätte lachen können, »die steht hier unten vor dem Gatter, ich möchte Euch nur bitten, daß Ihr sie in den Stall bringen laßt. Denn ich glaube, heute kann ich's nimmer.«

Nun sahen sie sie alle mit großen Augen an. Sie kamen auf sie zu und gaben ihr die Hand und dankten ihr, die Ahnl und ihr Sohn, der Bauer, und ihr Enkel, der es eines Tages werden sollte. Sie begegneten ihr mit solcher Achtung, als hätte sie ihnen plötzlich verraten, daß sie die Tochter des höchsten Mannes im Lande war.

Es war Frühling, und Ragnhild wanderte den Weg zur Alm hinauf. Sie war jetzt keine Sennerin mehr, sondern eine wohlbestallte Bauersfrau. Am zweiten Weihnachtsfeiertage war sie mit Egil, dem Enkel der Ahnl, getraut worden, und nun ritt sie auf einem Pferde, an der Spitze des Zuges. Sie saß rücklings auf dem Pferd, mitten unter Kochgeschirr und Milchbutten und lockte die Kuhherde mit hohen Hirtenrufen. Egil ging daneben und führte ihr Pferd. Der Hirtenjunge, die Magd und ein paar Knechte gingen hinter der Herde einher, schwere Lasten auf dem Rücken tragend.

Als sie alle Weideplätze hinter sich gelassen hatten und durch den Föhrenwald kamen, gingen die Kühe williger vorwärts, ohne daß man sie erst locken mußte. Da begann Egil mit Ragnhild zu sprechen:

»Ich kann's nicht begreifen, Ragnhild, daß du auch heuer durchaus auf der Alm sein willst«, sagte er. »Manchmal glaube ich, du vergißt ganz, daß du mein Weib bist, und dich nicht mehr zu plagen brauchst wie die Dienstleute.«

Aber Ragnhild streckte die starken Arme in die Luft und lachte. »Was sollte ich mit denen da anfangen, wenn ich nicht arbeiten würde?« fragte sie. »Glaub mir, es ist gerade heuer recht nötig, daß ich auf die Alm komme. Die Leute würden immer nur an die Räuber denken, und ich glaube kaum, daß wir sie in den Wald hinauf gebracht hätten, wenn ich mich nicht entschlossen hätte, selbst oben zu bleiben.«

»Das kann schon wahr sein«, gab er zu, »aber wenn ich es mir so recht überlege, wie gefährlich das für dich werden kann, dann glaube ich nicht, daß es recht von mir ist, wenn ich dir deinen Willen lasse. Du kannst dir doch denken, daß der Räuber noch im Walde ist und versuchen wird, sich an dir zu rächen.« Die Frau lachte nur. »Es soll Leute geben, die ganz bange werden, wenn sie nur in einen Wald kommen«, scherzte sie, »und mir scheint, du gehörst zu denen. Aber ich sage dir, mir wär's eine rechte Freude, wenn ich diesem Räuber begegnen könnte. Ich möchte ihm danken, weil er mein ganzes Glück begründet hat. Dir wäre es doch nie im Leben eingefallen, mich zu heiraten, wenn er mir nicht zu Hilfe gekommen wäre.«

»Wenn wir doch lieber gleich hinaufgegangen wären«, fuhr der Mann fort, ohne sich von seinen Befürchtungen losmachen zu können, »und versucht hätten, ihn zu fangen. Aber Vater und Großmutter waren ja dagegen und sagten, daß es besser für uns Bauern ist, mit den Waldräubern nicht in Streit zu kommen. Jetzt werde ich den ganzen Sommer herumgehen und diesen Kerl nicht aus meinen Gedanken bringen.«

»Was fällt dir ein«, sagte die Frau, »du weißt doch, ich habe immer Glück.«

»Ja, du, das Glück«, sagte der junge Ehemann immer niedergeschlagener, »das ist oft nur wie solch ein Fleischstück, das ich den Wölfen zur Lockung hinlege, damit sie mir so nahe kommen, daß ich sie erschießen kann. Gerade, wenn einem alles nach Wunsch gegangen ist, soll man aufpassen, ob das Unglück nicht im Hinterhalt liegt, einen zu fällen.«

»Ich glaube, du siehst Gespenster gerade wie die Ahnl«, sagte die Frau. »Das ist das erstemal, daß ich merke, daß ich einen rechten Hasenfuß zum Manne habe.«

Sie kamen jetzt zu einer scharfen Steigung, Ragnhild sprang vom Pferde, und sie gingen schweigend, bis der Weg ebener wurde. Die Frau begann nun zu merken, daß der Mann ernstlich bekümmert war, und sie überlegte, wie sie ihn beruhigen sollte.

»Sage mir doch, ob du findest, daß ich mein Glück mißbraucht habe«, sagte sie.

»Nein, nein, so meine ich es nicht«, sagte er. »Aber ich habe so oft an das mit den Wölfen gedacht. Es ist ganz, als wären sie blind, wenn sie das große Stück Fleisch sehen. Sie sollten doch den Verdacht haben, daß etwas, das so offen in ihrem Weg liegt, gefährlich sein könnte, aber sie sagen gewiß zueinander: Heute haben wir Glück, und stürzen sich darauf.«

»Aber du meinst doch nicht, daß es mit uns Menschen ebenso ist«, sagte die Frau und sah ihn fast erschrocken an. »Sollte es jemanden geben, der uns das Glück hinlegt, nur damit wir alle Vorsicht vergessen und in eine Falle gehen?«

»Ja, ja, mir scheint, es sieht manchmal so aus«, sagte der Mann.

Wieder wurde der Weg steinig und steil. Auch Ragnhild begann es schwer ums Herz zu werden. Sie ging ganz langsam und ließ einen Knecht das Pferd führen. Die Kühe mochten vorausgehen, sie wollte ruhig überlegen, was am besten zu tun war, denn sie begann schon zu merken, daß sie dem Mann zuliebe darauf verzichten mußte, auf der Alm zu bleiben. Er würde sich sonst so sehr ängstigen, daß er jede Stunde des Tages unglücklich sein würde.

»Wenn du mich durchaus nicht auf der Alm arbeiten lassen willst, dann muß ich wohl nach Hause zurückkehren«, sagte sie schließlich. Als sie ihm dieses Versprechen gegeben hatte, wurde der Mann sogleich sehr froh. Am liebsten hätte er sie sofort mit heimgenommen, ohne auch nur bis zur Alm zu gehen, aber das war ja unmöglich. Er mußte sich damit zufrieden geben, daß sie am nächsten Tage mit hinunter in den Bauernhof kam.

Ragnhild war ein wenig ärgerlich darüber, daß sie hatte nachgeben müssen; und um dem Mann zu zeigen, wie wenig Angst sie vor dem Räuber hatte, begann sie ihm zu erzählen, daß sie in diesem Winter öfter daran gedacht hatte, wie es wohl ihm und seinen Kameraden oben in ihrer Sennhütte ergehen mochte. Ja, sie hatte sogar nicht übel Lust gehabt, ihm Proviant hinaufzuschicken. Wohl zum Teil aus Dankbarkeit, weil er ihr dazu verholfen hatte, das zu erreichen, was sie sich am sehnlichsten gewünscht hatte.

»Das hätte ein gefährlicher Spaß für dich werden können«, sagte der Mann. »Es heißt, Bären wissen, was Dankbarkeit ist, aber nie habe ich gehört, daß diese wilden Waldräuber etwas davon verstehen.«

»Es war auch nicht nur deshalb«, sagte Ragnhild. »Auch, damit ich aufhörte, von ihm zu träumen. Er kam manchmal im Traum zu mir und setzte mir das Messer an die Kehle und befahl mir, ihm etwas zu essen zu geben. Eines Nachts träumte mir, ein Hund stehe vor unserer Türe und bellte. Ich öffnete, aber da hatte der Hund plötzlich das Gesicht dieses Mannes bekommen. Und ich machte ganz geschwind die Türe wieder zu und sperrte ihn aus. Da heulte er vor Hunger so gräßlich, daß ich den Laut noch im Ohre hatte, als ich aufwachte.«

»Nun ja, das ist ja nicht zu verwundern, daß du von dem, der dich so erschreckt hat, träumtest«, sagte der Mann, aber er beschleunigte dabei seine Schritte und sah nun wieder unruhig und ängstlich aus.

»Wir sind zurückgeblieben«, fuhr er fort, »wir sollten doch zugleich mit den andern zur Hütte kommen, damit es beim Auspacken keine Unordnung gibt.«

Ragnhild folgte ihm, während sie weitererzählte.

»Ein paarmal habe ich daran gedacht, dich zu bitten, daß du Leute mitnimmst und auf die Alm hinaufgehst.«

»Ja, das hättest du tun sollen«, sagte der Mann rasch.

»Aber du kannst doch begreifen, daß ich es nicht sagen wollte. Ich wollte doch nicht, daß du einer Räuberbande entgegengehst, damit ich meine bösen Träume los werde.«

Der Mann beschleunigte seine Schritte noch mehr, und es ging jetzt so steil aufwärts, daß die Frau ganz außer Atem kam, wenn sie sprach, aber sie redete doch weiter.

»Einmal, da ging ich wie im Schlafe herum und wußte nichts von mir. Da steckte ich, ohne daß es jemand merkte, Proviant in ein Ränzel und hängte es über den Rücken und ging in den Wald hinauf. Erst als ich auf dem Hügel über unserem Hof war, wachte ich auf. Ich begriff nicht, wie es mir hatte einfallen können, aber ich wußte, daß ich die Absicht gehabt hatte, den Räubern oben in der Sennhütte etwas zu essen zu bringen. Natürlich kehrte ich um und lief heim, so rasch ich nur konnte.«

Der Mann antwortete nichts. Er eilte nur immer weiter. Sie mußte förmlich laufen, um mit ihm Schritt halten zu können.

»Hätte ich dir das vielleicht früher erzählen sollen?« fragte sie, als sie seine Unruhe bemerkte.

»Ja«, sagte er beinahe hart. »Das hättest du mir viel früher erzählen sollen.«

»Nie kam ein Holzhauer oder Köhler aus dem Walde herunter«, fuhr sie fort, »ohne daß ich ihn fragte, ob er nicht an unserer Sennhütte vorbeigekommen sei und die Räuber gesehen habe. Aber alle antworteten mir, daß sich dort heuer kein Mensch habe sehen lassen.«

»Weißt du noch, was ich vorhin sagte?« fragte Egil.

»Nun glaube ich, ist es dir ergangen wie den Wölfen. Du hast nicht auf das geachtet, was dir zur Warnung gesandt war. Du bist zu sicher gewesen. Du bist in die Falle gegangen.«

Er eilte jetzt so rasch vorwärts, daß sie kaum folgen konnte, und erklärte seine Worte nicht weiter. Sie begriff nicht, was er fürchtete, aber seine Angst steckte auch sie an, während sie sich anstrengte, ihm zu folgen.

Endlich waren sie so weit, daß sie die Almwiese sahen. Die kleinen Hütten lagen gerade so da, wie man sie im vorigen Herbst verlassen hatte, und nichts Schlimmes schien vorgefallen zu sein. Herde und Hirten zogen eben in guter Ordnung über den Weg zu den Hütten.

Doch nun merkten Mann und Frau plötzlich etwas Wunderliches. Als die Kühe auf die Wiese zwischen den Häuschen kamen, begannen sie einander mit den Hörnern zu stoßen, nicht zum Spaße, sondern wild und zornig, als wollten sie sich gegenseitig töten, sie kämpften gegeneinander und stießen sich in heller Raserei zu Boden.

»Was ist denn in die Kühe gefahren?« schrie Ragnhild. Aber Egil antwortete nicht. Er eilte nur in großen Sprüngen den Weg hinauf und stürzte sich mitten in den Haufen.

»Nur fort mit ihnen! Treibt sie wieder in den Wald!« schrie er den Leuten zu, und mit wütenden Hieben gelang es ihm endlich, die Schar zu zerstreuen. Sobald sie von der Wiese fort waren, beruhigten sie sich und gingen still wie gewöhnlich den Weg hinunter.

Als die Herde vertrieben war, ging Egil auf die Sennhütte zu und öffnete die Türe, aber er trat nicht über die Schwelle. In einem Augenblick stand er wieder bei Ragnhild, er war sehr bleich.

Ragnhild hatte nun auch die Almwiese erreicht. Sie war auf einen Stein niedergesunken, ihr war, als könnte sie kein Glied mehr rühren.

»Sag, Egil, was ist das für ein Geruch, den ich hier spüre?« fragte sie. »So riecht es doch sonst nie im Walde.« Er wagte nicht zu antworten. Aber sie fragte gleich darauf: »Warum sitzen so viele Raben auf dem Dache, Egil?«

»Ragnhild«, sagte der Mann, und seine Stimme zitterte vor Schmerz, weil er ihr etwas so Schweres sagen mußte. »Wir wollen gleich wieder nach Hause wandern. Wir können die Sennhütte heuer nicht benützen. Dieser Mann, dem du die Molke ins Gesicht geschüttet hast, ist sicherlich gleich blind geworden. Er hat aus der Hütte nicht heraus können, und seine Kameraden sind ihm nicht zu Hilfe gekommen. – Liebste, du darfst es dir nicht zu Herzen nehmen. Es war ein böser Räuber. Er kam herein, um dich zu töten. Dich trifft keine Schuld. Nein, geh nicht in die Sennhütte! Er ist den ganzen Winter drinnen gewesen. Er ist noch da.«

Die Frau sprang auf. Der Mann griff nach ihr, aber sie war ihm zu rasch. Sie erreichte die Sennhütte, riß die Türe auf und sah hinein.

Gleich darauf erklang ihr Lachen schrill und schneidend. Sie stürzte laut lachend heraus, mit hocherhobenen Armen.

»Hast du schon einmal ein stärkeres Glück gesehen?« schrie sie. »Hast du je ein stärkeres Glück gesehen?«

Sie stürzte in den dunklen Wald, und als der Mann sie fand, war sie wahnsinnig.

Der Stein im See

Es war einmal im siebzehnten Jahrhundert ein armer Geistlicher, der auf der Kanzel der Broer Kirche in Värmland stand und seine Predigt las. Die Bankreihen unter ihm waren voll von Leuten, die ganz stumm und andächtig dasaßen, die Frühlingssonne schien durch die kleinen Fensterscheiben und verjagte die Winterkälte aus dem ungeheizten Gotteshaus, der Küster stand Wache, um einen jeden zu wecken, der es sich etwa einfallen lassen sollte, einzuschlummern, alles ging, wie es sollte, und dem Prediger war froh ums Herz wie dem Sämann, wenn er gute Saat in wohlgepflügte Erde streut.

Der Prediger war groß und ungeschlacht, mit starker Stimme und gewaltigen Fäusten, ein ganzer Kerl. Er war so dunkel, daß, wer ihn sah, ohne zu wissen, wer er war, beinahe vor ihm erschrecken konnte. Das schwarze Haar fiel ihm nach Bauernart bis auf die Schultern und hing tief in die Stirn. Die Augenbrauen zogen sich grob wie Stricke über die strengen Augen, und kaum wurde die Haut der Wangen ein bißchen lichter, fing schon der buschige schwarze Bart an und verdeckte den unteren Teil des Gesichts.

Als der Geistliche ungefähr zur Mitte seiner Predigt gekommen war, hörte er vor der Kirche Pferdegetrappel und laute Menschenstimmen. »Da sind welche, die zum Gottesdienst zu spät kommen. Wenn sie doch den Verstand hätten, draußen zu bleiben, bis die Predigt aus ist«, dachte er. »Wenn sie jetzt hereinkommen, so stören sie doch nur, und sie haben ja auch keine Erbauung davon, eine halbe Predigt zu hören.« Aber es ging nicht so, wie der Geistliche wünschte. Die Neuankömmlinge kamen vielmehr gleich darauf über den Steinboden des Wappenhauses getrappelt, geradewegs auf die Kirchentüre zu. Sie gingen schwer, und sie sprachen laut. Es sah aus, als wollten sie so viel Lärm machen, als ihnen nur möglich war.

Obgleich er ruhig weitersprach, merkte der Prediger doch, daß dieser und jener unter seinen Zuhörern schon aus seiner Andacht gerissen war und den Kopf zur Türe drehte. Er wünschte inbrünstig, daß die Kommenden sich doch wenigstens auf einer der hintersten Bänke niederlassen und nicht in die Nähe der Kanzel vordringen möchten.

Aber auch diese Hoffnung erfüllte sich nicht. Die Kirchentüren wurden mit Lärm und Getöse aufgerissen, und den großen Gang herauf kam ein Zug von gut zwanzig Menschen. Nach all dem Lärm, den sie gemacht hatten, hätte man eine Schar betrunkener Kriegsknechte erwarten können, doch nein, es war eine hochgewachsene junge Bauerstochter, die an der Spitze des Zuges ging, und lauter friedliche Bauersleute folgten ihr nach. Sie war blond und schön, trug pelzverbrämte Kleider aus weißem Fries und hatte so viel Silbergeschmeide um Hals und Gürtel, daß es wohl seine zwölf, dreizehn Pfund wiegen mochte. Die hinterher kamen, waren alle dunkel gekleidet. Es waren Alte und Junge darunter, Mannsbilder und Weibsleute. Der Geistliche sah, daß es Herrschaft und Gesinde eine großen Bauernhofes sein mußten, die da zur Kirche gekommen waren.

Es fiel dem Geistlichen schwer, in seiner Predigt fortzufahren, denn jetzt hatte die ganze Gemeinde ihre Gedanken von dem Gottesdienst abgewandt und starrte nur immerzu die Neuangekommenen an. Und das war auch nicht zu verwundern, denn sie betrugen sich nicht so, wie sie sollten, wenn sie in ein Gotteshaus traten. Sie verhielten sich wohl jetzt, nachdem sie unter die Kirchenwölbung getreten waren, schweigend, aber gerade als sie an der Kanzel vorbeigehen wollten, blieb die junge stattliche Bauerstochter stehen und fing an, den Geistlichen anzugaffen, als hätte sie nie seinesgleichen gesehen. Sie machte die anderen auf ihn aufmerksam, und nun blieben sie allesamt stehen und betrachteten ihn mit erstaunten Gebärden, ganz als wäre er ein wunderliches Tier in einer Jahrmarktbude.

Der Prediger war sich wohl bewußt, daß er ein geringer Mann war. Er war nicht Propst, er war nicht Pastor, er war nur ein armer Hilfsgeistlicher, der von Kirchspiel zu Kirchspiel geschickt wurde. Er war an Demütigungen und Verachtung gewöhnt, aber dieses Angaffen war doch etwas, was er nicht dulden zu müssen glaubte. Hier stand er als ein Verkünder von Gottes Wort, und hier durfte ihm niemand Mißachtung zeigen. Die grobe Faust erhob sich und fiel mit solcher Wucht auf die Kanzel nieder, daß es in der ganzen Kirche widerhallte.

Er wollte es damit nicht genug sein lassen. Dem Faustschlag sollten auch noch ein paar strenge Worte an die Friedensstörer folgen, aber dazu kam es nicht. Er sah noch einmal in das trotzige Gesicht der Bauerstochter, bevor er zu reden anfing, und dann wurde nichts aus der Strafpredigt. Er beugte sich über sein Heft und predigte zu Ende, ohne auch nur einen einzigen Blick mehr in die Kirche zu werfen. Als der Geistliche dann in die Sakristei kam, war kein Mensch drinnen. Er setzte sich auf ein kleines schmales Bänkchen, stützte den Kopf in die Hände und starrte vor sich hin. Er sah ganz verstört aus.

Das Unglück war, daß er dieser Tage mit dem Küster davon gesprochen hatte, wie kümmerlich er es hatte. Denn er bekam ja für seine Arbeit so gut wie keinen Lohn. Er war der Hilfsgeistliche eines armen Vikars, der selbst kaum genug zum Leben hatte. Er konnte nichts verlangen, wo nichts zu holen war.

Auch war er kein alleinstehender Mann. Er war verheiratet gewesen und hatte für drei kleine Kinder zwischen zwei und fünf Jahren zu sorgen. Er hatte es so schwer, daß er schon an das Konsistorium geschrieben hatte, man möchte ihm doch um Gottes Barmherzigkeit willen zu einer anderen Stelle verhelfen. Hier wohnte er ja in einer kleinen Hütte, die aus einem einzigen Raum bestand. Er hatte nicht die Mittel, sich Knecht oder Magd zu halten, und der Hunger war täglicher Gast bei ihm. Niemandem in der ganzen Gemeinde ging es so erbärmlich wie ihm. Er mußte von hier fort. Da hatte ihm der Küster gesagt, er könne doch etwas tun, das besser sei, als seiner Wege zu gehen. Der Prediger hatte zu wissen verlangt, was dies wäre, und darauf hatte der Küster zurückgefragt, ob er denn etwas dagegen habe, noch einmal zu heiraten.

Hier im Kirchspiel war eine reiche Bauerstochter. Die hatte noch keinem Freier ihr Jawort gegeben, sondern führte ihre große Wirtschaft selbst. Aber wer konnte wissen, was sie sagen würde, wenn nun der Prediger – sie war ja nicht mehr ganz so jung, aber ein stattliches Frauenzimmer. Der Prediger hatte sie wohl noch nicht gesehen, denn sie wohnte in einem entlegenen Winkel des großen Kirchspiels. Sie hatte mehrere Meilen zur Kirche und kam auch höchstens zweimal im Jahre hin. Zu seinen Zeiten war sie noch nicht da gewesen.

Der Küster hatte die Sache so gut darzustellen gewußt, daß der Prediger ihm die Erlaubnis gegeben hatte, nicht gerade zu freien, aber doch sich ein wenig zu erkundigen, ob sie, Gudrun Ivarsdotter, daran denken würde, ihn zu heiraten.

Er hatte ja begriffen, daß sie alt und häßlich sein mußte, und vielleicht war sie auch noch obendrein böse, aber danach hatte er nicht gefragt. Er hatte nur daran gedacht, daß, wenn er sie bekäme, die kleinen Kinder nicht mehr über Hunger zu klagen brauchten. Nun, in der Kirche, gerade als er seine Strafpredigt beginnen wollte, war es ihm klar geworden, daß das die reiche Bauerstochter war, um die er geworben hatte, und die nun gekommen war, um ihm Bescheid zu geben.

Sie war in dieser Weise gekommen, um dem armen Geistlichen zu zeigen, daß sie viel zu gut für ihn war, und darin mußte er ihr recht geben. Wenn er doch nur dem Küster nicht aufs Wort geglaubt hätte! Hätte er nur gewußt, daß sie noch jung und schön war, so wäre er dieser neuen Demütigung entgangen! Er blieb lange in der Sakristei sitzen, um Gudrun Ivarsdotter und all den anderen Zeit zu lassen sich wegzubegeben, bis er über den Kirchenhügel ging. Aber sie hatte sich offenbar nicht beeilt, denn als er die Sakristeitür öffnete, war sie noch da. Sie wollte sich eben in den Sattel schwingen und war auf einen Stein gestiegen, der zur Bequemlichkeit der Reitenden gerade vor das Kirchentor gelegt worden war. Ihr Knecht, der das Pferd hielt, konnte es nicht still halten, so daß es ihr einmal ums andere mißlang, auf den hohen Quersattel hinaufzukommen.

Da trat der Prediger rasch heran. Er faßte Gudrun mit seinen starken Armen, hob sie hoch in die Höhe und setzte sie dann derb in den Sattel.

Sie war wahrlich nicht auf den Mund gefallen, aber sie fand kein Wort der Erwiderung, sondern ritt schweigend fort.

Nach diesem Frühlingssonntag begann für den armen Hilfsgeistlichen wie für die ganze Gemeinde eine Zeit, die schlimmer war als alles, was sie je miterlebt hatten. Der Frühling hatte schon im April so schön begonnen, daß es beinahe sommerlich warm gewesen war. Schnee und Eis verschwanden, der Boden grünte, die Bäume schlugen aus, und die Leute mußten sich sputen, so sehr sie nur konnten, um die Saat in die Erde zu bringen. Dafür, daß es April war, fiel merkwürdig wenig Regen, aber um so mehr würde wohl im Mai nachkommen. Regen bekam man immer noch genug, da brauchte einem nicht bange zu sein. Von dieser Ware gab es eher zu viel als zu wenig.

Aber der Mai wurde trocken und windig, nur hier und da gab es einen kurzen Schauer. Die Leute erwarteten, daß der Regen zu Pfingsten kommen würde, wenn schon nicht früher, aber der Pfingstsonntag brach blank und klar an wie alle anderen Tage, und in der Nacht zum Pfingstmontag wurde es so kalt, daß es fror. Der Frost griff ungleich an, wie gewöhnlich. Manche Felder wurden ganz zerstört, aber viele hielten sich noch, und das Gras auf Wiesen und Angern sah ganz gut aus. Es fehlte eben nur der Regen.

Der Johannistag pflegte ja ebenso große Macht zu haben, den Regen anzuziehen, wie Pfingsten, und am Johannisabend stiegen denn auch dunkle Wolken am Himmel auf. Es gab ein heftiges Gewitter, und etliche Hagelkörner kamen herabgeprasselt, das war alles.

Dann wölbte sich der Himmel ganze drei Monate lang klar und wolkenlos. Die Erde wurde so erhitzt wie ein Backofen. Nacht und Tag waren gleich schwül und drückend.

Das Gras wurde braun gebrannt und verkümmerte. Das Korn bekam Ähren, als die Halme noch keine Handbreit aus der Erde standen. Alles wurde frühzeitig reif, und die Ernte war leicht zu bergen. Aber dafür fanden sich auch große klaffende Lücken in Scheuern und Vorratshäusern.

Den Sommer über wurde die ganze Gegend von großen Waldbränden heimgesucht. Es war kaum möglich, ein Feld zu schwenden, ohne daß das Feuer auf den Wald übergriff. Es war noch gut, daß es auf den Äckern so wenig zu tun gab, denn man mußte beständig in den Wald eilen, um dort zu löschen.

Gegen Ende August wurden die Nächte lang und dunkel, die Sonne büßte ihre Kraft ein, jetzt mußte es den Wolken doch endlich möglich sein, sich zu sammeln. Das taten sie auch, sie ballten sich so dicht und schwer zusammen, daß der Regen gar nicht die Macht hatte, aus ihnen hervorzubrechen.

Um diese Zeit begann das Wasser in Quellen und Bächen zu versiegen. Die Mühlen standen still, und die Getreide zu mahlen hatten, mußten ihre alten Handmühlen hervorsuchen. Im Walde verdorrte alles Futter, die Herden kehrten von selbst auf die Höfe zurück, als wollten sie die Bauersleute um Hilfe anflehen.

Jetzt waren die Menschen nicht mehr im Zweifel darüber, daß ihnen ein Notjahr bevorstand. Sie wanderten alle aus den Häusern in den Wald, um für ihr Vieh Moos, Flechten und Laub einzusammeln. Ihr eigenes Brot mischten sie bald mit Waldbeeren, bald mit feingehacktem Stroh, bald mit getrockneter, zerstoßener Rinde.

Im Oktober mußte schließlich doch Regen kommen. Es konnte der Ernte ja nicht mehr helfen, aber es wäre doch ein Gutes, wenn man Wasser für Mensch und Vieh bekäme und die Mühlen in Gang setzen könnte. Aber der Oktober wurde klar und wolkenlos, nahezu wie ein Sommermonat. In diesen Monat fiel der Jahrmarkt, und der pflegte immer schlechtes Wetter anzuziehen wie alle großen Feiertage. Der Markttag brach auch mit scharfem Nordwind und bitterer Kälte an, aber Regen brachte er keinen.

Jetzt waren es nicht nur die zahmen Tiere, die dem Dorfe zustrebten, jetzt kamen auch die Waldtiere zu den Menschenwohnungen geschlichen, um zu sehen, ob es nicht da etwas zu essen und zu trinken gäbe.

Die Menschen konnten sich auch nicht still verhalten. Sie begannen auf die Wanderschaft zu gehen, wie die Tiere. Ganze Familien griffen zum Bettelstab und zogen fort, um zu sehen, ob es anderswo Bauernhöfe gäbe, wo man genug hatte und noch austeilen konnte. Im November kam endlich ein wenig Niederschlag. Es war Schnee. Hartgefroren fiel er zu Boden, er reichte nicht zur Schlittenbahn, er reichte zu gar nichts, es war gerade nur so viel, daß man die ausgedörrte Erde nicht mehr sah.

Im Dezember, als sich das harte Jahr endlich seinem Ende zuneigte und alles schon so schlimm war, daß es nicht mehr schlimmer werden konnte, traf den armen Prediger doch erst seine schwerste Prüfung. Er wurde eines Tages kurz vor Weihnachten mehrere Meilen weit weg in die Waldgegend zu einer armen Fischerswitwe gerufen. Nach langer Wanderung kam er zu einer kleinen Hütte, die am Ufer eines langen Sees lag. In der ganzen Umgegend sah er nicht ein Wohnhaus, keine Felder, keine Ställe, nur Wald. Die elende Hütte lag ganz einsam und verlassen da, den öden See vor sich, den stummen Wald im Rücken.

Dort drinnen hatte er eine todkranke Frau gefunden und sechs Kinder, die bald elternlos sein mußten. Ihr Vater war im Sommer vorangegangen, und nun sollten sie auch ohne Mutter bleiben.

Das älteste der Kinder zählte zehn Jahre, das jüngste nicht mehr als drei. Keines von ihnen konnte sich schon nützlich machen oder etwas für seinen Unterhalt verdienen. Alle brauchten sie noch Hilfe, und man mußte ihnen Kleider und Nahrung geben, ihnen Wartung und Pflege angedeihen lassen, wenn sie nicht zugrunde gehen sollten.

Alle hatten sie die Mutter umstanden, als sie das heilige Abendmahl empfing, und sie hatte von ihnen zum Prediger geschaut und vom Prediger zu ihnen. Sie hatte die Augen nicht geschlossen, immer nur geschaut und geschaut. Aber sie hatte nicht mit Worten gebeten. Es gibt Wünsche, die zu groß sind, als daß man sie aussprechen könnte.

Der Geistliche hatte sie gefragt, ob sie denn keine Nachbarn habe. Doch, das hatte sie. Eine Meile weiter den Rottner-See hinauf lag ein großes Gehöft, das einer gewissen Gudrun Ivarsdotter gehörte. Die Fischersfrau hatte sich vor einigen Tagen zu ihr geschleppt und ihr von den Kindern gesprochen, aber sie hatte sich ihrer nicht annehmen wollen.

Dies setzte den Prediger keineswegs in Erstaunen. Es war ja nicht zu erwarten, daß solch eine trotzige, selbstzufriedene Jungfer wie Gudrun einer so großen Kinderschar zu Hilfe kommen würde. Es war wohl auch gar nicht wünschenswert.

Die Augen der kranken Frau hatten mit solcher Herzensangst auf dem Prediger geruht, daß er es schließlich nicht mehr in der Hütte aushalten konnte. Er mußte ins Freie gehen, um nicht etwas zu versprechen, das er ja doch beim besten Willen nicht halten konnte. Er ging von der Hütte zum Seeufer hinunter. Das Wasser stand so tief, daß der Seegrund bis weit hinaus sichtbar war, und er begann, dorthin zu wandern. Er ging da allein und hilflos durch das Ödland und fühlte sich zu Tode bedrückt von der neuen Bürde, die er sich auflegen mußte. »Wenn es doch ein anderes Jahr gewesen wäre«, dachte er, »wie kann ich es auf mich nehmen, für noch sechs Schnäbel Essen zu schaffen, wo ich die drei nicht satt machen kann, für die ich schon zu sorgen habe?«

Er hatte geglaubt, daß er im Frühjahr arm gewesen war. Aber was war das gegen die Armut gewesen, die ihn heute bedrückte? Jetzt war ja auch bei anderen Menschen keine Hilfe zu finden.

Plötzlich bemerkte er einen Stein, der dicht am Wasser lag. Es waren Buchstaben eingehauen, und er ging näher heran, um zu lesen. Er konnte ein M und ein paar X unterscheiden und dachte sich, daß da wohl, in den Stein eingeritzt, eine Jahreszahl gestanden hatte. Irgend jemand hatte in längst vergangenen Zeiten bezeichnen wollen, wie tief das Wasser in diesem Jahre zurückgetreten war.

Der Prediger blieb vor dem Steine stehen und suchte die Jahreszahl zu entziffern. Es wollte ihm nicht glücken, aber es mußte wohl etwas darin liegen, das ihm gleichsam Erleichterung und Trost brachte. Das Wasser hatte ebenso tief gestanden wie heute, aber die Menschen waren doch nicht untergegangen. Sie hatten, was ihnen auferlegt war, getragen und weiter gelebt.

Rasch ergriff er einen scharfkantigen Kiesel und begann die Zahl des Notjahres, das er nun selbst durchlebt hatte, in den Stein zu klopfen.

Er setzte die Jahreszahl 1640 in den Stein, so gut er es ohne Stemmeisen und Hammer konnte. Aber als dies getan war, war es ihm nicht genug.

Jeden Tag hatte er in langen Gebeten zu Gott um Hilfe gefleht. Nun wollte er noch ein Gebet zu ihm emporsenden, aus der großen stummen Einsamkeit hier oben in der Wildnis.

Und er begann in den Stein zu graben, was sein Herz in dieser Unglückszeit stündlich rief: Gott hilf uns. Es war eine Arbeit, die seine ganze Kraft erforderte. Aber sie tat ihm wohl. Während er das Gebet in den Stein ritzte, dünkte es ihn, daß der weite graue See und die schwarzen Tannen der Ufer und der niedrige schwere Winterhimmel zu einem großen Gotteshause wurden.

Es tat ihm gut, all die Angst, die er mit sich herumtrug, in den Stein pressen zu können. Er ritzte die Klageschreie all der Hungernden und Dürstenden ein. Er führte das Wort für die Tiere, die in der Hut der Menschen und in der Wildnis lebten, für die gewaltigen Tannen, die auf den Bergen verschmachteten und für das kleinste Hälmchen auf dem Anger.

Mit jedem Buchstaben, den er in den Stein einschrieb, wurde er mutiger. Er fühlte, wie ihm Kraft zuströmte. Er hatte keine Angst mehr, irgendeine Bürde auf sich zu nehmen, wie schwer sie auch immer sein mochte. Gott würde ihm sicherlich beistehen.

Ein paar Tage darauf war Weihnachtsabend.

An diesem Tage herrschte bei dem Hilfsgeistlichen keinerlei Not. Man hatte ihm vom Pfarrhof und auch von anderen Seiten Weihnachtsspeisen geschickt. Nach dem Mittagessen war er mit all den neun Kindern bei einem der Nachbarn in der Weihnachtsbadestube gewesen, und dann hatte er sich mit ihnen daheim in der Hütte im Weihnachtsstroh getummelt, bis sie so müde waren, daß sie sich auf dem raschelnden gelben Christusbettlein ausgestreckt hatten und eingeschlummert waren.

Der Prediger hätte auch Lust gehabt, sich ins Stroh zu legen und zu schlafen, aber er hatte an anderes zu denken. Es begann zu dunkeln, und er mußte die Gerstengrütze aufs Feuer setzen.

Von dem Augenblick an, in dem die Grütze kochte, wagte der Prediger den Kochlöffel nicht fortzulegen, sondern rührte und rührte die ganze Zeit. Hoch aufgeschossen, wie er war, mußte er beim Rühren so gebückt stehen, daß ihm der Rücken vor Müdigkeit schmerzte. Aber er ließ sich das nicht anfechten, sondern schien in vortrefflicher Weihnachtsstimmung zu sein.

Seine Lage war in keiner Weise erfreulicher geworden, er war ebenso elend daran wie zuvor, aber er hatte mehr Zuversicht. Es würde ihm schon in der einen oder anderen Weise Hilfe kommen, dessen war er gewiß.

Mit einemmal runzelte der Prediger die dichten schwarzen Brauen. Er hörte, daß jemand auf die Türklinke drückte und herein wollte. Freilich war es in der ganzen Gemeinde bekannt, daß er seine eigene Haushälterin sein mußte, aber es war ihm doch nicht recht, Besuch zu bekommen, wenn er mit Weiberhantierung beschäftigt war.

Er griff nach den Kesselringen, als wollte er die Gerstengrütze vom Feuer wegstellen, aber er überlegte es sich wieder.

Es war wohl nur der Küster, der kam, um nachzusehen, wie es ihm und den Kindern am Weihnachtsabend erging, und vor ihm brauchte er ja keine Scheu zu haben.

Doch als die Tür aufging, sah er, daß es nicht der Küster war, sondern eine hochgewachsene Weibsperson, die da hereinkam. er meinte auch sogleich zu wissen, wer sie war, obschon es unten bei der Türe so dunkel war, daß er ihr Gesicht nicht sehen konnte.

»Ja, das ist mir eine schöne Bescherung«, dachte er. »So etwas hat sie gewiß noch nicht erlebt. Jetzt hat sie etwas, worüber sie von Weihnachten bis zum Johannistag lachen kann!«

Die Fremde zog sachte die Türe hinter sich zu und kam zum Herd heran, die Hand zum Gruße ausgestreckt. Es war Gudrun Ivarsdotter, aber sie sah gar nicht mehr aus wie die störrische Bauerstochter, die in die Kirche geritten kam, um mit ihrem Freier Spott zu treiben. Sie war sehr bleich, und sie sah schwach und elend drein, so, als wäre sie eben erst von einer schweren Krankheit genesen. Wie es in ihrem Innern aussah, konnte der Prediger nicht wissen, aber sie schien nicht einmal zu merken, was für eine Arbeit er da unter den Händen hatte.

Der Geistliche sagte nichts, um sie willkommen zu heißen, er legte nur ganz geschwind den Kochlöffel weg und beeilte sich, ihr einen Schemel zum Sitzen hinzurücken. Es war eine so große Veränderung in ihr vorgegangen. Es war ihm eine solche Überraschung, sie so still und schwach vor sich zu sehen. Sie rührte ihn, und die Stimme wollte ihm durchaus nicht aus der Kehle hervor.

So mußte also Gudrun das Gespräch eröffnen. Und sie sprach wie jemand, der weder scheu noch unruhig ist, weil er eben erst einen großen Schrecken durchgemacht hat, der ihm alle andere Furcht genommen hat. Die ganze Zeit sah sie ins Feuer. Sie konnte die Augen nicht davon weg wenden.

Sie wollte den Prediger nach all den armen Fischerskindern fragen, sagte sie. Konnte es möglich sein, daß er sie alle miteinander zu sich genommen hatte?

Der Prediger hatte den Grützlöffel wieder ergriffen. Aber jetzt legte er ihn abermals fort und riß ein brennendes Scheit aus dem Herde und beleuchtete die Hütte, wo die Kinder im Weihnachtsstroh lagen und schliefen.

»Ich mein' schon, daß sie alle miteinander da sind«, sagte er.

»Aber wie ist das nur möglich?« wunderte sich Gudrun. Die Kranke war in der vorigen Woche bei ihr gewesen und hatte sie gefragt, ob sie sich der Kinder annehmen könne. Und sie hatte geglaubt, nein darauf sagen zu müssen. Es war doch ein so schlimmes Jahr, daß sie für ihre eigenen Leute nichts zu essen hatte. Aber immerhin konnte sie doch mehr aufbringen als er.

»So viel wie ihre Mutter gehabt hat, habe ich vielleicht auch noch«, sagte der Prediger. »Die Kinder da sind das Hungern gewöhnt.«

Sie sprach weiter, als hätte sie seinen Einwand nicht gehört.

»Ich war nicht imstande, sie aus meinen Gedanken zu bringen. Gestern ritt ich nach dem Fischerhaus, um zu sehen, wie es ihnen erging, aber da waren sie schon fort. Ich traf nur ein paar Männer, die die Leiche holen wollten, und sie sagten, daß die Kinder hier beim Hilfsgeistlichen seien.«

»Ja, da sind sie gerade an den Rechten gekommen.«

Jetzt, zum ersten Male, wandte sie sich ihm zu und sah ihm gerade ins Gesicht. Er verstand wohl nicht, wie sie es meinte, dachte sie.

Er rührte rascher und rascher in dem Kessel herum:

»Ach, ich schaffe es wohl mit Gottes Hilfe«, sagte er kurz.

Dieselbe Verlegenheit, die früher über den Prediger gekommen, war wieder da. Er hätte über sie weinen mögen. Was war es wohl, das sie so verändert hatte, daß sie jetzt Mitleid fühlte, auch mit ihm? Er wußte nicht, was er sagen sollte, um seine Rührung nicht zu verraten. Gudrun kam ihm nicht zu Hilfe. Sie saß da, das Gesicht in die Hände gestützt und blickte ins Feuer. Sie dachte wohl an das, was sie so verwandelt hatte.

»Das wird ein seltsamer Weihnachtsabend für deine Leute, Gudrun, wenn du fern bist«, sagte er schließlich.

»Ja, es war auch nicht die Absicht, daß es so kommen sollte. Ich machte mich ganz frühmorgens auf, und ich glaubte, ich würde um diese Zeit längst wieder daheim sein.«

»Bist du auf dem Wege aufgehalten worden?«

»Nur dadurch, daß es zu regnen anfing; aber der Boden war doch gefroren, und da wurde es so glatt, daß das Pferd nicht vorwärts wollte.«

Wieder bekam er großes Mitleid mit ihr. Er hätte mit dabei sein mögen, um ihr zu helfen, aber das wollte er nicht sagen.

»Das ist ein merkwürdiges Jahr, in dem es am Weihnachtsabend regnet«, sagte er statt dessen, denn er mußte ja seine Worte sorgsam wählen, damit die Stimme nicht ins Schwanken kam.

»Ja, das steht fest, ein schweres und wunderliches Jahr«, sagte sie, »nicht einmal solch eine kleine Fahrt konnte ich machen, ohne daß mir dabei etwas in die Quere kam. Ich bin erst bei Einbruch der Dunkelheit ins Dorf gekommen.«

»Vielleicht hast du das Pferd hier draußen stehen, Gudrun?« fragte der Geistliche hastig. Er wäre froh gewesen, wenn er Gelegenheit gefunden hätte, etwas für sie zu tun.

»Nein«, sagte sie, »ich habe es beim Propst eingestellt. Ich bin es gewöhnt, dort einzukehren. Ich habe ja zwei Jahre im Pfarrhof gelernt.«

»Ich glaube, das hat mir der Küster erzählt«, sagte der Prediger.

»Ich werde wohl über Nacht dort bleiben müssen«, sagte sie, und da sie keine Antwort darauf bekam, fuhr sie fort: »Ich habe den Kindern etwas mitgebracht. Ich bringe es morgen, das Gehen war heut abend so schwer.«

»Es wird jederzeit willkommen sein.«

Das war nüchterne Rede, – der Prediger begann seiner Erregung Herr zu werden. Er mußte daran denken, wie wunderlich es doch war, daß Gudrun selbst gekommen war. Wenn sie ihm und den Kindern nur Weihnachtsspeisen schicken wollte, hätte es ja genügt, einen Knecht auszusenden.

Gudrun hatte dagesessen und mit einem Finger Figuren auf die Herdplatte gezeichnet. Jetzt schlug sie plötzlich die Augen zu ihm auf.

»Damals im Frühling, als ich in die Kirche kam und die Predigt störte, hab' ich mich nicht recht benommen«, sagte sie. – Nun fand der Geistliche Gelegenheit, ein Wort zu sagen, was ihm schon lange auf der Zunge gelegen war, und er fiel eifrig ein:

»Niemand hatte mir gesagt, wie du bist, Gudrun. Ich wußte nicht, wie falsch ich angeklopft hatte.«

»Ich habe mich doch auf jeden Fall falsch benommen«, beharrte sie.

Jetzt wurde er abermals gerührt, weil es mit ihrem Stolz so ganz aus war. Er hätte ihr gerne gesagt, wie schön er es fand, daß sie ihr Unrecht eingestand, aber er konnte es nicht herausbringen.

Auch in ihrer Stimme waren Tränen, aber sie dachte nicht daran, sie zu verbergen, sondern fuhr fort, das auszusprechen, was sie zu sagen gekommen war.

Sie wollte wissen, ob er sich noch entsinne, was er damals gesagt hatte, als er sie aufs Pferd setzte. Er hatte gewünscht, sie möge so weit fort ziehen, daß sie ihm nie mehr unter die Augen kommen konnte. Sie wollte jetzt wissen, ob er etwas Bestimmtes damit gemeint hatte.

»Nein«, sagte der Prediger, »ich sagte nur so, weil ich zornig war.«

»Ja, zuerst glaubte ich auch nicht, daß es etwas anderes zu bedeuten hätte.«

Nun wandte sie die Augen wieder von seinem Gesicht ab und begann auf der Herdplatte zu zeichnen.

»Es ist heuer so viel Unglück über mich gekommen«, sagte sie. »Ich bin seit diesem Tage wie verfolgt gewesen.«

»Du siehst aus, als wärst du krank gewesen.«

»Nein, Krankheit war es nicht, die mich heimgesucht hat, ich habe mich gegrämt.«

»Ihr habt wohl oben in der Waldgegend viel unter der Dürre zu leiden gehabt«, warf der Prediger hin.

»Es war die Dürre, und es war allerlei anderes Unglück«, erwiderte Gudrun. »Aber der große Waldbrand war das ärgste. Mir ist mein ganzer Wald verbrannt, und alles, was in dem Walde war, ist auch dahin.«

»Du bist doch wohl nicht obdachlos?« rief er aus.

»Nein, nein, der Hof steht, aber all mein Vieh ist umgekommen. Und das war das schlimmste.«

»Ah«, sagte er nur, aber nun ließ er endlich den Kochlöffel sinken. Er begriff, daß sie nach all den toten Tieren starrte, wenn sie so ins Feuer sah. Das hatte sie gebrochen.

»Ich habe viele Leute unter mir«, sagte sie. »Es ist hart, nicht zu wissen, was man ihnen zu essen geben soll, wenn es keine Milch und keine Butter gibt –»

»Darum konntest du die Kinder nicht aufnehmen?«

»Ja – nein, nicht nur darum.«

»Ich wundere mich, daß ich nichts davon gehört habe«, sagte der Prediger nachdenklich, »aber es war wohl so, daß ich nicht auf die hören wollte, die von dir gesprochen haben. Ich hatte Angst vor dir.«

Er sah, wie Gudruns Gesicht von einem flüchtigen Lächeln erhellt wurde.

»Ich habe noch mehr Angst vor dir gehabt.«

»Angst?« sagte er, und war noch verdutzter über dies als über alles andere, was er sie hatte sagen hören.

»Du hast Angst vor mir gehabt?«

»Ja, seit diesem Sonntage«, sagte sie und sah wieder ganz erschrocken aus, als sie davon sprach.

»Hast du geglaubt, daß ich dir all das Unglück schickte?« rief er heftig.

»Ja, ich glaubte, du wolltest mich aus der Gegend verjagen.«

»Aber du hättest doch daran denken müssen, daß ich ein Priester bin.«

»Ja, gerade deshalb. Priester haben ja mehr Macht als wir anderen.«

Der Prediger wußte nicht, ob er lachen oder weinen sollte. Er begann mit eifrigen Einwänden, aber sie unterbrach ihn.

»Daheim im Rottner-See ist ein Stein mit Hexenzeichen. Der liegt meistens auf dem Seegrund verborgen, aber in großen Unglückszeiten kommt er zum Vorschein. Meine Leute haben erzählt, du hättest ihn gesehen und noch größere Unglücksrunen eingezeichnet, als schon darin standen.«

»Ist dort oben an deinem See niemand, der lesen kann?« fragte der Prediger.

»Doch, ich kann's«, sagte Gudrun. »Ich habe den Stein gestern gesehen und die Inschrift gelesen.«

Sie stieß einen tiefen Seufzer aus wie bei der Erinnerung an eine schwere Bürde, die von ihr genommen war.

»Nun will ich auch sagen, warum ich mich der armen Fischerkinder nicht annehmen wollte. Ich dachte, all meinen Hausrat zusammenzupacken und zu meinen Verwandten zu ziehen, die drüben auf der anderen Seite des Gebirges in einem anderen Tal wohnen.«

»Aber jetzt willst du bleiben?«

»Ich fürchtete mich nicht mehr so sehr vor dir, als ich sah, was du geschrieben hattest.«

»So hat denn Gott schon geholfen«, sagte der Geistliche.

»Ich dachte, wer dies Gebet eingegraben und sechs arme Kinder zu sich genommen hat, der kann kein harter Mann sein«, sagte Gudrun sanft.

Er stand ein wenig abseits vom Feuer und sah sie an. »Du hast das mit den Kindern als Vorwand genommen, um herzukommen und mich um Barmherzigkeit zu bitten?« sagte er ein wenig zögernd, denn es war ja schwer für ihn, es in seinen Kopf zu bringen, daß sie Angst vor ihm gehabt hatte.

»Ja«, sagte sie. Es klang wie ein ängstlicher Seufzer.

»Du willst, daß ich dir verspreche, dich nicht mehr zu verfolgen, dir nicht mehr Unglück zu senden, so daß du es wagen kannst, daheim zu bleiben?«

Sie hielt die Hände vor die Augen und antwortete nichts, bewegte nur den Kopf ein wenig. Es konnte kein Zweifel sein, daß er sie recht verstanden hatte und daß es das war, was sie zu ihm geführt hatte.

»Was soll ich dir nur sagen, damit du mir glaubst und nie mehr Angst vor mir hast?«, sagte er mit einem starken Zittern in der Stimme.

»Ich habe dir schon gesagt, daß auch ich Furcht vor dir gehabt habe, ich vor dir, den ganzen Sommer«, fuhr er fort. »Ich wäre froh gewesen, wenn ich gehört hätte, du seist über die Berge in ein andres Tal gezogen. Denn wärst du so weit fortgewesen, dann wäre meine Sehnsucht nicht so arg geworden. Es ist schlimmer zu wissen, daß die, der man gut ist, ganz nahe ist, ohne trennende Berge. – Jetzt siehst du vielleicht ein, daß du vor mir keine Angst zu haben brauchst?« fügte er mit einem kleinen Lachen hinzu, das recht wehmütig und mutlos klang. Er wartete ungeduldig darauf, daß sie etwas sagte, aber sie saß ganz still da. Er wußte gar nicht, ob sie ihn hörte.

»Du warst heut abend so, daß ich dir dies sagen konnte«, fuhr er fort. »Ich glaube nicht, daß du dich über mich lustig machen wirst.«

Endlich hob sie den Kopf. In ihren Augenwinkeln schimmerten Tränen.

»Ich bin wohl von Sinn und Verstand«, sagte sie, »aber denke nur, ich finde, es war schon wert, all das durchzumachen, was ich diesen Sommer erleiden mußte, nur um diese Worte von dir zu hören.«

Er wußte nicht, ob er es wagen sollte, zu glauben, daß er recht gehört hatte.

»Ich will, daß du bleibst, wo du jetzt bist«, rief er dann aus. »Daß du nie von mir gehst! Diesen Fluch will ich über dich verhängen.«

Er trat näher an sie heran, und sie wich nicht zurück. Aber als er gerade ihre eine Hand an sich gezogen hatte, hörte man ein starkes Zischen und Prasseln vom Herde. Es war die Gerstengrütze, die überkochte.

Der Prediger wandte sich, so rasch er konnte, dem Feuer zu, aber Gudrun kam ihm zuvor. Sie faßte die Kesselringe und hob den Kessel vom Feuer. Aber es war zu spät. Die Grütze brodelte aus dem Kessel und lief über die Herdplatte. Die brennenden Scheite zischten und prasselten, starker Rauch und furchtbarer Dampf erfüllte die Stube. Die Kinder sprangen erschrocken aus dem Stroh auf, und die Kleinsten begannen zu weinen.

Aber mitten drin fing Gudrun zu lachen an. Das Herz schlug ihr rasch und sorglos in der Brust, und sie fühlte, wie sie wieder die alte wurde.

»Ja, nun siehst du, wie es in diesem Haushalt zugeht«, sagte er.

»Du mußt freilich hexen können, du schwarzer Priester, um eine Frau in dein Haus zu kriegen.«

»Ich weiß schon, wer mir meine Frau geschickt hat«, sagte der Prediger. »Die Hexen nicht.«

Plötzlich wurde Gudrun wieder ernst.

»So ist es wohl *er*, zu dem du gebetet hast, als du deine Bitte in den Stein schriebst, der mich hierher gesandt hat«, sagte sie.

Es heißt, daß der Stein im Rottner-See sich in diesem Jahr der Not und des Schreckens, das wir nun durchleben, wieder gezeigt hat. Die Leute in Värmland glauben, daß er Unheil verkündet, und das mag wohl sein. Aber vielleicht auch soll uns die Kunde, die er von der Not und von dem Glauben früherer Zeiten bringt, Mut einflößen, Zuversicht zu heben, Mut, Barmherzigkeit zu üben.

Tale Thott

Es war einmal ein Mann, der Gift fand. Er hob es auf, steckte es ein und führte es getreulich mit sich, wohin er ging, obgleich er gar nicht daran dachte, es zu gebrauchen. Aber als er das Gift fünfzehn Jahre verborgen hatte, da traf er einen Menschen und konnte es nicht ertragen, mit ihm zusammenzuleben, und da wendete er es an. Er glaubte nachher, wenn er es damals nicht zur Hand gehabt hätte, wäre er nie zum Mörder geworden.

Eine ähnliche Bewandtnis hatte es mit Arild Urups Hund. Er schaffte ihn sich an und richtete ihn ab, lange bevor er eigentlich zur Verwendung kam.

Arild Urup war ein großer, kräftiger Mann, aber sehr träge. Er hatte starke Zähne und große, glänzende Augen. Sein Aussehen war wild, aber man wußte nichts Böses von ihm. Doch es ist nun einmal so: wer sich Gift verschafft und es bewahrt, der fühlt wohl, daß er versucht werden könnte, es zu gebrauchen, und wer einen solchen Hund behält, wie Arild Urup...

Es war in Kopenhagen, am Hofe des alten Königs Christian. Dort hörte Herr Arild eines Tages den französischen Gesandten erzählen, wie es die Rittersleute in Franken und Burgund zu machen pflegten, wenn sie Hunde zur Jagd auf Wildschützen dressierten.

Der König selbst und etliche Ratsherren befragten den Gesandten genau über diese Hunde und ihre Dressur. Sie erfuhren, daß die Tiere abgerichtet würden, den Wilddieb umzuwerfen und ihn still unter sich zu halten, bis ihr Herr käme. Sie dürften die Zähne nicht gebrauchen, solange der Dieb nicht zu fliehen versuchte.

Den dänischen Herren schien die Sache vortrefflich, aber sie glaubten nicht, daß sie sich in Dänemark einführen ließe. Der König war alt, er fand an den neuen, ausländischen Gebräuchen keinen Gefallen. Auch gab es keine Hunderasse, die als geeignet erachtet worden wäre.

Herr Arild hatte den andern beigestimmt, solange er in Kopenhagen weilte; aber kaum saß er daheim auf Ugerup, als er auch schon andern Sinnes wurde.

So erging es ihm gewöhnlich. Er mußte in seinen vier Pfählen sein, um wirklich zu wissen, was er wollte.

Er brauchte einen solchen Hund dringender als irgend jemand ahnte. Erstens hatte er kostbares und prächtiges Wild im Forstparke auf Ugerup, und zweitens konnte er es nicht schützen. Er konnte sich nicht Respekt verschaffen, wie andre Herren. Er war zu ruhig, um gefürchtet zu werden, und raffte sich nie auf, zu strafen.

Er hatte gerade damals einen ungewöhnlich großen Hund in Dressur, der gelehrt werden sollte, auf Wölfe und Bären zu gehen. Er hieß Kark und war so klug, daß Herr Arild beschloß, ihm beizubringen, wie man Wildschützen jagt. Dies gelang so gut, daß es schien, als hätte es dem Hunde im Blute gelegen.

Als der Hund im Hundehof ausgelernt hatte, nahm ihn Arild Urup in den Wildpark mit. Dort kannte Herr Arild jeden Baum und Busch, jeden Wildstand und jedes Vogelnest. Man konnte sagen, daß er seine ganze Liebe hineingelegt hatte. Aber merkte er, daß ein Tier gestohlen war, so brachte er es dennoch nicht über sich, den Dieb zu verfolgen. Sein Zorn war darum aber nicht geringer.

Als er unter die Bäume trat, erblickte er sogleich eine Falle, die nicht von ihm oder seinen Jägern gestellt war. Er ließ Kark daran schnuppern und nahm ihm dann die Koppel ab.

Der Hund schoß geradewegs in ein Dickicht, und nach ein paar Augenblicken hörte Herr Arild einen Schrei und einen schweren Fall. Der Wilddieb war eben dagewesen, seine Falle zu besichtigen, und es war ihm nicht gelungen, aus dem Forste zu entkommen.

Als Herr Arild sich einen Weg durch das Gestrüpp gebahnt hatte, sah er den Burschen umgestürzt auf der Erde liegen und den Hund über ihm stehen, die Tatzen auf seiner Brust und den Rachen an seiner Kehle, ganz wie der Franzmann gesagt hatte, daß es sein müßte.

Herr Arild griff gleich nach der Hundepeitsche und begann den Kerl zu schlagen. Er erstaunte förmlich über sich selbst, aber er fühlte, daß er dieses eine, einzige Mal seine Kraft zeigen mußte. Er kannte den Burschen überdies, und er wußte keinen Schelm, dem er lieber beigekommen wäre. Es schlug sich auch so mühelos, während der Dieb still lag, wie an den Richtblock gebunden, und nur auf die funkelnden Augen des Hundes achtete und auf die Zähne, die bei jeder Bewegung, die er versuchte, seine Kehle kitzelten.

Als Arild Urup ein paar tüchtige Hiebe geführt hatte, kam etwas Merkwürdiges über ihn. Es schien ihm, daß sein Arm sich von selbst zu heben beginne; ohne daß er daran dachte, fing er an, mit dem Peitschenstiel zu schlagen, und er lachte hell auf, als der Bursche da unter den Schlägen vor Schmerzen zusammenzuckte.

Etwas ganz Neues hatte in ihm die Oberhand gewonnen, er wurde gleichsam sich selbst fremd. Er empfand eine solche Freude bei jedem Schlage, den er dem zitternden, zuckenden Menschenleibe gab, daß er sich nicht entsinnen konnte, je vorher solche Wollust gefühlt zu haben.

Er zerpeitschte ihm die Kleider und die Haut. Er sehnte sich nach dem ersten Blutstropfen, und als er ihn hervorgepeitscht hatte, fühlte er, daß er sich danach sehnte, das Leben selbst herauszupeitschen.

Am Anfang hatte der Bursche geheult, aber mit einem Male wurde er still. Man hätte ihn für tot halten können, hätte der Körper nicht weiter unter den Schlägen gezuckt und gezittert. Seine häßlichen, alten Kleider waren auseinandergepeitscht, und der Körper schwoll blau und blutig auf.

Der Hund hatte ihn verlassen und stand neben Arild Urup. Bei jedem Schlage tat er einen Satz, als wolle er sich auf seine Beute stürzen, und stieß ein frohes Bellen aus. Als Arild Urups Blick auf ihn fiel und er sah, wie das Tier im Blutdufte witterte und alle wilden Instinkte in ihm entfesselt waren, da erfaßte ihn mit einem Male Ekel.

Das Ende war, daß Kark einen Schlag über den Rücken erhielt, der ihn zu Boden streckte, wo er sich vor Schmerz krümmte, und daß Arild Urup heimging. Der Wilddieb mochte das Weite suchen, so gut er konnte.

In den nächsten Tagen fühlte Herr Arild ein wunderliches Unbehagen. Er liebte es, in Frieden und Ruhe zu leben, und vertrug solche Erregungen nicht. Und obwohl er im Krieg und auf Turnieren gewesen war und seine Sache gar nicht übel gemacht hatte, hatte er sich doch nie wild und außer sich gefühlt. Es kam ihm in den Sinn, daß es mit dem Hunde am Ende nicht geheuer wäre. Denn die Grausamkeit war über ihn gekommen, als er Karks Augen funkeln und seine weißen Zähne die Kehle des Mannes hatte kitzeln sehen. Todsünden greifen ärger um sich als die Pest. Und so mochte es mit seinem Wildforste gehen, wie es wollte; aus seiner friedlichen Ruhe wollte er nicht gerissen werden. Darum ließ er Kark anbinden. Er mußte Jahr um Jahr in seiner Hütte stehen und wurde niemals mehr in den Wald mitgenommen.

Aber er tötete ihn nicht, er verschenkte ihn nicht, sondern der Hund stand da, und seine Gaben blieben aufgespeichert, bereit für den fernen Tag, wo Herr Arild sie brauchen würde.

Aber bis dahin, welche Kette von Ereignissen! Wie sie sich biegt und krümmt, wie sie sich vorwärts und zurück schlängelt im Gewebe der Zeiten! Sie breitet sich in Glanz und Farbe aus, sie stirbt im Schatten dahin, sie verwirrt sich und entschwindet.

Welche Kette von Ereignissen! Sie kommt, wie eine lange Reihe von Wogen, die donnern und branden, die sich verflüchtigen in Schaum und Gischt.

Welche kalte, öde Kette von Ereignissen! Wie wenig zeigt sie, soweit sie von den Alten aufgezeichnet ist, die Spuren davon, daß Menschen sie durchlebt haben. Sie ist wie ein altes, eingeschrumpftes und bleiches Heiligenbild. Einmal freilich ist es nach frischen Gliedern geschnitzt, einmal freilich nach den Farben blühender Wangen gemalt worden.

Laßt sie vorbeigleiten; denkt von ihr wie von einem Eisenbahnzuge, daß Leben und Bewegung in den geschlossenen Wagen herrsche, obgleich man keinen Menschen sieht! Laßt den Eilzug der Ereignisse vorbeigleiten, ohne bei Quellen und in Hainen zu verweilen, ohne zu Höhen emporzusteigen und den Morgen zu grüßen, ohne am Meeresstrande zu verweilen und den Sonnenuntergang zu sehen!

Hört nun, hört: Geschehnisse, nur Geschehnisse! Da ist Herr Lave, der Pfarrer. Er freit bei Frau Elsa Ulfständ auf Eriksholm, Herrn Thotts Wittib, für Herrn Arild Urups Rechnung. Er begehrt die junge Tale Thott für ihn. Und Tale will nicht, aber Frau Elsa will, und die Anverwandten wollen: Herr Arild ist reich.

Und da ist Herr Lave abermals auf Eriksholm und Herr Arild mit ihm, und da wird in Pracht die Verlobung gefeiert. Und jetzt, kannst du ein Gesicht hinter dem Fenster des Eilzugs erspähen? Kannst du Tale sehen, kannst du ein armes, verweintes Kindergesicht sehen, das in Verzweiflung erstarrt ist? Kannst du sehen, wie diese starre Verzweiflung, die sie gebunden und gelähmt hat, während sie sie für immer und allezeit Arild Urup versprechen, mit einem Gelöbnis, das gleich einer Trauung bindet, wie diese starre Verzweiflung sich in Raserei auflöst, als Herr Arild seine Brautgaben vor ihr ausbreitet! Warte, warte, hier ist mehr als ein Geschehnis, hier ist ein kräftig hervortretender Wille, hier ist ein stolzes und heftiges Herz. Die Hochzeitsgeschenke werden zu Boden geschleudert, und der kleine Fuß setzt seine Ferse auf goldenes Geschmeide und Seidentücher. Und die Hand ballt sich gegen Freunde und Gäste, als sie den Kinderzorn mit Lachen begrüßen.

Rasch einen neuen Einschlag in das Gewebe der Zeit! Es ist Hochzeit auf Skabersjö, und dort begegnen sich Tale Thott und Anders Banner. Und wenn dies eine Erzählung von Menschen wäre, würde berichtet werden, wie sie sich trafen, und ob es Worte oder Blicke waren, die sie aneinander fesselten. Aber dies ist keine Erzählung von Menschen. Dies ist ein Schattenspiel, ein Spiel von matten, farblosen Schatten.

Und nun kommt dies, daß Herr Arild in den Krieg ziehen muß, noch bevor Frau Elsa alles zur Hochzeit gerüstet hat. Und er wird im Kriege gefangen. Und da ist Tale: sie schreibt an Anders Banner, daß Herr Arild in Feindesland gefangen ist, und daß er nun kommen möge und um sie freien. Da ist Anders Banner, der reitet nach Eriksholm, dort liegen die beiden vor der Mutter des Mädchens auf den Knien. Es lohnt nicht der Mühe, zu versuchen, sich Menschen dahinter zu denken. Dazu sind bloß Schatten nötig. Es ist nicht mehr, als was Schatten verrichten können.

Und da ist sie bei Hofe, diese Schattenjungfrau. Da kniet sie nieder vor dem jungen König, immer und allezeit um ihre Freiheit flehend, immer das Geschehnis, an dem sie teilnimmt, mit einem schwachen Schimmer von Leben erfüllend, immer einen stärkeren und bestimmteren Schatten werfend als die andern.

Nun zieht sie heim mit des Königs Freisprechung, nun eilen Boten von Eriksholm, zum Hochzeitsfeste zu laden, nun versammeln sich die Gäste. Da, mitten in die Freude, fällt ein Gegenbefehl des Königs. Ein Jahr noch muß das Mädchen auf Arild Urup warten, weil der König es nicht gestatten will, daß seinem treuen Mann Unrecht widerfahre, während er in seinem Dienste fern ist.

Wie lang die Reihe der Ereignisse ist! Nun ziehen schonische Herren zu König Erik von Schweden, der Arild Urup gefangenhält, und bitten, ihn auslösen zu dürfen. Aber der König will nicht. Ist er auch ein Schattenkönig, so lebt doch noch der alte, eigensinnige Wille in ihm. Niemand kann es sonst begreifen, warum er Herrn Arild so gern behalten mag.

Und Herr Arild sitzt im Gefängnisturm und wartet auf die Freiheit, und das Mädchen sitzt im Lustgarten zu Eriksholm. Und so hält der wilde Lauf der Ereignisse inne. Es ist, als würde ein ungestüm dahinbrausender Eilzug gehemmt. Wir dürfen verweilen und den Blick vom Hügel bewundern, wir dürfen Blumen pflücken am Wegesrand.

Denkt, daß dies der Abend vor Tale Thotts und Anders Banners Hochzeit ist!

Und denkt, daß Glück etwas Furchtbares sein, daß es sich beinahe wie Schmerz ausnehmen kann, daß es die Brust beklemmt und die Glieder schüttelt, daß es lähmt und verwirrt und die Seele erschüttert.

Daß das Glück allzu ganz und allzu schön sein kann und man sich wohl einen Riß in seinem Festkleid, eine Falte in seinem Antlitz wünschen kann.

Es war eine Sommernacht mit Mondenschein. Es war wirklich Nacht, nicht die bleiche Dämmerung, die man Hochsommernacht nennt, nein, die schwarze Augustnacht, in der das Mondlicht die Dunkelheit durchschneidet wie weißes Silber, wo das Licht für sich ist und das Dunkel für sich, wo unter den Parkbäumen schwarze, unvermischte Finsternis herrscht und klares, unvermischtes Licht über dem Rasenplan. Und es war laue Stille über der Gegend. Nicht ein Wind, der sie gestört hätte, nicht ein unheimliches Rascheln, nicht ein fallendes Blatt. Alles schenkte diese Nacht ganz, auch die Stille.

Und wo wurde sie gefeiert, diese Nacht, wo wurde sie durchlebt in bebender, schwellender Freude? Nicht unten auf der Ebene zwischen Steinmauern und Pfeilern, nein, hoch oben auf dem grünen Abhang, hoch oben, wo der Boden sich in Risse spaltet, aus denen üppiges Grün sich gleich schwellenden Wogen hinabstürzt, hoch oben, wo der Buchenwald über den Hügel hinabfällt, wie eine buschige Mähne über einen gekrümmten Hals. Alles gab die Nacht voll und reich, sie versetzte uns nicht in Lehmhütten, nicht unter niedrige Holzdächer, nein, hinauf in das große Eriksholm, das neue, glänzende Schloß, flaggengeschmückt, mit blumenumwundenen Pforten und kostbar getäfelten Sälen.

Angebinde um Angebinde gab die Nacht, sie gab dem rieselnden Springbrunnen Silber, den unzähligen goldnen Wimpeln des Schloßdaches lieh sie Schimmer, sie zauberte Nebel aus dem Graben rings um die Burg, bis sie dalag, ein Märchenschloß, auf Wolkenrücken erbaut, und sie ließ schwachen Duft die Luft durchzittern, gleichsam um nichts zu vergessen. Aber dort im Schloßgange wurde getanzt.

Maid stand neben Maid, Knappe neben Knappe, in zwei langen Reihen. Und leise traten sie den Reigen, während der Vorsänger eine Weise summte. Aber als er zum Kehrreim kam, stimmten alle ein: Leicht und fein, leicht und fein tanzt sich's über Wies' und Hain ... Liebeslied um Liebeslied, bis die Luft in Leidenschaft zitterte und bebte, und dann Weisen vom Troll und vom Niß und vom Nöck, bis Wald und Nebel und Park und Wiese von den Unterirdischen bevölkert zu sein schienen. Und mitten darin ein Umschlag im Takte, ein neuer Ton im Bogenstrich. Die langen Ketten der Tanzenden lösten sich, Paare entstanden, der Wirbeltanz begann und entzündete taumelnde Freude in Seele und Sinn.

Rund um den Tanzplan standen Fackeln, und ihr roter Schein stimmte mit der Fröhlichkeit überein, in der alles war, wie es sein sollte. Allen voran aber war Tale Thott. Sie war eine schöne, reich gekleidete und geschmückte Ritterstochter. Sie ging im Fackelscheine, der vom Tanzplatze kam, hin und her, Frau Kirstine Kaas an der Hand.

Sie gingen auf und ab. Jedesmal, wenn sie sich wendeten, so daß der Lichtschimmer vom Tanzplatze ihre Augen traf, oder wenn der Gesang in volleren Tönen zu ihnen herübergetragen wurde, schlug Tale die Hände zusammen. »Hört, hört«, sagte sie, »nun feiern wir Hochzeit auf Eriksholm!«

»Willst du nicht tanzen, Tale?« sagte Frau Kirstine.

»Nein, Frau Kirstine, ich kann nicht.«

»Du solltest sprechen oder singen.«

»Ich bin zu froh, Frau Kirstine.«

Sie zitterte und war ganz außer sich. Es war, als hätte sie eine Feuerluft geatmet, die sie auseinandersprengen wolle, als verbrennte sie innerlich. Sie hielt Frau Kirstine fest an der Hand, als suche sie Linderung für ihre Qual.

Frau Kirstine hatte beinahe Angst um sie. Tale Thott pflegte kalt zu sein, von fester Haltung, von zähem, hartem Willen. Sie pflegte still zu gehen und leise zu sprechen. Sie war wie eine, die sich durch vielen Widerstand hindurchgekämpft hat. Frau Kirstine fand sonst kein Gefallen an Tale Thott. Sie selbst glich dem schlängelnden Aal, der geschmeidigen Weide. Sie verkroch sich vor kraftvollen Menschen. An diesem Abend schloß sie sich in Liebe an sie an.

»Was ist es, Tale Thott?« sagte Frau Kirstine, »was ist es, was dich so weit gebracht hat?«

»Es ist nur das Glück, Frau Kirstine, nur das Glück.« Die Jungfrau führte die Hände an die Augen und schluchzte. Nur ein kurzes, heftiges Aufschluchzen; dann begann sie zu sprechen.

Ob Frau Kirstine wisse, wo Anders Banner sich befinde? Nicht wahr, er reite umher und lüde zum Hochzeitsfeste? Das wußte Frau Kirstine wohl, daß am Tage vor der Hochzeit der Bräutigam stets umherreiten und die Gäste laden mußte. Er ritt von Edelhof zu Edelhof. Man konnte nicht hoffen, daß er vor Mitternacht zurückkäme.

Es war kein Ton in ihrer Stimme, der nicht ein wenig höher geklungen hätte als zu andern Zeiten. Kein Wort, das nicht auf einer Flut von Schelmerei und Glück dahingetanzt wäre.

»Gott lasse ihn glücklich heimkehren!« sagte Frau Kirstine.

Tale Thott lachte auf, kurz, leise, es war, wie ihr Weinen früher, nur ein leichtes Überquellen des gewaltigen Glückstromes in ihr.

Ob Frau Kirstine auch daran dächte, welch gefährliche Nacht dies wäre? In solchen Nächten pflegte die Flußnixe auf den Ritter zu lauern und ihn anzulocken, wenn er durch die Auen heimritt. Sie solle doch daran denken, wie es Herrn Olaf ergangen sei und so manchem andern! Alles hänge davon ab, daß der Bräutigam fest sei in seiner Liebe, dann hätte die Flußnixe keine Gewalt über ihn. Ob Frau Kirstine glaube, daß Anders Banner fest sei in seiner Liebe? »Laß uns keinen Scherz mit den Unterirdischen treiben«, sagte Frau Kirstine. Tale Thott merkte, daß sie der Frage auswich und daß ihr Ton gepreßt klang. Sie lachte abermals, schlang die Arme um Frau Kirstine und drückte sie. Nein, nein, es wunderte sie nicht, daß Frau Kirstine nicht sagen wollte, sie glaube an Anders Banners Liebe. Seht, sie, Tale Thott, war ihm gut gewesen, schon als kleines Mädchen, aber da hatte er, der erwachsene Mann, sie nicht einmal angeschaut. Hatte er auch nur danach gefragt, als sie sie Herrn Arild verlobten? Ach, Frau Kirstine, Herr Arild ...! Daß sie nun frei und ledig war!

»Daß du meinen Blutsverwandten so wenig liebst, Tale!« sagte Frau Kirstine.

Das Mädchen lächelte und drückte Frau Kirstinens Hand. Es war ein großer Freundschaftsbeweis von Frau Kirstine, daß sie zur Hochzeit gekommen war, obwohl Tale Thott Herrn Arild so schwer verunglimpft hatte. Darum wollte sie auch gar nichts Böses von ihm sagen. Sie verspürte auch nicht die mindeste Lust, von ihm zu sprechen. Ihn vergessen, das wollte sie. Und was war es doch, wovon sie eben geredet hatte? Sie wollte Frau Kirstine um Rat fragen, wegen Anders Banner. Die Leute hätten ja von Anfang an gesagt, daß er nichts nach ihr frage.

Ja, das hätte Frau Kirstine gehört.

So sei es auch gewesen, bekräftigte Tale. Das schwerste Leid, das sie in diesem Jahre getragen, sei doch, daß sie nicht gewußt habe, ob Anders Banner sie nur aus Haß gegen Arild Urup begehre. Sie waren Feinde geworden nach einem Ochsenhandel auf dem Markt von Skurup. Diese Ochsen – sie wußte nicht, ob sie sie haßte oder liebte. Sie waren der Ursprung ihres

Glückes, aber dennoch hatte sie sich ihretwegen oft in den Schlaf geweint.

Frau Kirstine hätte wohl von ihr, von Tale Thott, gehört, daß sie stolz und hoffärtig sei, aber das sei nicht wahr, niemand trage ein demütigeres Herz in der Brust. Niemand hätte sich so erniedrigen müssen wie sie. Und um der Liebe willen hätte sie sich gedemütigt.

Es war kurze Zeit nach ihrer Verlobung mit Arild Urup, da waren sie und er bei einem Hochzeitsschmaus auf Skabersjö gewesen. Und da war auch Anders Banner gewesen.

Ach! Sie legte beide Hände auf den Mund, küßte die Finger und streckte die Arme aus, um die Erinnerung, die Nacht, den Mondschein zu umfangen. »So trieb ich es früher, als ich hier seufzend hoffnungslos ging«, sagte sie. »Aber denkt, Frau Kirstine, heute nacht, morgen...! Da trinken wir auf Eriksholm den Hochzeitstrunk!«

Wieder schüttelte sie ein Schluchzen, wieder begann sie zu sprechen. Arild Urup hatte Anders Banner mit einem Paar Ochsen betrogen, und Anders Banner hatte geschworen, Arild Urup etwas zu nehmen, was mehr wert war als viele Ochsen. Darum hatte er sich um sie bemüht, als sie sich auf Skarbersjö trafen. Das war wohl kein Grund zu großer Freude, oder wie schien es Frau Kirstine?

Nein; das war Frau Kirstines aufrichtige Meinung. Aber dies war dennoch der Anlaß gewesen, daß er sie bemerkt und mit ihr Zwiesprache gepflogen hatte. Sonst hätte der Lehnsherr des Königs wohl nicht einen Deut nach einem solchen Mädchen, wie sie, gefragt. Und nach dieser Begegnung hatte sie doch den Mut gefaßt, zu hoffen, Herrn Arild zu entgehen, und dann hatte sie begonnen, ihre Mutter so recht innig zu bitten, ihm den Abschied zu geben.

Frau Kirstine meinte wohl, sie hätte wie eine Törin gehandelt. Man sage ja, sie hätte um Anders Banners willen Gott getrotzt, aber sie glaube nicht, daß sie das getan hätte. Doch ihrem ganzen Stamme hätte sie getrotzt. Und sie selbst sei es gewesen, die, als Herr Arild in den Krieg gezogen war, dem Ritter geschrieben hätte, er möge kommen und um sie freien. Denkt, sie hätte zuerst geschrieben. Ob Frau Kirstine glaube, daß solches zu gutem Ende führen könne? Andere hätten ihr immer wieder gesagt, daß Anders Banner sie nicht liebe, daß er bloß Arild Urup das rauben wolle, was mehr galt als zwei Ochsen. Das sagten sie noch heute. Frau Kirstine glaubte es wohl noch in diesem Augenblick?

Und sie schmiegte ihr schelmisches Antlitz an Frau Kirstinens Wange und zeigte einen Kummer, den sie nicht fühlte, eine Unruhe, die keinen Raum in ihr fand. Dann lachte sie ihr gerade in die Augen und schwenkte sie herum, so daß sie auf den Tanzplatz kam. »Seht, seht, Frau Kirstine, nun feiern wir Hochzeit auf Eriksholm.«

Dann fing sie wieder an. »Ich stolz? Ach, Frau Kirstine, ich stolz? Denkt, daß ich selbst, das junge Mädchen, habe zu Hofe ziehen müssen. Denkt an alle Kniefälle, alle Bitten! Und dies alles um einen Mann, der vielleicht gar nicht nach mir fragt. Er hat es ja mir überlassen, für alles zu sorgen. Kann es sein, daß er Arild Urup bloß den Ochsenhandel heimzahlen will?«

Aber das Ärgste, das Schwerste, was sie hätte tun müssen, sei das Warten gewesen. Als der König befohlen hatte, sie dürfe nicht früher mit Anders Banner Hochzeit machen, bis sie noch ein Jahr auf Arild Urup gewartet hätte.

In diesem Jahr hätte sie ihre Jugend verloren. Dies Jahr sei wie hundert Jahre gewesen.

Wenn Arild Urup schwere Zeit gehabt hätte, dort, wo er gefangen lag, ihr sei es nicht leichter geworden. Sie hätte nicht gewagt, zu tanzen, nicht gewagt, sich zu freuen. Sie hätte nicht still an Webstuhl oder Spinnrad sitzen können.

Wenn Anders Banner nach Eriksholm gekommen wäre, hätte sie sich nicht gezeigt. Sie hätte es nicht gewagt. Ihre Mutter hätte nicht an ihrem Brautschatz nähen dürfen. Sie hätte es nicht gewagt, einen solchen Gedanken zu haben. Sie hätte nicht gewagt, die Tage zu zählen, die von dem Wartejahr verronnen waren.

Sie legte ihren Arm in Frau Kirstines Arm. »Kommt«, sagte sie und wollte Frau Kirstine von dem hellen Tanzplatz in das tiefere Dunkel des Parks ziehen.

»Nein«, sagte Frau Kirstine, und ein Schauer überlief sie.

»Nur dorthin zum Hügel, wo man über die Heerstraße sieht. Dort habe ich gelebt, Frau Kirstine, Tag um Tag. Dort saß ich, dort ging ich, dort stand ich. Dort stand ich und lauschte auf den Hufschlag weit, weit weg. Und jeder Huf, der gegen einen Stein klang, brachte mir Kunde, daß Arild Urup befreit sei aus seinem Kerker, und jeder Federbusch, der über die Landstraße wehte, jede schimmernde Lanzenspitze brachte die gleiche Kunde. Das Schrecklichste war, ihn wiederzuerkennen in jedem Reiter, groß oder klein, jung oder alt, der in den Burghof ritt. Ach, mir scheint, ich achtete selbst auf die Pferdeknechte, ich dachte zuweilen, er könnte als Weib verkleidet erscheinen. Kommt, Frau Kirstine, noch einmal will ich hingehen!«

Aber Frau Kirstine wollte nicht. Es wäre so tief im Park, sagte sie. Aber Tale Thott bat Frau Kirstine so recht von Herzen, sie dorthin zu begleiten. Sie wollte zu dem Hügel, heute abend, da das Glück gar zu groß und mächtig war, so daß sie sich die Bitterkeit der vergangenen Zeiten ins Gedächtnis rufen mußte, um nicht davon erstickt zu werden, um nicht vor Freude den Verstand zu verlieren.

Da gab Frau Kirstine nach und ging mit ihr. Es ist Gottes Wille, sagte sie zu sich selbst.

Und Frau Kirstine kämpfte mit sich und ging dem verworrenen Gedanken nach, daß Gott nicht mit sich scherzen läßt und darüber wacht, daß Schwüre und Eide nicht gebrochen werden. Es fiel ihr sehr schwer, mit Tale von Licht und Tanz fortzugehen.

Sie kamen bald an die Grenze des Parks. Er glich dort mehr einem gewöhnlichen Wald und war reich an dichtem Gestrüpp. Dort lag ein Hügel mit weichem, grasbewachsenem Hang und einer Buche auf der Kuppe. Frau Kirstine horchte gespannt und zuckte beim leisesten Rascheln zusammen. Mehr als einmal lachte Tale darüber.

Sie kamen auf den Hügel und standen dort im Mondschein, weit im Umkreise sichtbar. »Dort geht die Landstraße«, sagte Tale Thott. Und sie schlang die Hände ineinander und atmete schwer. Hier kam einen Augenblick die alte Angst über sie. Dann schloß sie die Augen und machte sich klar, daß sie hier stand und glücklich war, hier an diesem Orte des Grauens.

»Denkt, daß ich dies alles um einen Mann gelitten habe, auf den ich nicht bauen konnte«, sagte sie.

»Wir wollen gehen«, bat Frau Kirstine ganz leise.

»Nein«, sie wollte nicht. Gerade hier wollte sie Frau Kirstine das Allerwichtigste sagen.

Ob die wußte, wie es ihr ergangen war, als sie das erreicht hatte, was sie aus tiefster Seele gewünscht hatte, als das Wartejahr verstrichen war, ohne daß Herr Arild wiederkam? Sie hatte gegrübelt und gezweifelt, während man zur Hochzeit rüstete. Was für eine Freude war es denn, Anders Banners Gemahl zu werden, wenn er sie nun nicht liebte! Sie hätte mit ihm brechen können, wie mit Herrn Arild, wenn sie sich nicht geschämt hätte. Sie hatte gewünscht, daß es noch Klöster im Lande gäbe. Aber heute, ja, Frau Kirstine wußte ja, daß Anders Banner rings im Lande umherritt, um zum Hochzeitsfeste zu laden, so war ja der Brauch. Und man hatte ihn ja nicht vor Mitternacht daheim erwarten können. Aber er war daheim gewesen, ja, er war daheim gewesen!

»Was kann das bedeuten, Frau Kirstine? Er hatte sich gleichsam hereingeschlichen in der Dämmerung und hatte mir sagen lassen, daß er mich sehen wolle. Und ich bin zu ihm in den Lustgarten gekommen.«

»Tale Thott«, sagte Frau Kirstine, »so ist dir nun auch dies zuteil geworden, daß er dich liebt. Laß uns nun gehen! Warum sitzst du hier? Wollen wir gehen!« Denn trotz allem, was Frau Kirstine vom Walten Gottes wußte und vom Untergang der Übermütigen und der Erniedrigung der Wortbrüchigen, schien ihr dies doch ein zu großes Glück, als daß man es hätte verscherzen dürfen. Und sie bat einmal ums andre: »Wollen wir gehen.«

Aber Jungfrau Tale war glücklich an diesem fernen Ort, wo sie frei von ihrem Glück reden konnte.

Also Frau Kirstine glaube: wenn Anders Banner sich nach Hause geschlichen hätte, um sie zu sehen, so bedeute dies, daß er ihr gut sei? Er hätte nicht einen ganzen Tag fern von ihr sein können, ohne sie zu sehen? Schon daran könnte Frau Kirstine erkennen, daß er es gut mit ihr meine. Und wenn sie nun erst seine Worte gehört hätte!

Sie hätte ihn gefragt, ob seine Fahrt schon beendet wäre! Ach nein, aber er hätte nach Eriksholm umkehren müssen, um sie zu sehen – zu sehen, daß sie keinerlei Gefahr liefe. Und danach hätte er so viel gefragt! Ob er danach gefragt hätte, ob er danach gefragt hätte!

Er hätte ihre Hand genommen und sie so gedrückt, als wolle er sie zerpressen. Warum sie so stolz gegen ihn wäre? Warum sie allen Kummer allein trüge? Ob sie keine Liebe für ihn hätte, weil sie ihn nichts von der Bürde tragen lassen wolle? Sie solle nicht glauben, daß er sich so beiseite schieben lassen würde, wenn sie die Seine geworden wäre. Was sie von ihm wolle, wenn sie ihm nicht gut wäre? Ob sie ihn nur nehme, um Arild Urup zu entfliehen?

Und sie hätten einige Augenblicke miteinander sprechen können. Sie hätte ihm gesagt, wie lange sie ihn liebte. Und ihn gefragt, ob er um der Ochsen willen um sie gefreit hätte. Nein, darauf hätte er gar nicht antworten wollen. Er sei böse geworden.

Also, darum erstickte das Glück sie beinahe. Sie wüßte nicht, ob sie stünde oder ginge. Sie könnte nicht unter den andern sein. Denn kein Glück sei wie das ihre, kein andres Glück.

»Laß uns doch zu ihnen gehen!« bat Frau Kirstine.

Frau Kirstine hatte von Kaisern und Päpsten gehört, die ihre Feinde zum Gastmahl geladen und sie an der Tafel mitten unter Freundschaftsworten und Fröhlichkeit vergiftet hatten. Frau Kirstine wollte es scheinen, als wüßte sie nun, wie es wäre, wenn man als Wirt an solch einem Tisch säße.

Tale bat sie, still zu bleiben. Ob sie wohl wisse, wie köstlich es für sie sei, hier sein zu dürfen, weit weg von Lärm und Lustbarkeit, um daran zu denken, daß er sie liebte.

Frau Kirstine sank in den Rasen hinab, ihre Beine zitterten unter ihr, so daß sie kaum stehen konnte. Gottes Hand! Dies war wohl Gottes Hand!

»Wenn Anders Banner heute nacht hier vorbeigeritten kommt«, sagt Tale, »dann glaubt er wohl, daß wir Flußnixen sind, die ihn locken wollen.« Und sie erklärte Frau Kirstine, daß sie hier bleiben wolle, bis er geritten käme.

»Wüßtet Ihr bloß, wie wenig wir noch miteinander gesprochen haben, und wie viel wir uns zu fragen und zu sagen haben. Er soll mir erzählen, wie mein Glück werden wird, Frau Kirstine, wie wir leben und hausen wollen. Ich weiß nicht viel mehr von ihm, als wäre er ein Bergkönig, der mich in den Berg hineinführen will.«

Frau Kirstine sprach nicht mehr, die Stimme hätte ihr versagt. Sie saßen im Grase unter der Buche und warteten, während der Nebel sich über die feuchte Erde den Hügel hinabzog und sie mit gläubigen Augen sahen, wie sich unter dünnen, durchsichtigen Schleiern die Flußnixen im Tanze wiegten.

Unterdessen stand Arild Urup unten am Fuße des Hügels im Dickicht verborgen. Er selbst stand da, groß und gelassen, frei von Ketten und Banden, seinen Hund Kark neben sich.

Er hatte zwei Freunde gehabt, Otto Brake und Mauritz Podebusk; die hatten es bewirkt, daß er losgelassen wurde. Dann hatte er einen Ritt durch Schweden gemacht und war drei Tage vor der Hochzeit in Ugerup angelangt. Er hatte Frau Kirstine Kaas überredet, am Abend vor der Hochzeit die Braut weit weg in den Lustgarten zu locken. Andre Vorbereitungen hatte er nicht getroffen. Aber bevor er nach Eriksholm ritt, löste er Kark, seinen guten Hund, von der Kette, an der er nun zehn Jahre gelegen hatte. Er langte zeitig am Abend an und schlich im Lustgarten umher.

Solch eine stille Nacht! All sein Zorn konnte dagegen nicht standhalten. Es war, wie wenn der Orkan der Windstille begegnet und seine ganze Kraft in ihren Frieden ergießt.

Er ging und horchte auf den Tanz und den Jubel dort im Schloßhof. Das lockte ihn. Er hätte lieber dort oben zwischen den Fackeln stehen und aus vollem Halse eine Kampfesweise singen mögen, anstatt hier im Parkdunkel umherzuschleichen. Er sah, wie man Weinfässer ins Schloß trug, und aus der Küche kamen lange Züge von Knappen, die Gerichte trugen. In seinen Plänen trat ein Umschwung ein. Der Hunger des Gefangenen nach allem Leckeren und Schönen kam über ihn. Ein Einfaltspinsel war er, daß er hier draußen umherwanderte. Lieber hineingehen, Frieden mit Tale und Frau Elsa schließen und mit beim Schmause sein. Mädchen gab es wohl mehr, doch solch ein Fest kam nicht so leicht wieder.

Da kam es ihm in den Sinn, daß er ausgelacht werden würde. Nun, darum scherte er sich den Kuckuck, er, Arild Urup. Er wußte, was ihm am besten taugte. Da kamen das Mädchen und Frau Kirstine durch den Lustgarten gegangen, und sie streiften beinahe die Ecke, wo er stand und grübelte. Er wurde stutzig. Wie Frau Kirstine sagte er, daß dies Gottes Hand sei. Er hörte Tale Thotts Worte. Er war jetzt so freundlich gestimmt, daß er gerührt wurde von ihrem Glück. Sie sollte es nur mit Freuden behalten. Ihm machte es ja nur Mühe und Plage, sie zu zwingen. Er war doch nicht mit knapper Not dem Gefängnis entronnen, um sich allsogleich in eine neue Gefahr zu stürzen, die ihm Leib und Leben kosten konnte.

Er lauschte mehr dem Lärm des Tanzplatzes als den Worten der Jungfrau. Das war ein Lachen, das sich hören ließ. Sicher waren wandernde Gaukler da. Und Maskierte und Bläser und Kraftmenschen mußten auch dabei sein. Dort wollte er hin. Hier im Walde war es nicht besser als in König Eriks Gefängnis.

Er wollte sich nicht rühren, solange die Jungfrau noch auf dem Hügel säße. Er wollte nicht von ihr gesehen werden, wie er sich, gleich einem Wilddieb, aus dem Dickicht hervorschlich. Aber sowie sie gegangen wäre, wollte er sein Pferd besteigen, auf den Weg hinausreiten und in so geschwindem Lauf nach Eriksholm traben, daß die Zugbrücke donnern und schwanken sollte. Und Frau Elsa und den andern würde er zurufen, daß er alles vergebe, aber auf dem Hochzeitsfeste wolle er mit dabei sein.

Er fragte sich, ob irgendein Gast willkommener sein könnte.

Es ergötzte ihn, daran zu denken, und darum ließ er sich zum Warten reichlich Zeit. Kark saß unruhig und blickte zu ihm auf; er bebte vor Kälte und Jagdeifer. Arild Urup sah ihn mit Verwunderung an. Es war, als merke er jetzt erst, daß er den Hund bei sich hatte. Was in aller Welt sollte er mit ihm anfangen? Er mußte zusehen, daß er angebunden würde, sobald er in den Hof käme. Der Hund war noch gefährlich, er hatte seine alten Künste nicht vergessen.

Ob das Mädchen nun wohl daran dachte, sich endlich von der Stelle zu rühren, oder ob sie ihn die ganze Nacht hier stehen und verdursten lassen würde?

Da plötzlich sprang Tale auf und rief: »Er kommt.« Sie hatte Pferdegetrappel gehört und lief den Hügel hinunter, Anders Banner entgegen.

Aber Frau Kirstine hörte zu gleicher Zeit ein heftiges Rascheln im Dikkicht unter dem Hügel. Da eilte sie in vollem Laufe dem Schlosse zu. Sie wollte nicht Zeuge dessen sein, was nun geschehen würde.

Kark war aufgesprungen, als die Jungfrau zu laufen begonnen hatte. Er entsann sich seiner alten Dressur, fuhr auf Tale Thott los und warf sie zu Boden. Dann blieb er über ihr stehen, die Vorderfüße auf ihrer Brust, den klaffenden Rachen über ihrer Kehle, so daß seine Zähne die Halshaut kitzelten. Arild Urup hatte ihn nicht gehetzt, seine Absichten waren ganz andre gewesen.

Die Jungfrau stieß einen einzigen wilden Schrei aus, dann blieb sie still liegen. Sie war wie gelähmt; kein Mensch hätte sie so erschrecken können wie dieses Untier, das auf sie losgestürzt war.

Entsetzen auf Entsetzen – nach dem Ungeheuer, das sie niedergeworfen hatte und sie töten wollte, kam eine Mann und beugte sich über sie. Sie sah ein wildes, grinsendes Gesicht, starke, blanke Zähne und große Augen. Arild Urup!

Was sie nun fühlte, war nicht Schmerz, sondern Tod. Wenn man sagen kann, daß ein Lebender den Tod gefühlt hätte, so tat sie es nun. Es war ein lähmendes Gefühl in ihr, keine Hoffnung, keine Trauer, und der Schmerz war über seine Grenzen gegangen; er war tot. Der Schmerz tat sein Werk in ihr, aber sie fühlte ihn nicht. Nur eines quälte sie noch: die fernen Hufschläge von der Straße. Sie hörte sie, als gingen sie über sie hinweg. Es war das Glück, das geritten kam, zu spät, zu spät. Die Hufschläge hörte sie ihr ganzes Leben lang.

Aber Arild Urup sah Tale Thott unter Karks Zähnen, er sah sie wehrlos in seiner Gewalt, – und das Raubtier in ihm erwachte zum Leben. Da war sie, die ihn betrogen hatte, als er sein Recht nicht verteidigen konnte, da war sie, die nicht hatte die Seine werden wollen, die seine Gaben mit Füßen getreten hatte. Der Rachegedanke loderte in ihm auf. Nein, nein, nein, nie konnte er ihr vergeben. Dies war weit mehr als alle Feste. Er wollte ihr alles Böse tun, alles Böse. Er beugte sich grinsend über sie. Ja, mitten im Glück, mitten im Feste wollte er sie nehmen, sie rauben mit Schimpf und Gewalt. Dies sollte ihre Hochzeit sein. Er sah, wie Karks Zähne ihre Kehle kitzelten, und lachte laut. Er löste seine Schärpe und verband ihren Mund. Dann schleppte er sie durch das Dickicht fort zu seinem Pferde. Er schwang sich auf sein Roß und ritt davon, die Jungfrau hing über dem Sattel wie ein zuschanden geschossenes Tier.

Der Weg zwischen Himmel und Erde

Es war einmal ein alter Oberst, namens Beerencreutz, der hatte viele Jahre auf Ekeby bei der Majorin gelebt und im Kavaliersflügel gewohnt.

Aber als die Majorin tot war und das fröhliche Kavaliersleben ein Ende hatte, da mietete sich der Oberst in einem Bauernhof im Kilser Kirchspiel ein, das am Südende des langen Lövensees liegt. Hier hatte er zwei Stuben im oberen Stockwerk inne, eine große, in die man zuerst kam, und eine kleinere. Die Bauersleute wohnten im Erdgeschoß, und außer Beerencreutz hielt sich niemand im Oberstock auf.

Hier lebte er lange Zeit, bis er sein fünfundsiebzigstes Jahr erreichte. Er war ganz allein, er hatte nicht einmal einen Diener, der für ihn sorgte. Er räumte selbst seine Zimmer auf, kochte sein Essen, so gut es eben ging, und striegelte und fütterte sein Pferd. Er sagte, daß er all dies selbst verrichten wolle, weil er so besser mit all seiner freien Zeit fertig werde, aber es mag wohl eher sein, daß der wirkliche Beweggrund der war, daß er zu arm war, um sich jemand zur Hilfe zu halten. An Beschäftigung schien es ihm nie zu fehlen. Es fiel ihm sogar schwer, mit all den vielfältigen Arbeiten, die er unter den Händen hatte, zu Rande zu kommen.

In dem großen Zimmer hatte der Oberst jenen merkwürdigen Teppich aufgezogen, über den man im ganzen Kilser Kirchspiel sprach und staunte. Der wurde nicht auf einem Webstuhl gewebt, sondern die Fäden waren von Wand zu Wand gespannt, so daß, wer ins Zimmer kam, nicht anders glauben konnte, als daß er in ein riesengroßes Spinnennetz geraten sei. An diesem Gewebe kroch der Oberst ein gut Teil des Tages hin und her, setzte ein Garnende hier ein und eins dort und prüfte und wählte, um die rechten Fäden zu finden. Wenn der Oberst den Teppich fertig gebracht hätte, so würde er sich wohl an Schönheit mit den Teppichen aus Kandahar und Buchara haben messen können, aber die Art der Verfertigung war so langwierig, daß er nicht mehr als ein paar Felder so zustande bringen konnte, wie er sie haben wollte.

In dem inneren Zimmer hatte der Oberst sein Bett stehen. Er lag immer in einem kleinen Feldbett, das er im Kriege benutzt hatte, als er in Deutschland gegen Napoleon gekämpft hatte. Aber sonst hatte er große, ansehnliche Möbel in diesem Zimmer. Da war unter anderem ein mächtiges Mahagonisofa, ein alter Klapptisch auf schwarzen Ebenholzbeinen, ein Sekretär mit Messingbeschlägen und ein großer Spiegel in bauchigem Glasrahmen, mit zierlicher Vergoldung geschmückt. All diese Stücke waren aus dem Elternhause des Obersten, und sie legten Zeugnis dafür ab, daß, wenn er auch jetzt arm war, er doch in einem reichen, vornehmen Hause aufgewachsen war.

Hier in diesem Zimmer lag der Oberst in einer Sommernacht und schlief, als er plötzlich dadurch erwachte, daß jemand mit schweren Schritten die Treppe zum Obergeschoß heraufkam. Der nächtliche Wanderer stampfte so auf, daß es durchs ganze Haus dröhnte, dabei fest und sicher, als wäre es ein alter Soldat.

Als der Oberst die Augen aufschlug, merkte er an der Dämmerung um ihn her, daß es noch mitten in der Nacht sein mußte. Aber so recht dunkel war es nicht in der Stube, denn es war ja die helle Zeit des Jahres, und da der Oberst eine Treppe hoch wohnte und keine Nachbarn hatte, hatte er sich weder Läden noch Rollgardinen angeschafft.

»Das ist doch merkwürdig mit diesen Bauern, nie können sie es lernen, die Haustüre zuzuschließen«, dachte der Oberst. Er war ein Mann der Ordnung und lag beständig im Kriege mit den Hausleuten, weil sie sich meistens zum Schlafen hinlegten, ohne zuzusperren. So hatten sie es wohl auch an diesem Abend gemacht, und nun war richtig ein Unberufener ins Haus eingedrungen.

Ein Dieb konnte es wohl kaum sein, der mit so schweren Schritten einhertrabte, und wohl auch kein Betrunkener, der sich einen Ort suchte, wo er seinen Rausch ausschlafen konnte. Aber jemand, der da nichts zu suchen hatte, war es auf jeden Fall, denn der Oberst wußte, daß keiner von den Hausleuten in dieser taktfesten Weise auftreten konnte.

Der Oberst lag da und wartete, daß der Nachtwanderer bis auf den Dachboden hinaufgehen würde, aber da hatte er sich verrechnet. Sowie die schweren Schritte die Treppe hinaufgekommen waren, marschierten sie auf seine eigene Türe los, und er glaubte sogar zu hören, wie der Schlüssel sich im Schlosse drehte.

»Ja, damit kannst du dich vergnügen, solange du willst«, dachte der Oberst, »davon wirst du nicht viel haben.«

Denn er wußte natürlich, daß er am Abend vorher seine Türe mit Haken und Riegel versperrt hatte. Gerade weil die Flurtüre unten fast nie verriegelt wurde, achtete der Oberst so genau darauf, daß oben bei ihm alles ordentlich verschlossen war.

Aber jetzt hörte er zu seinem großen Staunen, wie der Fremde die Türe so leicht aufschob, als wäre sie mit einem Wollfaden befestigt gewesen, und ins Arbeitszimmer trat.

Da war das große Teppichgewebe ausgespannt, es war also nicht so leicht, hindurchzuwandern, namentlich jetzt, wo der Raum im Halbdunkel lag.

»Jetzt wird sich der Halunke in meinen Teppich verwickeln und eine schreckliche Wirrnis anrichten«, dachte der Oberst und war schon im Begriffe, aus dem Bette zu springen und den Kerl hinauszuwerfen. Aber da hörte er, wie der Fremde durch das ganze Zimmer zur Schlafzimmertüre ging, mit Schritten, so gleichmäßig, als marschierte er im Takt zu einem Militärmarsch auf dem Troßnäser Felde, und sich in keiner Weise von Kette oder Einschlag behindern ließ.

Die Blicke des Obersten flogen zur Türe. Es war nicht so dunkel, als daß er nicht mit Sicherheit sehen konnte, daß der Riegel vorgeschoben war.

»Ja, jetzt wirst du aber doch nicht weiter kommen, du ver – «

Er blieb mitten im Fluche stecken, denn die Türe sprang auf und schlug an die Wand, ganz so, als wäre sie unversperrt gewesen, und ein heftiger Windstoß aus einem offenen Fenster hätte sie aufgerissen.

Da setzte sich der Oberst im Bett auf und rief mit seiner alten dröhnenden Kommandostimme: »Wer da?« so daß es von den Wänden widerhallte.

Noch einmal war er drauf und dran, aus dem Bette zu springen, um den Fremdling hinauszuweisen, noch einmal war er so starr vor Staunen, daß er still sitzen blieb. Er sah nämlich den, der ins Zimmer gekommen war, gar nicht. Die Türe stand sperrangelweit offen, der Oberst konnte ins nächste Zimmer sehen, bis zu den gegenüberliegenden Fenstern sogar, hell genug war es, aber er sah nicht einmal den Schatten eines Menschen.

Aber daß jemand in seinem Zimmer war, daran konnte kein Zweifel sein. Er hatte die Schritte gehört, bis sie hinter der Schwelle haltmachten. Und jetzt hörte er, wie der Fremde die Hacken zusammenschlug, den Degen schulterte, so daß das Gehänge klirrte und rasselte, und seinen Werdaruf mit einem »Der Tod, Oberst« beantwortete. Es war eine wunderliche Stimme, die da gesprochen hatte. Gar nicht menschlich, aber dabei weder unheimlich, noch erschreckend. Es dünkte den Oberst, daß die Worte aus einer Orgel oder einem anderen großen Instrument gekommen sein könnten. Sie klangen ernst und streng, aber mit so großem Wohllaut, daß eine Sehnsucht in seiner Seele entzündet wurde, bald in jenes Land hinübergeführt zu werden, dem diese Töne entstammten.

»Dann mach doch gleich ein Ende«, rief der Oberst und riß das Hemd auf, so, als erwartete er einen Degenstich mitten durchs Herz.

Aber der Fremde kehrte sich nicht an die Aufforderung.

»Komme vor nächster Mitternacht wieder, Oberst«, erklang die Stimme.

Dann klappten die Hacken zusammen, der Degen wurde mit starkem Klirren geschultert, und es wurde rechtsum kehrtgemacht. Die schweren Schritte entfernten sich, die Türe schlug zu, der Riegel schnappte von selbst ein, und alles war wieder wie zuvor.

Der Oberst war in seiner Bestürzung in die Kissen zurückgesunken. Er lag still da und horchte den schweren Schritten, folgte ihnen die Treppe hinunter, über den unteren Flur und hinaus durch die Flurtüre.

In dem Augenblick, wo der Fremde das Haus verlassen und in den Hof treten mußte, wo es so viel heller war als in den Zimmern, sprang der Oberst aus dem Bett und eilte an ein Fenster. Jetzt mußte er den Fremden sehen können, wenn er überhaupt zu unterscheiden war. Er drückte das Gesicht an die Scheibe und spähte. Alles auf dem Hofe, die Gehpfade zwischen den Häusern, den Brunnen und den Brunneneimer, die Karren und die Holzhaufen konnte er sehen, aber niemanden, der sich dazwischen bewegte. Der Fuß des nächtlichen Wanderers trat den Boden mit solcher Kraft, daß der Oberst auf die Stelle weisen zu können vermeinte, wo er sich befinden mußte, aber sehen konnte er ihn nicht.

Der Oberst zuckte die Achseln. Er hatte die ganze Zeit über gewußt, daß es so sein würde. Er hatte versucht, sich einzubilden, daß das Ganze nur der Streich eines übermütigen Jungen sei, der sich den Spaß machen wollte, ihn zu erschrecken, aber im tiefsten Inneren wußte er es besser. Es war ja nichts Menschliches in der Stimme gelegen, die er eben gehört hatte.

Er war sich also ganz klar darüber, was der nächste Tag bringen würde, und obgleich er es mit großer Ruhe aufnahm, wie es einem alten Krieger ziemt, verspürte er doch keine Lust mehr, diese Nacht weiter zu schlafen. Er kleidete sich darum an und verwendete darauf ebenso große Sorgfalt, als wäre er zur Musterung einberufen worden: weißes Stärkhemd, Vatermörder und seine besten schwarzen Kleider. Das weiße Haar kämmte er, bis es wie Silber glänzte, und kratzte die Bartstoppeln von Wangen und Kinn. Er dachte daran, daß gar bald nicht mehr er selbst, sondern ein anderer sich seiner irdischen Hülle annehmen würde, und da wollte er, daß sie sich in guter Verfassung befände.

Dann rückte der Oberst einen Lehnstuhl an ein Fenster, suchte die alte Bibel seiner Mutter hervor, und setzte sich mit ihr auf den Knien nieder, um zu warten, bis es so hell wurde, daß er zum Lesen sehen konnte. Es währte auch nicht allzulange, da kamen ein paar rote Wölkchen im Osten zum Vorschein, und bald war die Finsternis verjagt, wenn es auch noch eine geraume Weile dauern mußte, bis man die Sonne selbst zu Gesicht bekam.

Nun setzte der Oberst die Brille auf die Nase und las ein paar Seiten. Dann sah er vom Buche auf und grübelte nach. Es war ja kein Geistlicher zur Hand, der ihm zurechthelfen konnte, er saß ganz allein da und versuchte mit unserem Herrgott irgendwie ins reine zu kommen.

In seinem langen Leben hatte der Oberst eine ganze Reihe von Dingen mitgemacht, die nicht gerade so beschaffen waren, daß er in einer solchen Stunde gerne daran zurückdachte. Wie er so in dem Buche las, vernahm er starke, drohende Worte von jenem Gotte, der die Sünde haßt; und dabei stieg eine drückende Erinnerung nach der anderen in ihm auf. Es waren große Dinge und kleine. Manche konnte er ohne weiteres herausgreifen und sagen, was daran war, aber da waren auch andere, mit denen er nicht so rasch fertig werden konnte. Auf welche Seite des Rechenschaftsbuches sollte er solches schreiben, das übel ausgegangen war, obwohl er es ursprünglich nicht böse gemeint hatte, oder solches, das er sich selbst nie als Sünde angerechnet hatte, aber das nach diesem Buche hier wohl so genannt werden mußte?

Er hatte wohl auch allerlei auf der Haben-Seite zu buchen, aber auch damit ging es ihm nicht anders. Je länger er an die Sache dachte, desto unsicherer wurde er, was er sich zugute schreiben durfte. Er sah keine Möglichkeit, mit klarer, geordneter Rechnung vortreten zu können. Und da der Oberst ein stolzer und ehrlicher Mann war, litt er unter der Schmach, sich vor seinem Schöpfer als ungetreuer Hausvogt zeigen zu müssen und nicht vor ihm bestehen zu können.

Er wurde immer düsterer und mißmutiger, je länger er in seiner Seelenprüfung fortfuhr. Ein eiskalter, pechschwarzer Strom der Sünde und Erbärmlichkeit wälzte sich heran und überflutete ihn. Er war schon drauf und dran, den Humor zu verlieren, und das war das letzte, das er an einem solchen Tage einbüßen wollte.

Unterdessen hatte sich der Himmel immer mehr erhellt, und plötzlich kamen die ersten Sonnenstrahlen herangeeilt und vergoldeten die schwarzen Buchstaben in der Bibel des Obersten.

Da hob der Alte den Kopf und blickte nach Osten, wo der große Sonnenball den Himmel hinanrollte, glänzend und majestätisch, und von der Welt Besitz ergriff.

Und vor diesem Schauspiel mußte er wohl irgendwie zu der Erkenntnis gekommen sein, daß er bald einem Wesen entgegentreten würde, von so wunderbarer Herrlichkeit, daß es ihm nicht möglich war, es zu erfassen oder zu begreifen. Er, der der Sonne ihre Bahn vorschrieb, er war einer, der nicht rechnete, wie wir rechnen, nicht maß, wie wir messen. Es lohnte nicht, hier zu sitzen und sich zu ängstigen und zu bangen. Vor ihm kam doch alles zu kurz, vor ihm, der die Kraft und das Licht war, die Freude und das Wunder.

Der Oberst klappte das Buch zusammen, erhob sich und legte die geballte Faust darauf. »Mit dir kann ich nicht zurechtkommen«, sagte er. »Aber vielleicht ist es leichter, die Sache in Ordnung zu bringen, wenn ich zum König komme, als wenn ich's beim Untergericht versuche.«

Damit begab sich der Oberst mit wiedergewonnener Seelenruhe zum Schreibtisch, nahm Feder und Papier zur Hand und zeichnete auf, wie er sein Begräbnis angeordnet haben wollte. Auch verfügte er, daß sein altes Pferd erschossen werden sollte, und der, der den Schuß abgab, sollte einen kleinen Silberbecher für die Mühe haben.

Er schloß auch seine Rechnungen ab, zeichnete auf, was er besaß und was er schuldig war, und bestimmte, wem seine Möbel und Hausgeräte zufallen sollten. Das meiste schenkte er einem kleinen Mädchen, dem jüngsten Kind des Hauses, in dem er wohnte. Dieses Kind hatte dem Obersten immer große Liebe bewiesen und hatte stets bei ihm in der Stube sitzen wollen, wenn er arbeitete. Die wollte er nun vergelten, so gut er es konnte.

Bis alles niedergeschrieben und geordnet war, zeigte die Uhr schon acht, und dann hatte der Oberst seine gewöhnlichen Morgenarbeiten zu verrichten. Er fegte die Zimmer, sah nach dem Pferde und bereitete seinen Morgenimbiß. Als es gegen zehn ging, war er mit allem fertig, und nun stand es ihm frei, diesen seinen letzten Tag so anzuwenden, wie es ihn gut dünkte.

Er sagte sich selbst, daß er den Tag in irgendeiner besonders festlichen Weise verleben müsse. Er konnte ihn doch nicht so hingehen lassen wie alle anderen.

Lange saß er auf einem Schaukelbrett vor dem Bauernhof und grübelte nach. »Nein, heute habe ich keine Lust, mich hinzusetzen, und Fäden in mein Gewebe zu knüpfen«, dachte er. »Der Teppich wird ja doch auf keinen Fall fertig. Ich will das Karriol anspannen und irgendwohin fahren. Mein letzter Tag! Es schickt sich nicht für jemanden, der so Großes erlebt hat wie ich, ihn in einem Bauernhof zu verbringen, unter Leuten, die nicht einmal wissen, wer ich gewesen bin.«

Die Lebenslust flammte mit der ganzen einstigen Kraft in dem Obersten auf. Er sagte sich, er wolle diesen Tag reich und glänzend machen.

Er wollte in die Welt hinausfahren, wollte noch einmal die früheren Freuden genießen. Von allen konnte er ja nicht mehr kosten, aber eine oder einige, die besten, die süßesten.

Der Oberst sprang eilig auf, ging in den Stall, spannte das Pferd ein und holte seinen alten Uniformmantel, der trotz lebenslänglichen Dienstes noch nicht abgetragen war, legte ihn hinter sich in das Karriol und fuhr vom Hofe weg. Er fuhr geradeaus, bis zu einer Stelle, wo nicht weniger als fünf Wege sich begegneten.

Hier hielt der Oberst das Pferd an, denn gerade hier mußte es sich entscheiden, von welcher Art die Freude sein sollte, die er an seinem letzten Tag genießen wollte. Diese fünf Wege konnten ihn zu all dem führen, was für ihn noch irgendwelche Lockung barg.

Gerade vor ihm lag die große Landstraße, die nach Karlstad ging. Er konnte sie einschlagen und in ein paar Stunden dort sein. Ein paar gute Freunde aus alter Zeit hatte er noch in der Stadt. Er konnte sie im Gasthof versammeln und ein Fest feiern. Sie würden miteinander scherzen und sich tolle Geschichten erzählen, sie würden edlen Wein trinken und Bellman singen. Und zuletzt würden sie auch ein Spielchen machen. Zitterte der Oberst nicht vor Sehnsucht, noch einmal die blanken Karten zwischen seinen Fingern zu halten? Er war ja einmal der wilde Beerencreutz gewesen, der unverbesserliche Spieler, der ein ganzes Vermögen auf eine Karte setzen konnte! Sehnte er sich nicht nach dem Anreiz des Spiels mehr als nach irgend etwas anderem von all dem, was er in den Jahren seiner Armut hatte entbehren müssen?

Aber der Oberst saß still im Karriol, ohne das Pferd zu mahnen, auf den Weg zur Stadt einzubiegen. Es war solch ein wunderlicher Wunsch in ihm, an diesem Tage. Er hätte einen Weg einschlagen mögen, der nicht bei irgendeinem Ziel aufhörte, das er schon kannte. Er wollte zu etwas Unbekanntem kommen. Er wollte einem Wege folgen, der ihn weit fort in das

Unendliche führte. Das war ein ungereimter Wunsch vom Obersten, aber er bewirkte es doch, daß er sich von dem Wege nach Karlstad ab- und einem anderen zuwandte.

Rechts vom Karlstader Weg lief ein anderer, der ihn nach Troßnäs führen würde, dem großen Exerzierfeld, wo die Värmländerjäger in diesen Tagen zu Waffenübungen versammelt waren. Der Oberst wußte, wenn er, der alte Kommandant, hinkäme, das Regiment ihn, zur Parade aufgestellt, empfangen würde. Die Gesichter der jungen grünen Jäger würden ihm entgegenstrahlen, denn sie kannten sehr wohl den Ruf der Tapferkeit, der ihn umschwebte. Die Regimentsmusik würde schmettern, die Trommeln wirbeln und die liebe Fahne in der Luft über seinem Haupte wehen. Er würde alte Offiziere treffen, die noch zu seiner Zeit in den Dienst getreten waren, und mit ihnen würde er die Tage seines Ruhms wieder durchleben und seine alten Heldentaten wieder erzählen und preisen hören. Wollte der Oberst nicht an seinem letzten Tage die Zeiten wieder leben, wo er vor Lust glühte, sich fürs Vaterland zu opfern? Wollte er nicht noch einmal in diesen Reihen stehen, die er einst zu blutigem Kampf und ruhmvollem Sieg geführt? Gab es eine stattlichere Art für ihn, dem Tode zu begegnen als dort drüben, wo noch Menschen lebten, die von der Zeit seiner Größe und seines Ruhms Zeugnis ablegen konnten?

Einen Augenblick sah es aus, als wollte der Oberst das Pferd in der Richtung nach Troßnäs lenken, aber nur einen Augenblick. Diese seltsame Sehnsucht, die sich seiner bemächtigt hatte, nach einem Wege, der kein Ende hatte, der zu etwas unsäglich Fernem führte, zwang ihn, sich nach einer anderen Seite zu wenden.

Links von dem Wege nach Karlstad stand eine Allee mit schönen Bäumen, die konnte Beerencreutz in kürzester Frist zu dem größten Herrenhof der Gegend führen, wenn er es nur wollte. Und in diesem Herrenhof regierte noch heute die schöne, gefährliche, die unwiderstehliche hohe Dame, die Beerencreutz einmal geliebt hatte. Sie war jetzt alt, auch sie, aber sie war doch viele Jahre jünger als er, und überdies konnte eine Frau wie sie nie aufhören, reizend zu sein.

Beerencreutz wußte, daß, wenn er sie nach all den langen Jahren der freiwilligen Trennung an diesem letzten Tage seines Lebens aufsuchte, sie ihn zu einem Tage im Paradiese gestalten würde. Wie in seiner Jugend würde er mit ihr durch hohe Säle über spiegelblankes Parkett gehen. Reichtum und Überfluß würde ihn umgeben, wie sie sie umgaben. Er würde einmal wieder aus der Armut und dem Elend seines einsamen Alters herauskommen. Wollte er nicht noch einmal Menschen sehen, mit feinen Sitten, mit weich klingenden Stimmen, mit schönen Gewändern, mit verbindlichen Redewendungen? Wollte er nicht noch einmal unter seinesgleichen leben? Wollte er nicht den einzigen kurzen Liebestraum seines Lebens noch einmal träumen?

Beerencreutz wandte das Pferd nach dieser Seite, aber er zog auch diesmal die Zügel wieder an. Auch dieser Weg führte zu einem bestimmten Ziel. Er konnte sehen, wo er aufhörte. Er führte nicht weit fort zu dem Unbekannten, zu dem, wovon er einen süßen Vorgeschmack auf den Lippen fühlte, obgleich er nicht wußte, was es war, oder wie er es finden sollte.

Da war ein anderer Weg, der ging nach Nordwesten, und wenn Beerencreutz ihn einschlug, dann kam er zu dem Hause, das er geliebt hatte, zu dem größten Eisenwerk in Värmland, zu dem Ekeby der Majorin und der Kavaliere. Da wohnte heute wohl niemand, den er kannte, aber er wußte, daß alle Türen weit aufspringen würden, wenn der berühmte Kavalier käme, einer der letzten aus der Schar, die den Hof zu einem Heim der Freude und des Gesanges gemacht hatten, zu einem Reich des Tanzes und der Abenteuer. Der Kavalierflügel würde ihn mit einer ganzen Welt von Erinnerungen empfangen. Der stolze Gießbach donnerte noch drohend an einer Schmiede vorbei, die Beerencreutz mit erbaut hatte. Wollte der Oberst nicht noch einmal Ekebys Schönheit und die Herrlichkeit der Natur am langen Lövensee schauen? Wollte er nicht fühlen, wie seine Augen feucht bei der Erinnerung an die Menschen wurden, die sein Leben reich und seine Tage kurz gemacht hatten? Wollte er sie nicht aufs neue vor die Augen seiner Seele treten sehen, die stolze Majorin, die schöne Marianne, den bösen Sintram, den großen Bezauberer Gösta Berling?

Noch einmal schüttelte Beerencreutz den Kopf. »Ich hätte einmal hingehen sollen«, dachte er, »aber nicht heute. Jetzt muß ich dahin fahren, wo ich jenen Durst stillen kann, den ich in mir fühle, jenen Durst nach etwas, das unmöglich zu erreichen ist.«

Er wandte die Augen dem letzten Wege zu. Wenn er diesen wählte, so kam er, wenn der Tag sich neigte, zu einem kleinen Häuschen, das Lövdala hieß und Liljecrona, dem großen Geiger gehörte. Es war ein kleines, unscheinbares Gehöft. Das einzige, was er da genießen konnte, war ein bißchen Musik.

Aber als der Oberst diesen Weg sah, fühlte er, daß er nach dieser Richtung fahren mußte. Diese Sehnsucht, die den ganzen Tag in ihm gelebt hatte, zog ihn dorthin.

Der Oberst wunderte sich beinahe selbst darüber, daß er so wählte, aber er fuhr doch auf jeden Fall den Weg weiter. Ziemlich spät am Tage kam er nach Lövdala, und wurde dort wohl aufgenommen und bewirtet. Liljecrona freute sich, einen Mann aus jenen denkwürdigen Ekebyer Tagen zu treffen, und wie immer, wenn er sich irgendwie bewegt fühlte, nahm er die Geige hervor und fing an zu spielen.

Aber Liljecrona war jetzt alt, auch er, und er spielte nicht mehr wie einstmals in der Welt. Es klang jetzt, als wäre sein Spiel suchend und zögernd. Man hätte sagen können, daß er zu etwas Neuem hintasten wollte, daß er sich in irgend etwas zur Klarheit spielen wollte, worüber er nachgrübelte und das auszusprechen Worte nicht hinreichten.

Es gab Leute, die sagten, Liljecronas Musik tauge jetzt nicht so viel wie ehedem, und auch der Oberst hatte das Gerücht gehört, daß er zurückgegangen sei. Aber wie er nun da saß und ihm lauschte, fühlte er mit einemmal auf seinen Lippen einen Vorgeschmack von etwas unbeschreiblich Süßem und Lockendem. Er, der in wenigen Stunden sterben sollte, begriff, daß Liljecrona daran war, einen Weg zu bahnen, der nie zu einem Ziele kommen konnte, einen Weg, den er weiter bauen wollte bis in die Unendlichkeit.

Und während er lauschte, wie die Musik sich durch die Zweifel und Hindernisse hindurchkämpfte, um weiter zu dringen, als Gedanke und Ahnung, wurde ihm so weich ums Herz, daß er anfing, seinem Gastfreund zu erzählen, was für einen Besuch er in dieser Nacht gehabt hatte, und wie er nun sicher wüßte, daß dieser Tag sein letzter sei.

Das rührte Liljecrona.

»Und weil du das wußtest, Bruderherz, darum bist du heute zu mir gekommen?« fragte er.

»Ich fuhr nicht deinethalben hierher, Bruderherz«, sagte Beerencreutz, und seine Augen starrten mit einem wunderlichen leeren Blicke vor sich hin. »Es wird wohl so sein, daß ich nach Lövdala gefahren bin, um dein Spiel zu hören, Bruder. Jetzt, wie ich so hier saß und dir zuhörte, dachte ich mir, daß es dies und nichts anderes gewesen sein kann, was ich an einem solchen Tage hören wollte. Siehst du, Bruderherz, es ist etwas Eigenes um die Musik.«

»Ja, gewiß«, sagte Liljecrona, »da hast du recht, Bruder. Es ist etwas Eigenes um die Musik.«

»Ja«, sagte der Oberst, »vielleicht ist es das, daß sie nicht recht auf der Erde daheim ist. Herrgott, Bruder, wenn man es so recht bedenkt, so ist sie doch rein nichts. Man kann sie nicht zu fassen kriegen, und sie kann einem nichts sagen, was man versteht und begreift. Glaubst du nicht, Bruderherz, daß die Musik die Sprache ist, die dort droben gesprochen wird«, fuhr er fort und wies mit der Hand nach oben, »wenn auch nur ein schwacher Widerhall zu uns hinunter dringt?«

»Du meinst, Bruderherz – – –«, sagte Liljecrona, dem es nicht leicht fiel, die Worte zu finden, wenn es sich um Dinge handelte, die besser gespielt wurden.

»Ich meine, daß sie der Erde und dem Himmel angehört«, sagte Beerencreutz. »Sie ist wohl als ein Weg für uns zu einem anderen hinüber gedacht. Und nun sollst du weiter an diesem Wege bauen, so daß ich noch ein Weilchen dem zuwandern kann, das kein Ende hat.«

Das tat Liljecrona. Er spielte sein eigenes Suchen und sein eigenes bebendes Wundern, und der alte Oberst saß an dem stillen Sommerabend da und lauschte. Plötzlich sank er zusammen und fiel zu Boden.

Liljecrona eilte zu ihm hin. Er wurde aufgehoben und auf ein Bett gelegt.

»Mir ist gut«, sagte er, »ich gehe auf dem Wege zwischen Himmel und Erde. Dank sei dir, Dank, Bruderherz.«

Mehr sagte er nicht. Und ein paar Stunden darauf war er tot.

Die Geisterhand

Gerade als es ein Uhr schlug, kam jemand und klingelte an der Glocke des Doktors. Das erste Läuten hatte keinen Erfolg, aber als das zweite und dritte Läuten verrieten, daß es unerschütterlicher Ernst war, kam Doktors Karin durch die Küchentür, um zu sehen, was es gebe. Und als Karin eine Weile unterhandelt hatte, mußte sie sich darein finden, den Doktor zu wekken. Sie klopfte an die Schlafzimmertür.

»Es ist jemand da von der Braut vom Herrn Doktor. Der Herr Doktor muß hin.«

»Ist sie krank?« ertönte es von drinnen.

»Sie wissen nicht, was ihr fehlt. Sie glauben, daß sie etwas ›gesehen‹ hat.«

»Ja, ich lasse grüßen und komme.«

Der Doktor fragte nicht weiter. Er liebte es nicht, das Mägdegeschwätz über seine Braut zu hören.

Eine wunderliche Sache ist's mit diesem Aberglauben, dachte er, während er sich ankleidete. Nun liegt doch das Haus mitten in der Stadt, nicht das geringste Romantische daran. Ein ganz gewöhnliches, häßliches, altes Haus, eingerichtet wie alle andern in dem Viertel. Aber der Geisterspuk nistet sich dort fest.

Wenn es noch in einem finstern Gäßchen läge oder ein wenig außerhalb der Stadt in irgendeinem verwilderten Garten, wo unheimliche alte Bäume die Fensterscheiben peitschten, in solch einer stürmischen Winternacht! Aber mit der Kirche und der Sparkasse und der Kaserne und der Zuckerfabrik ganz in der Nähe! Sollte man nicht glauben, daß die Zuckerfabrik mit allem ihrem Rasseln und Kochen und den großen glühenden Dampfkesseln es dem Gespenst unbehaglich machen müßte. Aber nein – durchaus nicht.

Auf seine Weise konnte das Gespenst Bewunderung verdienen. Es hatte Energie, unglaubliche Energie und die Fähigkeit, sich im Bewußtsein der Leute zu erhalten. Man gab wohl zu, daß es sich jetzt etwa zwanzig Jahre nicht hatte sehen lassen, seit die Fräulein Burmann in die Geisterzimmer gezogen waren. Aber hatte jemand es vergessen? Das zeigte sich ja jetzt: bloß weil Ellen ganz plötzlich krank geworden war, mußte es gleich heißen, sie hätte etwas ›gesehen‹.

Daß sie sich vor etwas erschreckt hätte, ja, das war wohl nicht unmöglich. Sie war wie prädestiniert, Gespenster zu sehen, weil sie ihr ganzes Leben mit den zwei nervösen, alten Tanten verbracht hatte. Und daß es ein Gespenst im Hause gab, hatte sie wohl immer gehört und geglaubt. Von Kindheit auf war ihre Phantasie durch das alles aufgereizt.

Als er das erstemal auf Krankenbesuch bei den Tanten gewesen war, hatte sie ihm gleichsam triumphierend gesagt: »Hier ist das Geisterzimmer«, in einem Ton, als zeige sie eine Familienkostbarkeit.

»Sehen Sie, Herr Doktor, es geht nicht an, in diesem Zimmer Karten zu spielen.«

»Ach, warum nicht?«

»Ja, wenn einer der Spielenden den geringsten Fehler macht, den allerunbedeutendsten Kniff, da kommt eine Hand und legt sich neben ihm auf den Spieltisch.«

»Was für eine Hand?«

»Eine alte, häßliche Hand mit schweren Diamantringen auf den krummen Fingern und mit echten Spitzen ums Handgelenk.«

»Nun, und dann?«

»Ja, man sieht nichts als die Hand.«

»Aber woher kommt das?«

»Das weiß niemand, sie hat sich immer hier gezeigt.«

Sie hatte das sehr keck erzählt; aber wer konnte wissen, wer konnte wissen? Sie glaubte wohl an den Spuk.

»So kommt sie, sehen Sie, Herr Doktor, kommt die Tischkante heraufgeschlichen, dicht neben dem, der spielt. Hu, und dann weist sie mit einem großen, gekrümmten Finger auf eine der Karten! Sie hat Nägel wie Klauen, gekrümmt und spitzig.«

Nein wirklich, daran glauben konnte sie doch wohl nicht. Sie hatte ja gerade das Gespensterzimmer zu ihrem Zimmer erwählt...

Der Doktor jagte an der großen Zuckerfabrik vorüber, wo die Arbeit die ganze Nacht fortging, und gelangte über die hohe Steintreppe in das Haus.

Gott erbarme sich, auch er war nahe daran, zu erschrecken. Im Stiegenhaus stand eine lange Gestalt, ganz in einen schwarzen Schal eingerollt. Tante Malin war selbst heruntergekommen, um ihm die Stiege hinaufzuleuchten.

»Wie geht es Ellen?« fragte der Doktor.

»Wie gut von dir, daß du so rasch gekommen bist«, sagte Tante Malin. »Ich weiß nicht, was sie hat. Du mußt kommen und selbst sehen.«

Sie sprang beinahe die Stiegen hinauf, so alt sie war. Der Doktor bekam erst jetzt den lebendigen Eindruck, daß wirklich Gefahr im Verzuge wäre.

Ärgerlich, wenn nun jetzt etwas dazwischen kommen sollte, mit dem kleinen Mädchen dort oben, das er sich zur Frau gewählt hatte! Er hatte in seinem ganzen Leben keine gesehen, die ihm besser gepaßt hätte. Recht schön, und keine andern Verwandten als die zwei alten Tanten, und natürlich streng erzogen, ans Heim gewöhnt, tüchtig im Häuslichen, friedfertig.

Als sie ins Vorzimmer kamen, wendete sich Tante Malin wieder an ihn.

»Wir erwachten mitten in der Nacht davon, daß sie so furchtbar schrie, und wir haben sie seitdem nicht beruhigen können. Wir wußten uns keinen andern Rat, als dich holen zu lassen.«

Sie öffnete die Tür zu Ellens Zimmer, steckte den Kopf hinein und sagte, daß er gekommen sei. Gleich darauf wurde er eingelassen.

Drinnen war es so hell, daß er im ersten Augenblick kaum etwas sehen konnte. Sie hatten wohl alles hereingebracht, was es in der Wohnung an Lampen und Leuchten gab. In dieser Beleuchtung wurde es einem klar, daß dies einst, in den Glanzzeiten des Hauses, der Festsaal gewesen war.

Also hier hatten sie an den Spieltischen gesessen, und gerade da hatte die Gespensterhand sich gezeigt. Das mußte einen Schrecken und einen Aufstand gegeben haben! Man brauchte nur seine Braut anzuschauen, um zu wissen, wie sie ausgesehen haben mochten.

Sie saß mitten im Zimmer in einem großen Lehnstuhl, sie hielt sich ganz aufrecht, sah sich mit wunderlich wandernden Blicken um, war bleich, von einer richtigen Totenfarbe, ihre Zähne schlugen aufeinander, und sie bebte.

Der Lehnstuhl war mitten ins Zimmer gerückt. Es war einer mit freien Füßen. Kein Möbel stand in der Nähe, nichts konnte darunter verborgen liegen und plötzlich hervorkriechen.

Sie achtete nicht auf die, die hereinkamen. Sie hielt jetzt die Augen fest, ganz fest auf den Schatten des Schrankes geheftet, der sich gegen die Ecke des Kachelofens streckte. Sie hatte den Schatten wohl im Verdacht, daß er ihr irgendeinen häßlichen Streich spielen wolle. Sie zog die Röcke an sich, wie um bereit zu sein, zu fliehen, wenn der Schatten sich verdichtete und sich als etwas entpuppte, vielleicht als eine große Hand mit Fingern und Klauen. Der Doktor rückte also in aller Eile eine Lampe hinüber, so daß ihr Licht in die Ecke fiel. Sie sank wieder in den Stuhl.

Nun kam Tante Berta und stattete denselben Rapport ab wie Tante Malin.

»Wir erwachten davon, daß sie schrie, als wäre sie wahnsinnig geworden, und so ist sie dann die ganze Zeit gewesen. Sie will nur Licht haben, immer mehr Licht. Was, glaubst du, kann das sein?«

»Ein Schrecken, nichts als ein Schrecken,« flüsterte der Doktor.

So, nun waren ihre Blicke bemüht, sich hinter eine Gardine einzubohren. Er ging einmal ums Zimmer. Es konnte ja möglich sein, daß er entdeckte, was sie erschreckt hatte. Auf dem Schreibtisch lag ein tintenbekleckstes Briefpapier. Sie hatte etwas zu schreiben begonnen, aber die Feder war ihr aus der Hand gefallen und übers Papier gerollt. Ein Billett, das er ihr spät abends geschickt hatte, um zu fragen, ob sie und die Tanten am nächsten Tag einen Ausflug mit ihm machen wollten, lag dicht daneben.

Es war offenbar, daß sie sich an den Schreibtisch gesetzt hatte, um ihm zu antworten. Sie hatte eben »Mein gel...« geschrieben. Dann war sie erschrocken und hatte die Feder fallen lassen.

Der Doktor fühlte, wie die Blicke der Tanten ihm folgten. Sie wunderten sich wohl, daß er kein Wort zu Ellen sagte. Das erste, was er tun mußte, war, alle aus dem Zimmer zu bringen, sowohl Tante Malin als auch Tante Berta und das Hausmädchen, damit sie den Schrecken nicht in ihr wach erhielten.

»Ich glaube, sie wird mir schon alles erzählen, wenn ich allein mit ihr sprechen kann«, sagte er und hatte rasch das Zimmer ausgeräumt.

Er zog einen Sessel heran und setzte sich neben sie.

Wunderbar, wie viele Gesichter ein Mensch haben kann! Er hätte Ellen kaum wiedererkannt. Ruhe, friedvolle Ruhe war das Hauptmerkmal ihres Aussehens. Er war davon bezaubert worden, daß er sie immer gleich ruhig fand: eine förmliche Meisterin in der Kunst, die Tanten zu behandeln. Sie sah kaum von der Stickerei auf, wie sehr sie auch zankten. Und dann hatte er einmal gleichsam eine Offenbarung gehabt. Einmal, als er heimkam, vermeinte er eines Abends eine zarte, geneigte Gestalt im Lampenscheine am Arbeitstisch sitzen zu sehen. Er hatte ein deutliches Bild des feinen Nackens und der kleinen Hände empfangen. Das ganze Zimmer war durch sie geschmückt. Darauf hatte er um sie angehalten.

Und jetzt! Nur bleiches Entsetzen und aufgescheuchte Wildheit. Gerade, was er nicht wollte. Eine hysterische Frau! Ah, Gott behüte, Gott behüte!

»Sag, Ellen, was hast du?«

Sie antwortete nicht.

»Mir mußt du es sagen, verstehst du?« sagte er ein bißchen streng.

Sie heftete die Augen auf ihn, es war, als blitze ein Schimmer von Hoffnung in ihnen auf.

»Du wirst ruhig werden, wenn du es sagst.«

Es war schade um ihre schönen, hellen Augen. Sie hatten auf dem, mit dem sie gesprochen hatte, immer mit einem Schimmer geruht, so still wie der der Sonne. Sie waren vielleicht glänzender jetzt. Aber das war ein Glanz, nach dem er eigentlich gar nicht fragte.

Sie kämpfte heftig mit sich selbst. Sie konnte den Unterkiefer nicht still halten. Sie stopfte ein Taschentuch zwischen die Zähne, damit man nicht hörte, wie sie aufeinanderschlugen.

Endlich hörte er sie ein paar Worte sagen. Sie saß da und schlug mit der einen Hand auf die andre und dachte laut. »Ich muß es ihm sagen. Ich muß, ich muß. Sie kommt sonst wieder. Ja, sie kommt wieder.«

Dann begann sie zu sprechen, und er wurde wunderlich herabgestimmt dabei. Es glich am ehesten der Stimmung, die über einen kommt, wenn man im Frack in einem feierlichen Aufzug geht, und es kommt ein Platzregen. Man fühlt, wie man seine ganze Größe und Würde einbüßt.

Sie gestand mit einem Male, daß sie ihn nicht lieb hätte. Sie hätte ihn gern heiraten wollen, aber bloß, um von daheim wegzukommen.

Hätte es sich nicht um ihn selbst gehandelt, er hätte darüber lachen können, wie dieses Kind sich nach einem Mann gesehnt hatte. Nach dem ersten besten. Sie war so fest entschlossen, fortzukommen. Es war der Tanten wegen. Zwar waren die ja sehr gut gegen sie gewesen und wußten selbst nicht, wie sie sie quälten.

Sie sah ihn mit verzweifelten Augen an und bettelte gleichsam, er möchte sie doch verstehen und für sie fühlen. Er wußte ja, wie die Tanten waren, er hatte sie ja viele Jahre hindurch behandelt. Sie waren so eigen, so eigen, so voll fixer Ideen und Beängstigungen. Tante Malin erwartete immer eine Feuersbrunst, Tante Berta glaubte immer, daß sie auf der Straße überfahren werden würde. Er wußte, wie sie waren. Und, wenn sie, Ellen, weiter bei ihnen bliebe, würde sie ebenso wunderlich werden.

Aber sie wollte ein ordentlicher Mensch werden. Und sie hatte die Tanten gebeten, fortgehen und arbeiten zu dürfen. Das hatten die natürlich nicht erlauben wollen. Da könnte er doch begreifen, daß ihr nichts andres übrig geblieben wäre, als zu heiraten.

Der Doktor konnte es nicht lassen, sie zu fragen, ob sie bei einer Verheiratung mit jemand, aus dem sie sich nichts machte, nicht gefürchtet hätte, ein noch ärgeres Leben führen zu müssen, als hier bei den Tanten.

Ach nein, ärger könnte es wohl nie sein. Ein Mann wäre wenigstens manchmal fort. Die Tanten wären den ganzen Tag zu Hause.

Nun, da sie schon so offenherzig wäre – ob es ihr nie in den Sinn gekommen wäre, ihn lieb zu haben? Sie schüttelte den Kopf; das war etwas, was ganz außerhalb des Denkbaren lag. Und warum? Ob er zu häßlich wäre? Nein; sie schlug beteuernd die Augen auf. Ob er langweilig wäre? Sie machte eine abwehrende Handbewegung. Was für ein Fehler also an ihm wäre? Er sei zu kalt. Ja so, er war zu kalt.

Der Doktor machte ein paar Schritte durchs Zimmer. Das war doch unglaublich, daß ein solches Kind da herumgegangen war und etwas Derartiges zusammengebraut hatte. Hatte sich von ihm küssen lassen, ohne eine Spur von Neigung für ihn zu empfinden. Und sie hatte ihre Rolle gar nicht schlecht gespielt. Er war der Betrogene gewesen. Und daß er so unsympathisch sein sollte, daß ein junges Mädchen gar nicht daran denken könnte, ihm gut zu sein...!

Aber natürlich hatte sie bei den beiden Alten ein elendes Leben geführt. Er konnte schon begreifen, daß ihr viel daran gelegen hatte, sich zu verheiraten. Das war ihr wohl wie eine Erlösung fürs ganze Leben gewesen. Sie legte ihr Bekenntnis ab, ohne irgendein Erbarmen zu zeigen. Es fiel ihr gar nicht ein, daß sie ihn verletzte. Sie mußte wohl glauben, daß er gepanzert sei, ganz eisenhart.

Ihre Stimme erhob sich plötzlich zu einem Schrei. »Du weißt ja«, sagte sie, »daß alle, die falsch spielen, in diesem Zimmer hier die Hand sehen. Ich habe sie gesehen. Ich saß dort, dort.« Und sie wendete sich heftig zum Schreibtisch. »Dort hab ich sie gesehen.«

»Glaubst du nicht, daß ich sie gesehen habe?« fuhr sie fort und bohrte ihre Augen in ihn, als wolle sie die Wahrheit hervorzwingen.

»Laß mich hören, wie es war«, sagte er beruhigend.

»Ja, du weißt doch, daß du mir am Abend geschrieben hattest, und ich wollte die Antwort schreiben, bevor ich mich niederlegte. Aber als ich mich an den Schreibtisch setzte, wurde ich unruhig und saß lange da und dachte, denn ich wußte nicht, wie ich die Überschrift schreiben sollte. Ich mußte ja ›geliebter‹ schreiben, aber das kam mir nicht recht vor. Es war das erstemal, daß ich an dich schrieb. Ich fand, daß es schrecklich war, etwas zu schreiben, was nicht wahr war – aber schließlich schien es mir, daß ich nicht weniger schreiben könnte.«

»Ist ein so großer Unterschied zwischen dem, was man schreibt, und dem, was man sagt?«

»Du hattest mich nicht gefragt, ob ich dich liebte, nur ob ich deine Frau werden wollte –«

»Ah so!«

»Aber da, in demselben Augenblick, in demselben Augenblick, als ich begonnen hatte, das Wort zu schreiben, war die Hand da. Sie kam über die Tischkante heraufgeglitten, und ich glaube, ich saß da und starrte sie ein paar Sekunden an, bevor ich begriff, was es war. Ich schrie nicht gleich. Ich konnte gleichsam nicht verstehen, daß es etwas Übernatürliches war. Aber da legte sie sich über das Papier und zeigte mit den gekrümmten Fingern auf das Wort da.

»Ich glaube, sie war froh, sie zitterte förmlich vor Freude. Es war, als wolle sie die Buchstaben an sich scharren – es war falsches Spiel. Da wollte sie mit dabei sein.

»Sie kam gekrochen, auf den gelben Fingern, wie eine große Spinne. Gerade, als hätte sie Eile. Es war so lange her, seit sie Anlaß gehabt hatte, hervorzukommen. Nun mußte sie sich sputen. Sie griff förmlich nach der Feder mit den feuchten, knochigen Fingern. Es war ja falsches Spiel. Da wollte sie mit dabei sein.

Ich schrie auf, als wäre es eine Schlange, und da verschwand sie, aber ich weiß nicht, ob sie nicht noch hier ist. Ich glaube, ich fühle, daß sie sich noch im Zimmer befindet. Und wenn sie wiederkommt, sterbe ich. Ich war nahe daran, zu sterben.«

»Nein, sie darf nicht wiederkommen«, sagte er tröstend.

»Ich weiß, daß ich eins tun muß«, sagte sie, »ich muß es tun, damit sie nicht wiederkommt. Aber es ist so furchtbar hart.«

Sie nahm den Verlobungsring vom Finger, steckte ihre kalte, zitternde Hand in die des Doktors und ließ den Ring zurück. Dann weinte sie in der Bitterkeit der Entsagung.

Der Doktor sagte nichts, er legte die Fingerspitzen aufeinander und ließ den Ring dazwischen hin und her gleiten.

Es wäre nicht so schwer, mit der Geisterhand fertig zu werden wie mit dem andern, meinte er. Die Hand hatte gleichsam seine Partei ergriffen, ihm ein wenig Rache verschafft. Er fühlte Sympathie für sie.

Es ist wohl mit manchen Leuten so, dachte er, daß das Gewissen in der einen oder andern Weise über sie kommt, wie sehr sie auch versuchen, es zu betrügen. Es hat seine eignen verschwiegnen Wege. Da hatte nun seine kleine Braut alles aufs beste ausgeklügelt, um ein gutes Heim zu bekommen. Bloß ein bißchen Heuchelei brauchte sie sich aufzuerlegen, und alles Glück der Welt war ihr eigen. Und da kommt das Gewissen ganz still heran und gräbt seine Mine tief unten in der Seele und sprengt endlich alle Klugheit, alle Berechnung in einem Augenblick in die Luft.

Ja ja, ja ja. Sie hatte wohl geglaubt, daß sie so ein ganzes Leben würde weiterlügen können. Hatte wohl gesehen, wie es andern geglückt war. Aber da stellt es sich heraus, daß sie aus feinerem Stoff gemacht ist. Es ist ein Nachteil, einer verfeinerten Rasse von Gewissensmenschen anzugehören. Wenn man es am wenigsten erwartet, ist die Gewissenshalluzination da. Natürlich nimmt sie dann die Form an, die am nächsten zur Hand liegt. Es war ja sonnenklar, daß das Gewissen in diesem Zimmer zu einer Geisterhand werden mußte.

Er saß noch immer da und spielte mit dem Ring und ließ ihn von einem Finger zum andern gleiten. Er fühlte etwas andres als Zorn darüber, daß er sie nicht hatte gewinnen können. Er war beinahe betrübt. Sie fing jetzt wohl an, sich seiner zu erinnern, zu denken, daß ihm ein Unrecht widerfahren sei, denn sie beugte sich hinab und küßte seine Hand. »Verzeih mir«, sagte sie.

Es war merkwürdig, wie weich sie war. Wenn sie sich darüber klar geworden war, daß sie ein Unrecht getan hatte, wußte sie gar nicht, was sie alles anfangen sollte, um es zu sühnen. Es hatte wirklich keinen Zweck, sie länger zu quälen. Er brauchte ja nur gerade heraus zu sprechen, zu sagen, daß er nicht viel besser gewesen war als sie. Räsonnement auf beiden Seiten. Die eine hatte ein Heim, der andre eine Haushälterin gesucht. Es würde sie beruhigen, das zu hören.

Er sollte ihr sagen, daß es keine so bittre Enttäuschung für ihn hatte werden können. Er war nicht so furchtbar verliebt gewesen, er auch nicht.

Ja, gewiß, er hatte ja keinen Anlaß, die Qual länger hinauszuziehen. Das beste war, ein Ende zu machen. Alle zur Ruhe kommen zu lassen und morgen unverlobt zu erwachen.

Als er sich erhob, um zu gehen, traten ihm die Tränen in die Augen. Es tat ihm doch weh, sie zu verlieren. Und nun war es das, was er ihr sagte.

Er begann damit, ihr unzusammenhängende Dinge zu sagen, daß sie ein

Gewissensmensch sei, daß sie der feineren Rasse von Nervenmenschen angehöre, die gerade jetzt angefangen hätten, hier und dort aufzutauchen. Sie sei ihm gerade darum teuer. Gerade um dessentwillen, was ihr in dieser Nacht widerfahren sei, fiele es ihm schwer, auf sie zu verzichten.

Sie sei frei, ja, natürlich, aber wenn sie einmal könne und wolle – –

Er sah sie erstaunt an. Quälte sie das nicht? Nein, jetzt erst verschwand die Starrheit aus ihren Zügen, und die Augen wurden ruhig. Sie saß mit halbgeöffnetem Mund und lauschte –

Er sprach davon, wie er das Leben für sie hätte ordnen wollen, sprach davon, wie er sich nach ihr gesehnt hatte. Er sprach ganz anders davon, als er vor einer halben Stunde gesprochen hätte. Aber er sah es auch ganz anders, jetzt, da er sie verlieren sollte. Er sprach viel schöner, als er es sich zugetraut hätte. Das Zusammenleben mit einem weichen, liebenswerten Wesen, ja, gerade das Zusammenleben mit ihr, nahm sich auf einmal sehr hold für seine Phantasie aus, und er sagte es ihr.

Als er näher trat und ihr die Hand zum Abschied reichte, kamen ihm noch einmal die Tränen in die Augen. Sie war so schön, gerade jetzt, die Farbe entzündete sich wieder auf ihren Wangen, sie war wie eine frischerblühte Blume. Sie sah ebenso froh aus wie jemand, der einer Todesgefahr entronnen ist.

Der Doktor stand mit ihrer Hand in der seinen und zog seine Schlüsse so rasch wie nie zuvor.

Sie verstand sich natürlich selbst nicht, nicht im geringsten. Ah! Er schöpfte tief Atem. Alle Niedergeschlagenheit war fort. Ein jubelndes Siegesgefühl durchblitzte ihn. Nur mit einer einzigen Anstrengung hatte er sich ihre Liebe ersprochen. Sie hatte ja nur gebraucht, daß er zeigte, daß er sie lieb hatte.

Er nahm den Verlobungsring und steckte ihn ihr ruhig wieder auf den Ringfinger. »Keine Torheiten«, sagte er, als sie die Hand wegziehen wollte.

»Aber«, sagte sie. »Ich weiß nicht, ich wage nicht –«

»Ich wage es, ich«, sagte der Doktor, »ich war nie so, daß ich vor dem Glück davongelaufen bin.«

Er ging ins Vorzimmer hinaus, fand seinen Überrock und kam wieder herein, um seine Zigarre anzuzünden.

»Arme Kleine«, sagte er, während er ein paar Züge machte. »Bist jetzt wie gebunden und gefesselt, mich zu lieben, sollte ich meinen. Sonst kommt noch die Hand dort und preßt dir das Leben aus.«

Onkel Ruben

Es war einmal vor nun bald achtzig Jahren ein kleiner Junge, der auf dem Marktplatz mit seinem Kreisel spielte. Der kleine Junge hieß Ruben. Er war nicht mehr als drei Jahre, aber er schwenkte seine kleine Peitsche so tapfer als nur igendeiner und ließ das Kreisel schnurren, daß es eine wahre Freude war.

An diesem Tage vor achtzig Jahren war wunderschönes Frühlingswetter. Der Monat März war gekommen, und die Stadt war in zwei Welten geteilt, eine weiße und warme, wo Sonnenschein herrschte, und eine kalte und dunkle, wo Schatten war. Der ganze Marktplatz gehörte dem Sonnenschein, bis auf einen schmalen Rand der einen Häuserreihe entlang.

Nun geschah es, daß der kleine Junge, so tapfer er auch war, müde davon wurde, seinen Kreisel schnurren zu lassen, und sich nach einem Ruheplatz umsah. Ein solcher war nicht schwer zu finden, es gab keine Sessel oder Bänke, aber jedes Haus war mit einer Steintreppe versehen. Der kleine Ruben konnte sich nichts Besseres denken.

Er war ein gewissenhaftes kleines Bürschchen. Er hatte eine dunkle Ahnung, daß Mutter es nicht wollte, daß er auf fremder Leute Treppenstufen sitze. Mutter war arm, aber gerade darum durfte es nie so aussehen, als ob man andern etwas nehmen wollte. So ging er und setzte sich auf ihre eigene Steintreppe, denn sie wohnten auch am Marktplatz.

Diese Stufen lagen im Schatten, und da war es richtig kalt. Der Kleine lehnte den Kopf an das Geländer, zog die Beine hinauf und fühlte sich so wohl wie nie zuvor. Ein kleines Weilchen sah er noch, wie der Sonnenschein draußen über den Markt tanzte, wie Jungen umhersprangen und Kreisel schnurrten – dann schloß er die Augen und schlummerte ein.

Er schlief wohl eine ganze Stunde. Als er erwachte, war ihm nicht so wohl zumute, wie als er einschlummerte, sondern alles schien so furchtbar unbehaglich. Er lief zu Mutter hinein und weinte, und Mutter sah, daß er krank war und legte ihn ins Bett. Und nach ein paar Tagen war der Knabe tot.

Aber damit ist seine Geschichte nicht zu Ende. Es kam nämlich so, daß seine Mutter ihn so recht aus tiefstem Herzensgrund betrauerte, mit solch einem Schmerz, der den Jahren und dem Tode trotzt. Mutter hatte noch mehrere andere Kinder, viele Sorgen nahmen ihre Zeit und ihre Gedanken in Anspruch, aber es gab immer noch einen Raum in ihrem Sinn, wo ihr Sohn Ruben ganz ungestört hausen konnte. Für sie blieb er stets lebendig. Sah sie eine Kinderschar auf dem Marktplatz spielen, so sprang er da mit herum, und wenn sie dann im Hause arbeitete und aufräumte, so glaubte sie steif und fest, daß der Kleine noch draußen auf der gefährlichen Steinstufe saß und schlief. Sicherlich war keines von Mutters lebenden Kindern ihren Gedanken so gegenwärtig wie das tote.

Einige Jahre nach seinem Tode bekam der kleine Ruben ein Schwesterchen, und als diese so alt wurde, daß sie draußen auf dem Marktplatz herumlaufen und Kreisel spielen konnte, geschah es, daß auch sie sich auf die Steinstufe setzte, um auszuruhen. Aber in demselben Augenblick hatte Mutter das Gefühl, als ob jemand sie am Rocke zupfte. Sie lief sogleich hinaus und packte das kleine Schwesterchen so hart an, als sie sie aufhob, daß diese sich daran erinnerte, solange sie lebte.

Und noch weniger vergaß sie, wie merkwürdig Mutters Gesicht ausgesehen und wie ihre Stimme gezittert hatte, als sie sagte: »Weißt du, daß du einmal einen kleinen Bruder hattest, der Ruben hieß und der starb, weil er hier auf dieser Steinstufe saß und sich erkältete? Du willst doch nicht von Mutter wegsterben, Berta?«

Bruder Ruben wurde für seine Brüder und Schwestern bald ebenso lebendig wie für seine Mutter. Sie hatte eine Art, daß sie alle mit ihren Augen sahen, und bald hatten sie dieselbe Gabe wie sie, ihn draußen auf der Steinstufe sitzen zu sehen. Und natürlich fiel es keinem von ihnen ein,, sich dort hinzusetzen. Ja, sobald sie irgend jemanden auf einer Steinstufe oder einem Steingeländer oder einem Stein am Wegesrand sitzen sahen, gab es ihnen einen Stich ins Herz, und sie mußten an Bruder Ruben denken.

Ferner geschah es Bruder Ruben, daß er von allen Geschwistern am höchsten gestellt wurde, wenn sie voneinander sprachen. Denn alle Kinder wußten ja, daß sie ein beschwerliches und lästiges Geschlecht waren, das Mutter nur Mühe und Sorge bereitete. Sie konnten nicht glauben, daß Mutter so sehr darüber trauern würde, einen von ihnen zu verlieren. Aber da Mutter Bruder Ruben wirklich betrauerte, so war es doch sicher, daß er viel, viel artiger gewesen sein mußte, als sie waren.

Es kam auch nicht so selten vor, daß einer von ihnen dachte: »Ach, wer doch Mutter soviel Freude machen könnte wie Bruder Ruben!« Und dennoch wußte keiner mehr von ihm, als daß er Kreisel gespielt und sich auf einer Steinstufe erkältet hatte. Aber er mußte ja merkwürdig gewesen sein, da Mutter eine solche Liebe zu ihm hatte.

Merkwürdig war er auch, er machte Mutter von allen Kindern am meisten Freude. Sie war Witwe geworden und arbeitete in Sorge und Not. Aber die Kinder hatten einen so festen Glauben an Mutters Trauer um den kleinen Dreijährigen, daß sie überzeugt waren, daß, wenn er nur am Leben geblieben wäre, Mutter sich ihr Unglück nicht so zu Herzen genommen hätte. Und jedesmal, wenn sie Mutter weinen sahen, glaubten sie, es sei, weil Bruder Ruben tot war, oder auch, weil sie selbst nicht so wie Bruder Ruben waren. Bald erwachte in ihnen allen eine immer stärkere Lust, mit dem kleinen Toten um Mutters Zuneigung zu wetteifern. Es gab nichts, was sie nicht für Mutter getan hätten, wenn sie ihnen nur ebenso gut sein wollte wie ihm. Und um dieser Sehnsucht willen, meine ich, daß Bruder Ruben das nützlichste von allen Kindern Mutters war.

Denkt nur, als der älteste Bruder einen Fremden über den Fluß ruderte und damit seine ersten Groschen verdiente, da kam er und gab sie seiner Mutter, ohne sich auch nur einen einzigen Batzen zu behalten! Da sah Mutter so fröhlich aus, daß ihm das Herz vor Stolz schwoll, und er konnte nicht umhin, zu verraten, wie ungeheuer ehrgeizig er gewesen war.

»Mutter, bin ich jetzt nicht ebenso gut wie Bruder Ruben?«

Mutter sah ihn prüfend an. Es war, als vergliche sie sein frisches, strahlendes Gesicht mit dem kleinen blassen draußen auf den Steinstufen. Und Mutter hätte sicherlich gerne ja geantwortet, wenn sie gekonnt hätte, aber sie konnte nicht.

»Mutter hat dich sehr lieb, Ivan, aber so wie Bruder Ruben wirst du nie.«

Es war unerreichbar, das sahen alle Kinder ein, und dennoch konnten sie nicht lassen, es zu erstreben.

Sie wuchsen zu tüchtigen Menschen heran, arbeiteten sich zu Vermögen und Ansehen herauf, während Bruder Ruben nur still auf seiner Steinstufe saß. Aber er hatte dennoch einen Vorsprung. Er war nicht einzuholen.

Und bei jedem Fortschritt, bei jeder Verbesserung, als es ihnen so allmählich gelang, Mutter ein gutes Heim und Wohlstand zu bieten, mußte es Lohn genug für sie sein, wenn Mutter sagte: »Ach, daß mein kleiner Ruben das noch gesehen hätte!«

Bruder Ruben begleitete Mutter durch das ganze Leben bis zu ihrem

Totenbett. Er war es, der den Todesqualen den Stachel nahm, wußte sie doch, daß sie sie zu ihm führten. Mitten im größten Jammer konnte Mutter bei dem Gedanken lächeln, daß sie ging, um dem kleinen Ruben zu begegnen.

Und so starb sie, deren treue Liebe einen kleinen Dreijährigen erhöht und vergöttert hatte.

Aber selbst da war die Geschichte des kleinen Ruben noch nicht zu Ende. Für alle seine Geschwister war er ein Symbol des arbeitsamen Lebens im Heim geworden, der Liebe zu Mutter, aller der rührenden Erinnerungen aus den Jahren der Mühe und des Mißerfolges. Es lag immer etwas Warmes und Schönes in ihrer Stimme, wenn sie von ihm sprachen. Es war Weihe und Feierstimmung um den kleinen Dreijährigen.

So glitt er auch in das Leben seiner Geschwisterkinder. Mutters Liebe hatte ihn zu einer Größe gemacht, und die Großen, die wirken und üben Einfluß, Geschlecht für Geschlecht.

Schwester Berta hatte einen Sohn, der in recht nahe Berührung mit Onkel Ruben kam.

Er war vier Jahre an dem Tage, an dem er auf dem Trottoirrande saß und in den Rinnstein hinabguckte. Der strömte von Regenwasser. Hölzchen und Halme schwammen mit abenteuerlichen Schwingungen das seichte Gewässer hinab. Der Kleine saß da und sah mit der Ruhe zu, die man empfindet, wenn man das abenteuerliche Dasein anderer verfolgt und selbst in Sicherheit ist.

Aber sein friedliches Philosophieren wurde von seiner Mutter unterbrochen, die in demselben Augenblick, in dem sie ihn sah, an die Steinstufe daheim und an den Bruder denken mußte.

»Ach, mein lieber kleiner Junge«, sagte sie, »sitze nicht so da! Weißt du nicht, daß deine Mama einen kleinen Bruder hatte, der Ruben hieß und vier Jahre war, gerade so wie du jetzt. Er ist gestorben, weil er sich auf einen solchen Trottoirrand gesetzt und sich erkältet hat.«

Dem Kleinen war es nicht willkommen, in seinen angenehmen Gedanken gestört zu werden. Er saß da und philosophierte, während sein blondes, lockiges Haar ihm bis in die Augen fiel.

Schwester Berta hätte es für keinen andern getan, aber um ihres lieben Bruders willen schüttelte sie den Kleinen recht unsanft. Und so lernte er Respekt vor Onkel Ruben.

Ein anderes Mal war dieses blondlockige junge Herrchen auf dem Eise umgefallen. Er war aus purer Bosheit von einem großen, bösen Jungen umgeworfen worden, und da blieb er nun sitzen und weinte, um so recht zu zeigen, welches Unrecht ihm geschehen war, besonders da seine Mama nicht weit weg sein konnte.

Aber er hatte vergessen, daß seine Mutter doch zu allererst Onkel Rubens Schwester war. Als sie Axel auf dem Eise sitzen sah, da kam sie gar nicht begütigend und tröstend, sondern nur mit diesem ewigen:

»Sitze nicht so, mein kleiner Junge! Denke an Onkel Ruben, der gestorben ist, gerade als er fünf Jahre alt war, so wie du jetzt, weil er sich in einen Schneehaufen gesetzt hat.«

Der Junge stand gleich auf, als er von Onkel Ruben sprechen hörte, aber er fühlte die Kälte bis ins Herz. Wie konnte Mama von Onkel Ruben erzählen, wenn ihr kleiner Junge so traurig war. Seinethalben konnte er sich schon hinsetzen und sterben, wo es ihm beliebte, aber jetzt war es, als wenn ihm dieser Tote seine eigene Mama nehmen wollte, und das konnte Axel nicht zulassen. So lernte er Onkel Ruben hassen.

Hoch oben im Stiegenaufgang daheim bei Axel war eine Steinbalustrade, auf der es schwindelnd herrlich zu sitzen war. Tief unten lag der Steinboden des Flurs, und wer oben rittlings saß, konnte träumen, daß er über Abgründe dahinzog. Axel nannte die Balustrade sein gutes Roß Grane. Auf seinem Rücken sprengte er über brennende Wallgräben in verzauberte Schlösser. Da saß er stolz und trotzig, während die großen Haarlocken von dem heftigen Anlauf wehten, und kämpfte Sankt Georgs Kampf mit dem Drachen. Und noch war es Onkel Ruben nicht eingefallen, dort reiten zu wollen.

Aber natürlich kam er. Gerade als der Drache sich in Todesängsten wand und Axel in stolzer Siegesgewißheit dasaß, hörte er das Kindermädchen rufen: »Axel, nicht da sitzen! Denke an Onkel Ruben, der starb, als er acht Jahre alt war, gerade wie du jetzt, weil er auf einem Steingeländer geritten ist. Hier darfst du nie mehr sitzen, Axel!«

Solch ein neidischer alter Dummerian, dieser Onkel Ruben! Er konnte es gewiß nicht ertragen, daß Axel Drachen tötete und Prinzessinnen rettete. Wenn er sich nicht hütete, wollte Axel zeigen, daß auch er Ruhm gewinnen konnte. Wenn er jetzt auf den Steinboden dort unten sprang und sich totschlug, dann würde er schon in den Schatten gestellt sein, dies große Lügenmaul!

Armer Onkel Ruben! Armer kleiner guter Junge, der draußen auf dem sonnenbeschienenen Marktplatz mit seinem Kreisel gespielt hatte! Nun mußte er erfahren, was es heißt, ein großer Mann zu sein. Eine Vogelscheuche war er geworden, die die Zeit, die war, der kommenden aufstellte.

Es war draußen auf dem Lande bei Onkel Ivan. Eine ganze Menge Basen und Vettern waren auf dem herrlichen Landgut versammelt. Axel ging da herum, von seinem Haß gegen Onkel Ruben erfüllt. Er wollte nur wissen, ob dieser auch noch andere außer ihm quälte. Aber etwas schüchterte ihn ein, so daß er sich nicht zu fragen getraute. Es war, als hätte er damit eine Lästerung begangen.

Endlich waren die Kinder allein. Kein Großer war dabei. Da fragte Axel, ob sie von Onkel Ruben gehört hätten.

Er sah, wie es in den Augen aufblitzte, und wie viele kleine Fäustchen sich ballten, aber es schien, daß die kleinen Mündchen Ehrfurcht vor Onkel Ruben gelernt hatten. »Still doch«, sagte die ganze Schar.

»Nein«, sagte Axel, »jetzt möchte ich wissen, ob er noch irgend jemand andern peinigt, denn ich finde, daß er der lästigste von allen Onkeln ist.«

Dieses einzige mutige Wort brach den Damm, der den Harm gequälter Kinderherzen umgab. Es gab ein großes Murren und Rufen. So muß ein Haufen Nihilisten aussehen, wenn sie den Selbstherrscher schmähen.

Jetzt wurde das Sündenregister des armen großen Mannes aufgezählt. Onkel Ruben verfolgte alle seine Geschwisterkinder. Onkel Ruben starb überall, wo es ihm gerade beliebte. Onkel Ruben war immer im gleichen Alter mit dem, dessen Ruhe er stören wollte.

Und Respekt mußte man vor ihm haben, obwohl er ganz offenkundig ein Lügner war. Ihn in der verschwiegensten Tiefe seines Herzens hassen, das konnte man, aber ihn nicht beachten, oder ihm Unehrerbietigkeit zeigen, Gott behüte.

Welche Miene die Alten annahmen, wenn sie von ihm sprachen! Hatte er denn je etwas so Merkwürdiges geleistet? Sich hinzusetzen und zu sterben, war doch nichts so Wunderbares. Und was er auch für Großtaten vollbracht haben mochte, gewiß war es, daß er jetzt seine Macht mißbrauchte. Er stellte sich den Kindern in allem entgegen, wozu sie Lust hatten, die alte Vogelscheuche. Er weckte sie von ihrem Mittagsschlummer auf der Wiese auf. Er hatte das beste Versteck im Park entdeckt und seine Benützung verboten. Jetzt erst kürzlich hatte er es sich einfallen lassen, auf ungesattelten Pferden zu reiten.

Sie waren alle ganz sicher, daß der arme Tropf nie mehr als drei Jahre alt geworden war, und jetzt überfiel er große Vierzehnjährige und behauptete, daß er in einem Alter mit ihnen sei. Das war das Alleraufreizendste.

Ganz unglaubliche Dinge kamen über ihn an den Tag. Er hatte von der Brücke Weißfische gefischt, er hatte in dem kleinen Eichenstamm gerudert, er war auf die Weide geklettert, die über das Wasser vorhing, und in der es sich so behaglich sitzen ließ, ja, er hatte sogar auf Pulvertonnen gelegen und geschlafen.

Aber sie waren alle ganz gewiß, daß es keinen Ausweg, vor seiner Tyrannei gab. Es war eine Erleichterung, sich ausgesprochen zu haben, aber kein Heilmittel. Man konnte sich gegen Onkel Ruben nicht auflehnen.

Man sollte es nicht glauben, aber als diese Kinder groß wurden und eigene Kinder bekamen, begannen sie sich sogleich Onkel Ruben zunutze zu machen, so wie ihre Väter es vor ihnen getan hatten.

Und ihre Kinder wieder, nämlich die Jugend, die heute heranwächst, haben die Lektion so gut gelernt, daß es eines Sommers draußen auf dem Lande geschah, daß ein fünfjähriges Knirpschen zur alten Großmutter Berta kam, die sich auf einen Absatz der Treppe gesetzt hatte, während sie auf den Wagen wartete, und sagte:

»Großmutter, du hattest doch einmal einen Bruder, der Ruben hieß.«

»Darin hast du recht, mein kleiner Junge«, sagte Großmutter und stand sogleich auf.

Dies war für die gesamte Jugend ein Anblick, als hätten sie einen alten Krieger König Karls XII. sich vor König Karls Porträt verneigen sehen. Sie hatten nun eine Ahnung, daß Onkel Ruben, wie sehr er auch mißbraucht wurde, immer groß bleiben mußte, nur, weil er einmal so sehr geliebt worden war.

In unseren Tagen, wo man alle Größe so genau prüft, muß er mit mehr Maß verwendet werden als früher. Die Grenze seines Alters ist niedriger; Bäume, Boote und Pulvertonnen sind vor ihm sicher, aber nichts aus Stein, was zum Sitzen taugt, kann ihm entgehen.

Und die Kinder, die Kinder von heute, betragen sich anders gegen ihn als die Eltern. Sie kritisieren ihn offen und unverhüllt. Ihre Eltern verstehen die Kunst nicht mehr, stummen, ehrfürchtigen Gehorsam einzuflößen. Kleine Pensionsmädchen handeln das Thema Onkel Ruben ab und bezweifeln, ob er etwas anderes als eine Mythe ist. Ein sechsjähriger Jüngling schlägt vor, daß man auf experimentalem Wege beweisen solle, daß es unmöglich ist, sich auf einer Steinstufe tödlich zu erkälten.

Aber das ist nur Eintagsmut. Diese Generation ist im Allerinnersten ebenso von Onkel Rubens Größe überzeugt, wie die vorhergehende, und gehorcht ihm ebenso wie diese.

Und der Tag wird kommen, wo diese Spötter zu dem uralten Hause ziehen, die alte Steinstufe aufsuchen und sie auf einen Sockel mit goldener Inschrift erheben werden.

Sie scherzen jetzt ein paar Jahre lang mit Onkel Ruben, aber sobald sie herangewachsen sind und eigene Kinder zu erziehen haben, werden sie von dem Nutzen und der Notwendigkeit des großen Mannes überzeugt sein.

»Ach mein Kindchen, sitze nicht auf dieser Steinstufe, deiner Mutter Mutter hatte einen Onkel, der Ruben hieß. Er starb, als er in deinem Alter war, weil er sich auf eine solche Steinstufe setzte, um sich auszuruhen.«

So wird es heißen, so lange die Welt steht.

Ein Emigrant

Wohl in dem Vorgefühl von all dem Trüben und Schweren, das er um ihretwillen erdulden sollte, mochte der Knabe die Puppe gar nicht ansehen, als er sie am Weihnachtsabend bekam. Er sagte gerade heraus, er wolle nicht mit Puppen spielen; er, der doch ein Junge war. Die Mutter hatte ihn gefragt, ob sie die Puppe auf den Boden tragen oder sie dem kleinen Mädchen des Droschkenkutschers schenken solle, das er nicht leiden konnte, und sogar dazu hatte er ja gesagt. Es war ihm ganz gleichgültig, was aus dieser abscheulichen Puppe wurde.

Aber was nun auch der Grund sein mochte, die Puppe wurde doch nicht zum Droschkenkutscher getragen, sondern fand sich noch am Weihnachtsmorgen in der Wohnung vor. Der Knabe war dadurch erwacht, daß die Mutter aufstand, um zur Weihnachtsmesse zu gehen, und er hatte ein bißchen gejammert, daß er allein zu Hause liegenbleiben sollte.

»Du bist doch nicht allein«, hatte die Mutter gesagt. »Jetzt hast du doch jemanden, der dir Gesellschaft leisten kann.«

Damit hatte die Mutter die große Fleckchenpuppe genommen, sie auf einen Stuhl an den Tisch gesetzt und sie mit einer brennenden Lampe davor zurückgelassen. Es sollte hell im Zimmer sein, damit der Kleine sah, daß jemand da war, der über ihn wachte, und er die ganze Zeit, da die Mutter weg war, ruhig schlafen konnte.

Der Knabe wollte der Mutter nicht sagen, wie kindisch ihm das alles vorkam. Er hätte gern gewußt, ob sie denn vergessen hatte, daß sie einen Jungen zum Kind hatte, nicht ein Mädel. Er ließ sie jedoch gehen, ohne weitere Einwände zu erheben, denn es war ihm ganz recht, unter vier Augen mit der Puppe zu bleiben. Wenn sie nur erst allein waren, dann würde sie schon nicht allzulange an dem Tisch unter der Lampe sitzenbleiben. Sie würde schon auf ihren rechten Platz kommen, darauf konnte sie sich verlassen.

Als die Mutter in der Türe stand, im Begriffe zu gehen, sagte sie noch: »Du kannst Laban hier fragen, wie es in der Weihnachtsnacht zuging, als Jesus geboren wurde. Du glaubst gar nicht, wieviel er von allem weiß, was sich einmal in der Welt zugetragen hat.«

Nein, das ging doch über den Spaß. Die dumme Puppe dort am Tisch! Die Mutter wurde wohl bald ebenso einfältig wie die Puppe selbst.

Aber es war merkwürdig. Wie er am Weihnachtsmorgen dalag und die Puppe anguckte und sich dachte, daß das wohl die letzte war, die ihm etwas erzählen konnte, gleichviel was, merkte er, daß sie plötzlich eine andere geworden war.

Sie war doch früher als ein Matrose kostümiert gewesen, mit weiter Bluse, weißen langen Hosen und einer schirmlosen Mütze, auf der ihr Name »Laban« mit rotem Wollgarn gestickt war, aber so sah sie jetzt nicht mehr aus. Sie hatte sich ganz plötzlich in einen der Hirten verwandelt, die in derselbigen Nacht, in der Jesus geboren ward, über die Flur gingen und die Schafe hüteten. Er hörte auch die Engel in der Luft über dem Kopf der Puppe singen, und er sah, wie sie sich aufrichtete, um zu sehen, was für merkwürdige Vögel durch die dunkle Nacht flogen.

Alles war genauso, wie er es die Mutter am Abend vorher erzählen gehört hatte, nur mit dem Unterschied, daß er jetzt alles vor sich sah, ganz so, wie es geschehen war. Es war Nacht, und es waren Engel, und es waren lebende Schafe. Das war etwas anderes, als nur davon erzählen zu hören.

Der Junge war damals erst drei Jahre alt. Und deshalb konnte er wohl nichts von dem, was die Puppe und er an jenem Morgen zusammen gesehen hatten, in seiner Erinnerung bewahren. Daß sie auch nach Bethlehem gegangen waren und das Jesuskind gesehen hatten, glaubte er wohl, aber er konnte sich nicht recht entsinnen, wie es zugegangen war. Es war ihm wieder ganz entschwunden.

Das einzige, was er von diesem Weihnachtsmorgen-Abenteuer noch wußte, war, daß, als die Mutter heimkam, die Puppe in seinen Armen gelegen und geschlafen hatte. Die Mutter hatte gleich gemerkt, daß die Puppe nicht mehr am Tische saß, und sie hatte sich ein bißchen mißtrauisch umgesehen, nach dem Kachelofen und der nächsten Kellerluke geguckt, aber schließlich hatte sie entdeckt, daß der Knabe den Matrosen mit ins Bett genommen hatte.

Und sie war sehr froh gewesen, als sie dies gemerkt hatte. Denn sie wußte nun, daß der Kleine einen Freund gefunden hatte, der ihm über viele einsame Stunden und viele Sorgen hinweghelfen würde.

Mit der Zeit entdeckte der Knabe immer mehr und mehr gute Eigenschaften an der Puppe. Er sagte ganz ernsthaft zur Mutter, wie um ein großes Unrecht gutzumachen, daß er, bevor er Laban hatte, gar nicht gewußt hatte, wozu Puppen gut seien. Er hatte geglaubt, sie seien nur für kleine Mädchen zu brauchen, die ihnen Kleider nähten und ihnen diese Kleider an- und wieder auszogen.

»Aber jetzt denkst du anders von ihnen?« fragte die Mutter und lächelte ihm zu.

Ja gewiß, jetzt begriff er, daß Kinder Puppen so liebhatten, weil sie sich verwandeln konnten.

Und verwandelt hatte sie sich wirklich, diese Puppe. Sie war ein König gewesen und hatte mit einer Krone auf dem Kopfe dagesessen, und sie war das kleine Mädchen des Droschkenkutschers gewesen und hatte mit piepsender Kinderstimme gesprochen. Sie hatte vor gar niemandem Respekt. Sie war Mutter selbst gewesen, wie sie da hinter ihrem Ladentisch stand und Äpfel und Apfelsinen verkaufte, und sie war all die Frauen und Dienstmädchen gewesen, die in den Keller kamen, um einzukaufen.

Was hatten sie damals für gute Tage im Obstkeller gehabt, er und die Puppe! Sie hatten einen kleinen Schlupfwinkel ganz für sich allein, unter dem Ladentisch, an dem die Mutter stand und Obst und Gemüse verkaufte, ein eigenes kleines Stübchen mit zwei kleinen Schemeln, auf denen sie einander gegenübersaßen und im Flüsterton Gespräche führten, während man über ihren Köpfen kaufte und verkaufte. Der Knabe war früher wütend auf all die gewesen, die in den Kellerladen kamen und ihm seine Mutter wegnahmen. Aber jetzt waren sie ihm ganz willkommen, denn die Puppe verstand es, wie gesagt, sich in sie alle zu verwandeln. Sie ahmte ihre Stimme nach, und sie ging mit ihnen nach Hause und erzählte dann, was der Mann zu der Suppe gesagt hatte, die die Frau von den Kohlblättern und den Pastinaken aus Frau Hernquists Keller gekocht hatte.

Viele von denen, die im Laden aus und ein gingen, pflegten zu sagen, es wäre merkwürdig, zuzuhören, wie der Knabe die Puppe sprechen und antworten ließ. Daraus sah er, daß sie gar nichts von solchen Dingen verstanden, denn es war doch gewiß nicht er, sondern die Puppe, die sich das alles ausdachte. Er suchte wohl den Leuten begreiflich zu machen, wie es sich verhielt, aber nach einigen vergeblichen Versuchen merkte er, daß das ganz unmöglich war.

Die allerschönste der guten Eigenschaften der Puppe kam doch erst zutage, als er anfing, in die Schule zu gehen. Nach dem ersten Vormittag in der Schule war er recht mutlos nach Hause gekommen. Es war doch viel schwerer gewesen, die ersten Buchstaben zu lernen, als er sich vorgestellt hatte. Er hatte sich auf den Ladentisch zur Mutter gesetzt, damit die ihm helfe, aber es war darum nicht besser gegangen.

»Willst du dich nicht zu Laban setzen und dir von ihm das Lesen beibringen lassen?« hatte die Mutter gefragt, aber der Knabe war unschlüssig gewesen, er konnte doch nicht glauben, daß Laban zum Schulmeister taugte.

»Ja, du kannst sicher sein, daß er dazu taugt«, sagte die Mutter. »Er war in all den Jahren, die ich in die Schule ging, mein Lehrer, und ich hatte immer die besten Zeugnisse. Man sprach sogar mit meinem Vater davon, mich Lehrerin werden zu lassen, so fix war ich.«

Als die Mutter dies gesagt hatte, kroch der Knabe unter den Ladentisch zu Laban, der dort auf seinem Schemel saß, und die Mutter gab ihnen ein kleines Kerzenstümpfchen, das sie zwischen sich stellen durften, damit sie die Buchstaben sahen.

»Lehre du ihn jetzt zuerst, dann lehrt er dich«, sagte die Mutter. Man hörte es, daß sie in der Sache zu Hause war.

An diesem Abend bekam der Knabe eine noch höhere Meinung von Laban als früher. Denn seht ihr, die Puppe lernte sofort die Buchstaben. Sie brauchte die Aufgabe nur ein einziges Mal zu hören, dann saß sie ihr so fest im Kopfe, daß man das Licht auslöschen konnte, und sie sagte die ganze Geschichte von vorne nach rückwärts und von rückwärts nach vorne her, ohne auch nur einen einzigen Fehler zu machen.

»Ja, dacht ich mir's nicht, daß Laban dir helfen würde«, sagte die Mutter. »Denke jetzt nur morgen in der Schule an ihn, dann wirst du schon die ganze Aufgabe können.«

Als der Knabe am nächsten Tag in die Schule kam, war er doch sehr ängstlich, weil er glaubte, daß Laban und nicht er die Buchstaben gelernt hatte. Aber als er antworten sollte, hielt er die Gedanken ganz fest auf Laban gerichtet. »So hätte er gesagt«, dachte er. Und er antwortete so gut, daß er von der Lehrerin gelobt wurde. Aber das machte ihm große Sorgen. Er wollte nicht dastehen und ein Lob ernten, das er nicht verdient hatte. Das wäre doch unrecht gegen die andern Kinder gewesen, die keine solche Puppe hatten wie er. Und schließlich sagte er auch der Lehrerin, wer es war, der die Aufgabe gelernt hatte. Er hatte erwartet, daß sie doch wenigstens verstehen würde, wie es sich mit dieser Puppe verhielt, aber sie lachte ihn nur aus, so daß er das nächste Mal nichts anderes tun konnte, als ihr Lob schweigend entgegenzunehmen.

Die gute Zeit für ihn und die Puppe, die dauerte eigentlich so lange, als er in die Volksschule ging. Immer war es die kluge Puppe, die arbeitete, und der Knabe hatte herrliche, freie Tage ohne alle Mühe und Plage. Nichts veränderte sich, außer daß er eines schönen Tages nicht mehr unter dem Ladentisch Platz fand, und da zogen Laban und er in einen Verschlag hinter dem Kellerladen. Da war ganz hoch oben in der Wand eine Luke, und darunter stellte die Mutter einen Tisch und einen alten Lehnstuhl, der so groß war, daß sie beide darin Platz fanden, er und die Puppe, und da saßen sie nun nebeneinander und lernten die Aufgaben.

Aber was der Kameradschaft ein Ende zu machen drohte, war, daß die Mutter beschloß, den Knaben ins Gymnasium zu schicken.

Seht ihr, man hatte ja schon lange, ja eigentlich seit der Weihnacht, da er die Puppe bekam, davon gesprochen, daß es etwas Merkwürdiges um diesen Knaben war. Die Leute, die mit ihm im Obstkeller plauderten, konnten nicht genug von den lustigen Antworten erzählen, die er ihnen gegeben hatte. Und die Lehrerin in der Volksschule, die konnte sich vor Staunen gar nicht fassen und erinnerte sich nicht, je ein so begabtes Kind gehabt zu haben. Und alle diese, die die große Begabung, die sich im Obstkeller verbarg, mit entdeckt hatten, lagen der Mutter unaufhörlich in den Ohren, den Sohn doch ins Gymnasium zu schicken.

Ihr ging es sehr gegen den Strich. Einerseits wollte sie aus ihrem Sohn kein Herrschaftskind machen, das sich ihr entfremdete, wenn es heranwuchs, und andererseits brauchte sie den Jungen sobald als möglich zur Hilfe im Geschäft. Aber sie wollte ja kein Unrecht gegen ihr eigenes Kind begehen, und da alle von den großen Anlagen sprachen, die erst in einer solchen höheren Lehranstalt zu ihrer rechten Entfaltung kommen konnten, entschloß sie sich endlich zu diesem Schritt.

Nun kann man sich denken, daß die Kameradschaft mit der Puppe nicht mehr so leicht war. Kaum war der Knabe in die erste Klasse gekommen, als die übrigen Schuljungen ihn damit aufzuziehen begannen. Er kämpfte viele Schlachten für sie aus. Und das ging ja an, solange er sie mit den Fäusten verteidigen konnte. Aber es sollten Angriffe kommen, die er nicht auf diese Art zurückschlagen konnte.

Dabei mußte man ja sagen, daß es ihm in der Schule vortrefflich ging. Und dieselbe wunderliche Art, seine Aufgaben zu lernen, hatte er noch beibehalten. Konnte er sich nur einbilden, daß es die Puppe war, die lernte, nicht er, kostete es ihn nicht die geringste Mühe, zu lernen, was es auch sein mochte.

Aber als er in die zweite Klasse kam, erzählte ihm die Mutter eines Tages, daß es Leute gäbe, die sagten, es könnte doch nie ein rechter Mann aus ihm werden, der noch als Zehnjähriger mit Puppen spielte. Andere Knaben pflegten sich nicht so zu benehmen.

Das waren Worte, die sich in sein Herz eingruben. Gegen die konnte er keinen gewappneten Widerstand anwenden. Er machte auch schon am selben Tag einen Versuch, sich der Puppe zu entledigen. Er trug sie auf den Dachboden, aber schon nach ein paar Stunden trug er sie wieder hinab. Er kam mit seinen Aufgaben nicht vom Fleck, wenn er die Puppe nicht neben sich hatte.

Und nun kamen zwei harte Jahre für ihn und die Puppe. Die Leute wollten sie nicht in Frieden lassen.

Ein so vielversprechender Junge, sagte man von ihm, es ist doch wirklich jammerschade, daß er diese lächerliche Gewohnheit hat, noch in seinem Alter mit Puppen zu spielen.

Und die Mutter, die hielt ihn beinahe für einen verlorenen Sohn – nur dieser Puppe wegen. Sie bekam auch mehr von all den Neckereien und Witzen über ihn und die Puppe zu hören als er selbst. Manchmal glaubte der Knabe, daß sie und ihre Bekannten es sich nicht so sehr zu Herzen genommen hätten, wenn er zu trinken oder zu rauchen angefangen hätte, denn das war doch eine Sache, die andere Knaben auch taten. Aber daß ein Junge, der schon zwölf Jahre alt war, seine Puppe behielt, so etwas hatte man noch nie gehört.

Als nun sein dreizehnter Geburtstag herankam, sagte er sich jedoch, daß nun die Grenze erreicht war. Jetzt mußte er die Puppe aufgeben, wenn er die Achtung der Menschen nicht ganz einbüßen wollte. Jetzt riefen ihm die gleichaltrigen Knaben zu, er solle doch lieber mit kleinen Mädeln spielen, er, der noch seine Puppe hatte, und die Mädchen, die steckten die Köpfe zusammen und kicherten, sobald sie ihn nur sahen.

Ja, die Puppe sollte also aus dem Hause, das war eine ausgemachte Sache. Aber da war noch etwas anderes, über das man nicht so leicht ins klare kommen konnte. Nämlich die Frage, wohin die Puppe sich begeben sollte. Es hatte keinen Sinn, es noch einmal mit dem Boden zu probieren, denn er wußte schon im vorhinein, wie das ausgehen würde. Auch konnte er sich nicht entschließen, die Puppe irgendeinem Kind, das er kannte, zu schenken, denn er vermochte sich nicht in den Gedanken finden, daß irgend jemand seiner Bekannten sie, die ihm so lieb war, besitzen sollte.

Er wußte ja, was der beste Ausweg war, aber er mußte ein paar Tage mit sich kämpfen, bevor er sich dazu entschließen konnte. Die Puppe erhob keine Einwände, aber der Knabe war es, der sich nicht überwinden konnte, diesen äußersten Schritt zu tun.

Es sah aus, als sollte nichts aus der Trennung werden, und es wäre wohl auch nicht dazu gekommen, wenn die Puppe selbst sich nicht in die Sache gemischt hätte. Die machte eines Abends ein ganz beleidigtes Gesicht und ließ ihn wissen, daß sie ihm nach all den guten Jahren, die sie miteinander gehabt hatten, nicht zum Schaden gereichen wollte; und wenn der Knabe sich nicht endlich doch noch entschließen konnte, sie ziehen zu lassen, so würde sie schon einen andern zu finden wissen, der ihr forthelfen wollte.

Da war der Junge nun auch beleidigt und versprach, daß er Ernst in der Sache machen würde. »Ich werde schon dafür sorgen, daß du irgendwohin kommst, von wo du nie zurückkommen kannst«, sagte er.

Am nächsten Tage stand er ganz früh auf, rollte die Puppe in ein großes Zeitungspapier und ging mit dem Paket unter dem Arm auf die Straße. Zuerst begab er sich zu einem Platz, wo man eben den Grund zu einem Hause sprengte, und da hob er einen großen Stein auf, den er in der Hand behielt. Dann lenkte er seine Schritte zu einem der großen Kanäle in der Nähe des Hafens.

Es war ein wunderbar schöner Morgen, in den er hinaustrat. Er erinnerte sich nicht, je etwas Ähnliches erlebt zu haben. Es war die mildeste Frühlingsluft, voll Duft und Würze, lichtes Grün auf den Bäumen und leichte Frühlingswölkchen am Himmel. Auch sah er eine Menschenschar nach der andern aus den Häusern kommen und zum Hafen hinuntergehen. Sie waren in Reisekleidung und hatten Eßkörbe, Plaids, Feldstecher und Tennisschläger mit. Sie wollten bei diesem herrlichen Frühlingswetter Ausflüge nach den Villen- und Badeorten machen.

Wie froh und glücklich sie alle miteinander zu sein schienen. Der Knabe wünschte, er wäre einer von ihnen gewesen.

Da glaubte er zu hören, wie der alte Freund, den er in dem Pakete hatte, ihm eine letzte Ermahnung gab: »Kümmere dich nicht um sie«, sagte er. »Du kannst sicher sein, daß sie auch ihre Sorgen haben, sie gerade so gut wie wir alle.«

»Da kannst du wohl recht haben«, sagte der Knabe, »aber ich glaube doch nicht, daß einer von ihnen es so schwer hat wie ich. Oder hältst du es für möglich, daß ein einziger von ihnen auf dem Wege ist, seinen besten Freund zu ertränken, so wie jetzt ich?«

Endlich waren sie am Ziel ihrer traurigen Wanderung angelangt, und der Knabe blieb auf dem Kai des Hafenkanals stehen. Da legte er die Puppe auf den Boden, wickelte sie aus der Umhüllung und begann, ihr eine Spagatschnur um den Hals zu knüpfen.

Im nächsten Augenblick sollte die Puppe also auf dem Kanalgrunde liegen, zwischen Leichen von jungen Hunden und Katzen, und das schmutzige, gelbgrüne Kanalwasser sollte über sie hinfließen. Das war also der Lohn, der ihr für all ihre Treue und alle ihre Dienste zuteil werden sollte.

Plötzlich hörte der Knabe auf, die Schnur zu knüpfen. Er schleuderte den mitgebrachten Stein in den Kanal, aber ohne die Puppe. »Nein, das ist unmöglich«, sagte er. »Das geht nicht. In so gräßlicher Weise kann ich mich deiner nicht entledigen, Laban.«

Er stand da und starrte recht ratlos vor sich hin. Mit den Blicken folgte er neuen Gruppen von Lustreisenden, die zum Meere hinunterwanderten.

Während er ihnen so nachsah, kam der Puppe plötzlich eine Idee. »Wir sind doch rechte Esel gewesen, du und ich, Fritz«, sagte sie, »daß uns etwas so Einfaches nicht früher eingefallen ist. Du hast wohl schon ganz vergessen, wie es im alten Griechenland zuging? Wenn sie ihre guten und edlen Mitbürger nicht im Lande behalten wollten, so fiel es ihnen doch nicht ein, sie zu töten, sondern sie sandten sie in die Verbannung.«

»Nein, was bist du doch für ein Meister, du Laban«, rief der Knabe. »Ich verstehe schon, was du meinst. Ja, in dieser Weise kann ich mich doch eher von dir trennen.«

Er fand den Gedanken so vortrefflich, daß er sich für den Augenblick fast über die Trennung getröstet fühlte. In aller Eile hüllte er die Puppe wieder in die Zeitung und ging hinter ein paar Reisenden her, die auf dem Wege zum Hafen waren. Es war eine ganze Familie: Mann, Frau und eine große Kinderschar.

»Vielleicht wird eines dieser Kinder Beschlag auf dich legen, Laban«, sagte er.

Im selben Augenblick sah er den Hafen, wo ein großes weißes Schiff dalag und seinen Dampf in die Luft stieß. Es hieß »Oskar Dickson«, und er wußte, daß es zwischen Gothenburg und Christiania hin und her fuhr und unterwegs an einer ganzen Menge von Orten anlegte.

Er eilte hinunter und sprang an Bord. Niemand hinderte ihn. Man glaubte, daß er einem der Passagiere noch ein Paket zu bringen hatte. Unten im Achtersalon nahm er die Puppe wieder aus der Zeitung und setzte sie auf eines der roten Plüschsofas. Er knipste noch ein paar Stäubchen von der Bluse und setzte die Mütze richtig auf.

»Wenn wir gewußt hätten, daß du eine so lange Reise antreten mußt, hätten wir schon dafür gesorgt, Mutter und ich, daß du etwas Neues zum Anziehen hast. Aber das ist ja einerlei. Du bist doch auf jeden Fall die allerbeste aller Puppen, die es in der Welt gibt. Und es kommt sicher bald jemand, der sich deiner annimmt. Glückliche Reise! Adieu! Adieu!«

Er wagte es nicht, den Abschied noch zu verlängern, sondern sprang auf das Verdeck. Er war gar nicht ängstlich, wie es der Puppe ergehen würde. Er zweifelte keinen Augenblick, daß, sobald eines der Kinder, die sich an Bord des Dampfschiffes befanden, die Puppe erblickte, es auch ihre guten und großen Eigenschaften entdecken und eine solche Liebe zu ihr fassen würde, daß es gar nicht anders konnte, als sie mit nach Hause zu nehmen.

Er glaubte triftigeren Grund zur Angst für sich selbst zu haben, denn es war sehr ungewiß, wie es ihm nun ergehen würde, wenn er diesen klugen Freund, der ihm raten und helfen konnte, nicht mehr hatte.

Kaum war er wieder auf festem Lande, als er sich nach der Puppe zu sehnen begann und bereute, daß er sie von sich gelassen hatte. Es wäre besser gewesen, alle Sticheleien zu ertragen, als einen solchen Schatz hinzugeben. Aber er kehrte doch nicht um, um die Puppe wiederzuholen. Ein so ängstliches Gefühl hatte man wohl immer, wenn jemand, den man liebhatte, fortreiste. In ein paar Stunden würde es sich schon geben.

Aber wie er so nach Hause ging, verfolgte ihn das Gefühl, daß er etwas Wertvolles und Großes hingegeben hatte, und das wollte nicht weichen, im Gegenteil, es wuchs und wurde zu einem heftigen Groll gegen all jene, die die Puppe nicht hatten in Frieden lassen wollen. Als er später am Vormittag in die Schule kam, bereitete es ihm eine Art von Genuß, zu fühlen, daß er so stumpf war, daß er keine einzige Frage richtig beantworten konnte. Ja, seht nur, wie es geht, dachte er. Hättet ihr mich nicht meine Puppe behalten lassen können?

Es war gewiß ein großes Unrecht, das man gegen ihn begangen hatte. Er konnte sich daheim ebensowenig zurechtfinden wie in der Schule. Den kleinen Verschlag, wo die Puppe und er sich so wohlgefühlt hatten, fand er jetzt so dunkel und armselig, daß er es darinnen nicht aushalten konnte. Er mußte seine Zuflucht zur Gasse nehmen, und da trieb er sich den ganzen

Abend herum, ohne zu lernen oder zu rechnen. »Ja, seht nur«, sagte er wieder, »so wird es alle Tage gehen. Warum ließ man mich nicht den Gefährten behalten, der es mir zu Hause so schön machte?«

Die ganze Woche verging, ohne daß der Knabe in bessere Laune kam. Die Mutter tat, was sie konnte, um ihn aufzumuntern, aber mit geringem Erfolg. Gegen sie war er noch unfreundlicher als gegen die andern, denn er fand, daß wenigstens sie, die ihm doch selbst die Puppe gegeben hatte, auch ihre Partei hätte nehmen müssen und nicht zulassen durfte, daß er sich ihrer entledigte.

Er hatte die größte Lust, zum Hafen hinunterzugehen, aber er kämpfte mit aller Macht dagegen an und lenkte seine Schritte nie nach dieser Richtung. Die Puppe war ja dahin und verloren, das wußte er. Es wäre nur so gewesen, wie wenn man ein Messer in einer Wunde herumdreht, wenn er dort hinuntergegangen wäre und sich den »Oskar Dickson« und das leere Plüschsofa im Dampfschiffsalon angesehen hätte.

Gegen Ende der Woche hatte der Knabe wohl die ärgste Bitterkeit gegen die Mutter überwunden und sich wieder etwas freundlicher gegen sie gezeigt, so daß sie eines Nachmittags den Mut faßte, ihn zu bitten, zum Hafen hinunterzugehen und ihr ein paar Bund Spargel zu holen, die sie mit einem Schärenboot erwartete.

Der Knabe wurde zuerst rot und dann blaß, als sie ihn darum ersuchte. Zuerst wollte er ein schroffes Nein zur Antwort geben, aber dann stieg eine so starke Sehnsucht in ihm auf, wieder dort hinunterzukommen, daß er nicht dagegen ankämpfen konnte. Nun meinetwegen, dachte er, Mutter will es ja selbst. Er fühlte wohl, daß in ihm eine Hoffnung war, die nur auf die Gelegenheit lauerte, an Bord des Dampfschiffes zu kommen und nachzusehen, wie es dort stand. Aber er unterdrückte sie mit der unwiderleglichen Behauptung, daß eine solche Puppe wie Laban nicht so viele Tage ohne Besitzer hatte bleiben können. Es war nicht anders möglich, jemand hatte sie sich angeeignet.

Aber als er nun mit seinem Korb in der Hand zum Hafen hinunterkam, war das erste, was seinen Blicken begegnete, der Dampfer »Oskar Dickson«. Er schien soeben angekommen zu sein, denn der Landungssteg war gerade ausgelegt, und die Passagiere begannen ans Land zu strömen.

»Du bist doch das größte Rindvieh auf Gottes Erdboden«, sagte der Junge zu sich selbst. Aber in der nächsten Sekunde drängte er sich doch über den Landungssteg. »Es hat doch gar keinen Zweck, das weißt du doch«, sagte er wieder, aber er lief doch über das Verdeck, »nein, darin liegt doch nicht die geringste Vernunft«, fuhr er fort, während er die Treppe hinuntereilte und in den Salon guckte.

Aber es war wohl doch nicht so ganz ohne Vernunft, denn wer saß ganz oben in der Ecke des plüschbezogenen Sofas, wenn nicht seine eigene, heißgeliebte Puppe?

Der Knabe wollte seinen Augen nicht trauen. Konnte das wirklich sein eigener Laban sein, der da saß? Ja, er war es ja doch, das fühlte er schon daran, daß sein Herz einen heftigen Sprung machte und dann wieder auf seinen rechten Platz kam. Im selben Augenblick begriff er auch, warum ihm die ganze Zeit, die die Puppe fortgewesen war, so schrecklich zumute gewesen war. Das war das Herz, das nicht am rechten Fleck gewesen war. Aber jetzt, wie er nur die Puppe erblickt hatte, war alles wieder ganz gut.

Mit zwei Sätzen hatte der Knabe die Puppe erreicht. Er machte nicht viel Federlesens mit ihr, er stopfte sie nur in seinen Korb und knüllte sie zusammen, so daß er den Deckel zubrachte. Und dann ging es mit ihnen beiden heimwärts.

Auf dem ganzen Wege lachte er in sich hinein und trällerte, er konnte es nicht lassen. Ja, so war es wohl Menschen zumute, wenn sie sagten, daß sie glücklich wären, der Knabe hätte nie geglaubt, daß das so hübsch sein könnte.

Er freute sich sogar, daß er die Puppe ausgesetzt hatte, denn wenn er nicht die ganze Woche lang von ihr getrennt gewesen wäre, hätte er ja auch die große Freude des Wiedersehens nie kennengelernt.

Als er durch den Kellerladen ging, eilte er nicht stumm und mürrisch an den Kunden vorbei wie in letzter Zeit, sondern er stellte seinen Korb nieder, legte der dicksten Madam den Arm um den Leib und küßte sie.

Das war nur als eine kleine Freundlichkeit gemeint, und wenn auch die Dicke und die andern nach ihm schlugen, so nahmen sie es doch auch für nichts anderes. »Ja, jetzt ist er wieder guter Laune«, sagten sie. »Wir wußten ja, daß er nicht sein Leben lang wegen einer Fleckchenpuppe den Kopf hängen lassen würde.«

Der Knabe hielt sich nicht auf, um ihnen zu erklären, was ihn so verändert hatte. Er nahm den Korb in seinen Verschlag mit, packte die Puppe aus und setzte sie mit großer Feierlichkeit in dem Stuhl zurecht. Und zugleich nahm alles um ihn sein gutes, vertrautes Aussehen wieder an. Es war die Puppe, die all das Behagen und die Traulichkeit mitbrachte.

»Du machst dir wohl gar nichts daraus, wieder zu Hause zu sein, Laban?« sagte der Junge. »Du hattest es wohl auf dem Dampfschiff ebenso gut?«

Er plauderte in einem fort. Die Puppe mußte hören, wie elend er es gehabt hatte und wie schlecht es mit dem Lernen gegangen war. Von Zeit zu Zeit unterbrach er seine Klageweisen und neckte die Puppe, weil gar niemand Beschlag auf sie gelegt hatte.

Er wartete keine Antwort ab, sondern ging gleich zu etwas anderem über. »Weißt du was?« sagte er, »jetzt, wo ich dich wiederhabe, halte ich es nicht aus, so träge und dickschädlig zu sein, wie ich die ganze Woche war. Wir müssen uns jetzt ordentlich hineinlegen, damit ich die Kameraden einhole.«

Es kam ein solcher Arbeitseifer über ihn, daß er schon in der nächsten Minute mit dem Kopf über ein Buch gebeugt dasaß. Und das war wahrlich nur ein Vergnügen jetzt, wo Laban neben ihm saß. »Erinnerst du dich an dies und an das?« fragte er die Puppe. »Kannst du mir dieses Problem lösen?« Und es ging alles wie im Spiel. Die Puppe durchschaute sofort die allerverwickeltsten Aufgaben. Das Ganze war eitel Lust und Freude.

Nach einiger Zeit konnte er sich das Vergnügen nicht versagen, die Puppe wieder ein bißchen zu necken.

»Denk mal, daß dich gar niemand haben wollte, Laban! Denke, daß du die ganze Woche allein in der Sofaecke sitzengeblieben bist! Das hättest du wohl nie gedacht?«

Während er so mit der Puppe scherzte, sah er etwas aus ihrer Bluse, aus dem Halsausschnitt, ragen. Er beugte sich vor und zog ein kleines, viereckiges Blättchen heraus. Es war eine Amateurphotographie, die ein kleines Mädchen mit blonden Locken, langen Wimpern und einem kleinen, kleinen Mündchen vorstellte.

»So, Laban, bist du ein solcher Spitzbub«, rief der Knabe. »Also diese kleine Schönheit hat dir auf dem Boot Gesellschaft geleistet. War sie ganz verliebt in dich, sag'? Hast du das von ihr bekommen, als sie ans Land ging, damit du sie nicht vergißt?«

Der Knabe glaubte zu merken, wie ein Lächeln über das ernste Gesicht der Puppe huschte. »Siehst du, ich hätte jetzt für immer von dir geschieden sein können, wenn ich gewollt hätte«, schien es zu sagen. »Aber ich bin treuer als du, ich bin zu dir und dem Kellerloch und den Aufgaben zurückgekehrt, trotz allem, was mich in die weite Welt hinausgelockt hat.«

Es war ein glücklicher Nachmittag, und ihm folgten viele glückliche Tage. Aber dann – – – ja, es mag genug sein, zu sagen, daß, als ein halbes

Jahr vergangen war, sie sich wieder so ziemlich in derselben Lage befanden wie im Frühling. Die Leute hatten entdeckt, daß die Puppe zurückgekommen war, und gleich hatte man wieder angefangen, den Knaben auszulachen. Er merkte es, und er konnte es nicht ertragen. Er sah ein, daß er ja doch einmal gezwungen sein würde, sich von der Puppe zu trennen.

Niemand kann behaupten, daß er es leichten Herzens tat. Es kam ihm fast schwerer an als das erstemal, denn jetzt wußte er besser als damals, was er verlor, wenn er die Puppe fortschickte. Aber andererseits war er jetzt älter, und er empfand es tiefer als früher, daß man ihn beinahe als einen rettungslos Entgleisten betrachtete.

Es mag genug sein, zu erzählen, daß der Knabe eines Nachmittags im Spätherbst die Puppe nahm und sich mit ihr in eine Straßenbahn setzte. Er fuhr ein Stück mit der Puppe, dann stand er mit gleichgültiger Miene auf und ließ sie im Wagen zurück, so, als hätte er sie vergessen.

Kaum war der Wagen weitergefahren, als derselbe Mißmut über ihn kam wie das frühere Mal, wo er die Puppe weggeschickt hatte. Er konnte sich nicht entschließen, nach Hause zu gehen, sondern trieb sich niedergeschlagen und verstimmt auf der Straße herum.

Nein, wie hatte er doch die Schule und die Schularbeit satt! Wenn er die Puppe nicht hatte, die alles zu einem Spiel machte, konnte er es gar nicht ertragen, an all diese Aufsätze und Probleme zu denken.

Er bummelte herum, bis es Zeit zum Schlafengehen war. Als er endlich heimkehrte und die Treppe hinunterging, die in den Keller führte, stolperte er über einen Gegenstand, der auf der obersten Treppenstufe lag, und wäre fast darübergefallen.

Im selben Augenblick, in dem er ihn mit dem Fuße berührte, wußte er auch schon, was es war, und ein Beben der Freude durcheilte ihn. Er bückte sich rasch und tastete mit den Händen. Ja, es war Laban.

»Es sieht aus, Laban, als wolltest du mich gar nicht verlassen«, sagte er, und die Stimme klang ärgerlich, aber eigentlich war er ganz selig, daß die Puppe zurückgekommen war.

Es nahm ihn nicht so sehr wunder, daß auch dieser Versuch mißlungen war. Es gab vielleicht nicht viele Leute in der Stadt, die so bekannt waren wie seine Puppe. Vermutlich hatte einer der Kunden seiner Mutter sie in der Straßenbahn erkannt und sie ihm heimgebracht.

Der Knabe stand auf der dunklen Treppe und fuhr mit der Hand über die Puppe, wie um sich zu vergewissern, daß sie sein eigener Laban war.

Dabei merkte er, daß auf dem Rücken der Puppe ein Papier befestigt war.

»Was ist denn das?« sagte er. »Was ist denn das, was du mitgebracht hast? Letzthin kamst du mit einer Photographie, das hier ist wohl ein Liebesbrief?«

Der Junge sah durch die Glastür des Ladens, daß die Mutter dort auf und ab ging, und es war ihm ein wenig peinlich, ihr zu zeigen, daß er noch einmal mit der Puppe nach Hause kam. Er wollte darum abwarten, bis sie in die Küche ging, so daß er unbemerkt zu sich hineinkommen konnte, und inzwischen löste er das Papier ab und lief zu einer Gaslaterne, um zu sehen, ob etwas darauf geschrieben stand.

Ja, allerdings. Das stand fürs erste sein eigener Name und darunter ein kleines Verschen:

Hör', mein Büblein, diesen Spruch,
Gucke fleißig stets ins Buch,
Laß von Knaben, welche saufen,
Fluchen, spielen und auch raufen,
Nie und nimmer dich verlocken,
Sondern bleib bei deiner Docken.

Nun, er war ja nur ein Kind, und als er den alten Fibelvers in dieser Weise verwandelt und gegen sich gerichtet las, nahm er das nicht als den unschuldigen Spaß, der es im Grunde war, sondern er betrachtete es als eine sehr große Beleidigung. Er wurde ganz starr vor Wut, daß man es wagte, ihn in dieser Weise zu hänseln.

Jetzt dachte er gar nicht mehr daran, die Puppe mit nach Hause zu tragen. Er mußte sie gleich fortschicken, im selben Augenblick, und diesmal wollte er es so tun, daß sie nie wiederkehrte.

Es blieb ihm nicht viel Wahl, und es dauerte auch nicht lange, so war er auf dem Wege zur Eisenbahn. Als er den Perron betrat, stand gerade ein Zug zur Abfahrt bereit, und ehe er sich noch ganz Rechenschaft gegeben, was er tat, hatte er die Puppe in ein Coupé gesetzt und sie in die weite Welt hinausgeschickt, er wußte selbst nicht, wohin.

Und diesmal schien die Puppe wirklich verschwunden zu sein. Eine Woche nach der andern verging, ohne daß der Knabe etwas von ihr wußte. Und so allmählich hörte er beinahe auf, sich nach ihr zu sehnen. Sie wurde aus seinen Gedanken entführt, wie so vieles andere.

Es ist ja mit Kindern oft so, daß sie irgendeinen Sündenbock suchen, dem sie die Schuld für all das Mißgeschick aufbürden können, das sie trifft. Und was den Knaben betrifft, so war er noch so sehr Kind, daß er, als es ihm jetzt in der Schule so schlecht zu gehen anfing und er in keiner Weise mit den Kameraden Schritt halten konnte, sich damit entschuldigte, daß er seine Puppe verloren hatte.

Er war jetzt nicht träge und fahrlässig. Er war vielmehr bestrebt, sich obenzuhalten, aber er konnte sich nicht verhehlen, wie rettungslos er zurückging.

Die Lehrer schüttelten den Kopf, wenn sie seine Aufsätze durchsahen und fragten, ob er krank sei oder ob er viel gestört würde, wenn er zu arbeiten hatte. Dem Knaben konnten bei diesen wohlwollenden Fragen die Tränen in die Augen kommen. Er hätte gerne geantwortet, daß alles nur daher kam, daß man ihn seine Puppe nicht hatte behalten lassen. Aber er biß die Zähne aufeinander und schwieg.

Der Klassenvorstand ging zur Mutter, um mit ihr über den Knaben zu sprechen, der gar nicht mehr imstande war, in der Schule mitzukommen. Er konnte nicht begreifen, was in den Jungen gefahren war, er war doch früher der Erste in der Klasse gewesen. Vielleicht wäre es angezeigt, ihn eine Zeitlang aussetzen zu lassen.

Und dann fragte die Mutter ihn selbst, was ihm denn fehle, und ob er gerne für ein paar Wochen Ferien haben wolle, um sich auszuruhen. »Das nützt nichts«, sagte der Knabe. »Mir wird es in der Schule nie mehr gut gehen, und wenn ich mich noch so lange ausruhe.« Und als er das gesagt hatte, lief er zur Türe hinaus, weil er fühlte, daß er in Tränen ausbrechen mußte.

Ein paar Tage später geschah etwas, das ihn mehr belebte als noch so lange Ruhe. Er las nämlich in einer Zeitung von einer großen Puppe, die die Eisenbahner einander zum Spaß in ihren Zügen hin und her schickten.

Vom ersten Augenblick an war er überzeugt, daß das niemand anderes sein konnte als Laban, von dem da die Rede war. Was war das doch für eine Puppe! Wo immer sie sich zeigte, wurde es lustig und fröhlich um sie.

Sicherlich erinnern sich viele hier im Lande heute noch an den lustigen Spaß mit der reisenden Puppe.

Man kann sich denken, daß die Sache so angefangen hatte, daß irgendein lustiger Stationsbeamter, der in einem Coupé eine einsam dasitzende Puppe fand, sie mit auf die Station nahm, ein Verslein auf einen Zettel schrieb und sie mit dem Poem an der Brust in eine andere Station schickte. Um den Spaß noch besser zu machen, hatte er an einen Kollegen in dem neuen Bestimmungsort ein Telegramm abgesandt:

»Herr Laban kommt mit dem Schnellzug. Bitte ihn gut zu empfangen.«

Herr Laban! Wer war Herr Laban! Das gab ein Staunen auf der Station, wo er erwartet wurde. Der Stationsinspektor, der Buchhalter und der Bagageverwalter standen auf dem Perron, um ihn zu empfangen. Als der Zug kam, bemühte sich alles, herauszubekommen, welcher der Reisenden Herr Laban sein konnte. Aber da man nicht klug daraus wurde, mußte man den Kondukteur fragen.

»Es soll doch ein Herr Laban mit dem Zug ankommen? Wo steckt er denn? Wir sollen ihn doch empfangen.«

»Herr Laban«, sagte der Kondukteur, »ach so, er soll hier aussteigen? Ja, er fährt erster Klasse. Ich will gleich gehen und es ihm sagen.«

Und gleich darauf erschien er mit der großen Fleckchenpuppe in den Armen. Man kann sich denken, mit welchem Jubel sie aufgenommen wurde.

Dann fand jemand, daß das ein viel zu guter Spaß war, um ihn nicht weiterzuspinnen. Die Puppe wurde also mit neuen Versen ausgerüstet, die neben den alten befestigt wurden, und dann bekam sie ein Cachenez, damit sie doch reisemäßiger aussah. Hierauf wurde sie wieder in den Zug gesetzt, und man telegraphierte an die nächste Station, um ihre Ankunft anzukündigen.

Da wiederholte sich die Geschichte. Aber da nun die Puppe bald ganz mit Papierzetteln bedeckt war, kam jemand auf den Einfall, sie mit einer Reisetasche zu versehen, wo sie ihre Aktenstücke verwahren konnte.

Auf diese Weise fuhr die Puppe rings um das Land, von Station zu Station. Die Telegramme, die sie ankündigten, wurden immer pompöser, und sie wurde immer feierlicher empfangen, je weiter sie herumkam. Die guten Leute in den Stationen konnten sich gar nicht genug tun. Sie reiste auch gerade in der Weihnachtszeit, wo alle freigebig und erfinderisch sind, und bald hatte es mit der Tasche und den schönen Versen nicht mehr sein Bewenden, sondern sie bekam so allmählich eine ganze Ausrüstung. Schließlich hatte sie einen Ulster und einen Nachtsack, eine Brieftasche und ein Portemonnaie. In den Taschen hatte sie Zigaretten und Zündhölzchen, Sacktuch, Federmesser, Taschenkamm, Bürsten, Tüten mit Pralinees und Karamels. Sie hatte eine eigene Reisedecke, um sie über die Knie zu breiten, wenn sie sich auf dem Sofa ausstrecken wollte, und eine besondere Reisemütze, die sie nur trug, wenn sie im Zug saß.

Man kann sich denken, daß dieser Spaß, als er eine Zeitlang gedauert hatte, auch in den Zeitungen besprochen wurde, und so erfuhr das große Publikum von diesem Weihnachtsscherz der Eisenbahner. Und da kriegte das große Publikum auch Lust, mitzuspielen. Und es kam so weit, daß, wenn ein Telegramm, daß Herr Laban kommen sollte, an einem Ort eintraf, große Volksmassen sich an der Station einfanden, um ihn zu empfangen, sich die wunderbare Reiseausstattung anzusehen oder die Verse zu lesen.

Einige davon wurden auch in der Zeitung abgedruckt, und durch eines dieser Verslein gelangte der Knabe zur vollen Gewißheit, daß es seine Puppe war, die so großen Ruhm erlangt hatte.

Der Vers lautete so:

Ich bin ein armer Laban, ich esse niemals Brot,
Ich kann nicht gehn, ich kann nicht stehn, doch leid ich keine Not.
Denn in der schönen Eisenbahn, da fahr ich Tag für Tag
Ich bin bald hier, ich bin bald dort,
Man hat mich lieb an jedem Ort.
Mit niemand tauschen mag.

Ja, das hatte der Knabe von ersten Augenblick an gewußt. Es war seine Puppe. Darüber konnte ja kein Zweifel sein. Es konnte ja auch kaum noch eine Puppe auf der Welt geben, die Laban hieß. Und übrigens hätte sich auch keine andere Puppe einen solchen Spaß ausdenken können. Die Eisenbahner glaubten vielleicht, daß einer von ihnen den Einfall gehabt hätte, sie hin- und herzuschicken, aber der Knabe wußte es besser. Alles, von Anfang bis zu Ende, war die eigene Erfindung der Puppe. Denn so war sie. Jetzt mußten die Leute doch einsehen, wie bitter es für ihn gewesen war, sich von ihr zu trennen.

Er konnte sich nicht genug wundern, daß niemand die Eisenbahner wegen der Puppe auslachte. Im Gegenteil, alle schienen ihnen dankbar zu sein, weil sie sich diesen Spaß gemacht hatten, der das ganze Land amüsierte. Es sah aus, als wären alle Menschen freundlicher gegen diese Leute gestimmt, die sie sonst nur mit ernsten Amtsmienen sahen, weil sie jetzt zeigten, daß sie so wie alle andern einen kleinen Scherz liebten. Das hätte man ihnen gar nicht zugetraut.

Nein, dieses Mal hatte die Puppe nur das eine Pech, zuviel Glück zu haben. Es wurde soviel über sie in den Zeitungen geschrieben, und es gab ein solches Gedränge in den Stationen. Da kriegten die neuen Gönner den ganzen Rummel satt. Es hatten sich soviel Unberufene in das Spiel gemischt, daß es ihnen gar keinen Spaß mehr machte.

Solange der Knabe jeden Tag von der Puppe las und hörte, hatte er förmlich aufgelebt und war wieder der alte geworden. Aber dann wurde es still um sie, und damit versank er wieder in seine frühere Apathie.

Im Frühling las er einmal eine Notiz über seinen alten Freund. Darin wurde erzählt, daß die große Puppe, Eisenbahnlaban genannt, die zu Weihnachten soviel Aufmerksamkeit erregt hatte, jetzt von den großen Kindern, die mit ihr gespielt hatten, völlig vergessen war. Sie lag jetzt in einem Gütermagazin der hiesigen Eisenbahnstation, ihrer ganzen Ausrüstung beraubt.

Der Knabe wurde sehr nachdenklich, als er dies las. Die Puppe war also in seiner Nähe, und er konnte sie wieder haben. Aber r schob die Zeitung von sich weg. Nein, nein, er wollte nicht. Er wußte, wie es enden würde, und er wollte nicht noch einmal dasselbe durchmachen.

Als er am nächsten Tag um die Mittagszeit von der Schule heimkam, nickte ihm die Mutter mit einer vielsagenden Miene zu, als er an ihrem Ladentisch vorbeikam. So sah sie immer aus, wenn es ihr geglückt war, ihm etwas zu verschaffen, von dem sie wußte, daß er sich darüber freuen würde.

Als er in seinen Verschlag kam, saß Laban im Lehnstuhl. Die Mutter hatte also auch in der Zeitung von der Puppe gelesen, und sie war zum Bahnhof gegangen, um sie ihm zu holen. Sie hatte schließlich doch eingesehen, wie notwendig diese Puppe für ihn war.

Aber nun geschah das Merkwürdige, daß, als der Knabe die Puppe, nach der er sich den ganzen Winter gesehnt hatte, da im Lehnstuhl auf ihrem gewohnten Platz sitzen sah, ihn eine Wut packte, die er nicht beherrschen konnte.

»Wie kannst du dich unterstehen, noch einmal zurückzukommen?« rief er der Puppe zu. »Du weißt doch, daß ich dich nicht behalten kann! Glaubst du, ich will all das, was ich um deinetwillen gelitten habe, zum vierten Male durchmachen?«

Denn was half es, daß die Mutter jetzt endlich begriff, welche Macht die Puppe hatte? All die andern, all die Nachbarn im Viertel, alle Kinder und alle Erwachsenen, alle Lehrer und Schulkameraden hatten die Puppe noch nicht verstehen gelernt und würden es auch nie.

Er packte die Puppe am Nacken wie eine junge Katze, und ohne sich darum zu kümmern, daß die Mutter mit dem Mittagessen auf ihn wartete, stürzte er mit ihr davon.

Nach einer Stunde kehrte er zurück. Und diesmal fühlte er eine wunderliche Ruhe. Jetzt wußte er, daß er den rechten Ausweg gefunden hatte. Jetzt würde die Puppe ihm nie mehr unter die Augen kommen.

Jetzt hatte er sie dahin gesandt, wo sie bleiben würde. Es war schade, daß ihm das nicht vorher eingefallen war. Er hätte dann früher Ruhe gehabt, hätte nicht soviel mit ihr durchmachen müssen.

»Was hast du denn mit der Puppe angefangen?« fragte die Mutter, als er heimkam.

»Ich habe sie dahin geschickt, von wo sie nie zurückkommen wird«, sagte der Knabe, »wer sie jetzt nimmt, der kann sie auch behalten.«

»So«, sagte die Mutter.

Mehr sagte sie nicht, sie sah nur erstaunt den Sohn an, aber der fuhr mit großem Freimut fort: »Und jetzt, Mutter, will ich aufhören, ins Gymnasium zu gehen. Es hat gar keinen Zweck, wenn ich hingehe. Ich konnte ja den Freund nicht behalten, der mir geholfen hätte, etwas Besonderes zu werden, und da habe ich ja dort nichts zu suchen.«

»Was willst du denn anfangen?«

»Ich will dir im Geschäft helfen.«

Die Mutter sah ein bißchen unsicher aus: »Du kannst doch schließlich nicht wissen, ob die Puppe nicht noch einmal zurückkommt«, sagte sie.

»Nein, Mutter«, sagte der Knabe, »jetzt werden wir sie nie mehr wiedersehen. Das fühle ich.«

»Aber was hast du denn mit ihr angefangen?« fragte die Mutter.

»Ich habe sie an Bord des großen Auswandererschiffes gesetzt, das heute im Hafen liegt«, sagte der Knabe.

»Ja dann«, sagte die Mutter, und war sofort ebenso überzeugt wie er, daß nun alles aus war. Nun konnte die Puppe nie mehr wiederkommen. »Ja, wenn du sie nach Amerika geschickt hast, dann kannst du morgigen Tags im Laden anfangen«, sagte sie. »Jetzt sehen wir sie nie wieder.«

»Nein, jetzt kommt sie wohl in ein Land, wo man seine Puppen behalten darf«, sagte der Knabe.

Auf diese Art kam der Knabe in das praktische Leben. Jetzt ist er ein erwachsener Mann und trauert nicht mehr um die Puppe. Aber er erzählt gerne von ihr.

Einmal hatte er das Glück, unter seinen Zuhörern einen Gelehrten zu haben, einen Archäologen, und dieser interessierte sich sehr für die Geschichte.

»Wissen sie was«, sagte er. »All dem liegt schon etwas zugrunde. Die Puppe, ist sie nicht die Begleiterin der Menschheit von ihrer frühesten Kindheit an? Wer weiß, wieviel wir ihr zu verdanken haben? Und der gelehrte Mann begann eine Auseinandersetzung über die Puppe als diejenige, deren Aufgabe es gewesen war, die ungeahnten Anlagen des unzivilisierten Menschen auszulösen. War nicht im selben Augenblick, in dem die erste Puppe aus einem Lehmklumpen oder vielleicht aus etwas zusammengerolltem Gras geformt wurde, die Phantasie geboren worden und mit ihr das Spiel, die Dichtung, die schönen Künste? Das Beste, was wir besitzen, das, worauf wir am stolzesten sind, ist es nicht die Fähigkeit des Schaffens, und wer hat diese Fähigkeit in so hohem Grade entwickelt wie die Puppe? Man würde es schon einmal sehen, wenn erst ihre Geschichte geschrieben würde. Sie hat im Leben so mancher unserer großen Männer eine Rolle gespielt.«

Ein andermal hörte ein junger Schriftsteller den Mann. Der geriet geradezu in Zorn und überschüttete ihn mit Vorwürfen: »Sie Unglücksmensch, was haben Sie getan? Eine solche Puppe über den Atlantischen Ozean zu schicken? Begreifen Sie denn nicht, welchen königlichen Gast Sie da in Ihrem Kellerloch hatten? Spott, Verleumdung, was ist das dagegen, das Göttergeschenk der Phantasie verkörpert unter seinem Dach zu haben? Warum ließen Sie sie nicht wenigstens mir oder einem meinesgleichen? Aber sie zu diesen Amerikanern zu schicken, das ist verbrecherisch, das ist eine vaterlandsfeindliche Handlung! Sollen sie uns denn alles nehmen! Unter allen Emigranten, die über das Weltmeer gefahren sind, können wir Ihre Puppe am allerwenigsten entbehren.«

Bei einer andern Gelegenheit, als der Mann seine Geschichte einigen gewöhnlichen eigentlich ganz ungelehrten Leuten erzählte, rief einer unter ihnen:

»Ich möchte doch wissen, wie es der Puppe drüben ergangen ist und ob sie noch immer so vortrefflich ist. Sie sollten eine Annonce in eine dortige Zeitung geben und fragen, ob sie nicht jemand gesehen hat. Wenn sie noch so ist, muß sie sich doch bemerkbar gemacht haben.«

Es ist aber nicht so leicht, diese Sache in einer Annonce darzustellen, wendete man sogleich ein.

»Nein, wenn Sie wirklich wissen wollen, wie die Puppe sich drüben bewährt hat, dann ist der einzige Ausweg, die ganze wunderbare Geschichte in die Zeitung zu geben«, sagte der dritte.

»Die ganze Geschichte!« rief ein vierter. »Wozu sollte das gut sein?«

»Nein, was hat die Geschichte einer armen Fleckchenpuppe in der Zeitung zu suchen?« sagte ein anderer.

Ja, darauf ist nicht so leicht eine Antwort zu finden, aber nun ist sie mal drinnen, und nun wollen wir sehen, was daraus werden kann!

Vineta

Es war vor einigen Jahren in einer Juninacht. Ein Dampfschiff, das die Tour zwischen Stockholm und Visby machte, glitt über die Ostsee hin. Es war vollkommen still. Das Meer machte keine einzige Bewegung, es schien nur darauf bedacht, den bleichroten Himmel widerzuspiegeln. Es entstanden Schattierungen und Farbenbrechungen wie auf Seide, wenn Kette und Einschlag von verschiedener Farbe sind.

Als die Passagiere in die Kajüte gegangen waren, begann der Steuermann des Dampfschiffes eine alte, schöne Melodie zu summen. Bald darauf sang er die Worte zu der Melodie, und je weiter die Nacht fortschritt, desto deutlicher sang er, obgleich er die Stimme nie mit voller Kraft ertönen ließ. Er änderte die Melodie nicht, sondern fuhr die ganze Zeit fort, dieselbe Weise zu singen.

An Bord befand sich ein reisender Engländer, der, von der Schönheit der Nacht gefesselt, auf dem Verdeck geblieben war. Er hatte dem Singen lange zugehört und war ganz vertieft darin gewesen, dann hatte er sich losgerissen und war nach rückwärts gegangen, gleichsam um außer Hörweite zu kommen. Nun schritt er wieder nach vorn gerade zu dem Steuermann hin.

»Was ist das für ein Lied?« fragte er auf englisch.

Der Seemann, der auf großen Reisen gewesen war, verstand recht gut Englisch, aber mit seiner Fähigkeit, es zu sprechen, sah es windig aus. Er wußte nichts anderes von seinem Liede zu sagen, als daß es die Weise von Vineta sei. »Ja«, sagte der Engländer, »das dachte ich mir schon, die Weise von Vineta.« Sein Ton war im höchsten Grade ärgerlich, aber gleichzeitig lächelte sein ganzes Gesicht, als wolle er es sich vorbehalten, daß es ihm nicht Ernst sei. »Dieses Wort habe ich Sie jetzt die ganze Nacht hindurch singen hören, es war alles, was ich verstehen konnte. Aber jetzt frage ich. Ist das ein Lied für einen Steuermann? Vineta, das ist ja eine versunkene Stadt auf dem Grunde des Meeres. Denken Sie sich nun, daß hier an Bord einer wäre, der an Vorbedeutungen glaubte. Müßte der sich nicht fragen, ob Vineta das Ziel ist, nach dem Sie dieses Boot steuern?«

Er sprach mit derselben Gereiztheit und demselben Lächeln, als bäte er sich aus, daß man meine, es sei sein Ernst. Der Seemann stand auch ganz gelassen da und lächelte. Er verstand jedes Wort, konnte aber keine Antwort zusammensetzen.

Der Engländer fuhr fort. »Wollen wir vernünftig sprechen«, sagte er, aber das Lächeln wich noch immer nicht von seinem Gesicht. »Ich möchte gern, daß sie mir ein paar Fragen beantworten. Glauben Sie wirklich nicht, daß es Ereignisse gibt, die nur da sind, um andre Ereignisse vorzubereiten?«

Diesmal hatte der Steuermann ihn nicht verstanden. Er schüttelte den Kopf. Der Engländer schwieg eine Weile und dachte nach, wie er seine Frage deutlicher vorbringen könnte. »Ich will Ihnen etwas erzählen, damit Sie mich begreifen«, sagte er endlich. »Als ich zwölf Jahre alt war, entschlossen sich meine Eltern, auszuwandern, und ich sollte natürlich mit. Auf der Eisenbahnreise nach Liverpool sah ich von einem Kupeefenster aus eine Schule vorbeiziehen. Ich sage Ihnen, ich sehe diese Knaben noch, die von einem freien Tag im Grünen heimkehrten. Ich entsinne mich ihrer roten Wangen, der Blumen, die sie trugen, des Laubs, mit dem sie ihre Hüte geschmückt hatten. Nicht wahr, es war doch nur ein schöner Anblick, sie zu sehen? Und doch erfaßte mich Angst. Es deuchte mich, als seien die Knaben in Wirklichkeit gar nicht da, als verkündigten sie nur etwas, das kommen sollte. Und ohne daß ich bis zu diesem Augenblick weiß, warum, schlug ich die Hände vor die Augen und fing zu weinen an. – – – Und in der Nacht, die wir in Liverpool zubrachten, hatte ich einen warnenden Traum. Ich träumte, daß ich an Bord des Auswanderungsdampfers sei. Und im Traume sah ich, wie das Schiff eben in See stechen wollte, und ich bemerkte, daß ein Matrose damit beschäftigt war, einen Wimpel auf dem Toppmast zu hissen. Da dachte ich im Traum: ›Dieser Wimpel kommt niemals hinauf‹, und so war es. Als er in halber Höhe des Mastes war, verwickelte er sich in dem Tauwerk und saß fest. Ich sah, wie der Mann zerrte und zog, um ihn herunterzubekommen, und wie er aufs neue festsaß, als er ihn abermals hinaufhißte. Er konnte ihn nie weiter als auf halbe Höhe des Mastes bringen. Mehrere eilten hinzu, ihm zu helfen; es entstand Aufregung und Verwirrung, der Kapitän kam, und die Steuermänner kamen. Es war mir, als könnte ich gar nicht verstehen, warum die Leute soviel Aufhebens wegen eines Wimpels machten. Es wurden ihrer immer mehr, die zogen und zerrten; aber der Wimpel ging nicht hinauf, und es verbreitete sich ein unerklärliches Entsetzen. Alle an Bord scharten sich um den Mast, und sie gerieten alle außer sich vor Angst, als sie sahen, daß der Wimpel nicht hinaufging. Sie warfen sich alle auf die Knie, um Gott zu bitten, er möge den Wimpel hinaufgehen lassen. Ich, in meinem Traume, war noch gar nicht ängstlich, aber plötzlich wurde ich es, als ich das Entsetzen der andern gewahrte. Die Menschen waren leichenblaß, ihre Haare sträubten sich, die Augen drangen aus ihren Höhlen, es röchelte in ihren Kehlen, und sie falteten die Hände so krampfhaft, daß die Gelenke knackten. Da erfaßte mich eine Angst, daß ich erwachte. Noch am nächsten Tage lag mir der Schrecken in den Gliedern. Man wollte mich an Bord bringen; aber ich ging nicht. Es lag ein solches Entsetzen über mir, daß meine Eltern glaubten, ich würde wahnsinnig werden, wenn sie mich zwängen, mitzukommen, und so ließen sie mich in England. Nachher zeigte es sich, daß dies ein Omen gewesen war. Ich wurde in die Schule gebracht, deren Zöglinge ich auf dem Wege gesehen hatte, und das Auswandererschiff erlitt Schiffbruch. Meine Eltern und Geschwister und die meisten von meiner Familie ertranken.«

Während der Engländer dies erzählte, war seine Stimme sehr düster und sein Gesicht ganz ernst; aber kaum hatte er aufgehört, von dem Traume zu sprechen, als sich auch schon das Lächeln, das stets gegen seine Worte zu protestieren schien, wieder auf seinem Gesichte zeigte. »Nun«, sagte er, »verstehen Sie es jetzt? Glauben Sie nicht, daß manche Ereignisse nur Vorboten von andern sind, die kommen sollen?«

Der Steuermann wendete nun die Augen von dem Kompass ab und sah den Engländer an. Er sah einen jungen Mann, der etwas blaß war, mit einem gewöhnlichen und recht angenehmen Äußern. Der Mann sah ihn an, als ob er etwas Merkwürdiges in ihm suche. Während der Fremde von seinem Traume sprach, hatte er sich von einem Schauer nach dem andern durchschüttelt gefühlt.

Aber er antwortete nur: »Wie sollte das möglich sein!« Der Engländer zuckte die Achseln. »Möglich!« wiederholte er in beinahe überredendem Tone. »Könnte man sich nicht denken, daß die Natur mehr Besorgnis für den einen als für den andern an den Tag legte? Das Meer zum Beispiel«, fügte er einschmeichelnd hinzu, »gibt ja immer dem einen gutes Wetter und dem andern schlechtes.«

Der Seemann nickte zustimmend.

Der Fremde fuhr mit neuem Mute fort. »Und haben Sie wirklich selbst nie ein solches Warnungszeichen an sich erfahren? Haben Sie nie daran gedacht, daß dieses Lied von Vineta als Omen aufgefaßt werden könnte? Pflegen Sie es jede Nacht zu singen?«

Es gab dem Steuermann einen Ruck, und er blickte beinahe mit Angst auf den Engländer. Plötzlich raffte er sich auf, lächelte gutmütig und wies auf eine Bekanntmachung, die dicht neben ihm angeschlagen war: »Die Passagiere werden ersucht, den Steuermann nicht anzusprechen.« Er übersetzte dies langsam und ausdrucksvoll.

Der Engländer starrte ihn eine Sekunde an, ohne ihn zu verstehen. Dann begriff er und ging lächelnd nach rückwärts.

Aber der Steuermann atmete leichter. Wenn der Mann Gelegenheit gehabt hätte, mehr zu fragen, hätte er wohl aus ihm herausgelockt, wer ihn die Weise gelehrt und warum er sie so lange nicht gesungen hatte. Schließlich würde er ihm noch weisgemacht haben, es habe etwas zu bedeuten, daß er das Lied nun wieder gesungen hatte. Er lächelte unwillkürlich darüber, daß es Tod und Untergang bedeuten solle, daß er die Weise sang. Lag irgendein Sinn darin, so kündete es wohl eher Auferstehung. Und er begann aufs neue zu summen.

Seit drei Tagen lag ein Nebel über Visby. Er war eines Morgens um die sechste Stunde über die Stadt gekommen, einen Augenblick, bevor das Stockholmer Boot in den Hafen eingelaufen war; und seither hatte er dicht über der Stadt geruht. Es war ein recht angenehmer Nebel. Ganz weiß, sehr mollig, leicht und in ständiger Bewegung. Er flößte immer die besten Hoffnungen ein, daß er im nächsten Moment schwinden würde, er hinderte die Sommerwärme nicht, sich geltend zu machen, er klebte sich nicht fest, wie rauhe Feuchtigkeit, weder an Mauern noch an Bäume; der Boden war trokken, wie bei Sonnenschein. Trotz alledem wirkte der Nebel ein wenig niederdrückend, es war, als würden auch die Gehirne unsicher und tastend, weil die Blicke es nie vermochten, den weißen Schleier zu durchdringen. Er hatte eine ähnliche Wirkung wie die Dunkelheit der Nacht. Die Leute fühlten sich geneigt, an übernatürliche Dinge zu glauben, etwas für möglich und wahr zu halten, dem sie sonst überhaupt keinen Gedanken geschenkt hätten.

Um diese Zeit wohnten die alten Fräuleins Isfeldt in Visby. Dies waren drei alte Damen, die den Ort und seine Geschichte kannten, Damen, die selbst mit zu seiner Geschichte gehörten. Es verhielt sich nämlich so, daß die armen Leute in Visby die Gewohnheit angenommen hatten, mit allen ihren Kümmernissen zu diesen Damen zu kommen. Und so nach und nach war ein Mittelding zwischen Seelsorgern, Armenvorstehern und regierenden Fürstinnen aus ihnen geworden. Es waren sehr gute Frauen, aber sie hatten etwas von »Vorsehung« an sich.

Am Abend des dritten Nebeltages bekamen diese Fräuleins in ihrem alten Hause den Besuch eines reisenden Engländers, der sanft und angenehm aussah; er stellte sich als Mr. Edward Stone vor, Lehrer an einer Schule in London; er befinde sich nun auf einer Reise durch Skandinavien, um geologische Studien zu machen.

Mr. Stone erschien nicht allein; mit ihm kam Tom Sundling, der Steuermann eines der Stockholmboote und ein alter Bekannter der Fräuleins war. Sie kannten ja im übrigen den ganzen Ort. Es war beinahe unmöglich, nicht von ihnen gekannt zu sein.

Tom ging sofort auf Fräulein Maria zu, und da wußten die Fräuleins gleich, daß er eine Helferin brauchte, die beredt wäre; denn hätte es sich um etwas Geschriebenes gehandelt, so hätte er sich an Fräulein Hilda gewendet, und wäre von tatkräftiger Hilfe die Rede gewesen, dann hätte Fräulein Alma herhalten müssen. »Fräulein Maria«, sagte er in müdem und niedergeschlagenem Tone, »ich habe mit diesem Herrn eine Sache zu besprechen; aber ich kann nicht gut genug Englisch. Ich verstehe ihn; aber wenn ich selbst sprechen soll, finde ich die Worte nicht.«

Daraufhin setzte sich Tom auf ein Sofa, ohne daß ihn jemand dazu aufgefordert hätte, und der Engländer tat ein Gleiches. Die Schwestern sahen einander lächelnd an und schüttelten alle drei gleichzeitig den Kopf. Diese Männer waren augenscheinlich ganz aus dem Gleichgewicht. Schwester Maria würde es wohl mit einem ungewöhnlichen Anliegen zu tun bekommen.

»Fräulein Maria«, fuhr Tom fort, »niemand ist so mit in der ganzen Sache gewesen, wie Sie und die anderen Fräuleins, und Sie können Englisch sprechen. Wenn Sie darum so gut sein wollen, mir zu helfen, müssen Sie diesem Herrn Veras Geschichte erzählen.«

»Tom«, erwiderte Fräulein Maria Isfeldt und erhob sich in ihrer ganzen Würde. »Das will ich keineswegs.«

Und gleichzeitig mit Fräulein Maria erhoben sich auch Fräulein Hilda und Fräulein Alma, und der Engländer, der nichts von dem verstand, was gesagt worden war, merkte plötzlich, daß die drei einfachen alten Frauen feine und vornehme Damen waren.

Der Seemann zuckte die Achseln, als wolle er sagen, daß er sich schon geweigert hätte, aber vergebens. »Sie will es selbst«, sagte er.

Fräulein Maria fuhr mit ihrem gewöhnlichen Eifer auf: »Dies hätte ich nicht von Ihnen erwartet, Tom Sundling«, sagte sie. »Wenn Vera auch schlecht gegen Sie gehandelt hat, Tom, so hätte ich doch nicht geglaubt, daß Sie sie an einen Fremden verraten würden. Was will er mit ihr? Will er ein Buch über euch schreiben? Es gibt genug schlechte Bücher in der Welt. Sind Sie so sicher, Tom, daß Sie Vera nicht größeres Unrecht zugefügt haben als Vera Ihnen?«

Tom nahm den Tadel in Geduld entgegen. Er war wie ein Pferd, das müde gehetzt worden ist und sich nicht einmal bei einem Peitschenhiebe aufraffen kann. Er wendete sich jetzt an den Engländer und sagte: »Fräulein Maria will wissen, warum Sie es wissen wollen.« Darauf setzte er sich auf das schmale Sofa, lehnte den Kopf gegen die Wand und saß so, starr und unbeweglich, als wäre er festgenagelt, während der Engländer sprach.

Dieser wünschte nichts sehnlicher, als sprechen zu dürfen. Die Fräuleins hätten darauf schwören mögen, daß der Mann sonst ebenso schweigsam wäre, wie Tom offen und gesprächig. Sie schienen beide aus ihrem gewohnten Gemütszustande gerissen zu sein, was ihnen auch sonst widerfahren sein mochte.

»Fräulein Maria«, sagte er, »ich kam vorgestern nach Visby, und in dieser Zeit ist es mir gelungen, eine Menge Dummheiten anzustellen.« Er lachte leise, und die drei kleinen alten Damen tauten sichtlich auf. Er weckte offenbar ihr Mitgefühl.

»Es ist alles die Folge davon, daß ich vorgestern nacht aufs Meer hinaus kam. Ich werde immer erregt, wenn ich auf der See bin. Das Meer ist schuld daran, daß ich ein einsames und freudloses Dasein führen mußte. Ich glaube nicht, daß es etwas gibt, was ich so haßte, wie das Meer.«

Mr. Stone merkte, wie die kleinen alten Damen ihm gleichsam näher kamen. Auf einmal hatte er nicht mehr das Gefühl, unter Fremden zu sein; er saß zwischen alten, treuen Freunden.

»Es ist wohl am besten, wenn ich gleich eine Bemerkung über mich selbst vorausschicke«, sagte er. »Ich bin ein Mann der Wissenschaft, und die natürlichen Beziehungen zwischen Ursache und Wirkung sind das, woran ich in Wirklichkeit felsenfest glaube. Aber als Kind erhielt ich einen starken Stoß zum Mystischen hin, und das fordert zuweilen sein Recht. Ich habe zwei verschiedene Menschen in mir!«

Mr. Stones Blick wurde mit einem Male unsicher, und sein Mund lächelte geheimnisvoll. »In meiner Jugend, in meiner einsamen, sehnsüchtigen

Jugend kannte ich keine andere Freude, als zu träumen. Da dachte ich wohl, daß das Meer seine Schuld gegen mich sühnen würde, indem es mich reich machte. Nun, vorgestern nacht, als das Meer ganz still lag, tauchte der Gedanke in mir auf, daß es sich so freundlich zeigte, weil ich an Bord war. Und der alte Gedanke von der Versöhnung kam gleich wieder hervor. Denken Sie«, sagte er mit einem entschuldigenden Lächeln, »ich hatte oft geträumt, daß ich als Taucher auf den Grund des Meeres hinabstiege und nach Perlen suchte. Und das Meer zeigte mir, was es nie zuvor einem Menschen gezeigt hatte. Die Tangwirrnis glitt zur Seite, und ich sah eine Grotte sich öffnen, dicht mit wunderbaren, großen Muscheln besetzt. Riesengroß waren sie und lagen eng aneinander, an den Wänden der Grotte befestigt, wie Weihwasserkessel. Aber wenn ich eintrat, da erschlossen sie alle auf einmal ihre Schalen, und ich sah ihr Innres von großen, leuchtenden Perlen erfüllt.

»Dieser Traum kam nun wieder. Aber ich liebe es nicht, in die Phantasien meiner Kindheit zurückversetzt zu werden. Sie bringen die Erinnerung an so viel Kummer und Einsamkeit mit sich. Ich begann auf dem Verdeck auf und ab zu gehen, um diese Gedanken zu verscheuchen. Da hörte ich, wie der Mann am Steuer eine Weise sang. Ich fing ein Wort auf, Vineta, und sogleich war ich aufs neue gefangen. Ich lauschte, ja, Fräulein, ich lauschte dieser Weise, wie ich nie auf Erden auf etwas gelauscht habe. Und ich betrachte den Mann, der singt. Sein Aussehen, seine Tracht, alles nehme ich in mich auf. Und dann fange ich an, mich zu wundern, warum ich mich in dieses vertiefe, ob das etwas zu bedeuten, etwas zu verkünden habe.«

Er beugte sich vornüber und sah zu Boden. Es war, als starre er in eine unendliche Tiefe einsamen Schmerzes hinab. Gleich hatte Fräulein Maria ihre Hand in der seinen, und Fräulein Hilda klopfte ihm auf die Schulter.

»Ich wäre als Kind nicht so einsam gewesen, wenn nicht etwas in mir gelegen hätte, das mich von andern trennte. Ich bildete mir stets ein, von warnenden Erscheinungen, von Omen umgeben zu sein. Und ich war stolz darauf; es war, als ob die Vorsehung ganz besonders über mich wache. Aber das hieß ja nur, das Leben zu einer wilden Jagd von Ahnungen und Voraussagungen machen, in der ich hin und her geschleudert wurde.« Der Mann nahm sich wieder zusammen. »Verzeihen Sie«, sagte er lächelnd, »ich bin nicht hergekommen, um zu klagen. Ich wollte nur sagen, daß all dies vorgestern nacht wieder über mich kam; und wissen Sie, was ich da tat? Ich ging zum Manne am Steuer und fragte ihn, ob er nicht fühle, wie ich. Aber er hielt meine Frage nicht für ernst; hätte er es getan, hätte er mir geantwortet, daß er sei wie ich, ich wäre ihm gewiß vor Freude um den Hals gefallen.

»Am Morgen, als wir hier in Visby erwachten, hatte ich alles Übernatürliche von mir gewiesen; aber der Nebel brachte es zurück. Das Omen hatte recht, die Stadt, in die ich kam, war ja Vineta. Wie sie auch in Wirklichkeit heißen mochte, der Nebel machte sie zu Vineta.

»Dies war unwiderstehlich, unwiderleglich. Es ist möglich, daß ich der erste war, der das Wort aussprach; aber in einem Augenblick flog es von Mund zu Mund unter allen den Reisenden. Wir waren ja draußen auf dem Meere eingeschlummert, und als wir nun erwachten, umgab uns nicht Luft, sondern helle Feuchtigkeit. Wir konnten nicht weit sehen; doch erblickten wir die verschwommenen Umrisse von altertümlichen Türmen und Giebeln, als wären wir in eine große Ruinenstadt gekommen. Es war augenscheinlich für uns, daß wir uns auf dem Grunde des Meeres befänden; all das Weiße, das um uns dampfte, – es war das Meer selbst, und die Stadt vor uns, das war die tote Stadt des Meeresgrundes, das versunkene Vineta.

»Ich habe Ihnen gesagt, Fräulein, wie ich als Kind geträumt habe, wie ich träumte, daß das Meer mich reich machen würde. Ich träumte auch, das Meer würde mich glücklich machen. Im Traum pflegte ich mir einzubilden, daß ich in eine Stadt auf dem Grunde des Meeres gekommen sei. Ich fühlte, daß ich von Wasser umgeben war; aber ich ging meines Weges, ohne daß es mich behindert hätte. Und dabei war ich unglücklich. Es gehörte mit zu diesem Traum, daß ich an alles denken mußte, was unangenehm war, an zerrissene Kleider und an schwere Lektionen. Aber am tiefsten empfand ich es, daß ich allein war. Ich wanderte Gasse auf, Gasse ab, war sehr müde und hungrig und wußte gar nicht, welchen Weg ich nehmen solle. Aber da kam ich zu einer Gasse, die ich wiederzuerkennen meinte, ich sah ein freundliches, altes Haus mit einer großen Steintreppe, und auf der Treppe saß ein Mädchen. Als ich kam, sprang mir das Mädchen gleich entgegen, sie umfaßte mein Handgelenk mit ihrer Hand und zog mich mit sich ins Haus. Und das Mädchen war meine Schwester, das Haus war unser altes Haus, meine Eltern saßen darinnen und warteten auf mich. Aber in das Haus hinein kam ich nie, ich träumte eigentlich immer nur bis dahin, daß meine Schwester ihre Hand auf meinen Arm legte. Ich empfand die Berührung dieser kleinen, festen Hand als etwas unsäglich Weiches; da war es mit allem Kummer vorbei, es war die schönste Verwandlung, ich fühlte mich von Glück durchströmt. Sehen Sie, Fräulein Maria, als ich durch Visbys Gassen schritt, empfand ich genau das gleiche. Ich war unglücklich, wie ich es in meinen Phantasien zu sein pflegte. Und ohne zu erwägen, wie nutzlos es sei, ging ich und suchte nach unserm alten Hause.

»Das kam wohl alles vom Nebel. Ich bin ja an Nebel gewöhnt; aber der ist dunkel, schmutzig, grau. Hier hingegen ist er fein, weiß wie Blütenstaub. Dieser Nebel gibt Illusionen. Er macht alles so grenzenlos groß, die Straßen nehmen niemals ein Ende, und die Turmspitzen verlieren sich auch oben im Unendlichen. Dieser Nebel macht alles ehrwürdig-altertümlich, er verleiht den Ruinen das Alter von Jahrtausenden, er drängt sich zwischen die Bäume, vergrößert die Stämme und macht das Laub dicht und üppig. Ich sah kein frühlingsjunges Laub. Diese Blätter waren vor Jahrhunderten erschaffen, sie hatten schon Jahrhunderte durchlebt.

»Und der Nebel gibt vor allem Schönheit. Wie er drapiert, wie er verhüllt, wie er nachdunkelt! Schönheit gibt er. Und alles dies machte, daß diese Stadt ganz wohl meine geträumte Stadt hätte sein können. Es deuchte mich, ich sei auf dem Grunde des Meeres der Zeit. Hier war nicht mehr das Vergängliche, das auf ihrer Oberfläche tändelte; hier war der mächtige Bodensatz der Erinnerungen. Hier mußte ich meine Toten finden.«

Er blickte zu den alten Damen hin, um zu sehen, ob sie ihn verstünden. Und sie nickten zustimmend, als hätten sie schon lange das Ganze herausgefunden. Es deuchte mich«, fuhr der Engländer fort, »daß alle Menschen, die ich traf, Leute wären, die das Glück besessen und verloren hätten. Ich sah sie hier gehen, in nach innen gekehrter Freude, niemand suchend, nichts wünschend, dem Gegenwärtigen fremd, in allem lebend, was gewesen ist. Ich verstand die Sagen von Atlantis und Vineta, von den Ländern und Städten der Tiefe, die so herrlich sind, daß Goldäpfel auf den Teilen von ihnen erblühen, die die Oberfläche des Meeres erreichen. Das entschwundene Glück will auch ein Heim haben. Das sind die Städte und die Länder der Erinnerung. So ist es, so hat die Dichtung es verstanden. Nun wohl, eine solche Stimmung war es, in die der Nebel mich versetzt hatte. Ich war zurückgekehrt zu meinem entschwundenen Glück, ich war in meiner Heimat. Da saß ich nun und blätterte in unserm alten japanischen Bilderbuch. Denn, sehen Sie, der Nebel verbirgt ja alles, man sieht nur ein Ding auf einmal, ganz ohne Perspektive; aber man sieht das eine Ding um so viel besser, gerade wie auf den japanischen Bildern.

»Es war ein kleines, schwarzes Haus mit weißen Fensterbrettern und weißen Ecken, und die Fenster waren voll roter Pelargonien. Da stand es, auf seiner eigenen Seite im Bilderbuche, man konnte nicht vermeiden, es zu sehen, man sah nichts anderes. Und an einer andern Stelle war ein großer Fliederstrauch, schwer von Blüten. Er prahlte mit seinen Blumen, als wäre er der einzige Fliederstrauch der Welt und verlangte, danach geschätzt zu werden.

»Aber was sagen Sie dazu, Fräulein Maria, daß ich mitten in dem allen das Lied des Steuermanns hörte? Vineta, Vineta, erklingt es vor meinem Ohr; aber der Nebel ist dicht um mich, und ich kann nicht sehen, wer es ist, der da singt. Und ich begebe mich auf die Jagd nach dem Liede. Ich durchblättere das Bilderbuch Blatt für Blatt, während ich nach dem Liede forsche. Da waren Portale, da waren Mauern mit Schlingpflanzen, da war eine Seilerwerkstätte. Es ist verblüffend, zu sehen, wie die Menschen sich darauf eingerichtet haben, in der Stadt der Erinnerung zu leben, wie sie ihre kleinen Hütten an die ewige Ringmauer lehnen, wie sie ihre Torwege mit den geschnitzten Pforten der Mönche verschließen. Was ich zuletzt sah, war eine Schmiede. Die stand so prächtig schwarz gegen die weiße Luft, und sie war uralt. Sie hatte keine Tür auf die Gasse, nur eine große Luke, und durch die konnte man die Esse mit den glühenden Kohlen sehen. Folgen Sie mir, Fräulein Maria?«

»Mister Stone,« antwortete Fräulein Maria munter, »Sie haben mich am Arme. Ich begleite Sie. Sollen wir bei der Schmiede stehen bleiben?«

Mr. Stone strich sich mit der Hand über die Stirn und schöpfte tief Atem. Es ist töricht von mir, mit Ihnen von Dingen zu sprechen, die Sie tausendmal gesehen haben; aber ich möchte, daß Sie wüßten, wie ich es gesehen habe. Nein, wir wollen bei der Schmiede nicht stehen bleiben; ich will von ihr nur sagen, daß sie mir unheilverkündend vorkam, daß sie mir einen unheimlichen Eindruck machte.«

Die Fräulein tauschten einen hastigen Blick voll Erstaunen und Interesse. Mr. Stone fuhr fort:

»Hinter der Schmiede fand ich das Lied. Dort wird die Gasse nicht von Häusern oder Mauern begrenzt, nur der Berg selbst springt vor. Den Felsen hinauf rankt sich Efeu, und darüber hin hängt Klematis; aber auf seiner Spitze steht ein Goldregenbusch. Und dank dem Nebel denkt der Busch, ebenso wie der Fliederstrauch vorhin, er sei der einzige in der Welt, und blüht danach; aber die Bürde ist ihm zu drückend geworden, und die blütenschweren Zweige sind dem Zusammenknicken nahe. Da liegt ein Mädchen auf den Knien und bindet den Goldregen auf. Sie ist es, die das Lied singt.

»Es wäre ja Wahnwitz, zu sagen, diese Weise sei die schönste auf Erden, oder das Mädchen, das sie sang, holder als andere Frauen; aber nie habe ich mich so zu irgendeiner anderen Melodie oder zu irgendeinem anderen Mädchen hingezogen gefühlt.

»Ich habe gesagt, daß ich die Stadt mit einem japanischen Bilderbuch verglich. Ich erinnere Sie daran, damit Sie bemerken, wie gut das Mädchen, das den Goldregen aufband, in das Bild hineinpaßt. Ist der Typus nicht japanisch? Der Körper ist so zart, daß der Kopf mit dem schweren Haar zu groß zu sein scheint, und die Augen sind schräg. Dazu kommt, daß sie den Kopf immer auf die eine Seite gleiten läßt, und die Hände hängen so hilflos hinab. Sie gleicht sicher keiner andern auf der Insel. Es dünkt mich, daß sie anders sein muß als alle übrigen, auch in seelischer Beziehung, und daß das Leben hier schwer für sie sein muß, als gehöre sie einer fremden Rasse an.« – Hier tauschten die alten Damen denselben verwunderten und bekräftigenden Blick wie vorhin.

»Als ich durch den Ort ging, war mir aufgefallen, daß an jedem Hause ein kleiner Zettel hing. Diese Zettel bedeuteten jedenfalls, daß es Zimmer zu vermieten gebe. Nun war nur eins möglich, nämlich nachzusehen, ob die Sängerin ein Heim hätte, und ob ein solcher weißer Zettel daran zu sehen wäre. Alles war so, wie es sein sollte. Hinter dem Goldregenbusch stand ein Haus; an der Tür des Hauses hing ein weißer Zettel. Ich gehe ins Hotel hinab, suche den Portier auf, der englisch spricht, und bringe die Sache in Ordnung. Bevor der Abend angebrochen ist, bin ich in ein kleines Zimmer eingezogen, dessen vierte Wand die Ringmauer ist. Dicht neben mir höre ich das beständige Ticktack einer Nähmaschine. Ich denke mir, die Mutter der Sängerin müsse Näherin sein.

»Von meinem Fenster aus sehe ich auch den Felsen mit dem Goldregen. Da ist auch ein kleiner, verwilderter Garten. Die Sängerin geht darin umher und jätet; aber es will nicht recht vorwärtsgehen. Wenn das Unkraut schön ist, läßt sie es stehen, sie hat nicht das Herz, es auszureißen.

»Anfänglich bringe ich die Zeit an meinem Fenster zu und folge ihr mit den Augen. Sie sieht es und findet mein Betragen wohl wunderlich; aber sie läßt mich gewähren. Als sie sich endlich auf einer kleinen, schmalen Bank zur Ruhe setzt, gehe ich hinaus und lege mich ins Gras, zu ihren Füßen. ›Vineta‹, sage ich und sehe sie bittend an. ›Vineta‹, wiederholt sie fragend, sie will mir gern gefällig sein, aber ich erscheine ihr sehr seltsam. Dann versteht sie, was ich will, und beginnt das Lied zu singen. Sie lehrt es mich später, Laut für Laut. Ich verstehe nicht ein Wort, aber ich bin nie so zufrieden gewesen.

»Als ich das Lied gelernt habe, ist es klar, daß wir Freunde sind. Sie will mir ihr Eigentum zeigen, da ich ein unbekannter Fremdling bin. Und wissen Sie, was sie tut, sie legt ihre Hand um mein Handgelenk. Sehn Sie, sie will mich mit sich nehmen, und sie kann mir nicht sagen, wohin ich gehen soll. Wie ich schon früher bemerkte: es ist seltsam, wie die Menschen sich darauf eingerichtet haben, in der Stadt der Erinnerung zu leben. Hier hatten sie an einigen Nischen der Ringmauer Türen angebracht und verwahrten ihre Eßvorräte dort. Wozu konnte die Mauer nicht gebraucht werden! Sie war hohl, da verwendete sie sie als Hühnerhaus. Darüber war ein Starkäfig und ein Taubenschlag, da hing sogar ein Kanarienvogel in seinem Bauer. Vogelhaus an Vogelhaus, so weit sie hinaufreichen konnte. Aber damals dachte ich nicht an dies alles, obgleich ich es sah. Ich dachte daran, daß sie die Hand auf meinen Arm gelegt hatte. Die kühle Hand hatte sich darum geschlossen, wie der Glücksring des Märchens. Das war mein Traum. Ich wurde mit einem Schlage ganz ruhig, so fröhlich und vergnügt wurde mir zumute. Nun war ich wirklich heimgekehrt. Wenn ich früher im Leben geglaubt hatte, ich sei zufrieden, so war es, weil ich vergessen hatte, was Glück war.

»Gestern führte sie mich im Orte umher und zeigte mir auch die Gegend außerhalb der Mauern. Sie fühlt für mich wie für ein verirrtes Kind, und ich lasse sie für mich Sorge tragen.

»Heute zur Mittagszeit wurde es mir klar, daß sie meine Frau werden muß. Ich will sie mit mir nach England nehmen. Sie macht mich glücklich, und ich kann sie nicht entbehren. Sie ist das, was das Meer mir zum Ersatz für meine einsame Jugend geben will.

»Ich gehe also wieder zum Portier des Hotels hinunter, und mit seiner Hilfe suche in den Steuermann auf, der das Lied des Mädchens gesungen hatte. Sehen Sie, es schien mir, daß der, der ihr Lied gesungen hatte, auch etwas von ihr selbst wissen würde. Und ich wollte ja so gern etwas über sie erfahren.

»Nun zeigt es sich, daß der Steuermann die Sängerin kennt, es zeigt sich auch, daß er nicht die mindeste Auskunft über sie geben will.

»Da verliere ich die Geduld und vertraue mich ihm an. Ich erzähle von meiner Lage und meinem Wunsche, die Sängerin zu heiraten. Der Seemann zuckt mit keiner Miene. Endlich sagt er, er wolle mit mir zu ihr gehen. Er tut es, und ich sehe, wie sie sich begegnen. Ihre Augen sind Freunde und ihre Stimmen Feinde. Ich weiß nicht, was sie miteinander sprechen, aber bald darauf berichtet er mir, er hätte ihr gesagt, daß ich sie heiraten wolle, und sie hätte erwidert, sie wünschte, daß ich ihre Geschichte hörte. Und da verfällt er darauf, zu Ihnen zu gehen, um einen Dolmetsch zu haben.«

Hiermit schloß er seine lange Geschichte, völlig gleichgültig gegen das, was er hören sollte, aber ganz glücklich darüber, daß er sich Luft gemacht, daß er dies alles den verständnisvollen alten Damen erzählt hatte.

Und nun rückte Fräulein Maria sich mit ihrem Strickzeug zurecht; denn jetzt kam die Reihe an sie. Was sie zu tun hatte, erschien ihr ebenso anstrengend wie ehrenvoll. Aber erst wendete sie sich an den Seemann und sagte auf schwedisch: »Sobald du hier hereinkamst, Tom Sundling, merkten meine Schwestern und ich, daß du sie gesehen hattest. Ist es nun wirklich dein Wille, Tom, daß ich die Geschichte erzähle? Kannst du Vera einem andern abtreten?«

Sie und die andern kleinen, alten Damen wendeten ihre Blicke Tom zu; aber der erwiderte kein Wort. Da wendete sie sich an Mister Stone und sagte auf englisch: »Mir und meinen Schwestern gefallen Sie sehr gut, Mister Stone, und gerade deshalb will ich ehrlich gegen Sie sein und Ihnen sagen, daß wir in dieser Sache nicht auf Ihrer Seite sind. Wir werden Ihnen entgegenarbeiten, Mister Stone, aber wir arbeiten Ihnen am besten entgegen, wenn wir Ihnen gerade jetzt die Geschichte erzählen. Dies sage ich Ihnen, damit Sie uns späterhin nichts nachtragen.«

Und sie und ihre Schwestern winkten ihm zu, mit dem freundlichsten Lächeln in ihren verrunzelten Gesichtern. Dann lächelten die beiden, die nicht das Wort führten, einander an. Sie wußten schon, wie Maria die Sache anpacken würde. Die eine wußte immer alles von der andern.

»Es war hoch oben im Orte, dicht unter der Ringmauer,« begann Fräulein Maria, und man sah ihr an, daß sie es zu schätzen wußte, daß sie einem guten Zuhörer eine gute Geschichte erzählen durfte. Sie war übrigens von Anfang an so eifrig, daß das Englisch ihr nicht die geringste Schwierigkeit verursachte. »Dort wohnte eine arme Witwe in einer sehr kleinen Hütte. Es war nicht viel daran, aber die Ringmauer bildete ihre vierte Wand, Efeu schmückte die andern, und ein Turm erhob sich dicht daneben, so daß sie ein gewisses vornehmes Aussehen hatte. Die Witwe selbst saß den ganzen Tag an ihrer Maschine und nähte Wäsche. Ihre Tochter besorgte alle Hausarbeit.

»Und diese Tochter, die kleine Vera, die durchaus nicht zur Erinnerung an irgendeine Nihilistin Vera hieß, sondern nur als Abkürzung ihres langen Taufnahmens Veronika, sie ist es, die schon von ihrer frühesten Kindheit an bei uns wegen ihrer – Dummheit bekannt war.

»Sie war so leichtgläubig, wissen Sie, daß es nichts gab, was man ihr nicht hätte einreden können. Als sie vier Jahre alt war, stellten sie die Spielkameraden an, die Sperlinge zu hüten, als sie fünf war, lehrten sie sie, daß die Sperlinge sich fangen ließen, wenn man ihnen Salz auf den Schwanz streut. So etwas sagt man allen Kindern, und sie probieren es und überzeugen sich, daß es nicht wahr ist. Aber sie saß stundenlang mit einer Peitsche in der Hand da und glaubte, daß sie die Sperlinge hüte. Sie lief den ganzen Tag durch unsere trockenen Wassergräben und verfolgte die Vögel. Sie kann eigentlich alles glauben, nur nicht, daß man sie zum besten hätte.

»Eines schönen Tages kommt sie in die Schule, und man lehrt sie lesen und schreiben. Das geht recht leicht, aber später ist es fast unmöglich, mehr in den schönen, kleinen Kopf hineinzubekommen. Aber sie hat auch ihre starken Seiten, besonders schreibt sie sehr schön. In ihren Schreibheften ist nie ein Klecks, nie ein Eselsohr. Sie hat eine wunderbare Gabe, sich sauber und schmuck zu halten. Wenn sie weint, geschieht es, weil einer oder der andere Tinte auf ihr Kleid spritzt, oder weil sie sie wegen des altmodischen Tuches verspotten, das sie auf dem Kopfe trägt. Das findet sie so kränkend, daß sie sich den Tag darauf weigert, in die Schule zu gehen, sie, die sich sonst nichts daraus macht, wenn die ganze Klasse sie auslacht.

»Die Schulzeit wird etwas hart für sie. Sie kann gar nicht rechnen. Ihre Mutter kommt oft zum Schulmeister und kann sich nicht genug darüber wundern, daß das Mädchen so dumm im Rechnen ist. Sie sagt, sie könne sie nach was immer auf den Markt schicken. Sie läßt sich von den Verkäuferinnen nie auch nur um einen Öre betrügen. Aber wenn das arme, kleine Ding mit Tafel und Griffel zu tun hat, kann sie nicht eine Zahl ausrechnen. Wenn sie an die schwarze Tafel tritt, malt sie die Zahlen darauf, keine in der Klasse schreibt sie schöner als sie, aber die Addenden setzt sie in eine Reihe, und Minuend unter Subtrahend.

»In solch einem Augenblick der Verzweiflung an der schwarzen Tafel faßt sie Freundschaft für einen der Knaben. Sie soll eine Zahl durch eine andere teilen, und man hat ihr gesagt, sie müsse dividieren, aber sie hat die Zahlen untereinander geschrieben und kann nicht von der Stelle kommen. Sie hat das Gefühl, als wäre alles für sie vorbei, und mit leeren Blicken sieht sie über die Klasse hin. Da ist ein Junge, der anfängt, ihr zuzublinzeln und seinen Griffel in einen Winkel zu seinem Lineal zu setzen. Da erinnert sie sich, wie man eine Division aufschreibt, und wie sie das nur weiß, kann sie auch schon rechnen.

»Sie hat gegen niemand Verdacht; aber nichts kann mit dem Vertrauen verglichen werden, das sie seit dieser Zeit auf den Knaben setzt. Sobald eine Frage an sie gerichtet wird, heftet sie die Augen auf ihn. Er flüstert ihr ein, bald richtig, bald falsch; alles, was von ihm kommt, nimmt sie mit blindem Vertrauen auf.

»Manchmal macht es ihm Spaß, sie die ärgsten Dummheiten sagen zu lassen; es schadet alles nichts. Sie wird sich über die Sache nicht klar, oder sie denkt vielleicht, daß sie falsch gehört habe, und bei der nächsten Frage wendet sich ihr Blick ebenso geduldig flehend ihm zu.

»Ebenso geht es in den Freiviertelstunden. Sie begibt sich immer unter seinen Schutz; es ist, als könnte darüber gar kein Zweifel mehr obwalten. Im Anfange fühlt er sich etwas geniert von der Zärtlichkeit des dummen Mädchens; aber sie besiegt ihn, und bald duldet er es nicht, daß ein anderer als er selbst sie zum besten hält. Das ist sein Recht. Er sagt ihr, wenn sie eine Nacht in einem Eckturm wachen wolle, könne sie die Toten sehen, die durch Visby aus und ein ziehen. Und sie tut es. Und da die Toten nicht kommen, macht er ihr weiß, sie wäre im richtigen Augenblick eingeschlafen.

»Es ist wohl nur der Schutz dieses Knaben, der das Leben für sie erträglich macht, die nichts anderes lernen kann, als was gewissermaßen auf der Straße liegt. Und wenn die beiden allein sind, haben sie ihren Spaß.

»Einmal sah ich sie auf einer Wanderung. Sie pflegen sich bei dem Tore zu treffen, das vom botanischen Garten zu den Zuggräben hinaus führt. Sie kommt ganz still durch das Tor und stellt sich auf, um zu warten. Er erscheint mit Spektakel. Erst kommt ein Hagelwetter von Steinchen, die rings um sie niederprasseln, dann hallt die Wölbung von einem gellenden Krähen wider, schließlich taumelt einer rücklings aus dem Tore, zuerst ein Bein, dann ein Rücken, dann ein Kopf. Das geschieht, weil sie so lange als möglich glauben soll, es sei ein gewöhnlicher Gassenjunge und nicht ihr Freund. Sie hat auch Angst gehabt, das kann man an der Art sehen, wie sie die Hände faltet, als sie ihn erkennt. Aber er kann sich kein Vergnügen versagen, und als er beim Graben über die Brücke gehen soll, klettert er auf das Geländer und balanciert da weiter. Er neigt sich viel stärker zur Seite als notwendig ist, und sie sinkt vor Entsetzen zusammen. Aber nachher gehen sie in vollendeter Einigkeit den Strand entlang. Sie spielen nicht; sie gehen und sprechen wie erwachsene Menschen. Und sie ist es, die das Wort führt. Sie weiß alles, was in der ganzen Gasse geschieht.

»Nun sollen Sie eine andere Geschichte hören. Es ist eine Menge Holz in den Hafen getrieben, eine ganze verunglückte Holzlast liegt da und schaukelt sich. Das ist etwas für die Visbyer Kinder. Tom Sundling hilft ihnen, Vera einzureden, daß sie versuchen solle, dieses Brennmaterial, das niemand gehöre, in Sicherheit zu bringen. Ihre Mutter würde für viele Winter Feuerung haben, wenn es ihr glücke, das Holz ans Land zu bringen. Sofort eilt Vera zum Hafen hinunter; dort liegt das Treibholz wie ein großes Floß. Und das arme kleine Ding kriecht über eine Schute in ein Ruderboot, und von dort klettert sie auf die Blöcke hinaus. Aber es weht frisch vom Lande, die Strömung geht vom Hafen weg. Der kleine Stoß, mit dem Vera auf den Brettern anlangt, setzt diese in Bewegung, und die Kinderschar am Strande, die eben noch darüber jubelte, daß sie die schweren Blöcke zu ihrer Mutter heimschleppen will, beginnt vor Entsetzen zu schreien. Aber den ganzen Hafenkai hinunter, bis zu dem engen Auslauf stürzt Veras Freund, Tom Sundling. Als sie vorbeitreibt, steht er auf der äußersten Kante. Er tut einen verzweifelten Sprung zu ihr hinunter, nicht weil er sie dadurch retten könnte, sondern weil er bei ihr sein muß. Und sie treiben ins Meer hinaus, dicht aneinandergeschmiegt, beide weinend, denn sie sehen, wie die hohen Wellen draußen die Planken zu trennen beginnen. Da begegnen sie einem Segler, der sie rettet. Aber sie hätten so untergehen können, ohne daß sie ihm einen Vorwurf gemacht, und ohne daß er etwas anderes gedacht hätte, als daß es seine Pflicht sei, mit ihr zu sterben.«

Hier sandte Fräulein Maria Tom einen schnellen Blick zu; aber Tom saß jetzt so gebückt, daß sie sein Gesicht nicht sehen konnte. Sie wendete sich wieder an den Engländer.

»Aber am nächsten Tage kann dieser Ritter seiner Dame weismachen, daß er einen Ohrwurm in ihr Ohr kriechen gesehen hätte. Und sie weint und jammert zur Freude der ganzen Schule und sagt, sie fühle es, wie das Tier in ihrem Kopfe umherkrieche, und gebärdete sich ganz verzweifelt, obgleich es doch ein so alter und gewöhnlicher Gassenjungenstreich ist, daß niemand begreift, wie sie es nur glauben kann. Da erbarmt sich Tom ihrer endlich und zieht den Ohrwurm mit einer Zange aus dem andern Ohr heraus. Und sie haben einen Ohrwurm an der Zange, den sie ihr zeigen; und sie wird wieder froh, aber an den Ohrwurm glaubt sie ihr Leben lang.«

Hier brach Fräulein Maria ihre Erzählung ab. »Wenn Sie jetzt so viel gehört haben, daß Sie nicht mehr an diese Heirat denken, Mister Stone, so sagen Sie es, und ich will den Schluß kurz machen.«

»Fräulein Maria,« antwortete Mr. Stone streng. »Sie setzen mich in Erstaunen. Ich habe nie etwas so Rührendes gehört. Ein Hirn, daß nie zweifeln gelernt hat, nennen Sie dumm. Sind Sie übrigens überzeugt, daß wir die Dummheit hassen? Vielleicht lieben wir sie sogar ebensosehr wie die Weisheit. Glauben Sie nicht, daß dieser Ehrenmann von einem Burschen gerade ihre Dummheit geliebt hat? Sie paßt zu ihr, sie hat einen so süßen Mund, Dummheiten damit zu sagen, und sie hat eine so milde Art, zu vergeben, wenn er schlecht gegen sie gewesen ist. Glauben Sie nicht, daß ich begreifen kann, daß sie gerade so sein muß? Ihre Seele hat etwas Fremdes an sich, das wir nicht verstehen; lassen Sie uns verständnisvoller werden, und wir werden vielleicht sehen, daß ihre Gedanken einen geraderen und klareren Weg gehen als unsere.«

»Mister Stone,« sagte Fräulein Maria mit warmer Feierlichkeit, »ich danke Ihnen, das war gut gesprochen. Nun will ich gleich in meiner Erzählung fortfahren. Aber Sie gefallen mir, Mister Stone, und Sie gefallen auch meinen Schwestern, und deshalb sage ich Ihnen, daß Sie hier gleichsam ein Spielball der Vorsehung sind. Und vergessen Sie nicht, daß ich Ihnen gesagt habe, ich würde Ihnen entgegenarbeiten.«

Dann wandte sie sich in schwedischer Sprache an Tom Sundling. »Ich hoffe, Sie leiden wie ein Hund, Tom, so wie Sie da sitzen. Verdient haben Sie es.« Dann fuhr sie englisch fort: »Als sie beide sechzehn Jahre sind, geht Tom zur See, und nun greift ein anderer Mann in Veras Leben ein. Ich sehe ihn oft vor mir, den lahmen Schmied. Es ist etwas Unheimliches an diesem Mann mit dem mächtigen Oberkörper und den lahmen Beinen. Es erregt Grauen, wenn man seine starken Arme sieht und den großen Kopf, der bis auf zwei Haarbüschel an den Ohren ganz kahl ist, und das dunkle, gefurchte Gesicht, mit Rußflecken in den buschigen Augenbrauen.

»Sie wissen, daß die Schmiede in demselben Hause ist, wo Vera mit ihrer Mutter lebt. Das Mädchen hat den Schmied von ihrer frühesten Kindheit an gesehen. Sie ist an ihn gewöhnt, sie merkt gar nicht, wie abschreckend er ist. Die Arbeit in der Schmiede fesselt sie, sie kommt oft hin, zuzuschauen. Es macht ihr immer Spaß, die Funken von dem weißglühenden Eisen sprühen zu sehen. Sie kann stundenlang dastehen und diese sicheren Hammerschläge bewundern, die niemals ihr Ziel verfehlen. Der Schmied ist barsch gegen sie, wie gegen alle, und jagt sie mit Grobheiten fort; aber das Mädchen kann es nicht lassen, wiederzukommen. Es gibt immer etwas in der Schmiede zu sehen, da kommen Bauern herein, um Hufeisen zu kaufen, der Wagner erscheint, um Raddauben machen zu lassen. Eines Tages brüllt der Schmied Vera nicht mehr an, sondern sagt mit barscher Zärtlichkeit: ›He, du Dirnchen, gefällt dir der Schmied? Sollst auch einmal meine Frau werden, wenn du groß bist.‹ Da erschrickt sie und läuft ihrer Wege.

»Aber die Furcht geht vorüber, und sie kehrt zur Schmiede zurück. Dort stehen eine Menge Leute, und Vera hofft, der Schmied werde nicht Zeit haben, an sie zu denken. Aber bevor sie noch eine Minute dort gestanden hat, pufft der Schmied einen Bauer in die Seite und weist auf sie hin: ›Sieh die mal an, die soll mein Weibchen werden.‹ Sie entflieht wie ein Windhund und die Burschen lachen brüllend über den Spaß.

»Dies bleibt seitdem der empfindliche Punkt ihres Lebens. Sie muß unablässig zurückkommen, um zu sehen, ob die Gefahr auch dort ist. Hie und da einmal unterläßt es der Schmied, etwas zu sagen, und ein paar Tage lang hat sie keine Angst mehr. Dann kommt sie wieder, um zu sehen, ob es wirklich vorbei sei, und dann sagt er immer etwas.

»Auf jeden Fall ist es ja schon seit lange klar, daß sie Tom heiraten soll. Sie kann nicht begreifen, was der Schmied sich denkt. Aber es macht ihr Angst.

»Da zerbricht Veras Mutter die Nähmaschine. Sie wird wieder und wieder instand gesetzt; aber sie wird nie mehr wie früher. Sie näht leere Stiche, geht schief und macht schlechte Arbeit. Da kommt die Frau vor Angst außer sich, sie glaubt, daß sie alle ihre Kunden verlieren werde, und daß sie vor Hunger sterben müsse, sie und Vera. Nun kommt der Schmied und verspricht ihr eine neue Nähmaschine, wenn er Vera bekäme.

»Sie wehrt sich ein bißchen; aber zuletzt gibt sie nach. Nichts in der Welt vermag sie so zu locken wie eine neue Nähmaschine; überdies, sehen Sie, hat sie die Tochter wohl gern, aber sie rechnet sie für nichts. Sie hat nie auf eine gute Heirat für sie gehofft.

»Sie machen alles in größter Heimlichkeit ab, dort oben beim Schmiede. Wir Schwestern erfahren es erst, als sie in der Kirche aufgeboten werden. Vera selbst tut bei allem mit, ohne daß sie auch nur versucht, Widerstand zu leisten. Tom ist fort, und so kann sie bei niemand Hilfe suchen. Sie ist so jung, so jung, erst siebzehn Jahre.

»Als Tom heimkam, war sie also schon verheiratet. Im Anfang macht es ihm keinen besonders großen Eindruck. Er pflegte mit den andern Seeleuten von ihr als dem dummen Mädchen zu sprechen, das ihm immer nachgelaufen sei. Ich habe gehört, daß Tom das belebende Element an Bord des Fahrzeugs war, wegen aller der Geschichten, die er von seiner Liebsten zu erzählen wußte. Aber unter dem allen lag Liebe verborgen; denn er sprach gern von ihr, er prahlte mit ihrer Dummheit, da er mit ihrer Klugheit nicht prahlen konnte. Die Klugen sind in Toms Augen beschränkte, gewöhnliche Leute im Vergleich zu seinem dummen Mädchen.

»Aber als Tom heimkam, hatte er ein wenig Gewissensbisse. Und jetzt mit ihr als seiner Braut umherzugehen, nachdem er so viel über sie gelacht hatte, das wäre ihm peinlich vorgekommen. Darum nimmt er es sich nicht allzusehr zu Herzen, als er hört, daß sie verheiratet ist. Aber so nach und nach kommt eine Leere über ihn und eine Sehnsucht. Er geht umher und klagt. Er besitzt in der ganzen Welt nichts, wenn er nicht sie zu beschützen und zu beherrschen hat. Wenn er allein ist, streckt er die Arme aus und ruft nach ihr. Und er geht zu ihrer Mutter und weint. Der junge Bursche sagt der alten Frau die Wahrheit. Er sagt ihr, daß sie herzlos ist, daß sie ihr Kind verkauft hat, daß Vera so unendlich mehr wert ist als sie.

»Als er gerade im besten Zuge ist, steht Vera im Zimmer. Er weint, als er sie sieht, und sie zieht ihn mit sich in die Kammer, die Stube, in der jetzt Sie wohnen, Mister Stone, und tröstet ihn auf ihre süße, unverständliche Weise. Tom Sundling hat mir selbst erzählt, Mister Stone, was sie sagte.

»Was bedeutet es eigentlich, daß sie verheiratet ist. Der ganze Unterschied ist ja, daß sie jetzt außer für ihre Mutter auch für den Schmied das Essen zubereitet. Aber sie hat doch noch Zeit genug. Er kann ganz gut wie früher zu ihnen kommen, und sie kann auch mit ihm spazierengehen.

»Da muß er lachen, weil sie noch ebenso dumm ist wie früher, worauf alles wieder in das alte Geleise zu kommen scheint. Aber als Tom sich ein bißchen in der Heimat zurechtfindet, merkt er schon, daß es nicht so bleibt wie früher. Sobald er kann, begibt er sich auf eine lange Reise. Aber als er recht weit weggekommen ist, wechselt er das Schiff, um rasch wieder heimzukommen. Er kann es fern von ihr nicht aushalten.

»Als er endlich wieder daheim in Visby ist, hört er überall erzählen, wie schlecht Vera geworden sei, seit sie sich mit dem Lahmen verheiratet habe, sie mache Jagd auf arme Schuldner und pfände sie, gerade wenn sie etwas hätten, womit sie sich einen frohen Tag zu machen hofften. Sie geht auch über Land, um bei Pfändungsauktionen zu sitzen und den Preis der Waren hinaufzutreiben, die sonst für so gut wie nichts abgegangen und dem Eigentümer zurückgegeben worden wären.

»Eines Sonntagnachmittags sieht Tom sie bei der Andacht im Bethaus. Sie kommt, nachdem der Prediger zu sprechen angefangen hat, geht mit knarrenden Schuhen zu einer der vordersten Bänke, läßt das Psalmbuch hart auf den Boden fallen und beginnt mit einer der Nachbarinnen zu sprechen. Sie führt sich so lärmend auf, – ja, wir haben es auch gesehen – daß der Prediger innehält und sie ansieht. Aber sie läßt sich nicht stören, und die Predigt ist in Gefahr, abgebrochen werden zu müssen. Da erhebt sie sich, als wolle sie sagen, daß dies nicht wert sei, angehört zu werden, und geht ihrer Wege. Die Leute sprechen später viel darüber. Wir Schwestern wissen ja gleich, daß das etwas ist, was sie von dem Lahmen gelernt hat. Der Prediger hat ihn einmal wegen seiner Gottlosigkeit ermahnt, und nun will er sich rächen.

»Sie können mir glauben, Mister Stone, der Lahme ist ein Unhold. Seine Bosheit ist bisher durch seine Krankheit ohnmächtig gewesen; aber jetzt hat er sich ein Wesen verschafft, das ausführen kann, was er ersinnt. Und sie gehorcht. Tom und andere, auch ich, Mister Stone, sagen ihr, daß sie sich nicht zu etwas zwingen lassen dürfe, was unrecht ist; aber es gibt nichts, nichts in der Welt, wovor sie solche Angst hätte, wie vor dem Schmied. Tom glaubt, daß sie ihn ermorden würde, wenn der Mann es haben wollte.

»Und er gewinnt die Überzeugung, daß ihn etwas Entsetzliches erwartet. Dieses Geschöpf ohne Willen oder Verstand wird sich ins Verderben stürzen lassen.

»Der Schmied bekommt um diese Zeit einen neuen Schlaganfall. Jetzt kann er nicht mehr den Hammer führen, und in der aufgezwungenen Muße wird er noch schlimmer.

»Tom bemerkt jetzt, daß ein häßliches Gerücht über seine Schwester durch die ganze Stadt verbreitet wird. Wir helfen ihm, der Nachrede bis zur Quelle nachzuspüren, und finden, daß sie von der Schmiede ausgeht. Aber niemand hat den Schmied etwas sagen hören, nur seine Frau ist es, die geplaudert hat.

»Tom hat den Schlag wohl erwartet, aber er empfindet ihn dennoch tief. Er hält es für das beste, wenn er nicht mehr versucht, Vera zu treffen, und er sieht sie acht Tage nicht.

»Andererseits tut er, was er kann, er erklärt und mildert alles. Und er will diese arme Willenlose wenigstens nicht mehr gänzlich verlassen. Er nimmt eine Stelle auf einem der Dampfschiffe an, die zwischen Stockholm und

Visby verkehren, und braucht sich so nicht für länger als für ein paar Tage hintereinander von der Heimat zu entfernen.

»Eines Abends jedoch trifft er sie bei der Schwester. Vera kommt ganz verweint herein, wirft sich auf die Knie und bittet um Vergebung. Toms Schwester ist hart gegen sie; niemand hatte damals so recht Erbarmen mit Vera. Tom steht still dabei und hört zu, bis sie sich eine widerwillige Verzeihung erbettelt hat, dann begleitet er sie nach Hause.

»Auf dem Wege bittet und fleht er sie an, stark zu sein. Da erschließt sie ihm ihr Herz wie früher, und er sieht, was sie für ein Leben hat. Die böse Laune des Kranken brummt und zischt unaufhörlich um sie her. Er hat tausend boshafte Einfälle, und am ärgsten quält er sie damit, daß er Tom für sein ganzes Leben unglücklich machen könne.«

»Nun, Mister Stone,« fragte Fräulein Maria, »wissen Sie jetzt genug?«

»Haben Sie nie,« erwiderte Mr. Stone beinahe mit Heftigkeit, »von Wesen sprechen hören, die zu fein für ihre Umgebung sind. In diesen Tagen hat ihre Nähe allein mir Glück geschenkt. Soll ich sie lassen, weil sie zu schwach war, weil man ihren Willen mißhandelt, weil man sie vor Angst wahnsinnig gemacht hat?«

Die Gesichter der drei alten Damen leuchteten vor Wohlbehagen. Fräulein Maria fuhr, ohne eine Bemerkung zu machen, fort:

»Nachdem Tom sie zu dem Geständnis gebracht hat, daß sie sich um seinetwillen fürchtet, kann er sie auch beruhigen. Er sagt ihr, daß niemand ihm schaden könne, darum brauche sie ihrem Manne nicht zu gehorchen.

»Am nächsten Tage scheint sie dies dem Lahmen auch gesagt zu haben, und da erleidet er noch einen Schlaganfall. Seit dieser Zeit ist sie so verschüchtert, daß sie nicht anderes wagt, als zu gehorchen. Aber der Schmied liegt jetzt so darnieder, daß er kein Glied rühren kann; sprechen und essen, – das ist alles, wozu er imstande ist.

»Da kommt es Schlag auf Schlag. Eines Morgens, als Tom ans Land kommt, erfährt er, daß der Schmied tot ist, kurz darauf erzählt man ihm, daß Vera den Mann getötet habe; dann kommt einer und sagt, sie sei schon im Gefängnis.«

Fräulein Maria schwieg einen Augenblick. Einer ihrer Zuhörer, sie wußte nicht welcher, hatte so tief Atem geschöpft, daß es wie ein Stöhnen klang. Äußerlich waren sie beide gleich unbeweglich, Tom war noch immer über das Sofa gebeugt, so daß man sein Gesicht nicht sehen konnte, der Engländer saß gerade, steif, beinahe, als wüchse er.

»Der Schmied,« fuhr Fräulein Maria fort, »hatte sie eines Morgens in aller Frühe gezwungen, ihn zum Meere hinunterzubringen. Sie hat ihn auf einem Handwagen hinuntergefahren, ihn in ein Boot gesetzt und ist mit ihm aus dem Hafen gerudert. Als sie weit genug draußen waren, muß sie ihm über den Bootrand ins Meer geholfen haben.

»Der Mann war lebensmüde, das steht fest; aber er hatte den Plan zu seinem Tode so entworfen, daß seine Frau des Mordes verdächtigt werden mußte. Jeder wußte, daß er nicht ohne Hilfe ins Meer kommen konnte. Und wenn er Tom auf diese Weise unglücklich machen wollte, so ist es ihm geglückt.

»Denn Tom kann nicht darüber hinwegkommen, Mister Stone. Jedesmal, wenn er an Glück denken will, türmt sich gleichsam eine Mauer vor ihm auf, an der er sich stößt. Er glaubt nicht, daß Vera den Mann mit freiem Willen ertränkt hat. Er weiß wohl, daß sie es bloß in törichtem Gehorsam tat. Er glaubt, daß der Mann es ihr befohlen hat.

»Aber er hat Angst vor ihr bekommen. Man kann sie ja zu allem verlokken. Ihm scheint es unmöglich, daß einer ein solches Weib zu seiner Frau machen könnte. Sie hätte weder Verstand noch Willen.

»Jedenfalls aber stand Tom ihr zur Seite. Die Sache kam vor Gericht, und sie hat es wohl Toms Zeugnis zu verdanken, daß sie freigesprochen wurde. Er half ihr tüchtig und rechtschaffen, bis sie wieder auf freiem Fuße war. Dann sagte er ihr, daß es jetzt zwischen ihnen aus sein müsse. Er will sie nicht mehr sehen; was sie getan hat, trennt sie für immer.

»Er leugnet nicht, daß er sie noch lieb hat; aber Tom ist nach diesem schweren Kummer ein müder, lebensüberdrüssiger Mann geworden. ›Es würde mich toll machen, wenn die Leute das Recht hätten, etwas Böses von meiner Frau zu reden,‹ sagte er. ›Ich könnte mich nie auf sie verlassen.‹ Und er beschließt, sie nicht mehr in ihrem Hause aufzusuchen und fortzusehen, wenn sie sich auf der Gasse treffen; denn sie ist trotzdem eine Verlockung für ihn.

»Sie unterwirft sich wie gewöhnlich. Die Schmiede wird verkauft, und sie zieht heim, zu ihrer Mutter. Und trotz allem, was ihr widerfahren ist, bleibt sie unbegreiflich jung. Das Kind sitzt fest in ihr. Tom ist um ihretwillen vorzeitig gealtert; aber sie vergißt alles und blüht.«

Die Alte nickte bekräftigend, dann fuhr sie mit großer Feierlichkeit fort:

»Nun ist der dritte Mann in Veras Leben getreten. Es ist ein Fremder, ein Ausländer, er kann nicht einmal mit ihr sprechen, er hat ihr einen

Heiratsantrag gemacht, ohne ihre Geschichte zu kennen. Sie hat Tom aufgetragen, er solle ihm von ihr erzählen lassen. Dies ist ein bemerkenswerter Zug, der so manches bedeuten kann. Seit langer Zeit hat keiner von uns sie gesehen. Hat sie sich entwickelt, hat sie begonnen, über sich selbst nachzudenken?

»Niemand von uns hat das Recht, auf Mister Stones Entschließung einzuwirken, jetzt, da er alles weiß; aber bevor er sich entscheidet, ist es Toms Pflicht, ihm zu sagen, welchen Eindruck sie auf ihn gemacht hat, als er sie wiedersah.«

Tom Sundling sah auf. »Als ich ihr sagte, daß der Engländer sie haben wolle, antwortete sie, daß sie niemand täuschen wolle. Ich sagte, er brauche nichts anderes zu wissen, als daß sie Witwe wäre; dies genüge doch, da er sie fort in ein fremdes Land führen wolle. Sie erwiderte, sie verstehe wohl, daß ich die Sache nur deshalb so eifrig betriebe, um mich nicht länger mit ihr befassen zu müssen.«

Tom schwieg, die Worte blieben ihm im Halse stecken, er sank zu schlaffer Unbeweglichkeit zusammen wie zuvor.

Eine volle Minute war es ganz still in der kleinen Stube der Fräulein. Sie alle blickten Tom Sundling an, der in dumpfer, hoffnungsloser Regungslosigkeit dasaß und fühlte, was die andern von ihm erwarteten, aber außerstande war, es zu tun.

»Sie sehen, er kann nicht darüber hinweg,« sagte Fräulein Maria, indem sie von Tom wie von einem Schlafenden sprach.

Mr. Stone erhob sich und redete von dem Manne wie von einem Toten, mit dem man nicht mehr rechnet.

»Ich beklage den Mann,« sagte er. »Er hat sein Glück verscherzt. Er hat das Glück verscherzt, eine feine, weiche Seele ausbilden zu können, die sein war. Ich verstehe ihn, aber ich beklage ihn. Was mich betrifft...«

Und in der kleinen Pause, die folgte, war es, als spräche eine Stimme leise das englische »for my part« nach.

»Was mich betrifft,« sagte der Engländer, und er war jetzt so hoch gewachsen, wie er nur sein konnte, »so entsinnen Sie sich, Fräulein Maria, was ich Ihnen von ihrer Hand sagte, die sich um mein Handgelenk schloß. Sie ist es, die mir geschenkt ist. Sie ist mir von meiner Kindheit an verheißen worden, und ich sollte sie aufgeben, jetzt, da ich sie gefunden habe? Ich nehme sie mit mir in meine Heimat und werde Freude um mich haben mein Leben lang.«

Diese Nacht schlief Mr. Stone im Hotel; aber früh am nächsten Vormittag wanderte er zu dem kleinen Hause unter der Ringmauer. Er öffnete die Tür und blickte hinein. Die Mutter saß mit ihrer Nähmaschine am Fenster, es sah nicht aus, als schenke sie ihm Aufmerksamkeit. Die Tochter stand beim Rauchfang, er winkte ihr zu, und sie kam zu ihm heraus.

Nun handelte er nach einem bestimmten Plan. Er wußte bestimmt, wie alles verlaufen würde. Er nahm sie mit sich hinaus vor die Stadt, aus den Ringmauern und Gräben hinaus. Dort draußen stand eine einsame Ruine; es lag etwas Ansprechendes darin, daß sie allein zu stehen wagte, ohne von den Mauern beschützt zu werden. Und rings um die Ruine erstreckte sich eine Halde, die dem Meeresgrunde der Phantasie mehr glich als irgend etwas in Visby. Die ganze Halde war scharf und schreiend blau von großen, starren Pflanzen, deren schlanke Stiele ganz von blauen Blüten bedeckt waren. Aber mitten zwischen dem Blauen nickte feuerroter Mohn, leuchtend wie Flammen. Dicht daneben erhob sich der Kalkberg mit seinen unregelmäßigen Absätzen, und auf diesen lagen losgerissene Blöcke, denen man in dem unbestimmten Tageslichte wohl die Gestalt ruhender Meerestiere zuschreiben konnte. Und über dem allen der leichte, schwebende Nebel, der mit seinen Wurzelfasern Nahrung aus der Erde zu saugen schien.

Alles ging, wie er wollte. Sie setzte sich auf einen Stein, und er lag zu ihren Füßen. »Vineta, Vineta,« sagte er und machte ihr ein Zeichen, daß sie singen möge. Und er schloß die Augen, während sie sang; er sog ihr Wesen mit dem Liede ein: er fühlte mit jeder Fiber, wie süß ihre Gegenwart war. Ach, wie lieb und teuer war sie ihm!

Aber plötzlich brach ihr Gesang ab. Er sah empor und gewahrte, daß sie unbeweglich dasaß, die Hände gegen das Herz gedrückt, indes ihre Augenlider sich langsam schlossen. Der Mund hatte sich geöffnet, wie um zu schreien; aber der Schrei kam nicht. Es war, als wäre alles in ihr erstarrt.

Sie konnte es nicht mehr ertragen, sie wollte ihr Schicksal hören. Und er, der sie gequält hatte, weil er sie warten ließ! Wenn er früher gezweifelt hatte, ob diese wunderliche Vineta-Liebe auch die wahre, die echte Liebe sei, so wußte er jetzt, daß er nicht mehr zu zweifeln brauchte. Er liebte! Denn er fühlte ihre Leiden!

Im nächsten Augenblick stand er neben Vera, beugte sich über sie und sprach; aber da sie ja nicht verstand, was er sagte, hatte er sich einen Ring besorgt. Er schob ihn auf ihren Finger, und nun begriff sie.

Da erfaßte sie seine Hände und küßte sie. Sie hätte sich zu seinen Füßen niedergeworfen und sie geküßt, wenn er es hätte geschehen lassen. Die Tränen strömten aus ihren Augen, und gleichzeitig lachte sie laut.

Er verstand sie wohl. Ein Mann, der ihre Geschichte kannte, wollte sie zu seiner Frau machen. Wer sein ganzes Leben lang geknechtet und verachtet gewesen war, mußte ja so fühlen. Dennoch hätte er gewünscht, daß sie nicht von so lauter Freude, von so unterwürfiger Demut gewesen wäre. Es war offenbar, daß sie nicht einen Schatten von Liebe für ihn empfand.

Aber die Hauptsache war ja, daß sie seinen Ring angenommen hatte. Nun war der erste Schritt getan; nach und nach würde er sie so zu der Seinen machen. Er legte sich wieder zu ihren Füßen hin, und sie sang das Lied zu Ende. Sie sang auch andere Lieder. Er lag wieder da und sog das Glück ein. Wie selig war er doch, und um wie viel mehr würde er es erst sein, wenn er sie lieben gelehrt hätte!

Später gingen sie Arm in Arm nach Hause. Sie war von übersprudelnder Munterkeit, sie sprach zu ihm, und er bildete sich beinahe ein, daß er sie verstehe. Als sie daheim bei der Schmiede angelangt waren, kam ihnen ein Mann entgegen. Es ist Tom; und als sie ihn sieht, bleibt sie wie hilflos stehen und streckt ihm die Hand, an der der Ring des Engländers glänzt, entgegen. Aber Toms Gesicht ist in qualvoller Angst verzerrt, er lacht hart, und als er den neuen, blinkenden Ring sieht, reißt er ihn von ihrem Finger und wirft ihn auf die Straße. Dann reißt er auch das Weib an sich, er zieht sie mit sich fort wie einen entlaufnen Hund, und geht mit ihr davon und läßt Mr. Stone allein, vernichtet zurück, außerstande, zu begreifen, was vorgefallen ist.

Die war am Vormittag des vierten Nebeltages, und damit hatte dessen Macht ein Ende erreicht. Gegen Abend zerstreute er sich.

Tom suchte später am Tage Mr. Stone auf und erklärte sich ihm. Als er Vera wiedergesehen hatte, war alles in ihm erwacht, und am schlimmsten war es geworden, als er so viel von ihr hören mußte. Nein, am ärgsten war es, daß ein anderer sie inniger liebte als er. Die ganze Nacht war er vor Schmerz wie toll gewesen. Er hatte seine Angst überwinden müssen, er konnte sie keinem andern überlassen. »Und sie hat doch immer nur mich lieb gehabt,« sagte er endlich.

Die drei Fräulein kamen auch zu Mr. Stone; sie strahlten. »Sie haben es vollbracht, Sie sind es, der die beiden zusammengeführt hat,« sagten sie zu ihm. »Wir haben nichts getan, obgleich wir Ihnen ehrlich entgegenarbeiteten. Sie haben das Feuer aufs neue entzündet. Sie sind füreinander geschaffen, die zwei, sie gehören zusammen. Sie haben ein gutes Werk getan.« –

So kam es, daß Mr. Stone am Abend Visby verließ, zu gleicher Zeit mit dem Nebel. Beim Fortsegeln sah er Visby zum erstenmal. Es war ein ganz kleines Örtchen mit einer Menge roter Dächer und recht viel Grün. Die Türme der Ringmauer sanken von ihrer Riesenhöhe hinab, die Ruinen verschwanden zwischen den roten Dächern. Und die Umgebung war im Grunde trostlos grau.

Aber er bekümmerte sich nicht weiter um die Aussicht. Er fragte sich nur: warum, warum? Wenn er nur gekommen war, um diese beiden zusammenzuführen, warum war dann seine Liebe so stark geworden? Warum mußte er diese Leere fühlen, die wie eisige Kälte brannte, diesen Schmerz, diese Verzweiflung?

Er wendete sich wieder zum Meere.

»Wann,« sagte er, »wann wirst du aufhören, mich zu verfolgen?«

Es gewährte geraume Zeit, bis er entdeckte, daß er dem Meere unrecht getan hatte. Es ist kein wirkliches, lebendiges Glück, das seine Märchenstadt zu bieten hat, es ist nur eine Wiederholung des Vergangenen. Das Meer hatte ihn zum Kinde gemacht, es hatte ihm die Traulichkeit des Heims gegeben, hatte eine kühle Hand um seinen Puls gelegt. Was konnte er sich mehr zu wünschen vermessen?

Römerblut

Wenn ihr in Rom gewesen seid, so sind euch gewiß die kleinen Landgüter vor der Stadtmauer aufgefallen. Man hat ein paar Hufen Land, auf denen man Artischocken, Erbsen und Blumenkohl zieht, je nach der Jahreszeit. Man hat ein paar niedrige, strohbedeckte Wohnhäuser, einen niedrigen Eselstall, einen großen gemauerten Brunnen und ein paar Hühnersteigen. Man hat natürlich eine Menge Federvieh, und nicht nur Hühner, Truthähne und Enten, sondern auch Pfauen und Fasane.

Und dann schafft man sich, um ein bißchen besser leben zu können – denn Grünzeug und Hühner werfen keinen glänzenden Gewinn ab – ein paar große Fässer römischen Schloßwein an und legt sie in eine der niedrigen Hütten, deren jede nicht mehr als ein Gelaß hat; dahin stellt man auch einen Ladentisch und ein Wandbrett mit Gläsern und Literflaschen, draußen aber auf dem Hofe, zwischen dem Brunnen und den Hühnersteigen, stellt man lange Bänke und feste Tische auf. Hier hinter der Stadtmauer wehen die Campagnawinde stark und ungehemmt. Darum bringt man kleine Schutzdächer über den Bänken an und umgibt sie mit Rohrwänden, durch die die Sonne hereinrieselt, gelb wie Gold. Zuletzt läßt man auch ein Schild malen und hängt es über das kleine Mauerpförtchen, das nach der Straße und der Stadt führt. Und die Osteria ist fertig.

Nino Beppone war nun zehn Jahre Kellner in solch einer kleinen Osteria gewesen, man darf aber nicht glauben, daß er des Lohnes und der Trinkgelder wegen so lange geblieben wäre, oder weil er zu nichts anderem getaugt hätte. Nino war ein prächtiger, ja ein gebildeter junger Mann; wenn er sich damit begnügte, Kellner in einer Osteria vor dem Stadttor zu bleiben, geschah es, weil er in Teresa, die älteste Tochter des Hauses, verliebt war.

Ah, wie Nino sie liebte! Sie war so schön. Sie war gerade in der Art schön, wie Nino es haben wollte, mit großen, starken Zügen und warmen, klaren Farben. Sie ging so stolz und so leicht wie eine Königin. Sie sprach mit einer hellen, klingenden Stimme, und so deutlich, daß keine Silbe ihrer Worte verlorengehen konnte. Sie lachte so rein, wie ein Silberglöckchen läutet. Ihre Hände waren schön, weiß und fest, und ihr Händedruck stärkend wie ein Segen.

Alle, die in die Osteria kamen, wollten bei ihr bestellen und verlangten, daß sie immer hinter dem Schanktisch zur Hand sei. »Wo ist Teresa?« fragten sie sicherlich, wenn sie sie nicht sahen. Und das begriff Nino sehr wohl. Wußte er nicht selbst, um wie viel besser die Suppe schmeckte, wenn sie sie aus dem Kochtopf schöpfte, als wenn ihre Schwestern es taten? Es war nicht zu verwundern, daß jedermann mit ihr zu tun haben wollte. War es nicht schon eine Freude, in demselben Raume zu weilen wie sie?

Er war fest davon überzeugt, daß die Leute nicht so sehr um Wein zu trinken hereinkämen, als vielmehr um Teresa alle ihre Sorgen anvertrauen zu können. Wenn einem der Esel gestorben war, wenn man ihn im Ballspiel besiegt hatte, oder wenn der tolle Pietro wieder einem das Messer in den Leib gestoßen hatte, so war es eine Erleichterung, es ihr zu erzählen. Nino wußte, daß junge, frische Burschen, die gar keine Sorgen hatten, zuweilen dasaßen und sich lange, traurige Geschichten ausdachten, nur damit sie ein Weilchen bei ihrem Tische stille stehe, ihnen zuhöre und sich ihrer ein wenig annehme. Ach nein, sie waren nicht in sie verliebt, aber sie wollten doch, daß sie den Wein in ihr Glas gieße oder ihnen eine Mandarine zustecke, wenn sie gingen, und ihnen verspreche, sich in ihren Gebeten ihrer zu erinnern.

Die andern Schwestern verheirateten sich, sobald sie ihr sechzehntes Jahr erreicht hatten; eine eine zog fort, und eine blieb mit Mann und Kindern daheim. Aber Teresa wollte nicht heiraten, und Nino wußte schon, warum. Er wußte wohl, daß sie weder ihn noch irgendeinen andern aus dem Landvolk wollte, einen Signor wollte sie.

Ja, ja, Teresa war sehr stolz. Das sah man schon an der Art, wie sie ihr Haar hoch aufsteckte, ganz wie ein Signorina, und an ihren Sonntagskleidern. Zu Hause trug sie eine grüne Schürze und ein rotes Tuch um den Hals, wenn sie aber nach Rom ging, war sie immer schwarz gekleidet. Und sie hatte einen großen Hut mit vielfach gebogener Krempe und einen Federkragen um den Hals, so lang, daß er bis zum Kleidsaum reichte.

Natürlich gefiel ihr der Gedanke, eine Signora zu werden. Das einzige Unnatürliche war bloß, daß sie nicht einsah, daß sie schon eine war.

Eigentlich war es Nino nicht unerwünscht, daß Teresa keinen Campagnabo nehmen wollte. Er, Nino, hatte keine Hoffnung, sie je zu bekommen. Er war dick und rund wie ein Mehlsack, und er hatte auch so eine graue Müllerfarbe. Und nur ein paar kleine Striche statt richtiger Augen. Er war zu häßlich für sie. Aber da es nun seine guten Wege hatte, bis ihr Signor kam, und da kein anderer den Versuch wagte, sie fortzuholen, konnte Nino wenigstens jahraus jahrein als ihr Kamerad umhergehen. Und das war kein geringes Glück.

Die Tage draußen auf dem Meierhof erschienen Nino voll Seligkeit. Des Morgens, wenn Teresa ihre Vögel betreute, trug Nino ihr die Schale mit dem Mais. Vormittags half er ihr das Unkraut ausjäten oder das Gemüse in Ordnung bringen, das auf den Markt geschickt werden sollte. Und abends, wenn die Arbeitsleute auf ihrem Heimweg eintraten, ein Glas goldgelben Castello romano zu trinken, da stand sie am Fasse und füllte in die Maße ein, und er nahm sie aus ihrer Hand. Wenn es ein großer Tag war, Festtag oder Markttag, und das Volk war zusammengeströmt, so daß alle Bänke übervoll waren und der ganze Hof von Drehorgelspielern und Verkäufern von gebratenen Äpfeln und Kastanien wimmelte, und er und sie mußten atemlos und heiß mit ihren Flaschen und Gläsern zwischen den Tischen hin und her eilen, dann nickten sie einander zu, wenn sie zusammentrafen. Da fühlten sie sich so kameradschaftlich wie Soldaten, die in den Kampf ziehen.

An Abenden aber, wo keine Gäste kamen, saß Nino da und erzählte Teresa aus Büchern, die er gelesen hatte. Da ließ sie ihn von dem alten Rom erzählen, und am liebsten hörte sie von dem Aufstande der Plebejer gegen die Patrizier und von den mächtigen römischen Matronen. Nino wußte wohl, warum. Es war dasselbe Blut, sie fühlte in sich das gleiche Blut. Am nächsten Tage trug sie den Kopf noch viel stolzer, als früher. Nino wußte, daß er wie ein Tollhäusler handelte. Jedesmal, wenn er von Cornelia, der Mutter der Gracchen erzählte, entfernte er sie weiter von sich. Warum konnte er diese Erzählungen nicht sein lassen? Warum liebte er sie am allermeisten, wenn sie den Nacken so hoch hob, und wenn ihre Augen blitzten?

Als sie vierundzwanzig Jahre alt war, hörte Nino die Leute sagen, daß es bald zu spät für sie sein würde, noch einen Mann zu bekommen. Sie sei nicht mehr schön. Nino konnte nicht begreifen, was sie meinten. War sie denn nicht schön?

Eines Tages jedoch merkte er, daß sie recht gehabt hatten. Sie war wirklich im Begriffe gewesen, alt zu werden. Sie mußte ganz verblaßt gewesen sein, obgleich er es nicht gemerkt hatte. Nun merkte er es daran, daß sie wieder aufzublühen begann. Die frische Jugendschönheit erhellte aufs neue ihr Gesicht. Was war das für ein Wunder? Nino erschrak beinahe, als er es sah.

Jeden Abend erschien jetzt ein kleiner Leutnant in der Osteria. Ach, ach, Nino konnte nicht leugnen, daß er das Netteste war, was man sehen konnte. Er hatte eine Uniform in Schwarz und Silber und ein weiches, kindliches Gesicht. Und er hatte sich in Teresa verliebt, schon am ersten Abend, da er sie sah. Und sie? War ihre Schönheit um seinetwillen wiedergekommen? Gefiel ihr der kleine Leutnant? War der Signor nun endlich erschienen?

Der arme Nino begann auf einmal den Krieg und die Krieger zu hassen. Italien führte gerade Krieg mit Abessinien, und es war Elend genug, daß Italiens Krieger übers Meer zogen, um ein fremdes Volk anzugreifen, das nichts Böses getan hatte, es war Elend genug, was die Kriegsleute dort draußen anrichteten. Hier zu Hause hätten sie es doch lassen können, die Leute ins Unglück zu bringen.

Nino suchte Gleichgesinnte auf und kam in Friedensvereine. Hier trat er als Redner auf und forderte die Abschaffung des Kriegsheeres. Italien solle nicht als Land des Streites groß sein, sondern als ein Land des Friedens. Er wurde bald einer der Führenden. Er wurde einer der beliebtesten Redner. Armer, armer Nino. »Laßt uns diesem afrikanischen Unfug ein Ende machen, wir wollen unsere Soldaten wieder haben, um sie in die landwirtschaftlichen Schulen zu schicken!« Das waren Ninos Worte.

Wenn Nino aber von solch einer Friedensversammlung nach Hause kam, bei der er den Krieg und das Kriegsheer abgeschafft hatte, ging Teresa ihm entgegen. Sie blieben bei dem Brunnen stehen, wo sie immer zu sitzen und zu plaudern pflegten, und Teresa wollte vom Kriege sprechen. Um den jetzigen Krieg kümmerte sie sich nicht, aber sie wollte wissen, was die Römer in früheren Tagen vollbracht hatten. Sie wollte etwas von Scipio hören. Ob es nicht Scipio wäre, der nach Afrika gezogen wäre und die Schwarzen besiegt hätte? Und Nino mußte von ihm berichten. Nino mußte die halbe Nacht aufsitzen und von Krieg, Krieg, Krieg sprechen.

Während er davon sprach, wurde Teresa strahlend schön. Die Laterne, die auf dem Brunnenstaket hing, zeigte sie Nino wunderbar schön und mit einem geheimnisvollen Lächeln um die Lippen. Nino begriff, daß sie nur einen Helden lieben konnte. Und was war er? Er, der es ihr nicht einmal abschlagen konnte, von diesen verabscheuungswürdigen Gemetzeln zu erzählen. Er war feig. Wenn sie einen Nero geliebt hätte, so wäre Nino gezwungen gewesen, die Tyrannen zu preisen. Nino war ein feiger Kerl, er war sicherlich kein Held.

Als sie sich dann mit Leutnant Ugo verlobte, dachte Nino ernstlich daran, sich frei zu machen und einen anderen Dienst zu suchen, aber er vermochte es nicht. Sie war gerade in der Zeit so gut gegen ihn. Er müßte wohl bis nach der Hochzeit warten.

Teresa vergaß Nino keinen Augenblick. Sein Geburtstag war am Tage nach der Verlobung, und Nino war am Morgen düster und glaubte, dies würde der traurigste Tag seines Lebens werden. Aber er war noch nie vorher so gefeiert worden. Teresa hatte ihm Taschentücher gestickt, mit Monogrammen, die über das halbe Tuch reichten. Sie hatte ihm auch eine Torte gebacken, und sie ging in die Kirche des heiligen Antonius von Padua und betete für Nino bei ihrem Schutzpatron. Sie scherzte mit ihm. Nino mußte sich froh zeigen. Er mußte den ganzen Tag lachen, weil sie es wollte. Jetzt sollten alle glücklich sein.

Aber bei Nacht konnte Nino doch nicht anders: er mußte weinen. Er hatte gemerkt, daß sie in diesen Tagen den Vögeln doppelte Rationen gab, der Esel hatte frisches Stroh bekommen, und die Katze durfte auf ihrer Schulter sitzen, solange sie wollte. Nie hatte sich Nino so sehr der Katze, dem Esel und den Hühnern gleichgestellt gefühlt.

Wie sie sich darüber freute, daß ihr Bräutigam Offizier war! Nächst dem Umstande, daß er ein Signor war, gefiel ihr sein militärischer Beruf am meisten. Als man sie einmal fragte, ob sie nicht Angst hätte, daß er nach Afrika geschickt werden könnte, hörte Nino, wie sie antwortete:

»Wollte Gott, er dürfte hinüber. Dann würdet ihr sehen, wie alles anders würde.« Denn dies war im Winter 1896, und da sah es aus, als sollte aus diesem Kriege mit Menelik und seinen Schoanern nichts Rechtes werden. Man schickte nur Schiff auf Schiff mit Truppen fort. Die Truppen lagerten dort in der Aduagegend, aber man hörte nie, daß es zu etwas kam. Es war so, wie wenn Bienen aus dem Korbe fliegen und außerhalb des Fluglochs in einem großen Beutel hängen bleiben, und man geht jeden Tag hin und sieht sie an und ärgert sich, daß sie nicht schwärmen wollen.

Sie benahm sich auch großartig, als sie gegen Ende Februar erfuhr, daß er nach Afrika gehen mußte. Nino sah keine Träne in ihren Augen. Sie dachte nur daran, daß es nun endlich zu Schlachten und Siegen kommen würde. Jetzt sollte ihrem armen Italien geholfen werden.

Sie gab ein Abschiedsfest für ihn und seine Kameraden. Es war ein herrliches Fest. Der Castello-Romanowein floß in Strömen. Sie hatte ihre fettesten Truthühner geschlachtet und die ersten Artischocken gepflückt. Und sie hatte Torten und Zuckerwerk ohne Ende gebacken.

Am Brunnenstaket hatte sie eine Fahnenstange errichtet und die italienische Flagge gehißt, und der arme Nino mußte ihr behilflich sein, Transparente zu verfertigen, auf denen zu lesen war: »Es lebe die Armee! Sieg unsern tapfern Soldaten! Für Italien!« und andere hochgestimmte Worte. Er hatte ihr helfen müssen, farbige Lampions unter den Strohdächern zu befestigen, Sänger zu mieten, die die neuen Kriegslieder singen konnten; aber er hatte geschworen, daß sie ihn nicht dazu bringen würde, eine Rede zu halten. Armer Nino, sie forderte ihn gar nicht dazu auf, sie wagte es nicht, ihm etwas so Hochwichtiges anzuvertrauen.

Aber am Abend, als die kleinen Feuerwerkskörper zu den Füßen der Gäste knallten, und als nicht nur die Strohdächer über den Bänken, sondern auch die Hühnersteigen, das Wohnhaus und der Brunnen von grün-rotweißen Lampions strahlten, und als Nino drüben zwischen den Artischokken bengalische Feuer entzündete, da sah er, wenn sonst niemand es sah, was sie eigentlich meinte. Es war, als wollte sie mit jedem Glas Wein, das sie den Soldaten kredenzte, sagen: »Gehet hin und macht Ernst aus diesem Kriege. Roms Frauen wollen neue Triumphzüge gen Campidoglio hinauf schreiten sehen!«

Niemand wußte besser als Nino, wie sehr Teresa diesen zierlichen kleinen Mann liebte, der gegen die Barbaren ausziehen sollte. Und als er sah, wie sie ihn gehen ließ, ohne zu klagen, ohne einen Augenblick schwach zu werden, mußte er sie fast gegen seinen Willen bewundern. Sie hätte eine der Matronen des alten Rom sein können, dachte Nino. Es rollt echtes Römerblut in ihren Adern.

Als Leutnant Ugo mit seinem Regiment nach Neapel abreiste, wo es sich nach Afrika einschiffen sollte, begleitete Nino Teresa zur Eisenbahnstation.

Es war Nacht. Die Soldaten kamen in raschem Takt heranmarschiert, rings um sie schwärmten Gassenjungen, Verwandte und Kriegsenthusiasten. Unten an der Station waren der Sindaco von Rom und mehrere Generale. Es wurden Reden gehalten, man rief: »Es lebe Italien!« man küßte sich und warf Blumen. Teresa stand bleich vor Begeisterung da und klagte nicht mit einem Worte. Es waren feine Damen da, die Blumen an die Soldaten verteilten. Das tat sie nicht.

Sie dachte nur an einen, und dem gab sie keine Blumen, aber er mußte ihr versprechen, Meneliks Hauptstadt zu erobern. Leutnant Ugo versprach, mit der Krone der abessinischen Kaiserin zu ihr zurückzukommen. Und so schieden sie.

Aber Leutnant Ugo war noch keine zwei Tage fort, er war noch gar nicht nach Afrika abgereist, als die Nachricht eintraf, daß der große Schwarm, der in Adua gelagert war, sich zu rühren anfange; er zog gegen die Abessinier und wurde geschlagen und zerstreut.

Das war gerade um die Zeit, als niemand an etwas anderes dachte als an den Sieg, der dort drüben erkämpft werden müßte, nachdem man so unerhört viele Menschen hingeschickt hatte. Der König selbst hatte sich nach Neapel begeben, um die Abfahrt der letzten Truppen anzusehen. An einem Tage sprach er ihnen von dem Ruhme, den sie für das geliebte Italien erringen würden.

Am zweiten Tage kam ein Telegramm, das von verlorner Schlacht, zerstreutem Heere, Flucht und Panik erzählte.

Ganz wunderlich, wie die Telegramme in diesen Tagen trafen. Meneliks Kugeln hatten nur etwa siebentausend Mann fällen können, aber die Depeschen nahmen das Werk der Kugeln auf, sie kamen von der Hochebene Aduas, passierten das Mittelmeer und erreichten ihr Ziel. Ach, kein italienisches Herz blieb unversehrt davon!

Teresa kam ganz vernichtet zu Nino. »Was ist dort geschehen, Nino?« fragte sie. »Wie konnte es so schlecht gehen?«

Nino erzählte ihr, daß die Italiener nicht so sehr von ihren menschlichen Feinden geschlagen worden wären, als vielmehr von der übermächtigen Natur. Dort müßte man Berge erklimmen, von denen die niedrigsten höher wären als das Sabiner- und Albanergebirge aufeinandergetürmt. Da gebe es keinen Weg, sondern man ziehe über Halden, die mit so steifen und stacheligen Disteln bewachsen wären, daß nicht einmal ein Esel sie fressen könnte. Mit der Nahrung wäre es so schlimm bestellt, daß die Soldaten sich über die Maultiere geworfen hätten, die auf dem Wege zusammengebrochen wären, und die Fleischstücke an sich gerissen hätten.

Aber das wäre doch nichts, um Menschen hinzuschicken! Ein Land, wo man Maulesel essen müßte!

Nein, das meinte Nino eben auch.

Nun konnte er frei von der Leber reden, endlich durfte er ihr sagen, wie gräßlich der Krieg wäre. Sie lasen zusammen die Zeitungen. Sie lasen, daß man fürchtete, daß die Truppen, die jetzt auszögen, Menelik und die Schoaner im Hafen von Massaua treffen würden; die jetzt abführen, zögen dem sicheren Tod entgegen.

Sie las auch, daß die Barbaren vor allem auf die Offiziere schössen. Sie lägen da und zielten auf ihr blaues Rangzeichen und holten sie von den Hügelabhängen herab, wenn sie mit ihren Soldaten vorrückten.

Und es gäbe so viel Grausamkeiten und Entsetzlichkeiten, die diese Schwarzen begingen; ihre Weiber plünderten die Toten und zerstückelten sie.

Da war es um sie geschehen. Sie bebte vor Entsetzen und wagte nicht, weiterzulesen.

Nino schob seine Mütze zurück und fragte, was sie eigentlich geglaubt hätte, was die Leute im Kriege täten? Ob sie sich nicht gedacht hätte, daß sie sich dort töteten? Nein, sie wüßte nicht, was sie geglaubt hatte. Das hätte sie nicht gedacht.

Da kam ein Brief vom Leutnant Ugo, in dem er Abschied von ihr nahm. Das Dampfschiff, das ihn nach Afrika führen sollte, ging am nächsten Abend ab.

Am Abend waren sie und Nino auf dem Wege nach Neapel. Was sie dort wollte? Nino glaubte, sie wolle ihren Bräutigam noch einmal sehen, bevor er abreiste. Selbst hatte sie sich es nicht so klar gemacht, warum sie fuhr, aber sie konnte es nicht lassen. Und keinen andern als Nino hatte sie zur Begleitung haben wollen.

Als sie am Morgen in Neapel angelangt waren, suchte sie ihren Leutnant in der Kaserne auf.

Er kam ihr entgegen, verwirrt und hastig, aber sichtlich geschmeichelt und gerührt, daß sie gekommen war, um ihm Lebewohl zu sagen. Aber Teresa wurde totenbleich, als sie ihn erblickte. Er trug jetzt eine helle Uniform aus gelblich-grauem Leinen mit einem blauen Bande über der Brust. Das war das blaue Band, das die Schwarzen sich zur Zielscheibe nahmen.

Er mußte gleich wieder zu seinen Soldaten zurück. Ob sie denn den ganzen Tag über nicht mit ihm zusammentreffen könnte? Ja, sie wollten gegen ein Uhr miteinander frühstücken. Er könnte zwei Stunden abkommen. Sie besprachen den Ort, und er eilte weg.

Das war ein Tag! Nino und sie gingen in die »Villa« hinunter und setzten sich auf eine Bank, um zu warten. Sie tat nichts anderes, als daß sie Nino unaufhörlich fragte, wie viel es auf seiner Uhr wäre. Und als sie nun mit Nino allein blieb, da war ihr Gesicht starr und bleich, wie die Gesichter der Statuen, die rings um sie standen, und ihre Augen schienen nicht mehr zu sehen, als die steinernen. Nino fragte sie, warum sie so wunderlich vor sich hinstarre. Sie sagte, sie säße da und sähe seine Leiche an. Die ganze Nacht hatte sie ihn tot in einer Bergkluft liegen sehen, und auch die alten Weiber der Schwarzen waren ihr erschienen, wie sie herbeieilten, ihn zu plündern und zu zerstückeln. Nino hatte ja gesagt, daß sie dort die Leichen zerstükkelten.

Nino versuchte, ihr etwas Tröstliches zu sagen. Alle würden ja nicht fallen, meinte er, und Leutnant Ugo, der so tapfer wäre, könnte sich der Barbaren schon erwehren.

Was helfe es, tapfer zu sein, sagte sie, wenn der Feind in Schlupfwinkeln verborgen läge und auf das blaue Band zielte. Ob Nino das blaue Band bemerkt hätte? Warum es blau wäre, das Todesband, warum es nicht rot wie Blut wäre?

Sie nahm Nino das Versprechen ab, daß er sie nicht verlassen würde. Sie den ganzen Tag nicht verlassen würde.

»Nein, nein, Teresa.«

Er war auch beim Frühstück dabei. Leutnant Ugo bestellte ein Zimmer, und die drei aßen zusammen.

Im Anfang war Teresa munter, sie zeigte sich ebenso sorglos, als säße sie daheim in der Osteria. Nino dachte, sie wolle für diese zwei Stunden allen Kummer von sich werfen und einzig und allein glücklich sein. Sie war sogar viel munterer als gewöhnlich, sie kokettierte mit Leutnant Ugo, bis er ganz toll war. Und sie ließ es zu, daß er sie küßte.

Nino sah in seinen Teller, aber er bemerkte es doch. Von Zeit zu Zeit sah er sie an, und seine kleinen grauen Äuglein bettelten um die Erlaubnis, gehen zu dürfen. Aber da kam ihre Hand, die ganz eiskalt war und zitterte, unter dem Tisch herangeschlichen und legte sich auf die seine und hielt ihn zurück. Der Leutnant fand Nino wohl höchst überflüssig, sie aber wollte ihn offenbar da haben.

Es gab Asti spumante und Lacrimae Christi, und Nino trank, wie er nie zuvor getrunken hatte. Aber es gelang ihm nicht, sich taub oder blind zu machen.

Plötzlich, als Nino sich dachte, daß Leutnant Ugo ganz berauscht von ihren Blicken und ihren Küssen sein müßte, neigte sie sich zu ihm und fragte schelmisch, ob er es nicht lassen könnte, zu reisen. Ob es sich nicht so einrichten ließe, daß er daheim bleiben könnte?

Er lachte. Nein, er könnte nicht entrinnen.

Ob er nicht krank werden könnte? Sich krank stellen? Nein, nein, das könnte er nicht.

Aber ob er denn daran gedacht hätte, wie lange es dauern würde, bis sie ihre Hochzeit feiern könnten?

Der Leutnant glaubte kaum, daß sie im Ernste sprach. Gewiß hatte er daran gedacht, aber das ließ sich ja nicht ändern.

Teresa lächelte nicht mehr, sondern sie sprach mit einer Stimme, die vor Rührung bebte.

Sie bekannte, daß sie sich furchtbar gesehnt hätte, seit er abgereist war. Sie könnte keinen Tag ohne ihn sein. Ob er sich nicht irgendeinen Vorwand ausdenken könnte, um bleiben zu können?

»Teresa,« sagte er, »ich wäre ja ein Mann ohne Ehre. Bitte mich nicht!«

»Ehrlos?« sagte sie mit schmeichelnder Stimme. »Wie kannst du so etwas sagen? Du würdest ja nicht hier bleiben, weil du feig wärest, sondern weil ich dich so liebe, daß ich dich nicht ziehen lassen kann.«

Und sie lächelte und sie bat, Leutnant Ugo aber war unerschütterlich.

Da fing sie von etwas anderem an. Wenn es nun zur Schlacht käme und die Schwarzen zu schießen begännen? Ob er ihr versprechen wolle, dann das blaue Band fortzunehmen?

Nein, das wolle er nicht. Er dürfe es nicht.

Überhaupt glaubte der Leutnant, daß sie im Grunde nur scherze.

Nino sah, daß sie, wie ermattet, den Kopf sinken ließ.

Als sie aufblickte, war jede Spur von Heiterkeit aus ihrem Gesicht verschwunden. Sie war so, wie sie am Vormittag gewesen war.

Nun begann sie, ihm mit Heftigkeit alles zu erzählen, was sie von dem fremden Lande und der Kriegsführung der Schwarzen gehört hatte. Sie sprach von den Bergen und den Distelgewächsen und der Hungersnot. Als sie von den Mauleseln erzählte, lachte er und sagte, das sei nicht wahr.

Sie sprach von dem Leutnant Petrini, der von den Weibern der Schoaner verbrannt worden war. Ob er das wüßte, ja, ob er das wüßte? Und was für eine Ehre wäre es, im Kampf gegen die Barbaren zu siegen? Und sie schössen alle Offiziere nieder, ob er das wüßte? Sie zielten auf die blauen Bänder und schössen auf die Offiziere.

»Ah, Teresa,« sagte er, »willst du mich erschrecken? Sind das Worte für eine Römerin?«

»Ja, ja, gerade für eine Römerin. Roms Frauen haben nie zugelassen, daß man ihnen raube, was sie liebten.« Und sie sei nur gekommen, um ihm zu sagen, sie wüßte bestimmt, daß er fallen würde, wenn er jetzt reiste. Sie sehe ihn tot vor sich. Sie sehe seinen Körper zerstückelt und blutig. Und nachdem sie dies gesagt hatte, war es mit aller Beherrschung vorbei, und sie zeigte ihm ihre ganze Verzweiflung. Sie warf sich vor ihm auf die Knie und bettelte, weinte, flehte.

Er war sehr gerührt, aber auch befangen. Einen Augenblick sah er zu Nino hin, gleichsam unschlüssig, was er beginnen solle. Nino zog seine Uhr hervor. Ja, gewiß, das war das einzige, was er tun konnte: sagen, daß die Zeit abgelaufen sei, und dann gehen.

»Was willst du?« sagte er. »Was willst du, daß ich tun soll? Ich kann mich nicht losmachen.«

»Stelle dich krank. Es reisen ohnehin so viele. Es ist unrecht, zu reisen. Die dort drüben verteidigen nur ihr Haus und Heim. Sage, daß du nicht gegen sie kämpfen willst.«

»Dann ist es um mich geschehen.«

»Du wirst dort sterben. Das ist nichts, um dafür zu sterben. Die Schwarzen haben uns nichts getan. Laß sie in Frieden. Sie wollen uns ja unser Land nicht nehmen, warum sollen wir ihres rauben?«

»Teresa,« sagte Leutnant Ugo, »sage mir jetzt mutig Lebewohl, wie eine Römerin. Ich muß gehen.«

»Du mußt?«

»Ja.«

»Nun, so geh!«

»Teresa!«

»Geh doch. Ich werde versuchen, nicht an dich zu denken. Du bist tot für mich.«

Sie stand nicht auf, sondern blieb auf dem Boden liegen. Sie sah ihn nicht einmal an. Er strich über ihr blauschwarzes Haar. Sie rührte sich nicht. Er seufzte tief, er wußte nicht, was er sagen oder tun solle, und ging wirklich.

Mit einem angstvollen Griff drückte er Ninos Hand. Es war, als vertraute er ihm Teresa an. Abends, gegen zehn Uhr, standen Nino und Teresa am Hafen. Ein paar große Dampfer lagen da, bereit, abzugehen, und eine Menge Boote warteten darauf, die Soldaten hinzubringen. Einige tausend Menschen standen auf dem Kai, um die Abfahrt anzusehen.

Aber war das ein anderes Bild, jetzt nach der Niederlage! Früher im Winter hatte man nicht genug jubeln können, als die Truppen an Bord geführt wurden. Jetzt lag nichts als Düsterkeit über den Wartenden. Man hätte am liebsten die Boote und die Dampfer versenkt, damit sie keinen Sohn Italiens nach dem verfluchten Barbarenland führen könnten. Die Soldaten kamen so still, als wollten sie sich fortschleichen. Keine Musik, keine Schüsse, keine Hochrufe. Aber aus der wartenden Menge stieg ein dumpfes Murren der Empörung auf, und man beschleunigte die Einschiffung so viel wie möglich. Man war nicht ganz sicher, daß das Volk nicht auf den Gedanken verfiele, die Abfahrt zu verhindern.

Teresa schien etwas Ähnliches zu hoffen. »Sie werden es nicht zulassen, Nino,« sagte sie. »Alle diese Männer werden es nicht zulassen, daß man ihre Söhne fortführe, damit sie von den Barbaren geschlachtet werden.«

Aber ein vollbesetztes Boot nach dem andern wurde weggebracht, und die Menge ließ es geschehen. Einige Menschen durchbrachen die Reihen der Soldaten, aber nur, um zu küssen und Abschied zu nehmen. Nino sah Leutnant Ugo am Kai stehen und die Einschiffung überwachen.

Ah, wo war Teresa? Eben noch hatte sie an Ninos Arm gehängt, jetzt aber sah er sie unten am Landungsplatz. Sie schlang die Arme um Leutnant Ugo. Er küßte sie, dann wollte er sich aus ihrer Umarmung lösen. Es war die Reihe an ihn gekommen, einzusteigen.

Sie schien sich zurückzuziehen, aber da sah Nino etwas Blankes in ihrer Hand leuchten. Sie schien den Leutnant noch einmal umarmen zu wollen. In demselben Moment wankte dieser und schrie auf.

Nino war dort unten. Er riß Teresa an sich. Er zog sie in den Volkshaufen, in das heißeste Gedränge.

»Stehe hier still.«

Sie lachte beinahe irrsinnig. »Jetzt wird er nicht reisen, Nino,« sagte sie.

Nino packte sie am Handgelenk. »Schweig,« sagte er und drückte so, daß es schmerzte.

»Meinethalben können die Gendarmen ...«

Nino drückte mit eiserner Faust zu, und sie schwieg.

Das war ein Drängen, ein Hin- und Herstoßen. Nino blieb gelassen in dem dichtesten Getümmel. Er versuchte nicht zu fliehen.

»Recht so,« flüsterte ein Neapolitaner Nino zu. »Nur still stehen, daß die Gendarmen keinen Verdacht schöpfen. Kein Neapolitaner wird euch verraten.«

Teresa begann plötzlich zu schluchzen.

»Laß das sein,« sagte er, »du darfst nicht.«

Und ihre Tränen versiegten. Sie stand stumm und still da, so lange Nino es wollte. Er hatte sie ganz in seiner Gewalt.

Leutnant Ugo wurde fortgetragen, die Polizei begann nach der zu forschen, die ihn verwundet hatte. Nino und Teresa hörten, wie man Fragen an die Menge stellte. »Wohin ist sie geflohen? Wer hat sie gesehen?«

Es war eine große Signorina – nein, eine kleine. – Hier hatte man sie gesehen – nein, hier. Sie hatte den Weg zur Station genommen – nein, nach Santa Lucia. Und die Polizisten zerstreuten sich nach rechts und nach links.

Nino führte Teresa zur Eisenbahnstation, und sie reisten kühn nach Hause. Er verließ sich darauf, daß Leutnant Ugo sie nicht angeben würde.

In der Zeitung las er am nächsten Tag auch, daß der Leutnant erklärt habe, er kenne die Frau nicht, die ihn verwundet hatte.

Er war verwundet, aber nicht gefährlich. In der nächsten Woche kam ein Brief von ihm an Teresa.

Seit der Reise nach Neapel ließ sie sich in allem von Nino lenken und leiten. Nun kam sie auch mit dem Briefe zu ihm.

»Lies ihn, Nino,« bat sie.

Er erbrach das Kuvert, sie stand zitternd daneben.

»Ist es aus, Nino?« fragte sie.

Nino antwortete ja, so angstvoll, als verkünde er ihr ein Todesurteil.

»Laß mich hören,« sagte sie und richtete sich auf. Nino las ihr vor, daß Leutnant Ugo sie nicht mehr liebte. »All meine Liebe ist tot,« schrieb er, »meine arme Liebe ist tot.«

Sie zuckte verächtlich die Achseln.

»Die Liebe eines Signor verträgt es wohl nicht, Blut zu sehen,« sagte sie.

»Du, Teresa,« schrieb Leutnant Ugo, »du warst für mich des Vaterlandes Stolz, du warst das wiedergeborene Rom, du warst das starke Weib der Vorzeit. Du warst die, die die Römer einst zu Helden machen sollte, du solltest Seelenstärke genug haben, uns hinauszuschicken, um die Welt zu erobern. Vergib mir, daß ich mich täuschte. Nun weiß ich, daß die alten Römerinnen tot sind, die Töchter des neuen Rom senden keinen Mann hinaus, um Ehre zu erringen, sie haben nur den Mut, ihn zu hindern, seine Pflicht zu tun.«

Teresa legte ihre Hand auf die Ninos. »Ich will nicht mehr hören,« sagte sie.

Nino schwieg.

»Wenn ich es nicht getan hätte, Nino,« sagte sie, »wäre er jetzt tot. Ich verstehe nicht, was er meint. Ich sah ihn tot in einer Bergschlucht liegen. Da läge er jetzt, wenn ich nicht gewesen wäre. Wie hätte ich ihn da ziehen lassen können?«

»Findest du auch, Nino, daß ich feige bin?« fragte sie. »Bin ich entartet? Habe ich keinen Tropfen Römerblut in meinen Adern?«

Nino sah zu ihr auf, wie sie da schön und stolz und trotzig vor ihm stand. Er liebte sie so, wie er sie immer geliebt hatte, und er sah seine ganze Zukunft vor sich. Sie würde nie heiraten, er würde sie nie verlassen können, und sie würden das Leben zusammen leben, sie als Herrscherin, er als Knecht. Die Zeit, die nun vorbei war, in der er beinahe Herrscher gewesen war, die kehrte nicht zurück. Sie würde bald wieder die Zügel der Gewalt an sich nehmen.

»Sag mir, Nino,« fragte sie, »waren die Frauen des alten Rom wilde Tiere? Gaben sie zu, daß man ihnen das raubte, was sie liebten?«

Nie hatte Nino so wie jetzt begriffen, was das neue Italien von dem alten unterschied, aber er schloß die Augen vor allen Zeugnissen der Geschichte, er war aufs neue Teresas Sklave und Knecht geworden und antwortete, wie sie es wünschte, in ihren Adern fließe Römerblut, das edelste Römerblut.

Eine alte Kirche

Ich selbst war nicht in der Kirche, als sich der seltsame Vorfall mit dem Kruzifix ereignete. Daher kenne ich auch nicht jede Einzelheit der Geschichte. Ich wäre aber sehr erstaunt, behauptete jemand, an jenem Tage sei es windig und regnerisch gewesen.

Ich bin vielmehr fest davon überzeugt, daß die Sonne schien, kein Wölkchen am Himmel stand und nicht der leiseste Windhauch das Laub der Espen bewegte. Die Natur war so schön und feierlich, daß die Leute draußen auf den Feldern meinten, es sei heute nicht Werktag, sondern Sonntag. Und die Menschen, die sich zufällig in der Nähe des Gotteshauses befanden, wünschten sich, es sei tatsächlich Sonntag, damit sie in die kühle Kirche eintreten und sich ein wenig ausruhen könnten.

Wie gesagt, ich war nicht in der Kirche an jenem Tag, aber ich stelle mir vor, im Augenblick als der Küster das Portal aufschloß, ging ein Strom von Glück durch die Kirche. Sicher war hoch oben ein Rauschen hörbar, das bedeutete: heute soll diesem Hause Heil widerfahren. Der Küster vernahm es natürlich nicht. Und hätte er es vernommen, hätte er es nicht deuten können.

Man erwartete heute nur den Besuch von Touristen, vielleicht von etwas vornehmeren als sonst. Sie kamen, um die Kirche und ihre Schätze zu besichtigen, nicht anders als man ein Museum besichtigt. Aus diesem Anlaß sollte auch ein Vortrag gehalten werden, aber lediglich ein Vortrag über Kunst. Die Glocken würden nicht läuten, die Orgel nicht spielen, es würden weder Choräle gesungen, noch eine Predigt gehalten werden.

Ungefähr im gleichen Augenblick als der Küster das Portal aufschloß, erblickte auf einer Landstraße ein armer Wanderbursche die Spitze des hohen schmalen Kirchturms, sie ragte aus den Laubbäumen, die die Kirche umgaben. Der armselige, zerlumpte und verwahrloste Landstreicher hatte das sonderbare Gefühl, daß der Turm sich ein wenig bewege und ihn rief. Er war alles andere als ein eifriger Kirchgänger, daher ärgerte er sich und hob die Faust gegen den Kirchturm. »Warum winkst du mir?« fragte er. »Du hältst mich wohl für den verlorenen Sohn. Aber du täuschst dich. Ich sehne mich nicht danach heimzukehren und Buße zu tun. Darauf kannst du dich verlassen!«

Gegen halb zehn Uhr erschien einer der Kirchenvorsteher. Es war an sich sinnlos, daß er sich in die Kirche begab, da ihn dort heute keine Pflichten riefen. Aber er war mit dem Gefühl aufgewacht, das Menschen manchmal überfällt, heute müsse unbedingt Sonntag sein. Als er gerade dabei war, seine Arbeitskleider anzuziehen, meinte er sonntägliches Glockengeläut zu hören. Obwohl er sich seiner Sinnestäuschung bewußt war, hatte er zögernd seinen schwarzen Anzug angelegt und sich zum Gotteshaus begeben. Sein Fernbleiben von der Erntearbeit entschuldigte er vor seinem Gewissen damit, es sei seine Aufgabe nachzusehen, ob der Platz vor der Kirche aufs Beste für die Fremden aufgeräumt sei.

Er gestand sich nicht einmal selbst den Grund ein, der ihn zur Kirche trieb. Natürlich liegt es mir fern zu behaupten, alle Menschen, die an diesem Morgen dorthin kamen, seien auf merkwürdige Weise gerufen worden. Nein, so verhielt es sich nicht. Mehrere Frauen betreuten auf dem Friedhof, der das Gotteshaus umgab, die Gräber. Es war für die Bevölkerung jener Gegend bezeichnend, daß sie Blumen auf die Ruhestätten ihrer Lieben pflanzte, obschon diese mehr Pflege brauchten als die grünen Einfassungen, die sonst üblich sind. Nichts war also natürlicher, als daß die Frauen auf dem Friedhof nach dem Rechten sahen.

Die Leute auf den Feldern hatten beobachtet, daß die Kirche an diesem Morgen offen stand. Sie verließen ihre Arbeit und kamen herbei, um die Fremden und ihre Wagen zu betrachten. Der Schullehrer, wie die Leiterin des Kindergartens, die dicht am Friedhof wohnten, konnten es schon aus Anstand nicht unterlassen, sich für den Vortrag des berühmten Professors zu interessieren. So war es nicht weiter verwunderlich, daß viele Menschen vom gleichen Gedanken getrieben auf dem Platz vor der Kirche standen, als der Kirchenvorsteher erschien. Vielleicht erstaunte ihn dies, aber er empfand es angenehm. Niemand würde ihn tadeln, daß er sich mitten am Arbeitsmorgen frei gemacht hatte.

Kurz nach zehn Uhr fuhr ein elegantes Auto an der Kirche vor und hielt an der Friedhofsmauer. Die Insassen, eine feine ältere Dame, ihre Tochter und deren Mann gehörten nicht zu den Kursusteilnehmern. Sie befanden sich auf einer Autoreise durch Schweden und besuchten zufällig die Kirche, weil im Reiseführer so nachdrücklich auf sie hingewiesen war. Alle drei gingen auf die Kirche zu, doch das junge Paar hielt sich noch ein wenig bei den

Blumen auf den Gräbern und den Grabinschriften auf, so daß die Mutter allein in die Kirche kam.

Ich weiß nicht, mit welchen Gefühlen die Leute aus dem Kirchspiel, die ihre Kirche von Jugend an kennen, sie betreten. Falten sie die Hände und danken sie Gott, daß sie sein Wort in einem so herrlichen Gotteshaus hören dürfen? Sind ihnen Spitzbogen, Säulen und Wandgemälde so vertraut, daß sie sie kaum mehr sehen? Erfüllt sie noch Freude darüber, daß ihre Vorfahren Gott so inbrünstig liebten, daß sie ihm zu Ehren dieses wunderbare Haus erbauten? Fühlen sie noch etwas von der tiefen Ehrfurcht, die alle in einem Heiligtum überkommt, das ganz von Gottes Nähe erfüllt ist?

Als die alte Dame das Gotteshaus betrat, stockte ihr der Atem, sie erblaßte und drückte die Hand aufs Herz. Von außen betrachtet unterschied sich diese Kirche nicht wesentlich von anderen Landkirchen. Klein und weißgetüncht, mit Ziegeldach und glatten, geraden Mauern, stand sie unter den Bäumen. Vielleicht hatte sie bessere Proportionen, vielleicht war sie feiner und zierlicher als andere, aber nichts verriet die Schätze ihres Innern. Der Turm ragte so übermütig und kühn empor, als wolle er ein Loch in den Himmel bohren. Der Turm hätte die Dame auf das vorbereiten können, was sie im Kircheninnern erwartete. Aber sie hatte ihn nicht weiter beachtet, daher trat sie ganz unvorbereitet ein.

Die Kirche versetzte sie in einer einzigen Sekunde sechs bis sieben Jahrhunderte zurück, unmittelbar ins Mittelalter mit seinem mystischen Zittern vor dem göttlichen Richter, der den Sünder den Flammen der Hölle überläßt, gleichzeitig aber auch mit unendlicher Zuversicht und grenzenloser Liebe zu dem erlösenden Gott.

Die alte Dame glitt auf eine Bank, flüsterte vor sich hin »Hier wohnt Gott!« Bald darauf erschienen Schwiegersohn und Tochter und begannen sich mit dem Küster zu unterhalten. Er führte sie zu der schönen Kanzel aus dem Jahre 1500, zeigte ihnen das allzu neue Altarbild von 1796, die reichverzierten Messingleuchter, die von weißem Putz bedeckten und bei der Restaurierung 1911 wieder freigelegten Wandgemälde von 1500, Chorgestühl mit schönen Bildern, den Taufstein vom 15. Jahrhundert sowie ein großes Holzkreuz mit einem Christus.

Die Mutter ging schweigsam mit, ohne eine Frage zu stellen. Es ist seltsam, dachte sie, ich fühle Gottes Gegenwart, aber wo ist er? Sie wanderte von der Kanzel zum Taufstein, betrachtete die Wandgemälde, dachte: wo ist er? Wo ist der Allmächtige, zu dessen Ehren dies Haus gebaut wurde.

Der fröhliche und freundliche Küster unterließ es natürlich nicht zu erzählen, ein Professor für Kirchenkunst wolle mit seinen Hörern kommen und über die Kirche und ihre Kunstschätze eine Vorlesung halten. Im gleichen Augenblick, als er dies sagte, hörte man draußen das Hupen von Autos, das Geratter schwerer Wagen. »So ist es immer,« rief der Küster, »spricht man vom Troll, steht er schon da,« und eilte davon, um beide Flügel des Portals zu öffnen.

Tochter und Schwiegersohn schlugen vor, zu bleiben und den Vortrag anzuhören; die Mutter war gar nicht auf diesen Gedanken gekommen. Sie gehörte nicht zu den Menschen, die den Zufall beim Schopf packen, doch freute sie sich, hier bleiben zu können, denn in dieser alten grauen Kirche fühlte sie wieder ihr Leid.

Hier rührte sie, wie nie zuvor die Bitterkeit der Vergänglichkeit an.

Sie dachte an ihren Toten, wie er sich langsam in seinem Grab verwandelte. Sein Sein war erloschen, seine Züge lösten sich auf, seine Gestalt verschwunden.

Sie wußte, der Mensch, den sie geliebt hatte, existierte nicht mehr. Aber sie hatte sich noch nie den grausamen, furchtbaren Mächten der Vergänglichkeit und der Auflösung so nahe gefühlt wie hier.

Aber was bedeuteten Würmer, die den Körper verzehrten?

Was bedeuteten Hinterbliebene, die die irdische Hinterlassenschaft in alle vier Winde zerstreuten, im Vergleich zu den Gewalten, welche die Bestandteile des Menschen, sein Lachen, seine Sprache, seine Gedanken vernichteten?

Hier in dieser alten Kirche wohnten diese Mächte der Zerstörung, diese Geier, die die Seelen fraßen.

Die alte Dame fühlte sich unglücklich über das Ende aller Dinge. Eigentlich wäre sie jetzt lieber fortgegangen.

Um elf Uhr erschien endlich der Professor mit etwa dreißig Hörern, er bestieg die Kanzel, während diese sich in den darunterliegenden Bänken niederließen.

Sie waren natürlich nicht die einzigen Zuhörer. Außer ihnen strömte alles Volk, das draußen auf dem Platz vor dem Gotteshaus stand, herein, die Jugend, die gekommen war, um die Autos zu sehen, die alten Frauen, die die Gräber in Ordnung gebracht hatten, der Schullehrer und der Kirchenvorsteher. Als Letzter kam der arme Landstreicher, der sich mit dem verlorenen Sohn verglichen hatte, in die Kirche. Er war neugierig, was hier, mitten am Werktag, vor sich ging. Um Predigt und Choralsingen konnte es sich ja kaum handeln. Die meisten Leute trugen ihre Arbeitskleider, waren nicht feiner als er.

Die Kirche war keineswegs voll, aber der arme Wanderer blieb für alle Fälle weit entfernt vom Altar in einer Ecke stehen, in der man die schöne Bank aus dem Chor, das große Kruzifix und den Taufstein untergebracht hatte. Der arme Landstreicher lehnte an einen Pfeiler. Der Küster beobachtete ihn die ganze Zeit, so daß er nicht wußte, ob er sich wohl setzen dürfe. In einer Kirche blieb man gewiß auch am besten stehen, dachte er und fühlte sich sehr unsicher.

Von dem Vortrag, den der Professor auf der Kanzel hielt, verstand der arme Landstreicher nicht das Geringste. Er sah, daß der Redner bald auf einen mehrkantigen Pfeiler deutete, bald auf den Fußboden, dann wieder auf das Gebälk der Kuppel. Daraus schloß er, daß der Professor über die Kirche sprach, mehr aber begriff er nicht.

Er hatte vorgehabt, sich nur ein paar Augenblicke hier aufzuhalten. Aber er blieb. Zuerst eigentlich um den Küster zu ärgern, der kein Auge von ihm wandte, ihn sicher am liebsten bei den Schultern gepackt und hinausbefördert hätte. Dann aber nahm ihn etwas so gefangen, daß er sich nicht mehr losreißen konnte. Er vergaß sich und alles, starrte nur auf das große hölzerne Kruzifix, das zwischen anderen Reliquien in der Ecke hing, in der er stand.

»Dem Armen dort geht es auch schlecht«, dachte er.

Der arme Landstreicher wußte genau, wer dort am Kreuz hing. Ich könnte mir vorstellen, der Anblick eines gemalten Christus am Kreuz hätte ihn lange nicht so angerührt, wie dieser geschnitzte und bemalte Körper, der an Händen und Füßen mit Nägeln ans Kreuz geschlagen war. Die Vorstellung dort mit dem ganzen Körpergewicht an den blutenden Wunden zu hängen, ergriff ihn weit mehr. Doch damit nicht genug: nicht nur der Eindruck, daß diese Gestalt wirklich lebte und litt, fesselte den Landstreicher. Es erschütterte ihn noch mehr, daß sie ihm zu gleichen schien. Die Gestalt des Gekreuzigten war alles andere als schön, aber sie glich ihm.

»Du lieber Gott,« murmelte er, »hat er nicht Ähnlichkeit mit mir?«

Er begann zu vergleichen, betrachtete die große Nase, die eingefallenen Wangen, das stark vorspringende Kinn. Nie zuvor war es ihm in den Sinn gekommen, daß er Jesus gleichen könne, dem gleichen Jesus, mit dem man ihn in der Schule und im Konfirmationsunterricht geplagt hatte.

Ein Gefühl von Verbundenheit bemächtigte sich seiner.

Er versuchte sich vorzustellen, er selbst hinge dort am Kreuz. Die Tränen kamen ihm beim Gedanken, wie sehr er leiden müßte. –

Ich weiß nicht, ob die Einheimischen es spürten. Es lag an diesem Tag eine ganz besondere Stimmung über ihrer Kirche, etwas Beängstigendes. Es war, als könne eine grausige Totenhand von unten her gegen den Fußboden klopfen, eine Steinplatte heben. Ebensogut konnte sich etwas anderes Schreckliches ereignen. Die einheimische Bevölkerung war zu sehr mit ihrer Kirche vertraut, um sich vor Gespenstern zu fürchten. Die Fremden und Kursteilnehmer hingegen empfanden sehr deutlich, daß sie sich hier in dieser Landkirche zwischen Wirklichkeit und Unwirklichkeit befanden.

Sie waren weder hellseherisch noch übertrieben religiös, setzen sich, wie dies immer bei Sommerkursen ist, aus den verschiedensten Elementen zusammen. Die meisten waren Lehrer und Lehrerinnen, die nicht die ganzen Ferien faulenzen wollten. Außerdem befanden sich einige tüchtige Landfrauen unter ihnen, die eine Restaurierung ihrer heimatlichen Kirche planten, sowie verschiedene junge Künstler, Maler, Bildhauer, Architekten und Kunstweber.

Sie alle unterlagen der Verzauberung, die die Kirche ausübte. So spürten sie, wie die Kirche, die an sich ganz klein war, nicht mehr als acht Säulen besaß, seltsam um sie her wuchs, so daß Pfeiler hinter Pfeiler, Wölbung hinter Wölbung auftauchten. Die Mauern verschwanden, gaben den Blick frei in einen anderen Tempel, den der Unendlichkeit.

Der vortragende Professor auf der Kanzel spürte auch die sonderbare Atmosphäre. Es kam Leben in seinen Vortrag. Heilige Geheimnisse, die er erklärte, wurden Wirklichkeit.

Als er über die alten Sitten und Symbole sprach, empfand er, hier in dieser Kirche bedeuteten sie nicht nur Zeichen, sondern das Notwendige und Wirkliche.

Er brachte den Zuhörern dieses Einst so nahe, als ruhe es nicht nur in der Vergangenheit, sondern als sei es gegenwärtig, heilig, verborgen und gefährlich. Der arme Landstreicher war eine ganze Weile versunken in den Anblick des Kruzifixes dagestanden, nun schreckte er auf. Er hatte plötzlich einige Worte des Vortrags verstanden.

»Jener Mauerbogen dort im Chor wurde Triumphbogen genannt«, hatte der Professor gesagt, »und das Bild des Gekreuzigten hing im Mittelalter fast immer oben im Gewölbe.« Bei diesen Worten lehnte sich der Redner über die Kanzel und betrachtete sehr interessiert eine der Säulen.

»In einer Kirche wie dieser, die immer wieder umgebaut und geändert wurde, kommen stets Unregelmäßigkeiten vor,« fuhr der Professor fort. »Ursprünglich hing das Kreuz nicht in der Kuppel, sondern an jenem Pfeiler. Sie können den Eisenhaken noch dort unter dem Kapitell sehen.«

Eine heftige Bewegung entstand. Alle wandten sich, um den Pfeiler mit dem Eisenhaken zu betrachten. Gleichzeitig bewegte alle die gleiche Frage: wo ist das Kreuz?

»Das Kreuz«, antwortete der Redner, als habe er ihre Gedanken gelesen, »wurde während der Restauration fortgestellt. Vielleicht ist es ein kleines Kunstwerk, vielleicht ist es morsch und zerfallen. Aber es würde mich wundern, fände sich in jener Ecke nicht noch ein Teil dieses Kreuzes.«

Er wies dorthin, wo man die alten Schätze der Kirche zusammengetragen hatte. Der Professor sprach nur eine Vermutung aus, denn eine Säule stand zwischen ihm und jener Ecke, hinderte seinen Blick.

Die Einheimischen wußten natürlich, daß sich das Kruzifix dort befand, sahen aber keine Veranlassung den Redner aufzuklären. Die Kursteilnehmer sahen sich zwar um, aber auch ihren Blick hielt die Säule auf.

Niemand wollte den Vortragenden stören, jeder dachte: das werden wir feststellen, wenn der Vortrag zu Ende ist.

Aber er erfuhr eine plötzliche Unterbrechung: ein armer Wanderbursche, ein ganz zerlumpter Kerl, sprang heftig gestikulierend aus eben jener Ecke hervor. Er lief so weit nach vorne, daß der Redner auf der Kanzel ihn sah, deutete dabei stumm auf die Wand hinter sich. Der Professor unterbrach seine Rede, beugte sich so weit zurück, daß er sehen konnte, daß das, auf was der alte Mann aufmerksam machte, ein großes Kruzifix war.

»Seht«, rief er freudig bewegt, »ich hatte recht, das alte Kruzifix hängt wirklich noch dort.«

Unruhe entstand. Die Zuhörer erhoben sich von ihren Plätzen, reckten sich, versuchten das alte Kruzifix zu entdecken. Aber es wurde schnell wieder still, so daß der Redner seinen Vortrag fortsetzen konnte.

Doch er sprach ganz anders weiter, als die Zuhörer es erwarteten.

»Wie ich sehe«, sagte er, »sind viele Leute aus dem Ort hier. Ich möchte jemand unter ihnen bitten, sich mit der Kirchengemeinde ins Benehmen zu setzen, ob sie gestattet, daß das ehrwürdige Kruzifix wieder seinen alten Platz an jenem Pfeiler einnehmen darf.«

Der Professor wollte wieder in seinem Vortrag fortfahren, aber dies war nicht mehr möglich. Denn alle Menschen erhoben sich, winkten, machten erregte Gebärden, einige drängten aus den Bänken.

Ein Raunen ging durch das Kirchenschiff: »Jetzt, jetzt soll das Kreuz aufgehängt werden. Jetzt. Nicht später!«

Ein Mann erhob sich aus den Bänken, in denen die Einheimischen saßen. Es war ein großer, würdiger Mann.

»Einige Mitglieder unseres Kirchenvorstandes sind anwesend«, sagte er. »Wir sind damit einverstanden, daß das Kruzifix jetzt auf der Stelle an seinen alten Platz zurückkommt.«

Nun drängte die ganze Versammlung in jene Ecke, in der das Kreuz hing. Allen voran der arme Landstreicher. Er kletterte auf die Rückenlehne einer Kirchenbank, griff nach dem Kreuz, um es herunterzunehmen. Wie leicht hätte ein Unglück passieren können, wäre ihm dies gelungen. Doch nun eilten Küster und Kirchenpfleger herbei, ergriffen das Kreuz mit kräftigen Händen. Es war kein übermäßig großes Kreuz, auch kein übermäßig großer und schwerer Christus, zwei Männer konnten es leicht tragen. Andere drängten herbei, um das Kreuz tragen zu helfen. Alle stürzten vorwärts, versuchten Beistand zu leisten.

Ach, wie sehr alle plötzlich das alte, vielhundertjährige Kruzifix liebten. Wie liebten sie ihn, der am Kreuze hing!

Welch ein Glück, welche Erlösung, ihn nun an den ihm zukommenden Platz, seinem Ehrenplatz, mitten in der Kirche, zurücktragen zu dürfen. Wie sehr verdiente er es, dort zu hängen, er, der den Tod am Kreuze erlitten hatte.

Das Kreuz hatte man schon abgenommen, als der Professor herbeikam. Er beugte sich über das Kreuz, aber nicht um es zu untersuchen, vielmehr voller Freude darüber, daß es nun so behandelt wurde, wie es ihm zukam.

Zu seinem ursprünglichen Platz, zu dem man das Kruzifix trug, waren es nur einige Schritte. Dabei ereignete sich etwas Wunderschönes. Ein junger Geistlicher aus der Gruppe der Kursteilnehmer eilte herbei, ging den Trägern voran und begann »O Lamm Gottes, unschuldig« anzustimmen.

Dies geschah ganz spontan, es bildete sich eine Prozession. Sie bestand aus dem jungen singenden Geistlichen und den Einheimischen, die seit jeher zu Kirche und Kruzifix gehört hatten. An den Gängen, die sie durchzogen, stand die übrige Versammlung.

Wiederum ereignete sich etwas sehr Schönes. Die feine alte Dame, die vorhin mit ihrem Wagen an der Kirche vorgefahren war, fiel auf die Knie. Der Gott, der an ihr vorbeizog, berührte ihre Stirne, so daß sie in die Knie sank.

Nun knieten alle, außer jenen, die in der Prozession mitgingen. Sie knieten, weil der Gekreuzigte vorbeigetragen wurde. Er, der um ihretwillen den Tod des Kreuzes für sie gelitten hatte. Er, der sie liebte und den sie liebten.

Gesang erfüllte die Kirche. Das Gesicht des jungen Geistlichen, der der Prozession voranschritt, war vor innerer Bewegung blaß. Er sang von Christi Leiden.

Alle wurden ergriffen und weinten über den Geliebten, der arm und verachtet gewesen war und noch nach dem Tod Schimpf erleiden mußte.

Aber nun sollte er endlich erhöht werden.

Die Menschen in der Kirche waren zwar anwesend, waren aber nicht sie selbst, sondern vielleicht Joseph von Arimathia oder Nikodemus oder der römische Hauptmann, der Zeuge von Jesus Tod gewesen war.

Oder sie waren die Frauen, die unter dem Kreuz gestanden hatten, als Christus Todespein litt, oder Petrus, der ihn verleugnete, oder Johannes, der Jünger, den der Herr lieb hatte.

Oder verkörperten sie den verlorenen Sohn, den reichen Jüngling, das kanaanäische Weib, den barmherzigen Samariter? Wer wußte es? Sie hatten alle im Land und zur Zeit des Heilands gelebt.

Und nun trugen sie ihn vorbei, den Gekreuzigten. Mußten sie da nicht weinen? Sie hatten ihn auf den Straßen Jerusalems und am See Genezareth gesehen. Sie waren blind gewesen, er hatte sie geheilt. Sie waren betrübt gewesen, er hatte sie mit dem Wasser des Lebens erquickt. Mußten sie nicht weinen?

Sie sahen durch einen Schleier, wie das Kruzifix an seinem Platz befestigt wurde. Freude, die einzige Freude dieses Augenblicks, erfüllte sie. Der Geliebte war erhöht, er war nicht tot, sondern Gottes Sohn, der Himmel und Erde regierte.

Unendliche Freude, unendliche Dankbarkeit ging durch sie hin. Den sie liebten, war Gottes Sohn. Die Schmach war von ihm genommen.

Der Gesang erstarb, die Knienden erhoben sich. Sie waren nicht mehr Menschen aus dem Lande Judäa, die Kirche war nicht mehr Golgatha. Nun waren sie wieder ganz gewöhnliche schwedische Menschen.

Sie sahen einander an, sie fragten einander mit Blicken, was ihnen geschehen war.

Sie wußten es. Gottes Geist, der Geist, der die Propheten in die Zukunft schauen läßt, den Willen des Menschen niederbeugt wie ein schwankes Rohr, hatte sie berührt.

Und sie dachten: wir sind vor Gottes Angesicht gestanden, wir haben das große Abendmahl gefeiert. Unser Innerstes tat sich auf und wurde eins mit Gott.

Ein Weihnachtsgast

Einer von denen, die das Kavaliersleben auf Ekeby genossen hatten, war der kleine Ruster, der Noten transponieren und Flöte spielen konnte. Er war niedriger Herkunft und arm, ohne Heim und ohne Familie. Als die Schar der Kavaliere sich zerstreute, brachen schwere Zeiten für ihn an.

Nun hatte er kein Pferd und keinen Wagen mehr, keinen Pelz und keine rotgestrichene Proviantkiste. Er mußte zu Fuß von Gehöft zu Gehöft ziehen und trug seine Habseligkeiten in ein blaukariertes Taschentuch eingebunden. Den Rock knöpfte er bis zum Kinn hinauf zu, so daß niemand sehen konnte, wie es um das Hemd und die Weste bestellt war, und in dessen weiten Taschen verwahrte er seine kostbarsten Besitztümer: die auseinandergeschraubte Flöte, die flache Schnapsflasche und die Notenfeder.

Sein Beruf war, Noten abzuschreiben, und wenn alles gewesen wäre wie in alten Zeiten, so hätte es ihm nicht an Arbeit gefehlt. Aber mit jedem Jahre, das verging, wurde die Musik oben in Värmland weniger gepflegt. Einstweilen wurde er noch als alter Freund auf den Herrenhöfen aufgenommen, aber man jammerte, wenn er kam, und freute sich, wenn er ging. Er roch nach Branntwein, und sobald er ein paar Schnäpse oder einen Toddy bekommen hatte, wurde er wirr und erzählte unerquickliche Geschichten. Er war die Geißel der gastfreien Gutshöfe.

Einmal kam er um die Weihnachtszeit nach Löfdala, wo Liljekrona, der große Violinspieler, daheim war. Liljekrona war auch einer der Ekebykavaliere gewesen, aber nach dem Tode der Majorin zog er auf sein prächtiges Gut Löfdala und blieb dort. Nun kam Ruster in den Tagen vor dem Weihnachtsabend zu ihm, störte die Festvorbereitungen und verlangte Arbeit. Liljekrona gab ihm einige Noten abzuschreiben, um ihn zu beschäftigen.

»Du hättest ihn lieber gleich fortschicken sollen«, sagte seine Frau, »jetzt wird er das so in die Länge ziehen, daß wir ihn über den Heiligen Abend hierbehalten müssen.«

»Irgendwo muß er doch sein«, sagte Liljekrona. Und er bewirtete Ruster mit Toddy und Branntwein, leistete ihm Gesellschaft und sprach die ganze Ekebyer Zeit noch einmal mit ihm durch. Aber er war verstimmt und seiner überdrüssig, er wie alle die andern, obgleich er es nicht merken lassen wollte, denn alte Freundschaft und Gastlichkeit waren ihm heilig. Aber in Liljekronas Haus hatten sie sich nun drei Wochen lang für das Weihnachtsfest gerüstet. Sie hatten in Unbehagen und Hast gelebt, sich die Augen bei Talglichtern und Kienspänen verdorben, im Schuppen beim Fleischeinsalzen und im Bräuhaus beim Bierbrauen gefroren. Doch die Hausfrau wie die Dienstleute hatten sich allem ohne Murren unterzogen.

Wenn alle Verrichtungen beendet waren und der Heilige Abend anbrach, dann würde ein großer Zauber sie gefangen nehmen. Am Weihnachtsfest würde ihnen Scherz und Spaß, Reim und Fröhlichkeit ohne alle Mühe über die Lippen kommen. Alle würden sich mit Lust im Tanze drehen, und aus den dunklen Winkeln der Erinnerung würden die Worte und Melodien der Tanzspiele auftauchen, obgleich man gar nicht glauben konnte, daß sie noch immer da waren. Und dann würden sie alle so gut sein, so gut!

Aber als nun Ruster kam, fand der ganze Haushalt von Löfdala, daß Weihnachten verdorben war. Die Hausfrau und die ältern Kinder und treuen Diener waren alle derselben Meinung. Ruster versetzte alle in lähmende Angst. Sie fürchteten überdies, daß, wenn er und Liljekrona anfingen, sich in den alten Erinnerungen zu ergehen, das Künstlerblut in dem großen Violinspieler aufflammen würde und sein Heim ihn verlieren mußte. Einst hatte es ihn nie lange daheim gelitten.

Es läßt sich nicht beschreiben, wie sie jetzt auf dem Hofe den Hausherrn liebten, seitdem er ein paar Jahre bei ihnen geblieben war. Und was hatte er zu geben, besonders an Weihnachten! Er hatte seinen Platz nicht auf irgendeinem Sofa oder Schaukelstuhl, sondern auf einer hohen, schmalen, glattgescheuerten Holzbank in der Kaminecke. Wenn er dort saß, dann zog er auf Abenteuer aus. Er fuhr rings um die Erde, er stieg zu den Sternen und noch höher empor. Er spielte und sprach abwechselnd, und alle Hausleute versammelten sich um ihn und hörten zu. Das ganze Leben wurde glanzvoll und schön, wenn der Reichtum dieser einzigen Seele es überstrahlte.

Darum liebten sie ihn, so wie sie das Weihnachtsfest, die Freude, die Frühlingssonne liebten. Und als nun der kleine Ruster kam, war ihr Weihnachtsfriede zerstört. Sie hatten vergeblich gearbeitet, wenn dieser kam und den Herrn des Hauses fortlockte. Es war ungerecht, daß dieser Säufer am Weihnachtstische eines frommen Hauses sitzen und alle Weihnachtsfreude stören sollte.

Am Vormittag des Weihnachtsabends hatte der kleine Ruster seine Noten fertiggeschrieben, und da sprach er von Fortgehen, obgleich es natürlich seine Absicht war, zu bleiben.

Liljekrona war von der allgemeinen Verstimmung angesteckt und sagte darum gezwungen und matt, daß es wohl das beste wäre, wenn Ruster über Weihnachten da bliebe, wo er war.

Der kleine Ruster war stolz und leicht entflammt. Er drehte seinen Schnurrbart auf und schüttelte die schwarze Künstlermähne, die gleich einer dunklen Wolke um seinen Kopf stand. Was meinte Liljekrona eigentlich? Er sollte bleiben, weil er an keinen anderen Ort fahren konnte? Ah, man denke nur, wie sie in den großen Eisenwerken im Broer Kirchspiel standen und auf ihn warteten! Die Gaststube war bereit, der Willkommensbecher gefüllt. Er hatte solche Eile. Er wußte nur nicht, zu wem er zuerst fahren sollte. »Gott bewahre«, sagte Liljekrona, »so fahre doch.« Nach dem Mittagessen lieh sich der kleine Ruster Pferd und Schlitten, Pelz und Dekken. Der Knecht von Löfdala sollte ihn zu irgendeinem Gutshof in Bro kutschieren und dann rasch heimfahren, denn es sah nach einem Schneesturm aus.

Niemand glaubte, daß er erwartet wurde oder daß es ein einziges Haus in der Umgegend gab, wo er willkommen gewesen wäre. Aber sie wollten ihn so gerne los werden, daß sie sich dies verhehlten und ihn ziehen ließen. »Er hat es selbst gewollt«, sagten sie. Und nun, dachten sie, wollten sie fröhlich sein. Aber als sie sich gegen fünf Uhr im Eßsaal versammelten, um Tee zu trinken und um den Christbaum zu tanzen, schwieg Liljekrona verstimmt. Er setzte sich nicht auf die Märchenbank, er berührte weder Tee noch Punsch, er erinnerte sich an keine Polka, die Violine war ihm verleidet. Wer spielen und tanzen konnte, mochte es ohne ihn tun.

Da wurde die Gattin unruhig, da wurden die Kinder mißvergnügt, alles im ganzen Hause ging verkehrt. Es wurde der allertraurigste Weihnachtsabend.

Die Grütze brannte an, die Lichter flackerten, das Holz rauchte, der Wind blies bittere Kälte in die Stuben. Der Knecht, der Ruster kutschiert hatte, kam nicht heim. Die Haushälterin weinte, die Mägde zankten.

Plötzlich erinnerte sich Liljekrona, daß man den Spatzen keine Garbe hinausgehängt hatte, und er beklagte sich laut über alle Frauen rings um ihn, die alte Sitten außer acht ließen und neumodisch und herzlos waren. Aber sie begriffen wohl, daß ihn Gewissensbisse quälten, weil er den kleinen

Ruster am heiligen Weihnachtsabend aus einem Hause hatte fortgehen lassen.

Und ehe man sich's versah, ging Liljekrona in sein Zimmer, versperrte die Tür und begann zu spielen, wie er nicht gespielt, seit er zu wandern aufgehört hatte. Es war Haß und Hohn, es war Sehnsucht und Sturm. Ihr dachtet mich zu binden, aber ihr müßt eure Fesseln umschmieden. Ihr dachtet mich so kleinmütig zu machen, wie ihr selbst seid. Aber ich ziehe hinaus ins Große, ins Freie. Alltagsmenschen, Haussklaven, fanget mich, wenn es in eurer Macht steht! Als die Gattin diese Töne hörte, sagte sie: »Morgen ist er fort, wenn Gott nicht in dieser Nacht ein Wunder tut. Jetzt hat unsre Ungastlichkeit gerade das hervorgerufen, was wir vermeiden wollten.«

Inzwischen fuhr der kleine Ruster durch das Schneetreiben. Er zog von einem Hause zum andern und fragte, ob es Arbeit für ihn gäbe, aber nirgends wurde er aufgenommen. Sie forderten ihn nicht einmal auf, aus dem Schlitten zu steigen. Einige hatten das Haus voll Besuch, andere wollten am Weihnachtstage über Land fahren. »Versuche es beim nächsten Nachbar«, sagten sie alle.

Er mochte immerhin kommen und das Behagen von ein paar Werktagen stören, nicht aber das des Weihnachtsabends. Das Jahr hatte nur einen Weihnachtsabend, und auf den hatten sich die Kinder den ganzen Herbst über gefreut. Man konnte doch diesen Menschen nicht an einen Weihnachtstisch setzen, wo es Kinder gab. Früher hatten sie ihn gern aufgenommen, aber nicht jetzt, wo er trank. Was sollte man auch mit dem Menschen anfangen? Die Gesindestube war zu schlecht und das Gastzimmer zu fein.

So mußte der kleine Ruster von Hof zu Hof ziehen, in dem peitschenden Schneesturm. Der nasse Schnurrbart hing schlaff über den Mund, die Augen waren blutunterlaufen und verschleiert, aber der Branntwein verflüchtigte sich aus seinem Hirn. Ruster begann zu grübeln und zu staunen. War es möglich, war es möglich, daß niemand ihn aufnehmen wollte? Da sah er mit einem Male sich selbst. Er sah, wie jämmerlich und verkommen er war, und er begriff, daß er den Menschen verhaßt sein mußte. Mit mir ist es aus, dachte er. Es ist aus mit dem Notenschreiben, es ist aus mit der Flöte. Niemand auf Erden braucht mich, niemand hat Barmherzigkeit mit mir. Der Schneesturm pfiff und spielte, er riß die Schneehaufen auf und türmte sie wieder zusammen, er nahm eine Schneesäule in die Arme und tanzte damit übers Feld, er hob eine Flocke himmelhoch und stürzte eine andere in eine Grube. »So ist es, so ist es«, sagte der kleine Ruster, »solange man fährt und tanzt, ist es ein fröhliches Spiel, doch wenn man hinab in die Erde soll, dort eingebettet und verwahrt werden, dann ist es Kummer und Leid.« Doch hinab mußten alle, und jetzt war er an der Reihe. Er war am Ende.

Er fragte nicht mehr danach, wohin der Knecht ihn führte. Er glaubte, daß er in das Reich des Todes fuhr.

Der kleine Ruster verbrannte keine Götter auf dieser Fahrt. Er verfluchte weder das Flötenspiel noch das Kavaliersleben, er dachte nicht, daß es besser für ihn gewesen wäre, wenn er die Erde gepflügt oder Schuhe genäht hätte. Aber darüber klagte er, daß er nun ein ausgespieltes Instrument war, das die Freude nicht mehr gebrauchen konnte. Niemanden klagte er an, denn er wußte, wenn das Waldhorn gesprungen ist und die Gitarre ihre Stimme verloren hat, dann müssen sie fort. Er wurde plötzlich ein sehr demütiger Mensch. Er begriff, daß es mit ihm zu Ende ging, jetzt am Weihnachtsabend. Der Hunger oder die Kälte würden ihn umbringen, denn er verstand nichts, er taugte zu nichts und hatte keine Freunde. Da bleibt der Schlitten stehen, und auf einmal ist es hell um ihn, und er hört freundliche Stimmen, und da ist jemand, der ihn in ein warmes Zimmer führt, und jemand, der ihm heißen Tee bringt. Der Pelz wird ihm abgenommen, und mehrere Menschen rufen, daß er willkommen ist, und warme Hände bringen Leben in seine erstarrten Finger.

Von alledem wurde ihm so wirr im Kopfe, daß er wohl eine Viertelstunde nicht zur Besinnung kam. Er konnte unmöglich begreifen, daß er wieder nach Löfdala gekommen war. Er war sich gar nicht bewußt gewesen, daß der Knecht es satt bekommen hatte, im Schneesturm herumzufahren, und nach Hause umgekehrt war.

Ebensowenig verstand er, warum er jetzt in Liljekronas Haus so freundlich empfangen wurde. Er konnte nicht wissen, daß Liljekronas Gattin begriff, welche schwere Fahrt er an diesem Weihnachtsabend gemacht hatte, wo er an jeder Tür, an die er geklopft hatte, abgewiesen worden war. Sie hatte so großes Mitleid mit ihm bekommen, daß sie ihre eigenen Sorgen vergaß.

Liljekrona setzte das wilde Spielen in seinem Zimmer fort. Er wußte nichts davon, daß Ruster gekommen war. Dieser saß indessen mit der Frau und den Kindern im Speisesaal. Die Dienstleute, die am Weihnachtsabend auch da zu sein pflegten, waren vor der Langweile bei der Herrschaft in die Küche geflüchtet.

Die Hausfrau versäumte nicht, Ruster zu beschäftigen. »Sie hören ja,

Ruster«, sagte sie, »daß Liljekrona den ganzen Abend nur spielt, und ich muß mich um das Tischdecken und das Essen kümmern. Die Kinder sind ganz verlassen. Sie müssen sich der zwei Kleinsten annehmen, Ruster.«

Kinder, das war ein Menschenschlag, mit dem Ruster am wenigsten in Berührung gekommen war. Er hatte sie weder im Kavaliersflügel noch im Soldatenzelt getroffen, weder in Gasthöfen noch auf Landstraßen. Er scheute sich beinahe vor ihnen und wußte nicht, was er sagen sollte, das fein genug für sie war.

Er nahm die Flöte hervor und lehrte die Kinder, Klappen und Löcher mit den Fingern zu bedienen. Es waren zwei Knaben im Alter von vier und sechs Jahren. Sie bekamen eine Lektion auf der Flöte, und das interessierte sie sehr. »Das ist A«, sagte er, »und das ist C«, und dann griff er die Töne. Da wollten die Kleinen wissen, was das für ein A und was für ein C das war, das gespielt werden sollte.

Da nahm Ruster Notenpapier heraus und zeichnete ein paar Noten.

»Nein«, sagten sie, »das ist nicht richtig.« Und sie eilten fort und holten ein Abc-Buch.

Da fing der kleine Ruster an, sie das Alphabet abzuhören. Sie konnten und konnten es nicht. Es sah windig aus mit ihren Kenntnissen. Ruster wurde eifrig, hob die Knirpschen auf seine Knie und begann sie zu unterrichten. Liljekronas Frau ging aus und ein und hörte ganz erstaunt zu. Es klang wie ein Spiel, und die Kinder lachten, aber sie lernten dabei.

Ruster fuhr ein Weilchen fort, aber er war nicht recht bei dem, was er tat. Er wälzte die alten Gedanken, die er im Schneesturm gehabt hatte, in seinem Kopfe. Hier war es gut und behaglich, aber mit ihm war es doch auf jeden Fall aus. Er war verbraucht. Er würde fortgeworfen werden. Und urplötzlich schlug er die Hände vors Gesicht und begann zu weinen.

Da kam Liljekronas Frau hastig auf ihn zu.

»Ruster«, sagte sie, »ich kann verstehen, daß Sie glauben, für Sie sei alles aus. Sie haben kein Glück mit der Musik, und Sie richten sich durch den Branntwein zugrunde. Aber es ist noch nicht aus, Ruster.«

»Doch«, schluchzte der kleine Flötenspieler.

»Sehen Sie, so wie heute abend mit den Kleinen dazusitzen, das wäre etwas für Sie. Wenn Sie die Kinder lesen und schreiben lehren wollten, dann würden Sie wieder überall willkommen sein. Das ist kein geringeres Instrument, um darauf zu spielen, Ruster, als Flöte und Violine. Sehen sie sie an, Ruster!«

Sie stellte die zwei Kleinen vor ihn hin, und er sah auf, blinzelnd, so, als hätte er in die Sonne gesehen. Es war, als fiele es seinen kleinen trüben Augen schwer, denen der Kinder zu begegnen, die groß und klar und unschuldig waren.

»Sehen Sie sie an, Ruster!« ermahnte Liljekronas Frau.

»Ich getraue mich nicht«, sagte Ruster, denn es schien ihm wie ein Fegefeuer, in den Kinderaugen die Schönheit der Unschuld zu schauen.

Da lachte Liljekronas Frau hell und froh auf. »Dann sollen Sie sich an sie gewöhnen, Ruster. Sie sollen dieses Jahr als Schulmeister bei uns bleiben.«

Liljekrona hörte seine Frau lachen und kam aus seinem Zimmer.

»Was gibt es?« sagte er. »Was gibt es?«

»Nichts anderes«, antwortete sie, »als daß Ruster wiedergekommen ist, und daß ich ihn zum Schulmeister für unsere kleinen Jungen bestellt habe.«

Liljekrona war ganz verblüfft. »Wagst du das«, sagte er, »wagst du es? Er hat wohl versprochen, nie mehr ...«

»Nein«, sagte die Frau, »Ruster hat nichts versprochen. Aber er wird sich vor mancherlei in acht nehmen müssen, wenn er jeden Tag kleinen Kindern in die Augen sehen soll. Wäre es nicht Weihnachten, hätte ich dies vielleicht nicht gewagt, aber wenn unser Herrgott es wagte, ein kleines Kindlein, das sein eigener Sohn war, unter uns Sünder zu setzen, dann kann ich es wohl auch wagen, meine kleinen Kinder versuchen zu lassen, einen Menschen zu retten.«

Liljekrona konnte gar nicht sprechen, aber es zitterte und zuckte in jeder Falte seines Gesichts, wie immer, wenn er etwas Großes hörte.

Dann küßte er seiner Frau die Hand, so fromm wie ein Kind, das um Verzeihung bittet, und rief laut: »Alle Kinder sollen kommen und Mutter die Hand küssen.«

Das taten sie, und dann hatten sie ein fröhliches Weihnachtsfest in Liljekronas Heim.

Die Vogelfreien

Ein Bauer, der einen Mönch ermordet hatte, floh in den Wald und wurde geächtet. In der Wildnis fand er einen anderen friedlosen Mann, einen Fischer von den äußersten Schären, der beschuldigt war, ein Heringsnetz gestohlen zu haben. Diese beiden taten sich zusammen, wohnten in einer Erdhöhle, legten Fallen, schnitzten Pfeile, buken Brot auf einem Stein und wachten gegenseitig über ihr Leben. Der Bauer verließ den Wald niemals, aber der Fischer, der kein so furchtbares Verbrechen begangen hatte, nahm zuweilen die erlegten Tiere über die Schultern und schlich sich zu den Menschen hinunter. Da bekam er für den schwarzen Auerhahn und das blauglänzende Birkhuhn, für den langohrigen Hasen und das feingliedrige Reh Milch und Butter, Pfeile und Kleider. So war es den Friedlosen möglich, ihr Leben zu fristen.

Die Höhle, in der sie hausten, war in einen Hügelabhang gegraben. Breite Steinplatten und dornige Schlehenbüsche deckten den Eingang. Auf dem Dach stand eine Tanne. An ihrer Wurzel war der Schornstein der Erdhöhle. Der emporsteigende Rauch wurde durch die dichten nadelreichen Zweige des Baumes gesiebt und verschwand unmerklich in der Luft.

Die Männer pflegten von und zu ihrer Wohnstatt zu gehen, indem sie den Waldbach durchwateten, der unter dem Bergabhang entsprang. Niemand suchte die Spur der Friedlosen unter dem rieselnden Wasser. Anfangs wurden sie gejagt wie wilde Tiere. Die Bauern versammelten sich wie zur Treibjagd auf Bär und Wolf. Der Wald wurde von Bogenschützen umringt, Lanzenträger gingen dort umher und ließen keine dunkle Kluft, kein dichtes Gestrüpp unerforscht. Während die lärmende Treibjagd durch den Wald zog, lagen die Vogelfreien in ihrer dunklen Höhle atemlos lauschend, vor Angst keuchend. So hielt es der Fischer einen ganzen Tag aus; er aber, der gemordet hatte, wurde von unerträglicher Angst ins Freie getrieben, wo er seinen Feind sehen konnte. Da wurde er entdeckt und gejagt, aber dies schien ihm tausendmal besser, als in ohnmächtiger Untätigkeit still dazuliegen. Er entfloh seinen Verfolgern, rutschte über Abhänge, sprang über Ströme, erkletterte kerzengerade Felswände. Alle verborgene Kraft und

Geschicklichkeit in ihm wurde von der Gefahr hervorgelockt. Sein Körper war elastisch wie eine Stahlfeder, der Fuß sprang nicht fehl, die Hand ließ nicht locker, Augen und Ohren beobachteten doppelt so scharf als sonst. Er verstand das Flüstern des Laubes und die Warnungen der Steine. Wenn er eine Anhöhe erklettert hatte, wendete er sich gegen seine Verfolger und sandte ihnen Spottlieder mit beißenden Reimen nach. Wenn die sausenden Lanzen zischten, packte er sie blitzschnell und warf sie auf die Feinde hinab. Wenn er sich zwischen peitschenden Zweigen durchdrängte, sang jemand in seinem Innern ein Loblied auf seine Großtaten.

Mitten im Wald war ein kahler Bergrücken, und einsam auf seiner Höhe stand eine himmelhohe Föhre. Der braunrote Stamm war kahl, aber in der astreichen Krone wiegte sich der Raubvogelhorst. So tollkühn war jetzt der Fliehende, daß er dort hinaufkletterte, während die Verfolger ihn auf den bewaldeten Abhängen suchten. Da saß er und drehte den Jungen des Sperbers den Hals um, während tief unter ihm die Jagd dahinzog. Sperber und Sperberweibchen schossen voll Rachgier auf den Räuber hinab. Sie flatterten um sein Gesicht, sie richteten die Schnäbel auf seine Augen, sie schlugen ihn mit den Flügeln und kratzten mit den Klauen blutige Streifen in seine wettergebräunte Haut. Lachend kämpfte er gegen sie an. In dem schwankenden Neste aufrechtstehend, hackte er mit seinem scharfen Messer nach ihnen und vergaß über der Lust des Spieles die Lebensgefahr und die Verfolger. Als er Zeit fand, sich nach ihnen umzusehen, hatten sie sich nach einer anderen Richtung entfernt. Niemandem war es in den Sinn gekommen, die Jagdbeute auf dem kahlen Bergrücken zu suchen. Keiner hatte den Blick zu den Wolken erhoben, um ihn Knabenstreiche und Schlafwandlertaten vollbringen zu sehen, während sein Leben in äußerster Gefahr schwebte.

Der Mann zitterte, als er sich gerettet sah. Mit bebender Hand griff er nach einer Stütze; schwindelnd maß er die Höhe, die er erklettert hatte. Und stöhnend vor Angst, hinabzustürzen, in ständiger Furcht vor den Vögeln, vor Entdeckung, alles fürchtend, glitt er den Stamm hinab. Er legte sich auf den Berg nieder, um nicht gesehen zu werden und schleppte sich über das Geröll weiter, bis das Unterholz ihn verdeckte. Dann barg er sich unter den verschlungenen Zweigen der jungen Tannen; schwach und kraftlos sank er in das Moos. Ein einziger Mann hätte ihn jetzt fangen können.

Tord war der Name des Fischers. Er zählte nicht mehr als sechzehn Jahre, aber er war stark und kühn. Er hatte schon ein Jahr im Walde gelebt.

Der Bauer hieß Berg, mit dem Beinamen der Riese. Er war der größte und stärkste Mann in der Gegend und dazu schön und wohlgewachsen. Er war breit um die Schultern und schlank um die Mitte. Seine Hände waren so wohlgebildet, als hätten sie niemals harte Arbeit verrichtet. Das Haar war braun und das Antlitz zartgefärbt. Nachdem er einige Zeit im Walde verbracht hatte, veränderte sich sein ganzes Aussehen in merkwürdiger Weise. Seine Blicke wurden stechend, die Augenbrauen wuchsen buschig, und die Muskeln, die sie runzelten, lagen fingerdick an der Nasenwurzel. Es trat auch deutlicher als früher hervor, daß der obere Teil seiner mächtigen Stirne über den unteren vorragte. Die Lippen schlossen sich jetzt fester als einst, das ganze Gesicht wurde magerer, die Grübchen an der Stirn wurden sehr tief, und die gewaltigen Kinnladen traten merkbar hervor. Sein Körper wurde weniger voll, aber seine Muskeln ballten sich eisenhart. Das Haar ergraute rasch.

An diesem Mann konnte der junge Tord sich nicht sattsehen. Etwas so Schönes und Gewaltiges hatte er nie zuvor geschaut. Vor seiner Phantasie stand er hoch wie der Wald, stark wie die Meeresbrandung. Er diente ihm wie einem Herrn und betete ihn an wie einen Gott. Es verstand sich ganz von selbst, daß Tord den Jagdspeer trug, das Wildbret heimschleppte und das Feuer anmachte. Berg, der Riese, nahm alle seine Dienste an, gönnte ihm aber fast nie ein freundliches Wort. Er verachtete ihn, weil er ein Dieb war. Die Vogelfreien führten kein Räuber- oder Wegelagererleben, sondern ernährten sich durch Jagd und Fischerei. Wenn Berg, der Riese, nicht einen heiligen Mann ermordet hätte, würden die Bauern wohl bald aufgehört haben, ihn zu verfolgen, und hätten ihn oben im Gebirge in Frieden gelassen. Aber nun fürchteten sie großes Unheil für die Gegend, weil der Mann, der Hand an einen Diener Gottes gelegt hatte, noch ungestraft umherging. Wenn Tord mit dem erlegten Wild ins Tal hinabkam, boten sie ihm große Belohnungen und Vergebung seines eigenen Verbrechens, wenn er ihnen den Weg zu der Höhle Bergs zeigen wollte, damit sie diesen greifen konnten, während er schlief. Aber der Knabe weigerte sich immer, und wenn ihm jemand in den Wald nachschleichen wollte, dann führte er ihn so schlau auf falsche Fährte, daß er die Verfolgung aufgeben mußte.

Einmal fragte ihn Berg, ob die Bauern ihn nicht zum Verrat bewegen wollten, und als er hörte, welchen Lohn sie ihm boten, sagte er hohnvoll, daß Tord ein Einfaltspinsel wäre, wenn er solch ein Anerbieten nicht annähme.

Da sah ihn Tord mit einem Blicke an, wie ihn Berg, der Riese, nie zuvor gesehen hatte. Nie hatte ein schönes Weib in seiner Jugend, nie hatten seine Frau und seine Kinder ihn je so angesehen.

»Du bist mein Herr, mein freigewählter Herrscher«, sagte der Blick, »wisse, daß du mich schlagen und beschimpfen kannst, soviel du willst. Ich bleibe doch treu.«

Von nun an achtete Berg, der Riese, mehr auf den Jungen und merkte, daß er mutig im Handeln, aber schüchtern im Reden war. Vor dem Tode hatte er keine Furcht. Wenn die Seen eben zugefroren waren, oder wenn das Moor im Frühling am gefährlichsten war, wenn die Moräste sich unter reichblühendem Wollgras und Sumpfbrombeeren verbargen, dann nahm er am liebsten den Weg darüber. Es schien ihm ein Bedürfnis zu sein, sich Gefahren auszusetzen, gleichsam zum Ersatz für die Stürme und Schrecknisse auf dem Meere, denen er nicht mehr begegnete. Doch nachts fürchtete er sich im Walde, und selbst am hellichten Tage konnten ein dunkles Dikkicht oder die weitausgestreckten Wurzeln einer umgestürzten Föhre ihn erschrecken. Aber wenn Berg ihn darüber befragte, war er zu scheu, um auch nur zu antworten. Tord pflegte nicht auf dem hinten in der Höhle, nahe dem Feuer aufgeschlagenen Lager zu schlafen, das weich von Moos und warmen Fellen war, sondern er kroch jede Nacht, nachdem Berg eingeschlafen war, zum Eingang hin und legte sich dort auf eine Steinplatte. Berg entdeckte dies, und obgleich er den Grund erraten konnte, fragte er, was dies zu bedeuten habe. Tord erklärte es ihm nicht. Um allen Fragen auszuweichen, lag er zwei Nachte lang nicht mehr in der Türe, dann nahm er seinen Wachtposten wieder ein. Eines Nachts, als der Schneesturm durch die Baumwipfel wehte und in das windgeschützte Dickicht wirbelte, drangen die tanzenden Schneeflöckchen auch in die Höhle der Friedlosen. Tord, der dicht an dem von Steinplatten verschlossenen Eingang lag, war, als er am Morgen erwachte, in eine schmelzende Schneewehe gebettet. Einige Tage später wurde er krank. Die Lungen pfiffen, und wenn sie sich dehnten, um Luft einzuatmen, fühlte er stechende Schmerzen. Er hielt sich solange auf den Beinen, als die Kräfte reichten. Aber als er sich eines Abends bückte, um das Feuer anzufachen, fiel er um und blieb liegen.

Berg, der Riese, kam zu ihm und sagte ihm, er möge sich in sein Bett legen. Tord stöhnte vor Schmerz und konnte nicht aufstehen. Da schob Berg die Arme unter ihn, und trug ihn zu seinem Lager. Aber es war ihm, als hätte er eine schlüpfrige Schlange berührt, und auf der Zunge hatte er einen

Geschmack, als hätte er von dem unheiligen Pferdefleisch gegessen, so ekelte es ihn, diesen elenden Dieb anzurühren.

Er breitete sein eigenes, großes Bärenfell über ihn und reichte ihm Wasser, mehr konnte er nicht tun. Es war auch nicht gefährlich. Tord wurde bald gesund. Aber dadurch, daß Berg dessen Pflichten übernommen hatte und ihn bedienen mußte, waren sie einander näher gekommen. Tord wagte zu ihm zu sprechen, wenn er abends in der Höhle saß und Pfeile schnitzte. »Du bist aus gutem Stamm, Berg«, sagte Tord. »Die Reichsten im Tal sind deine Verwandten. Deine Vorfahren haben Königen gedient und in ihren Burgen gekämpft.«

»Meistens haben sie in den Aufrührerscharen gekämpft und den Königen allen Schaden getan«, erwiderte Berg, der Riese.

»Deine Väter gaben zu Weihnachten große Gelage, und das tatest auch du, als du auf deinem Hofe saßest. Hunderte von Männern und Frauen konnten auf den Bänken deiner großen Halle Platz finden, die schon erbaut war, ehe noch der heilige Olof hier in Viken taufte. Du hattest uralte Silberbecher und große Trinkhörner, die, mit Met gefüllt, von Mann zu Mann wanderten.«

Wieder mußte Berg den Knaben ansehen. Er saß mit herabhängenden Beinen auf dem Bette, und der Kopf ruhte in den Händen, mit denen er zugleich die wilde Haarmasse zurückdrängte, die ihm in die Stirn fiel. Das Gesicht war durch die Krankheit bleich und fein geworden. In den Augen leuchtete noch das Fieber. Er lächelte die Bilder an, die er heraufbeschwor: die geschmückte Halle, die Silberbecher, die festlich gekleideten Gäste und Berg, den Riesen, der in seiner Väter Saal auf dem Hochsitze thronte. Der Bauer dachte, daß ihn noch niemand mit solchen vor Bewunderung leuchtenden Augen angesehen oder ihn in seinen Festkleidern so herrlich gefunden hatte, wie ihn der Knabe hier in dem abgescheuerten Fellwams fand.

Er wurde gerührt und zornig zugleich. Dieser elende Dieb hatte kein Recht, ihn zu bewundern.

»Wurden denn in deinem Hause keine Gelage abgehalten?« fragte er.

Tord lachte. »Dort draußen auf der Schäre bei Vater und Mutter! Vater ist ja ein Wrackplünderer und Mutter eine Hexe! Zu uns kommt niemand.«

»Deine Mutter ist eine Hexe?«

»Das ist sie«, antwortete Tord ohne jede Befangenheit. »Bei stürmischem Wetter reitet sie auf einem Seehund zu den Schiffen, über die Sturzwellen hinspülen, und wer dann in das Meer geschleudert wird, der gehört ihr.«

»Was fängt sie mit ihnen an?« fragte Berg.

»Ach, eine Hexe braucht immer Leichen. Sie kocht wohl Salben aus ihnen, oder ißt sie vielleicht. In Mondscheinnächten sitzt sie draußen in der Brandung, wo sie ganz weiß ist, und der Schaum sprüht über sie hin. Es heißt, daß sie da sitzt und nach den Fingern und Augen ertrunkener Kinder sieht.«

»Das ist abscheulich«, sagte Berg.

Der Knabe antwortete mit großer Zuversicht: »Es ist abscheulich für andere, aber nicht für Hexen. Die müssen es so machen.«

Berg schien es, daß dies eine neue Art war, Welt und Dinge zu betrachten.

»Müssen Diebe auch stehlen, ebenso wie Hexen zaubern müssen?« fragte er scharf.

»Ja, gewiß«, antwortete der Knabe, »jeder muß tun, wozu er bestimmt ist.« Aber dann fügte er mit einem versteckten Lächeln hinzu: »Es gibt aber auch Diebe, die niemals gestohlen haben.«

»Sag doch gerade heraus, was du meinst«, sagte Berg. Der Knabe lächelte geheimnisvoll, stolz, ein unlösbares Rätsel zu sein. »Es ist, als spräche man von Vögeln, die nicht fliegen, wenn man von Dieben spricht, die nicht stehlen.«

Berg, der Riese, stellte sich dumm, um mehr zu erfahren. »Man kann doch niemanden einen Dieb nennen, der nicht gestohlen hat«, sagte er.

»Nein, freilich nicht«, sagte der Knabe und kniff die Lippen zusammen, wie um die Worte nicht durchzulassen. »Wenn einer aber einen Vater hätte, der stiehlt«, warf er nach einem Weilchen hin.

»Geld und Gut erbt man«, wandte Berg ein, »aber den Namen Dieb trägt keiner, der ihn nicht erworben hat.«

Tord lachte leise. »Und wenn einer eine Mutter hat, die einen bittet und anfleht, des Vaters Verbrechen auf sich zu nehmen. Und wenn einer dann dem Henker ein Schnippchen schlägt und in den Wald flieht. Und wenn man dann vogelfrei erklärt wird, wegen eines Fischnetzes, das man gar nie gesehen hat?«

Berg, der Riese, schlug mit geballter Faust auf den Tisch. Er war zornig. Da war nun dieses schöne junge Blut hingegangen und hatte sein ganzes Leben fortgeworfen. Nicht Liebe, nicht Reichtum, nicht Ansehen unter Männern konnte er in Zukunft gewinnen. Die elende Sorge um Speise und Trank war alles, was ihm übrigblieb. Und dieser Tor hatte es geschehen lassen, daß er, Berg, umherging und einen Unschuldigen verachtete. Er schalt ihn mit strengen Worten, aber Tord hatte nicht einmal soviel Angst wie das kranke Kind vor der Mutter, wenn sie es schilt, weil es sich erkältet hat, als es durch den Frühlingsbach watete.

Auf einem der breiten, bewaldeten Berge lag ein dunkler See. Er war viereckig, mit so geraden Ufern und so scharfen Winkeln, als wäre er von Menschen gegraben. Auf drei Seiten war er von steilen Felswänden umgeben, an denen sich die Tannen mit ihren dicken Wurzeln festklammerten. Unten am See, wo das Erdreich so allmählich weggeschwemmt worden war, ragten diese Wurzeln aus dem Wasser, nackt und gekrümmt, und seltsam ineinander verschlungen. Es war wie eine ungeheure Menge Schlangen, die zugleich aus dem Sumpfsee kriechen wollten, aber sich ineinander verwickelt hatten und so erstarrt waren. Oder es war eine Menge dunkler Skelette ertrunkener Riesen, die der See ans Land hatte werfen wollen. Arme und Beine verschlangen sich ineinander, die langen Finger krallten sich in den harten Fels ein, die ungeheuren Rippen bildeten Rundbogen, die uralte Bäume trugen. Es war doch vorgekommen, daß die eisernen Arme, die stahlharten Riesenfinger, mit denen die Tannen sich festklammerten, nachgegeben hatten. Und ein gewaltiger Nordwind hatte eine Tanne in einem weiten Bogen vom Berghang bis in den Sumpfsee geschleudert. Mit dem Wipfel voran war sie tief in den Schlammgrund eingedrungen und dort hängengeblieben. Jetzt hatte die Fischbrut einen guten Zufluchtsort zwischen ihren Zweigen, aber die Wurzeln ragten über das Wasser hinaus, wie ein vielarmiges Ungeheuer, und dies trug mit dazu bei, den Sumpfsee häßlich und erschreckend zu machen.

Auf der vierten Seite des Sees senkte sich das Gebirge. Da entführte ein kleiner, schäumender Bach sein Wasser. Ehe dieser Bach den einzig möglichen Weg finden konnte, mußte er zwischen Steinen und Erdhügeln suchen und bildete so eine kleine Welt von Inseln, einige nur eine Scholle groß, andere etwa zwanzig Bäume tragend.

Hier, wo die umgebenden Berge nicht alle Sonne ausschlossen, gediehen auch Laubbäume. Hier standen durstige graugrüne Erlen und glattblättrige Weiden. Die Birke war da, wie sie überall zur Stelle ist, wo es gilt, den Nadelwald zu verdrängen, und der Faulbaum und die Eberesche, diese beiden, die gewöhnlich die Waldwiesen mit ihrem Duft erfüllen und sie reizvoll umkränzen.

Hier beim Ausfluß war auch ein mannshoher Schilfwald, durch den das

Sonnenlicht grün über das Wasser fiel, wie es im richtigen Walde über das Moos fällt. Im Schilfe gab es offene Stellen, kleine, runde Teiche, und da schwammen die Seerosen. Die hohen Halme sahen mit mildem Ernst auf diese zarten Schönheiten herab, die verdrießlich ihre weißen Blätter und gelben Stempel in lederharten Hüllen verwahrten, wenn die Sonne sich nicht zeigen wollte.

An einem sonnigen Tage kamen die Vogelfreien an diesen See, um zu fischen. Sie wateten zu ein paar großen Steinen im Binsenwalde und saßen da und warfen den Hechten, die im Wasser schliefen, Köder hin.

Diese Männer, die stets im Walde und im Gebirge umherstreiften, waren, ohne daß sie selbst darum wußten, ebensosehr unter die Herrschaft der Naturmächte geraten, wie Pflanzen und Tiere. Bei Sonnenschein wurden sie offenherzig und mutig, doch abends, sobald die Sonne verschwunden war, verstummten sie, und die Nacht, die ihnen viel größer und gewaltiger vorkam, als der Tag, machte sie ängstlich und ohnmächtig. Jetzt versetzte sie das grüne Sonnenlicht, das durch das Schilf einfiel und das Wasser goldgestreift, braun und schwarzgrün färbte, in eine Art Wunderstimmung. Die Aussicht war ganz versperrt. Zuweilen wogte das Schilf in einem unmerklichen Wind, die Halme raschelten und die langen, bandähnlichen Blätter flatterten ihnen ins Gesicht. Sie saßen in grauen Fellgewändern auf den grauen Steinen. Die Färbung des Felles ahmte die Tönung des verwitterten, bemoosten Steines nach. Jeder sah den Gefährten in seinem Schweigen und seiner Regungslosigkeit in ein Steinbild verwandelt. Aber drinnen durch das Schilf huschten Riesenfische mit regenbogenfarbenen Rücken. Als die Männer die Angelhaken auswarfen und sahen, wie sich die Ringe im Schilf fortpflanzten, wurde die Bewegung immer stärker und stärker, bis sie merkten, daß sie nicht nur von ihrem Wurf kam. Eine Nixe, halb Weib, halb glitzernder Fisch lag in den Wellen und schlief. Sie lag auf dem Rücken, mit dem ganzen Leibe unter dem Wasserspiegel. Die Wellen schlossen sich so eng an den Körper an, daß sie sie vorher nicht bemerkt hatten. Ihre Atemzüge ließen die Wellen nicht ruhen. Doch es war nichts Wunderliches darin, daß sie dalag, und als sie im nächsten Augenblick verschwunden war, wußten sie nicht recht, ob es nicht nur eine Sinnestäuschung gewesen war.

Das grüne Licht drang wie ein süßer Rausch durch die Augen in das Hirn. Die Männer saßen da und starrten stumm vor sich hin, im Schilf Gesichte sehend, die sie einander nicht anzuvertrauen wagten. Der Fang fiel schlecht aus, der Tag gehörte Träumen und Offenbarungen.

Da ertönten Ruderschläge im Schilf, und sie schreckten wie aus dem Schlummer auf. Im nächsten Augenblick zeigte sich ein Eichenstamm, schwer, ohne jede Kunstfertigkeit ausgehöhlt, moosbewachsen und mit Rudern, schmal wie Stäbchen. Ein junges Mädchen, das Seerosen geholt hatte, ruderte ihn. Sie hatte dunkelbraunes Haar, das in schwere Zöpfe geflochten war, und große dunkle Augen, und sie war seltsam bleich. Aber ihre Blässe schimmerte rosig und nicht grau. Die Wangen waren nicht ebhafter gefärbt als das übrige Gesicht, kaum die Lippen. Sie trug ein weißes Leinenleibchen und einen Ledergürtel mit goldener Schließe. Der Rock war blau mit rotem Saum. Sie ruderte dicht an den Friedlosen vorbei, ohne sie zu sehen. Sie verhielten sich atemlos still, doch nicht aus Furcht, gesehen zu werden, sondern nur, um sie so recht sehen zu können. Sobald sie verschwunden war, verwandelten sie sich gleichsam wieder aus Steinbildern in Menschen. Sie sahen einander lächelnd an. »Sie ist weiß wie die Seerosen«, sagte der eine. »Sie ist dunkeläugig wie das Wasser drüben unter den Tannenwurzeln.«

Sie waren so übermütig, daß sie lachen wollten, richtig lachen, wie man nie zuvor an diesem See gelacht hatte, lachen, daß die Felswände von dem Echo erzittern und die Wurzeln der Tannen sich vor Schrecken lösen sollten.

»Schien sie dir schön?« fragte Berg, der Riese.

»Ach, ich weiß nicht, ich sah sie ja so kurz. Vielleicht.«

»Du wagtest wohl nicht, sie anzusehen? Du dachtest wohl, sie sei die Seejungfrau?«

Und wieder schüttelte sie dieselbe törichte Lachlust.

Tord hatte einmal als Kind einen Ertrunkenen gesehen. Er hatte die Leiche am hellichten Tage am Strand gefunden und war gar nicht erschrocken, aber nachts hatte er furchtbar geträumt. Er sah ein Meer, in dem jede Welle einen toten Mann zu seinen Füßen rollte. Er sah auch alle Inseln der Schären mit Ertrunkenen bedeckt, die tot waren und dem Meere gehörten, aber dennoch sprechen und sich bewegen konnten und ihm mit ihren welken, weißen Händen drohten.

So ging es ihm auch jetzt. Das Mädchen, das er im Schilfe gesehen hatte, kam in seinen Träumen wieder. Er traf sie auf dem Grunde des Sumpfsees, wo das Sonnenlicht noch grüner war als im Schilf, und er hatte Zeit, zu sehen, daß sie schön war. Er träumte, daß er auf der großen Tannenwurzel mitten in dem dunklen See kauerte, aber die Tanne schwankte und wiegte sich so, daß er zuweilen ganz unter Wasser kam. Da erschien sie auf dem kleinen Inselchen. Sie stand unter den roten Ebereschen und lachte ihn aus. Im letzten Traumbild brachte er es so weit, daß sie ihn küßte. Es ward früher Morgen, und er hörte, daß Berg aufgestanden war, aber er schloß hartnäckig die Augen, um weiter zu träumen. Als er erwachte, war er ganz wirr und betäubt von dem, was ihm in der Nacht widerfahren war. Er dachte jetzt viel mehr an das Mädchen, als am Tage vorher.

Gegen Abend fiel es ihm ein, Berg, den Riesen, zu fragen, ob er ihren Namen wisse.

Berg sah ihn prüfend an. »Vielleicht ist es am besten, wenn du es gleich erfährst«, sagte er. »Es war Unn. Wir sind Verwandte.«

Da wußte Tord, daß wegen dieser bleichen Maid, Berg, der Riese, friedlos durch Wald und Gebirge zog. Tord versuchte sich in Erinnerung zu rufen, was er von ihr wußte.

Unn war eines reichen Bauern Tochter. Ihre Mutter war tot, so daß sie das Regiment auf ihres Vaters Hof führte. Dies gefiel ihr, denn sie war herrschsüchtig, und sie hatte keine Lust, einen Mann zu nehmen.

Unn und Berg, der Riese, waren Geschwisterkinder, und es hieß schon lange, daß Berg lieber bei Unn und ihren Mägden saß und mit ihnen scherzte, als daheim auf seinem Hof nach dem Rechten zu sehen. Als nun das große Weihnachtsgelage bei Berg gefeiert wurde, hatte seine Frau einen Mönch aus Draksmark eingeladen, denn sie wollte, daß dieser Berg Vorwürfe mache, daß er sie wegen einer anderen Frau vernachlässigte. Dieser Mönch war Berg und auch vielen anderen wegen seines Aussehens verhaßt. Er war sehr feist und ganz weiß. Das kurze Haar um seinen kahlen Scheitel, die Augenbrauen über seinen wäßrigen Augen, die Gesichtsfarbe, die Hände und die Kutte, alles war weiß. Viele konnten ihn kaum ansehen.

Bei der Tafel nun, so daß alle Gäste es hören konnten, sagte dieser Mönch – denn er war unerschrocken und meinte, daß seine Worte besser wirken würden, wenn viele sie vernahmen –: »Man pflegt zu sagen, daß der Kuckuck der schlechteste Vogel ist, weil er seine Jungen nicht im eignen Neste aufzieht, aber hier sitzt ein Mann, der nicht für Heim und Kinder sorgt, sondern seine Lust bei einem fremden Weibe sucht. Ihn will ich den schlechtesten Mann nennen.« – Da stand Unn auf. »Dies, Berg, geht auf dich und mich«, sagte sie. »Nie bin ich so beschimpft worden, aber freilich, mein Vater ist ja auch nicht mit beim Gelage.« Sie wendete sich, um zu gehen, aber Berg eilte ihr nach. »Rühre mich nicht an«, rief sie. »Nie mehr will ich dich sehen.« Er erreichte sie in der Vorhalle und fragte sie, was er tun solle, damit sie bliebe. Da hatte sie mit flammenden Augen geantwortet, das müsse er selbst am besten wissen. Da ging Berg hin und erschlug den Mönch.

Jetzt waren Berg und Tord in dieselben Gedanken versunken, denn nach einem Weilchen sagte Berg: »Du hättest sie, Unn, sehen sollen, als der weiße Mönch gefallen war. Meine Frau versammelte die kleinen Kinder um sich und fluchte ihr. Sie wendeten ihre Gesichter Unn zu, um sich auf ewige Zeit die einzuprägen, die ihren Vater zum Mörder gemacht hatte. Aber Unn stand gelassen da und so schön, daß die Männer erbebten. Sie dankte mir für die Tat und hieß mich sogleich in den Wald ziehen. Sie ermahnte mich, kein Räuber zu werden und nicht eher zum Messer zu greifen, als bis ich es für eine ebenso gerechte Sache nötig hätte.«

»Deine Tat hatte sie erhöht«, sagte Tord.

Hier stand nun Berg, der Riese, vor einem Rätsel: Der Knabe war wie ein Heide, schlimmer als ein Heide, er verurteilte niemals das, was unrecht war. Er kannte keine Verantwortlichkeit. Was geschehen mußte, das geschah. Gott, Christus und die Heiligen kannte er, aber nur dem Namen nach, so wie man die Götter fremder Länder kennt. Die Gespenster der Schären waren seine Götter. An die Geister der Toten hatte seine zauberkundige Mutter ihn glauben gelehrt.

Da machte sich Berg, der Riese, an ein Werk, das ebenso töricht war, als hätte er einen Strick für seinen eignen Hals gedreht. Er stellte dem Unwissenden den großen Gott vor Augen, den Herrn der Gerechtigkeit, den Rächer der Missetaten, der die Schuldigen in ewige Pein hinabstürzt. Und er lehrte ihn Christus und seine Mutter lieben, und die heiligen Männer und Frauen, die mit gefalteten Händen vor Gottes Thron knien, um den Zorn des großen Rächers von den sündigen Scharen abzuwenden. Er lehrte ihn alles, was die Menschen tun, um Gottes Zorn zu versöhnen. Er zeigte ihm die Pilgerscharen, die zu heiligen Stätten ziehen, die selbstquälerischen Büßer und die Flucht der Mönche aus dem Weltleben.

Und während er sprach, wurde der Knabe eifriger und blasser, seine Augen öffneten sich weit wie vor furchtbaren Gesichten. Berg, der Riese, wollte aufhören, aber der Strom der Gedanken riß ihn fort, und er sprach weiter. Die Nacht senkte sich auf sie herab, die schwarze Waldesnacht, in der die Käuzchen schreien. Gott kam ihnen so nahe, daß sie sahen, wie sein Thron die Sterne verdeckte, und wie die strafenden Engel sich auf die Waldwipfel herabsenkten. Aber unter ihnen loderten die Flammen der Unterwelt zu der platten Scheibe der Erde empor und beleckten gierig diesen schwanken Zufluchtsort qualbedrückter Menschengeschlechter.

Der Herbst war gekommen, und ein scharfer Sturm wehte. Tord ging allein durch den Wald, um Schlingen und Fallen zu untersuchen. Berg, der Riese, saß daheim und besserte seine Kleider aus. Tords Weg führte hinauf zu einer bewaldeten Höhe. Der Pfad war breit.

Jeder Windstoß, der durch die dichten Bäume dringen konnte, fegte das trockne Laub in raschelnden Wirbeln den Pfad hinan. Tord kam es einmal ums andere vor, als ob jemand hinter ihm ginge. Er sah sich oft um. Zuweilen blieb er stehen, um zu lauschen, aber dann merkte er, daß es die Blätter und der Wind waren, und er ging weiter. Sobald er wieder zu gehen begann, hörte er jemanden auf leisen Sohlen den Hügel hinauftanzen. Kleine Kinderfüße kamen getrippelt. Elfen und Waldgeister spielten hinter ihm. Wenn er sich umwendete, war niemand da, gar niemand. Er ballte die Faust gegen die raschelnden Blätter und ging weiter. Sie verstummten nicht, aber sie nahmen einen anderen Ton an. Sie begannen hinter ihm zu zischen und zu schnauben. Eine große Natter glitt heran, die gifttriefende Zunge hing ihr aus dem Munde, und der blanke Leib hob sich leuchtend von den verschrumpften Blättern ab. Neben der Schlange schlich ein Wolf, ein großer, magerer Geselle, der sich bereit hielt, ihm an den Nacken zu fahren, wenn die Natter sich zwischen seine Füße schlängelte und ihn in die Ferse stach. Manchmal waren sie beide ganz still, wie um ihm unbemerkt zu nahen, aber gleich darauf verriet sie das Zischen und Schnauben, und zuweilen schlugen die Wolfsklauen klirrend an einen Stein. Tord ging unwillkürlich immer rascher, aber die Tiere eilten ihm nach. Als er glaubte, daß sie nur zwei Schritte entfernt wären und zum Sprunge ansetzten, drehte er sich um. Es war niemand da, und das hatte er die ganze Zeit gewußt.

Er setzte sich auf einen Stein, um sich auszuruhen. Da gaukelten die trocknen Blätter zu seinen Füßen, wie um ihn zu ergötzen. Da waren sie, alle Blätter des Waldes: lichtgelbes, zartes Birkenlaub, rotgesprenkelte Ebereschenblätter, die trocknen schwärzlichbraunen Blätter der Ulme, die zähen lichtroten der Espe, und die goldgrünen der Palmweide. Verwandelt und verschrumpft, narbig und abgestoßen waren sie, sehr verschieden von den daunenweichen, lichtgrünen, feingeformten Blättchen, die sich vor ein paar Monaten aus den Knospen entrollt hatten.

»Sünder«, sagte der Knabe, »Sünder, nichts ist rein vor Gott. Die Flammen seines Zornes haben euch schon erreicht.«

Als er seine Wanderung fortsetzte, sah er den Wald unter sich wogen wie ein sturmgepeitschtes Meer, doch unten auf dem Pfade war es still und ruhig. Er hörte nun, was er nie vernommen hatte. Der Wald war voll Stimmen.

Es klang wie Flüstern, wie Klagelieder, wie barsche Drohungen, wie dröhnende Flüche. Es lachte, und es klagte, es war wie das Lärmen von vielen Menschen. Dieses, was hetzte und aufreizte, was raschelte und zischte, was etwas zu sein schien und doch nichts war, machte seine Gedanken wild. Er fühlte wieder Todesangst wie damals, als er auf dem Boden seiner Höhle lag und die Menschenjagd durch den Wald zog. Wieder hörte er das Knakken von Zweigen, die schweren Schritte der Volksmenge, das Klirren der Waffen, die dröhnenden Rufe, das wilde blutdürstige Gemurmel, das aus der Menge aufstieg.

Doch nicht nur dies allein lag im Waldsturm. Etwas anderes, noch Schrecklicheres, Stimmen, die er nicht deuten konnte, ein Gewirr von Stimmen, die eine fremde Sprache zu sprechen schienen. Er hatte gewaltigere Stürme als diesen durch das Takelwerk brausen gehört. Aber nie zuvor hatte er den Wind auf einer so vielstimmigen Harfe spielen hören. Jeder Baum hatte seine Stimme, die Tanne rauschte nicht wie die Espe, die Pappel nicht wie die Eberesche. Jede Kluft hatte ihren Ton, das Echo jeder Felswand seinen eignen Klang. Und das Rieseln der Bäche und der Schrei des Fuchses mischten sich in den wunderlichen Waldsturm. Doch alles das konnte er deuten, es ertönten andere, wunderbarere Laute. Und diese bewirkten es, daß es anfing, in ihm mit dem Sturm um die Wette zu schreien, hohnzulachen und zu jammern.

Er hatte sich immer gefürchtet, wenn er allein im Waldesdunkel war. Er liebte das offne Meer und die nackten Klippen. Zwischen den Bäumen schlichen Geister und Schatten einher.

Mit einem Male hörte er, wer es war, der im Sturme sprach. Gott war es, der große Rächer, der Gott der Gerechtigkeit. Er verfolgte ihn des Freundes wegen. Er verlangte, daß er den Mörder des Mönches seiner Rache ausliefere.

Da begann Tord mitten im Sturme zu sprechen. Er sagte Gott, was er hatte tun wollen, aber nicht vermocht hatte. Er hatte Berg, den Riesen, bitten wollen, sich mit Gott zu versöhnen, aber er war zu schüchtern gewesen. Die Scheu hatte ihn stumm gemacht. »Als ich erfuhr, daß die Erde von einem gerechten Gott gelenkt wird«, rief er, »da erkannte ich, daß er ein verlorener Mann sei. Nächtelang habe ich dagelegen und über meinen Freund geweint. Ich wußte, daß Gott ihn finden muß, wo er sich auch verbergen mag. Aber ich konnte nicht sprechen. Ich fand keine Worte, weil ich ihn zu sehr liebe. Verlange nicht, daß ich mit ihm spreche, verlange nicht, daß das Meer sich so hoch wie die Berge erhebe.«

Er verstummte, und im Sturme verstummte die tiefe Stimme, die für ihn Gottes Stimme gewesen war. Mit einem Male kam Windstille und greller Sonnenschein und ein Plätschern wie von Rudern und ein leises Rascheln wie von steifen Schilfblättern. Diese sanften Laute zauberten ihm Unns Bild vor die Seele. – Der Friedlose kann nichts gewinnen, nicht Hab und Gut, nicht Frauen, nicht Ansehen unter den Männern. Wenn er Berg verriet, kam er wieder unter den Schutz der Gesetze. – Aber Unn mußte Berg lieben, nach dem, was er für sie getan hatte. Aus alledem gab es keinen Ausweg.

Als der Sturm zunahm, hörte er wieder Schritte hinter sich und ab und zu ein atemloses Keuchen. Jetzt wagte er nicht sich umzusehen, denn er wußte, daß der weiße Mönch hinter ihm war. Er kam von dem Feste in Bergs Hause, blutbespritzt, mit einer klaffenden Wunde in der Stirn. Und er flüsterte: »Gib ihn an, verrate ihn, rette seine Seele. Überliefere seinen Leib dem Scheiterhaufen, auf daß seine Seele verschont werde. Überantworte ihn der langen Qual der Folterbank, auf daß seine Seele Zeit habe, zu bereuen.«

Tord eilte weiter. All das Erschreckende, das an und für sich nichts war, wuchs, da es so unaufhörlich seine Seele verfolgte, zu etwas Großem, Entsetzlichem an. Er wollte ihm entfliehen, doch wie er zu laufen begann, ertönte wieder die furchtbare Stimme, die Stimme Gottes. Gott selbst jagte ihn mit Schreckschüssen, damit er den Mörder ausliefere. Verabscheuungswürdiger denn je stand Bergs Verbrechen vor ihm. Ein waffenloser Mann war ermordet, ein Gottesmann mit blankem Stahl durchbohrt worden. Das hieß dem Herrn der Welten trotzen. Und der Mörder wagte, zu leben. Er freute sich des Sonnenlichtes und der Früchte der Erde, als wäre der Arm des Allmächtigen zu kurz, um ihn zu erreichen.

Er blieb stehen, ballte die Fäuste und schrie drohende Worte. Dann eilte er wie ein Wahnsinniger aus dem Walde, aus dem Schreckensreich in das Tal hinab.

Tord brauchte sein Anliegen nur auszusprechen, so waren sogleich zehn Männer bereit, ihm zu folgen. Es wurde beschlossen, daß Tord allein in die Höhle gehen sollte, damit Berg nicht mißtrauisch werde. Aber unterwegs sollte er Erbsen ausstreuen, damit die Männer den Weg finden konnten.

Als Tord in die Höhle trat, saß der Vogelfreie auf der Steinbank und nähte. Der Feuerschein war matt, und die Arbeit schien schlecht vonstatten zu gehen. Das Herz des Knaben schwoll von Mitleid. Der herrliche Berg deuchte ihm arm und unglücklich. Und das einzige, was er sein eigen nannte, das Leben, sollte ihm nun genommen werden. Tord begann zu weinen.

»Was hast du?« fragte Berg. »Bist du krank? Bist du erschrocken?«

Zum ersten Male erzählte da Tord von seiner Angst. »Es war unheimlich im Walde. Ich hörte Geister und sah Gespenster. Ich sah weiße Mönche.«

»Gottes Tod, Junge!«

»Sie lasen mir die ganze Zeit die Messe, den ganzen Weg zum Bredfelsen hinauf. Ich lief, so rasch ich konnte, aber sie kamen mit und sangen. Kann ich das Unwesen nicht loswerden? Was habe ich mit ihnen zu schaffen? Ich meine, sie könnten einem die Messe lesen, der es nötiger hat.«

»Bist du heute abend ganz toll, Tord?«

Tord sprach und wußte kaum, welche Worte er benutzte. Alle Scheu war von ihm gewichen. Unbehindert strömte die Rede von seinen Lippen.

»Es sind lauter weiße Mönche, weiß, leichenblaß. Alle haben sie Blut auf der Kutte. Sie ziehen die Kapuze tief in die Stirn, aber die Wunde leuchtet doch hervor. Die große, rote, klaffende Wunde nach dem Axthieb. Habe ich sie vielleicht geschlagen? Warum muß ich sie sehen?«

»Das mögen die Heiligen wissen, Tord«, sagte Berg, der Riese, bleich und mit düsterm Ernst, »was es bedeutet, daß du eine Wunde von einem Axthieb siehst. Ich habe den Mönch mit ein paar Messerstichen getötet.«

Tord stand nun zitternd vor Berg und rang die Hände. »Sie verlangen dich von mir. Sie wollen mich zwingen, dich zu verraten.«

»Wer? Die Mönche?«

»Ja, gewiß, die Mönche. Sie zeigen mir Gesichte. Sie zeigen mir sie, Unn. Sie zeigen mir das glitzernde, sonnenblanke Meer. Sie zeigen mir die Lagerplätze der Fischer, wo Tanz und Fröhlichkeit herrscht. Ich schließe die Augen, aber ich sehe dennoch. Laßt mich in Frieden, sage ich. Mein Freund hat gemordet, aber er ist nicht böse. Laßt mich gehen, und ich will mit ihm sprechen, damit er bereut und Buße tut. Er wird seine Sünde gestehen und zu Christi Grab pilgern. Wir beide werden zu den Stätten wallfahrten, die so heilig sind, daß alle Sünde von dem genommen wird, der ihnen naht.«

»Was antworteten da die Mönche?« fragte Berg. »Sie wollen meine Rettung nicht. Sie wollen mich auf den Scheiterhaufen und auf die Folterbank bringen.«

»Soll ich den treuesten Freund verraten, fragte ich sie«, fuhr Tord fort. »Er ist mein alles auf Erden. Er hat mich vom Bär errettet, dessen Pranken auf meiner Kehle lagen. Wir haben zusammen gefroren und alles Ungemach erduldet. Er hat sein eignes Bärenfell über mich gebreitet, als ich krank lag. Ich habe Holz und Wasser für ihn getragen, ich habe seinen Schlummer bewacht, ich habe seine Feinde hinters Licht geführt. Warum glauben sie, daß ich solch einer bin, der einen Freund verrät? Mein Freund wird bald aus freien Stücken zum Priester gehen und beichten, dann ziehen wir zusammen in das Land der Versöhnung.«

Berg lauschte ernst. Seine Augen durchforschten scharf Tords Gesicht. »Du sollst selbst zum Priester gehen und ihm die Wahrheit sagen«, sagte er. »Du mußt wieder hinab zu den Menschen.«

»Was hilft es mir, wenn ich allein gehe?! Um deiner Sünde willen verfolgen mich der Tote und alle Schatten. Siehst du nicht, wie mir vor dir graut? Du hast deine Hand gegen Gott selbst erhoben. Kein Verbrechen ist so wie deines. Es ist mir, als müßte ich mich freuen, wenn ich dich an Rad und Galgen sähe. Wohl dem, der in dieser Welt seine Strafe empfängt und dem künftigen Zorn entgeht. Warum sprachst du zu mir von dem gerechten Gott? Du zwingst mich, dich zu verraten. Hilf mir von dieser Sünde. Gehe zum Priester.« Und er fiel vor Berg auf die Knie.

Der Mörder legte die Hand auf seinen Kopf und sah ihn an. Er mußte seine Sünde an der Angst des Gefährten messen. Und sie stand groß und grauenvoll vor seiner Seele. Er sah sich im Kampf gegen den Willen, der die Welt lenkt. Die Reue hielt Einzug in sein Herz.

»Weh mir, daß ich tat, was ich getan«, sagte er. »Was meiner harrt, das ist zu schwer, um es freiwillig auf sich zu nehmen. Liefere ich mich den Priestern aus, so werden sie mich in stundenlangen Qualen martern. Sie werden mich auf langsamem Feuer braten. Und ist nicht dieses Leben des Elends, das wir in Angst und Not führen, Buße genug? Habe ich nicht Hof und Heim verloren? Lebe ich nicht fern von Freunden, fern von allem, was eines Mannes Freude ist? Was braucht es noch?«

Als er so redete, sprang Tord in wildem Entsetzen auf. »Kannst du bereuen?« rief er. »Können meine Worte dein Herz rühren? Oh, dann komm gleich! Wie konnte ich dies glauben! Komm mit und fliehe! Noch ist es Zeit!«

Berg, der Riese, sprang auch auf. »Du hast es also getan –«

»Ja, ja, ja. Ich habe dich verraten. Aber komm jetzt rasch, da du bereuen kannst! Sie werden uns ziehen lassen! Wir müssen ihnen entkommen!«

Da beugte sich der Mörder zum Boden herab, wo seine von den Vätern ererbte Streitaxt zu seinen Füßen lag. »Du Sohn eines Diebes«, sagte er, die Worte hervorzischend. »Dir habe ich getraut. Dir bin ich gut gewesen.«

Aber als Tord sah, wie er sich nach der Axt bückte, da wußte er, daß es nun sein Leben galt. Er riß seine eigne Axt aus dem Gürtel und schlug nach Berg, ehe dieser sich noch aufrichten konnte. Die Schneide fuhr zischend durch die Luft und drang in den herabgebeugten Kopf. Berg, der Riese, fiel mit dem Kopfe nach vorn zu Boden, der ganze Körper taumelte nach. Blut und Hirn spritzten heraus, die Axt fiel aus der Wunde. In dem struppigen Haar sah Tord ein großes, rotes, klaffendes Loch nach einem Axthieb.

Jetzt stürzten die Bauern herein. Sie freuten sich und priesen die Tat.

»Jetzt steht deine Sache gut«, sagten sie zu Tord.

Tord sah auf seine Hände herab, als sähe er da die Fesseln, mit denen er herangeschleift worden war, um den zu töten, den er liebte. Sie waren wie die des Fenriswolfes, aus nichts geschmiedet. Aus den grünen Lichtern des Schilfes, aus dem Spiel der Waldschatten, aus dem Gesang des Sturmes, aus dem Rascheln des Laubes, aus dem Zauber der Träume waren sie gewoben. Und er sagte laut: »Gott ist groß!«

Aber wieder verfiel er in seine früheren Gedanken. Er sank neben der Leiche auf die Knie und legte seinen Arm unter den Kopf des Freundes.

»Tut ihm nichts zuleide«, sagte er. »Er bereut, er will zum Heiligen Grabe pilgern. Er ist nicht tot, aber fesselt ihn nicht. Wir waren gerade bereit, zu gehen, da fiel er. Der weiße Mönch wollte wohl nicht, daß er bereue, aber Gott, der Gott der Gerechtigkeit, liebt die Reue.«

Er blieb neben der Leiche liegen, sprach mit ihr, weinte und flehte den Toten an, aufzuwachen. Die Bauern bereiteten aus einigen Speeren eine Bahre. Sie wollten die Leiche des Bauern herab auf seinen Hof tragen. Sie hatten Ehrfurcht vor dem Toten und sprachen leise in seiner Nähe. Als sie ihn auf die Bahre hoben, stand Tord auf, schüttelte die Haare aus dem Gesicht und sprach mit einer Stimme, die vor Schluchzen zitterte: »So saget denn Unn, die Berg, den Riesen, zum Mörder machte, daß er von Tord, dem Fischer, dessen Vater ein Wrackplünderer und dessen Mutter eine Hexe ist, erschlagen ward, weil er ihn lehrte, daß die Grundfeste dieser Erde Gerechtigkeit heißt.«

Der Roman einer Fischersfrau

Am äußersten Ende des kleinen Fischerdorfes stand ein kleines Hüttchen auf einem niedrigen Hügel aus weißem Meersand. Es war nicht so gebaut, daß es in einer Reihe mit den gleichmäßigen, schmucken, regelrechten Häusern stehen konnte, die den breiten grünen Platz umgaben, wo die braunen Fischernetze trockneten, sondern es schien gleichsam aus der Reihe geschoben und auf den Sandhügel hingestellt zu sein. Die arme Witwe, die es gebaut hatte, war ihr eigner Baumeister gewesen, und sie hatte die Wände ihres Hüttchens niedriger gemacht als die aller anderen Hütten und sein steiles Strohdach höher als irgendein anderes Dach im Fischerdorf. Der Fußboden senkte sich tief in die Erde, das Fenster war weder hoch noch groß, aber reichte dennoch vom Dachsims bis zum Erdboden. Für den Herd und den Gänsestall war schließlich in dem einzigen engen Raume kein Platz geblieben, sondern dafür hatte man kleine viereckige Vorsprünge anmauern müssen. Diese Hütte hatte nicht wie andere Häuschen ihr Gärtchen mit Stachelbeerbüschen, von Winden umschlungen, und mit halb von Kletten erstickten Holundersträuchern. Von der ganzen Pflanzenwelt des Fischerdorfes waren nur die Kletten mit auf den Sandhügel gekommen. Im Sommer, wenn sie frische dunkelgrüne Blätter hatten und die stacheligen Körbchen sich mit hochroten Blumen füllten, waren sie schmuck genug. Aber gegen Herbst, wenn die Stacheln hart geworden und die Samen gereift waren, dann vernachlässigten sie ihr Aussehen und standen furchtbar häßlich und trocken da, die zerfetzten Blätter in ein Trauerkleid von staubigen Spinngeweben gehüllt.

Die Hütte hatte ihren zweiten Besitzer, doch länger als zwei Generationen vermochte sie nicht, mit ihren Wänden aus Rohr und Lehm das schwere Dach zu tragen. Solange sie stand, war sie im Besitze von armen Witwen. Die zweite Witwe, die da wohnte, hatte ihre Freude daran, die Kletten zu betrachten, namentlich im Herbst, wenn sie trocken wurden und sich überall anhängten. Sie schienen ihr dann der ähnlich, die diese Hütte erbaut hatte. Sie war auch runzelig und trocken gewesen und hatte die Gabe gehabt, sich anzuklammern und hängenzubleiben, und alle ihre Kraft hatte sie für das Kind verwendet, das es in der Welt weit bringen sollte. Sie, die nun allein dasaß, mußte bei diesem Gedanken bald lachen, bald weinen. Wenn die Alte nicht diese Klettennatur gehabt hätte, wie anders wäre dann alles gekommen. Aber wer weiß, ob es besser gekommen wäre?

Die einsame Frau saß oft da und grübelte über das Schicksal nach, das sie an die flache Küste Schoonens geführt hatte, zu diesem schmalen Sund und diesen stillen Menschen. Denn sie war in einer norwegischen Seestadt geboren, die auf einem schmalen Uferstreifen zwischen steilen Felsen und dem offenen Meere lag, und wenn sie auch, seit ihr Vater, der Kaufmann, gestorben und sie in Armut zurückgelassen, in bescheidenen Verhältnissen gelebt hatte, so war sie doch an Leben und Fortschritt gewöhnt. Sie pflegte sich selbst ihre Geschichte wieder und wieder vorzuerzählen, so wie man ein schwer verständliches Buch oft liest, um seinen Sinn zu ergründen.

Ihre merkwürdigen Erlebnisse hatten damit begonnen, daß sie eines Abends auf dem Heimwege von der Schneiderin, bei der sie arbeitete, von zwei Seeleuten überfallen und von einem dritten gerettet worden war. Dieser kämpfte mit wirklicher Lebensgefahr für sie und brachte sie dann nach Hause. Sie führte ihn zu der Mutter und den Geschwistern und erzählte ihnen begeistert, was er getan habe. Es war, als hätte das Leben neuen Wert für sie, weil ein anderer so viel gewagt hatte, um es zu verteidigen. Er war von ihren Angehörigen sogleich freundlich aufgenommen und gebeten worden, so bald und so oft er konnte, wiederzukommen.

Sein Name war Börje Nilsson, und er war Matrose auf der schoonischen Jacht Albertina. Solange das Schiff im Hafen lag, kam er beinahe jeden Tag zu ihnen, und sie konnten es bald nicht mehr glauben, daß er nur ein simpler Matrose sein sollte. Er glänzte immer in reinem Umlegekragen und trug einen blauen Marineanzug aus feinem Tuch. Frisch und freimütig war er gegen sie, als wäre er es gewohnt, sich in derselben Gesellschaftsklasse wie sie zu bewegen. Ohne daß er es geradeheraussagte, erhielten sie den Eindruck, daß er aus einem angesehenen Hause war, der einzige Sohn einer reichen Witwe, den eine unbezwingliche Lust zum Seemannsberufe dazu gebracht hatte, sich als einfachen Matrosen zu verdingen, um seine Mutter zu überzeugen, daß er es ernst meinte. Wenn er seine Prüfungen gemacht hatte, würde sie ihm wohl ein eigenes Schiff kaufen.

Die einsame Familie, die sich von allen früheren Freunden zurückgezogen hatte, empfing ihn ohne das leiseste Mißtrauen. Und er beschrieb leichten Herzens und mit fließender Beredsamkeit sein Heim mit dem hohen, spitzen Dach, dem offnen Kamin im Eßsaal und den kleinen Fensterscheiben. Er schilderte auch die stillen Straßen seiner Vaterstadt und die langen Reihen gleichmäßiger hoher Häuser, in denen sein Heim mit den unregelmäßigen Vorsprüngen und Erkern eine angenehme Unterbrechung bildete. Und seine Zuhörer glaubten, daß er aus einem jener alten Bürgerhäuser komme, die mit ihrem bildergeschmückten Giebel und dem vorragenden Obergeschoß einen so mächtigen Eindruck von Reichtum und ehrwürdigem Alter machen.

Sehr bald hatte sie es heraus, daß er ihr gut war. Und dies machte der Mutter und den Geschwistern große Freude. Der junge, reiche Schwede kam gleichsam, um sie alle aus der Armut emporzuheben. Selbst wenn er ihr nicht so gut gefallen hätte als er es tat, wäre sie gar nicht auf den Gedanken gekommen, seine Werbung abzuweisen. Hätte sie einen Vater oder einen erwachsenen Bruder gehabt, so würden diese sich wohl genauer nach Herkunft und Lebensstellung des Fremdlings erkundigt haben, doch weder sie noch die Mutter dachten daran, ernstliche Nachforschungen anzustellen. Später erkannte sie, daß sie ihn förmlich zum Lügen gezwungen hatten. Anfangs hatte er sie ohne böse Absicht dazu gebracht, sich so große Vorstellungen von seinem Reichtum zu machen, aber als er später merkte, wie froh sie darüber waren, da hatte er es nicht mehr gewagt, die Wahrheit zu sagen, aus Furcht, sie zu verlieren.

Bevor er abreiste, waren sie verlobt, und als die Jacht zurückkam, hielten sie Hochzeit. Es war eine Enttäuschung für sie, daß er auch bei seiner Rückkehr als Matrose auftrat, aber er war durch seinen Kontrakt gebunden. Er brachte auch keine Grüße von seiner Mutter mit. Diese hätte erwartet, daß er eine andere Wahl treffe, aber sie würde schon zufrieden sein, sagte er, wenn sie nur Astrid erst sähe. – Trotz aller seiner Lügen wäre es ein leichtes gewesen, zu sehen, daß er ein armer Mann war, wenn sie nur die Augen aufgemacht hätte.

Der Schiffer erbot sich, ihr seine Kajüte zu überlassen, wenn sie die Überfahrt auf seiner Jacht machen wollte, und sie nahm das Anerbieten mit Freuden an. Börje wurde da fast ganz von seinem Dienst befreit und saß meistens mit seiner Frau plaudernd auf dem Achterdeck. Und jetzt schenkte er ihr das Glück der Einbildung, von dem er selbst sein ganzes Leben lang gezehrt hatte. Je mehr er an das kleine Hüttchen dachte, das zur Hälfte im Sandhügel begraben lag, desto höher erbaute er den Palast, den er ihr gerne geboten hätte. Er ließ sie im Geiste in einen Hafen gleiten, der zu Ehren der Braut Börje Nilssons mit Flaggen und Blumen geschmückt war. Er ließ sie die Begrüßungsrede des Bürgermeisters hören. Er ließ sie durch eine Triumphpforte fahren, während die Augen der Männer ihr folgten und die Frauen vor Neid erblaßten. Und er führte sie in das stattliche Haus, wo silberlockige, sich verneigende Diener an dem breiten Treppengeländer aufgereiht standen und der zur festlichen Mahlzeit gedeckte Tisch sich unter dem alten Familiensilber bog.

Als sie die Wahrheit entdeckte, glaubte sie zuerst, daß der Schiffer im Bunde mit Börje gewesen war, um sie zu betrügen, aber dann erkannte sie, daß es sich nicht so verhalten hatte. Sie hatten sich dort auf der Jacht daran gewöhnt, von Börje wie von einem großen Herrn zu reden. Es war an Bord der Hauptspaß, so recht im vollsten Ernst von seinen Reichtümern und seiner vornehmen Familie zu sprechen. Sie dachten, Börje hätte ihr die Wahrheit gesagt, und sie scherzte mit ihm wie sie alle, wenn sie von seinem großen Hause sprach. So war es möglich, daß sie, noch als die Jacht in dem Hafen Anker warf, der neben Börjes Heimatdorf lag, es nicht anders wußte, als daß sie eines reichen Mannes Gattin war.

Börje bekam für einen Tag Urlaub, um seine Frau in ihr künftiges Heim einzuführen und sie mit dem neuen Leben bekannt zu machen. Als sie nun an dem Kai landeten, wo Flaggen wehen und Menschenscharen den Neuvermählten entgegenjubeln sollten, herrschte da nur Leere und Alltagsruhe. Börje merkte, daß seine Frau sich mit einer gewissen Enttäuschung umsah.

»Wir sind zu früh gekommen«, hatte er da gesagt. »Die Fahrt ist bei diesem schönen Wetter merkwürdig rasch gegangen. Jetzt haben wir auch keinen Wagen da, und wir haben einen weiten Weg, denn das Haus liegt außerhalb der Stadt.«

»Das tut nichts, Börje«, hatte sie geantwortet, »das Gehen wird uns gut tun, nachdem wir so lange an Bord still gesessen haben.«

Und so traten sie ihre Wanderung an, diese schreckensvolle Wanderung, an die sie noch in ihren alten Tagen nicht denken konnte, ohne vor Angst zu stöhnen und schmerzlich die Hände zu ringen. Sie gingen über weite, menschenleere Straßen, die sie sogleich nach seiner Beschreibung erkannte. Sie glaubte in der dunklen Kirche und in den gleichmäßigen Holzhäusern alte Freunde zu begrüßen, doch wo blinkten die bildergeschmückten Giebel und die Marmortreppe mit dem breiten Geländer?

Da hatte Börje ihr zugenickt, so, als erriete er ihre Gedanken. »Es ist noch weit hin«, hatte er gesagt.

Wäre er doch barmherzig gewesen. Hätte er doch ihrer Hoffnung auf einmal den Todesstoß gegeben. Sie hatte ihn damals so lieb gehabt. Wenn er ganz aus freien Stücken alles gesagt hätte, so wäre in ihrer Seele kein Groll gegen ihn aufgekeimt. Aber daß er ihre Angst, betrogen zu werden, sah, und dennoch fortfuhr, sie zu täuschen, das hatte ihr allzu schweren Schmerz bereitet. Das hatte sie ihm nie ganz verzeihen können.

Sie konnte sich freilich sagen, daß er sie so weit wie möglich führen wollte, damit sie ihm nicht entfliehen konnte, aber sein Betrug rief eine solche Todeskälte in ihr hervor, daß keine Liebe sie ganz aufzutauen vermochte.

Sie gingen durch die Stadt und kamen auf die angrenzende Ebene. Da zeigten sich mehrere Reihen dunkler Wallgräben und hoher, grüner Erdwälle, Überreste aus jener Zeit, als die Stadt befestigt gewesen war, und an dem Punkt, wo das alles sich zu einer Festung zusammenschloß, sah sie ein paar altertümliche Bauten und große, runde Türme. Sie warf einen scheuen Blick hin, doch Börje bog zu den Wällen ein, die am Meeresufer entlangführten.

»Das ist ein Abkürzungsweg«, sagte er, denn sie schien sich zu wundern, daß hier nur ein schmaler Pfad war.

Er war sehr einsilbig geworden, sie begriff dann, daß er es nicht so ergötzlich fand, als er es sich gedacht hatte, mit seiner Frau zu der armseligen, kleinen Hütte im Fischerdorf zu kommen. Es schien ihm jetzt nicht so herrlich, eines besseren Mannes Kind heimzuführen. Er hatte große Angst vor dem, was sie tun würde, wenn sie die Wahrheit erfuhr.

»Börje«, sagte sie endlich, als sie lange den scharfen Winkeln der Strandwälle gefolgt waren, »wohin gehen wir?«

Da erhob er die Hand und deutete auf das Fischerdorf, wo seine Mutter in dem Hüttchen auf dem Sandhügel wohnte. Sie aber glaubte, er wiese auf eines der schönen Landgüter, die am Rande der Ebene auftauchten, und wurde wieder heiterer.

Sie stiegen zu den öden Gemeindeweiden hinab, und da überfiel sie wieder die alte Angst. Da, wo jedes Erdhügelchen, wenn man nur einen Blick dafür hat, Schönheit und Abwechslung bietet, sah sie nur ein häßliches, sumpfiges Feld. Und der Wind, der draußen in steter Bewegung war, fuhr ihnen pfeifend entgegen und flüsterte von Unglück und Verrat.

Börje beschleunigte seine Schritte immer mehr, und schließlich erreichten sie das Ende der Weiden und waren bei dem Fischerdörfchen angelangt. Sie, die es zuletzt gar nicht mehr gewagt hatte, irgendwelche Fragen zu stellen, faßte wieder neuen Mut. Hier war abermals eine einförmige Häuserreihe, und diese erkannte sie noch besser als die in der Stadt. Vielleicht, vielleicht hatte er doch nicht gelogen.

Aber ihre Erwartungen waren so herabgestimmt, daß sie seelenvergnügt gewesen wäre, wenn sie bei einer der schmucken Wohnstätten hätte halt machen können, wo Blumen und weiße Gardinen hinter blanken Fensterscheiben blinkten. Es war ihr schmerzlich, an ihnen vorbeigehen zu müssen.

Da erblickte sie mit einem Male am äußersten Ende des Fischerdorfes eine elende Hütte, und es war ihr, als hätte sie diese schon längst in ihren Träumen so vor sich gesehen, wie sie jetzt in Wirklichkeit war.

»Ist es hier?« sagte sie und blieb gerade am Fuße des kleinen Sandhügels stehen.

Er nickte fast unmerklich mit dem Kopf und fuhr fort, auf die kleine Hütte zuzugehen.

»Warte«, rief sie ihm nach. »Wir müssen zuerst miteinander sprechen, bevor ich dein Heim betrete. Du hast mich belogen«, fuhr sie drohend fort, als er sich ihr zuwendete. »Du hast mich ärger betrogen, als wenn du mein größter Feind wärest. Warum hast du das getan?«

»Ich wollte dich zur Frau«, antwortete er mit leiser, unsicherer Stimme.

»Wenn du mich doch nur mit Maß zum besten gehalten hättest! Warum mußtest du alles so reich und so prächtig schildern? Was wolltest du mit Bedienten und Triumphpforten und all der anderen Herrlichkeit? Glaubtest du, ich sei so erpicht auf Geld? Sahst du nicht, daß ich ohnehin verliebt genug in dich war, um überallhin mit dir zu gehen? Daß du glaubtest, mich hinters Licht führen zu müssen! Daß du das Herz haben konntest, bis zuletzt bei deinen Lügen zu beharren!«

»Willst du nicht hereinkommen und Mutter begrüßen?« frage er ganz hilflos.

»Nein, ich gehe nicht hinein.«

»Willst du also nach Hause fahren?«

»Wie könnte ich nach Hause kommen? Wie sollte ich ihnen den Schmerz bereiten, zurückzukehren, wenn sie mich für glücklich und reich halten? Aber bei dir bleibe ich auch nicht. Für den, der arbeiten kann, findet sich immer ein Auskommen.«

»Bleib«, bat er, »ich tat es nur, um dich zu gewinnen.«

»Wenn du mir die Wahrheit gesagt hättest, so wäre ich geblieben.«

»Wäre ich ein reicher Mann gewesen und hätte mich für arm ausgegeben, so bliebest du schon.«

Sie zuckte die Achseln und wandte sich zum Gehen, als die Tür der Hütte aufgerissen wurde und Börjes Mutter herauskam. Sie war ein kleines vertrocknetes altes Weiblein mit wenig Zähnen und viel Runzeln, aber nicht so alt an Jahren und Gemüt wie sie aussah. Sie hatte wohl einiges gehört und das übrige erraten, denn sie wußte, worüber sie zankten. »So«, sagte sie, »dies ist die feine Schwiegertochter, die du mir gebracht hast, Börje. Und du hast es wieder nicht mit der Wahrheit gehalten, wie ich höre.« Aber auf Astrid ging sie freundlich zu und streichelte ihr die Wangen. »Komm du mit mir herein, du armes Kind. Ich kann mir denken, daß du müde und erschöpft bist. Siehst du, dies ist meine Hütte. Er darf nicht herein. Aber komm du nur. Jetzt bist du meine Tochter, und ich kann dich nicht zu fremden Leuten gehen lassen.«

Sie streichelte die Schwiegertochter und gab ihr Koseworte und schob und zog sie ganz unmerklich zur Tür hin. Schritt für Schritt lockte sie sie weiter und bekam sie schließlich in die Hütte, aber Börje schloß sie wirklich aus. Und drinnen begann nun die Alte zu fragen, wer sie sei und wie alles zugegangen wäre. Und sie weinte über sie und brachte sie dazu, auch über sich selbst zu weinen. Furchtbar streng war die Alte gegen ihren Sohn. Sie Astrid, täte ganz recht, nein, bei einem solchen Manne könnte sie nicht bleiben. Es stimmte wohl, daß er zu lügen pflegte, ja, ganz gewiß stimmte es.

Sie erzählte ihr, wie es ihr mit dem Sohne ergangen war. Er war schon als kleines Kind so schön von Gesicht und Gestalt gewesen, daß sie sich immer darüber wunden mußte, daß er armer Leute Kind war. Er war wie ein kleiner verirrter Prinz gewesen. Und später hatte es immer so ausgesehen, als wäre er nicht auf seinem richtigen Platze. Er sah alles so groß. Er konnte nicht den richtigen Maßstab finden, wenn es sich um ihn selbst handelte. Seine Mutter hatte deswegen schon viele Tränen vergossen. Aber nie zuvor hatte er mit seinen Lügen etwas Böses angestellt. Hier, wo er bekannt war, lachten ihn die Leute nur aus. – Aber jetzt war er wohl so sehr in Versuchung geführt worden ... Schien es ihr, Astrid, nicht selbst wunderlich, wie sie dieser Fischerjunge hatte hinters Licht führen können? Er hatte immer soviel von feinen Dingen gewußt, als wäre es ihm angeboren. Er war wohl ganz verkehrt in die Welt gekommen. Das sah man ja auch daran, daß er nie daran gedacht hatte, sich eine Frau aus seinem eignen Stande zu wählen. Die Alte redete und redete. Astrid schwieg und dachte. »Sieh«, sagte die

Alte unter anderem, »mir kann es nie gelingen, ihm den Hochmut und die Prahlsucht abzugewöhnen, aber eine, die klüger wäre als ich, könnte es vielleicht. Und er ist tüchtig und gut, mein Junge. Es lohnte wohl der Mühe. Aber du kannst morgen gehen. Ja, du sollst gehen.«

»Wo schläft er heute nacht?« fragte Astrid plötzlich.

»Ich denke, er liegt hier draußen im Sande. Er hat wohl nicht die Ruhe, von hier fortzugehen.«

»Es wäre wohl am besten, wenn er hereinkäme«, sagte Astrid.

»Liebstes Kind, du kannst ihn doch nicht sehen wollen. Er wird sich draußen schon behelfen, wenn ich ihm eine Decke gebe.«

Sie ließ ihn wirklich diese Nacht draußen im Sande schlafen und schickte ihn am nächsten Tage in aller Frühe in die Stadt, da sie es für das beste hielt, wenn Astrid ihn nicht sah. Und mit ihr redete und redete sie und hielt sie fest, nicht mit Zwang, sondern mit Klugheit, nicht mit Schmeichelei, sondern mit wirklicher Güte.

Doch als sie es endlich erreicht hatte, daß die Schwiegertochter blieb und dem Sohne erhalten war, und als sie die jungen Leute versöhnt und Astrid gelehrt hatte, daß es gerade ihre Lebensaufgabe war, Börje Nilssons Frau zu sein und ihm soviel Gutes zu tun wie sie konnte – und dies war nicht die Arbeit einer Abendstunde, sondern die Mühe vieler Tage gewesen –, da hatte sich die Alte zum Sterben hingelegt.

Und in diesem Leben mit seiner treuen Fürsorge lag ein Sinn, dachte Börje Nilssons Frau.

Aber in ihrem eigenen Leben sah sie keinen Zweck. Der Mann ertrank nach einigen Jahren der Ehe, und ihr einziges Kind starb ganz jung. Sie hatte bei ihrem Mann keine Veränderung herbeiführen können. Ernst und Wahrhaftigkeit hatte sie ihn nicht zu lehren vermocht. Eher hatte sie sich verändert, denn sie war immer mehr wie die Fischersleute geworden. Sie wollte keinen der Ihren sehen, denn sie schämte sich, daß sie jetzt in allen Stücken einer Fischersfrau glich. Wenn nur dies alles irgend etwas genützt hätte! Wenn sie, die ihren Lebensunterhalt durch das Ausbessern der Fischernetze bestritt, nur wüßte, warum sie überhaupt lebte! Wenn sie doch jemanden glücklich oder besser gemacht hätte!

Nie kam es ihr in den Sinn, zu denken, daß, wer sein Leben für verfehlt hält, weil er anderen nichts Gutes getan habe, vielleicht durch diesen Gedanken der Demut seine Seele gerettet hat.

Der Fuhrmann des Todes

I

Eine arme junge Heilsarmeeschwester lag im Sterben. Ihre Tätigkeit hatte sie in die »slums«, die verrufenen Viertel der Stadt, geführt; dann hatte sie die galoppierende Schwindsucht bekommen, und jetzt nach einem Jahre ging es zu Ende. Solange wie irgend möglich war sie ihren gewohnten Pflichten nachgekommen, und als alle ihre Kräfte aufgebraucht waren, schickte man sie in ein Sanatorium. Dort hatte sie einige Monate gelegen und war gut gepflegt worden; aber es wurde nicht besser mit ihr, und als sie schließlich begriff, wie hoffnungslos krank sie war, verlangte sie nach Hause zu ihrer Mutter, die in einer der Vorstädte in einem eigenen Häuschen wohnte. Nun lag sie in ihrer Kammer, derselben Kammer, die sie als Kind und als ganz junges Mädchen bewohnt hatte, und wartete auf den Tod.

Angstvoll und betrübt saß die Mutter an ihrem Bett; aber sie ging in all der Pflege, deren die Tochter bedurfte, so vollständig auf, daß sie keine Ruhe zum Weinen fand.

Eine andere Heilsarmeeschwester, die Arbeitsgefährtin der Kranken, stand am Fußende des Bettes und weinte ganz leise vor sich hin. Ihre Augen waren voller Liebe auf das Gesicht der Sterbenden gerichtet, und wenn ihr die Tränen den Blick verdunkelten, wischte sie sie mit einer heftigen Bewegung ab.

Auf einem niederen unbequemen Stuhl, den die Kranke besonders lieb gehabt und den sie überall hin mitgenommen hatte, wo auch immer ihre Wohnstätte gewesen war, saß eine hochgewachsene Frau, auf deren Halskragen ein großes H eingestickt war. Man hatte ihr einen anderen Sitzplatz angeboten; aber sie blieb eigensinnig auf dem schlechten Stühlchen sitzen, als hielte sie das für eine Aufmerksamkeit gegenüber der Kranken.

Der Tag, an dem unsere Erzählung beginnt, war nicht ein Tag wie alle anderen, sondern es war Silvesterabend. Draußen hing der Himmel schwer und grau herab, und solange man im Zimmer war, meinte man, das Wetter sei unfreundlich und kalt. wenn man aber hinauskam, fand man es überraschend warm und mild. Auf den Wegen lag kein Schnee, kahl und schwarz verloren sie sich in der Dunkelheit. Ganz vereinzelte Schneeflocken fielen sacht auf die Straße herab, wo sie sofort schmolzen. Es sah aus, als hänge der Himmel voller Schnee, der sich aber nicht recht losmachen könnte, ja es schien fast, als fänden es der Wind und der Schnee nicht der Mühe wert, sich im alten Jahre noch anzustrengen, und als wollten sie lieber ihre Kräfte für das neu heraufziehende Jahr sparen.

Und ungefähr ebenso war es bei den Menschen, auch sie schienen sich nichts mehr vornehmen zu wollen. Auf den Straßen war kein Getriebe und in den Häusern keine eifrige Arbeit im Gang. Gerade vor dem Häuschen, wo die Sterbende lag, war ein Platz, auf dem ein Haus gebaut werden sollte. Am Morgen waren ein paar Arbeiter dahergekommen und hatten den großen Rammbock unter den gewöhnlichen grellen Arbeitsrufen heraufgezogen und wieder hinunterfallen lassen. Aber sie waren der Arbeit bald überdrüssig geworden, und so hatten sie sie eingestellt und waren ihres Weges gegangen.

Und bei allem anderen war es geradeso. Eine Zeitlang waren Frauen mit Körben vorübergeeilt, die zum morgigen Feste einkaufen wollten; aber schon nach kurzem hatte diese Geschäftigkeit wieder aufgehört. Kinder, die auf der Straße spielten, waren hereingerufen worden, weil sie ihre Sonntagskleider anziehen und dann zu Hause bleiben sollten. Pferde, die sonst Lastwagen zogen, wurden an dem Häuschen vorbei nach dem am äußersten Ende der Vorstadt gelegenen Stall geführt, damit sie da einen vollen Tag ausruhen konnten. Je weiter der Tag voranschritt, desto stiller wurde es draußen, und sooft ein Geräusch verstummte, fühlten die in dem Krankenzimmer Anwesenden eine wahre Erleichterung.

»Wie gut, daß sie beim Herannahen eines Festtages sterben darf!« sagte die Mutter. »Bald hört man nichts mehr, das sie stören könnte.«

Die Kranke hatte schon seit dem Morgen bewußtlos dagelegen, und die drei, die um ihr Lager versammelt waren, mochten sagen, was sie wollten, sie hörte es nicht. Trotzdem sahen alle drei wohl, daß die Leidende nicht in einem starren Schlummer befangen war. Ihr Gesicht hatte während des Vormittags mehrere Male den Ausdruck gewechselt; es hatte überrascht und ängstlich ausgesehen, hatte bald einen flehenden, bald einen äußerst gequälten Ausdruck angenommen; jetzt trug es seit einer guten Weile die Zeichen einer heftigen, zornigen Erregung; ihre Züge wurden bedeutender und schöner.

Die junge Heilsarmeeschwester sah dadurch so verändert aus, daß sich ihre Freundin, die am Fußende des Bettes stand, zu der großen Frau, die auch zur Heilsarmee gehörte, niederbeugte und flüsterte:

»Sehen Sie, Hauptmännin, wie schön Schwester Edith wird! Sie sieht aus wie eine Königin.«

Die hochgewachsene Frau stand von dem niederen Stuhl auf, um besser sehen zu können.

Sie hatte die kranke Heilsarmeeschwester bis jetzt sicherlich noch nie anders als mit der demütig frohen Miene gesehen, die sie, wie müde und krank sie sich auch fühlen mochte, immerfort beibehalten hatte, und sie war jetzt so überrascht über die Veränderung in dem Gesicht der Kranken, daß sie sich nicht mehr niedersetzte, sondern unwillkürlich stehenblieb.

Die Kranke hatte sich mit einer ungeduldigen Bewegung so hoch auf das Kissen hinaufgeschoben, daß sie nun halb aufgerichtet im Bett saß. Auf ihrer Stirne lag ein Zug unbeschreiblicher Hoheit, und obgleich sie den Mund geschlossen hielt, sah es aus, als drängen Worte der Strafe und der Verachtung über ihre Lippen.

Die Mutter richtete ihren Blick auf die beiden überraschten Gefährtinnen.

»So abwesend ist sie auch schon in den letzten Tagen gewesen«, sagte sie. »Hat sie nicht für gewöhnlich um diese Tageszeit ihre Runde gemacht?«

Die andere jüngere Heilsarmeeschwester warf einen Blick auf die kleine abgenützte Uhr der Kranken, die auf dem Tischchen neben dem Bett tickte.

»Jawohl«, sagte sie, »um diese Zeit pflegte Schwester Edith zu den Elenden zu gehen.«

Doch sie hielt rasch inne und führte das Taschentuch an die Augen; sobald sie etwas zu sagen versuchte, konnte sie die Tränen fast nicht mehr zurückhalten. Die Mutter nahm eine der harten kleinen Hände ihres kranken Kindes zwischen die ihrigen und streichelte sie zärtlich.

»Es ist wohl eine allzu schwere Aufgabe für sie gewesen, in diesen Höhlen Sauberkeit und Ordnung zu schaffen und den Armen wegen ihrer Schlechtigkeiten Vorwürfe zu machen«, sagte sie mit einem gewissen unterdrückten Ärger in der Stimme. »Wenn man eine zu schwere Aufgabe zu verrichten gehabt hat, gelingt es einem nicht, die Gedanken davon abzuwenden. Sie meint, sie gehe jetzt wieder bei den Verworfenen umher.«

»So geht es einem manchmal auch bei einer Arbeit, die man allzusehr geliebt hat«, warf die Hauptmännin der Heilsarmee leise ein.

Die um das Bett Versammelten sahen jetzt, wie sich die Oberlippe der Kranken kräuselte, wie ihre Brauen zuckten und sich zusammenzogen, so daß sich die senkrechte Falte zwischen ihnen immer mehr vertiefte, und alle drei waren ganz darauf gefaßt, sogleich von einem zornflammenden Blick aus den geöffneten Augen der Kranken getroffen zu werden.

»Sie sieht aus wie ein Engel des Gerichts«, sagte die Heilsarmeehauptmännin in begeistertem Ton.

»Was können sie denn gerade heute da draußen vorhaben?« fragte Schwester Maria, die Mitarbeiterin der Kranken, indem sie sich zwischen den beiden anderen am Bett Stehenden durchdrängte, so daß sie der Sterbenden beruhigend über die Stirne streichen konnte.

»Du brauchst dich nicht mehr um sie zu sorgen, Schwester Edith«, fuhr sie fort und strich ihr noch einmal zart über die Stirn. »Du hast genug für sie getan.«

Diese Worte schienen die Kraft zu haben, die Kranke von dem im Geiste geschauten Auftritte, der sie offenbar festgehalten hatte, abzulenken. Die Spannung, die hochgradige zornige Erregung wich aus ihren Zügen, und der sanfte leidende Ausdruck, den ihr Gesicht während der Krankheit beständig getragen hatte, kehrte zurück.

Sie öffnete die Augen, und als sie das Gesicht ihrer Mitschwester über sich gebeugt sah, legte sie dieser die Hand auf den Arm und suchte sie näher zu sich heranzuziehen.

Schwester Maria konnte kaum ahnen, was diese leichte Berührung bedeuten sollte, aber sie verstand den flehenden Ausdruck in den Augen der Kranken, und so beugte sie sich dicht zu den Lippen der Kranken herab.

»David Holm!« flüsterte die Sterbede.

Schwester Maria schüttelte den Kopf; sie war nicht ganz sicher, ob sie recht gehört hatte.

Da strengte sich die Kranke aufs äußerste an, um sich verständlich zu machen, und sie sprach nun die Worte ganz langsam aus.

»Laß Da-vid – Holm – ho-len!«

Dabei hielt sie die Augen unverwandt auf die Freundin gerichtet, bis sie sicher war, daß diese sie verstanden hatte. Dann legte sie sich wieder zurück, wie um zu ruhen; und schon nach ein paar Minuten war ihr Geist wieder weit weg, und sie war nun offenbar Zeuge eines häßlichen Auftritts, der sie mit Zorn und Angst erfüllte.

Die Heilsarmeeschwester richtete sich aus ihrer vorgebeugten Stellung auf. Jetzt weinte sie nicht mehr, sie war von einer Gemütsbewegung ergriffen, die mächtiger war als die Tränen.

»Schwester Edith will, daß wir David Holm holen lassen«, sagte sie.

Aber mit diesem Wunsche schien die Kranke etwas ganz Entsetzliches begehrt zu haben. Die große grobknochige Hauptmännin wurde nun ebenso erregt wie die anwesende Freundin.

»David Holm!« wiederholte sie. »Das ist doch wohl nicht möglich! Zu einer Sterbenden kann man David Holm nicht kommen lassen.«

Die Mutter der Kranken hatte bisher still am Bett gesessen und hatte auch gesehen, wie das Gesicht ihrer Tochter den Ausdruck der Entrüstung und Verurteilung annahm. Jetzt wendete sie sich an die beiden ratlosen Frauen und fragte, was es gebe.

»Schwester Edith verlangt, daß wir David Holm herbeiholen«, klärte sie die Hauptmännin auf. »Aber wir wissen nicht, ob das richtig ist.«

»David Holm?« fragte die Mutter der Kranken in unsicherem Ton. »Wer ist David Holm?«

»Es ist einer von denen, die Schwester Edith in ihrem Bezirk sehr viel Not und Arbeit gemacht haben, und um den sie sich besonders bemüht hat; aber der Herr hat sie keine Macht über ihn gewinnen lassen.«

»Ach, Hauptmännin, vielleicht ist es Gottes Absicht, gerade jetzt in diesen letzten Stunden durch sie zu wirken!« sagte Schwester Maria zögernd.

Doch die Mutter sah die Freundin ihrer Tochter unfreundlich an und sagte:

»Ihr habt ja meine Tochter so lange gehabt, als noch ein Funke von Leben in ihr war. Darum könntet ihr sie wenigstens jetzt, wo es zum Sterben geht, mir überlassen.«

Damit war die Sache entschieden, und Schwester Maria nahm ihren vorigen Platz am Fußende des Bettes wieder ein. Die Hauptmännin ließ sich wieder auf dem kleinen Stuhl nieder, schloß die Augen und versank in ein leise gemurmeltes Gebet. Ab und zu drang ein etwas lauteres Wort an das Ohr der anderen, und sie verstanden, daß die Hauptmännin Gott bat, die Seele der jungen Schwester in Frieden von dieser Welt scheiden zu lassen, ohne daß sie noch von den Pflichten und Sorgen, die der Welt der Prüfungen angehörten, gequält würde.

Als die Heilsarmeeoffizierin so im Gebet versunken dasaß, wurde sie plötzlich aus ihrer Andacht gerissen, weil ihr die junge Heilsarmeeschwester die Hand auf die Schulter legte.

Sie schaute hastig auf und sah, daß die Kranke noch einmal zum Bewußtsein gekommen war. Aber jetzt sah sie nicht mehr so freundlich und demütig aus wie zuvor. Etwas drohend Düsteres lag auf ihrer Stirne. Die junge

Schwester beugte sich rasch über die Sterbende und hörte nun ganz deutlich die vorwurfsvolle Frage: »Schwester Maria, warum hast du David Holm nicht holen lassen?«

Höchstwahrscheinlich wollte die Freundin Einwendungen machen, aber in den Augen der Kranken stand ein Ausdruck, der sie zum Schweigen zwang.

»Ich werde ihn zu Schwester Edith holen«, sagte sie dann, und sich wie entschuldigend an die Mutter wendend, fuhr sie fort: »Ich habe Edith nie etwas abschlagen können, wenn sie mit einer Bitte zu mir kam, und ich kann es auch heute nicht.«

Da schloß die Kranke die Augen mit einem Seufzer der Erleichterung, und die junge Heilsarmeeschwester verließ die kleine Kammer, in der nun dieselbe Stille herrschte wie zuvor. Die Heilsarmeehauptmännin verharrte angsterfüllt in stillem Gebet. Die Brust der Sterbenden arbeitete immer härter, und die Mutter rückte näher an das Bett heran, wie um einen Versuch zu machen, ihr armes Kind vor Qualen und dem Tod zu beschützen.

Nach einer kleinen Weile schaute die Kranke wieder auf. Ihr Gesicht trug noch immer denselben ungeduldigen Ausdruck; aber als sie den Platz, wo die Freundin gestanden hatte, leer sah und also begriff, daß ihr Wunsch auf dem Wege der Erfüllung war, nahmen ihre Züge einen weicheren Ausdruck an. Sie machte keinen Versuch mehr zu sprechen und versank auch nicht wieder in die frühere Bewußtlosigkeit, sondern hielt sich wach.

Jetzt hörte man die äußere Tür gehen, und da richtete sich die Sterbende beinahe aufrecht im Bett auf. Gleich darauf erschien Schwester Maria an der Tür, die sie aber nur einen ganz kleinen Spalt breit öffnete. »Ich wage nicht hereinzukommen, denn ich bin zu kalt«, sagte sie. »Würden Sie nicht so gut sein, einen Augenblick zu mir herauszukommen, Hauptmännin Andersson?«

Sie sah wohl, wie erwartungsvoll die Augen der Kranken auf sie gerichtet waren, und so fügte sie noch hinzu:

»Ich hab' ihn nicht finden können, bin aber mit Gustavsson und ein paar anderen von den unsrigen zusammengetroffen, und sie haben mir versprochen, ihn herbeizuschaffen. Wenn es überhaupt möglich ist, so bringt ihn Gustavsson zu dir, Schwester Edith.«

Sie hatte kaum ausgesprochen, als die Sterbende schon wieder die Augen schloß und erneut in den hellseherischen Zustand versank, in dem sie schon den ganzen Tag befangen gewesen war.

»Sie sieht ihn ganz gut«, sagte die Heilsarmeeschwester, und ihre Stimme hatte einen etwas entrüsteten Klang; aber sie faßte sich rasch und fuhr fort: »Halleluja, es ist kein Unglück, wenn das geschieht, was Gottes Wille bestimmt hat.«

Damit zog sie sich leise ins äußere Zimmer zurück, und die Hauptmännin folgte ihr dahin.

Da draußen stand eine Frau, die kaum dreißig Jahre alt sein mochte, aber ein so graues und gramdurchfurchtes Gesicht, so dünnes Haar und eine so abgemagerte Gestalt hatte, daß sie viel älter und gebrochener aussah als manche Greisin. Überdies war sie äußerst ärmlich gekleidet, und es sah fast aus, als hätte sie sich in ihre jämmerlichsten Lumpen gehüllt, weil sie die Absicht gehabt hatte, zu betteln.

Als die Heilsarmeehauptmännin diese Frau betrachtete, stieg plötzlich ein heftiges Angstgefühl in ihr auf. Nicht die Lumpen, in die das Weib gehüllt war, und nicht die vorzeitig gealterte Gestalt waren das schlimmste an der ganzen Erscheinung, sondern die starre Teilnahmslosigkeit ihrer Gesichtszüge. Diese Frau war allerdings ein Mensch, der sich bewegte, der ging und stand, aber sie schien durchaus nicht zu wissen, wo sie sich befand. Sie hatte offenbar so entsetzlich gelitten, daß ihre Seele jetzt vor einer Art Wendepunkt stand; im nächsten Augenblick schon konnte der Wahnsinn ausbrechen.

»Dies ist David Holms Frau«, sagte die junge Heilsarmeeschwester. »Ich habe sie in diesem Zustand in ihrer Wohnung gefunden, als ich den Mann holen wollte; da wagte ich nicht, sie allein zu lassen, und so nahm ich sie mit hierher.«

»Ist das David Holms Frau?« rief die Heilsarmeehauptmännin. »Ich muß sie bestimmt früher schon gesehen haben, kann mich aber nicht erinnern, wo. Was mag ihr denn geschehen sein?«

»Oh, man sieht wohl, was ihr geschehen ist«, erwiderte Schwester Maria heftig, wie von übermächtigem Zorn erfaßt. »Der Mann quält sie einfach zu Tode.« Die Heilsarmeehauptmännin betrachtete die Frau immer wieder prüfend: Die Augen der Unglücklichen standen weit offen, und die Pupillen starrten fortgesetzt geradeaus ins Leere. Sie hielt die Hände zusammengepreßt, einige ihrer Finger drehten sich unaufhörlich umeinander, und ab und zu drang ein schwaches zitterndes Stöhnen über ihre Lippen.

»Was hat er ihr getan?« frage die Hauptmännin.

»Ich weiß es nicht«, antwortete die junge Schwester. »Als ich kam, saß sie auf einem Stuhl und stöhnte gerade wie jetzt. Die Kinder waren nicht daheim, und so konnte ich niemand fragen. Ach, du lieber Gott, daß dies auch gerade heute kommen muß! Wie soll ich jetzt für sie sorgen, wenn ich doch an nichts anderes denken kann als an Schwester Edith.«

»Er hat sie wohl geschlagen?« fragte die Hauptmännin.

»Ach, es muß etwas viel Schlimmeres gewesen sein. Ich habe oft solche gesehen, die geschlagen worden waren, aber so sahen sie nicht aus. Nein, nein, es muß etwas viel Schlimmeres gewesen sein«, wiederholte sie mit zunehmendem Entsetzen. »Wir haben ja auf Schwester Ediths Gesicht gesehen, daß etwas Furchtbares geschehen ist.«

»Allerdings«, stimmte jetzt auch die Hauptmännin bei. »Nun können wir auch verstehen, daß sie das gesehen hat. Und Gott sei Dank, daß Schwester Edith es gesehen hat, dadurch bist du, Schwester Maria, noch hingekommen, ehe es zu spät war. Ja, Gott sei Lob und Dank! Es ist sicher seine Absicht, daß wir ihren Verstand vor dem Untergang bewahren sollen.«

»Aber was soll ich denn mit ihr anfangen?« fragte Schwester Maria. »Sie folgt mir wohl, wenn ich sie bei der Hand nehme, aber sie hört nicht, was ich sage. Die Seele ist entflohen, wie sollen wir sie wieder einfangen? Ich habe keine Macht über sie. Vielleicht gelingt es Ihnen besser, Hauptmännin Andersson.«

Die hochgewachsene Hauptmännin nahm das arme Weib bei der Hand und redet mit ihr; sie versuchte es mit freundlichen und versuchte es mit strengen Worten, aber auf dem Gesicht der Ärmsten zeigte sich keine Spur von Bewußtsein.

Mitten unter diesen fruchtlosen Bemühungen steckte die Mutter der Kranken den Kopf durch die Tür und sagte: »Edith wird unruhig; es wäre gut, wenn Sie wieder hereinkämen.«

Die beiden Heilsarmeeschwestern eilten zurück in die kleine Kammer, wo sich die Kranke jetzt unruhig in ihrem Bett hin und her warf. Aber ihre Aufregung schien viel eher von einer seelischen Anfechtung als von körperlichen Leiden herzukommen. Sie wurde auch sofort ruhiger, als sie ihre beiden Freundinnen auf den gewohnten Plätzen sah, und ihre Augen schlossen sich aufs neue.

Die Hauptmännin machte Schwester Maria ein Zeichen, bei der Kranken zu bleiben, sie selbst aber stand leise auf, um sich wieder hinauszuschleichen. In demselben Augenblick öffnete sich indes die Tür, und David Holms Frau trat ein.

Sie näherte sich dem Bett der Kranken und blieb da mit ausdruckslosen starren Augen stehen, sie schauderte und stöhnte noch immer wie zuvor und verdrehte ihre harten Finger, daß sie in den Gelenken knackten. Eine gute Weile war nicht zu merken, ob sie wußte, was sie vor sich sah, aber ganz allmählich milderte sich die Starrheit ihres Blicks. Sie beugte sich vor und neigte ihr Gesicht immer tiefer über die Sterbende.

Dann aber bemächtigte sich etwas Drohendes, Unheimliches der Frau. Ihre Finger öffneten sich und krallten sich wieder zusammen, und die beiden Heilsarmeeschwestern sprangen rasch auf, voller Angst, sie würde sich auf die Sterbende stürzen.

Nun schlug die junge sterbende Schwester die Augen auf, und ihr Blick fiel auf die fürchterliche, halb wahnsinnige Gestalt, die sich über sie beugte. Da richtete sie sich im Bett auf, umschlang sie mit beiden Armen, zog sie mit der ganzen Kraft, deren sie noch fähig war, zu sich herab und küßte sie, küßte sie auf Stirne, Wangen und Mund, während sie dabei flüsternd hervorbrachte:

»Ach, arme Frau Holm! Arme, arme Frau Holm!« Die arme, vom Unglück geschlagene Frau schien zuerst zurückweichen zu wollen, aber dann lief ein Zittern durch ihren Körper. Sie brach in heftiges Schluchzen aus und sank, den Kopf noch immer dicht an der Wange der Sterbenden, neben dem Bett in die Knie.

»Sie weint, Schwester Maria, sie weint!« flüsterte die Hauptmännin bewegt. »Sie wird nicht wahnsinnig.« Schwester Maria preßte die Hand fest um das Taschentuch, mit dem sie ihre Tränen getrocknet hatte, und erwiderte mit einer verzweifelten Anstrengung, ihre Stimme fest zu machen:

»Sie allein kann so etwas tun, Hauptmännin Andersson. Ach, was wird aus uns werden, wenn sie nicht mehr da ist!«

Im nächsten Augenblick fingen die beiden einen flehenden Blick von der Mutter der Kranken auf und verstanden ihn.

»Ja, gewiß, wir müssen sie fortschaffen«, sagte die Hauptmännin. »Und es wäre wohl auch nicht gut, wenn sie der Mann hier anträfe, falls er noch kommen sollte. Nein, nein, Schwester Maria«, fuhr sie fort, als die junge Heilsarmeeschwester gleich das Zimmer verlassen wollte, »bleibe du hier bei deiner Freundin, ich werde für sie sorgen.«

II

An demselben Silversterabend, aber so spät, daß es finstere Nacht ist, sitzen drei Männer in der kleinen Anlage, die die Stadtkirche umgibt, und trinken eifrig Bier und Branntwein.

Die drei haben sich unter einer Lindengruppe, deren schwarzes Geäst vor Feuchtigkeit glänzt, auf einem verdorrten Rasenplatz niedergelassen. Zuvor haben sie in einem Bierkeller gesessen; aber da dieser zur Polizeistunde geschlossen worden ist, zechen sie nun im Freien weiter. Sie wissen recht wohl, daß es Silvesterabend ist, und gerade deshalb haben sie sich hierher in die Kirchenanlagen begeben. Sie wollen nämlich der Kirchturmuhr so nahe sein, daß sie es ganz sicher hören, wenn es Zeit ist, Prosit Neujahr zu rufen und darauf anzustoßen.

Die drei Zechbrüder sitzen da nicht im Dunkeln, sondern sind von dem Schein, den die hohen elektrischen Lampen der anliegenden Straßen auf die Kirchenanlage werfen, ziemlich hell beleuchtet. Zwei von ihnen sind von kleiner Gestalt, alt und abgelebt, ein paar unglückliche Landstreicher, die sich in die Stadt geschlichen haben, um ihre erbettelten Kupfermünzen zu vertrinken. Der dritte ist ein Mann Anfang der Dreißiger. Auch er ist wie die anderen sehr unordentlich gekleidet, aber groß und gut gewachsen und scheint noch im Besitz seiner vollen ungebrochenen Kraft zu sein.

Sie haben Angst hier, von einem Schutzmann entdeckt und fortgejagt zu werden, und um sich recht leise, ja fast flüsternd unterhalten zu können, sitzen sie ganz nahe beieinander. Der jüngere von ihnen führt das Wort, und die beiden anderen hören ihm so aufmerksam zu, daß sie die Flaschen schon eine gute Weile ganz unberührt neben sich liegen haben.

»Ich habe einmal einen Kameraden gehabt«, sagt der Sprecher, und seine Stimme hat dabei einen ernsten, fast geheimnisvollen Klang, während ein arglistiger Funke in seinen Augen aufleuchtet, »der am Silvesterabend immer wie umgewandelt war. Nicht etwa, daß er an diesem Tag große Berechnungen angestellt hätte und etwa von dem Jahresverdienst unbefriedigt gewesen wäre; o nein, sondern weil er gehört hatte, daß einem an diesem Tag etwas Fürchterliches und Unheimliches widerfahren könnte. Ich versichere euch, ihr Herren, daß er sich an dem Tag vom Morgen bis Abend ganz still und ängstlich verhielt und von einem Schnaps nicht einmal etwas hören, geschweige denn einen trinken wollte. Sonst war er gar kein Spielverderber, aber es wäre völlig unmöglich gewesen, ihn an einem Neujahrsabend zu so einem kleinen Spaß wie diesem hier verleiten zu wollen, gerade wie es für euch, ihr Herren, eine Unmöglichkeit wäre, mit dem Landeshauptmann Schmollis zu trinken.

Ja so, meine Herren, ihr fragt, wovor er sich denn gefürchtet habe? Ja, das war nicht so leicht aus ihm herauszubringen, aber einmal hat er es doch verraten. Aber ihr möchtet es wohl heute lieber nicht hören, wie? Es ist ein wenig gruselig in so einer Kirchenanlage, die einst sicher ein Kirchhof gewesen ist, oder meint ihr etwa nicht?«

Die beiden Landstreicher erklären natürlich sofort, daß sie von Gespensterfurcht nichts wüßten, und so fährt der dritte fort:

»Er, von dem ich spreche, stammte von besseren Leuten ab. Er hatte einst auf der Universität zu Uppsala studiert, so daß er ein bißchen mehr wußte als wir. Und seht nun, ihr Herren, am Neujahrsabend hielt er sich vollständig nüchtern, nur damit er nicht zufällig in eine Schlägerei verwickelt werden oder ihm sonst ein Unglück zustoßen sollte, das ihn an diesem Tag das Leben kosten könnte. An jedem anderen Tag wäre ihm das ziemlich einerlei gewesen; aber an einem Neujahrsabend durfte ihm nichts Tödliches zustoßen, denn er glaubte, daß er sonst gezwungen wäre, den Totenkarren zu fahren.«

»Den Totenkarren?« wiederholen die beiden Zuhörer zugleich in fragendem Tone.

Der große Mann macht sich ein Vergnügen daraus, die Neugier seiner Gefährten aufzustacheln, indem er noch einmal fragt, ob sie denn auch wirklich beim Gedanken an den Ort, wo sie säßen, die Geschichte hören wollten; aber sie verlangten eifrig die Fortsetzung, und so nimmt der andere wieder das Wort.

»Nun also, dieser mein Kamerad behauptete ganz fest, es gäbe einen alten, alten Karren von der Art, wie ihn die Bauern gebrauchen, wenn sie ihre Waren auf den Markt fahren, er sei aber in so trostlosem Zustande, daß er sich eigentlich auf einer Landstraße gar nicht sehen lassen dürfte. Erstens sei er von Lehm und Straßenstaub so überzogen, daß man kaum noch ehen könne, aus welchem Material er gemacht sei. Dann seien die Radachsen gebrochen, die Radkränze säßen so lose, daß sie klapperten, die Räder seien seit Ewigkeit nicht geschmiert worden und knirschten und ächzten, daß es einen verrückt machen könnte. Der Karrenboden sei verfault und der Polstersitz zerlumpt und die halbe Einfassung um den Wagensitz sei weggerissen. Zu dem Karren gehöre ein alter, alter Gaul, eine einäugige Schindmähre, die so mager sei, daß das Rückgrat wie ein Sägeblatt unter der Haut aufrage und man alle ihre Rippen zählen könne. Sie sei steifbeinig und faul und störrisch und bewege sich nicht rascher als ein Kind, das auf dem Boden kriecht. Und zu dem Gaul gehöre ein Geschirr, das ganz abgeschabt und zerfressen sei und alle seine Schnallen und Haken verloren habe, so daß die Riemen jetzt nur noch mit alten Schnüren und Birkenweiden zusammengebunden seien. Nicht ein einziger silberner oder messingener Beschlag sei noch daran, nur noch ein paar spärliche, schmutzige Garntroddeln, die mehr zur Unzier als zur Zier dienten. Und die Leitseile paßten genau zum Geschirr, denn sie bestünden aus lauter Knoten, einer am anderen, und seien so oft wieder zusammengeknüpft worden, daß nun niemand mehr etwas daran ausbessern könnte.«

Hier schweigt der Erzähler und streckt die Hand nach der Flasche aus, vielleicht hauptsächlich, um den Zuhörern Zeit zu lassen, sich so recht klar zu machen, was sie gehört haben.

Dann nimmt er wieder das Wort und sagt:

»Nun, ihr Herren, das klänge vielleicht nicht gar so merkwürdig; aber seht, die Sache ist die, daß zu diesem Geschirr und den lumpigen Zügeln auch ein Fuhrmann gehört, der gebückt und jammervoll auf dem wackeligen Brett sitzt und den alten Gaul lenkt. Er hat blauschwarze Lippen und fahle Wangen, und die Augen sind dunkel und wie ein zerbrochener Spiegel. Er trägt einen langen, schwarzen, verfleckten Mantel mit einer großen Kapuze, die er tief ins Gesicht hereingezogen hat, und in der Hand hält er eine rostige schartige Sense an einem langen Stiel. Und seht, ihr Herren, der Mann, der da auf dem Karren sitzt und den Gaul an den zerlumpten Zügeln lenkt, ist kein gewöhnlicher Fuhrmann, sondern steht im Dienst eines gestrengen Herrn, der der Tod genannt wird. Tag und Nacht muß dieser Fuhrmann die Aufträge seines Herrn ausrichten. Versteht ihr wohl, ihr Herren, sobald es bei jemand ans Sterben geht, muß er zur Stelle sein, und dann kommt er auch mit seinem knirschenden alten Karren dahergerasselt, so rasch, wie der lahme Gaul den Karren nur ziehen kann.«

Wieder macht der Erzähler eine Pause und versucht, die Gesichter seiner Kameraden zu unterscheiden, und als er merkt, daß sie ihm so gebannt zuhören, wie er nur verlangen kann, fährt er fort:

»Ihr habt doch gewiß schon irgendein Bild gesehen, das den Tod vorstellen soll, und da habt ihr wohl gemerkt, daß er meistens zu Fuß geht. Aber dieser hier auf dem Karren ist auch nicht der Tod selbst, sondern nur sein

Fuhrknecht. Seht, man könnte sich ja denken, daß so ein hoher Herr vielleicht nur die vornehmste Ernte bergen wollte, und für die kleinen erbärmlichen Gräser und Kräuter, die am Wegrand stehen, für die muß dann der Fuhrknecht sorgen. Aber nun, ihr Herren, nun gebt wohl acht, denn jetzt kommt das Allermerkwürdigste an der ganzen Geschichte. Ja, es scheint sich nämlich so zu verhalten, daß bei diesem Geschäft zwar immer derselbe Karren von demselben Gaul gezogen wird, der Fuhrknecht dagegen nicht immer derselbe bleibt. Der letzte Mensch, der in dem laufenden Jahre stirbt, also der Mensch, der in dem Augenblick den Geist aufgibt, wo die Glocke in der Neujahrsnacht die Mitternacht verkündigt, ist im voraus dazu bestimmt, der Fuhrknecht des Todes zu werden. Sein Leichnam wird zwar begraben, wie der aller anderen Toten auch, aber sein Geist muß den Mantel anziehen und ein ganzes Jahr lang mit der Sense von Haus zu Haus fahren, wo immer ein Toter liegt, bis er in der nächsten Neujahrsnacht endlich abgelöst wird.«

Der Erzähler schweigt und betrachtet die beiden anderen mit einem boshaft erwartungsvollen Blick. Er sieht, daß sie die Augen nach oben gerichtet haben und sich vergeblich bemühen, herauszubringen, welche Zeit die Zeiger der Turmuhr angeben.

»Es hat eben erst drei Viertel auf zwölf geschlagen«, klärt er die Gefährten auf. »Ihr braucht euch also nicht die geringste Sorge zu machen, daß der gefährliche Augenblick schon herangekommen sei. Aber jetzt versteht ihr doch vielleicht, warum mein Kamerad so große Angst hatte. Ja, vor nichts weiter fürchtete er sich, als eben davor, der Tod könnte ihn möglicherweise in dem Augenblick überraschen, wo die Glocke in der Neujahrsnacht zwölf Uhr schlüge, und daß er dann gezwungen wäre, dessen Fuhrknecht zu werden. Ich glaube, daß er sich am letzten Tage des Jahres immerfort einbildete, er höre das Rasseln und Knirschen des Totenkarrens. Und wißt ihr wohl, ihr Herren, was das merkwürdigste war? Er scheint tatsächlich im letzten Jahre gerade in der Neujahrsnacht gestorben zu sein.«

»Was, ist er wirklich gerade vor Anbruch des neuen Jahres gestorben?«

»Ich weiß nichts weiter, als daß er in der Neujahrsnacht starb; aber bei welchem Glockenschlage, ist mir nicht bekannt. Nun, ich hätte ihm eigentlich prophezeien können, daß er gerade an diesem Tag ins Gras beißen müßte, er hat ja doch nichts anderes getan, als auf den Tod gewartet. Wenn ihr Herren euch so etwas fest einbilden würdet, ginge es euch genauso.«

Die beiden anderen Männer haben, während der dritte erzählte, wie auf gemeinsame Verabredung rasch den Hals ihrer Flasche umfaßt und trinken nun einen langen Schluck. Darauf stehen sie langsam und schwerfällig auf.

»Ach, die Herren werden doch nicht aufbrechen wollen, ehe es Mitternacht geschlagen hat«, sagt der Große, der die Geschichte erzählt hat, als er merkt, daß es ihm gelungen ist, den beiden anderen einen Schrecken einzujagen. »Ihr werdet doch einem solchen alten Ammenmärchen keinen Glauben schenken, nein, das ist doch wohl nicht möglich! Mein Kamerad war auch viel schwächer als ihr, nicht von dem alten urgesunden schwedischen Schlag wie wir. Kommt, nun trinken wir einen tüchtigen Schluck, und dann setzen wir uns wieder!« –

»Es ist nur gut, daß man uns hier ungestört sitzen läßt«, fährt er fort, nachdem er die anderen wieder neben sich auf dem Rasen hat. »Dies ist heute den lieben langen Tag hindurch der erste Ort, wo man mich in Ruhe läßt. Denn wo ich mich heute sehen ließ, bin ich immerfort von Heilsarmeesoldatinnen überfallen worden, die mich zu Schwester Edith, die im Sterben zu liegen scheint, mitnehmen wollten. Aber ich hab' mich dafür bedankt; das fehlte gerade noch, man setzt sich doch nicht freiwillig einer so widerlichen Predigt aus.«

Als die beiden kleineren Männer den Namen der Schwester Edith hören, fahren sie, obwohl ihr Gehirn von dem fortgesetzten Trinken umnebelt ist, heftig zusammen und fragen, ob es die Schwester sei, die der Rettungsstation vorstehe.

»Jawohl, die ist es«, antwortet der jüngere Mann. »Während dieses ganzen Jahres hat sie sich ganz besonders um mich gekümmert, und ich hoffe, sie gehört nicht zu euren näheren Bekannten, ihr Herren, damit ihr nicht zu sehr um sie trauern müßt.«

In den Herzen der beiden Landstreicher mußte indes irgendeine Erinnerung an eine von Schwester Edith empfangene Wohltat lebendig sein, denn beide erklären mit größter Bestimmtheit und Übereinstimmung, wenn Schwester Edith nach jemand verlange, so müßte er sich, wer er auch immer sei, unverzüglich zu ihr begeben.

»So, das ist eure Meinung, ihr Herren?« versetzt der dritte. »Nun, ich würde auch gleich hingehen, wenn ihr mir ungefähr sagen wolltet, welche Freude Schwester Edith an einem Zusammensein mit mir haben könnte.«

Keiner der beiden Landstreicher läßt sich auf die Beantwortung dieser Frage ein, aber beide versuchen ihn zu überreden, jetzt noch zu Schwester Edith zu gehen. Und als er sich fortgesetzt weigert, geraten sie in heftigen

Zorn und erklären, wenn er nicht gutwillig gehe, würden sie ihn mit Gewalt hinschleppen.

Sie stehen auch gleich auf und krempeln ihre Rockärmel zurück, um zum Angriff überzugehen.

Ihr Widersacher, der wohl weiß, daß er der größte und stärkste Mann in der ganzen Stadt ist, hat plötzlich Mitleid mit den beiden schwächlichen Tröpfen.

»Wenn die Herren es denn durchaus nicht anders haben wollen, so bin ich selbstverständlich sofort bereit«, sagt er. »Aber ich muß gestehen, meiner Ansicht nach sollten wir uns lieber gütlich vertragen, besonders beim Gedanken an das, was ich erzählt habe.«

Die beiden betrunkenen Männer wissen wohl kaum noch, was sie in Zorn versetzt hat; aber jetzt ist ihre Streitsucht geweckt, und sie gehen mit geballten Fäusten auf den dritten los. Dieser ist sich aber seiner Überlegenheit so bewußt, daß er es nicht einmal der Mühe wert findet, aufzustehen, sondern ruhig sitzenbleibt. Er streckt nur die Arme aus und schleudert seine Angreifer wie ein paar junge Hunde nach rechts und links weg. Aber wie junge Hunde kommen sie auch gleich wieder heran, und dabei gelingt es dem einen, dem großen starken Mann einen heftigen Stoß auf die Brust zu versetzen. Im nächsten Augenblick fühlt dieser, daß ihm etwas Warmes die Kehle heraufsteigt und den Mund füllt. Und da er weiß, wie angegriffen sein einer Lungenflügel ist, ahnt er, daß dies der Anfang eines Blutsturzes ist. Er gibt den Kampf auf und wirft sich auf den Boden zurück, während ihm ein breiter Blutstrom über die Lippen quillt. Dies ist ja an und für sich schon ein schwerer Unfall, aber das schlimmste und verhängnisvollste dabei ist, daß die Kameraden, als ihnen das warme Blut auf die Hände spritzt und sie den Mann zurücksinken sehen, meinen, sie hätten ihn ermordet, sinnlos und in wilder Flucht davonjagen und den Verletzten ganz allein zurücklassen. Der Blutsturz läßt freilich allmählich nach, aber sobald der Mann den allergeringsten Versuch macht, sich aufzurichten, quillt das Blut von neuem hervor.

Es ist keine besonders kalte Nacht; aber als der Mann so auf der Erde ausgestreckt liegt, fühlt er sich bedrohlich der Feuchtigkeit und Kälte ausgesetzt, und nach und nach wird es ihm zur Gewißheit, daß er zugrunde gehen muß, wenn ihm nicht bald jemand zu Hilfe kommt und ihn unter Dach und Fach schafft. Er liegt hier so gut wie mitten in der Stadt, und da es Neujahrsnacht ist, sind auch noch eine Menge Menschen unterwegs; er hört sie auf den Straßen hin und her gehen und um den Kirchplatz herumwandern, aber niemand kommt in die Anlagen herein. Ja, die Menschen sind gar nicht weit weg, er kann ganz deutlich ihre Stimmen hören, und er denkt, es sei doch sehr hart, hier ohne Hilfe zugrunde gehen zu müssen und sie doch greifbar nahe zu wissen.

Wieder wartet er eine Weile, ob vielleicht jemand kommt. Die Kälte plagt ihn immer mehr; aber er kann sich nicht allein aufrichten, das merkt er wohl, und so beschließt er, wenigstens einen Versuch zu machen, jemand herbeizurufen.

Aber auch diesmal hat er kein Glück, denn gerade als er einen Notschrei ausstößt, fängt die Glocke im Turme über ihm an, zwölf Uhr zu schlagen. Die menschliche Stimme wird von dem starken Erzklang vollkommen übertönt, kein Mensch gibt auf sie acht. Der Kranke kann auch keinen zweiten Versuch machen, denn nach der Anstrengung fließt das Blut von neuem, und zwar diesmal so heftig, daß er kaum noch den Gedanken fassen kann, auf diese Weise verliere er alles Blut aus seinem Körper bis auf den letzten Tropfen, als es auch schon geschehen zu sein scheint. Wie, werd' ich am Ende sterben, während die Glocke da droben Mitternacht schlägt, denkt er. Das kann doch nicht möglich sein! – Aber zugleich hat er das Gefühl, als verlösche er wie ein ausgebranntes Licht. Und in demselben Augenblick, als der letzte dröhnende Glockenschlag verhallt und den Anbruch des neuen Jahres verkündigt, versinkt der Mann in Finsternis und Bewußtlosigkeit.

III

Gleich nachdem die Turmuhr zwölf weithin hallende Schläge dröhnend über die Landschaft hingeschickt hat, dringt ein kurzes, scharfes Ächzen und Knirschen durch die Luft.

Nach wenigen Augenblicken ertönt es aufs neue, und dann wiederholt es sich unaufhörlich in ganz kurzen Zwischenräumen von nur wenigen Augenblicken, gerade als käme es von einem ungeschmierten Wagenrad her; aber es ist ein noch viel schärferer, widerwärtigerer Laut, als ihn ein noch so elendes Fuhrwerk hervorbringen könnte. Und mit diesem Laut kommt die Angst; er erweckt Angst vor allem, was man sich an Schmerz und Qual nur ausdenken kann.

Es ist ein Glück, daß von denen, die hergekommen sind, den Jahreswechsel an der Kirche zu erwarten, keiner dieses Geräusch hören kann. Wenn es vernehmlich wäre, würden alle frohen jungen Leute, die während der ganzen Nacht auf den Straßen um den Platz und die Kirchenanlagen herumgewandert sind und sich nun lustig Prosit Neujahr zurufen, ihre Glückwünsche in Jammern und Klagen verwandelt haben über all das Schlimme, das sie selbst und ihre Freunde erwarte. Wenn das Geräusch vernehmlich gewesen wäre, würde die kleine Gemeinde in dem Vereinshause, die eben jetzt das Neujahrslied anstimmte, um Gott im Himmel Lob und Dank darzubringen, gemeint haben, es mischten sich höhnisches Pfeifen und Zischen gefallener Geister in den heiligen Gesang. Wenn das Geräusch vernehmlich gewesen wäre, würde der Redner, der mit dem Champagnerglas in der Hand in einer frohen Gesellschaft eben seine Glückwünsche zum neuen Jahr ausbrachte, verstummt sein, weil er ein widerwärtiges Rabengekrächze zu hören glaubte, das ihm für alles, was er hoffte und wollte, Mißerfolg und Unglück anzukündigen schien. Ja, wenn das Geräusch vernehmlich gewesen wäre, würden die Herzen aller derer, die in dieser Nacht in ihren stillen Heimstätten wachten und sich Rechenschaft über ihr Tun und Lassen im vergangenen Jahr ablegten, im Bewußtsein ihres Unvermögens und ihrer Schwachheit von Verzweiflung zerrissen worden sein!

Es ist ein Glück, daß dieses Geräusch nur ein einziger Mensch hören kann, und daß dieser eine Mensch zu denen gehört, die es sehr nötig haben, in Angst, Gewissensqual und Selbstverachtung gestürzt zu werden, wenn es überhaupt noch möglich ist.

IV

Der Mann, der den schweren Blutsturz gehabt hat, liegt noch auf dem Boden und gibt sich alle Mühe, wieder zum Bewußtsein zu kommen. Es ist ihm, als wecke ihn etwas, als fliege ein Vogel, oder was es sonst sein mag, mit lautem Geschrei über seinen Kopf hin. Aber es umgibt ihn eine schöne, angenehme Ruhe, aus der er sich nicht losreißen kann.

Gleich darauf ist er überzeugt, daß das Geräusch nicht von einem Vogelschrei herrühren kann, sondern daß es der Totenkarren ist, dessen Geschichte er den beiden Landstreichern erzählt hat; dieser fährt jetzt durch die Kirchenanlagen und knirscht und rasselt so schrecklich, daß der Mann nicht schlafen kann. Aber halb unbewußt weist er, während er ruhig auf dem Boden liegt, den Gedanken, es könnte der Totenkarren sein, doch von sich. So etwas bildet er sich ja nur ein, weil er erst vorhin an ihn gedacht hatte.

Er versinkt von neuem in eine Art Schlummerzustand, aber das hartnäkkige Knirschen dringt wieder schneidend durch die Luft und läßt ihm keine Ruhe. Jetzt wird ihm auch plötzlich klar, daß das, was er hört, von einem wirklichen Gefährt herrührt. Nein, das ist keine Einbildung, es ist volle Wirklichkeit, und so kann er nicht hoffen, daß es bald aufhören werde. Und da wird ihm etwas klar; es hilft alles nichts, er muß sich entschließen, aufzuwachen.

Er merkt sofort, daß er noch immer auf demselben Rasenplatz liegt wie zuvor und ihm also niemand zu Hilfe gekommen ist. Alles scheint noch unverändert zu sein, nur wiederholt dringt ein ächzender, knirschender Ton durch die Luft. Der Ton scheint aus weiter Ferne zu kommen, ist aber überaus langgezogen und dringt ihm schneidend scharf in die Ohren, und er weiß nun auch genau, daß ihn dieser Laut geweckt hat. Er fragt sich, ob er wohl lange bewußtlos dagelegen habe, was ihm aber nicht möglich erscheint. Er hört, wie sich die Leute, die in nächster Nähe umherwandern, Prosit Neujahr zurufen, und schließ daraus, daß es noch nicht lange nach Mitternacht sein kann.

Der ächzende, knirschende Ton dringt immer wieder an sein Ohr, und da der Mann von jeher sehr empfindlich gegen gellende, kreischende Töne gewesen ist, denkt er, es wäre gut, wenn er versuche aufzustehen und fortzugehen, damit er dieses Unwesen nicht mehr hören müßte. Ja, einen Versuch könnte er doch wenigstens machen, jetzt beim Aufwachen fühlt er sich wieder ganz wohl. Er hat nicht mehr das Gefühl, als habe er eine offene, klaffende Wunde in der Brust. Es friert ihn nicht mehr, und er fühlt sich auch nicht mehr matt, fühlt überhaupt seinen Körper gar nicht, sondern es ist ihm ganz so zumute, wie es zu sein pflegt, wenn man vollkommen gesund ist.

Er liegt noch immer auf der Seite, wie er sich hingeworfen hat, als der Blutsturz anfing, und nun will er sich zuerst auf den Rücken legen und versuchen, was sein gebrechlicher Körper aushalten kann.

›Jetzt richte ich mich vorsichtig auf den Ellbogen auf, drehe mich um und lasse mich wieder zurücksinken‹, denkt er.

Der Mann ist, wie alle anderen Menschen auch, gewohnt, sobald der Gedanke sagt: »Nun tue ich dies oder das«, es auch in demselben Augenblick vollbracht zu haben. Aber diesmal widerfährt ihm etwas Seltsames:

sein Körper bleibt ganz ruhig liegen, ohne die vorgeschriebenen Bewegungen auszuführen; vollkommen unbeweglich liegt er da.

›Wäre es denn möglich, daß ich sehr lange dagelegen habe und nun zu Eis erstarrt bin?‹ denkt der Mann. Aber wenn er so hartgefroren wäre, müßte er ja tot sein, und er lebt doch, er sieht und hört ja. Und außerdem herrscht auch gar keine eigentliche Kälte, denn von den Bäumen über ihm tropft und nieselt es ja auf ihn herunter.

Der Mann ist von dem Gedanken, was für eine seltsame Lähmung sich seiner bemächtigt habe, ganz erfüllt, und so hat er eine Weile das quälende Knirschen vergessen. Aber plötzlich hört er es aufs neue.

›Ja, nun kannst du dir alle weitere Überlegung, wie du dieser Musik entgehen könntest, sparen, David‹, denkt er. ›Jetzt mußt du es eben aushalten, so gut es geht.‹

Für jemand, der sich eben noch frisch und tatkräftig und kein bißchen krank gefühlt hat, ist es nicht leicht, ruhig und geduldig daliegen zu müssen, und der Mann macht unaufhörliche Versuche, wenigstens einen Finger zu bewegen oder die Augenlider zu heben. Aber das eine ist ihm ebenso unmöglich wie das andere, und er fragt sich unwillkürlich, wie er es denn früher gemacht habe, wo er seine Glieder voll gebrauchen konnte. Er denkt, er müsse diese Kunst durch irgendeinen Unfall vergessen haben.

Während der ganzen Zeit kommt das Knirschen immer näher. Jetzt ist es nicht mehr weit entfernt; er hört, daß es von einem Gefährt herrührt, das ganz langsam durch die Langestraße nach dem Marktplatz fährt. Und ein elender Schinderkarren muß es sein, so viel ist sicher. Jetzt hört man nicht nur das Knirschen der ungeschmierten Räder, sondern auch das Krachen im Holz und wie das Pferd bei jedem Schritt auf dem Straßenpflaster ausgleitet. Wahrhaftig, wenn der erbärmliche Totenkarren, vor dem sein alter Kamerad so eine Heidenangst gehabt hatte, dahergefahren käme, es könnte sich nicht schlimmer anhören.

›Du und ich, David‹, denkt der Mann, ›wir beide brauchen zwar keine besondere Sehnsucht nach der Polizei zu haben; aber wenn sie jetzt aufpassen und dem Unwesen ein Ende machen würde, so würden wir uns doch recht schön bei ihr bedanken.‹

Der Mann pflegt sich mit seinem stark ausgeprägten Sinn fürs Komische zu brüsten, aber jetzt fängt er doch an zu fürchten, diese Knirschmusik im Verein mit allem anderen, was ihm in dieser Nacht widerfahren ist, könnte seinem Humor den Garaus machen. Allerlei widerwärtige Überlegungen gehen ihm durch den Kopf: wenn er jetzt, wie er so daliegt, gefunden wird, könnte er für tot gehalten und lebendig eingesargt und begraben werden.

»Und dann mußt du alles, was um deinen Leichnam herum gesprochen wird, mit anhören, und das klingt vielleicht auch nicht schöner als der Spektakel, den du jetzt anhören mußt«, sagt er zu sich selbst.

Höchstwahrscheinlich ist dieses Knirschen die Ursache, warum er plötzlich an Schwester Edith denken muß, zwar nicht mit Gewissensbissen, aber mit dem empörten Gefühl, daß sie auf irgendeine Weise den Sieg über ihn davongetragen habe.

Das Knirschen erfüllt die Luft, und es zerreißt ihm die Ohren; aber es erweckt in dem daliegenden Manne keine Reue über das Unrecht, das er anderen zugefügt hat, sondern nur zornige Erinnerungen an alles Böse und Widerwärtige, das ihm andere angetan haben.

Aber gerade wie er sich so recht in diese Anklagen hineingesteigert hat, bricht er jäh ab und horcht eine ganze Minute lang angestrengt in die Nacht hinein. Das Gefährt ist zwar die Langestraße hinuntergefahren, aber nicht in den Marktplatz eingebogen. Das Pferd gleitet nicht mehr auf den runden spitzigen Pflastersteinen aus, jetzt schreitet es über einen Sandweg. Es nähert sich dem Platz, wo der Mann liegt, es ist in die Kirchhofanlagen hereingefahren.

In seiner Freude über die Möglichkeit, Hilfe zu erlangen, macht der Mann noch einen Versuch, sich aufzurichten. Aber es geht ihm dabei genau wie bei den vorhergehenden Malen. Nur allein seine Gedanken bewegen sich, der Körper nicht.

Dagegen hört er, daß das Gefährt tatsächlich näher herankommt. Das Holzwerk kracht immerfort, das Geschirr knarrt, und die ungeschmierten Räder quietschen und knirschen, und zwar so erbärmlich, daß der Mann allmählich Angst bekommt, sie könnten auseinanderfallen, ehe ihn das Gefährt erreichte.

Das Gefährt bewegt sich unglaublich langsam, und der Mann, der von dem einsamen und hilflosen Daliegen gereizt und ungeduldig geworden ist, meint, es dauere noch viel länger, bis das Gefährt ihn erreicht, als es tatsächlich der Fall ist. Und er kann auch gar nicht daraus klug werden, was denn das für ein Gefährt sein kann, das mitten in der Neujahrsnacht in die Kirchenanlagen hereinfährt. Der Kutscher ist vielleicht betrunken, wenn er solche Wege einschlägt, aber dann kann er ja keine Hilfe von ihm erwarten. ›Das Knirschen ist es, das dich so niederdrückt, David‹, denkt er. ›Das

Gefährt hat gewiß nicht die andere Allee eingeschlagen, wie du dir jetzt einbildest, sondern kommt gerade auf dich zu.‹

Jetzt kann das Gefährt nur noch ein paar Schritte von ihm entfernt sein, aber das entsetzliche Knirschen, das er weniger als irgendein anderer aushalten kann, hat den Mann ganz mutlos gemacht.

›Du hast heute Unglück, David‹, denkt er. ›Und du wirst sehen, daß hier nichts als ein neues Unglück heranrückt. Es ist gewiß eine schwere Straßenwalze, die über dich wegfährt, oder irgend etwas Ähnliches.‹

Im nächsten Augenblick sieht der Mann, was es ist, auf das er so eifrig gewartet hat, und obgleich es durchaus keine Straßenwalze ist, die ihn zu zermalmen droht, verliert er bei dem Anblick doch fast die Besinnung vor Schrecken.

Er kann seine Augen ebenso wenig bewegen wie irgendein anderes Glied seines Körpers, und deshalb sieht er nichts weiter, als was gerade vor ihm ist. Da nun das knirschende Gefährt von der Seite hergefahren kommt, taucht es erst allmählich in seinem Sehfeld auf. Das erste, was sich dem Manne zeigt, ist ein alter Pferdekopf mit ergrautem Stirnhaar und einem erblindeten Auge, das ihm zugewendet ist. Dann erscheint die vordere Hälfte eines Pferdes, das statt des einen Beins nur noch einen kurzen Stumpf aufzuweisen hat, und das in ein mit schlechten Schnüren und Birkenweiden zusammengebundenes und mit schmutzigen Garntroddeln verziertes Geschirr gespannt ist. Dann erscheint der ganze elende Gaul und der ganze elende Karren mit der zerbrochenen Holzeinfassung und den losen, wackeligen Rädern, ein gewöhnlicher, aber so schrecklich mitgenommener Marktkarren, der so aussieht, als könne man nichts mehr darauf laden. Der Fuhrmann sitzt auf dem Sitzbrett, und er stimmt ganz genau mit der Beschreibung überein, die der Mann vor einer kleinen Weile selbst von ihm und seinem Gefährt und allem anderen gemacht hatte. Die Zügel, an denen der Fuhrmann den Gaul leitet, sind so oft zusammengebunden, daß ein Knoten am anderen sitzt, die Mantelkapuze hat er tief ins Gesicht hereingezogen, und er sitzt zusammengesunken auf dem Karren, wie von einer Müdigkeit gebeugt, von der er sich niemals genügend ausruhen darf.

Als der Mann nach dem heftigen Blutsturz in Ohnmacht sank, war es ihm, als sei seine Seele aus seinem Leibe entwichen und ausgeflackert wie eine verlöschende Flamme. Aber so ist es jetzt nicht mehr, jetzt ist ihm, als werde sie so geschüttelt und verrenkt und herumgewirbelt, daß sie nie wieder zur Ruhe kommen könnte.

Man sollte nun eigentlich meinen, der Mann hätte nach allem, was der Ankunft des Gefährts vorausgegangen war, darauf gefaßt sein müssen, etwas Übernatürliches daherkommen zu sehen; aber wenn ihm auch so ein Gedanke aufgestiegen war, so hatte er ihm keine Bedeutung beigelegt. Und als er jetzt das wirklich vor sich sieht, was ihm als eine alte Sage erzählt worden war, will es sich durchaus nicht mit irgendeinem seiner flüchtigen Erlebnisse in Einklang bringen lassen.

›Dies wird dich noch verrückt machen, David‹, denkt er mitten in seiner Verwirrung. ›Nicht allein mein Körper ist zugrunde gerichtet, nun komme ich auch noch um meinen Verstand.‹

Was ihn in diesem Augenblick hauptsächlich beschäftigt, ist das Gesicht des Fuhrmanns. Das Pferd ist dicht vor ihm stehengeblieben, und da hat sich der Fuhrmann aufgerichtet, als erwache er aus einem Traum. Mit einer müden Bewegung hat er die Kapuze zurückgeschlagen und schaut sich nun suchend nach allen Seiten um. Dabei sieht ihm der am Boden Liegende in die Augen, und er erkennt in dem Fuhrmann einen alten Bekannten.

›Ei, das ist ja der Georg!‹ denkt er. ›Er ist zwar höchst seltsam ausstaffiert, aber ich erkenne ihn doch, ich erkenne ihn!‹

›Kannst du mir sagen, David, wo er sich wohl diese ganze Zeit über aufgehalten hat?‹ fragt er im stillen weiter. ›Ich glaube, ich bin während des ganzen letzten Jahres nicht ein einziges Mal mit ihm zusammengetroffen. Aber weißt du, David, der Georg ist ein freier Mann und nicht an Frau und Kinder gebunden. Er hat wohl eine große Reise gemacht, ja vielleicht kommt er vom Nordpol, er sieht so erfroren aus.‹

Er betrachtet den Fuhrmann genau, denn in dessen Ausdruck liegt etwas, was er bisher nicht an ihm gekannt hat. Aber es muß der Georg sein, sein alter Kamerad und Saufkumpan, es ist nicht anders möglich. Er erkennt ihn an dem großen Kopf und der Adlernase, an dem mächtigen schwarzen Schnurrbart und dem spitzen Kinnbart. Wer ein Aussehen hat wie ein flotter Sergeant, ja man könnte sagen, ein Aussehen, auf das jeder General stolz sein würde, darf sich nicht der Hoffnung hingeben, von einem alten Bekannten nicht wiedererkannt zu werden.

›Was sagst du da, David?‹ beginnt der Mann von neuem. ›Hast du sagen hören, Georg sei im vorigen Jahr gerade in der Neujahrsnacht in einem Krankenhaus zu Stockholm gestorben? Weißt du, mir ist, als habe ich es auch gehört, aber wir beide haben uns nicht zum erstenmal getäuscht. Denn der Fuhrknecht hier ist der Georg, wie er leibt und lebt. Sieh ihn nur an, jetzt, wo er aufsteht. Ist das vielleicht nicht der Georg mit dem kleinen ärmlichen Körper, der nie mit seinem Korporalskopf übereinstimmte? Ja, was sagst du nun, David? Hast du gesehen, als er vom Karren heruntersprang, flog sein Mantel so weit auseinander, daß sein alter langer zerlumpter Rock, der ihm immer bis auf die Fersen hinunterhing, zum Vorschein kam? Und zugeknöpft bis zum Hals hinauf war er, David, genau wie immer, und das große rote Halstuch wedelte ihm um den Hals, aber ebenso wie früher hatte er weder Hemd noch Weste an.‹

Der Gelähmte fühlte sich ganz aufgemuntert. Er hätte laut lachen können, wenn es ihm überhaupt möglich gewesen wäre, ein Lachen hervorzubringen.

›Wenn wir beide, du und ich, David, einmal wieder zu Kräften kommen, wollen wir dem Georg diesen Spaß heimzahlen. Es ist ihm mit diesem Aufzug fast gelungen, mir den Verstand in die Luft zu sprengen, als hätte er Dynamit darunter gelegt. Aber es gehörte auch so ein Kerl wie der Georg dazu, um darauf zu verfallen, sich so einen Gaul und so einen Karren zu verschaffen und damit bis zur Kirche herzufahren. Nicht einmal du, David, wärst imstande gewesen, so einen schnurrigen Aufzug auszuhecken. Ja, ja, der Georg ist dir immer über gewesen.‹

Der Fuhrmann ist indessen zu dem am Boden Liegenden getreten und betrachtet ihn. Sein Gesicht ist starr und ernst. Es ist ihm durchaus nicht anzusehen, ob er weiß, wen er vor sich hat.

›Ein paar Punkte sind doch noch da, über die ich durchaus nicht ins reine kommen kann‹, denkt der Mann. ›Erstens, wie der Georg herausgebracht hat, daß ich und die Kameraden uns hier auf dem Rasen niedergelassen haben, so daß er auf die Idee kam, hierher zu fahren, um uns zu erschrecken. Zweitens, daß er es gewagt hat, sich als Fuhrknecht des Todes zu verkleiden, vor dem er doch immer so große Angst hatte.‹

Jetzt beugt sich der Fuhrmann über den Daliegenden, aber immer noch mit demselben fremden Ausdruck. »Der Ärmste hier wird nicht sehr froh sein, wenn er erfährt, daß er mich ablösen muß«, hört David ihn vor sich hinmurmeln.

Auf die Sense gestützt, beugt er das Gesicht immer tiefer herab, und im nächsten Augenblick erkennt er seinen Kameraden. Da bückt er sich ganz hinunter und sieht ihm in die Augen.

»Ach, ach, es ist David Holm!« ruft er aus. »Das war das einzige, von dem ich hoffte, daß es mir erspart bleiben würde, ihn zu holen.«

»Ach, David, daß du es bist, daß du es bist!« stöhnt er, indem er die Sense wegwirft und neben dem Daliegenden in die Knie sinkt. »Während dieses ganzen Jahres«, fährt er mit großer Herzlichkeit und tiefer Betrübnis fort, »hab' ich immer gewünscht, Gelegenheit zu bekommen, dir nur ein einziges Wort zu sagen, ehe es zu spät ist. Einmal wäre es mir beinahe geglückt, aber du hast mir widerstanden, so daß ich nicht bis zu dir hingelangen konnte. Ich glaubte, ich würde es jetzt in der nächsten Stunde, gleich wenn ich von meinem Dienst abgelöst wäre, tun können, aber nun liegst du schon hier! Und jetzt komme ich zu spät, um dir zu sagen, du sollest dich in acht nehmen.«

David Holm hört dies alles mit unbeschreiblichem Erstaunen.

›Was meint er nur?‹ denkt er. ›Er redet ja, als wäre er tot. Und wann soll denn das gewesen sein, wo er mir nahe war und ich ihm widerstanden hätte? Aber es ist wahr‹, beruhigt er sich, ›er muß ja so reden, wie es zu seiner Verkleidung paßt.‹

Nun fängt der Fuhrmann wieder an zu sprechen, und zwar mit tief bewegter Stimme.

»Ach, David, meinst du, ich wisse nicht, wieviel Schuld ich daran trage, daß es ein solches Ende mit dir genommen hat? Wenn du mir nicht begegnet wärst, hättest du auch fernerhin ein ruhiges, rechtschaffenes Leben geführt. Du hättest dich mit deiner Frau zum Wohlstand heraufgearbeitet; nichts hätte euch daran gehindert, denn ihr wart beide junge, tüchtige Leute. Du kannst versichert sein, David, während dieses ganzen letzten endlosen Jahres ist nicht ein einziger Tag vergangen, ohne daß ich voller Angst darüber nachgedacht hätte, daß ich es war, der dich von deinem fleißigen Lebenswandel weggelockt und dich meine eigenen schlechten Gewohnheiten gelehrt hat. Ach«, fährt er fort, indem er dem Freunde zärtlich übers Gesicht streicht, »ich fürchte, du bist noch weiter vom Guten abgekommen, als ich tatsächlich weiß. Wie hätten sich sonst diese furchtbaren Linien um deine Augen und deinen Mund eingraben können?«

David Holms gute Laune fängt an, sich in Ungeduld zu verwandeln.

›Hör jetzt auf zu scherzen, Georg‹, denkt er. ›Geh lieber und hole jemand herbei, der dir helfen kann, mich auf den Karren zu heben, und fahr' mich so rasch du kannst nach dem Lazarett.‹

»Ich nehme an, daß du weißt, was ich in diesem Jahr zu tun gehabt habe, David«, sagt der Fuhrmann. »Und du weißt auch, was das für ein Karren und was es für ein Pferd ist, die mich hergebracht haben. Ich brauche dir auch nicht erst zu sagen, wer nach mir die Sense hier ergreifen und die Zügel führen soll. Aber, David, bedenke wohl und vergiß es nicht, ich bin es nicht, der dich zu diesem Schicksal bestimmt hat. Denk doch, während dieses ganzen entsetzlichen Jahres, das dich erwartet, nie und nimmer, ich hätte meinen eigenen Willen gehabt und es vermeiden können, heute nacht mit dir zusammenzutreffen. Sei überzeugt, wenn es möglich gewesen wäre, hätte ich alles getan, um es dir zu ersparen, dasselbe durchmachen zu müssen wie ich.«

›Vielleicht ist Georg tatsächlich verrückt geworden‹, denkt David Holm. ›Sonst müßte er doch begreifen, daß es sich für mich um Leben und Tod handelt, und er nicht auf diese Weise saumselig sein dürfte.‹

Doch in diesem Augenblick, in dem David Holm denkt, sieht ihn der Fuhrmann unsagbar wehmütig an.

»Du brauchst dich nicht aufzuregen, weil du nicht ins Lazarett gebracht wirst, David. Wenn ich zu einem Kranken komme, ist es zu spät für ärztliche Hilfe.«

›Ich glaube, heute nacht sind alle Teufel losgelassen, um ihren Spuk mit mir zu treiben‹, denkt David Holm. ›Wenn nun endlich ein Mensch daherkommt, der mir helfen könnte, dann ist er entweder verrückt oder so heimtückisch, daß es ihm ganz einerlei ist, ob ich zugrunde gehe.‹

»Ich möchte dich an den vorigen Sommer erinnern, David«, fährt der Fuhrmann fort. »Es war an einem Sonntagnachmittag, da bist du durch ein schönes, breites Tal gewandert, wo dir überall, so weit das Auge reichte, große Äcker und schöne Höfe mit blühenden Baumwipfeln entgegenlachten. Es war ein erstickend heißer Nachmittag, wie sie manchmal im Hochsommer vorkommen, und ich glaube, es fiel dir auf, daß du in der ganzen Umgegend das einzige Wesen warst, das sich bewegte. Die Kühe standen regungslos auf den Weiden und wagten sich nicht von den schattenspendenden Bäumen weg, und die Menschen waren alle miteinander verschwunden. Sie mußten sich unter Dach geflüchtet haben, um der Hitze zu entgehen. Sag, war es nicht so, David?«

›Das ist wohl möglich‹, denkt der Mann. ›Aber ich bin doch oft bei Hitze und Kälte unterwegs gewesen, wie soll ich mich da an ein einzelnes Mal erinnern können?‹

»Und, David, gerade als die Stille ringsum am größten war, hast du dicht hinter dir plötzlich ein Knirschen gehört. Du hast dich umgedreht, weil du glaubtest, es fahre jemand hinter dir her, konntest aber niemand sehen. Du hast dich mehrere Male umgeschaut und dachtest, das sei doch das sonderbarste, was dir je vorgekommen sei. Du hörtest das Knirschen ganz deutlich, konntest aber nirgends etwas sehen. Es war heller Tag, nach allen Seiten hin lag die Landschaft offen da, und es war so still, daß dich nicht irgendein anderer Laut getäuscht haben konnte. Es war dir ganz unbegreiflich, wie man das Knirschen eines Wagenrades so deutlich hören könnte, ohne ein Gefährt zu sehen. Aber du wolltest dem Gedanken, es möchte etwas Übernatürliches mit im Spiel sein, durchaus keinen Platz einräumen. Ach, wenn du das nur getan hättest, David, dann hätte ich mich dir damals sichtbar machen können, ehe es zu spät war!«

Ja, jetzt fiel David Holm alles wieder ein. Er erinnerte sich, wie er hinter die Zäune und Gräben geguckt hatte, um herauszubringen, was denn da hinter ihm herkam. Schließlich hatte er wahrhaftig ein bißchen Angst bekommen und war in einen Bauernhof hineingegangen, nur um dem Unwesen zu entrinnen. Und als er später seinen Weg fortsetzte, war alles wieder still ringsum.

»Dies war das einzige Mal, da ich dir während dieses ganzen Jahres begegnet bin«, berichtetete der Fuhrmann weiter. »Ich tat alles, was ich konnte, damit du mich sehen solltest, war aber nicht imstande, näher zu dir heranzukommen. Du konntest nur das Knirschen hören. Ach, wie ein Blinder bist du neben mir hergegangen!«

›Ja, ja, es ist ganz wahr, ich habe das Knirschen wirklich gehört‹, denkt David Holm. ›Aber was will er damit beweisen? Will er, ich solle glauben, er sei da hinter mir auf dem Wege gefahren? Ich habe die Geschichte vielleicht jemand erzählt, und von dem hat sie Georg wieder erfahren.‹

Der Fuhrmann beugt sich vor über David Holm und sagt in einem Ton, als wolle er einem kranken Kind zureden:

»Es nützt alles nichts, wenn du dich auch sträubst, David. Du kannst freilich jetzt nicht begreifen, was mit dir vorgegangen ist, das kann man auch nicht von dir verlangen, aber du weißt nur zu gut, daß der, der jetzt mit dir spricht, kein lebendiger Mensch ist. Du hast zwar meinen Tod erfahren, hast aber nicht daran glauben wollen. Und selbst wenn du ihn nicht erfahren hättest, so hast du mich ja jetzt auf dem Karren hierher fahren sehen. Auf diesem Karren, David, fahren keine Lebendigen.«

Damit deutet der Fuhrmann auf das Gefährt, das noch mitten in der Allee steht, und sagt: »Sieh aber nicht allein den Karren an, David, sondern betrachte auch die Bäume, die dahinter stehen!«

David Holm folgt der Aufforderung, und jetzt zum erstenmal muß er zugeben, daß er etwas sieht, was er nicht erklären kann. Er sieht die jenseits des Weges stehenden Baumstämme der Allee durch den Karren hindurch.

»Du hast früher meine Stimme oft genug gehört«, sagt der Fuhrmann, »und es muß dir darum ganz einfach auffallen, daß ich anders spreche als früher.«

Darin muß David Holm dem Fuhrmann unbedingt beistimmen. Georg hatte immer eine schöne Stimme gehabt, und dies ist zwar bei diesem Fuhrmann auch der Fall, aber jedenfalls hat sie einen anderen Ton. Sie klingt dünn und hoch und ist nicht leicht zu verstehen. Es ist derselbe Spielmann, der spielt, aber er hat ein anderes Instrument bekommen.

Der Fuhrmann streckt die Hand aus, und David Holm sieht einen klaren Wassertropfen darauffallen, der von den nassen Baumzweigen über ihm herabsinkt. Aber der Tropfen wird nicht aufgehalten, sondern fällt mitten durch die Hand auf die Erde.

Auf dem Sandweg, gerade vor den beiden, liegt ein abgebrochener Zweig. Der Fuhrmann streckt seine Sense darunter und fährt mit ihr aufwärts durch den Zweig, um ihn zu zerschneiden. Aber dieser fällt nicht in zwei Teilen zu Boden, sondern bleibt ganz wie zuvor.

»Faß es nicht falsch auf, David, sondern suche es zu verstehen«, sagt der Fuhrmann. »Hier siehst du mich, und du meinst, ich sei noch der frühere Mensch; aber der Körper, den ich jetzt habe, ist so bestellt, daß nur solche, die in den letzten Zügen liegen oder schon gestorben sind, mich sehen können. Deshalb aber denke ja nicht, mein Körper sei nichts. O nein, er dient einer Seele zur Wohnung, gerade wie dein eigener Körper und die der andern Menschen. Du darfst ihn dir nur nicht fest oder schwer oder stark denken. Du mußt ihn dir wie ein Bild vorstellen, das du in einem Spiegel gesehen hast, und dir einzubilden versuchen, es sei aus dem Glas herausgestiegen und könne selbständig sprechen und sehen und sich bewegen.«

David Holms Gedanken leisten keinen Widerstand mehr. Er sieht der Wahrheit gerade in die Augen und findet es nicht mehr der Mühe wert, zu versuchen, ihr aus dem Wege zu gehen. Der Schemen eines Toten ist es, der mit ihm spricht, und sein eigener Körper ist ein Leichnam. Aber in dem Augenblick, wo er das zugibt, fühlt er einen rasenden Zorn in sich aufsteigen.

›Ich will nicht tot sein! Ich will nicht nur ein Schemen und ein Nichts sein!‹ denkt er. ›Ich will eine Faust haben, mit der ich zuschlagen, und einen Mund, mit dem ich essen kann.‹

Und damit ballt sich die Wut in ihm zu einer schweren, düsteren Wolke, die in Ekel und Überdruß hin und her treibt und vorerst keinen andern quält als nur ihn allein, aber, sobald sich eine Gelegenheit bietet, sich entladen kann.

»Um etwas möchte ich dich bitten, David, weil wir früher gute Freunde gewesen sind«, sagt der Fuhrmann. »Du weißt ebensogut wie ich, daß für jeden Menschen ein Augenblick kommt, wo sein Körper verbraucht ist, so daß die Seele, die darin gewohnt hat, gezwungen ist, ihn zu verlassen. Aber da zittert und bebt die Seele vor Angst, weil sie sich in ein Land hinauswagen soll, das ihr unbekannt ist. Wie ein kleines Kind, das am Badestrand steht und sich davor fürchtet, sich in die Wogen hinauszuwagen, so ungefähr ist es der Seele zumute. Um sich schließlich hinauszugetrauen, muß sie eine Stimme vernehmen von jemand, der schon die Ewigkeit erreicht hat, damit sie begreift, daß keine Gefahr dabei ist, und sich losreißt. Eine solche Stimme bin ich nun ein ganzes Jahr lang gewesen, David, und eine solche Stimme mußt du nun in dem eben angebrochenen auch sein. Und um was ich dich bitten möchte, ist, daß du dich gegen das, was dir bestimmt ist, nicht auflehnst, sondern es mit Ergebung hinnimmst, sonst bringst du schweres Leiden über dich und auch über mich.«

Der Fuhrmann senkt, als er dies sagt, den Kopf, um David Holm in die Augen zu sehen. Es sieht fast aus, als erschrecke er beim Anblick des Trotzes und Widerstandes, der ihm da entgegenschlägt.

»Vergiß nicht, David«, fährt er in dem Versuch, ihn zu überzeugen, noch eindringlicher fort, »dies ist nicht etwas, dem du entgehen kannst. Ich weiß noch nicht viel davon, wie es sich mit den Dingen des Jenseits verhält, bis jetzt habe ich mich sozusagen nur an der Grenze aufgehalten, aber so viel hab ich erkannt, daß es da keine Schonung gibt. Man muß das tun, was einem aufgetragen wird, ob man es mit oder gegen den Willen tut.«

Wieder schaut er David Holm in die Augen, aber nichts anderes sieht ihm daraus entgegen als maßloser Zorn.

»Ach, David, vielleicht ist es wirklich die gräßlichste Aufgabe, die jemand zugeteilt werden kann, auf diesem Karren zu sitzen und mit diesem Gaul von Hof zu Hof zu fahren. Wo immer der Fuhrmann hinkommt, überall erwarten ihn Tränen und Klagen, nichts anderes bekommt er zu sehen als Krankheit und Zerstörung, Wunden und Blut und Schrecken. Und das ist vielleicht noch lange nicht das schwerste. Viel schlimmer ist der Anblick dessen, was im Innern verborgen ist, das, was sich windet, sich in Reue verzehrt und sich vor dem fürchtet, was kommen wird. Ja noch mehr: ich habe dir gesagt, daß der Fuhrknecht nur an der Grenze steht; ihm geht es wie den Menschen, er meint nur Ungerechtigkeit und Enttäuschungen und ungleiche Verurteilung und erfolgloses Streben und Willkür zu sehen. Er kann nicht so weit ins Jenseits hineinschauen, um zu erkennen, ob sich dort eine Absicht und eine planmäßige Lenkung findet. Manchmal sieht er einen Schimmer davon, aber meistens muß er sich durch Dunkel und Zweifel hindurchkämpfen. Und noch etwas sollst du bedenken, David: nur ein Jahr lang muß der Fuhrknecht den Totenkarren fahren; aber dabei wird die Zeit nicht nach irdischen Stunden und Minuten gemessen, sondern damit er überall hingelangen kann, wo ihn seine Vorschrift hinruft, wird die Zeit in die Länge gezogen, und das eine Jahr wird so lang wie hundert und tausend andere. Und dazu kommt noch etwas: obgleich der Fuhrmann weiß, daß er nur das tut, was ihm zu tun befohlen ist, so kann sich niemand einen Begriff davon machen, wie widerwärtig, wie überdrüssig er sich selbst ist und für wie verworfen er sich seiner Aufgabe wegen hält. Aber am schlimmsten, am allerschlimmsten, David, ist doch, daß der Fuhrmann bei seinen Fahrten auch den Folgen von vielem Bösen begegnet, das er während seiner irdischen Wanderschaft begangen hat, denn wie sollte er dem entgehen können.«

Die Stimme des Fuhrmanns geht fast in ein Schreien über, und er faltet die Hände in großer Angst. Gleich darauf muß er indes gemerkt haben, daß ihm nur kalter Hohn von seinem früheren Freund entgegenströmt, und er zieht den Mantel zu, als friere er. Dann fährt er noch eindringlicher fort:

»Aber, David, ich sage dir, wie schwer das, was dich erwartet, auch immer sein mag, so solltest du dich doch nicht dagegen auflehnen, wenn du es für dich und auch für mich nicht schlimmer machen willst, als es schon ist. Denn ich darf dich jetzt nicht dir selbst überlassen, sondern es ist meine Aufgabe, dich in deine Tätigkeit einzuführen, und ich fürchte, dies ist das schwerste, was mir auferlegt worden ist. Du kannst mir Widerstand leisten, so lange du willst, du kannst mich wochen- und monatelang bei der Sense festhalten, ja, sogar bis zur nächsten Neujahrsnacht. Mein Jahr ist abgelaufen, aber ich bekomme meine Freiheit nicht eher, als bis ich dich gelehrt habe, dein Amt gutwillig zu tun.«

Während all dieser Mitteilungen hat der Fuhrmann immer noch neben

David Holm auf den Knien gelegen, und alle seine Worte haben durch die große Eindringlichkeit, mit der sie ausgesprochen worden sind, ein noch größeres Gewicht bekommen. Er wartet noch einen Augenblick und forscht nach einem Zeichen, daß seine Worte gewirkt haben; aber bei dem früheren Kameraden ist nur der feste Entschluß lebendig, bis aufs äußerste Widerstand zu leisten.

›Ich muß am Ende doch tot sein, und daran kann ich ja nichts ändern‹, denkt er; ›aber nichts soll mich dazu bringen, etwas mit dem Totenkarren und dem Totengaul zu schaffen zu haben. Sie müssen eine andere Arbeit für mich ersinnen; mit diesem Zeug will ich mich nicht befassen.‹ Der Fuhrmann ist im Begriff aufzustehen, als ihm plötzlich noch etwas einfällt, das er David Holm noch sagen müßte.

»Bedenke, David, bis jetzt hat nur der Georg mit dir gesprochen; aber jetzt bekommst du es mit dem Fuhrmann zu tun. Du weißt recht wohl von früher her, an wen man denkt, wenn man von dem spricht, der kein Verschonen kennt.«

Und im nächsten Augenblick steht er mit der Sense in der Hand und die Kapuze übers Gesicht hereingezogen aufrecht da.

»Gefangener, komm aus deinem Gefängnis heraus!« ruft er mit lauter, eherner Stimme.

Sofort richtet sich David Holm vom Boden auf. Er weiß nicht, wie es zugegangen ist, aber plötzlich steht er aufrecht da. Er schwankt, und die Bäume und die Kirche scheinen sich vor ihm im Kreise zu drehen, aber er findet doch rasch das Gleichgewicht wieder.

»Sieh dich um, David Holm!« befiehlt ihm eine starke Stimme; und er gehorcht in der Verwirrung des Augenblicks.

Vor ihm auf der Erde liegt lang ausgestreckt ein großer Mann von kräftigem Körperbau, der aber in schmutzige Lumpen gehüllt ist. Von Blut und Erde beschmiert, von leeren Flaschen umgeben, mit einem erhitzten, aufgedunsenen Gesicht, von dessen ursprünglichen Zügen man sich keine rechte Vorstellung mehr machen kann, liegt der Mann am Boden. Ein flackernder Lichtschein von den ziemlich entfernten Laternen wirft einen haßerfüllten widerwilligen Glanz in die schmalen Augenöffnungen.

Vor dieser liegenden Gestalt aber steht David Holm selbst. Auch er ist ein großer Mann von prächtigem Körperbau. Die alten häßlichen schmutzigen Kleidungsstücke, die der Tote trägt, hat auch er an. Er steht vor diesem andern als sein Doppelgänger.

Aber doch nicht ganz ein Doppelgänger, denn er ist ein Nichts. Oder es ist vielleicht unrichtig, wenn man ein Nichts sagt, nein, besser ist der Ausdruck: ein Bild. Ein Bild von dem andern, das sich in einem Spiegel gezeigt hat und nun aus dem Glas herausgestiegen ist und lebt und sich bewegt.

David Holm wendet sich hastig ab. Da steht Georg, und nun sieht er, daß auch dieser ein Nichts ist, nur ein Abbild von dem Körper, den er einmal besessen hat.

»Du Seele, die du in dem Augenblick die Herrschaft über deinen Körper verloren hast, wo die Glocke in der Neujahrsnacht zwölf Uhr schlug, mußt mich jetzt in meinem Amt ablösen!« sagt Georg. »Du mußt während des eben angebrochenen Jahres die Seelen aus dem Irdischen befreien!«

Bei diesen Worten findet David Holm sich selbst wieder. In wütendem Zorn stürzt er sich auf den Fuhrmann; er greift nach dessen Sense, um sie zu zerbrechen, und nach dessen Mantel, um ihn zu zerreißen. Da fühlt er, wie seine Hände niedergedrückt und die Beine unter ihm weggerissen werden. Dann werden seine Handgelenke mit etwas Unsichtbarem umwunden, das sie zusammenfesselt, und ebenso auch seine Fußgelenke.

Darauf fühlt er sich emporgehoben und wie eine tote Ware gefühllos in den Karren geworfen, wo man ihn liegen läßt, ohne daß jemand fragt, wie er zu liegen gekommen sei.

Im nächsten Augenblick setzt sich der Karren in Bewegung.

V

Es ist ein schmales, niederes aber ziemlich geräumiges Zimmer in einem Haus der Vorstadt, einem Haus, das so klein ist, daß es von diesem einen Raum sowie einem zweiten kleineren, der als Schlafstube dient, ganz eingenommen wird. Das Zimmer wird von einer Hängelampe erhellt, und bei deren Schein kann man sehen, daß es ein behaglich und freundlich ausgestattetes Gemach ist. Und nicht genug damit: es ist auch ein vergnügliches Zimmer, das meist ein Lächeln auf die Lippen dessen ruft, der es zum erstenmal betritt. Man sieht nämlich gleich, daß die Bewohner sich ein Vergnügen daraus gemacht haben, es so zu möblieren, daß es eine ganze Wohnung vorstellen soll. Der Eingang ist auf der einen Giebelseite, und dicht neben der Tür steht ein kleiner Kochherd. Hier ist also die Küche, und da ist alles beisammen, was zur Kücheneinrichtung gehört. Die Mitte des Zimmers ist als Eßzimmer eingerichtet, mit einem runden Eßtisch, einigen eichenen Stühlen, einer hohen Kastenuhr und einem kleinen Schrank für Porzellan und Glas. Hierher gehört natürlich auch die Hängelampe, die gerade über dem runden Tisch hängt, aber auch zur Erleuchtung der guten Stube dient, dem innersten Teil des Raumes mit dem Mahagonisofa und dem kleinen Tisch davor, dem geblümten Tischteppich, der Palme in ihrer prachtvollen Porzellanvase und den unzähligen Photographien.

Meistens denken die Leute, die in diesen Raum eintreten, zu wieviel Scherz und Fröhlichkeit diese Art von Möblierung Veranlassung gegeben haben muß. Wenn ein guter Bekannter von der Straße hereinkam, hatte man sich den Spaß gemacht, ihn durch den ganzen Raum hindurch bis in die gute Stube zu führen und dann um Entschuldigung gebeten, daß man ihn allein lasse, während man selbst gezwungen sei, in die Küche zu gehen. Am Mittagstisch, der so nahe an der Küchenabteilung steht, daß man da die Hitze vom Herd recht wohl fühlt, hatte man wohl oftmals mit großer Feierlichkeit gesagt: »Nein, nun müssen Sie klingeln, damit das Mädchen kommt und die Teller abräumt.« Und wenn ein Kind in der Küche weinte, hatte man es mit dem Witz zum Lachen gebracht, daß es doch ja nicht so laut schluchzen soll, damit der Vater, der in einem der inneren Zimmer sitze, es nicht höre.

Ja, wie gesagt, solche Gedanken stiegen gewöhnlich bei den Leuten, die das Zimmer zu sehen bekamen, auf; aber bei denen, die in der Neujahrsnacht, eine kleine Weile nach dem Jahreswechsel, in diesen Raum treten, erweckt der Anblick ganz gewiß keine solchen leichten, fröhlichen Betrachtungen. Denn herein kommen zwei so verkommene und zerlumpte Männer, daß man sie für gewöhnliche Landstreicher hätte halten können, wenn nicht der eine einen langen schwarzen Mantel über seinen Lumpen getragen und in der Hand eine lange schartige Sense gehalten hätte. Dies ist eine ungewöhnliche Ausstattung für einen Landstreicher, und noch eigentümlicher ist die Art, wie er hereinkommt; denn er dreht nicht den Schlüssel um und öffnet die Tür auch nicht den kleinsten Spalt, sondern geht geradenwegs durch sie hindurch, obgleich sie fest geschlossen ist.

Der andere Mann trägt kein erschreckendes Abzeichen; aber als er hereinkommt, und zwar nicht selbst gehend, sondern auf ganz seltsame Weise von seinem Gefährten hereingeschleppt, macht er einen noch erschreckenderen Eindruck als der erste. Obgleich er an Händen und Füßen gefesselt ist und von seinem Kameraden mit äußerster Verachtung auf den Boden geschleudert wird, wo er wie ein dunkler Haufen Lumpen und Elend liegenbleibt, flößt er doch durch die wilde Wut, die aus seinen Augen funkelt und sein Gesicht verzerrt, Entsetzen ein.

Die beiden Männer finden bei ihrem Eintritt das Zimmer nicht leer, sondern sehen, daß an dem runden Tisch in der Eßzimmerabteilung ein junger Mann mit weichen Zügen und einem kindlich treuherzigen Blick sowie eine etwas ältere aber kleine zarte Frau sitzen. Der Mann trägt ein rotes Trikotüberhemd, auf dem mit großen, in die Augen fallenden Buchstaben das Wort »Heilsarmee« quer über die Brust gestickt ist. Die Frau ist schwarz gekleidet und ohne ein Abzeichen, aber vor ihr auf dem Tisch liegt ein Hut von der gewohnten Form, wie ihn die Leute der Heilsarmee tragen, er ließ vermuten, daß auch die Frau zu dieser gehört.

Die beiden sind tief betrübt; die Frau weint leise vor sich hin und wischt sich einmal übers andere mit einem schon ganz nassen, zerknüllten Taschentuch die Augen. Sie tut es ungeduldig, als wären ihr die Tränen im Wege und hinderten sie an etwas anderem, das sie zu besorgen hat. Auch die Augen des Mannes sind vom Weinen gerötet, aber jetzt, in Gegenwart eines anderen, läßt er seinen Schmerz nicht Herr werden. Die beiden sagen ab und zu ein paar Worte zueinander, und aus diesen Worten ersieht man, daß ihre Gedanken in einem andern Zimmer bei einer Kranken sind, die sie eine Weile verlassen haben, damit ihre Mutter mit ihr allein sein könne. Aber so sehr sie auch mit der Kranken beschäftigt sind, erscheint es doch merkwürdig, daß keines von ihnen auf irgendeine Weise Notiz von den beiden eben hereingekommenen Männern nimmt. Diese verhalten sich allerdings vollkommen still und ruhig, der eine steht aufrecht, sich an den Türpfosten lehnend, da, der andere liegt vor ihm auf dem Boden. Aber man sollte doch meinen, die beiden am Tisch hätten sich über die Gäste, die mitten in der Nacht durch verschlossene Türen hereingekommen sind, verwundern müssen.

Wenigstens verwundert sich der am Boden liegende Mann, daß die beiden einmal ums andere nach der Seite hinsehen, wo er und sein Gefährte sich befinden, ohne daß sie sie wahrzunehmen scheinen. Er selbst sieht alles, und als er vorhin durch die Stadt fuhr, kam ihm noch alles ganz so vor, wie er es mit seinen menschlichen Augen gesehen hatte; ihn aber kann niemand sehen. Der Mann hat in seiner Wut auch daran gedacht, sich seinen Feinden unter den Menschen so zu zeigen, wie er jetzt ist, um ihnen einen Schrecken einzujagen, aber er merkt, daß er sich ihnen nicht einmal sichtbar machen kann.

Er ist früher noch nie in diesem Zimmer gewesen, erkennt aber die beiden, die am Tisch sitzen, und ist deshalb nicht im allergeringsten Zweifel darüber, wo er sich befindet. Wenn etwas seine Wut noch steigern kann, so ist es das Bewußtsein, nun doch gegen seinen Willen an den Ort geführt worden zu sein, wohin zu gehen er sich den ganzen Tag hindurch gesträubt hat. Plötzlich schiebt der Heilsarmeesoldat am Tisch drüben seinen Stuhl zurück.

»Es ist jetzt Mitternacht vorüber«, sagt er. »Die Frau meinte, er werde um diese Zeit heimkommen. Ich will jetzt hingehen und noch einen Versuch machen, ihn hierherzubringen.«

Damit steht er langsam und widerwillig auf und greift nach seinem Rock, der hinter ihm auf dem Stuhl hängt, um ihn anzuziehen.

»Ich begreife wohl, daß Sie meinen, es habe keinen Wert, noch einmal nach ihm zu gehen«, sagt die junge Person, die noch immer mit den hervorbrechenden Tränen kämpft, die ihre Stimme zu ersticken drohen. »Aber, Gustavsson, Sie müssen bedenken, dies ist der letzte Dienst, den Schwester Edith von uns begehrt.« Der Heilsarmeesoldat hält in dem Augenblick, da er den Arm ins Armloch stecken will, inne und sagt:

»Schwester Maria, es kann ja wahr sein, daß dies der letzte Dienst ist, den ich Schwester Edith erweisen kann; aber es wäre mir jedenfalls am liebsten, wenn David Holm nicht daheim wäre, oder wenn er nicht mit mir ginge. Ich habe ihn heute mehrere Male aufgesucht und ihn gebeten, mit mir zu kommen, weil Sie und Hauptmännin Andersson es mir befohlen haben, aber ich bin die ganze Zeit froh gewesen, daß er es mir abgeschlagen hat, und daß es weder mir noch anderen gelungen ist, ihn herzubringen.«

Die am Boden liegende Gestalt fährt zusammen, als sie ihren Namen hört, und ein häßliches Lächeln fliegt über ihr Gesicht.

›Dieser scheint doch ein bißchen mehr Verstand zu haben als die andern‹, murmelt er.

Schwester Maria betrachtet den Heilsarmeesoldaten und sagt nun ziemlich scharf mit fester, nicht von Tränen erstickter Stimme:

»Es wäre am besten, Gustavsson, wenn Sie David Holm den Auftrag diesmal so ausrichteten, daß er nicht anders kann und kommen muß.«

Der Heilsarmeesoldat geht mit dem Ausdruck eines Menschen, der gehorcht, ohne überzeugt zu sein, nach der Tür.

»Soll ich ihn herführen, auch wenn er sinnlos betrunken ist?« fragt er noch vor dem Hinausgehen.

»Ja, bringen Sie ihn her, Gustavsson, lebend oder tot, hätte ich beinahe gesagt. Im schlimmsten Falle kann er hier übernachten und seinen Rausch ausschlafen. Die Hauptsache ist, daß wir ihn zu fassen kriegen.« Der Heilsarmeesoldat hat schon die Hand auf die Türklinke gelegt, als er sich plötzlich wieder umwendet und aufs neue an den Tisch tritt.

»Es gefällt mir nicht, daß so ein Kerl wie David Holm hierherkommen soll«, sagt er, und sein Gesicht ist jetzt ganz bleich vor Erregung. »Sie wissen wohl ebensogut wie ich, was er für ein Unmensch ist, Schwester Maria? Meinen Sie etwa, er passe hierher? Oder meinen Sie, er passe da hinein?« fährt er fort, indem er auf eine Tapetentür drüben an der Wohnzimmerabteilung deutet.

»Ob ich meine – – –« beginnt Schwester Maria, aber er läßt sie nicht ausreden.

»Wissen Sie nicht, Schwester Maria, daß er uns nur verspotten wird? Er wird damit prahlen und sagen, eine von den Heilsarmeeschwestern sei so verliebt n ihn gewesen, daß sie nicht habe sterben können, ohne ihn noch einmal gesehen zu haben.«

Schwester Maria sieht rasch auf und öffnet schon die Lippen zu einer heftigen Antwort, unterdrückt diese aber und überlegt.

»Es ist mir unerträglich, daß er sie ins Gerede bringen soll, und vollends wenn sie tot ist!« ruft Gustavsson. Gleich darauf erwidert Schwester Maria ernst und nachdrücklich:

»Wissen Sie auch ganz gewiß, Gustavsson, ob David Holm nicht am Ende recht hätte, wenn er das sagte?«

Der am Boden liegende, gefesselte Schemen an der Tür fährt zusammen, und ein Gefühl der Freude durchzuckt ihn bei diesen Worten. Er ist selbst höchst überrascht und wirft einen hastigen Blick auf Georg, um zu sehen, ob dieser seine Bewegung wahrgenommen hat. Der Fuhrmann steht unbeweglich da, aber um ganz sicher zu sein, murmelt David Holm vor sich hin, wie schade es sei, daß er das nicht bei Lebzeiten gewußt habe. Das wäre etwas gewesen, mit dem er bei den Kameraden hätte ordentlich großtun können. Der Heilsarmeesoldat wird von dem, was er gehört hat, so verwirrt, daß er unwillkürlich nach der Stuhllehne greift, denn das Zimmer dreht sich vor ihm im Kreise.

»Warum sagen Sie das, Schwester Maria?« fragt er. »Sie werden mich doch nicht glauben machen wollen – – –«

Die Heilsarmeeschwester befindet sich in großer Aufregung. Sie preßt das Taschentuch in ihrer Hand krampfhaft zusammen, während sie ihre Antwort leidenschaftlich und hastig hervorstößt, als ob sie es sehr eilig hätte, sie auszusprechen, ehe die Überlegung sie daran hindern könnte.

»Wen sollte sie sonst liebhaben? Wir beide, Gustavsson, und alle anderen, die sie kennengelernt haben, haben uns von ihr bekehren und von ihr gewinnen lassen. Wir haben ihr nicht bis aufs äußerste widerstanden. Wir haben sie nicht ausgelacht und verspottet. Unseretwegen braucht sie weder Gewissensqual zu leiden noch Reue zu fühlen. Weder Sie noch ich, Gustavsson, sind die Ursache, daß sie nun so daliegt.« Der Heilsarmeesoldat scheint sich bei diesem Ausbruch zu beruhigen.

»Ich hatte vorhin nicht gedacht, daß Sie von der Liebe zu den Sündern sprechen, Schwester Maria.«

»Das tue ich auch nicht, Gustavsson.«

Bei dieser bestimmten Versicherung durchbebt den einen der Schemen aufs neue ein Gefühl der Freude, das er sich nicht erklären kann. Aber aus Angst, daß sein Zorn, sein wütendes Begehren, Widerstand zu leisten, sich verflüchtigen könnte, sucht er das Gefühl sofort wieder zu unterdrücken. Die Überraschung hat ihn übermannt, er hatte geglaubt, hier würden ihn nur Predigten erwarten, und er beschließt, sich künftig besser vorzusehen.

Schwester Maria hat sich auf die Lippen gebissen, um ihre Gemütsbewegung zu überwinden; jetzt scheint sie rasch einen Entschluß zu fassen.

»Es schadet nichts, wenn ich mit Ihnen darüber rede, Gustavsson«, sagt sie. »Jetzt, wo sie am Sterben ist, schadet es nichts mehr. Setzen Sie sich noch eine Weile, dann will ich Ihnen erklären, wie ich es meine.«

Der Heilsarmeesoldat zieht seinen Rock wieder aus und setzt sich aufs neue an den Tisch. Ohne ein Wort zu sagen, betrachtet er die Schwester erwartungsvoll mit seinen schönen treuherzigen Augen, und sie beginnt:

»Zuerst will ich Ihnen erzählen, wie Schwester Edith und ich den letzten Silvesterabend verbracht haben. Im vorhergehenden Herbst war vom Hauptquartier bestimmt worden, daß hier in der Stadt eine Rettungsstation errichtet werden soll, und wir beiden waren hergeschickt worden, um sie in Gang zu setzen. Wir hatten ungeheuer viel Arbeit gehabt; aber die Brüder und Schwestern hatten uns so gut wie nur möglich geholfen, und am Silvesterabend waren wir soweit, daß wir einziehen konnten. Die Küche und Schlafsäle waren schon in Ordnung, und wir hatten gehofft, die Rettungsstation am Neujahrsfest selbst eröffnen zu können, aber es ging nicht, weil der Desinfektionsofen und die Waschküche noch nicht fertig waren.«

Schwester Maria hat zuerst nur mit großer Anstrengung das Weinen zurückhalten können; aber je weiter sie in ihrer Erzählung kommt und von der Gegenwart weggeführt wird, desto mehr wird sie Herr ihrer Tränen, und ihre Stimme wird immer deutlicher.

»Sie gehörten damals noch nicht zur Armee, Gustavsson, sonst hätten Sie auch an dem frohen Silvesterabend teilnehmen dürfen«, sagt sie. »Einige von den Brüdern und Schwestern waren zu uns gekommen, und wir luden sie zum erstenmal in dem neuen Heim zum Tee ein. Sie können sich gar nicht denken, wie glücklich Schwester Edith war, daß sie hier eine Rettungsstation hatte errichten dürfen, hier, wo sie daheim war und alle armen Leute kannte und wußte, wo jeder einzelne wohnte. Sie ging umher, betrachtete unsere wollenen Decken und Matratzen und unsere frisch gestrichenen Wände und unsere blanken Kochtöpfe mit solcher Freude, daß wir sie ein wenig auslachten. Ach, sie war glücklich wie ein Kind, wie man zu sagen pflegt. Und Sie wissen wohl, Gustavsson, wenn Schwester Edith froh ist, werden es alle andern auch.«

»Ja, das weiß ich«, sagt Gustavsson.

»Die Freude dauerte so lange, wie die Gäste da waren«, fuhr Schwester Maria fort. »Aber als sie sich verabschiedet hatten, überkam Schwester Edith große Angst vor all dem Bösen, das es auf der Welt gibt, und sie sagte zu mir, ich solle mit ihr beten, daß es nicht zu übermächtig werde. Wir knieten dann nieder und beteten für unsere Station und für uns selbst und für alle die, denen wir zu helfen hofften. Und während wir noch im Gebet auf den Knien lagen, klingelte es an der Haustüre.

Die andern waren noch nicht lange gegangen, und wir sagten zueinander, vielleicht habe jemand etwas vergessen und komme nun, es zu holen; der Vorsicht halber aber gingen wir miteinander ans Tor hinunter. Als wir aufmachten, stand jedoch keiner von den Freunden vor uns, sondern einer von denen, für die unser Haus eingerichtet worden war.

Und ich sage Ihnen, Gustavsson, als er da am geöffneten Tor stand, zerlumpt und groß und so betrunken, daß er schwankte, machte er mir einen ganz entsetzlichen Eindruck, und mir wurde angst und bange. Ich hätte es auch fürs beste gehalten, wenn wir gesagt hätten die Station sei noch nicht geöffnet, und ihn unter diesem Vorwand nicht aufgenommen hätten. Aber Schwester Edith freute sich und meinte, Gott habe ihr einen Gast geschickt. Sie glaubte, der Herr wolle uns damit zeigen, daß er in Gnaden auf unsere Arbeit sehe, und so ließ sie den Mann eintreten. Sie bot ihm ein Abendessen an; aber er fluchte und sagte, er wolle nur schlafen. Er durfte dann in den Schlafsaal, wo er sich gleich auf eine Pritsche warf, dann den Rock wegschleuderte und schon im nächsten Augenblick fest schlief.«

»So, du hast dich damals vor mir gefürchtet«, sagt David Holm vor sich hin, aber nicht, ohne zu hoffen, daß er noch immer derselbe David Holm sei wie vorher. »Es ist doch schade, daß du mich nicht so sehen kannst, wie ich jetzt bin. Da würde ich dir wohl einen tödlichen Schrecken einjagen.«

»Schwester Edith wollte dem ersten, der zu uns auf die Station kam, eine ganz besondere Freundlichkeit erweisen«, fährt Schwester Maria fort, »und ich sah, daß sie enttäuscht war, als der Mann so schnell einschlief. Aber im nächsten Augenblick war sie schon wieder foh, denn ihr Blick war auf seinen Rock gefallen. Ach, Gustavsson, ich glaube, ich habe in meinem ganzen Leben keinen so schmutzigen, zerlumpten Rock gesehen. Er roch nach Schnupftabak und Branntwein, ja, er war so, daß man ihn nicht mit einem Stecken hätte anfassen mögen. Als nun Schwester Edith näher trat und den Rock betrachtete, überfiel mich die vorige Angst aufs neue, und ich bat sie, ihn doch liegen zu lassen, da wir weder den Ofen noch die Waschküche in Ordnung hätten, daß wir die Bakterien unschädlich machen könnten.

Aber Sie begreifen, Gustavsson, dieser Mann war für Schwester Edith vom ersten Augenblick an wie von Gott geschickt, und es schien ihr eine schöne Arbeit, wenigstens eines seiner Kleidungsstücke herzurichten. Es gelang mir nicht, sie davon abzuhalten, und ich durfte ihr auch nicht dabei helfen. Nein, ich hätte ja selbst gesagt, der Rock könnte Ansteckungsstoffe in sich tragen, deshalb dürfe ich ihn unter keinen Umständen anrühren. Sie sei verantwortlich für mich, weil ich ihr unterstellt sei, und sie müsse aufpassen, daß ich nichts Gesundheitsschädliches vornehme. Sie selbst aber setzte sich hin und flickte und nähte die ganze Neujahrsnacht hindurch an dem Rock.«

Der Rettungssoldat auf der anderen Seite des Tisches hebt die Hände empor und schlägt sie begeistert zusammen. »Halleluja!« sagt er. »Gott sei Lob und Dank für Schwester Edith.«

»Amen, Amen!« fällt Schwester Maria ein, und ihr Gesicht strahlt in plötzlicher Verzückung. »Ja, Gott sei Lob und Dank für Schwester Edith – das sollten wir immer sagen, in der Freude und im Leid. Gott sei Lob und Dank, daß sie so war! Da saß sie die ganze Nacht hindurch über diesen Rock gebeugt und nähte ebenso glücklich daran, als sei es ein Königsmantel.« Dem Schemen, der David Holm war, ist es, als liege eine seltsame Ruhe und

Beruhigung in der Vorstellung, das junge Mädchen da habe in der stillen Nacht aufgesessen und an dem Rock des verkommenen Landstreichers genäht. Nach allem, was ihn geärgert und empört hat, enthält dies etwas Heilendes und Stärkendes. Wenn nur der Georg nicht hinter ihm stünde, düster und unbeweglich, dann hätte er gerne lange darüber nachgedacht.

»Gott sei Lob und Dank«, fährt die Rettungsschwester fort, »Schwester Edith hat nie bereut, daß sie in jener Nacht aufgesessen und bis morgens vier Uhr Knöpfe angenäht und Risse zugestopft hat, ohne an all den Schmutz und die ansteckenden Bakterien zu denken, die sie da einatmete! Gott sei Lob und Dank, sie hat es nie bereut, daß sie in einem Zimmer saß, in das die strenge Winterkälte hereindrang, und sie, als sie zu Bett ging, durch und durch fror. Sie war ganz starr und steif, als sie endlich aufhören konnte. Ich hörte, wie sie sich mehrere Stunden lang in ihrem Bett drehte und wendete, ohne warm zu werden. Schließlich war sie kaum eingeschlafen, als es auch schon wieder Zeit zum Aufstehen war; aber da überredete ich sie, liegenzubleiben und mich für den Gast sorgen zu lassen, falls er aufstünde, ehe sie ausgeschlafen hätte.« »Sie sind ihr immer eine treue Freundin gewesen, Schwester Maria«, wirft Gustavsson ein.

»Es fiel Schwester Edith schwer, das weiß ich wohl«, fährt Schwester Maria mit dem Anflug eines Lächelns fort, »aber sie tat es meinetwegen. Sie durfte indes nicht sehr lange liegenblieben, denn als der Mann seinen Kaffee trank, fragte er, ob ich seinen Rock genäht hätte, und als ich es verneinte, bat er mich, doch die Schwester zu holen, die ihm geholfen habe.

Er war da nüchtern und friedfertig und wußte seine Worte besser zu setzen, als solche Leute es sonst tun; und da ich wußte, welche Freude es für Schwester Edith wäre, wenn er ihr selber danken würde, ging ich, sie zu holen. Als sie kam, sah sie nicht aus, als habe sie die ganze Nacht gewacht; ein zartes Rot lag auf ihren Wangen, und sie sah in ihrer frohen Erwartung so schön aus, daß den Mann bei ihrem Anblick eine Art Bestürzung überkam. Er hatte mit einem so boshaften Ausdruck an der Tür gestanden, daß ich gefürchtet hatte, er wolle sie schlagen; als aber Schwester Edith eintrat, klärte sich sein Gesicht auf. ›Das ist nicht gefährlich‹, dachte ich. ›Er tut ihr nichts. Ihr kann niemand etwas zuleide tun.‹«

»Halleluja!« stimmte der Heilsarmeesoldat bei.

»Aber plötzlich verfinsterte sich sein Gesicht wieder, und als Schwester Edith vor ihm stand, riß er den kurzen Rock, den er trug, so jäh auf, daß die neu angenähten Knöpfe absprangen. Dann steckte er die Hände so hastig in die geflickten Taschen, daß wir hörten, wie sie zerrissen, und zuletzt zerfetzte er das Rockfutter, daß es nun zerlumpter herunterhing als früher, ehe es geflickt worden war.

›Sehen Sie, Fräulein, so bin ich's gewohnt, so und nicht anders‹, sagte er. ›So finde ich es am leichtesten und bequemsten. Es ist recht schade, daß Sie sich so viel Mühe gegeben haben, aber ich kann es nicht ändern.‹«

Der am Boden liegende Schemen sieht ein glückstrahlendes Gesicht vor sich, das sich plötzlich verdunkelt, und er ist nahe daran zuzugeben, daß dieser Bubenstreich grausam und undankbar gewesen war, als der Gedanke an Georg ihn aufs neue überkommt.

›Es ist gut, daß Georg zu hören bekommt, wie ich bin, falls er es noch nicht wissen sollte‹, denkt er. ›David Holm ist nicht der Mann, der auf den ersten Angriff nachgibt. Er ist hart und boshaft, und es macht ihm Spaß, solche gefühlsduseligen Leute zu ärgern.‹

»Erst in diesem Augenblick wurde ich mir bewußt, wie der Mensch eigentlich aussah«, sagt Schwester Maria. »Als er da drüben stand und das, was Schwester Edith unter so schönen Gedanken geflickt hatte, zerriß, betrachtete ich ihn unwillkürlich. Und da sah ich, daß er ein sehr großer und sehr gut gewachsener Mann war, ein wahres Meisterwerk der Natur. Er hatte auch eine gute freie Haltung und einen großen wohlgebildeten Kopf, und sein Gesicht mochte früher einmal schön gewesen sein, obgleich es jetzt rot und aufgedunsen war, mit verschwommenen Zügen, und man nicht wissen konnte, wie es eigentlich hätte aussehen sollen.

Aber trotz allem, was er in diesem Augenblick tat und wozu er noch ein lautes häßliches Gelächter ausstieß, und obgleich seine Augen gelb und boshaft zwischen den verschwollenen Lidern hervorfunkelten, dachte Schwester Edith wohl nur allein daran, daß sie etwas Großangelegtes vor sich hätte, das auf dem Weg des Verderbens war. Zuerst wich sie zurück, als sei sie ins Gesicht geschlagen worden, dann aber leuchtete ein helles Licht in ihren Augen auf, und sie trat einen Schritt näher auf ihn zu.

Sie sagte nichts weiter als: ehe er gehe, möchte sie ihn bitten, doch auch in der nächsten Silvesternacht wieder bei ihr einzukehren. Und als er sie darauf ganz verwundert anstarrte, fügte sie noch hinzu: ›Sehen Sie, ich habe Jesus heute nacht gebeten, dem ersten Gast in diesem Rettungsheim ein gutes neues Jahr zu schenken, und nun möchte ich Sie wiedersehen, damit ich erfahre, ob er mich erhört hat.‹

Als der Mann nun begriff, was Schwester Edith meinte, brach er in Verwünschungen aus und rief: ›Ja, das will ich Ihnen versprechen. Ich werde kommen und Ihnen zeigen, daß Jesus sich nicht das allergeringste um Sie und Ihre Gefühlsduselei gekümmert hat.‹«

Der am Boden Liegende, der auf diese Weise an das Versprechen erinnert worden ist, das er gegeben, aber ganz vergessen hatte und nun doch erfüllt hat, fühlt sich einen Augenblick wie ein schwaches Rohr in einer stärkeren Hand und fragt sich, ob nicht am Ende sein Widerstand völlig sinnlos sei? Aber er unterdrückt den Gedanken rasch wieder; er will sich nicht unterwerfen. Sich sträuben und dagegen ankämpfen will er, wenn es sein muß, bis zum Jüngsten Gericht.

Der Heilsarmeesoldat ist, während Schwester Maria von dieser Begegnung am Neujahrsmorgen berichtet, immer aufgeregter geworden. Jetzt kann er sich nicht länger zurückhalten, er springt auf und ruft:

»Sie haben mir den Namen dieses Menschen nicht gesagt, aber ich bin überzeugt, daß es David Holm war!«

Schwester Maria nickt.

»Aber lieber Gott im Himmel droben, Schwester Maria!« ruft er und streckt entsetzt beide Hände abwehrend aus. »Warum wollen Sie denn dann, daß ich ihn holen soll? Haben Sie etwa seit jenem Morgen irgendeine Besserung an ihm bemerkt? Es ist, als wollten Sie ihn hier haben, damit Schwester Edith sehen soll, daß sie Gott vergebens angefleht hat. Warum wollen Sie ihr ein solches Leid zufügen?«

Schwester Maria betrachtet ihren Mitarbeiter mit einer Ungeduld, die an Zorn grenzt, und sagt:

»Ich bin noch nicht fertig – – –«

Aber er unterbricht sie sofort.

»Wir müssen uns vor den Tücken der Rachsucht in acht nehmen, Schwester Maria!« mahnt er. »Auch in mir ist noch ein Rest von dem alten Adam lebendig, der David Holm gerade in dieser Nacht herbeiholen, ihn der Sterbenden da drinnen zeigen und ihr sagen möchte, daß gerade er schuld daran sei, daß sie von uns gehen muß. Schwester Maria, ich glaube, es ist Ihre Absicht, David Holm zu sagen, Schwester Edith sei beim Flicken seines Rockes, den er in seiner Undankbarkeit gleich wieder zerrissen hat, tödlich angesteckt worden. Ich habe Sie sagen hören, Schwester Edith habe seit der letzten Neujahrsnacht nicht einen gesunden Tag mehr gehabt. Aber wir müssen uns in acht nehmen, Schwester Maria. Wir, die mit Schwester Edith zusammengelebt haben und sie noch so deutlich vor uns sehen, müssen uns davor in acht nehmen, der Härte unserer Herzen nachzugeben.«

Schwester Maria beugt sich über den Tisch vor und redet nun, ohne aufzusehen, als hätte sie ihre Worte in Reih und Glied auf dem Tischtuch aufgestellt.

»Rache?« sagt sie. »Ist es Rache, wenn man einem Menschen zu verstehen gibt, daß er das Herrlichste besaß und es verloren hat? Oder ist es Rache, wenn ich das rostige Eisen ins Feuer lege, damit es aufs neue frisch und blank werde – ist das Rache?«

»Ja, ja, ich wußte es wohl, Schwester Maria«, fällt ihr der Rettungssoldat mit derselben Aufregung ins Wort. »Sie haben gehofft, David Holm bekehren zu können, indem Sie ihm die Bürde der Gewissensqualen aufladen. Aber haben Sie auch recht bedacht, ob es nicht unsere eigene Rache ist, die wir pflegen und nähren wollen? Dies hier ist eine lauernde Schlinge, Schwester Maria, auch, man kann sich so leicht täuschen!«

Die kleine bleiche Rettungsschwester sieht den Gefährten mit einem Blick an, aus dem ihm die Begeisterung der Selbstverleugnung entgegenstrahlt.

»Heute nacht suche ich nicht das meinige«, sagt dieser Blick ganz deutlich. »Es gibt bei so etwas allerdings viele lauernde Schlingen«, wiederholt sie mit großem Nachdruck laut.

Der Rettungssoldat wird dunkelrot; er versucht zu antworten, aber er kann die Worte nicht finden. Im nächsten Augenblick wirft er sich über den Tisch, verbirgt das Gesicht in den Händen und fängt, von dem langen, zurückgehaltenen Kummer überwältigt, zu weinen an.

Die Rettungsschwester stört ihn nicht, über ihre Lippen dringt ein Gebet.

»Ach lieber Gott, lieber treuer Heiland, hilf uns durch diese schwere Nacht! Gib mir Kraft, allen meinen Freunden zu helfen, mir, die ich die schwächste bin und am wenigsten verstehe!«

Der Gefesselte hat der Anklage, daß er die Heilsarmeeschwester angesteckt habe, fast gar keine Aufmerksamkeit geschenkt; aber als der junge Rettungssoldat in Tränen ausbricht, macht er eine heftige Bewegung. Er hat eine Entdeckung gemacht, die ihn mächtig ergreift, und gibt sich keine Mühe, seine Erregung zu verbergen. Es gefällt ihm recht gut, daß die, die dieser schöne junge Mensch liebt, ihn selbst vorgezogen hat.

Als das Schluchzen des Rettungssoldaten an Heftigkeit abnimmt, hört die Schwester zu beten auf und sagt mit weicher Stimme:

»Sie denken an das, was ich vorhin von Edith und David Holm gesagt habe, Gustavsson.«

Ein ersticktes Ja dringt zwischen den Rockärmeln hervor, und der ganze Körper des Mannes wird von heftigem Schmerz erschüttert.

»Und es tut Ihnen sehr weh, das begreife ich gut«, fährt Schwester Maria fort. »Ich kenne einen anderen, der Schwester Edith auch von ganzer Seele liebte, und als sie es merkte, sagt sie zu sich selbst, sie könne das nicht begreifen. Sie meinte, wenn sie jemand lieben würde, so müßte es einer sein, der hoch über ihr stünde, und das denken Sie auch, Gustavsson. Wir können wohl unser Leben drangeben, um den Elenden zu dienen, aber es wäre uns nicht möglich, unsere natürliche und menschliche Liebe einem von ihnen zu schenken. Wenn ich Ihnen nun aber sage, daß Schwester Edith anders angelegt ist, so meinen Sie, das sei etwas Entwürdigendes, und es quält und schmerzt Sie, Gustavsson.«

Der Rettungssoldat rührt sich nicht; sein Kopf liegt noch auf der Tischplatte. Die unsichtbare Gestalt dagegen macht einen Versuch, sich den beiden am Tisch zu nähern, wie um besser hören zu können, erhält aber sofort von Georg den Befehl, sich ruhig zu verhalten.

»Wenn du dich bewegst, David, muß ich dir eine so schwere Strafe auferlegen, wie du dir noch nie eine hast träumen lassen«, sagt er. Und David Holm, der nun weiß, daß Georg Wort hält, bleibt unbeweglich liegen.

»Halleluja!« ruft Schwester Maria mit verzücktem Ausdruck im Gesicht. »Halleluja! Wer sind wir, daß wir sie verurteilen wollten? Haben Sie es nicht auch schon gesehen, Gustavsson; wenn ein Herz von Hochmut erfüllt ist, dann gibt es seine Liebe einem der Mächtigen und Großen in dieser Welt, wenn aber in einem Herzen nur Demut und Erbarmen wohnen, wem sollte es dann seine größte Liebe geben, wenn nicht dem, dessen Herz sich am stärksten verhärtet hat, der am tiefsten in Verkommenheit und Verirrung versunken ist?«

Bei diesen Worten fühlt David Holm einen Stich von Unbehagen.

›Aber du bist doch heute nacht recht sonderbar!‹ denkt er im stillen. ›Warum kümmerst du dich darum, was die Menschen da über dich sagen? Hast du erwartet, sie würden dir ihre ganz besondere Hochachtung aussprechen?‹

Jetzt hebt der Rettungssoldat den Kopf vom Tisch auf, sieht die Schwester prüfend an und sagt:

»Es ist nicht allein das, Schwester Maria.«

»Ja, ja, ich verstehe wohl, was Sie meinen, Gustavsson. Aber Sie dürfen eines nicht vergessen; Schwester Edith wußte zuerst nicht, daß David Holm verheiratet war. Und jedenfalls«, fährt sie nach einem kurzen Zögern fort, »– es ist wenigstens sehr schwer, etwas anderes zu denken – ging meiner Ansicht nach ihre ganze Liebe darauf aus, ihn zu bekehren. Wenn er auf dem Podium gestanden und bekannt hätte, daß er gerettet sei, dann wäre sie befriedigt gewesen.«

Gustavsson hat Schwester Marias Hand ergriffen, und sein Blick hängt an ihrem Mund. Bei ihren letzten Worten dringt ein Seufzer der Erleichterung über seine Lippen.

»Aber dann war es doch nicht die Liebe, die ich meine«, sagt er.

Die Schwester zuckt die Achseln ein wenig und seufzt über diese Hartnäckigkeit, dann sagt sie:

»Schwester Edith hat mir in dieser Sache nie ihr Vertrauen geschenkt, und es wäre ja möglich, daß ich mich täuschte.«

»Wenn Sie aus Schwester Ediths eigenem Mund nichts gehört haben, dann glaube ich, daß Sie sich täuschen, Schwester Maria«, versetzt der junge Mann mit großem Ernst.

Der am Boden Liegende drüben an der Tür verdüstert sich; die Wendung, die das Gespräch jetzt genommen hat, gefällt ihm nicht.

Nun redet die junge Schwester wieder.

»Ich sage nicht, Schwester Edith habe beim erstenmal, als sie David Holm sah, etwas anderes als Mitleid mit ihm gefühlt, und sie hat ihn wohl auch später noch nicht geliebt, denn er widerstand ihr andauernd, so oft er auch ihren Weg kreuzte. Frauen kamen zu uns, die sich an uns wendeten und jammerten, seit David Holm in die Stadt gekommen sei, hätten sich ihre Männer verführen lassen, von der Arbeit wegzulaufen. Und man spürte eine zunehmende Frechheit in Gewalttaten und im Laster. Wo immer wir unter den Elenden umhergingen, bekamen wir das zu spüren. Und es war uns, als könnten wir immer David Holms Spuren erkennen. Aber so wie Schwester Edith war, ist es nur natürlich, daß sie gerade das anspornte, ihn für die Sache Gottes gewinnen zu wollen. Er war wie ein Wild, das sie mit starken Waffen verfolgte, und je mehr es sich gegen sie wendete, desto heftiger fiel sie es an in ihrer Zuversicht, daß sie doch schließlich den Sieg gewinnen werde, weil sie die stärkere sei.«

»So war es«, ruft der Rettungssoldat, »ja so war es, Schwester Maria! Erinnern Sie sich noch, wie Sie und Schwester Edith eines Abends in eine

Wirtschaft kamen, da umhergingen und Flugblätter über die neue Rettungsstation austeilten? Da sah Schwester Edith an einem Tisch David Holm in Gesellschaft eines jungen Mannes, der eifrig zuhörte, wie sich der Landstreicher über die Rettungsstation lustig machte, und dann laut in dessen Gelächter einstimmte. Schwester Edith fiel der junge Mann auf, ihr Herz wurde gerührt, und sie sagte ein paar warnende Worte zu ihm, daß er sich nicht ins Verderben stürzen lassen solle. Der junge Mann erwiderte kein Wort und folgte ihr nicht gleich. Aber er brachte kein Lachen mehr über die Lippen, obgleich er noch in derselben Gesellschaft sitzenblieb und sich sein Glas füllte, das er aber nicht mehr an den Mund führen konnte. David Holm und die andern lachten ihn aus und sagten, er habe sich von der Rettungsschwester ins Bockshorn jagen lassen; aber das war nicht richtig, Schwester Maria, nein, so war es nicht, sondern was ihn gerührt und bezwungen hatte, daß er die andern verlassen und ihr folgen mußte, war einzig und allein ihr Erbarmen gewesen, das sie nicht ohne eine Warnung an ihm hatte vorübergehen lassen. Sie wissen, dies ist die Wirklichkeit, Schwester Maria, und Sie wissen auch, wer der Mann war.«

»Ja, ich weiß, wer der Mann war, der von diesem Tag an unser bester Freund geworden ist«, sagt die Rettungsschwester, indem sie dem Heilsarmeesoldaten freundlich zunickt. »Ich will auch nicht sagen, Schwester Edith habe nicht ein paarmal über David Holm den Sieg davongetragen; aber in den meisten Fällen zog sie doch den kürzeren. Sie hatte sich auch in der Neujahrsnacht erkältet und war beständig von einem Husten geplagt, der nicht weichen wollte und der auch bis zum heutigen Tag nicht wieder gut geworden ist. Die Mutlosigkeit des Krankseins bedrückte sie, und das war vielleicht auch schuld daran, daß Schwester Edith nicht mit der alten Sieghaftigkeit kämpfte.«

»Schwester Maria«, unterbrach sie Gustavsson. »Von dem, was Sie mir sagen, deutet nichts darauf hin, daß sie ihn lieb gehabt hätte.«

»Nein, Gustavsson, da haben Sie recht; am Anfang deutete gar nichts darauf hin. Aber ich will Ihnen sagen, was mich auf den Gedanken brachte. Wir kannten eine arme Näherin, die an Schwindsucht litt, aber tapfer gegen die Krankheit kämpfte und vor allem fast übermenschliche Anstrengungen machte, jede Art von Ansteckungsstoff zu vertilgen, weil sie ein Kind hatte, das sie vor der Krankheit bewahren wollte. Diese Frau erzählte uns, als sie eines Tages auf der Straße von dem Husten überfallen worden war, sei eben ein Landstreicher an ihr vorübergegangen und habe sie wegen ihrer übertriebenen Vorsicht ausgescholten. ›Ich bin auch lungenkrank‹, hatte er gesagt, ›und der Doktor will, ich soll mich in acht nehmen; aber das tue ich nicht. Im Gegenteil, ich huste den Leuten gerade ins Gesicht, weil ich hoffe, sie werden dadurch angesteckt. Warum sollen sie es besser haben als wir? Das möchte ich wohl wissen?‹

Mehr hatte er nicht gesagt, aber die Näherin war so in Schrecken versetzt worden, daß sie sich den ganzen Tag sehr elend fühlte. Sie beschrieb den Landstreicher als einen großen Mann, der recht stattlich aussah, obgleich seine Kleider ärmlich und zerlumpt waren. An das Gesicht erinnerte sie sich nicht ganz deutlich, aber stundenlang hatte sie immerfort seine Augen auf sich gerichtet gesehen, die wie zwei gelbe feurige Streifen zwischen den verschwollenen Lidern brannten. Aber am meisten entsetzt hatte sie sich darüber, daß er weder betrunken noch ganz verkommen ausgesehen hatte, und trotzdem so sprach, wie er es tat, und einen so furchtbaren Haß gegen seine Nebenmenschen hegte. An dieser Beschreibung erkannte Schwester Edith David Holm sofort, und das war ja nicht besonders schwierig. Sie suchte die Frau zu überzeugen, daß der Mann sich nur einen Scherz gemacht habe, um sie zu erschrecken, und sagte: ›Sie werden doch begreifen, daß ein Mann, der so kräftig aussieht, keine Tuberkulose haben kann? Ich glaube, er hat euch nur erschrecken wollen, und dazu ist er schlecht genug; aber so schlecht ist er doch nicht, daß er, wenn er wirklich krank wäre, mit Wissen und Willen hinginge und die Leute ansteckte. Er ist doch auch kein Unmensch.‹

Wir andern widersprachen und sagten, wir glaubten, er würde sich nicht schlechter machen, als er sei; aber sie verteidigte ihn immer eifriger und wurde fast böse auf uns, weil wir ihm etwas so Gemeines zutrauten.«

Zum zweitenmal macht der Fuhrmann ein Zeichen, daß er dem, was um ihn her vorgeht, folgt. Er bückt sich über seinen Gefährten und sieht ihm in die Augen. ›Ich glaube, die Rettungsschwester hat recht, David. Wer sich dagegen sträubte, alles Böse von dir zu glauben, muß dich gewiß sehr lieb gehabt haben.‹

»Es ist ja möglich, Gustavsson, daß es nichts bedeutet«, fährt Schwester Maria fort; »und was mir ein paar Tage später aufgefallen ist, bedeutet vielleicht noch weniger. Aber sehen Sie, als Schwester Edith eines Abends nach Hause ging und über verschiedene Widerwärtigkeiten, die ihre Schützlinge betroffen hatten, niedergeschlagen und bedrückt war, kam David Holm auf sie zu und redete sie an. Er wolle ihr nur mitteilen, sagte er in seiner wegwerfenden Weise, daß sie es nun besser und ruhiger bekomme, da er die Stadt verlassen werde.

Ich hatte erwartet, Schwester Edith werde sich über die Nachricht freuen, merkte aber an ihrer Antwort, daß es ihr nicht recht war. Sie sagte ihm auch gerade heraus, es wäre ihr lieber, wenn er dabliebe, damit sie noch eine Weile mit ihm kämpfen könnte.

Er erwiderte, er beklage das sehr, könne aber trotzdem nicht länger in der Stadt bleiben, denn er sei genötigt, eine Reise durch Schweden zu machen, um eine Person zu suchen, über deren Ergehen er notwendig Bescheid haben müsse. Er finde weder Ruhe noch Rast, bis er diese Person gefunden habe.

Und wissen Sie, Gustavsson, Schwester Edith fragte mit so offenbarer Angst, wer denn diese Person sei, daß ich nahe daran war, ihr zuzuflüstern, sie solle sich in acht nehmen und sich dem Gespött eines solchen Mannes nicht preisgeben. Aber er schien nichts zu merken, sondern antwortete nur, wenn er die fragliche Person gefunden habe, werde es ihr sicher nicht unbekannt bleiben, und er hoffe, sie werde sich dann mit ihm freuen, daß er nicht mehr als armer Landstreicher im Reiche umherziehen müsse.

Damit ging er, und er mußte Wort gehalten haben, denn wir sahen und hörten nichts mehr von ihm. Ich hoffte, wir würden nun nie mehr etwas mit ihm zu tun haben müssen, denn es war ja, als bringe er überall, wohin er auch kam, Unglück mit. Aber da geschah es eines Tages, daß eine Frau bei Schwester Edith auf der Rettungsstation erschien und sich nach David Holm erkundigte. Sie teilte Schwester Edith mit, sie sei David Holms Frau, die es wegen seiner Trunksucht und seines schlechten Lebenswandels nicht mehr bei ihm ausgehalten, sondern ihn verlassen hätte. Sie hatte sich ganz heimlich fortgestohlen, die Kinder auch mitgenommen und sich in unsere Stadt begeben, die von ihrem früheren Aufenthaltsort so weit entfernt war, daß es ihm nicht eingefallen sei, sie hier zu suchen. Hier habe sie nun in einer Fabrik Arbeit gefunden, und überdies so gut bezahlte, daß sie sich und die Kinder versorgen könne. Sie war eine gut gekleidete Frau, die Achtung und Vertrauen einflößte; sie war überdies eine Art Vorsteherin für die jungen Fabrikarbeiterinnen geworden und verdiente nun so viel, daß sie sich eine behagliche Wohnung mit den nötigen Möbeln und Hausgeräten hatte verschaffen können. Früher, solange sie noch bei ihrem Manne gewohnt hatte, waren sie bettelarm gewesen; sie hatte nicht das Nötigste für sich und die Kinder gehabt, und sie hatten oft hungern müssen.

Nun hatte sie jedoch gehört, daß ihr Mann sich in der Stadt aufhielt, und daß die Rettungsschwestern ihn kannten, und so war sie gekommen, um zu hören, wie es ihm ginge.

Wenn sie damals dabei gewesen wären, Gustavsson, und Schwester Edith gehört und gesehen hätten, so würden Sie dies nie wieder vergessen können. Zuerst, als die Frau kam und uns sagte, wer sie war, erblaßte Schwester Edith und sah aus, als sei sie zu Tode getroffen; aber sie faßte sich bald wieder, und in ihre Augen trat ein geradezu überirdischer Ausdruck. Es war, als habe sie sich selbst überwunden und begehre nun für sich nichts mehr von allem, was dieser Welt angehörte. Und mit seiner Frau sprach sie mit einer, fast möchte ich sagen, seligen Verklärtheit, daß diese zu Tränen gerührt wurde. Sie sagte ihr nicht ein einziges Wort des Vorwurfs und brachte sie doch dahin, zu bereuen, daß sie ihren Mann verlassen hatte. Ich glaube, sie brachte die Frau so weit, daß sie sich für einen wahren Ausbund von Härte hielt. Ja, noch mehr, Gustavsson, Schwester Edith verstand es, die alte Liebe in ihr zu erwecken, die jugendliche, die sie in der ersten Zeit ihrer Ehe für ihren Mann gefühlt hatte. Sie brachte die Frau dazu, ihr zu erzählen, wie es in der ersten Zeit ihres Ehestandes gewesen war, ja sogar, daß sie sich wieder nach ihrem Mann sehnte. Aber, Gustavsson, Sie dürfen nicht glauben, Schwester Edith habe der Frau verborgen, wie ihr Mann jetzt war; o nein, aber sie wußte in ihr den Wunsch zu erwecken, David Holm wieder zu einem rechten Menschen zu machen, wie Schwester Edith es selbst so sehr wünschte.«

Der Fuhrmann an der Tür hat sich während dieser Rede aufs neue über den Gefesselten gebeugt und ihn betrachtet, diesmal aber richtet er sich wieder auf, ohne etwas zu sagen. Um seinen früheren Kameraden zieht sich etwas Düsteres, Unheimliches zusammen, das dem Fuhrmann unerträglich zu sein scheint. Er lehnt sich hochaufgerichtet an die Wand und zieht die Kapuze tief über die Augen herein, um ihn nicht mehr sehen zu müssen.

»Sicherlich hatte die Frau schon vorher Gewissensbisse gehabt, weil sie ihren Mann seiner eigenen Torheit und Bosheit überlassen hatte«, fährt Schwester Maria fort. »Und während sie nun mit Schwester Edith redete, schlug all das Neue, das sie hörte, rasch Wurzel. Bei diesem ersten Mal sprachen sie jedoch noch nicht davon, daß sie ihren Mann wissen lassen solle, wo sie sei, dieser Beschluß wurde erst nach anderen, langen Unterredungen gefaßt. Und, Gustavsson, ich will nicht sagen, Schwester Edith habe sie dazu überredet, auch nicht, sie habe ihr große Hoffnungen gemacht, aber ich weiß, sie wünschte innig, die Frau solle ihn wieder zu sich rufen. Sie glaubte, das würde ihn retten, und so riet sie nicht ab. Ich muß zugeben, es war Schwester Ediths Werk, daß es schließlich so weit kam, ja, sie ist es gewesen, die den Mann wieder mit denen vereinigte, die zu verderben er die Macht hatte. Ich habe viel darüber nachgedacht und mich oft darüber gewundert, und ich konnte nicht verstehen, woher Schwester Edith den Mut genommen hätte, eine solche Verantwortung auf sich zu nehmen, wenn sie ihn nicht geliebt hätte.«

Schwester Maria sprach diese Worte mit tiefster Überzeugung aus; aber die beiden, die sich vorher aufgeregt hatten, als sie von der Liebe der ranken Rettungsschwester gesprochen hatte, verhielten sich nun ganz ruhig. Der Heilsarmeesoldat saß mit der Hand über den Augen unbeweglich da, und der am Boden Liegende hatte den Ausdruck düsteren Hasses wieder angenommen, den er gezeigt hatte, als er zuerst ins Zimmer hereingeschleppt worden war.

»Keine von uns wußte, wohin David Holm gewandert war«, begann Schwester Maria aufs neue; »aber Schwester Edith schickte ihm durch andere fahrende Leute die Nachricht, wir könnten ihm Auskunft geben, wo seine Frau und Kinder seien, und da dauerte es nicht lange, bis er sich einfand. Und Schwester Edith führte ihn und seine Frau zusammen, nachdem sie ihm zuerst eine ordentliche Kleidung und einen Platz an einem städtischen Bau verschafft hatte. Sie verlangte kein Gelübde und Versprechungen von ihm, sie wußte, so einer wie David Holm konnte nicht mit Gelübden gebunden werden; aber sie wollte die Saat, die bisher zwischen den Dornen aufgegangen war, in gute Erde verpflanzen und war überzeugt, daß es ihr gelingen würde.

Und wer weiß, ob Schwester Edith nicht ihr Ziel erreicht hätte, wenn nicht das große Unglück über sie hereingebrochen wäre. Zuerst bekam sie Lungenentzündung, und als diese behoben war und wir sie bald hergestellt zu sehen hofften, magerte sie im Gegenteil immer mehr ab, und wir mußten sie ins Sanatorium schicken.

Aber wie David Holm gegen seine Frau war, das brauche ich Ihnen wohl nicht erst zu sagen, Gustavsson. Sie wissen es ebensogut wie ich und alle andern. Die einzige, die wir in Unkenntnis darüber zu halten versuchten, ist Schwester Edith, weil wir barmherzig gegen sie sein wollten. Wir hofften, sie werde sterben dürfen, ohne es zu erfahren; aber jetzt bin ich nicht ganz sicher, wie es sich damit verhält. Ich glaube, sie weiß es.«

»Woher sollte sie es wissen?«

»Das Band, das sie mit David Holm verbindet, ist so stark, daß sie sich wohl auf anderen Wegen als den gewöhnlichen Nachricht von ihm zu verschaffen gewußt hat. Und weil sie alles weiß, deshalb hat sie ihn den ganzen Tag zu sprechen verlangt. Sie hat unsagbares Elend über seine Frau und Kinder gebracht, und sie hat nur noch diese wenigen Stunden zur Verfügung, um es wiedergutzumachen, wir aber sind so schwerfällig, daß wir ihn nicht einmal dabei helfen können, indem wir ihn herbeischaffen.«

»Aber was hätte es für einen Wert?« fragt Gustavsson hartnäckig. »Sie kann ja ar nicht mit ihm reden, sie ist zu schwach dazu.«

»Ich kann in ihrem Namen mit ihm reden«, versetzt Schwester Maria zuversichtlich. »Und er würde auf die Worte hören, die an ihrem Sterbebette zu ihm gesagt würden.«

»Was wollten Sie zu ihm sagen, Schwester Maria? Wollten Sie ihm sagen, Schwester Edith habe ihn geliebt?«

Die Rettungsschwester steht rasch auf. Sie faltet die Hände über der Brust und betet mit aufgehobenem Gesicht und geschlossenen Augen also:

»Ach lieber Gott, laß es doch geschehen, daß David Holm herkommt, ehe Schwester Edith stirbt! Guter Gott, laß es geschehen, daß er deine Liebe erkennt, und daß das Feuer ihrer Liebe sein Herz erweicht! Guter Gott, ist nicht deine Liebe ihr geschickt worden, daß sie seine Seele läutere? Guter Gott, mache mich mutig, daß ich nicht daran denke, sie zu schonen, sondern es wage, seine Seele in die Glut ihrer Liebe hineinzulegen! Guter Gott, laß ihn diese Liebe empfinden wie ein sanftes Säuseln, das durch seine Seele zieht, wie die Berührung einer Engelsschwinge, wie das rote Licht, das am Morgen im Osten aufleuchtet und die Finsternis der Nacht vertreibt! Guter Gott, laß ihn nicht glauben, daß ich mich an ihm rächen wolle! Guter Gott, laß ihn erkennen, daß Schwester Edith nur den innersten Kern seines Wesens geliebt hat, das, was er selbst zu ersticken und zu ertöten gesucht hat! Guter Gott – –«

Schwester Maria fährt zusammen und schaut auf. Der Rettungssoldat zieht eben seinen Rock an.

»Ich hole ihn, Schwester Maria«, sagt er mit halberstickter Stimme. »Und ich kehre nicht ohne ihn zurück.«

Aber jetzt wendet sich die an der Tür auf dem Boden liegende Gestalt zu dem Fuhrmann und redet ihn an: ›Georg, ist es noch nicht genug? Als ich zuerst hier hereinkam, wurde ich von dem, was sie sprachen, ergriffen.

Auf diese Weise hättest du mich vielleicht erweichen können; aber du hättest sie warnen müssen. Sie hätten nicht von meiner Frau sprechen sollen.‹

Der Fuhrmann gibt keine Antwort, sondern deutet nur mit einer leichten Bewegung nach dem inneren Zimmer. Eine alte Frau ist durch die Tapetentür, die sich ganz hinten in der Wohnzimmerabteilung des Gemachs befindet, eingetreten. Mit leisen Schritten tritt sie zu den beiden, die sich so lange unterhalten haben, und sagt mit einer Stimme, die im Bewußtsein der Wichtigkeit dessen, was sie mitzuteilen hat, bebt: »Sie will nicht mehr da drinnen bleiben, sondern hier heraus. Jetzt ist es bald zu Ende.«

VI

Die arme kleine Rettungsschwester, die in den letzten Zügen liegt, fühlt sich mit jedem Augenblick schwächer und kraftloser werden. Sie hat keine Schmerzen, kämpft aber noch mit dem Tod, wie sie in so mancher Nacht bei einer Krankenwache mit dem Schlaf gekämpft hat.

»Ach, wie schön du lockst! Aber du darfst mich nicht übermannen!« hat sie da zum Schlaf gesagt. Und wenn sich dieser auch einmal einige Augenblicke auf sie herabgesenkt hatte, so war sie doch immer rasch wieder aufgefahren und zu ihren Pflichten zurückgekehrt.

Jetzt ist es ihr, als ob irgendwo in einem kühlen Zimmer mit unbeschreiblich reiner, frischer Luft, die einzuatmen für ihre Lungen ein wahres Labsal wäre, ein tiefes breites Bett mit weichen schwellenden Daunenkissen hergerichtet würde. Sie weiß, daß dieses Bett für sie bestimmt ist, und sie sehnt sich danach, hineinzusinken und ihre unaussprechliche Mattigkeit wegzuschlafen; aber sie hat das Gefühl, sie würde dann in einen so tiefen Schlaf sinken, daß sie nie mehr daraus erwachen könnte. Und sie widersteht dem Locken der Ruhe noch immer, die ihr jetzt noch nicht zuteil werden darf.

Als die kleine Rettungsschwester jetzt die Augen wieder aufschlägt, liegt ein Vorwurf darin. Sie sieht strenger aus als je zuvor.

»Wie hart seid ihr doch, daß ihr mir zu dem einzigen nicht verhelfen wollt, nach dem ich mich sehne!« scheint sie zu klagen. »Habe ich doch, solange ich gesund war, so viele Schritte gemacht, um euch allen zu dienen, so daß ihr euch jetzt wohl die Mühe machen könntet, den hierher zu holen, den ich sprechen möchte.«

Meist liegt sie jedoch mit geschlossenen Augen da und wartet und lauscht so eifrig, daß ihr kein Geräusch in dem Häuschen entgeht. Plötzlich hat sie den Eindruck, ein Gast sei ins äußere Zimmer getreten, der nun dort darauf warte, zu ihr hereingeführt zu werden. Sie schlägt die Augen auf und sieht ihre Mutter flehend an.

»Er steht ja draußen an der Küchentür. Kannst du ihn nicht hereinlassen, Mutter?«

Die Mutter steht auf, tritt an die Tapetentür, öffnet sie und schaut in das große Zimmer hinaus, kommt aber gleich wieder an das Bett her und schüttelt den Kopf.

»Es ist niemand draußen, Kind«, sagt sie. »Niemand als Schwester Maria und Gustavsson.«

Da seufzt die Kranke tief und schließt die Augen aufs neue. Aber noch einmal hat sie das Gefühl, daß er da drinnen dicht an der Tür sitzt. Wenn nur ihre Kleider wie gewöhnlich auf einem Stuhl am Fußende des Bettes lägen, dann würde sie sich anziehen, hineingehen und mit ihm sprechen können. Aber die Kleider liegen nicht da, und sie fürchtet auch, ihre Mutter würde ihr nicht erlauben aufzustehen.

Sie überlegt und überlegt, wie sie in das vordere Zimmer hinausgelangen könnte, denn sie ist ganz sicher, daß er da draußen ist. Die Mutter will ihn nur nicht zu ihr hereinlassen, wahrscheinlich weil sie meint, er sehe zu schrecklich aus, und sie dürfe mit so einem Menschen nicht reden.

›Mutter meint, es hätte keinen Wert, wenn ich noch mit ihm zusammenträfe‹, denkt die Kranke. ›Sie meint, jetzt, wo ich am Sterben bin, könnte es mir ja einerlei sein, wie es ihm weiter ergeht.‹

Schließlich denkt sie sich etwas aus, das ihr äußerst schlau vorkommt.

›Ich werde Mutter bitten, mich in das große Zimmer hinauszuschaffen, weil ich so gerne dort liegen möchte. Ich werde sagen, ich sehne mich, es noch einmal zu sehen. Dagegen wird Mutter nichts einzuwenden haben.‹

Sie bringt ihren Wunsch vor, fragt sich aber gleich, ob die Mutter am Ende ihre verborgene Absicht durchschaut habe, denn diese hat viel dagegen einzuwenden.

»Liegst du denn hier nicht gut?« fragt sie. »Du warst ja bisher ganz zufrieden hier.«

Die Mutter tut nichts, um der Kranken zu gehorchen, sondern bleibt ruhig bei ihr sitzen. Der kleinen Heilsarmeeschwester ist es zumute wie einst, wenn sie, solange sie noch ein Weltkind gewesen war, die Mutter um etwas gebeten hatte, was diese nicht richtig fand. Und gerade wie ein kleines Kind fängt sie nun an zu bitten und zu betteln, um die Geduld der Mutter zu erschöpfen.

»Mutter, ich möchte so gern in das große Zimmer; Gustavsson und Schwester Maria tragen mich schon hinaus, wenn du sie hereinrufst. Ach Mutter, mein Bett wird nicht mehr lange dort stehen!«

Aber die Mutter erwidert: »Du wirst sehen, sobald du draußen bist, verlangst du wieder herein.« Aber sie steht doch auf und kehrt gleich darauf mit Gustavsson und Schwester Maria zurück.

Es ist ein Glück, daß Schwester Edith in der kleinen hölzernen Bettstelle liegt, in der sie schon als Kind geschlafen hat, so daß die drei, Schwester Maria, Gustavsson und die Mutter, sie recht gut hinaustragen können. Sobald sie durch die Tür gekommen ist, wirft sie einen raschen Blick auf die Küche des großen Raumes und ist ganz erstaunt, als sie David Holm nicht dort erblickt; diesmal war sie ihrer Sache so ganz gewiß gewesen.

Sie fühlt sich sehr enttäuscht, und anstatt sich in dem dreiteiligen Zimmer, das so viele Erinnerungen enthält, umzusehen, schließt sie die Augen. Und da hat sie sofort wieder das Gefühl, daß sich an der Eingangstür jemand befindet, der wartet.

›Es ist unmöglich, daß ich mich täusche‹, denkt sie. ›Irgend jemand muß dort sein, entweder er oder ein anderer.‹

Sie öffnet die Augen aufs neue und läßt ihre Blicke sehr aufmerksam im Zimmer umherlaufen. Mit großer Mühe entdeckt sie, daß drüben an der Tür etwas steht; aber es ist ganz undeutlich, nicht einmal wie ein Schatten. Sie hätte sagen können, es sei der Schatten eines Schattens.

Die Mutter beugt sich über sie und fragt:

»Ist es dir nun leichter, seit du hier bist?«

Sie nickt und flüstert, sie sei sehr froh, daß man sie herausgebracht habe. Aber sie denkt nicht an das Zimmer, sondern starrt immerfort nach der Tür.

›Was mag das dort drüben nur sein?‹ fragt sie sich, und es ist ihr, als hänge ihr Leben daran, dies herauszubringen.

Schwester Maria stellt sich zufälligerweise so auf, daß sie der Kranken die Tür verdeckt, und mit Aufbietung aller ihrer Kräfte bringt Schwester Edith sich in eine andere Stellung.

Man hat die Kranke in den Teil des Zimmers gestellt, den sie und ihre Mutter die gute Stube zu nennen pflegen, und diese Abteilung liegt am weitesten entfernt von der Tür. Nachdem die Kranke nun eine Weile dagelegen hat, flüstert sie ihrer Mutter zu:

»Jetzt hab' ich gesehen, wie es in der guten Stube aussieht, aber nun möchte ich auch ins Eßzimmer.«

Sie merkt wohl, daß ihre Mutter einen bekümmerten Blick mit den beiden andern wechselt und daß diese den Kopf schütteln; sie legt sich das auf ihre Art aus und denkt, sie seien ängstlich, sie noch näher zu dem an der Tür stehenden Schatten hinzubringen. Allmählich ist eine Ahnung in ihr aufgestiegen, wer es ist, der dort steht; aber sie fürchtet sich nicht vor ihm, sondern wünscht nur, ihm näher zu kommen.

Sie sieht ihre Mutter und die beiden Freunde flehend an; und alle drei gehorchen ihr ohne weitere Einwendungen.

Als sie sich nun in der Abteilung befindet, die früher das Eßzimmer genannt worden war, ist sie der Türe näher und kann unterscheiden, daß dort eine dunkle Gestalt steht, die irgendein Werkzeug in der Hand hält. Das kann also nicht er sein, aber es ist jedenfalls jemand, mit dem zusammenzutreffen für sie außerordentlich wichtig ist.

Sie muß ihm noch näher kommen, sie muß; und indem sie sich alle Mühe gibt, ein entschuldigendes Lächeln hervorzubringen, macht sie ein Zeichen, daß sie auch noch in die Küche gebracht werden möchte. Sie sieht, wie betrübt ihre Mutter bei diesem Ansinnen wird, sieht, wie sie zu weinen anfängt, und ein flüchtiger Gedanke zieht durch ihre Seele, daß ihre Mutter sich wohl jetzt daran erinnere, wie die Tochter früher, während die Mutter das Abendessen kochte, vor dem Herd auf dem Boden gesessen und, von dem Feuerschein rot übergossen, von allem lustig plauderte, was in der Schule vorgekommen war; sie begreift auch, daß die Mutter tatsächlich ihr Kind auf allen den gewohnten Plätzen zu sehen vermeint und unter dem Gefühl der Leere und des Alleinseins, das sie überkommt, fast zusammenbricht.

Aber sie darf jetzt nicht an ihre Mutter denken, sie darf ihre Aufmerksamkeit auf nichts anderes richten als auf das Wichtige, das sie während der kurzen Zeit, die ihr noch zugemessen ist, ausrichten muß.

Jetzt, wo sie in der äußeren Abteilung des Zimmers angekommen ist, kann sie endlich das Undeutliche, was an der Tür steht, erkennen. Es ist die Gestalt eines Mannes in einem schwarzen Mantel mit einer Kapuze, die über das Gesicht herabgezogen ist. In der Hand hält er eine lange Sense; die Kranke braucht keinen Augenblick im Zweifel zu sein, wer es ist.

›Es ist der Tod‹, denkt sie. Und sie erschrickt, weil er zu früh für sie gekommen ist.

Während die arme Kranke immer näher zur Tür herangetragen wurde, hat sich der am Boden liegende gefesselte Schemen zusammengekrümmt, als wollte er versuchen, der Aufmerksamkeit der Kranken zu entgehen. Er sieht, daß sie unaufhörlich nach der Tür schaut, und er vermutet, daß sie da etwas unterscheiden kann. Aber sie soll ihn nicht sehen, das wäre eine zu große Demütigung für ihn. Ihre Blicke sind auch nicht auf ihn gerichtet, sondern auf den andern, und da denkt er, wenn sie überhaupt etwas sehe, so sei nicht er es, sondern Georg.

Kaum ist die Kranke indes ganz nahe herangekommen, als er sieht, daß sie mit einer leichten Kopfbewegung Georg an ihr Bett herruft. Georg zieht, als friere er, den Mantel fester um sich zusammen und tritt an ihr Lager. Sie sieht ihn mit einem herzbewegenden Lächeln an.

»Du siehst, daß ich keine Angst habe«, flüstert sie fast lautlos. »Ich folge deinem Rufe gerne, möchte dich aber fragen, ob du mir nicht bis morgen Aufschub gewähren kannst, damit ich die Aufgabe vollenden kann, für die mich Gott in die Welt geschickt hat.«

Während sie auf diese Weise von ihrer Unterredung mit Georg ganz erfüllt ist, hat David Holm den Kopf aufgehoben und sieht sie an; und da sieht er, daß ihr die heilige Erhabenheit ihres Geistes eine Schönheit verliehen hat, die sie früher nie gehabt hatte, etwas so Stolzes, Hohes, Unerreichbares, aber so unwiderstehlich Anziehendes, daß er seine Augen nicht mehr abwenden kann.

»Du verstehst mich vielleicht nicht«, sagt sie zu Georg. »Neige dich näher zu mir her. Ich muß mit dir reden, aber die anderen sollen nicht hören, was ich sage.«

Georg beugte sich so weit vor, daß seine Kapuze fast ihr Gesicht berührt.

»Sprich so leise, wie du willst«, sagt er. »Ich werde es doch verstehen.«

Da fängt sie in ganz leisem Flüsterton an, und keiner von den dreien, die um ihr Bett stehen, hat eine Ahnung, daß sie überhaupt etwas sagt. Nur der Fuhrmann und der andere Schemen hören sie.

»Ich weiß nicht, ob du dir auch bewußt bist, um was es sich für mich handelt«, sagt sie zu Georg. »Ich brauche notwendig einen Aufschub bis morgen, damit ich mit dem zusammentreffen kann, den ich auf den rechten Weg führen muß. Du weißt, wie schlecht ich gehandelt habe. Ich bin eigenmächtig und verwegen gewesen. Wie sollte ich vor Gottes Angesicht treten können, ich, die ein so großes Unglück verschuldet hat?«

Ihre Augen öffnen sich vor Angst weit, und sie ringt schwer nach Atem, fährt dann aber gleich fort, ohne eine Antwort abzuwarten. »Ich muß dir wohl mitteilen, daß der Mann, mit dem ich noch reden möchte, eben der ist, den ich liebe. Du verstehst mich doch wohl? Der Mann, den ich liebe.«

»Aber Schwester Edith«, erwidert der Fuhrmann, »der Mann – – –«

Sie will jedoch seine Antwort nicht hören, ehe sie alles vorgebracht hat, was ihn erweichen soll.

»Ach, du begreifst, wie schwer es für mich ist, das zu sagen. Die Erkenntnis, daß ich gerade diesen Mann liebe, bedrückt mich schwer. Oh, wie hab' ich mich geschämt, daß ich so heruntergekommen sein soll, einen Mann zu lieben, der an eine andere gebunden ist. Ich habe dagegen gekämpft und gestritten, und es war mir, als sei ich, die eine Führerin und Helferin der Elenden sein sollte, schlechter als die schlechtesten unter ihnen geworden.«

Georgs eine Hand streicht ihr wie beruhigend über die Stirne; aber er sagt nichts, sondern läßt sie fortfahren.

»Aber die größte Demütigung liegt doch nicht darin, daß ich einen verheirateten Mann liebe. Die tiefste Erniedrigung liegt darin, daß er ein böser und schlechter Mensch ist. Ich weiß nicht, warum ich mich an einen solchen Lumpen weggeworfen habe. Ich hatte gehofft, hatte geglaubt, es sei etwas Gutes an ihm, aber ich bin immer enttäuscht worden. Ach, ich muß selbst schlecht sein, da sich mein Herz so hat verirren können! Kannst du nicht begreifen, daß es ganz unmöglich für mich ist, fortzugehen, ohne noch einen Versuch gemacht zu haben, ihn zu einem anderen Menschen zu machen?«

»Du hast ja schon so viele Versuche gemacht«, antwortet Georg ausweichend.

Sie schließt die Augen und überlegt, schlägt sie aber bald wieder auf, und jetzt leuchtet eine neue Zuversicht aus ihrem Gesicht.

»Du meinst, ich bitte nur meinetwegen, und denkst wie die anderen, es könne mir einerlei sein, wie es ihm weiter ergeht, ich müsse ja doch alles Irdische hinter mir lassen. Ich muß dir aber noch etwas sagen, was ich heute erlebt habe, damit du verstehst, daß ich den Aufschub brauche, um anderen zu helfen.«

Sie schließt die Augen und spricht weiter, ohne sie wieder zu öffnen:

»Siehst du, es war heute vormittag. Ich verstehe jetzt nicht mehr recht, wie es geschehen konnte, aber ich war mit einem Korb am Arm unterwegs, um einem Notleidenden Essen zu bringen. Plötzlich stand ich auf einem

Hof, wo ich noch niemals gewesen war. Er war rings von hohen Häusern eingeschlossen, die ordentlich und gut aussahen, als wohnten wohlhabende Leute darin. Ich wußte nicht, was ich an diesem Ort zu tun haben sollte, und sah mich unschlüssig um; da entdeckte ich an der einen Häusermauer eine Art Anbau, der eigentlich aussah, als sei er ursprünglich zu einem Geflügelhaus bestimmt gewesen, den man aber neuerdings für eine menschliche Wohnung herzurichten versucht hatte. Da und dort waren einzelne Bretter und Stücke von Pappe aufgenagelt, auch ein paar schiefe Fenster eingesetzt, und aus dem Dach ragten zwei Ofenrohre heraus.

Aus dem einen dieser Rohre stieg ein dünner Rauch empor, und da ich daran erkannte, daß dieser Bau bewohnt war, sagte ich zu mir: ›Da muß ich selbstverständlich hin.‹

Ich stieg eine hölzerne Treppe hinauf, die steil wie eine Leiter war und mir noch einmal den Eindruck machte, als begebe ich mich in eine Art Taubenschlag, und legte die Hand auf die Klinke der Eingangstür. Sie war unverschlossen, und da ich Stimmen drinnen hörte, trat ich ein, ohne anzuklopfen.

Niemand wendete sich nach mir um, als ich hereinkam. Ich zog mich in einen Winkel an der Tür zurück und blieb da stehen, bis man mich brauchen würde. Denn ich wußte ganz bestimmt, daß ich wegen einer ganz besonders wichtigen Sache hergekommen war. Während ich nun da wartete, drängte sich mir unwillkürlich der Gedanke auf, daß ich hier in irgendein Wirtschaftsgebäude und nicht in eine menschliche Wohnung gekommen sei. Es war kaum ein Möbelstück zu sehen, nicht einmal ein Bett. In einer Ecke lagen ein paar schmutzige Matratzen, die offenbar als Betten dienten. Keine Stühle waren da, wenigstens keine in einem Zustand, daß man sie hätte verkaufen können, und nur ein plumper roher Tisch.

Plötzlich wurde mir klar, wo ich mich befand. Die Frau mitten im Zimmer war ja David Holms Frau. Sie waren also ausgezogen, während ich im Sanatorium gelegen hatte. Aber warum waren sie nur so erbärmlich und unbequem eingerichtet? Und wo waren ihre Möbel? Wo waren der schöne Schrank und die Nähmaschine und –

Ich konnte nicht noch mehr aufzählen, es fehlte einfach alles, in diesem Raum war ja fast nichts.

›Wie verzweifelt die Frau aussieht!« dachte ich. ›Und wie ärmlich sie angezogen ist! Sie ist ja seit dem Frühjahr eine ganz andere geworden.‹

Ich wollte rasch vortreten, um sie zu fragen, hielt mich aber doch zurück, denn es waren noch zwei fremde Damen im Zimmer, die sich lebhaft mit David Holms Frau unterhielten.

Alle drei sahen sehr ernst aus, und ich verstand bald, um was es sich handelte. Die Damen wollten die beiden Kinder des armen Weibes in ein Kinderasyl bringen, damit sie nicht von dem Vater, der die Schwindsucht hatte, angesteckt würden.

Mir war, als höre ich nicht recht. ›David Holm kann doch wohl keine Tuberkeln haben‹, dachte ich. Ich hatte zwar schon einmal davon reden hören, wollte es aber nicht glauben.

Und noch etwas konnte ich mir nicht erklären. Die Damen sprachen nur von zwei Kindern, und ich war doch der Meinung, es seien drei gewesen.

Es dauerte nicht lange, bis ich Aufklärung darüber erhielt. Die eine der Damen vom Wohltätigkeitsverein sah, daß die arme Mutter weinte, und sagte ihr mit freundlichen Worten, für die Kinder würde in einem Asyl in jeder Weise gesorgt, und sie hätten es da ebensogut, wie sie es daheim haben könnten.

›Ach, kümmern Sie sich nicht um meine Tränen, Frau Doktor‹, hörte ich jetzt die Frau erwidern. ›Ich würde noch mehr weinen, wenn ich die Kinder nicht wegschicken dürfte. Mein jüngstes ist schon im Spital, und als ich sah, wie sehr es leiden muß, hab' ich mir gelobt, wenn ich die beiden anderen vom Hause wegbringen könnte, würde ich kein Wort darüber sagen, sondern nur froh und dankbar sein.‹

Als die Frau dies sagte, überfiel mich eine beklemmende Angst. Was hatte David Holm seiner Frau, seinem Heim, seinen Kindern angetan? Oder besser gesagt, was hatte ich getan? Ich, ich hatte sie hierhergeschleppt.

Ich stand noch in meiner Ecke und konnte die Tränen nicht zurückhalten, ja, ich schluchzte laut, und es war mit unbegreiflich, daß die anderen nicht aufmerksam auf mich wurden; aber keine von den dreien schien mich zu bemerken.

Jetzt wendete sich die Frau zur Tür, indem sie sagte: ›Ich will auf die Straße hinuntergehen, um die Kinder zu holen, sie sind nicht weit weg.‹

Sie ging so dicht an mir vorüber, daß ihr ärmliches geflicktes Kleid meine Hand streifte. Da sank ich auf die Knie nieder, zog ihren Rock an meine Lippen und küßte ihn weinend. Aber ich brachte kein Wort heraus. Das Unrecht, das ich dieser Frau angetan hatte, war zu groß.

Sie kümmerte sich jedoch nicht im geringsten um mich, und das verwunderte mich über die Maßen; aber es war mir auch wohl verständlich, daß sie mit der, die sie und ihre Kinder ins Unglück gestürzt hatte, nicht reden wollte.

Die arme Mutter kam jedoch nicht dazu, das Zimmer zu verlassen, denn eine der Damen sagte, ehe sie die Kinder hereinrufe, müsse noch etwas in Ordnung gebracht werden. Damit nahm sie ein Papier aus ihrer Handtasche und las es Frau Holm vor. Es war ein Schein, in dem stand, daß die Eltern ihre Kinder der Obhut der Dame anvertrauen, solange in ihrer Wohnung Gefahr vorhanden sei, von Tuberkulose angesteckt zu werden, und er sollte von beiden Eltern unterschrieben werden.

An dem entgegengesetzten Ende des Zimmers war noch eine Tür. Jetzt öffnete sich diese, und David Holm trat ein. Ich war fest überzeugt, daß er horchend hinter der Tür gestanden und nur darauf gewartet hatte, sich im rechten Augenblick zu zeigen. Er trug den alten verflickten Anzug, und in seinen Augen funkelte der frühere boshafte Glanz, und ich konnte mir nicht verhehlen, daß er sich mit offenbarer Freude umsah, als sei er von dem in seinem Zimmer herrschenden Elend befriedigt.

Dann fing er an zu reden und sagte, er habe seine Kinder von Herzen lieb und finde es höchst grausam, daß man ihm auch noch die beiden anderen nehmen wolle, nachdem das eine schon ins Spital gebracht worden sei.

Die beiden Damen nahmen sich kaum die Mühe, ihn anzuhören, sondern sagten, wenn er die Kinder nicht hergebe, würden sie um so sicherer zugrunde gehen.

Während die Damen mit David Holm redeten, wendete ich meine Augen von diesem ab und richtete sie auf seine Frau. Sie war an die eine Wand zurückgewichen und sah ihren Mann mit einem Ausdruck an, bei dem mir schauderte: so muß ein armer Verurteilter, der ausgepeitscht und aufs Rad geflochten worden ist, seinen Henker ansehen.

Da begann ich zu begreifen, daß ich ein noch viel größeres Unrecht getan hatte, als mir bisher bewußt gewesen war. Ich erkannte, daß David Holm einen geheimen Haß gegen diese Frau im Herzen tragen mußte, und daß sein Wunsch, wieder mir ihr vereinigt zu werden, nicht aus der Sehnsucht nach einer behaglichen Heimat, sondern aus der Begierde, sie zu quälen, hervorgegangen war.

Ich hörte zu, wie er bei den vornehmen Damen seine Vaterliebe ins Feld führte. Sie erwiderten, diese könnte er jetzt beweisen, indem er die Vorschriften des Arztes genau befolge und sich Mühe gebe, die Ansteckung nicht zu verbreiten. Wenn er das tue, würden sie ihm die Kinder lassen.

Aber keine von den beiden ahnte, was er tatsächlich im Sinne hatte; ich begriff es zuerst und dachte seufzend; ›Er will die Kinder behalten, weil es ihm einerlei ist, ob sie angesteckt werden oder nicht.‹

Seiner Frau war indessen auch ein Licht über seine Absicht aufgegangen. Wild und außer sich schrie sie: ›Der Mörder! Er will mich die Kinder nicht fortschicken lassen! Er will sie zu Hause behalten, damit er sie anstecken kann! Er will, daß sie sterben! Er will sich dadurch an mir rächen!‹

David Holm drehte seiner Frau mit einem Achselzucken den Rücken.

›Ganz recht, ich will den Schein nicht unterschreiben‹, sagte er zu den beiden Damen.

Nun entspann sich ein heftiger Wortwechsel; die Frau drang mit leidenschaftlichen Worten auf David Holm ein, und selbst die beiden Damen bekamen erhitzte Wangen und sagten scharfe Worte.

Er aber stand ganz ruhig da und blieb dabei, er könne seine Kinder nicht entbehren.

Ich hörte mir unbeschreiblicher Angst zu. Keinem der anderen konnte der Auftritt so qualvoll sein wie mir, denn ich liebte ja den Mann, der diese Schandtat beging. Da stand ich und hoffte immer noch, die Damen würden das richtige, ihn erweichende Wort finden, aber ein sonderbarer Bann hielt mich gefangen, und ich konnte nicht von der Stelle.

›Ach, was hilft das Streiten und Überredenwollen? Einem Mann wie David Holm muß man Angst einjagen‹, dachte ich. Weder die Frau noch die beiden fremden Damen sagten ein Wort von Gott, keine drohte ihm mit dem Zorn des ewig Gerechten. Mir war, als hätte ich den strafenden Blitz in meiner Hand, aber ich konnte ihn nicht fortschleudern.

Plötzlich wurde es still im Zimmer, und die beiden vornehmen Damen standen auf, um zu gehen. Sie hatten nichts erreicht, so wenig wie die Frau. Diese stritt nicht mehr, sie war verzweifelt zusammengesunken.

Noch einmal machte ich eine übermenschliche Anstrengung, um mich zu bewegen und zu reden. Die Worte brannten mir auf der Zunge.

›O du Heuchler!‹ wollte ich sagen. ›Meinst du, ich sehe nicht, was du denkst und beabsichtigst? Ich, die Sterbende, ich lade dich vor Gottes Richterstuhl, mit mir sollst du dort erscheinen. Ich klage dich vor dem höchsten Richter an, deine eigenen Kinder ermorden zu wollen. Ich werde gegen dich zeugen.‹

Aber als ich mich aufrichtete, um dies zu sagen, war ich nicht mehr in David Holms Wohnung, sondern hier in meinem Zimmer und lag kraftlos in meinem Bett. Und seither hab' ich gerufen und gerufen, David Holm aber ist nicht gekommen!«

Die Heilsarmeeschwester hatte, während sie all dies erzählte, mit geschlossenen Augen dagelegen. Jetzt schlug sie diese weit auf und sah Georg mit unbeschreiblicher Angst an.

»Du kannst mich doch nicht sterben lassen, ehe ich mit ihm geredet habe?« sagte sie flehend. »Denk an die Kinder und an die Frau!«

Der am Boden liegende Schemen verwunderte sich über Georg. Er hätte die Sterbende ja mit einem Wort beruhigen können, indem er ihr gesagt hätte, David Holm habe ausgespielt und könne seiner Frau und seinen Kindern keinen Schaden mehr zufügen; aber er hielt mit dieser Nachricht zurück. Statt dessen entmutigte er sie noch mehr.

»Was könntest du für eine Macht über David Holm haben?« fragte er. »Er ist nicht der Mann, der sich erweichen läßt. Was du heute gesehen hast, ist nur die Rache, die er sich seit Jahren ausgedacht und auf die er sich die ganze Zeit gefreut hat.«

»Ach, sag das nicht, sag das nicht!« ruft die arme Kranke aus.

»Ich kenne ihn besser als du«, erwidert der Fuhrmann. »Und ich will dir sagen, was David Holm zu dem gemacht hat, was er jetzt ist.«

»Das möchte ich gerne hören!« sagt die Kranke. »Es wäre gut für mich, wenn ich ihn verstehen lernte.«

»Dann mußt du mit mir in eine andere Stadt kommen, und wir müssen dort vor dem Zellengefängnis warten«, sagt der Fuhrmann. »Es ist gegen Abend, und ein Mann, der wegen Trunksucht acht bis vierzehn Tage gesessen hat, wird soeben freigelassen. Niemand erwartet ihm an Gefängnistor; aber er bleibt stehen und schaut sich um, in der Hoffnung, jemand kommen zu sehen, denn das hat er sich so sehr gewünscht.

Der Mann, der aus dem Gefängnis kommt, hat kurz zuvor eine große seelische Erschütterung erfahren. Während er da drinnen saß, ist sein jüngerer Bruder ins Unglück geraten. Er hat im Rausch einen anderen erschlagen und ist nun im Gefängnis. Der ältere Bruder hat nichts von der ganzen Sache gewußt, bis ihn der Gefängnisgeistliche in die Zelle des Mörders geführt und ihm den jungen Mann gezeigt hat, der noch Handschellen trug, denn er hatte sich beim Festnehmen heftig gewehrt.

›Kennst du den, der da drinnen sitzt?‹ hat ihn der Pfarrer gefragt. Der Mann erkennt seinen Bruder und ist tief erschüttert, denn diesen Bruder hatte er immer herzlich lieb gehabt.

›Der Ärmste muß nun viele Jahre lang im Gefängnis sitzen‹, sagte der Pfarrer; ›aber, David Holm, wir alle hier sagen, eigentlich müßtest du statt seiner bestraft werden, denn du bist derjenige, der ihn verlockt und verführt hat, bis er ein solcher Trunkenbold geworden ist, der nicht mehr weiß, was er tut.‹

Nur mit knapper Not hatte David sich ruhig verhalten können, bis er wieder in seiner Zelle war; da aber war er in einen Tränenstrom ausgebrochen und hatte so geweint, wie er es seit seiner Kindheit nicht mehr getan hatte. Und dann hatte er sich gesagt, nun wolle er seinen bösen Weg verlassen. Er hat früher nicht gewußt, wie schrecklich das Bewußtsein auf einem lastet, einen anderen, den man liebhat, ins Unglück gestürzt zu haben. Dann waren seine Gedanken von seinem Bruder auf seine Frau und Kinder übergegangen, und er hatte plötzlich begriffen, wie schwer sie leiden mußten, und hatte sich gelobt, von nun an sollten sie sich nicht mehr über ihn zu beklagen haben. Und in dieser Stunde nun, wo er aus dem Gefängnis entlassen ist, sehnt er sich nach seiner Frau, um ihr zu sagen, daß er ein neues Leben beginnen wolle.

Aber sie erwartete ihn nicht vor dem Gefängnistor, und er begegnet ihr auch nicht auf dem Wege. Ja, als er an ihrer Wohnung anlangt und anklopft, öffnet sie ihm nicht die Tür weit, wie sie es sonst zu tun pflegte, wenn er lange fort gewesen war. Da durchzuckte ihn eine Ahnung, wie sich die Sache verhält; aber er will es nicht glauben. Es ist unmöglich, daß dies gerade jetzt, wo er ein neuer Mensch werden will, eintreffen sollte.

Seine Frau pflegt, wenn sie ausgeht, den Türschlüssel immer unter den Türvorleger zu stecken. David Holm bückt sich nieder und findet ihn an dem gewohnten Platz. Er öffnet die Tür, sieht sich in seiner Wohnung um und fragt sich, ob er am Ende falsch gegangen ist, denn das Zimmer ist vollkommen leer, das heißt, es ist eigentlich nicht leer, die meisten Möbel stehen noch drin, aber kein Mensch ist zu sehen.

Nein, kein Mensch, und auch keine Lebensmittel, kein Brennholz und keine Vorhänge an den Fenstern! Unfreundlich und kalt und verkommen sieht es in dem Raum aus, als wäre er seit mehreren Jahren nicht mehr bewohnt.

Er geht zu den Nachbarn und fragt, ob seine Frau während seiner Abwesenheit krank geworden sei. Er versucht sich einzubilden, sie sei vielleicht ins Spital gebracht worden.

Aber die Nachbarn antworten:

›O nein, sie war ganz gesund, als sie fortging.‹

›Aber wo ist sie denn hingegangen?‹ fragte er.

Ja, das weiß niemand.

Er sieht, daß die Nachbarn neugierig und schadenfroh sind, und er ahnt wieder, daß es nur eine Erklärung gibt. Ja, seine Frau hat die Gelegenheit benutzt, während er im Gefängnis saß, und ist auf und davon gegangen. Sie hat die Kinder und das Notwendigste mitgenommen, ihn aber hat sie nicht im geringsten darauf vorbereitet, sondern ihn in diese Öde heimkehren lassen. Und er, er hat mir einer so großen Freude zu ihr kommen wollen! Er hat sich genau eingeprägt, was er zu ihr sagen wollte, hat sie so recht von Herzen um Verzeihung bitten wollen! David Holm hatte einen Freund, einen Mann, der der gebildeten Gesellschaftsklasse angehört hat, aber ganz verkommen ist. Nun hat er fest versprechen wollen, dessen Gesellschaft nicht mehr aufzusuchen, obwohl er nicht nur von dem Schlechten in diesem Menschen angezogen wird, sondern auch, weil dieser Bildung und Kenntnisse hat. Am nächsten Tag hat er zu seinem alten Meister hingehen und diesen bitten wollen, ihn wieder in Arbeit zu nehmen. Er ist bereit gewesen, für seine Frau und Kinder wie ein Sklave zu arbeiten, damit sie hübsche Kleider bekommen und nicht einen einzigen sorgenvollen Tag mehr gehabt hätten. Und jetzt, jetzt, wo er sich das alles ausgedacht hat, ist sie auf und davon gegangen!

Es überläuft ihn heiß und kalt, es graust ihm vor ihrer Herzlosigkeit. Ja, er hätte es verstehen können, wenn sie nur offen und ehrlich von ihm gegangen wäre. Dann hätte er gar kein Recht gehabt, böse darüber zu sein, denn es ist ihr bei ihm wahrhaftig sehr schlecht ergangen. Aber daß sie sich so fortgestohlen hat und ihn ohne Benachrichtigung in die verlassene Wohnung hat kommen lassen, das würde er ihr nie verzeihen. Er war vor allen Menschen entehrt. In diesem Augenblick verspottete man ihn im ganzen Straßenviertel. Aber den Leuten sollte das Lachen vergehen, das gelobte er sich. Er würde seine Frau schon wiederfinden, und dann würde er sie so unglücklich machen, wie er selbst war, ja doppelt so unglücklich. Er wollte sie lehren, wie das ist, wenn man so bis ins innerste Herz hinein fror, wie er gerade jetzt.

Die einzige Linderung, die er sich verschaffen konnte, war, sich auszudenken, wie er seine Frau strafen wollte, wenn er sie wiedergefunden hätte. Dann hat er drei Jahre lang nach ihr gesucht und gesucht und seinen Haß immer an dem Gedanken geschürt, was sie ihm angetan hatte, so daß es in seinen Augen schließlich zu einem maßlosen Verbrechen wurde. Allein war er auf einsamen Wegen umhergezogen, und während dieser Zeit hatten Haß und Rachsucht bei ihm immer zugenommen. Er überlegte und sinnierte so lange, bis er sich so recht spitzfindig ausgedacht hatte, wie er sie quälen könnte, wenn sie wieder beisammen wären.«

Die junge Heilsarmeeschwester hat bis dahin geschwiegen, ist aber der Erzählung mit lebhaftem Mienenspiel gefolgt. Doch jetzt unterbricht sie die düstere Gestalt mit ängstlicher Stimme:

»Ach nein, sag nichts mehr! Es ist zu schrecklich. Wie soll ich verantworten können, was ich getan habe? Ach, daß ich sie zusammengeführt habe! Seine Sündenschuld wäre nicht so groß geworden, wenn ich nicht gewesen wäre!«

»Nein, ich werde nichts mehr sagen«, versetzt der Fuhrmann. »Ich will dir ja nur begreiflich machen, daß es gar keinen Zweck hat, wenn du um Aufschub bittest.«

»Ach, aber ich möchte es trotzdem!« ruft sie in großer Seelenangst. »Ich kann nicht sterben, ich kann nicht! Gib mir nur noch einige Augenblicke! Du weißt ja, daß ich ihn liebe. Ich habe ihn noch nie so geliebt.« Der Schemen an der Tür zuckt zusammen. Während der ganzen Unterhaltung zwischen dem Fuhrmann und Schwester Edith hat er die Sterbende betrachtet. Jedes Wort hat er ihr förmlich von den Lippen gesogen, und jeder Wechsel in ihrem Ausdruck wird ihm ewig unvergeßlich sein. Alles, was sie gesagt hat, auch als sie ihn am härtesten verurteilte, klang ihm zart in den Ohren, ihre ganze Angst und ihr Mitleid, als Georg seine Geschichte erzählte, hat seine Wunden geheilt. Er könnte dem, was er für sie fühlt, noch keinen Namen geben, er weiß nur, daß er von ihr alles ertragen könnte. Die Tatsache, daß sie ihn gerade so geliebt hat, wie er gewesen ist, scheint ihm etwas übermenschlich Herrliches zu sein. So oft sie es ausspricht, daß sie ihn liebt, geht ein Entzücken durch seine Seele, wie er es nie für möglich gehalten hätte. Er versucht, die Aufmerksamkeit des Fuhrmanns auf sich zu lenken; dieser sieht aber gar nicht nach der Seite, wo er liegt. Da versucht er sich aufzurichten, fällt aber sofort unter unsäglichen Schmerzen wieder zurück.

Jetzt sieht er, wie sich die Kranke ängstlich und unruhig im Bett bewegt. Sie hebt flehend die gefalteten Hände zu Georg auf; aber dessen Gesicht bleibt streng und unerbittlich.

»Ich würde dir Aufschub geben, wenn er dir etwas nützen könnte«, sagt er zu ihr. »Aber ich weiß, daß du keine Macht über diesen Mann hast.«

Darauf neigt er sich über sie, um die Worte auszusprechen, die die Seele aus der irdischen Hülle befreien.

Doch in diesem Augenblick kommt eine dunkle Gestalt auf dem Boden zu der Sterbenden herangekrochen. Mit unerhörter Anstrengung und trotz der unsäglichsten Schmerzen, wie er sie niemals hätte ahnen können, hat David Holm seine Fesseln zerrissen, um zu ihr hinzugelangen. Er ist überzeugt, daß er für diese Widersetzlichkeit durch endlos andauernde Schmerzen gestraft werden wird; aber Schwester Edith soll nicht noch länger umsonst auf ihn warten, wenn er sich mit ihr in demselben Zimmer befindet. Er hat sich auf die andere Seite des Bettes geschlichen, wo sein Feind Georg ihn nicht sehen kann, und er kommt der Sterbenden wirklich so nahe, daß er eine ihrer Hände ergreifen kann.

So unmöglich es ihm auch ist, nur den allergeringsten Druck auf diese Hand auszuüben, so empfindet sie doch seine Nähe, und mit einer hastigen Bewegung wendet sie sich nun David Holm zu. Sie sieht ihn neben sich, auf den Knien, ja noch mehr, er hat den Kopf bis auf den Boden gedrückt und wagt nicht zu ihr aufzusehen, nur mit der Hand, die die ihrige umfaßt, teilt er ihr seine Liebe, seine Dankbarkeit, die beginnende Reue seines Herzens mit.

Da fliegt der Glanz seligsten Glücks über ihr Antlitz hin. Sie hebt die Augen und sieht ihre Mutter, sieht die beiden Freunde an, als hätte sie erst jetzt Zeit ihnen zum Abschied ein letztes Wort zu sagen, mit dem sie deren Mitgefühl für das Herrliche, das ihr widerfahren ist, gewinnen kann. Mit ihrer freien Hand deutet sie auf den Boden. Die anderen sollten David Holm bußfertig und reuevoll zu ihren Füßen liegen sehen und ihre unaussprechliche Freude teilen. Aber in demselben Augenblick beugt sich der Schwarzgekleidete über sie und sagt:

»Du Gefangene, du Holdselige, tritt heraus aus deinem Gefängnis!«

Da sinkt die Kranke in ihr Kissen zurück, und das Leben verläßt sie.

In demselben Augenblick wird David Holm von einer harten Hand weggerissen. Die Fesseln, die er nicht sehen, sondern nur fühlen kann, legen sich aufs neue um seine Arme, während seine Füße frei bleiben, und Georg ihm mit zornigem Flüstern sagt, daß David Holm nur um der alten Freundschaft willen jetzt nicht mit fürchterlichen Qualen gestraft werde. »Komm jetzt fort von hier!« setzt er hinzu. »Wir beide haben hier nichts mehr zu tun. Die sie aufnehmen sollen, sind da.«

Mit harter Gewalt reißt er David Holm mit sich. Dieser meint noch zu sehen, daß sich das ganze Gemach rasch mit lichten Gestalten füllt. Er meint, diesen Gestalten auf der Treppe und vor dem Hause zu begegnen, wird aber mit so schwindelnder Eile fortgeführt, daß er nichts deutlich unterscheiden kann.

VII

David Holm liegt wieder ausgestreckt auf dem Totenkarren. Er ist zornig, nicht allein auf die ganze Welt, sondern auch auf sich selbst. Was war doch das für ein Wahnsinn, der ihn vorhin überfallen hatte? Warum hatte er sich wie ein reuevoller und bußfertiger Sünder Schwester Edith zu Füßen geworfen? Georg lachte ihn gewiß aus. Ein rechter Mann muß für seine Taten einstehen können. Er weiß ja, warum er sie begangen hat. Sicherlich wird ein rechter Mann nicht sich selbst aufgeben, nur weil ein junges Mädchen behauptet, sie sei in ihn verliebt.

Was war ihn nur angekommen? War das Liebe? Aber er war ja tot. Er war tot. Was für eine Liebe sollte das denn sein?

Der lahme Gaul hat sich wieder in Bewegung gesetzt. Jetzt geht es durch eine der äußeren Straßen der Stadt, ja, es geht zur Stadt hinaus. Die Häuser liegen immer vereinzelter, und die Straßenlaternen stehen immer weiter auseinander. Man kann jetzt schon die Stadtgrenze sehen.

Je näher das Gefährt der letzten Laterne kommt, desto mehr wird David Holm von einer sonderbaren Beklommenheit erfaßt, von einer unerklärlichen Angst, die Stadtgrenze zu überschreiten. Er fühlt, daß er nun von etwas fortgeführt wird, das er nie hätte verlassen sollen.

Und in demselben Augenblick, wo er diese Angst fühlt, hört er durch das entsetzliche Knirschen und Rasseln des Karrens hindurch den Laut sprechender Stimmen. Er senkt den Kopf, um zu lauschen. Es ist Georg, der mit jemand spricht, der offenbar mit im Karren fährt, ein Fahrgast, den David Holm bis jetzt nicht bemerkt hat.

»Jetzt darf ich nicht weiter mitkommen«, sagt eine sanfte, aber vor Schmerz und Leid kaum vernehmbare Stimme. »Ich hätte ihm so viel zu sagen gehabt; aber er liegt so böse und aufgebracht da, daß ich mich ihm weder sichtbar noch vernehmlich machen kann. Du mußt ihm deshalb meinen Gruß überbringen und ihm sagen, daß ich hier war, um mit ihm zu reden; aber von diesem Augenblick an ziehe ich fort, und ich darf mich ihm so nicht zeigen, wie ich jetzt bin – –«

»Aber wenn er sich bessert und bereut?« fragt Georg. »Du hast ja selbst gesagt, er könne sich nicht mehr bessern«, sagt die Stimme in bebendem Schmerz. »Du sollst ihn von mir grüßen und ihm sagen, ich hätte geglaubt, wir würden ewig zusammengehören; aber jetzt, von diesem Augenblick an, wird er mich nie wiedersehen.«

»Aber wenn er seine bösen Taten sühnt?« sagt Georg. »Nicht wahr, du wirst ihn von mir grüßen und ihm sagen, daß ich ihn nicht weiter als bis an die Grenze der Stadt habe begleiten dürfen«, klagt die Stimme. »Und du bringst ihm mein Lebewohl?«

»Aber wenn er sich ändert und ein anderer wird«, versetzt Georg.

»Grüß ihn und sag ihm ich werde ihn immer lieben. Eine andere Hoffnung kann ich ihm nicht geben«, sagt die Stimme mit noch wehmütigerem Klang als vorher.

David hat sich im Karren auf die Knie aufgerichtet. Bei diesen Worten strengt er sich aufs äußerste an, und plötzlich steht er in seiner vollen Größe aufrecht da. Er faßt nach etwas, das ihm zwischen dem unsicheren Griff seiner gefesselten Hände hindurchflattert. Er kann es nicht deutlich unterscheiden, aber es hinterläßt den Eindruck von etwas schimmernd Hellem und nie geahnter Schönheit.

David Holm will sich losreißen und der entfliehenden Erscheinung nacheilen; aber jetzt wird er von etwas zurückgehalten, das ihn mehr lähmt als Fesseln und Bande.

Die Liebe ist es, die Liebe der Geister, von der die Liebe irdischer Menschen nur eine eine schwache Nachbildung ist. Sie ist es, die ihn, gerade wie vorhin an dem Sterbebett, auch jetzt wieder überwältigt. Sie hat ihn langsam durchglüht, wie ein auflodderndes Feuer, das langsam das Brennholz durchglüht. Man merkt kaum etwas von ihrer Arbeit, aber ab und zu schickt sie doch eine lodernde Flammenzunge aus, die beweist, daß sie dabei ist, das ganze Wesen in volle Glut zu versetzen. Und eine solche Flammenzunge ist jetzt in David Holm aufgelodert. Sie leuchtet nicht mit voller Stärke, aber ihr Licht genügt ihm, die Geliebte so herrlich zu sehen, daß er niedersinken muß, von seiner Machtlosigkeit erschüttert. Und er erkennt, daß er es nicht wagen darf, es nicht wagen wollte und es nicht ertragen würde, sich ihr zu nähern.

VIII

Der Fuhrmann lenkte seinen Karren in tiefer Dunkelheit dahin. Auf beiden Seiten ragte dichter hoher Wald auf, und der Weg war so schmal, daß man den Himmel über sich nicht wahrnehmen konnte. Hier schien sich das Pferd noch langsamer zu bewegen als sonst, und das Knirschen der Räder wurde noch schriller. Die Gedanken der Selbstanklage regten sich immer eindringlicher, die hoffnungslose Einförmigkeit wurde größer als bisher. Einmal zog Georg an den Zügeln, das Knirschen hörte einen Augenblick auf, und er rief mit lauter durchdringender Stimme: »Was ist all die Qual, die ich leide, was all die Qual, die mich erwartet, gegen das Bewußtsein, daß ich nicht mehr in Ungewißheit über das bin, das zu wissen von größtem Wert ist? Ich danke dir, Gott, daß ich aus der Finsternis der Welt herausgekommen bin. Ich lobe und preise dich in all meinem Elend, weil ich nun weiß, daß du mir die Gabe des ewigen Lebens geschenkt hast.«

Die Fahrt begann aufs neue mit dem Gerassel und Knirschen, aber die Worte des Fuhrmanns klangen noch lange in David Holms Ohren. Jetzt zum ersten Male fühlte er ein bißchen Mitleid mit seinem alten Kameraden.

›Georg ist ein tapferer Mann‹, denkt er. ›Er klagt nicht, obwohl es für ihn keine Hoffnung gibt, seiner Qual zu entgehen.‹

Das war eine lange Reise, die kein Ende nehmen wollte.

Als die Fahrt so lange gedauert hatte, daß David Holm annahm, sie müßten einen vollen Tag gefahren sein, erreichten sie eine weite Ebene, über der sich jetzt ein klarer wolkenloser Himmel ausspannte, an dem ein glänzender Halbmond gerade zwischen dem Aronsstab und den Plejaden dahinsegelte.

Mit kriechender Langsamkeit hinkte der lahme Gaul über die Ebene hin, und als diese endlich hinter ihnen lag, schaute David Holm zum Mond empor, um zu sehen, wie weit er inzwischen auf seiner Bahn gekommen sei. Da bemerkte er, daß er gar nicht vorgerückt war, und David Holm verwunderte sich sehr darüber. Sie fuhren weiter. In langen Zwischenräumen warf David Holm einen Blick zum Himmel empor; aber immer noch blieb der Mond zwischen dem Aronsstab und den Plejaden und rührte sich nicht.

Da erkannte David plötzlich, daß sie nur scheinbar einen vollen Tag lang gefahren waren, während in Wirklichkeit kein Wechsel von Nacht zum Morgen und nicht von Tag zum Abend eingetreten war, sondern dieselbe Nacht die ganze Zeit geherrscht hatte. Stundenlang, stundenlang, schien es ihm fuhren sie immer weiter, aber an dem großen Zifferblatt des Himmels bewegte sich keiner der Zeiger, sondern alles blieb an demselben Platz.

Er hätte glauben können, die Welt sei in ihrem Lauf aufgehalten worden, wenn ihm jetzt nicht eingefallen wäre, daß ihm Georg gesagt hatte, die Zeit werde ausgedehnt und ausgedehnt, damit der Fuhrmann an alle die Orte, die er erreichen müsse, hingelangen könne. Mit Zittern fühlte er, daß das, was sich für ihn zu halben und ganzen Tagen ausdehnte, nach menschlicher Berechnung höchstens ein paar Minuten sein konnten.

In seiner Kindheit hatte er einmal von einem Mann erzählen hören, der zu den Seligen im Himmel gekommen war. Als dieser Mann dann wieder zurückgekehrt war, hatte er gesagt, hundert Jahre im Himmel seien so schnell vergangen wie ein Tag auf Erden. Aber wer den Totenkarren fahren mußte, für den wurde vielleicht ein einziger Tag ebenso lang wie hundert Jahre auf Erden.

Da fühlte David Holm aufs neue ein bißchen Mitleid mit Georg.

›Es wundert mich nicht, daß er sich nach Ablösung sehnt‹, denkt er. ›Dies ist ein sehr langes Jahr für ihn gewesen.‹ – – –

Während sie einen hohen Hügel hinauffuhren, bemerkten sie eine Person, die noch langsamer vorwärts kam als der Karren, und die sie also einholen konnten.

Es war eine alte buckelige, gebrechliche Frau, die sich mit Hilfe eines dikken Stocks vorwärts schleppte und trotz ihrer Schwäche ein sehr schweres Bündel trug, das die Ärmste ganz auf die eine Seite herabzog.

Es sah aus, als habe die Alte die Fähigkeit, den Totenkarren wahrzunehmen, denn sie ging ihm aus dem Weg, als er sie eingeholt hatte, und blieb am Grabenrand stehen.

Dann ging sie ein wenig rascher vorwärts und hielt Schritt mit dem Karren, den sie die ganze Zeit prüfend betrachtete, um herauszubringen, was für ein Fuhrwerk das war.

In dem hellen Mondschein blieb ihr nicht lange verborgen, daß eine alte blinde Schindmähre davorgespannt, daß das Wagengeschirr mit Weiden und alten Schnüren zusammengebunden und daß der Karren ganz ausgeleiert und in beständiger Gefahr war, seine beiden Räder zu verlieren.

»Das ist aber doch sonderbar!« murmelte sie vor sich hin, ohne zu ahnen, daß die Insassen sie hören konnten. »Wie kann jemand mit so einem Fuhrwerk und so einem Gaul umherfahren? Ich hatte gemeint, ich könnte den Fuhrmann bitten, mich eine Strecke weit mitzunehmen; aber das arme Tier kann sich ja kaum selbst weiter schleppen, und der Karren würde vollends zusammenbrechen, wenn ich aufstiege.«

Aber kaum hatte sie das gesagt, als Georg sich über den Karren herausbog und sein Fuhrwerk zu loben begann.

»Ach, der Karren und das Pferd sind gar nicht so schlecht, wie Ihr meint«, sagt er. »Ich bin mit ihm über brausende Meere gefahren, wo haushohe Wogen dahergerollt kamen, die große Schiffe zum Sinken brachten, während sie mir nichts anhaben konnten.« Die Alte war ein bißchen verblüfft, dachte aber, da sei sie mit einem spaßigen Fuhrmann zusammengetroffen, und sie war nicht faul mit ihrer Antwort.

»Ihr seid vielleicht Leute, die sich besser auf das brausende Meer verstehen als auf das Land«, erwiderte sie; »denn es sieht mir aus, als kämt ihr hier nur sehr mühsam vorwärts.«

»Ich bin durch jäh hinabführende Grubenschächte geradenwegs in die Eingeweide der Erde hineingefahren, ohne daß der Gaul ausgeglitten ist«, nahm der Fuhrmann wieder das Wort. »Und ich bin mitten durch brennende Städte gefahren, wo das Feuer auf allen Seiten wie ein Feuermeer loderte. Kein Feuerwehrmann hat sich so weit ins Feuer und in den Rauch hineingetraut wie dieses Pferd, ohne zurückzuscheuen.«

»Ihr wollt Euch über eine alte Person lustig machen, Fuhrmann«, sagte die Frau.

»Manchmal hab' ich auf den höchsten Bergen zu tun gehabt, wo nirgends ein gebahnter Pfad war«, fuhr der Fuhrmann fort. »Aber das Pferd ist Felswände hinaufgeklettert und hat sich bis über den Rand von Abgründen hinausgewagt, und der Karren hat doch zusammengehalten, wenn auch der Weg an manchen Stellen ganz mit Felsblöcken übersät war. Ich bin über Moore gefahren, auf denen man nirgends festen Fuß fassen konnte, weil keine Erdscholle herausragte, die auch nur ein Kind getragen hätte, und Schneewehen, die mannshoch aufgetürmt in meinem Weg lagen, haben mich nicht aufhalten können; deshalb glaube ich keinen Grund zu haben, mich über mein Gefährt zu beklagen.«

»Ja, wenn es so ist, wie Ihr sagt, dann wundere ich mich nicht, wenn Ihr zufrieden seid«, sagte die Alte, dem Fuhrmann beipflichtend. »Ihr seid wohl selbst ein richtiger großer Herr, da Ihr so ein prächtiges Fuhrwerk habt.«

»Ich bin der Starke, der Gewalt über die Menschenkinder hat«, erwiderte der Fuhrmann, und nun hatte seine Stimme einen vollen und tiefen Klang. »Ich bezwinge sie, mögen sie in hohen Sälen oder in niederen Kellerlöchern wohnen. Dem Sklaven gebe ich die Freiheit, und ich reiße die Könige von ihren Thronen. Keine Burg ist so mächtig, daß ich ihre Mauern nicht erklimmen könnte. Keine Wissenschaft ist so tief, daß sie einen Damm gegen mein Vordringen aufwerfen könnte. Ich schlage die Sicheren, gerade wenn sie sich in ihrem Glück sonnen, und ich schenke Schätze und Güter den Elenden, die in Armut verschmachtet sind.«

»Hab' ich mir's nicht gedacht, daß ich hier mit einem großen Herrn zusammengetroffen bin«, rief die Alte lachend. »Aber da du so mächtig bist und ein so prächtiges Fuhrwerk hast, könntest du mich auch eine Strecke weit mitfahren lassen. Ich bin auf dem Weg zu meiner Tochter, um den Silvesterabend bei ihr zu verbringen, habe mich aber verirrt und fürchte, ich muß die ganze Nacht auf der Landstraße umherwandern, wenn du mir nicht hilfst.«

»Nein, darum sollt Ihr mich nicht bitten«, versetzt der Fuhrmann. »Es ist immer noch besser für Euch, Ihr geht auf der Landstraße weiter, als daß Ihr in meinem Karren fahrt.«

»Ja, da muß ich dir recht geben«, sagte die Alte. »Dein Pferd würde sicher zusammenbrechen, wenn es mich auch noch ziehen müßte. Aber mein Bündel will ich hier hinten hineinlegen, soviel könntest du mir doch helfen.«

Ohne eine Erlaubnis abzuwarten, hob sie ihr Bündel auf und legte es in den Karren hinein. Aber als hätte sie es auf wallenden Rauch oder wogenden Nebel gesetzt, sank es ohne den geringsten Widerstand auf die Erde herab.

Zugleich mußte jedoch die Alte die Kraft verloren haben, den Karren zu sehen, denn sie blieb ratlos und zitternd auf dem Weg stehen, ohne noch einen Versuch zu machen, mit dem Fuhrmann zu reden.

Diese Unterhaltung flößte David Holm abermals ein wenig Mitleid mit Georg ein.

›Er hat gewiß allerhand durchmachen müssen‹, denkt er. ›Ich kann mich nicht mehr darüber wundern, daß er sich verändert hat.‹

IX

Der Fuhrmann hat David Holm in ein Gemach mit hohen, aber vergitterten Fenstern und kahlen, hellen Wänden ohne den geringsten Schmuck geführt. Mehrere Betten stehen an den Wänden, von denen aber nur eines besetzt ist. Ein schwacher Arzneigeruch schlägt David Holm entgegen, ein Mann in der Uniform eines Gefangenenwärters sitzt neben dem Bett, und David Holm begreift, daß er in das Krankenzimmer eines Gefängnisses gekommen ist.

An der Decke brennt eine kleine elektrische Lampe, und bei deren Schein sieht David Holm in dem einen Bett einen jungen kranken Menschen mit einem schönen, aber abgezehrten Gesicht. Aber kaum hat er einen Blick auf den Gefangenen geworfen, als er auch schon vergißt, daß er vorhin milder gegen Georg gestimmt gewesen war, und er ist nahe daran, sich mit der vorigen Wut auf Georg zu stürzen.

»Was hast du hier zu tun?« bricht er los. »Wenn du dem, der da im Bett liegt, etwas zuleide tust, dann sind wir Feinde für ewige Zeiten, das laß dir gesagt sein!« Der Fuhrmann sieht David Holm mit einem Blick an, der eher mitleidsvoll als strafend ist.

»Ich begreife nun, wer es ist, der da liegt, David; aber ich hab' es nicht gewußt, als wir herfuhren.«

»Ob du es gewußt hast oder nicht, ist ganz einerlei, Georg, wenn du nur begreifst – – –« Doch jäh bricht er ab. Georg hat nur eine befehlende Bewegung mit der Hand gemacht, und David Holm versinkt, von einer unwiderstehlichen Angst bezwungen, in Schweigen.

»Für uns beide gibt's nichts anderes als Unterwerfung und Gehorsam«, sagt der Fuhrmann. »Du hast nichts zu wünschen oder zu verlangen, sondern nur ruhig auf Aufklärung zu warten.«

Damit zieht Georg seine Kapuze tief übers Gesicht herein, zum Zeichen, daß er vorderhand kein Wort mehr wechseln will, und in der nun eintretenden Stille hört David Holm, daß der kranke Gefangene mit seinem Wärter zu reden angefangen hat.

»Herr Aufseher, glauben Sie, daß ich wieder recht werden kann?« fragt er mit einer schwachen, aber durchaus nicht mutlosen oder traurigen Stimme.

»Freilich, freilich können Sie das, Holm«, sagt der Aufseher freundlich, obgleich mit etwas unsicherem Ton. »Sie müssen sich nur ein wenig erholen und das Fieber überwinden.«

»Sie wissen wohl, daß ich nicht an das Fieber gedacht habe«, erwidert der Kranke. »Ich meine, ob Sie, Herr Aufseher, glauben, ich könne wieder aufkommen. Das ist nicht so leicht, wenn man wegen Totschlag im Gefängnis gesessen hat.«

»Es wird schon gehen, Holm, da Sie jemand haben, zu dem Sie gehen können«, antwortet der Aufseher. »Sie haben mir wenigstens gesagt, Sie wüßten einen Ort, wo Sie aufgenommen würden.«

Ein Lächeln fliegt über das Gesicht des Kranken.

»Wie hat mich der Herr Doktor heute abend gefunden?« fragt er dann.

»Keine Gefahr, Holm, keine Gefahr! Der Doktor sagt immer das gleiche. ›Wenn ich ihn nur außerhalb dieser Mauern hätte, dann würde ich ihn bald wieder auf die Beine bringen‹, sagt er.«

Der Gefangene dehnt die Brust und zieht die Luft durch die Zähne ein.

»Außerhalb dieser Mauern, ja«, murmelte er leise vor sich hin.

»Ich wiederhole nur, was der Doktor zu mir zu sagen pflegt«, fährt der Aufseher fort. »Aber Sie dürfen das nicht so genau nehmen, Holm, damit Sie uns nicht wieder auf und davon gehen wie im Herbst vor einem Jahr. Dadurch ziehen Sie es nur selbst in die Länge, verstehen Sie, Holm?«

»Oh, Sie brauchen keine Angst zu haben, Herr Aufseher. Ich bin jetzt viel klüger als damals. Jetzt bin ich nur noch darauf aus, bald von hier entlassen zu werden. Und nachher fange ich ein neues Leben an.«

»Ja, da haben Sie recht, Holm, es wird ein neues Leben für Sie werden«, sagt der Wächter mit einem etwas feierlichen Ton.

David Holm sitzt dabei und ängstigt sich mehr als der Kranke.

»Er ist hier im Gefängnis angesteckt worden«, murmelt er, während er den Körper angstvoll hin und her wiegt. »Und jetzt ist er hoffnungslos zugrunde gerichtet, er, der so schön und stark und so froh war!« »Herr Aufseher, haben Sie nicht – – –« fängt der Kranke wieder an; da er aber in demselben Augenblick eine leichte Bewegung der Ungeduld bei seinem Wärter wahrnimmt, fragt er hastig: »Vielleicht ist es gegen die Vorschrift, wenn ich rede?«

»Nein, nein, heute nacht dürfen Sie reden, so viel Sie wollen, Holm.«

»Heute nacht – – –« wiederholt der Kranke nachdenklich. »Ja so, vielleicht weil es Neujahrsnacht ist.« »Ja«, antwortet der Aufseher. »Ja, weil ein gutes neues Jahr für Sie beginnt, Holm.«

»Der Mann da weiß, daß er heute nacht sterben wird«, klagt in seiner Machtlosigkeit der Bruder des kranken Gefangenen. »Das ist der Grund, warum er so freundlich zu ihm ist.«

»Herr Aufseher, haben Sie nicht seit jener Flucht eine Veränderung an mir wahrgenommen?« nimmt der Kranke die vorhin unterbrochene Frage wieder auf. »Sie haben doch seither keine Mühe mehr mit mir gehabt, nicht wahr, Herr Aufseher?«

»Ganz recht, Sie sind seither so folgsam wie ein Lamm gewesen, und ich habe gar keinen Grund gehabt, unzufrieden mit Ihnen zu sein. Aber ich rate Ihnen aufs neue, tun Sie das nicht noch einmal.«

Der Kranke lächelt.

»Herr Aufseher, haben Sie sich nicht gefragt, was der Grund für diese Veränderung sein könnte?« fragt er dann. »Vielleicht haben Sie gedacht, sie komme nur daher, weil ich nach der Flucht kränker geworden bin?«

»Ja, das haben wir uns ungefähr gedacht.«

»Aber es war durchaus nicht deshalb, es hat einen ganz anderen Grund«, versetzt der Kranke. »Ich habe mir noch nie davon zu reden getraut, aber heute nacht will ich es Ihnen erzählen, Herr Aufseher.«

»Nun fürchte ich fast, daß Sie doch zuviel reden, Holm«, erwidert der Aufseher; als er aber sieht, daß sich das Gesicht des Kranken umwölkt, fügt er freundlich hinzu: »Ja, nicht weil ich es müde wäre, Ihnen zuzuhören, es geht mir dabei nur um Sie, Holm.«

»Haben Sie alle hier im Gefängnis es nicht merkwürdig gefunden, daß ich freiwillig wiedergekommen bin?« fährt der Kranke fort. »Niemand hat eine Ahnung gehabt, wo ich mich aufhielt, und ich selbst ging auf das Schultheißenamt und meldete mich aus ganz freien Stücken. Nun, Herr Aufseher, was glauben Sie, warum ich so etwas Ungewöhnliches getan habe?«

»Wir dachten natürlich, es sei Ihnen so schlecht gegangen, daß Sie es fürs beste hielten, sich gutwillig wieder einzufinden.«

»Ja, in den ersten Tagen, da war's mir freilich herzlich schlecht gegangen, das ist wahr. Aber ich war ja drei Wochen fortgewesen. Haben Sie denn alle gemeint, ich hätte die ganze Zeit im wilden Walde zugebracht und überdies mitten im Winter?«

»Wir mußten es ja glauben, da Sie es doch sagten, Holm.«

Der Gefangene sieht außerordentlich vergnügt aus, als er sagt:

»Ja, man muß ja der hohen Obrigkeit manchmal so etwas weismachen, damit die, die einem geholfen haben, nicht in die Patsche kommen. Also darf man ja gar nichts anderes sagen. Wenn einer den Mut hat, einen ausgebrochenen Gefangenen aufzunehmen und gut gegen ihn zu sein, dann muß man ihn doch nachher schützen, so gut man kann. Damit sind Sie doch wohl einverstanden, Herr Aufseher?«

»Holm, jetzt fragen Sie mich mehr, als ich beantworten darf«, antwortet der Wächter mit derselben Geduld, die er die ganze Zeit gezeigt hat.

Der Gefangene stößt einen tiefen, sehnsüchtigen Seufzer aus.

»Wenn ich nur so lange durchhalte, bis ich wieder dorthin kommen kann!« beginnt er wieder. »Es war eine Familie, die ganz am Waldessaum wohnte.«

Er unterbricht sich und ringt eine Weile nach Luft. Der Aufseher sieht ihn besorgt an. Dann greift er nach der Arzneiflasche, und als er sieht, daß sie leer ist, steht er auf.

»Ich muß noch etwas von diesem hier holen«, sagt er und verläßt das Zimmer.

Im nächsten Augenblick sitzt der Fuhrmann auf seinem Platz neben dem Bett. Die Kapuze hat er zurückgeschlagen und die Sense so hingestellt, daß sie der Kranke nicht sehen kann.

Als David Holm den Fürchterlichen so nahe bei seinem Bruder sieht, bricht er in ein Wimmern aus, das fast wie das eines weinenden Kindes klingt; aber der Bruder selbst zeigt keine Aufregung. Da er hohes Fieber hat, merkt er gar nicht, daß ein anderer sich auf den Stuhl neben seinem Bett gesetzt hat, sondern meint, er habe noch immer denselben Aufseher vor sich.

»Es war ein ganz kleines Haus«, sagt er, keucht aber zwischen jedem Wort vor lauter Anstrengung.

»Sie sollten sich nicht so sehr mit dem Reden anstrengen«, sagt der Fuhrmann. »Was Sie denken, weiß die hohe Obrigkeit bis aufs Tüpfelchen genau; wir haben es nur nicht zeigen wollen.«

Der Kranke sperrt vor Verwunderung die Augen auf. »Ja, Sie sehen mich groß an, Holm«, sagt der Fuhrmann. »Warten Sie nur, dann sollen Sie es hören. Meinen Sie, wir hätten nicht gewußt, daß sich an einem Nachmittag ein Mann in ein Häuschen hineingeschlichen hat – es war das allerletzte vor dem langen Dorfe –, weil er meinte, es sei niemand daheim. Er hatte lange am Waldrand gelegen und gelauert, ob die Frau nicht weggehen würde; ihr Mann war ja natürlich bei der Arbeit draußen, und Kinder hatte er keine gesehen. – Jetzt endlich kam die Frau mit einem Milchtopf im Arm heraus, und der Mann, der genau achtgegeben hatte, wo sie den Schlüssel versteckte, schlich sich ins Haus hinein.«

»Woher wissen Sie das, Herr Aufseher?« fragt der Kranke und will sich in seiner Überraschung im Bett aufsetzen.

»Bleiben Sie ruhig liegen, Holm«, sagt der Fuhrmann überaus gutmütig, »und haben Sie keine Angst um Ihre Freunde: Auch wir beim Gefängniswesen sind doch wohl noch Menschen. Nun will ich Ihnen sagen, was ich noch weiter weiß. Als der Mann in die Stube hineinkam, erschrak er, weil sie nicht leer war, wie er geglaubt hatte. In einem großen breiten Bett an der hinteren Wand lag ein krankes Kind und sah ihn an. Der Mann ging leise auf das Kind zu; aber da schloß es die Augen und lag ganz ruhig wie tot da.

›Warum liegst du hier mitten am Tag?‹ fragte der Mann. ›Bist du krank?‹ Aber das Kind rührte sich nicht. ›Du brauchst keine Angst vor mir zu haben‹, sagte der Mann wieder. ›Sag' mir nur, wo ich am raschesten etwas zu essen finden kann, dann gehe ich gleich wieder meiner Wege.‹

Da aber das Kind unbeweglich liegenblieb und keine Antwort gab, zog der Mann einen Strohhalm aus dem Bettstroh und kitzelte das Kind damit unter der Nase. Da mußte das Kind niesen, und der Mann fing an zu lachen. Das Kind sah ihn zuerst verwundert an, dann aber fing es auch an zu lachen. ›Ich habe versuchen wollen, mich tot zu stellen‹, sagte es. – ›Aber warum denn, wozu sollte das dienen?‹ – ›Ach, du hast doch wohl gehört, was du tun sollst, wenn du im Walde einem Bären begegnest?‹ sagte das Kind. ›Du sollst dich auf den Boden werfen und tun, als ob du schon tot wärst. Dann geht der Bär fort, um eine Grube zu graben, in die er dich hineinlegen kann, und inzwischen kannst du entfliehen.‹

Der Mann wurde dunkelrot. ›Aha, du hast gemeint, ich werde fortgehen, um die Grube zu graben, in die ich dich hineinstopfen wollte?‹ fragte er. – ›Ja, aber das war recht dumm von mir, denn ich hätte jedenfalls nicht davonlaufen können‹, erwiderte das Kind. ›Ich habe Schmerzen in der Hüfte und kann nicht gehen.‹«

Der kranke Gefangene scheint ganz aufgeregt vor Verwunderung.

»Vielleicht soll ich nicht weiter erzählen, Holm?« fragt der Fuhrmann.

»Doch, doch, ich höre so gern zu, ich freue mich, wenn ich gerade daran erinnert werde. Aber es ist mir unbegreiflich – – –«

»Ach, es ist gar nicht so merkwürdig. Denn hören Sie, Holm, ein gewisser Landstreicher namens Georg – von ihm haben Sie doch wohl reden hören – hat die Geschichte auf einer seiner Wanderungen gehört und sie dann weitererzählt. Ich glaube, er wußte nicht einmal, wie der Mann, der sich in die Stube hineingeschlichen hatte, hieß.«

Nach diesen Worten entstand eine kleine Pause; aber schon nach kurzem fragt der Kranke mit schwacher Stimme:

»Wie ging es dann weiter mit dem Mann und dem Kind?«

»Nun, der Mann bat noch einmal um etwas zu essen. ›Es kommt doch wohl öfter vor, daß ein Armer in euer Haus hereinkommt und um etwas zu essen bittet‹, sagte er. – ›O ja, das kommt öfter vor‹, erwiderte das Kind. – ›Und deine Mutter gibt ihm dann wohl auch etwas?‹ – ›Ja, wenn sie etwas im Haus hat, gibt sie ihm davon.‹ – ›Siehst du‹, sagte der Mann, ›und auch jetzt handelt es sich um gar nichts anderes. Ein Armer ist zu dir hereingekommen und bittet dich um etwas zu essen. Sag' mir, wo etwas Eßbares ist, ich nehme gewiß nicht mehr, als zum Sattwerden nötig ist.‹

Das Kind sah den Mann mit einer lustigen, kindlich schlauen Miene an, dann sagte es: ›Mutter hat an den Flüchtling gedacht, der sich im Wald herumzutreiben scheint, und darum alles Eßbare weggestellt und im Schrank verschlossen.‹ – ›Aber du hast doch wohl gesehen, wo sie den Schlüssel hingelegt hat, so daß du es mir sagen kannst; sonst muß ich ja das Schloß aufbrechen.‹ – ›Oh, das ist nicht so leicht‹, versetzte das Kind. ›Wir haben feste Schlösser an den Schränken.‹ Der Mann ging im Zimmer herum und suchte nach dem Schlüssel. Er suchte auf dem Kaminschoß und in der Tischlade, konnte ihn aber nicht finden. Das Kind hatte sich indessen im Bett aufgesetzt und zum Fenster hinausgesehen. Jetzt sagte es: ›Es kommen Leute daher; Mutter und viele andere mit ihr.‹

Mit einem Sprung stand der Flüchtling an der Tür. – ›Wenn du da hinausläufst, rennst du ihnen gerade in die Hände. Es wäre besser, du verstecktest dich in unserem Schrank‹, sagte das Kind. – Der Mann zögerte an der Tür. ›Das ist wohl möglich, aber ich hab' den Schlüssel zu dem Schrank nicht.‹ – ›Aber ich hab' ihn!‹ rief das Kind, und zugleich streckte es die Hand aus, in der ein großer Schlüssel lag.

Der Flüchtling nahm den Schlüssel und eilte nach dem Schrank.

›Wirf mir den Schlüssel wieder her‹, rief das Kind, als der Mann den Schrank öffnete, ›und zieht die Tür von innen zu!‹ Der Flüchtling tat, wie ihm geheißen war, und im nächsten Augenblick war er eingesperrt!

Man kann sich denken, wie dem Manne das Herz klopfte, während er da drinnen stand und auf seine Verfolger lauschte. Er hörte, wie die Tür zum äußeren Zimmer aufgemacht wurde, und daß viele Leute hereinkamen. Eine Frauenstimme schrie laut und gellend: ›Ist jemand hier gewesen?‹ – ›Ja‹, antwortete das Kind. ›Sobald du fortgegangen warst, Mutter, ist ein Mann hereingekommen.‹ – ›Ach Gott, ach Gott!‹ jammerte die Frau. ›Die Leute haben also recht gehabt. Sie sagten, sie hätten jemand aus dem Wald herauskommen und hier hineingehen sehen.‹

Der Flüchtling verwünschte in Gedanken das Kind, das ihn verriet. Der verschlagene Bengel hatte ihn wie in einer Mausefalle gefangen. Er versuchte schon die Tür zurückzuschieben, um mit einem Satz herauszustürzen und sich vielleicht durchzuschlagen. Da hörte er, daß jemand fragte, wo denn der Flüchtling hingekommen sei.

›Jetzt ist er nicht mehr im Hause‹, antwortete die helle Kinderstimme. ›Er bekam Angst, als er euch daherkommen sah.‹

›Hat er nichts mitgenommen?‹ fragte die Mutter. – ›Nein, er wollte etwas zu essen haben, aber ich konnte ihm nichts geben.‹ – ›Und er hat dir auch nichts getan?‹ – ›Doch, er hat mich unter der Nase gekitzelt‹, sagte das Kind, und der Flüchtling hörte, wie es dabei lachte. – ›Was, hat er das getan?‹ rief die Mutter, und nun lachte auch sie nach der ausgestandenen Angst. ›Nun, wenn er nicht mehr hier ist, dann wollen wir nicht länger hierbleiben und die Wände anstarren‹, sagte jetzt eine Männerstimme, und gleich darauf hörte der Flüchtling, daß die Leute das Zimmer verließen. – ›Ihr bleibt jetzt wohl daheim, Lisa?‹ sagte gleich darauf eine Stimme. – ›Ja, ich lasse Bernhard heute nicht mehr allein‹, antwortete die Stimme der Mutter.

Der Flüchtling hörte, wie die Haustür geschlossen wurde, und erriet, daß die Mutter und das Kind nun allein im Hause waren. ›Wie wird es mir nun gehen?‹ dachte er. – In demselben Augenblick hörte er Schritte auf den Schrank zukommen, und die Stimme der Mutter rief: ›Ihr in dem Schrank habt keine Angst, sondern kommt heraus, damit ich mit Euch reden kann.‹ Zugleich wurde der Schlüssel ins Schloß gesteckt und die Tür aufgemacht. Der Mann war ganz verzagt. ›Der dort drüben hat gesagt, ich solle mich hier verstecken‹, stammelte er, indem er auf das Kind deutete.

Der Junge lachte und war so aufgeräumt über das Abenteuer, daß er in die Hände klatschte. ›Er wird ganz pfiffig von dem ständigen Zubettliegen und der Beschäftigung mit seinen eigenen Gedanken‹, sagte die Mutter stolz. ›Man kann nächstens nicht mehr mit ihm fertig werden.‹ – Nun merkte der Flüchtling, daß die Mutter ihn nicht ausliefern wollte, weil der Junge sich seiner angenommen hatte. – ›Ja, da habt Ihr ganz recht. Ich will Euch gestehen, daß ich hereinkam, um mir etwas zum Essen zu verschaffen, aber ich habe nichts ergattern können. Das Kind hat mir den Schlüssel nicht gegeben. Er ist tüchtiger als viele, die auf ihren Beinen herumlaufen.‹ Die Mutter begriff wohl, was der Flüchtling mit seinen Schmeicheleien ausrichten wollte, aber sie hörte es jedenfalls gern. ›Nun will ich Euch zuerst etwas zu essen geben‹, sagte sie.

Während der Flüchtling aß, fragte ihn der Junge über seine Flucht aus, und der Mann berichtete alles ganz aufrichtig von Anfang bis zum Ende. Die Flucht war nicht vorbereitet gewesen, sondern es hatte sich ihm eine Gelegenheit gezeigt, als er im Gefängnishof arbeitete und das Tor offen stand, weil einige Fuhren Kohle hereingefahren werden sollten. Der Junge fragte und fragte und konnte gar nicht genug hören. Alles wollte er wissen. Wie der Flüchtling zur Stadt hinausgekommen, und wie es ihm dann im Wald ergangen war. Ein paarmal sagte der Mann, jetzt müsse er gehen; aber davon wollte der Junge nichts hören. ›Nun, Ihr könnt ja ebenso gut heute abend hier sitzenbleiben und Euch mit Bernhard unterhalten‹, sagte die Frau schließlich. ›Es sind so viele Leute unterwegs, die auf Euch lauern. Ihr werdet auf jeden Fall ergriffen, ob Ihr hierbleibt oder Euch fortschleicht.‹ Als der Mann heimkam, saß der Flüchtling noch da und erzählte dem Jungen. Es war jetzt dunkel im Zimmer, und der Häusler meinte zuerst, es sei einer der Nachbarn, der sich mit dem Kind unterhalte. ›Seid Ihr es, Petter, der hier sitzt und Bernhard Geschichten erzählt?‹ fragte er, – Das Kind fing in seiner Ausgelassenheit laut zu lachen an. ›Nein, Vater, das ist nicht Petter, sondern was viel Besseres. Komm nur her, dann sollst du hören!‹ Der Vater trat ans Bett, aber er bekam nicht eher etwas zu hören, als bis er sein Ohr ganz dicht an den Mund des Jungen gelegt hatte. – ›Es ist der Flüchtling‹, flüsterte der Junge. – ›Um Himmels willen, Bernhard, red' nichts!‹ sagte der Vater. – ›Es ist aber doch wahr‹, erwiderte der Junge. ›Er hat mir erzählt, wie er sich zum Gefängnistor herausgeschlichen hat und dann tief drinnen im Wald in einer alten Blockhütte drei Nächte lang versteckt war. Ich weiß alles genau.‹

Die Mutter hatte in aller Eile ein Lämpchen angezündet, und der Häusler betrachtete jetzt den Flüchtling, der sich neben der Tür aufgestellt hatte. – ›Nun sagt mir zuerst genau, wie alles zusammenhängt‹, sagte der Häusler. Da fingen seine Frau und sein Kind an zu berichten, und in ihrem Eifer nahmen sie einander wiederholt das Wort vom Munde weg. Der Häusler war ein älterer Mann und sah klug und bedächtig aus. Aufmerksam betrachtete er sich den ausgebrochenen Sträfling, während die anderen erzählten. – ›Der Ärmste sieht ja aus, als wäre er todkrank‹, dachte er. ›Wenn er noch eine Nacht in der Blockhütte zubringen muß, ist es um ihn geschehen.‹

›Auf der Landstraße begegnet man vielen, die gefährlicher aussehen als Ihr, ohne daß es jemand einfällt, sie gefangenzunehmen‹, sagte er, als die anderen schwiegen. – ›Ich bin auch gar nicht so gefährlich‹, erwiderte der

Flüchtling. ›Aber es hatte mich einer gereizt, als ich betrunken war.‹ – Der Häusler wollte nicht, daß der Flüchtling im Beisein des Jungen mehr von der Sache erzählte, und so unterbrach er ihn: ›Ja, ich kann mir wohl denken, daß es derartig zugegangen ist‹, sagte er.

Nun herrschte vollkommenes Schweigen in der Stube. Der Häusler saß nachdenklich da, und die anderen sahen ihn ängstlich an. Niemand wagte, noch ein weiteres Wort zugunsten des Flüchtlings zu sagen. Endlich wandte sich der Häusler an seine Frau. ›Ich weiß nicht, ob ich unrecht tue‹, sagte er. ›Aber es geht mir wie dir; da sich der Junge nun seiner angenommen hat, kann ich ihn nicht aus dem Hause jagen.‹

Somit wurde beschlossen, der Flüchtling solle über Nacht dableiben und am frühen Morgen weitergehen. Aber am nächsten Morgen hatte er so hohes Fieber, daß er sich nicht auf den Füßen halten konnte. Und auf diese Weise sahen sich die Leute genötigt, ihn ein paar Wochen bei sich zu behalten.«

Als der Fuhrknecht mit seinem Bericht soweit gekommen ist und erzählt, wie der Flüchtling in der Wohnung behalten wurde, bieten die beiden Brüder, die der Erzählung lauschen, einen merkwürdigen Anblick. Der Kranke hat sich in seinem Bett zu sanfter Ruhe ausgestreckt. Die Schmerzen scheinen von ihm gewichen zu sein, und er lebt völlig in einer glücklichen Vergangenheit. Aber mißtrauisch sitzt der andere da, er ahnt, daß sich hinter all diesem eine geheime Falle verbirgt. Einmal ums andere versucht er dem Bruder ein Zeichen zu machen, nicht so ruhig dazuliegen, aber es gelingt ihm nicht, seine Aufmerksamkeit zu erregen.

»Sie wagten es nicht, einen Arzt zu holen«, setzte der Fuhrknecht seine Erzählung weiter fort. »Und sie wagten auch nicht, um Arznei in die Apotheke zu gehen. Der Kranke mußte sich ohne Mittel behelfen. Wenn jemand vorbeikam und Anstalten machte, in die Kate zu treten, so stellte sich die Frau auf die Schwelle und erzählte, Bernhard habe einen so sonderbaren Ausschlag am ganzen Körper, sie fürchte fast, es sei das Scharlachfieber. Und sie könne die Verantwortung nicht auf sich nehmen, jemand ins Haus hereinkommen zu lassen.

Als sich der Flüchtling nach vierzehn Tagen allmählich etwas erholte, sagte er sich, er könne nun nicht länger bei seinen freundlichen Wirtsleuten bleiben, sondern müsse sich davonmachen; unter keinen Umständen dürfe er den armen Leuten noch länger zur Last fallen.

Um diese Zeit fingen seine Wirtsleute ein Gespräch mit ihm an, das ihm das Herz schwer machte. Eines Abends fragte ihn nämlich Bernhard, wohin er sich wenden wolle, wenn er von ihnen fortgehe. – ›Ich gehe wohl am besten wieder hinaus in den Wald‹, antwortete er. – ›Ich will Euch etwas sagen‹, fiel die Frau ein. ›Das hat keinen Sinn, wenn Ihr in den Wald hinausgeht. An Eurer Stelle würde ich danach trachten, wieder mit dem Gesetz ins reine zu kommen. Es kann doch kein Vergnügen für Euch sein, wie ein wildes Tier im Walde zu hausen.‹ – ›Es ist aber auch kein Vergnügen für mich, im Loch zu sitzen.‹ – ›Nein, aber wenn das doch einmal durchgemacht sein muß, so ist es gewiß am besten, es je eher je lieber überstanden zu haben.‹ – ›Ach, ich hätte gar nicht mehr so lange sitzen müssen, als ich durchging‹, sagte er. ›Aber jetzt bekomme ich wahrscheinlich noch mehr aufgebrummt.‹ – ›Ja, diese Flucht ist ein rechtes Elend‹, meinte die Frau. – ›Nein‹, entgegnete rasch der Flüchtling. ›Es ist das Beste, was ich in meinem Leben getan habe.‹ Als er das sagte, schaute er dem Jungen in die Augen und lächelte ihn an, und dieser lachte und nickte ihm zu. Dieses Kind war ihm ans Herz gewachsen. Am liebsten hätte er es aus dem Bett herausgeholt, auf seine Schultern gehoben und es mit sich fortgenommen, wenn er nun weitergehen mußte. ›Es wird Euch schwerfallen, wieder mit Bernhard zusammenzutreffen, wenn Ihr Euer ganzes Leben lang als armer Flüchtling umherschweifen müßt‹, sagte die Frau. – ›Aber es würde noch viel schwieriger sein, wenn ich mich wieder einsperren ließe‹, versetzte er.

Der Häusler, der eben in der Stube anwesend war, mischte sich nun auch ins Gespräch. ›Wir haben uns recht an Euch gewöhnt‹, sagte er in seiner bedächtigen Art. ›Aber da Ihr nun wieder auf seid, können wir Euch nicht länger vor den Nachbarn verborgen halten. Wenn Ihr Eure richtige Entlassung aus dem Gefängnis hättet, wäre es etwas anderes.‹ Den Flüchtling durchzuckte plötzlich ein Verdacht. Vielleicht sollte er überredet werden, sich selbst zu stellen, damit die Leute keine Unannehmlichkeiten mit dem Gesetze zu gewärtigen hätten. Hastig gab er zur Antwort: ›Ich fühle mich so gesund, daß ich gut morgen meines Weges gehen kann.‹ – ›Das war es nicht, was ich sagen wollte‹, erwiderte der Häusler. ›Aber wenn Ihr frei gewesen wäret, hätte ich Euch angeboten, bei uns zu bleiben und uns bei der Feldarbeit zu helfen.‹ Der Flüchtling wußte, wie schwer einer, der im Zuchthaus gewesen ist, wieder Arbeit findet, und wurde darum bei diesem Anerbieten ganz gerührt. Aber es widerstrebte ihm sehr, in die Gefangenschaft zurückzukehren, und so blieb er schweigend sitzen.

An diesem Abend war der Junge weniger wohl als sonst. ›Sollte man ihn nicht lieber ins Spital bringen, damit er dort behandelt werde?‹ fragte endlich der Flüchtling. – ›Ach, er ist schon mehrere Male dort gewesen, aber die Ärzte sagen, es helfe alles nichts, wenn er nicht Seebäder nehmen könne; aber wer kann das bezahlen?‹ versetzte die Mutter. – ›Es ist wohl eine sehr weite Reise?‹ fragte der Flüchtling. – ›Es ist nicht allein die Reise, denn wo sollten wir das Geld für Kost und Wohnung hernehmen?‹ – ›Nein, dies ist natürlich gänzlich unmöglich‹, sagte der Flüchtling. Wieder saß er eine Weile schweigend da, aber in seinem Herzen spielte er mit dem Gedanken, wie er vielleicht eines Tages imstande wäre, Bernhard das Geld zu einer Badereise zu verschaffen.

Dann wendete er sich an den Häusler und nahm selbst das frühere Gespräch wieder auf: ›Es ist keine leichte Sache, einen Sträfling in Dienst zu nehmen‹, streckte er zuerst einen Fühler aus. – ›Oh, das würde schon recht werden‹, erwiderte der Häusler. ›Aber Ihr seid vielleicht einer von denen, die auf dem Lande nicht recht gedeihen und auf alle Fälle in der Stadt sein wollen?‹ – ›An die Stadt denke ich niemals, wenn ich in meiner Zelle sitze‹, antwortete der Sträfling. ›Da denke ich nur immer an die grünen Fluren und die Wälder.‹

›Wenn Ihr Eure Strafe abgesessen hättet, so bekämt Ihr das Gefühl, als sei ein großer Teil der Last, die jetzt Euer Gemüt bedrückt, von Euch abgefallen‹, meinte der Häusler. – ›Ja, das sage ich auch‹, stimmte die Frau ein.

›Könntest du uns nicht etwas vorsingen, Bernhard? Aber du fühlst dich vielleicht heute abend zu schwach dazu?‹ – ›Ach nein‹, erwiderte der Junge. – ›Deinem Freund würde es gewiß Freude machen‹, sagte die Mutter. Dem Sträfling wurde ganz ängstlich zumute, fast als stünde ihm ein Unheil bevor. Er wollte den Jungen bitten, das Singen lieber zu unterlassen; aber da hatte dieser schon angefangen. Er sang mit weicher, heller Stimme, und es war höchst merkwürdig: erst wenn er sang, wurde einem so recht klar, daß auch er ein Gefangener auf Lebenszeit war, der sich nach Freiheit und Bewegung sehnte.

Der Sträfling barg das Gesicht in den Händen, aber die Tränen tropften ihm zwischen den Fingern hindurch. ›Ich, aus dem doch nie etwas Rechtes werden kann, will versuchen, etwas dazu beizutragen, dieses Kind aus seinen Banden zu befreien‹, dachte er.

Am nächsten Tag nahm er Abschied und ging fort. Niemand fragte ihn, wohin er sich wende. Alle drei sagten nur: ›Auf Wiedersehen!‹«

»Ja, das taten sie«, sagte der Kranke, der nun endlich den Fuhrknecht unterbricht. »Wissen Sie, Herr Aufseher, daß dies das Schönste ist, was ich je erlebt habe.« Er liegt ganz still da, während ihm sachte ein paar Tränen über die Wangen laufen. »Ich bin froh, daß Sie, Herr Aufseher, das wissen«, fährt er fort. »Nun kann ich doch mit Ihnen von Bernhard reden --- Es ist mir zumute, als hätte ich meine Freiheit wieder gehabt - - Es ist mir, als sei ich bei ihm gewesen -- Ich hätte nie geglaubt, daß ich heute nacht noch so glücklich werden könnte ---«

Der Fuhrknecht beugte sich nun tief über den Kranken.

»Hört mich an, Holm!« sagte er. »Was würdet Ihr dazu sagen, wenn ich es nun so einrichten könnte, daß Ihr gleich wieder zu Euren Freunden kämet, wenn auch auf andere Weise, als Ihr Euch gedacht hattet. Wenn ich Euch nun das Anerbieten machte, Euch die langen Jahre der Sehnsucht abzukürzen und Euch noch in dieser Nacht frei zu machen; wäret Ihr bereit zu gehen?«

Während der Fuhrknecht das sagt, hat er die Kapuze heraufgezogen und die Sense ergriffen.

Der Kranke liegt da und sieht ihn mit großen Augen an, aus denen immer größere Sehnsucht spricht.

»Versteht Ihr, wie ich es meine, Holm?« fragt der Fuhrmann. »Ist es Euch klar, daß ich der bin, der alle Gefängnisse aufschließen kann, daß ich der bin, der Euch auf eine Flucht zu geleiten vermag, wo kein Verfolger Euch einholen kann?«

»Ich verstehe wohl, was du meinst«, antwortet der Gefangene. »Aber wäre das nicht wie ein Unrecht gegen Bernhard? Du weißt, ich bin hierher zurückgekehrt, damit ich auf ehrenhafte Weise frei würde und ihm dann helfen könnte.«

»Du hast ihm das größte Opfer gebracht, das du überhaupt bringen konntest«, erwidert ihm der Fuhrknecht. »Und zum Lohn dafür wird deine Strafzeit abgekürzt und dir die große unverlierbare Freiheit schon jetzt angeboten. Und um Bernhard brauchst du dir keine Gedanken mehr zu machen.«

»Aber ich hatte ihn doch ans Meer führen wollen«, sagte der Kranke. »Als wir Abschied nahmen, hab' ich ihm zugeflüstert, ich käme wieder und würde ihn dann ans Meer bringen. Ein Versprechen, das man einem Kinde gegeben hat, muß man doch halten.« »Du willst also die Freiheit, die ich dir zu bieten habe, nicht annehmen?« fragt der Fuhrknecht und richtet sich wieder auf.

»Ach doch, doch!« ruft der Kranke eifrig und faßt nach dem Mantel des Fuhrmanns. Geh nicht fort! Du weißt nicht, wie mich die Sehnsucht verzehrt. Wenn sich nur ein anderer fände, der Bernhard helfen könnte! Aber er hat ja niemand als mich.«

Plötzlich sieht er mit einem leisen Ausruf der Freude auf.

»Da sitzt ja mein Bruder David!« sagt er. »Jetzt hat es keine Not mehr. Ihn kann ich bitten, Bernhard zu helfen.«

»Dein Bruder David!« sagt der Fuhrknecht voller Verachtung. »Nein, ihn kannst du nicht bitten, ein Kind zu beschützen. Du solltest nur sehen, wie er seine eigenen Kinder behandelt.«

Er bricht ab, denn da sitzt David Holm schon auf der anderen Bettkante und beugt sich über seinen Bruder. »David«, sagt der Kranke, »ich sehe grüne Fluren und das freie offene Meer vor mir. Ach, David, bedenke, ich habe gar so lange hier eingesperrt gesessen! Ich kann der Versuchung nicht widerstehen, wenn mir die Freiheit winkt und ich sie annehmen kann, ohne ein Unrecht damit zu begehen. Aber da ist das Kind! Du weißt doch, ich habe es ihm versprochen.«

»Mach' dir keine Sorgen!« sagt David Holm. »Ich sage dir, diesem Kind, diesen Leuten, die dir geholfen haben, werde auch ich helfen. Geh du nur hinaus in die Freiheit! Geh, wohin du willst! Ich werde für sie sorgen. Verlasse du nur ruhig dein Gefängnis!«

Bei diesen Worten fällt der Kranke in seine Kissen zurück.

»Du hast ihm das Todeswort gesagt, David«, spricht der Fuhrknecht. »Komm fort von hier! Es ist Zeit für uns zu gehen. Der Befreite soll uns nicht treffen, uns, die wir in Finsternis und Knechtschaft gebunden sind.«

X

›Wenn es mir möglich wäre, mich bei dem entsetzlichen Knirschen und Quietschen verständlich zu machen, würde ich Georg gern ein Wort des Dankes dafür sagen, daß er den beiden, Schwester Edith und meinem Bruder, in ihrem schwersten Augenblick geholfen hat‹, denkt David Holm. ›Ich würde mich zwar nicht dazu bereit finden, ihn in seinem Amt abzulösen, aber ihm zeigen, daß ich wohl weiß, was er bei dieser Gelegenheit getan hat, möchte ich doch.‹

Kaum hat David Holm dies gedacht, als der Fuhrmann am Leitseil zieht und das Pferd anhält, als seien ihm Davids Gedanken bekanntgeworden.

»Ich bin nur ein elender Stümper von einem Fuhrmann«, sagt er. »Ab und zu gelingt es mir ja wohl, jemand zu helfen, aber ebenso oft mißlingt es. Diese beiden waren leicht über die Grenze zu befördern, weil sich die eine so innig nach dem Himmel sehnte und der andere so wenig hatte, was ihn an diese Welt fesselte. Weißt du, David«, fährt er fort und schlägt dabei rasch den alten kameradschaftlichen Ton an, »oft, wenn ich hier auf meinem Karren saß und hinausschaute, hab' ich gedacht, wenn ich doch nur einen sicheren Boten hätte, durch den ich den Menschen Botschaft zukommen lassen könnte, dann würde ich ihnen einen Gruß schicken.«

»Ja, das kann ich mir wohl denken«, versetzt David Holm.

»Weißt du, David«, fährt der Fuhrmann fort, »wenn auf dem Acker reife Frucht steht, dann ist es nicht schwer, Schnitter zu sein; wenn aber ein Erntearbeiter aufs Feld hinausgehen und arme Gewächse niedermähen müßte, die kaum zu ihrer halben Höhe herangewachsen sind, so würde ihn das eine grausame Arbeit dünken. Der Herr nun, dem ich diene, ist sich auch viel zu gut für solche Arbeit, und darum überläßt er das alles mir armem Fuhrmann.«

»Ich sehe ein, daß es so sein muß«, sagt David Holm. »Ach, wenn die Menschen nur wüßten, wie leicht es ist, denen über die Grenze zu helfen, die ihre Arbeit getan, ihre Pflicht erfüllt und ihre Fesseln schon fast durchgescheuert haben, wie schwer aber dagegen der zu befreien ist, der nichts Abgeschlossenes, nichts Vollendetes aufweisen kann, der alle, die er lieb hat, hinter sich zurücklassen muß, dann würden sie sich vielleicht Mühe geben, die Arbeit des armen Fuhrknechts zu erleichtern.«

»Wie meinst du das, Georg?«

»Denk nur an eins, David! Seit du jetzt bei mir bist, hast du eigentlich immer nur von einer einzigen Krankheit reden hören, und ich kann dir versichern, daß dies bei mir das ganze Jahr hindurch so gewesen ist. Aber das kommt nur daher, weil sich diese Krankheit unter der unreifen Saat ausbreitet, und meine Aufgabe ist es, die Saat, die vor der Reife fallen muß, einzuheimsen. Ach, wenn doch nur diese Krankheit aus der Welt geschafft wäre, dann wäre meine Arbeit nicht so schwer.«

»Ist das die Botschaft, die du den Menschen schicken möchtest, Georg?«

»Nein, David. Jetzt weiß ich besser als früher, was die Menschen ausrichten können, und sie werden sich in absehbarer Zeit durch ihre Kenntnisse und ihre Ausdauer von dieser Krankheit befreien. Sie werden nicht ruhen, bis sie sich von dieser und von allen den anderen volksverheerenden Krankheiten frei gemacht haben. Nein, daran hängt die Sache nicht.«

»Wie könnten sie denn die Arbeit des Fuhrmanns erleichtern?«

»Die Menschen sind überaus mächtig«, antwortet Georg, »und deshalb glaube ich, daß der Tag kommen wird, wo man von Armut und Trunksucht oder all dem Elend, das das Leben verkürzt, nichts mehr weiß. Aber es ist nicht gesagt, daß die Arbeit des Fuhrmanns dadurch weniger mühselig sein wird.«

»Aber wie lautet denn dann die Botschaft, die du den Menschen schicken möchtest, Georg?«

»Der Neujahrsmorgen bricht bald an, David, und wenn die Menschen nun erwachen, denken sie zuerst an das neue Jahr und an alles, was es ihnen an Wünschen und Hoffnungen erfüllen soll, und dann denken sie an die Zukunft. Aber da möchte ich ihnen sagen können, sie sollen sich nicht Liebesglück oder Erfolg oder Reichtum oder Macht oder ein langes Leben, ja nicht einmal Gesundheit wünschen; ich möchte, daß sie ihre Hände falteten und ihre Gedanken in dem einen Gebet vereinigten:

›Gott, großer Gott, laß meine Seele zur Reife kommen, ehe sie geerntet wird!‹ «

XI

Zwei Frauen sitzen in eine ernste Unterhaltung vertieft, die schon stundenlang gedauert hat, beisammen. Das Gespräch war gegen Abend eine Weile unterbrochen worden, weil beide in einem Saal der Heilsarmee dem Gottesdienst beiwohnten, aber danach ist es wieder aufgenommen worden. Die ganze Zeit über hat die eine der Frauen sich angestrengt, bei der anderen Mut und Vertrauen zu erwecken; aber es sieht aus, als sei sie noch weit von ihrem Ziel entfernt.

»Wissen Sie, Frau Holm«, agt die eine und versucht, der anderen Trost und Aufmunterung zu geben, »so sonderbar es auch klingen mag, so glaube ich doch, daß Sie es von jetzt an besser bekommen werden. Ich glaube, jetzt hat er sein Schlimmstes getan. Er hatte sich es wohl vorgenommen, um die Rache zu befriedigen, mit der er Ihnen seit Ihrer Wiedervereinigung immerfort gedroht hatte. Aber sehen Sie, Frau Holm, es ist eine Sache für sich, sich an einem Tag hart zu machen und zu sagen, die Kinder dürfen nicht fortgenommen werden; aber etwas anderes ist es, mit so einem Mordgedanken im Herzen umherzugehen und ihn Tag für Tag durchzuführen, und ich glaube nicht, daß das jemand auf die Dauer aushalten könnte.«

»Es ist gut von Ihnen, Hauptmännin, daß Sie mich zu trösten versuchen«, sagt Frau Holm.

Aber die Hauptmännin merkt wohl, was die arme Frau dabei denkt. Sie denkt: ›Wenn die Hauptmännin der Heilsarmee auch niemand kennt, der so etwas aushalten könnte, so kenne ich einen, der es kann.‹ Die Hauptmännin sieht aus, als sei sie nun fast an der Grenze ihrer Überredungskunst angekommen, aber rasch beschließt sie, noch einen Versuch zu machen.

»Und nun will ich Ihnen noch etwas sagen, Frau Holm«, sagt sie. »Ich weiß nicht, ob es eine so große Sünde gewesen ist, als Sie Ihren Mann vor ein paar Jahren verlassen haben, aber ich erkenne, es war ein Versäumnis. Damals haben Sie ihn preisgegeben, und die bösen Folgen zeigten sich rasch. Aber jetzt haben Sie es wieder gutzumachen versucht; da haben Sie getan, was Gottes Wille von Ihnen forderte, und deshalb glaube ich, daß nun eine Wendung zum Besseren eintreten wird. Ein starker Sturm war erregt worden, und der konnte nicht mit einem Schlag wieder beruhigt werden; aber was Sie, Frau Holm, und Schwester Edith angefangen haben, ist trotz allem ein Werk von guter Art, das die Früchte der guten Werke tragen wird.«

Als die Hauptmännin dies gesagt hat, ist sie nicht mehr allein mit David Holms Frau. David Holm und sein Kamerad Georg, oder besser gesagt, die Schemen dieser beiden sind in das Zimmer eingedrungen und an der Tür stehengeblieben.

David Holm ist jetzt weder an den Füßen noch an den Händen gefesselt. Er folgt dem Fuhrmann, ohne gezwungen werden zu müssen; aber als er jetzt sieht, wohin er geführt worden ist, steigt heftige Entrüstung in ihm auf. Hier soll doch wohl niemand sterben! Warum ihn also zwingen, seine Wohnung und seine Frau wiederzusehen?

Er will sich eben mit einer heftigen Frage an Georg wenden, als dieser ihm durch ein Zeichen bedeutet, sich still und ruhig zu verhalten.

Jetzt hebt David Holms Frau den Kopf, wie von der festen Überzeugung der anderen etwas gestärkt.

»Ach, wer doch glauben könnte, daß es wahr wäre!« seufzt sie.

»Es ist wahr«, bekräftigte die Hauptmännin, indem sie Frau Holm ermutigend zulächelt. »Von dem morgigen Tag an tritt eine Wendung ein, und Sie werden sehen, die Hilfe kommt mit dem neuen Jahre.«

»Mit dem neuen Jahre – – –« versetzt Frau Holm. »Freilich, es ist ja Neujahrsnacht, das hatte ich fast vergessen. Wie spät mag es denn sein, Hauptmännin Andersson?«

»Wir sind schon ein gutes Stück im neuen Jahr drinnen«, antwortete die Gefragte, indem sie auf ihre Uhr sieht. »Es ist ein Viertel vor zwei Uhr.«

»Aber dann dürfen Sie nicht noch länger bei mir sitzen«, sagt Frau Holm, »sondern müssen nach Hause gehen und sich zu Bett legen. Sie sehen ja, ich bin jetzt ganz ruhig.«

Die Hauptmännin sieht die Frau prüfend an.

»Mit der Ruhe ist es wohl noch nicht weit her«, sagt sie dann.

»Sie können meinethalben ganz beruhigt sein, Hauptmännin«, versichert Frau Holm. »Ich weiß wohl, daß ich heute nacht schreckliche Reden geführt habe, aber nun ist das mit Gottes Hilfe vorüber.«

»Glauben Sie, daß Sie jetzt alles in Gottes Hand legen und ihm vertrauen können, daß er alles zum Besten lenkt?« fragt die Hauptmännin.

»Ja, ja, ich kann es«, antwortet Frau Holm.

»Ich wäre gern noch bis zum Morgen bei Ihnen geblieben, aber ich sehe Ihnen an, daß es Ihnen lieber ist, wenn ich jetzt gehe.«

»Es war mir eine große Hilfe, daß Sie bei mir gewesen sind, Hauptmännin; aber jetzt kommt er bald nach Hause, und dann ist es besser, ich bin allein.«

Nach einigen weiteren Worten verlassen beide Frauen das Zimmer, und David Holm errät, daß seine Frau die Hauptmännin hinausbegleitet, um die Tür für sie aufzuschließen.

»David, hast du alles gehört?« fragt der Fuhrmann. »Erkennst du nun, daß die Leute schon alles wissen, was ihnen zu wissen nötig ist? Sie müssen nur noch in dem Verlangen, gesund und lange zu leben, gestärkt werden.«

Der Fuhrmann hat seine Worte kaum ausgesprochen als Frau Holm wieder eintritt. Man sieht, daß sie im Sinne hat, ihr Wort zu halten und zu Bett zu gehen. Sie setzt sich auf einen Stuhl, bückt sich vor und fängt an, einen Stiefel aufzuschnüren.

Während sie so vorgebeugt dasitzt, fährt die Haustür mit einem heftigen Schlag zu; da richtet sie sich auf und lauscht.

»Kommt er?« fragt sie. »Ja, er wird es wohl sein.« Sie läuft ans Fenster und versucht, in den dunklen Hof hinunterzusehen. Ein paar Minuten steht sie so, atemlos hinausspähend. Als sie sich dem Zimmer wieder zuwendet, ist ihr Gesicht seltsam verändert. Es ist aschgrau geworden, die Augen, die

Lippen, alles miteinander ist wie mit Asche überschüttet. Ihre Bewegungen sind jetzt steif und schleppend, und ein schwaches Stöhnen dringt über ihre Lippen.

»Ich kann es nicht aushalten«, flüstert sie. »Ich kann es nicht aushalten.« –

»Ich soll an Gott glauben«, stößt sie nach einer kleinen Pause hervor und bleibt mitten im Zimmer stehen. »Sie sagen, ich soll an Gott glauben. Sie meinen vielleicht, ich hätte nicht zu ihm gebetet und nicht um Hilfe geschrien. Was soll ich tun, wie soll ich es anfangen, um Hilfe von ihm zu erlangen?«

Sie weint nicht, aber ihre Worte sind ein fortgesetztes Wimmern. Sie ist von einer solchen Verzweiflung beherrscht, daß sie offenbar nicht mehr für ihr Tun verantwortlich gemacht werden kann.

David Holm beugt sich vor, sieht sie scharf an, und ein Gedanke steigt plötzlich in ihm auf, vor dem ihm graust.

Die Frau geht nicht zu Bett, sie schleppt sich langsam bis zu dem Lager in der Ecke hin, wo ihre beiden Kinder schlafen.

»Es ist schade um sie«, sagt sie, indem sie sich zu ihnen niederbeugt. »Sie sind so schön.«

Sie setzt sich neben dem Lager auf den Boden und sieht die Kinder, eins nach dem anderen, lange an. »Aber ich muß fort, und ich kann sie nicht hinter mir zurücklassen.«

Sie streicht ihnen unbeholfen und ungelenk übers Haar.

»Ihr dürft mir für das, was ich tue, nicht böse sein«, sagt sie. »Ich bin nicht schuld daran.«

Während sie noch auf dem Boden sitzt und die Kinder liebkost, schlägt unten die Tür aufs neue. Sie zuckt wieder zusammen, bleibt aber unbeweglich sitzen, bis soviel Zeit vergangen ist, daß ihr Mann hereingekommen sein müßte, wenn er es drunten gewesen wäre. Dann steht sie rasch auf.

»Ich muß mich beeilen«, sagt sie geheimnisvoll flüsternd zu ddn Kindern. »Es wird bald geschehen sein, wenn er nur nicht kommt und mich daran hindert.«

Sie richtet sich auf, tut aber nichts, sondern wandert ruhelos im Zimmer hin und her.

»Irgend etwas sagt mir, ich solle bis morgen warten«, murmelt sie halblaut. »Aber was hätte das für einen Wert? Der morgige Tag ist ein Tag wie alle anderen. Warum sollte er da milder gestimmt sein als heute?« David

Holm denkt an seinen Körper, der als Leichnam drüben in den Kirchenanlagen liegt und nun bald in die Erde vergraben wird, da er zu nichts zu gebrauchen war. Fast steigt das Verlangen in ihm auf, seine Frau doch auf irgendeine Weise wissen zu lassen, daß sie keine Angst mehr vor ihm zu haben brauche.

Wieder hört man ein schwaches Getöse. Im Haus wird eine Tür geöffnet und wieder zugemacht, und aufs neue zittert die arme Frau und erinnert sich daran, welches Vorhaben sie ausführen will. Schleppend und stöhnend geht sie an den Herd hin und schichtet Holz hinein, um Feuer anzumachen.

»Es tut nichts, wenn er auch kommt und sieht, daß ich Feuer mache«, sagt sie, gleichsam als Antwort auf eine stumme Einwendung. »Ich muß doch wohl am Neujahrsmorgen Kaffee kochen dürfen, um etwas zu haben, das mich wach hält, während ich aufsitze und auf ihn warte.«

David Holm fühlt sich außerordentlich erleichtert, als sie dies sagt. Und nun fragt er sich wieder, ob Georg am Ende eine besondere Absicht gehabt habe, als er ihn hierherführte? Hier soll ja niemand sterben. Hier ist ja niemand krank.

Die Kapuze tief hereingezogen, ganz verschlossen und wie in tiefe Gedanken versunken, steht der Fuhrmann da. David Holm merkt wohl, daß es gar keinen Wert hätte, wenn er jetzt das Wort an ihn richten würde.

›Er will, ich soll die Meinigen noch ein letztes Mal sehen‹, denkt er. ›Vielleicht komme ich nie wieder in ihre Nähe.‹

»Das macht mir gerade keinen Kummer«, sagt er im nächsten Augenblick, und es ist ihm, als sei in seinem Herzen nur noch Raum für eine einzige; aber er geht doch nach der Ecke hin, wo die beiden Kinder schlafen. Während er vor ihnen steht und sie betrachtet, fällt ihm der Junge ein, den sein Bruder so innig lieb gehabt hat, daß er seinetwegen freiwillig ins Gefängnis zurückgekehrt ist, und nun empfindet er es als einen bedrückenden Mangel, daß er seine Kinder nicht auf diese Weise liebhaben kann.

›Möchte es ihnen jedenfalls gut gehen!‹ denkt er überaus freundlich. ›Sie werden morgen froh sein, wenn sie hören, daß sie keine Angst mehr vor mir zu haben brauchen.

Ich möchte wohl wissen, was später aus ihnen wird?‹ denkt er dann mit lebhafterer Teilnahme, als er bisher für sie gefühlt hatte, und zugleich durchzuckt ihn eine plötzlich aufsteigende Angst, sie könnten geradeso werden wie er.

›Denn ich bin ein sehr unglücklicher Mensch gewesen‹, denkt er.

›Ich weiß nicht‹, denkt er weiter, ›warum ich mich nicht früher um sie gekümmert habe. Wenn es für mich eine Rückkehr gäbe, würde ich gerne zurückkommen, um rechte Menschen aus den beiden hier zu machen.‹

Er bleibt stehen und prüft sein Herz.

»Wie merkwürdig, ich hege keinen Haß mehr gegen sie!« murmelt er. »Und ich möchte, daß sie nach allem, was sie hat erdulden müssen, doch noch glücklich werde. Wenn es mir möglich wäre, würde ich ihr ihre Möbel wieder verschaffen, und ich möchte sie gerne sonntags in hübschen Kleidern in die Kirche gehen sehen. Aber jetzt, wo ich nicht mehr da bin, bekommt sie es ja gut. Ich glaube, Georg hat mich hierhergeführt, damit ich mich darüber freue, zu den Entschlafenen zu gehören.«

Plötzlich fährt er heftig zusammen. Er ist so versunken in seine Gedanken gewesen, daß er nicht darauf acht gab, was sich seine Frau indessen vornahm. Aber jetzt hat sie einen leisen Angstschrei ausgestoßen.

»Es kocht, das Wasser kocht, nun ist es bald soweit! Jetzt muß es geschehen, nun gibt es keinen Aufschub mehr.«

Sie nimmt eine Büchse, die auf einem Brett dicht neben dem Herd steht, und schüttet daraus gemahlenen Kaffee in die Kaffeemaschine. Dann holt sie ein ganz kleines Päckchen hervor, das ein weißes Pulver enthält, und mischt dieses in das Wasser.

David steht unbeweglich da und starrt seine Frau an, ohne zu verstehen, was sie eigentlich tut und beabsichtigt.

»Du wirst sehen, daß es genügt, David«, sagt sie und wendet sich zugleich dem Zimmer zu, als sähe sie ihn. »Es reicht für beide Kinder und für mich. Ich kann es ja nicht aushalten, ein ganzes Jahr mit ansehen zu müssen, wie sie dahinsiechen. Wenn du nur noch eine Stunde fortbleibst, wird bei deiner Rückkehr alles so bestellt sein, wie du es haben willst.«

Doch jetzt steht der Mann nicht mehr ruhig da und hört ihr zu, sondern er ist auf den Fuhrknecht zugeeilt.

»Georg!« sagt er atemlos. »Ach, lieber Gott, Georg, hörst du nicht?«

»Doch, David«, antwortet der Fuhrknecht. »Hier stehe ich ja. Ich muß ja mit dabei sein, und ich versäume meine Pflicht nicht.«

»Aber du mußt es nicht verstanden haben, Georg! Es handelt sich nicht um sie allein, sondern auch um die Kinder. Sie hat die Absicht, sie mitzunehmen.«

»Ja, David«, bekräftigt der Fuhrmann. »Sie hat die Absicht, deine Kinder mitzunehmen.«

»Aber das darf nicht geschehen, Georg! Es ist ja unnötig. Kannst du sie denn nicht wissen lassen, daß es unnötig ist?«

»Nein, ich kann mich ihr nicht vernehmbar machen. Sie ist zu weit weg.«

»Aber kannst du nicht jemand herbeirufen, Georg, jemand, der ihr sagt, daß es unnötig ist?«

»Du verlangst Unmögliches, David. Welche Macht hätte ich über die Lebenden?«

Aber David Holm läßt sich nicht abschrecken, sondern wirft sich vor dem Fuhrknecht auf die Knie.

»Denk daran, Georg, daß du früher mein Freund gewesen bist, und laß dies hier nicht geschehen! Laß dies nicht über mich kommen! Laß die armen unschuldigen Geschöpfe nicht sterben!«

Er richtet den Blick auf Georg, um eine Antwort zu erhalten; aber dieser schüttelt nur verneinend den Kopf.

»Ich will alles für dich tun, Georg, was nur in meiner Macht steht. Ich weigerte mich, als du mir befahlst, nach dir Fuhrknecht zu werden; aber ich übernehme das Amt mit Freuden, wenn ich nur das hier nicht durchmachen muß. Alle beide sind noch so klein, und eben jetzt, als ich da vor ihnen stand, hab' ich gewünscht, noch am Leben zu sein, um rechte Menschen aus ihnen zu machen. Und sie ist ja heute nacht von Sinnen. Sie weiß nicht, was sie tut. Habe Erbarmen mit ihr, Georg!«

Da aber der Fuhrmann noch immer unbeweglich und ungerührt dasteht, wendet sich David etwas von ihm ab.

»Ich bin so allein, so allein, und ich weiß nicht, wohin ich mich wenden soll«, seufzt er. »Ich weiß nicht, ob ich zu Gott oder zu Christus beten soll. Wie ganz neu in die Welt gekommen bin ich. Wer, wer hat die Macht? Wer kann mir sagen, wohin ich mit meinem Gebet gehen soll?

Oh, ich armer, sündiger Mensch, ich bete zu dem, der Herr über Leben und Tod ist! Wer bin ich, daß ich mich unterfange, vor dich zu treten! Gegen alle deine Gebote und Vorschriften hab' ich mich vergangen. Mich verdamme in die äußerste Finsternis! Vernichte mich ganz! Tu' mit mir, was du willst, wenn nur diese drei verschont werden!«

Er schweigt und lauscht auf eine Antwort. Aber er vernimmt nichts; nur seine Frau redet vor sich hin. »Jetzt ist es zerschmolzen und hat aufgekocht, nun muß ich es noch etwas abkühlen lassen.«

Da beugt sich Georg zu David Holm nieder. Seine Kapuze ist zurückgeschlagen und sein Gesicht wird von einem Lächeln erhellt.

»David«, sagt er, »wenn es dir wirklich Ernst ist, dann gibt es vielleicht doch noch einen Ausweg, sie zu retten. Du selbst, David, mußt deine Frau wissen lassen, daß sie keine Angst mehr vor dir zu haben braucht.«

»Aber ich kann mich ihr ja nicht vernehmbar machen. Oder kann ich es, Georg?«

»Nein, nicht in deiner jetzigen Gestalt. Du mußt zu dem David Holm zurückkehren, der drüben in den Kirchenanlagen liegt. Kannst du das?«

David Holm erschrickt, und ein Schauder erfaßt ihn. Das menschliche Leben steht jetzt vor ihm als etwas ihn Erdrückendes, etwas Ertötendes. Wird nicht dies frische Wachstum der Seele ersticken, wenn er wieder ein Mensch wird? Sein ganzes Glück erwartet ihn in einer anderen Welt. Aber er zögert keinen Augenblick.

»Wenn ich kann, wenn ich frei bin--- Ich glaubte, ich müßte---«

»Ja, du hast recht«, versetzt Georg, und sein Antlitz strahlt immer schöner. »Dieses Jahr hindurch mußt du der Fuhrknecht des Todes sein, wenn nicht ein anderer für dich eintritt und das Amt für dich verwaltet.« »Ein anderer?« wiederholt David Holm fragend. »Wer würde sich für einen solchen armen Kerl, wie ich einer bin, aufopfern wollen?«

»David«, sagt Georg. »Du weiß, es gibt einen, der nie aufgehört hat, darüber zu trauern, daß er dich verleitet hat, vom guten Wege abzuweichen. Dieser Mann wird vielleicht vor lauter Freude, daß er nicht mehr über dich trauern muß, deine Arbeit übernehmen.«

Und ohne David Holm Zeit zu lassen, sich so recht klarzumachen, was der andere meint, beugt sich Georg tief zu ihm herab und sieht ihm mit herrlich strahlenden Augen ins Gesicht.

»Alter Freund, David Holm, mach' es, so gut du kannst! Ich bleibe hier, bis du zurückkommst. Du hast nicht mehr viel Zeit.«

»Aber du, Georg---«

Doch der Fuhrmann unterbricht ihn mit der gebieterischen Handbewegung, der sich David Holm zu unterwerfen gelernt hat. In demselben Augenblick richtet sich Georg auf, zieht die Kapuze über die Stirn herein und sagt mit lauter, eherner Stimme:

»Du Gefangener, tritt wieder ein in dein Gefängnis.«

XII

David Holm richtete sich auf den Ellbogen auf und sah sich um. Alle Laternen waren gelöscht; aber das Wetter hat sich aufgehellt, und ein klarer Halbmond stand hell leuchtend am Himmel. David Holm wurde es nicht schwer, sich zu vergewissern, daß er noch in der Kirchenanlage auf dem vom schwarzen Geäste der Linden überschatteten Rasenplatz lag.

Ohne sich einen Augenblick zu bedenken, versuchte er sich aufzurichten. Er fühlte sich zwar außerordentlich matt; sein Körper war von der Kälte ganz erstarrt, und der Kopf schwindelte ihm, aber es gelang ihm doch, auf die Beine zu kommen. Er machte einige schwankende Schritte die Allee entlang, mußte aber gleich wieder anhalten und sich gegen einen Baum lehnen, weil er am Umsinken war.

›Ich kann es nicht‹, dachte er. ›Es ist ganz unmöglich für mich, noch zu rechter Zeit hinzukommen.‹

Nicht einen einzigen Augenblick hatte er das Gefühl, daß all das, was er eben durchgemacht hatte, nicht volle Wirklichkeit sei. Er hatte einen vollkommen klaren Eindruck von den Ereignissen der Nacht.

›Der Fuhrmann steht in meiner Wohnung, ich muß mich beeilen‹, dachte er.

Er verließ den stützenden Baum und machte wieder ein paar Schritte; er war jedoch so jammervoll schwach, daß er in die Knie sank.

Da, in seiner grenzenlosen Verlassenheit, berührte etwas seine Stirne. Er wußte nicht, war es eine Hand oder ein Lippenpaar, oder vielleicht nur der Zipfel eines schleierartigen Gewandes, aber es genügte, sein ganzes Wesen mit seliger Freude zu durchrieseln.

»Sie ist zu mir zurückgekehrt!« jubelt er. »Sie ist mir wieder nahe. Sie beschützt mich!«

Hingerissen streckte er die Arme empor, vor Entzücken, daß die Liebe der Geliebten ihn umgab, vor Entzücken, daß die Liebe zu der Geliebten sein Herz mit ihrer Holdseligkeit auch jetzt noch, wo er wieder ins Irdische zurückgekehrt war, erfüllte.

Jetzt ertönte hinter ihm ein Schritt durch die stille Nacht. Eine kleine Gestalt, den Kopf von einem der großen Hüte der Heilsarmee verborgen, kam dahergeschritten.

»Schwester Maria«, sagte er, als sie an ihm vorbeigehen wollte. »Schwester Maria, helfen Sie mir!«

Die Rettungsschwester mußte David Holms Stimme erkannt haben, denn ihr Gesicht wurde streng, und sie ging weiter, ohne sich um ihn zu kümmern.

»Schwester Maria, ich bin nicht betrunken, sondern krank. Helfen Sie mir, daß ich nach Hause kommen kann!«

Sie glaubte ihm wohl kaum, aber ohne ein Wort der Erwiderung trat sie zu ihm, half ihm vom Boden auf und stützte ihn beim Weitergehen.

Nun war er also doch noch einmal auf dem Weg nach Hause. Aber wie langsam es ging! Daheim konnte ja jetzt schon alles vorbei sein. Keuchend blieb er stehen. »Schwester Maria, es wäre eine außerordentlich große Hilfe, wenn Sie vorausgehen würden und meiner Frau sagten – – –«

»Soll ich vorausgehen und ihr sagen, daß Sie wie gewöhnlich betrunken nach Hause kommen? Das ist ihr wohl nichts Ungewöhnliches.«

David Holm preßte die Lippen zusammen und ging schweigend weiter, indem er sich aufs äußerste anstrengte, rascher vorwärts zu kommen; aber sein von der Kälte erstarrter Körper wollte ihm nicht gehorchen.

Schon nach einer kleinen Weile machte er einen neuen Versuch, sie zum Vorausgehen zu überreden.

»Während ich dort auf dem Rasen lag, hatte ich einen Traum«, sagte er, »Ich habe Schwester Edith sterben sehen. Ich habe Schwester Edith auf ihrem Sterbebette gesehen – – – Und ich habe auch die Meinigen daheim gesehen. Meine Frau ist heute nacht nicht bei Sinnen. Ich sage Ihnen, Schwester Maria, wenn Sie nicht vorauseilen, geschieht ein Unglück.«

Seine Worte kamen nur schwach und abgerissen über seine Lippen. Die Rettungsschwester erwiderte nicht. Sie war noch immer der Ansicht, es mit einem Betrunkenen zu tun zu haben.

Aber sie half ihm treulich weiter. Er merkte wohl, welche Überwindung es sie kostete, dem zu helfen, den sie für das Werkzeug hielt, das Schwester Ediths Tod verursacht hatte.

Während David Holm weiterschwankte, wurde er von einer neuen Angst ergriffen. Wie sollte er es anstellen, daß seine Frau, die sich vor ihm fürchtete, ihm glaubte, wenn nicht einmal Schwester Maria –

Endlich standen sie vor dem Hoftor, wo er wohnte, und die Rettungsschwester half ihm beim Öffnen. »Nun können Sie vollends allein gehen, Holm«, sagte sie, indem sie sich zum Gehen wendete.

»Ach, es wäre sehr gut von Ihnen, Schwester Maria, wenn Sie meine Frau rufen würden, damit sie herunterkommt und mir hinauf hilft.«

Die Schwester zuckte die Schultern. »Wissen Sie, Holm, in einer anderen Nacht würde ich Sie vielleicht hinaufgeleitet haben, aber heute habe ich keine Lust dazu. Nun muß es genug sein.«

Ihre Stimme erstarb in einem Schluchzen, und sie eilte davon.

Als er sich die steile Treppe hinaufmühte, war ihm zumute, als sei es nun jedenfalls zu spät; und außerdem, wie könnte er seine Frau dazu bringen, ihm zu glauben?

Während er vor Schwäche und Mutlosigkeit fast auf der Treppe umsank, fühlte er aufs neue die leichte liebkosende Berührung an der Stirne.

›Sie ist mir nahe‹, dachte er. ›Sie wacht über mich!‹ Und er fand die Kraft, sich bis zur obersten Stufe hinaufzuschleppen.

Als er die Tür öffnete, stand seine Frau dicht davor, als sei sie herbeigeeilt, um sie zuzuriegeln, damit er nicht hereinkommen könnte. Als sie sah, daß sie es nicht mehr hatte verhindern können, zog sie sich nach dem Herd zurück und blieb, diesem den Rücken zugewendet, davor stehen, ganz als hätte sie dort etwas, was sie verbergen und wegtun möchte. Ihr Gesicht hatte noch immer den starren Ausdruck wie vorher, und David Holm sagte sich rasch: »Sie hat es nicht getan. Ich bin noch zu rechter Zeit gekommen.«

Mit einem raschen Blick auf die Kinder versicherte er sich, daß es tatsächlich so war.

»Sie schlafen noch. Sie hat es nicht getan. Ich bin noch zu rechter Zeit gekommen«, sagte er noch einmal zu sich selbst.

Er streckte die Hand nach der Seite aus, wo Georg vor seinem Fortgehen gestanden hatte, und da vermeinte er zu fühlen, daß eine andere Hand die seinige faßte und drückte.

»Ich danke dir«, sagte er leise, aber seine Stimme zitterte, und ein Nebel legte sich ihm plötzlich vor die Augen. Er schwankte ins Zimmer hinein und sank auf einen Stuhl. Er sah, daß seine Frau alle seine Bewegungen beobachtete, wie sie es getan haben würde, wenn ein wildes Tier in die Stube hereingekommen wäre.

›Sie meint, ich sei betrunken, auch sie meint es‹, dachte er.

Aufs neue überfiel ihn große Mutlosigkeit, weil er so grenzenlos müde war und nicht ausruhen durfte. Im nächsten Zimmer stand allerdings ein Bett, und er sehnte sich unaussprechlich, sich dort ausstrecken zu dürfen und sich nicht noch länger aufrechthalten zu müssen; aber er wagte es nicht, dort hineinzugehen. Sobald er den Rücken kehrte, würde seine Frau das tun, was sie im Sinn hatte; er mußte also hierbleiben und sie bewachen.

»Schwester Edith ist tot, und ich bin noch bei ihr gewesen«, versuchte er zu sagen. »Ich hab' ihr versprochen, gut gegen dich und die Kinder zu sein. Morgen darfst du sie ins Asyl schicken.«

»Warum lügst du?« fragte seine Frau. »Gustavsson ist hier gewesen und hat Hauptmännin Andersson mitgeteilt, daß Schwester Edith gestorben ist, und sie sagte, du seiest nicht mehr gekommen.«

David sank auf dem Stuhl zusammen, und zu seiner eigenen großen Verwunderung fing er an zu weinen. Die Erkenntnis der Nutzlosigkeit seiner Rückkehr in diese Welt der langsamen Gedanken und der kurzsichtigen Augen drückte ihn nieder. Die lähmende Überzeugung, daß er nie über die Mauern hinauskommen könnte, die seine eigenen Taten um ihn aufgerichtet hatten, die Sehnsucht, die grenzenlose Sehnsucht, nun sogleich mit der Seele vereint zu werden, die ihn umschwebte und doch unerreichbar für ihn war, das, das brachte seine Tränen zum Fließen.

Während er so noch heftig weinte und schluchzte, hörte er die Stimme seiner Frau.

»Er weint?« sagte sie im Tone allerhöchster Verwunderung vor sich hin. Und nach einer Weile sagte sie noch einmal: »Er weint!«

Sie trat vom Herd weg und kam mit einer gewissen Angst näher zu ihm heran.

»Weinst du, David?« fragte sie.

Er hob das tränenüberströmte Gesicht zu ihr auf. »Ich will mich bessern«, sagte er mit zusammengebissenen Zähnen, so daß man fast hätte meinen können, er sei zornig. »Ich will ein guter Mensch werden, aber niemand will es mir glauben. Soll ich da nicht weinen?«

»Ach, David, das ist sehr schwer zu glauben«, versetzt sie noch unschlüssig. »Aber jetzt, wo du weinst, glaube ich dir. Jetzt glaube ich dir.«

Und wie um ihm einen Beweis zu geben, daß sie ihm glaube, setzte sie sich auf den Boden und lehnte ihren Kopf an seine Knie.

So saß sie einen Augenblick ganz still da, aber bald begann auch sie zu schluchzen.

Er fuhr zusammen.

»Weinst du jetzt auch?« fragte er.

»Ich kann nicht anders. Ich kann nicht glücklich werden, ehe ich das ganze Leid, das mich erfüllt, weggeweint habe.«

In diesem Augenblick fühlte David Holm jene Berührung noch einmal wie einen leichten frischen Hauch, der über seine Stirne strich. Seine Tränen versiegten und verwandelten sich in ein nach innen gerichtetes, geheimnisvolles Lächeln.

Er hatte das erste vollendet, das ihm durch die Ereignisse der Nacht vorgeschrieben worden war. Nun mußte er noch dem Jungen helfen, den sein Bruder so lieb gehabt hatte. Nun mußte er noch solchen Menschen, wie Schwester Maria, beweisen, daß Schwester Edith nicht unrecht gehabt hatte, als sie ihm ihre Liebe geschenkt. Nun mußte er noch sein eigenes Heim aus dem Verfall wieder heraufbringen. Nun mußte er noch den Menschen den Gruß des Fuhrmanns überbringen. Dann, wenn dies alles getan war, dann, dann durfte er zu der Geliebten, der Ersehnten gehen!

Er saß da und fühlte sich unaussprechlich alt. Er war geduldig und ergeben geworden, so wie die Alten es zu sein pflegen. Er wagte es nicht mehr, etwas zu hoffen oder zu wünschen, er faltete nur seine Hände und flüsterte den Neujahrswunsch des Fuhrmanns:

»Gott, großer Gott, laß meine Seele zur Reife kommen, ehe sie geerntet wird.«

Rede beim Empfang des Nobelpreises

Königliche Hoheiten! Meine Damen und Herren!

Vor einigen Tagen saß ich im Zuge, um nach Stockholm zu fahren. Es ging gegen Abend. Draußen war es dunkel, und im Kupee recht dämmrig. Meine Mitreisenden schlummerten, jeder in einer Ecke, und ich saß stumm da und hörte auf das Rollen des Zuges, wie er so über die Schienen brauste.

Während ich so dasaß, mußte ich an all die anderen Male denken, die ich nach Stockholm gefahren war. Meistens hatte es sich um irgend etwas Schweres gehandelt. Ich war hingefahren, um ein Examen zu machen, und ich war hingefahren, mit Manuskripten, um einen Verleger zu suchen. Und nun war ich auf dem Wege dahin, um den Nobelpreis in Empfang zu nehmen. Fast wollte es mir scheinen, daß auch dies etwas Schweres sei.

Den ganzen Herbst hatte ich in meinem alten Heim in Värmland in tiefster Einsamkeit gelebt, und nun sollte ich unter viele Menschen hinaustreten. Es war, als hätte ich dort in der Einsamkeit eine gewisse Scheu vor Leben und Bewegung bekommen, und mir wurde ganz ängstlich zumute bei dem Gedanken, mich nun wieder draußen in der Welt zeigen zu müssen.

Aber im Grunde war es ja eine so wunderbare, große Freude, den Preis zu empfangen, und ich suchte mir die Angst zu vertreiben, indem ich an all die dachte, die sich über mein Glück freuen würden. Da waren viele alte gute Freunde, da waren meine Geschwister und da war vor allem meine alte Mutter, die daheim saß und sich freute, daß sie dieses große Ereignis erleben durfte.

Aber dabei mußte ich an meinen Vater denken, und es machte mich traurig, daß er nicht mehr lebte, und ich ihm nicht erzählen konnte, daß ich den Nobelpreis bekommen hatte. Ich wußte, niemand hätte sich so gefreut wie er. Nie ist mir jemand begegnet, der eine solche Liebe und Verehrung für Dichtung und Dichter gehabt hatte. Und wenn er nun erfahren hätte, daß die schwedische Akademie mir einen großen Dichterpreis zuerkannt habe – es war ein wahrer Schmerz, daß ich es ihm nicht erzählen konnte.

Jeder, der bei Nacht und Dunkelheit mit der Eisenbahn gefahren ist, weiß, daß es geschehen kann, daß die Wagen lange Zeit so merkwürdig still, ganz ohne Rütteln, dahingleiten. Lärm und Gerassel hören auf, und das gleichmäßige Rollen der Räder verwandelt sich in eine stille, eintönige Musik. Es ist, als führen die Eisenbahnwagen nicht mehr über Schienen, sondern glitten in den Weltenraum hinaus. Nun, und gerade als ich daran dachte, wie gerne ich meinen Vater treffen möchte, geschah etwas dieser Art. Der Zug begann so lautlos und leicht dahinzueilen, daß ich das Gefühl hatte, er könne unmöglich mehr auf Erden sein. Und meine Gedanken begannen zu spielen: »Wie, wenn ich jetzt zu meinem alten Vater ins Himmelreich führe! Ich glaube doch gehört zu haben, daß anderen solches geschehen ist, warum sollte es nicht auch mir widerfahren?«

Der Eisenbahnwagen glitt stumm und lautlos weiter. Aber wohin er auch fuhr, so hatte er jedenfalls einen weiten Weg, bis er das Ziel erreichte, und meine Gedanken kamen vor ihm an.

»Wenn ich nun Vater treffe«, dachte ich, »dann sitzt er gewiß in einem Schaukelstuhl auf einer Veranda und hat einen besonnten Gartenplan vor sich, der voll Blumen und Vögel ist, und natürlich liest er die Frithjofsage. Und als Vater mich erblickt, legt er das Buch weg und schiebt die Brille auf die Stirn, und dann steht er auf und geht mir entgegen. Und er sagt ›Grüß Gott!‹ und ›Willkommen‹ und ›Nun, gehst du hier spazieren!‹ Und ›Wie steht es mit dir, mein Mädchen‹« – ganz in der alten Art.

Erst als er sich wieder im Schaukelstuhl zurechtgesetzt hat, fängt er an, sich zu wundern, warum ich in aufgesucht habe. »Es wird doch daheim nichts passiert sein?« fragt er plötzlich.

»Nein, nein, Vater, es ist alles in Ordnung.« Und ich will ihm eben die Neuigkeit erzählen, aber dann denke ich mir, daß ich sie noch ein bißchen aufheben möchte, und darum mache in gleichsam einen Umweg. »Ich bin nur gekommen, um dich um einen guten Rat zu bitten«, sage ich und mache eine ganz bekümmerte Miene. »Ich bin nämlich in große Schulden geraten.«

»Ich fürchte, in dieser Sache kannst du hier bei mir nicht viel Hilfe finden«, sagt Vater. »Von diesem Ort kann man wohl dasselbe sagen, wie von den alten Herrenhöfen in Värmland: alles ist hier zu finden, nur kein Geld.«

»Es ist ja auch nicht Geld, was ich schulde«, sage ich. »Das ist ja noch schlimmer«, erwidert Vater. »Erzähle mir nun das Ganze von Anfang an, mein Mädel!«

»Es ist nicht zuviel verlangt, daß du mir hilfst«, sage ich, »denn es ist doch von Anfang an deine Schuld. Weißt du noch, wie du am Klavier zu sitzen und uns Kindern Bellman vorzusingen pflegtest? Und weißt du noch, wie du uns jeden Winter ein paarmal Tegnér und Runeberg und Andersen lesen ließest? So ging es zu, daß ich in meine erste große Schuld geriet. Vater, wie soll ich es ihnen vergelten können, daß sie mich lehrten, die Sagen und Heldentaten zu lieben, die heimatliche Erde und das Menschenleben in all seiner Größe und all seiner Hinfälligkeit?«

Während ich dies sage, setzt Vater sich im Schaukelstuhl zurecht, und ein schöner Ausdruck tritt in seine Augen. »Ich bin froh, daß ich mit dazu geholfen habe, dich in diese Schuld zu bringen«, sagt er.

»Ja, da kannst du schon recht haben, Vater«, sage ich, »aber du mußt bedenken, daß es damit nicht sein Bewenden hat. Du darfst nicht vergessen, daß ich eine Menge solcher Gläubiger habe. Denk nur an all diese armen heimatlosen Kavaliere, die in deiner Jugend im Värmland umherzogen und Karten spielten und Lieder sangen. Wieviel tolle Abenteuer und Einfälle und Scherze schulde ich ihnen! Und denk' an all die Alten, die in kleinen, grauen Hütten am Waldessaum saßen und von Nöck und Troll und von verzauberten Jungfrauen erzählten, die im Berg gefangen säßen. Die haben mich gelehrt, wie man über harte Felsen und schwarze Wälder Poesie ausbreiten kann. – Und dann, Vater, denk' an all die bleichen hohläugigen Mönche und Nonnen, die in dämmrigen Klöstern saßen und Gesichte sahen und Stimmen hörten! Bei ihnen stehe ich in Schuld für all die Anleihen aus dem großen Legendenschatz, den sie gesammelt haben. Und denk' an die Dalekarlier Bauern, die nach Jerusalem zogen! Bin ich ihnen nicht Dank schuldig, weil sie mir eine Großtat gaben, über die ich schreiben konnte! Und nicht genug damit, daß ich in der Schuld der Menschen stehe, Vater, da ist auch noch die ganze Natur. Da sind die Tiere der Erde und die Vögel des Himmels und Blumen und Bäume – alle haben sie mir ihre Geheimnisse erzählt!«

Vater nickt und lächelt nur, während ich dies sage, und sieht gar nicht bekümmert drein. »Du mußt doch einsehen, daß dies eine große Schuldenlast ist, Vater?« sage ich und werde immer ernster. »Auf Erden weiß niemand, wie sie getilgt werden soll. Ich glaubte, hier im Himmel wüßtet ihr es.« – – – »Ja, freilich wissen wir es«, sagt Vater und nimmt die Sache leicht wie immer. »Für deine Sorgen wird sich schon Rat finden. Nur keine Angst, mein Kind!«

»Ja, aber Vater, damit ist es noch immer nicht genug«, sage ich. »Ich stehe auch in der Schuld all derer, die die Sprache bereichert, die das gute Werkzeug geschmiedet und geformt und mich gelehrt haben, es zu gebrauchen.

Und stehe ich nicht in der Schuld all jener, die vor meiner Zeit gedichtet und geschrieben, die es zu einer schönen Kunst gemacht haben, von Menschenschicksalen zu berichten, die Ausblicke eröffnet und Wege gewiesen haben?

Stehe ich nicht in der Schuld jener, die in meiner Jugend vor allem die Dichtung verkörperten: der großen Norweger und der großen Russen? Stehe ich nicht in großer Schuld, weil ich in einer Zeit leben durfte, wo die Dichtung meines eigenen Landes in höchster Blüte stand, weil ich Rydbergs Marmorkaiser, Snoilskys Dichterwelt, Strindbergs Schären, Geijerstams Volksleben, Charlotte Edgrens und Ernst Ahlgrens moderne Menschen, Heidenstams Morgenland, Sophie Elkans lebendig gewordene Geschichte, Frödings Värmländer Weisen, Levertins Legenden, Hallströms Thanatos und Karfelds Dalekarlier Bilder, und so vieles andere, jung und neu hervortreten sah, zum Wetteifer anfeuernd, die Träume befruchtend?«

»Ja, ja«, sagt Vater ... »Du hast schon recht, du steht in großer Schuld, aber es wird sich schon Rat finden.«

»Ich glaube nicht, daß du ganz verstehst, wie schwer es für mich ist, Vater«, sage ich. »Du hast wohl nicht bedacht, daß ich auch in der Schuld meiner Leser stehe. Was habe ich ihnen nicht alles zu danken: vom alten König und seinem jüngsten Sohn an, die mich auf meine Gesellenwanderung in den Süden sandten, bis zu den kleinen Schulkindern, die einen Dank für Nils Holgersson zusammenkleckten? Was wäre aus mir geworden, wenn man meine Bücher nicht hätte lesen wollen? – Auch die darfst du nicht vergessen, die über mich geschrieben haben. Denke an den großen dänischen Kritiker, der mir nur mit ein paar Worten Freunde in seinem ganzen Lande gewann! Und denke an ihn, der jetzt tot ist, und der seinen Trank kunstvoller aus Bitter und Süß mischte als irgend jemand vor seiner Zeit bei uns. Denk' an all die, die in fremden Ländern für mich gearbeitet haben! Ich stehe in Schuld, Vater, bei denen, die mich gerühmt, wie auch bei denen, die mich getadelt haben.«

»Ja, ja«, sagt Vater, und ich finde, daß er nicht so ruhig aussieht. Er beginnt wohl einzusehen, daß es nicht so leicht ist, mir zu raten.

»Denke an alle, die mir geholfen haben«, sage ich. »Denke an meine treue Freundin Esselde, die mir einen Weg zu bahnen suchte, als noch niemand anders an mich zu glauben wagte! Denke an die vielen, die meine Dichtung gehegt und meine Arbeit beschirmt haben! Und denke an meine gute Freundin und Reisekameradin, die mich nicht nur in den Süden führte und mir alle Herrlichkeit der Kunst zeigte, sondern auch das ganze Leben heller und reicher machte. Und denk an alle Liebe, die mir entgegengebracht worden ist, denke an all die Ehre und Auszeichnung! Kannst du nicht verstehen, daß ich zu dir kommen muß, um zu erfahren, wie man solche Schulden bezahlt?«

Vater hat den Kopf gesenkt und sieht nicht so hoffnungsvoll aus wie anfangs. »Ich glaube, es ist gar nicht so leicht, Hilfe für dich zu finden, mein Mädel«, sagt er. »Aber das wird doch nun wohl alles sein?«

»Nein, bis jetzt war es doch noch so, daß ich es tragen konnte«, sage ich. »Aber nun kommt erst das Allerschlimmste. Darum mußte ich eben zu dir kommen und dich um Rat fragen.«

»Ich kann nicht verstehen, wie du in noch größere Schuld geraten konntest«, sagt Vater.

»Doch«, sage ich, und dann erzähle ich ihm »das«.

»Das kann ich doch nicht glauben – die schwedische Akademie – – –«, sagt Vater. Aber dabei sieht er mich an, und da merkt er, daß »das« wahr ist. Und es beginnt in jeder Runzel seines alten Gesichtes zu zucken, und die Tränen kommen ihm in die Augen.

Was soll ich denen sagen, die in dieser Sache beschlossen, und denen, die mich für den Preis vorgeschlagen haben?« sage ich. »Denn, denke nur, Vater, es ist ja nicht nur Ehre und Geld, was sie gegeben haben. Es ist auch die gute Meinung, die sie von mir haben, daß sie es wagten, mich vor aller Welt auszuzeichnen. Wie soll ich diese Dankesschuld abtragen?«

Vater sitzt da und grübelt ein wenig, aber dann wischt er sich die Freudentränen aus den Augen, schüttelt sich und schlägt dann mit der Faust auf die Stuhllehne. »Ich will nicht länger hier sitzen und mir über Dinge den Kopf zerbrechen, auf die niemand, weder im Himmel noch auf der Erde, Antwort geben kann!« sagt er. »Ist es so, daß du den Nobelpreis bekommen hast, dann will ich an nichts anderes denken, als froh zu sein!«

Königliche Hoheiten! Meine Damen und Herren! Da ich keinen besseren Bescheid auf alle meine Fragen bekam, so bleibt mir nichts anderes übrig, als Sie zu bitten, in das dankbare »Hoch« einzustimmen, das ich die Ehre habe, auf die schwedische Akademie auszubringen.

Zeittafel

1858	Selma Lagerlöf wird in Mårbacka/Värmland geboren
1862	Kinderlähmung
1866	Lektüre des Indianerromans »Oceola«
1874	Erstes Gedicht
1881	Sjöbergs Mädchenlyzeum in Stockholm
1882–1885	Lehrerinnenseminar in Stockholm
1888	Mårbacka wird verkauft
1890	1. Preis beim Preisausschreiben der Zeitschrift »Idun«
1891	»Gösta Berling«
1895–1896	Reise nach Italien
ab 1897	freie Schriftstellerin
1899	»Die Königinnen von Kungahälla«
1899–1900	Reise nach Palästina
1901–1902	»Jerusalem«
1904	»Herrn Arnes Schatz«
	»Christuslegenden«
1905	Reise nach England
1906–1907	»Wunderbare Reise des kleinen Nils Holgersson mit den Wildgänsen«
1907	Dr. h. c., Uppsala
1908	»Ein Stück Lebensgeschichte«
ab 1909	wieder in Mårbacka
1909	Nobelpreis
1909–1911	Erscheinen der »Gesammelten Werke« in 10 Bänden
1913	»Das Mädchen vom Moorhof«
1914	Mitglied der Schwedischen Akademie
1922	»Mårbacka« – Erinnerungen
1925	»Die Löwenskölds«
1930	»Aus meinen Kindertagen«
1932	Dr. h. c., Kiel
1940	Selma Lagerlöf stirbt in Mårbacka

Bibliographische Hinweise

Die Jahreszahlen beziehen sich auf die schwedische Erstveröffentlichung

Herrn Arnes Schatz (1904) · Der Luftballon (1908) · Das Schatzkästlein der Kaiserin (1899) · Warum der Papst so alt geworden ist (1908) · Der erste Tag im ersten Jahr des 20. Jahrhunderts (1904) · Wie der Adjunkt die Pfarrerstochter freite (1921) · Das Flaumvögelchen (1894) · Der Hochzeitsmarsch (1908) · Der Sonnenfinsternistag (1921) · Waldemar Atterdag brandschatzt Visby (1894) · Eine alte Almgeschichte (1915) · Der Stein im See (1914) · Tale Thott (1904) · Der Weg zwischen Himmel und Erde (1915) · Die Geisterhand (1894) · Onkel Ruben (1894) · Ein Emigrant (o. J.) · Vineta (1904) · Römerblut (1899) · Eine alte Kirche (übersetzt nach der Erstveröffentlichung in der »Svensk Litteratur Tidskrift« Nr. 3/1958) · Ein Weihnachtsgast (1894) · Die Vogelfreien (1894) · Der Roman einer Fischersfrau (1894) · Der Fuhrmann des Todes (1912) · Rede beim Empfang des Nobelpreises (1909)